GNADENFRIST

LINDSEY DAVIS

GNADENFRIST

Aus dem Englischen
von Susanne Aeckerle

Eichborn.

Für Helen
(Danke, daß Du mich einst mit Chanel – und Gin –
am Leben gehalten hast)

Die Deutsche Bibliothek – CIP-Einheitsaufnahme

Davis, Lindsey:
Gnadenfrist : Roman / Lindsey Davis. Aus dem Engl. von Susanne
Aeckerle. – Frankfurt am Main : Eichborn, 1997
ISBN 3-8218-0345-2

Titel der Originalausgabe: TIME TO DEPART

Lektorat: Doris Engelke.
Umschlaggestaltung: Christina Hucke unter Verwendung
einer Illustration von Colin Hadley.
Satz: Fuldaer Verlagsanstalt GmbH, Fulda.
Druck und Bindung: Wiener Verlag, Himberg.
ISBN 3-8218-0345-2

Verlagsverzeichnis schickt gern:
Eichborn Verlag, Kaiserstraße 66, D-60329 Frankfurt
http://www.eichborn.de

ROM: ZWEI WOCHEN IM OKTOBER, 72 n. Chr.

»In der Stadt kommt Verschwendungssucht auf; aus Verschwendungssucht muß Habgier entstehen, aus Habgier Skrupellosigkeit hervorbrechen, und hieraus entspringen alle Verbrechen und Missetaten.«

Cicero

Exzerpt aus dem Stammbaum

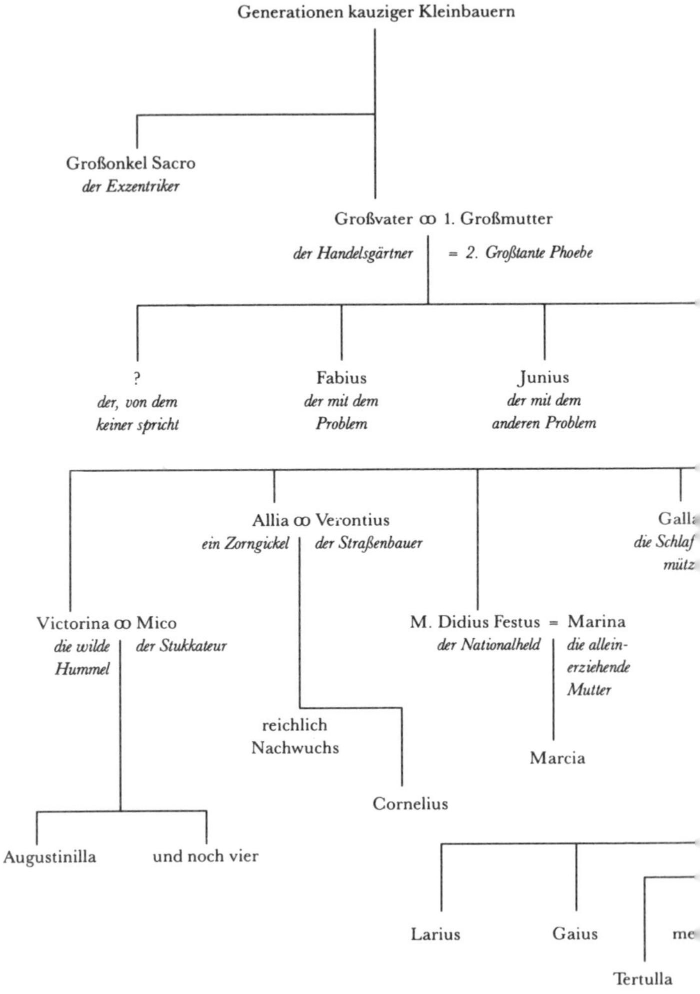

des Marcus Didius Falco

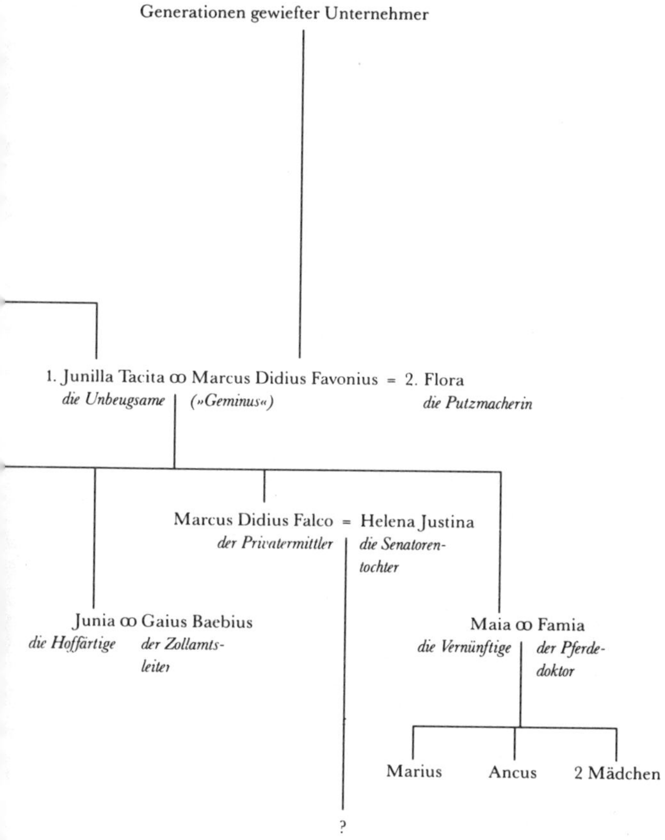

Zeichenerklärung: ∞ = verheiratet
»=« = nicht direkt verheiratet
? = unbekannt, kein Gesprächsthema, Spekulationsobjekt

DRAMATIS PERSONAE

Oberschicht

Vespasian	ein Kaiser (höher geht's nicht)
Titus Cäsar	nächster in der Rangfolge (Top-Ersatzmann)
Caenis	die Geliebte des Kaisers (von diskreter Wichtigkeit)
T. Claudius Laeta	Obersekretär (noch viel diskreter)
Anacrites	Oberspion (indiskret, ihn hier überhaupt aufzuführen)
Ein *Valde Interest Patricius*	(ein VIP, dessen Name aus rechtlichen Gründen nicht genannt werden kann)
D. Camillus Verus	ein Senator und Freund des Kaisers
Julia Justa	seine edle und überforderte Frau
Helena Justina Camillus Aelianus Camillus Justinus	ihre drei edlen und pflichtbewußten Kinder

Einige ehrbare Bürger

Balbinus Pius	ein großer Boss, der die Stadt verläßt
Flaccida	sein Weib, eine hartherzige Frau in schwierigen Verhältnissen
Milvia	ihre Tochter, ein weichherziges Mädchen, das ein leichtes Leben führt
Florius	ihr Ehemann, ein Wurm kurz vor dem Krümmen

Nonnius Albius	ein kränklicher Zeuge
Alexander	sein pessimistischer Arzt (privater Sektor)
Der Müller & Klein-Ikarus	starke Männer, an Erziehung interessiert
Lalage	kultivierte Besitzerin der »Laube der Venus«
Macra	eine junge Dame aus diesem elitären Mädchenpensionat
Gaius & Phlosis	zwei äußerst hilfreiche Bootsmänner

Unterschicht (Brunnenpromenade)

Lenia	eine errötende Braut
Smaractus	ihr schüchterner Bräutigam
Cassius	ein Bäcker, dessen Ofen zu heiß werden könnte
Ennianus	ein Korbflechter, dem vielleicht Ärger ins Haus steht
Castus	ein Neuankömmling, der mit Trödel handelt
eine alte Stadtstreicherin	
Nux	ein herrenloser Hund, der ein weiches Herz sucht
Falco	das Opfer (nicht so hartherzig, wie er denkt)
ein Baby	ausgesetzt, ebenfalls auf der Suche nach einem netten Heim und freundlichen Menschen

Gesetzeshüter (alle unter Verdacht)

Marcus Rubella	Tribun der peinlich genauen Vierten Kohorte der Vigiles

L. Petronius Longus	Chef der Ermittlungskommission des XIII. Bezirks
Arria Silvia	seine oft wütende Frau (ein Kohortenwitz)
ihre Katze	
Martinus	ein Stellvertreter (nicht für lange, wie er hofft)
Fusculus	ein Bandenexperte
Linus	zum Dienst auf der *Aphrodite* abkommandiert
Rufina	ihretwegen hat sich Linus abkommandieren lassen
Sergius	ein glücklicher Strafoffizier
Porcius	ein junger Rekrut (unglücklich)
Scythax	ein optimistischer Arzt (öffentlicher Sektor)
Tibullinus	ein Zenturio der dubiosen Sechsten Kohorte
Arica	sein Kumpel (der Prügel verdient hat)

Jurisdiktion der Kohorten der Vigiles in Rom:

Koh I	Bezirke VII & VIII (Via Lata, Forum Romanum)
Koh II	Bezirke III & V (Isis & Serapis, Esquilin)
Koh III	Bezirke IV & VI (Tempel des Friedens, Alta Semita)
Koh IV	Bezirke XII & XIII (Piscina Publica, Aventin)
Koh V	Bezirke I & II (Porta Capena, Caelimontium)
Koh VI	Bezirke X & XI (Palatin, Circus Maximus)
Koh VII	Bezirke IX & XIV (Circus Flaminius, Transtiberina)

I

»Ich kann immer noch nicht glauben, daß ich dem Dreckskerl ein für allemal das Handwerk gelegt habe!« murmelte Petronius.

»Noch ist er nicht auf dem Schiff«, hielt Fusculus dagegen. Eindeutig der Optimist der Wachmannschaft.

Wir warteten zu fünft am Kai. Es war Mitte Oktober, eine Stunde vor Sonnenaufgang. Fröstelnd wikkelten wir uns zum Schutz gegen die kühle Brise fester in unsere Umhänge. Auf der anderen Seite Italiens bereitete sich die Sonne auf ihren Tageslauf vor, aber hier in Portus, dem neuen Hafen Roms, war es noch stockdunkel. Wir sahen das riesige Leuchtfeuer auf dem Leuchtturm flackern und kleine Gestalten, die es bewachten; hin und wieder beleuchteten die hellen Flammen die Neptunstatue an der Hafeneinfahrt. Der Torso des Seegottes wirkte seltsam in dieser Umgebung. Nur der Geruch alter, salzgehärteter Taue und vermodernder Fischschuppen verriet uns, daß wir am Rande des großen Hafenbeckens standen.

Wir waren fünf redliche, ehrbare Bürger, die die ganze Nacht auf einen sechsten gewartet hatten. *Er* war niemals redlich gewesen, hatte aber, wie die meisten Verbrecher, keine Schwierigkeiten gehabt, sich als ehrbar auszugeben. Die römische Gesellschaft hatte sich schon immer von Unverfrorenheit hinters Licht führen lassen. Aber jetzt waren, dank Petronius Longus, der Mann und seine Verbrechen bloßgestellt worden.

Wir warteten schon zu lange. Auch wenn niemand es aussprach, beschlich uns allmählich der Verdacht, daß der große Boss nicht auftauchen würde.

Der zwielichtige Kerl hieß Balbinus.

So lange ich denken konnte, wurde dieser Name erwähnt. Er war bereits berüchtigt, als Petronius und ich vor sechs Jahren aus der Armee entlassen wurden. Damals war mein alter Zeltkamerad Petro, als pflichtbewußter Mann, der ein gutes Gehalt zu schätzen wußte, in den öffentlichen Dienst eingetreten; ich hatte mich selbständig gemacht. Er jagte Kohldieben auf den Märkten hinterher, während ich mich mit Scheidungsfällen kleiner Angestellter und Schreiber beschäftigte und gestohlene Kunstwerke aufspürte. Wir lebten in verschiedenen Welten, stolperten aber immer wieder über die gleichen Tragödien und hörten auf der Straße die gleichen besorgniserregenden Geschichten.

Balbinus galt in unserem Bezirk als einer der dreckigsten Unterweltbosse, die je das kaiserliche Rom geziert hatten. Das von ihm terrorisierte Gebiet schloß Bordelle, Lagerhäuser am Hafen, Mietskasernen an den Hängen des Aventin und die dunklen Kolonnaden um den Circus Maximus mit ein. Für ihn arbeiteten Taschendiebe und Trickbetrüger; Prostituierte und Beutelschneider; Fassadenkletterer und plündernde Bettlerhorden, die sich als Blinde ausgaben und Schwierigkeiten immer rechtzeitig kommen sahen. Unter dem Deckmantel des ehrbaren Geschäftsmannes unterhielt er zwei Häuser, in denen er die Hehlerware entgegennahm. Petronius nahm an, daß in diesen Räuberhöhlen ähnlich viele Waren umgeschlagen wurden wie im internationalen Handel am Emporium.

Seit Jahren hatte Petro Balbinus festnageln wollen. Jetzt war es ihm irgendwie gelungen, dem Mann ein Kapitalverbrechen anzuhängen und tatsächlich eine

Verurteilung zu erreichen, allen Bemühungen Balbinus', durch demokratische Kanäle (sprich Einschüchterung und Bestechung) zu entkommen, zum Trotz. Die Einzelheiten waren mir noch unbekannt. Kaum nach Rom von einer, wie ich es ausdrücken möchte, diplomatischen Geheimmission zurückgekehrt, war ich als verläßliche Hilfskraft und Freund in diese nächtliche Eskapade hineingezogen worden.

»Weit und breit keine Spur von ihm«, meinte ich obenhin, weil ich wußte, wie stur Petro war.

»Ich will kein Risiko eingehen.«

»Na klar.«

»Nerv mich nicht, Falco.«

»Du bist derart gewissenhaft, daß du dir noch Knoten ins Hirn schlingst. Hör auf jemand Vernünftigen: Entweder hat er Rom gestern abend verlassen – dann hätten wir ihn inzwischen zu Gesicht gekriegt –, oder er hat sich erst mal schlafen gelegt. In dem Fall kommt er frühestens in ein bis zwei Stunden. Wann soll das Schiff abfahren?«

»Sobald er da ist, wenn's nach mir geht.«

»Bei Tagesanbruch«, erläuterte Fusculus mit leiser Stimme. Woraus ich schloß, daß Petros Männer bereits ihren Kommentar zur Frage der Ankunft unseres Opfers abgegeben hatten. Da auch sie Petro kannten, war ihre Reaktion auf meinen Vorstoß verhalten. Sie hofften, daß er entweder auf seinen Freund hören oder wenigstens zu ihrer Unterhaltung beitragen, die Geduld verlieren und mir eine reinhauen würde.

»Ich brauch was zu trinken«, bemerkte ich.

»Halt die Schnauze, Falco. Der Trick ist uralt.« In der Dunkelheit war sein Gesicht nicht zu erkennen. Trotzdem schmunzelte ich in mich hinein; er wurde weich.

Jetzt nur nicht weiter darauf herumreiten. Ich sagte

nichts, und fünf Minuten später stieß Petronius Longus eine Obszönität hervor, die ich seit unserer Zeit in Britannien in der Öffentlichkeit nicht mehr gehört hatte. Dann knurrte er, ihm sei kalt, und sie könnten ihn mal – und verschwand in der nächsten Schenke, um sich mit einem Becher Wein zu trösten.

Niemand kicherte. Inzwischen waren wir alle so erleichtert über sein Nachgeben, daß wir nicht daran dachten, uns an unserem Sieg zu weiden. Petro wußte das natürlich. Für so was hatte er ein hervorragendes Gespür. Martinus grummelte: »Holt lieber den armen Kerl von Bord. Das ist für lange Zeit seine letzte Chance.«

Also brüllten wir Linus zu, er solle aufhören, den Seemann zu spielen, vom Schiff runterkommen und einen mit uns trinken gehen.

II

Die Luft war voller Lampenrauch; etwas verwunderlich bei den wenigen Lampen, die auf den Tischen standen. Beim Eintreten knirschte etwas unter meinem Stiefel – entweder eine alte Austernschale oder die Überreste der Halskette einer Hure. Es schien eine Menge Unrat auf dem Boden zu liegen. Am besten, man schaute nicht allzu genau hin.

Außer uns war niemand in der Kaschemme. Zumindest kein Gast. Zwei schmuddelige Schlampen rappelten sich halbwegs auf und sackten wieder in sich zusammen. Sie schienen sogar zu erschöpft, um neugierig zu sein. Trotzdem würden sie uns vermutlich belauschen, aber wir hatten nicht vor, laut irgendwelche Indiskretionen von uns zu geben. Dafür stand zu viel auf dem Spiel.

Steif und unbequem in unseren dicken Umhängen, klemmten wir uns auf die Bänke. Wir waren alle bewaffnet, und zwar derart, daß das diskrete Hocken um kleine Tische ausgeschlossen war. Wenn wir vorgegeben hätten, nur lukanische Würste bei uns zu tragen, hätte es passieren können, daß sich jemand seine edelsten Teile durch ein ungeschickt plaziertes Schwert abgesäbelt hätte. Also nahmen wir mit äußerster Vorsicht Platz.

Der Wirt war ein finster blickender, abweisender Küstentyp, der sich schon bei unserem Eintritt seine Meinung gebildet hatte. »Wir wollten gerade schließen.« Offenbar machten wir einen gewalttätigen Eindruck.

»Das tut mir leid.« Petronius hätte seinen offiziellen Status herauskehren und darauf bestehen können, daß wir bedient wurden, aber wie üblich ließ er erst mal seinen Charme spielen. Die Knappheit seiner Worte verscheuchte aber jeden Zweifel. Der Wirt wußte, daß ihm keine Wahl blieb. Er bediente uns, machte aber klar, daß er hoffte, uns bald von hinten zu sehen. Es sei zu spät in der Nacht, um sich noch Ärger einzuhandeln.

Tja, da konnten wir ihm nur zustimmen.

Wir waren alle nervös. Ich bemerkte, wie Martinus, der kleine Kampfhahn und Petros stellvertretender Kommandeur, einen tiefen Schluck nahm, dann immer wieder zur Tür ging und hinaussah. Die anderen ignorierten seine Unruhe. Schließlich ließ er sich mit seinem ziemlich großen Hinterteil auf einen Schemel an der Tür plumpsen, warf den anderen gelegentliche Bemerkungen zu, hielt den Blick aber auf das Hafenbecken gerichtet. In Petros Mannschaft war selbst der Truppenrüpel ein guter Offizier.

Petronius und ich setzten uns allein an einen Tisch.

Zwischen ihm und seinen Männern bestand eine starke Bindung. Petro war kein Schreibtischhengst. Er legte sich auch bei Routineermittlungen ins Zeug und übernahm bei Überwachungen genauso Schichten wie sie. Aber er und ich waren seit langem befreundet. Zwischen uns bestanden noch stärkere Bindungen, die aus der Zeit stammten, als wir mit achtzehn als Legionäre in einer der rauhesten Gegenden des Imperiums stationiert waren, die damals zu zweifelhaftem Ruhm kam – Britannien, zu Neros Zeiten, mit dem Aufstand der Boudicca als Dreingabe. Obwohl wir uns oft lange Zeit nicht sahen, konnten wir doch immer gleich den Faden wiederaufnehmen, als hätten wir erst am vergangenen Samstag gemeinsam eine Amphore geleert. Und wenn wir mit anderen eine Schenke betraten, war es selbstverständlich, daß wir beide uns allein an einen Tisch setzten, ein wenig abseits vom Rest.

Petro nahm einen kräftigen Schluck und bereute es offensichtlich sofort. »Jupiter! Wenn du dieses Gebräu auf Warzen schmierst, fallen sie bis zum Abendessen ab . . . Also, wie war's im fernen Arabien?«

»Wilde Frauen und heimtückische Politik.«

»Didius Falco, der Weltreisende!« Er glaubte nicht ein Wort davon. »Was ist denn nun wirklich passiert?«

Ich grinste, gab ihm dann einen kurzen Abriß meiner fünfmonatigen Reise: »Hab mir von ein paar Kamelen die Ohren anknabbern lassen. Helena wurde von einem Skorpion gestochen und hat einen Haufen Geld ausgegeben – zu meinem Entzücken hauptsächlich das meines Vaters.« Wir hatten jede Menge Zeug mit zurückgebracht; Petro hatte versprochen, mir zum Dank für meine heutige Mitwirkung beim Abladen zu helfen. »Schließlich landete ich als Aushilfsautor für griechische Witze bei einem zweitklassigen Wandertheater.«

Seine Augenbrauen schossen in die Höhe. »Ich dachte, du warst im Sonderauftrag für den Palast unterwegs?«

»Die bürokratische Mission hat ein rasches Ende gefunden – vor allem, nachdem ich rausfand, daß Vespasians Oberspion mir eine Botschaft vorausgeschickt und meinen Gastgeber ermutigt hat, mich einzusperren. Oder Schlimmeres«, schloß ich düster.

»Anacrites? Dieser Schweinehund.« Petronius hatte nichts für Hofschranzen übrig, egal, mit welch schikken Titeln sie sich schmückten. »Hat er dir große Probleme bereitet?«

»Ich hab's überlebt.«

Petronius runzelte die Stirn. Er betrachtete meine Karriere als eine Art verstopften Gulli, der eines kräftigen Stocherns mit einem Stock bedurfte, um den Dreck wieder zum Laufen zu bringen. Sich selbst betrachtete er als den Experten mit dem Stock. »Was sollte das Ganze, Falco? Weshalb sollte Vespasian einen erstklassigen Agenten abservieren?«

»Gute Frage.« Es gab allerdings verschiedene Gründe, warum der Kaiser meinen konnte, ich sei in einem ausländischen Gefängnis gut aufgehoben. Ich war ein Emporkömmling, der nach sozialem Aufstieg gierte; da er was gegen Spitzel hatte, war ihm die Vorstellung, mich den goldenen Ring der Equites, der Ritter, tragen und wie einen gewichtigen Mann auftreten zu sehen, stets unangenehm gewesen. Meistens schuldete er mir Geld für meine geheimen Aufträge und würde sich liebend gern vorm Bezahlen drücken wollen. Außerdem hegte einer seiner Söhne zärtliche Gefühle für eine gewisse junge Dame, die es vorzog, mit mir zusammenzuleben; gleichzeitig war ich mit dem anderen seit langem verfeindet. Beide, sowohl Titus als auch Domitian, konnten ihren Papi gebeten haben, mich abzuservieren. Und wer mag schon einen Mietling, der alle Aufträge prompt erledigt, dann mit fröhlichem Lächeln zurückkommt und eine Riesenbelohnung erwartet, aber bitte in bar?

»Ich weiß nicht, warum du immer noch für ihn arbeitest«, grummelte Petronius wütend.

»Ich arbeite für mich«, behauptete ich.

»Das ist ja ganz neu!«

»Es ist die Wahrheit. Selbst wenn das verdammte Sekretariat mit eine unkomplizierte Aufgabe anbietet, mit festem Honorar und großzügigen Spesen, würde ich nicht annehmen. Von jetzt an übernehme ich nur noch private Aufträge – was ich ja schließlich auch tun mußte, nachdem mich der dämliche Anacrites mit seinen hintertückischen Spielen in Arabien in die Scheiße geritten hatte.«

»Du bist ein Dummkopf«, erwiderte Petronius ungläubig. »Du kannst der Herausforderung doch nie widerstehen. Ein Nicken des Mannes in Purpur, und du kommst zurückgekrochen.«

Ich griff nach dem Krug und goß uns beiden Wein nach. Er schmeckte immer noch wie eine Arznei gegen die Schweinepest. »Petro, der Mann in Purpur hat nicht versucht, mich an einen Kamelhändler zu verschachern.«

Egal, was ich von der Kaiserwürde hielt, Vespasian war ein völlig gradliniger Mann. Sogar Petronius mußte das widerstrebend zugeben. »Na gut, dann war es eben der Spion, Falco. Wo liegt da der Unterschied?«

»Wer weiß? Aber Anacrites denkt, ich verrotte in irgendeiner Wüstenzitadelle; das könnte der Hebel sein, den ich brauche, um ihn fertigzumachen. Ich werde Vespasian meine Reiseaufzeichnungen geben, bevor der Spion mitkriegt, daß ich noch am Leben und wieder in Rom bin.«

Es tat gut, meine Wut loszuwerden, aber da waren bessere Gesprächsthemen. »Komm zum Essen, wenn wir uns wieder eingerichtet haben – bring Silvia und die Mädchen mit. Wir feiern Wiedersehen und erzählen unsere aufregenden Reisegeschichten.«

»Wie geht's Helena?« fiel Petro ein, nachdem ich seine Frau und die Kinder erwähnt hatte.

»Gut. Und nein, wir sind weder verheiratet noch haben wir es vor; kein Streit und keine Trennungspläne.«

»Irgendwelche Anzeichen bevorstehender Vaterschaft?«

»Wo denkst du hin!« schnaubte ich wie ein Mann, der sein Privatleben im Griff hat. Hoffentlich merkte Petro nicht, daß ich nur bluffte. »Wenn mir diese Ehre zuteil wird, bist du der erste, der es erfährt . . . Olympus! Mit dir zu reden ist ja schlimmer als mit meiner Mutter.«

»Wunderbare Frau«, bemerkte er in seiner aufreizenden Art.

Ich fuhr mit einem Gefühl falscher Zuversicht fort. »Oh, ja, Mama ist eine Zierde der Gesellschaft. Wenn alle auf dem Aventin so wären wie meine Mutter, hättest du nichts mehr zu tun. Leider gibt es da aber noch Leute wie Balbinus Pius – über den du mir immer noch die eine oder andere Erklärung schuldest.«

Diesmal klappte die Ablenkung. Mit zufriedenem

Grinsen warf Petronius den Kopf zurück und streckte seine langen Beine unter dem Tisch aus. Stolz legte er los und brachte mich auf den neuesten Stand.

»Dir ist ja wohl klar«, begann Petro mit gespielt heroischer Großartigkeit, »daß wir über den bösartigsten, staatsgefährdendsten Gangsterboss reden, der je seine Klauen in den Aventin geschlagen hat?«

»Und *du* hast ihn dingfest gemacht!« Ich grinste bewundernd.

Er überhörte meinen spöttischen Unterton. »So ist es, Falco!«

Ich hatte meinen Spaß. Petronius Longus war ein sturer, geduldiger Arbeiter. Ich konnte mich nicht erinnern, ihn je prahlen gehört zu haben; gut, daß er sich wenigstens einmal über seinen Erfolg freute.

Einige Zentimeter größer als ich, schien er sogar noch gewachsen zu sein. Sein ruhiges Auftreten verbarg im allgemeinen, wie kräftig er gebaut war. Mit seinen langsamen Bewegungen und seiner zögernden Sprechweise brachte er Missetäter zur Räson, bevor sie begriffen, was los war, und sobald Petro ein wenig mehr Druck ausübte, brach jeder Widerstand rasch zusammen. Er führte seine Mannschaft ohne erkennbare Anstrengung, aber ich als sein bester Freund wußte, wie sehr er sich im stillen um den Standard sorgte. Er verlangte viel. Seine kleine, aber äußerst kompetente Truppe gab der Öffentlichkeit den Schutz, für den sie bezahlte, und hielt die Verbrecher auf Trab.

Auch sein Privatleben hatte er unauffällig im Griff. Als guter Römer hatte er drei Kinder gezeugt. Er hatte eine kleine, scharfzüngige Frau, die sich sehr wohl durchzusetzen wußte, und drei quirlige Töchter. Mit Arria Silvias aufbrausendem Temperament wußte er gut umzugehen. Die Kinder vergötterten ihn.

Selbst seine Frau beschwerte sich nur verhalten, sie wußte, daß ihre Ehe aus einem einfachen Grund glücklicher war als die meisten: Petronius war da, weil er da sein wollte. Als Familienvater wie auch als Staatsdiener wirkte er gelassen und unbekümmert, war aber äußerst zuverlässig.

»Balbinus Pius . . .«, sagte er leise und genoß seinen Triumph.

»Absurder Name«, meinte ich. »Balbinus der Pflichtbewußte! Soweit ich weiß, sieht er seine einzige Pflicht darin, sich selbst zu dienen. Gehört dem Dreckskerl nicht auch dieses schmierige Bordell, das ›Platons Akademie‹ genannt wird? Und die Diebsküche am Fluß hinter dem Tempel des Portunus?«

»Hör mir bloß auf mit ›Platons Akademie‹. Ich krieg Gallensteine, wenn ich nur daran denke. Jupiter weiß, auf wessen Namen das Ding offiziell läuft, aber du hast recht, dahinter steckte Balbinus. Er nahm sich einen Anteil von allem, was da in den Betten abging, dazu von den gestohlenen Geldbeuteln und dem Verkauf ›vergessener‹ Stiefel und Gürtel. Außerdem gehörte ihm eine hübsche Goldschmiedewerkstatt, wo gestohlene Becher in Minuten eingeschmolzen werden konnten; mehrere Nähereien, die darauf spezialisiert waren, neue Borden an von Wäscheleinen *gefallene* Tuniken zu nähen; eine Reihe von Trödelbuden, die immer den Platz wechselten, wenn ich gerade einen Mann zur Beobachtung im Portikus plaziert hatte; und zwei Fälscherwerkstätten. Wenn etwas stank, dann gehörte es ihm«, bestätigte Petro. »Gehörte, Falco. Vergangenheit. Jetzt muß er der bedauerlichen Tatsache ins Auge sehen, daß er durch die Verurteilung wegen eines Kapitalverbrechens seinen gesamten Besitz verliert.«

»Mir kommen die Tränen.«

»Übertreib's nicht gleich – ich bin immer noch nicht sicher, ob wir all seine Besitztümer aufstöbern werden. Manches davon ist bestimmt gut versteckt.«

»Worauf du dich verlassen kannst! Hat er damit gerechnet, verbannt zu werden?«

»Er hatte noch nicht mal damit gerechnet, vor Gericht zu kommen! Ich habe die Sache monatelang geplant, Falco. Mir war klar, daß ich nur eine einzige Chance haben würde, weil er sonst sofort ›Drangsalierung eines römischen Bürgers!‹ geschrien hätte und ich meinen Posten losgewesen wäre. Aber er hat nicht geglaubt, daß ich jemanden finden könnte, der Anklage gegen ihn erhebt.«

»Und wie ist dir das gelungen, Lucius Petronius?«

»Da gab es nur einen Weg, Marcus Didius. Ich habe jemanden gefunden, der noch habgieriger und noch verkommener ist als er!«

III

Lächelnd strich sich Petro mit seiner großen Hand über das Haar. Sein Haarschnitt wirkte flotter. (Na ja, er trug es kürzer; das höchste an Kreativität, wozu sein Friseur fähig war.) Seine andere Pranke ruhte leicht auf seiner Hüfte, wo der Stab seines Amtes in einem breiten, runzeligen Ledergürtel steckte, den er, wie ich mich erinnerte, einem zwielichtigen Kelten in Londinium abgekauft hatte. Doch abgesehen von seiner schmissigen Frisur machte er sich nicht die Mühe, schick auszusehen. Im Dienst war es besser, durch eine Lederweste geschützt zu sein, an der ein Messer abgleiten mochte, und einen dicken Wollumhang zu tragen, dem Schlamm und Dreck nichts anhaben konnten, wenn Petro einen Flüchtigen zu Boden warf. Seine Stiefel hatten, so wie sie aussahen, ebenfalls eine Menge Türen aufgetreten.

»Und wer war nun dieser prinzipienfeste, auf das öffentliche Wohl bedachte Bürger, der Balbinus ans Messer geliefert hat?« fragte ich.

»Ein Eselfurz namens Nonnius.«

»Doch nicht etwa Nonnius Albius? Ich dachte, der sei selbst ein Gauner.«

»War er auch. Er hat sogar für Balbinus gearbeitet, war sein oberster Schutzgeldeintreiber. Das hat mich ja so an ihm gereizt.«

»Klar! Du brauchtest einen Insider.«

»Kein anderer hätte das hingekriegt. Nonnius war ideal.«

»Aber er war Balbinus' Mann. Wie hast du ihn rumgekriegt?«

»Eine traurige Geschichte.« Petro grinste. »Er wird sterben. Sein Doktor hatte ihm gerade die grausige Nachricht mitgeteilt. Der arme alte Nonnius leidet an einer unheilbaren Krankheit.«

»Irgendwas Schreckliches, worüber man nicht spricht?«

»Genau wie sein Beruf!« knurrte Petro. Dann erzählte er die Geschichte der Reihe nach. »Im Frühjahr erfuhr ich zufällig, daß Nonnius von seinem Lieblingsmedicus den Rat bekommen hatte, seinen Beruf aufzugeben . . .«

»Zufällig?« Eine äußerst glückliche Fügung.

Petro war nun in Fahrt und ließ sich durch meine Skepsis nicht ablenken. »Nonnius erfährt also von diesem Äskulapjünger, daß er am Ende ist, aber der Doktor sagt, er würd's noch ein bißchen länger machen, wenn er auf sich achtgibt – keine Sorgen, gute Pflege . . .«

»Teuer!« Allmählich sah ich, worauf Petro hinauswollte.

»Ein vom Arzt verschriebenes Luxusleben! Ich mach mich an ihn ran, während er noch ganz unter dem Schock dieser furchtbaren Nachricht steht, leih ihm ein mitfühlendes Ohr und mache ihm dann unauffällig klar, daß er sein Leben lang für Balbinus rumgerannt ist, während die fette Ratte faul auf dem Diwan lag und ihre Einnahmen zählte – und wofür das alles? Jetzt sei es doch wohl an der Zeit, für ein wenig gerechten Ausgleich . . . Da Nonnius sein kriminelles Leben nun aufgeben muß, läßt er sich rasch überzeugen, statt dessen nach Besserem zu greifen. Das gefällt dem Mistkerl: in der Sänfte über das Forum getragen werden, den Sklaven vom Fenster aus Befehle geben und von kriecherischen Bewunderern begrüßt werden, die dafür auf Geschenke hoffen. Mehr noch, plötzlich ist er ganz verliebt in die Idee, Balbinus auszuplündern.«

Ich lachte kurz auf. »Die Loyalität der Diebe! Also war er bereit, gegen ihn auszusagen?«

»Für die übliche Belohnung.«

»Du hast einen Handel mit ihm abgeschlossen?«

»Alles ganz legal. Er erschien vor Marponius und hat gesungen wie ein fröhlicher Finkenhahn. Im Gegenzug kann er als erfolgreicher Kläger einen Anteil an Balbinus' Besitztümern beanspruchen. Der einzige Haken dabei ist, daß er uns helfen muß, die Sachen aufzuspüren. Aber dafür Buchhalter einzustellen, lohnt sich durchaus für ihn. Weil er selbst als Geldeintreiber gearbeitet hat, kennt er bestimmt den einen oder anderen, der mit gezinktem Abakus arbeitet und Phantasie genug hat, sich vorzustellen, wo die Diebesbeute versteckt sein mag.«

»Hinreißend!« Ich lachte laut. Wir gossen uns Wein nach, der nun fast genießbar schmeckte. »Aber bei der Anklage gegen Balbinus mußt du sehr gründlich zu Werke gegangen sein, Petro. Was hast du ihm vorgeworfen?«

»Mord. Das einzige, was funktionieren konnte.«

»Natürlich. Es mußte ein Kapitalverbrechen sein.«

»Genau. Bei allem anderen wäre er mit einer Geldstrafe davongekommen. Und egal, wie hoch die ausgefallen wäre, das hätte ihn nicht zur Strecke gebracht. Der Mann konnte Tausende ausspucken, ohne daß es ihn gejuckt hätte.«

Ich sprach es nicht aus, aber jedes Gerichtsverfahren gegen Balbinus, aus dem er als freier Mann hervorgegangen wäre, hätte Petro selbst in tödliche Gefahr gebracht. Es gab keinen Grund, darauf herumzureiten. Petro wußte das nur allzu gut.

»Wer ist denn nun abgemurkst worden – und wie konntest du Balbinus den Mord in die Schuhe schieben?« Ich nahm nicht an, daß er eigenhändig jemanden erdolcht hatte. »Sich die eigene Tunika mit Blut zu bekleckern, ist nie sein Stil gewesen.«

»Ein glücklicher Zufall«, erwiderte Petro. »In Platons Akademie.« Das Bordell, das wir bereits erwähnt hatten. »Dort ist man darauf spezialisiert, ausländische Besucher auszunehmen. Irgend einem armen Lykier sollte der Geldbeutel abgeknöpft werden. Während er auf allen vieren herumkroch und ihn das Mädchen wie gewünscht durch die Gegend peitschte, beging er den Fehler, ein Rascheln im Stroh wahrzunehmen. Er sprang auf und entdeckte den Komplizen des Mädchens, der gerade nach seiner Börse griff.

Statt sich diskret bei der Puffmutter zu beschweren, das Bordell mit einer Entschuldigung zu verlassen und beim nächsten Mal klüger zu sein, hob der Idiot die Fäuste und ließ sich auf einen Kampf ein. Der Beutelschneider war so überrascht von dem unsportlichen Verhalten des Lykiers, daß er ihn auf der Stelle erdolchte.«

Ich stieß einen Pfiff aus. »Jemand sollte Warnungen an unbedarfte Reisende ausgeben! Aber wie konntest du es beweisen? Die Puffmutter ist doch sicher gewöhnt, von irgendwelchen Ärgernissen nichts zu wissen?«

»Aber ja. Lalage ist Meisterin darin. Ich hätte sie nie festnageln können, und ich weiß nicht, ob ich mich je mit ihr hätte anlegen wollen ... Jupiter sei Dank, daß das ›Platons‹ zum Revier der Sechsten Kohorte gehört und ich normalerweise nichts damit zu tun habe!« Ich verstand, was er meinte. Die Huren, die rund um den Circus Maximus ihrem Geschäft nachgingen, waren bösartig wie die Luchse, und Lalage, die Madame im »Platons«, hatte einen Ruf wie Donnerhall. »Es gab einen Zeugen«, fuhr Petro grimmig fort. »Und zum ersten Mal in der Geschichte war es ein Zeuge, der am Tatort nicht loskreischte. Statt also wie üblich mit umgebracht zu werden, versteckte sich unser Mann im Dachgebälk, bis er fliehen konnte.«

»Unglaublich.«

»Es kommt noch besser. Einer meiner Männer fand ihn, als er unter Schock auf dem Hügel herumirrte. Er platzte mit der Geschichte heraus, und wir marschierten direkt zu ›Platons‹. Von der Sechsten war – wie üblich – weit und breit nichts zu sehen, also nahmen wir die Sache selbst in die Hand. Es gelang uns, von einer Gasse aus zuzuschlagen, als zwei Rausschmeißer gerade die Leiche aus der Hintertür zerrten. Damit stand das Bordell als Tatort fest. Als wir dann vor

Gericht gingen, konnte erstens die Hälfte der Wache des Dreizehnten Bezirks bezeugen, daß Angestellte vom »Platon« den Lykier an den Schnürsenkeln durch die Gosse geschleift hatten und Lalage persönlich ihnen dabei die Lampe hielt. Zum zweiten hatten wir unseren Zeugen, der die Erdolchung in düstersten Farben schilderte. Bei ihm handelte es sich um einen zweiten Lykier, den der erste mit reingeschmuggelt hatte. Das Pärchen hatte gehofft, dem Mädchen eine Kupfermünze zuschieben und eine Doppelnummer zum halben Preis bekommen zu können.«

Ich schlug auf den Tisch. »Eine Schande! Wie soll man in dieser Stadt für Ordnung sorgen, wenn selbst die Opfer Gauner sind?«

»Damit muß man leben, Falco. Ich nahm unseren Zeugen in Sicherheitsverwahrung, vergaß die Adresse, bis er gebraucht wurde, und führte ihn dann, in seine beste Tunika gewickelt, in der Basilika vor, damit er erzählen konnte, wie er von seinem Versteck aus schlotternd alles mit angesehen hatte. Er identifizierte die Prostituierte, die Puffmutter und den Dieb.«

»Kenn ich den?«

»Ein aalglattes Bürschchen namens Castus.«

Das sagte mir nichts. Ich fragte nicht, ob ich die Nutte kannte, und Petro brachte niemanden dadurch in Verlegenheit, daß er ihren Namen nannte. »Und was war mit deinem Kronzeugen? Mit Nonnius?«

»Wir waren gut vorbereitet. Als er aufgerufen wurde, hatte Nonnius nichts weiter zu tun, als seine Rolle als Balbinus' Geldeintreiber einzugestehen und dem Gericht zu bestätigen, daß Castus auf Balbinus' Gehaltsliste stand. Er spielte seine Rolle sehr gut, legte sogar Abrechnungen vor, die belegten, welchen Anteil Balbinus regelmäßig von den im Bordell gestohlenen Geldbörsen bekam.«

»Hervorragend.«

»Ein erstklassiger Zeuge. Unser Lykier hatte ein paar feine Trumpfkarten ausgespielt, wie zum Beispiel den Ausruf von Castus, als er auf den armen Kerl einstach: ›Das wird ihn lehren, sich nicht mit Balbinus anzulegen!‹ Nonnius erzählte dann den Geschworenen, daß Balbinus' Leute den Befehl haben, zum Dolch zu greifen, wenn es Ärger gibt. Er hatte oft genug gehört, wie Balbinus selbst diese Anweisung gab. Also konnten wir ihm organisiertes Verbrechen, Schiebereien und Verschwörung nachweisen, die in diesem Fall zum Tode führten.«

»Und die Geschworenen haben euch das abgekauft?«

»Marponius hat ihnen erklärt, er bräuchte ihre Unterstützung, um als *der* Richter anerkannt zu werden, der in Rom für Ordnung sorgt . . .«

Marponius war der oberste Richter für Mordfälle. Er hatte großes Interesse an seiner Arbeit und war ehrgeizig, wenn auch nicht unbedingt so plump, wie Petronius es darstellte. Sonderlich gewitzt war Marponius nicht.

»Es gab noch ein paar pikante Einzelheiten«, schmunzelte Petro. »Ich hatte Lalage mit einer Reihe von Vergehen gegen die Registrierungsvorschriften für Prostituierte gedroht, deshalb erschien sie höchstpersönlich vor Gericht und sagte für unsere Seite aus.«

»Konnte Balbinus sie nicht kaufen?«

»Ich denke, sie hat nichts dagegen, ihn verschwinden zu sehen«, meinte Petronius. »Lalage ist durchaus fähig, ›Platons Akademie‹ allein zu führen. Vielleicht war das früher anders, aber inzwischen braucht sie wirklich keinen Oberboss mehr, der den Rahm von ihren Einkünften abschöpft.« Petro lehnte sich zurück und fuhr in seiner üblichen Bescheidenheit fort: »Ach, ich hatte einfach Glück und hab den richtigen Zeitpunkt erwischt. Balbinus hielt sich für unangreifbar, aber die Stimmung in der Unterwelt hat sich geändert. Die Leute waren bereit für eine Veränderung. Mir ist das früher aufgefallen als ihm, das war alles.«

Wichtig war: Petronius Longus *hatte* es bemerkt. Mancher Ermittlungskommissar hätte die Nase so dicht am Boden gehabt, daß ihm die Fliegen auf dem Balkon entgangen wären.

»Sei gefälligst stolz, daß du's mitbekommen und gehandelt hast«, befahl ich.

Er lächelte still.

»Die Geschworenen haben ihn also für schuldig befunden, und Marponius hat was für seine Karriere getan und die Todesstrafe verhängt – ich nehme an, der Senat hat das Urteil bestätigt. Hat Balbinus Widerspruch eingelegt?«

»Bei Vespasian, postwendend – und er wurde sofort abgelehnt.«

»Nicht schlecht«, meinte ich. Wir waren beide Zyniker, was das Establishment anging. »Wer hat unterschrieben?«

»Titus.«

»Vespasian muß einverstanden gewesen sein.«

»Oh, ja.« Nur der Kaiser hat die Macht, einem römischen Bürger das Leben zu nehmen, selbst wenn dieses Leben stinkt wie ein Haufen Katzenscheiße. »Ich war ziemlich beeindruckt von der schnellen Reaktion«, gab Petro zu. »Keine Ahnung, ob Balbinus versucht hat, Beamte zu bestechen, aber wenn ja, war es reine Zeitverschwendung. Heutzutage scheint es im Palast nur noch nach Veilchen aus Paestum zu riechen.« Das war den neuen flavischen Cäsaren zu verdanken. Bestechungsgelder waren offenbar zusammen mit Nero vom Balkon gestürzt. Zumindest schien Petro das zu glauben. »Es war genau das Resultat, das ich wollte, also was soll's.«

»Und jetzt sitzen wir hier!« gratulierte ich ihm. »In Ostia bei Morgengrauen.«

»Ostia«, nickte er, vielleicht etwas verhalten. »Marponius bekommt ein unentgeltliches Mahl im Palast; ich bekomme ein freundliches Schreiben von Titus Cäsar, die Unterwelt bekommt einen Schuß vor den Bug . . .«

»Und Balbinus?«

»Balbinus«, grummelte Petronius Longus bitter, »der bekommt eine Gnadenfrist.«

IV

Zu wissen, daß wir – die wir das Privileg besitzen, Bürger des römischen Imperiums zu sein – außer in Zeiten des extremen politischen Chaos, wenn jegliche Zivilisiertheit außer Kraft gesetzt ist, tun und lassen können, was wir wollen, und trotzdem unangreifbar sind, ist für uns alle sicher ein Trost.

Natürlich ist es ein Verbrechen, wenn wir uns im auswärtigen Dienst bereichern; Vater oder Mutter ermorden; eine Vestalin vergewaltigen; einen Anschlag auf den Kaiser planen; den Sklaven eines anderen Mannes vögeln oder eine Amphore vom Balkon fallen lassen, um den Schädel eines Mitbürgers einzudellen. Für solch üble Taten können wir von jedem

Freigeborenen angezeigt werden, der bereit ist, einen Anwalt zu bezahlen. Wir können zu einem peinlichen Gespräch vor einen Prätor zitiert werden. Wenn der Prätor uns nicht leiden kann oder auch nur unsere Geschichte nicht glaubt, kann er uns vor Gericht bringen, und wenn die Geschworenen uns ebenfalls nicht leiden können, werden sie uns für schuldig befinden. Für die schlimmsten Verbrechen können wir zu einem kurzen Treffen mit dem öffentlich bestallten Henker verurteilt werden. Aber da die Freiheit ein unveräußerliches und immerwährendes Gut ist, kann man uns nicht zwingen, eine Gefängnisstrafe zu erdulden. Während der Henker also in seinem Kalender nach einem freien Termin sucht, können wir ihm zum Abschied fröhlich zuwinken und unserer Wege gehen.

Zu Sullas Zeit entzogen sich auf diese Art viele Verbrecher der Bestrafung, und dieses Vorgehen erwies sich offenbar als so preiswert, daß es schließlich zum Gesetz erklärt wurde: Kein römischer Bürger, der zum Tode verurteilt war, durfte verhaftet werden, selbst nach dem Urteilsspruch nicht, ohne daß ihm vorher eine *Gnadenfrist* eingeräumt wurde. Es war mein Recht, es war Petros Recht, und es war das Recht des mörderischen Balbinus Pius, ein paar Taschen zu packen, ein selbstgefälliges Grinsen aufzusetzen und zu verschwinden.

Dahinter steckt die Annahme, das Leben außerhalb des Imperiums sei für einen römischen Bürger eine ebenso grausame Strafe wie der Tod. Balbinus lachte sich wahrscheinlich kaputt. Wer sich das ausgedacht hatte, konnte kein vielgereister Mensch sein. Ich hatte die Grenzen des römischen Reiches überschritten, also war mein Urteil nicht das eines Juristen. Außerhalb des Imperiums läßt es sich durchaus leben. Wie überall braucht man für ein bequemes Leben nur ein bißchen mehr Geld als die Eingeborenen. Jene Verbrecher, die sich die Reise überhaupt leisten konnten, hatten nichts zu befürchten.

Das also war der Stand der Dinge. Petronius Longus hatte diesen Schwerverbrecher abscheulicher Vergehen überführt und dafür gesorgt, daß er mit dem Tod bestraft wurde – durfte ihm aber noch nicht mal Handfesseln anlegen. Für den heutigen Tag war die Hinrichtung festgesetzt. Daher würde am heutigen Morgen, während sich die Graubärte im Senat über den Verfall der öffentlichen Ordnung aufregten, Balbinus Pius wie ein Ritter aus Rom hinausspazieren und sich auf die Reise zu irgendeinem netten Versteck machen. Das er vermutlich bereits mit goldenen Trinkbechern angefüllt hatte, mit dem dazugehörigen würzigen Falerner und mit hübschen Frauen, die ihm zulächelten, während sie ihm das köstliche Gesöff einschenkten. Petro konnte nichts dagegen unternehmen – nur dafür sorgen, daß der verdammte Schweinehund auch tatsächlich abfuhr.

Petronius Longus machte das mit der Sorgfalt, die seine Freunde in Rom von ihm erwarteten.

Der als Matrose verkleidete Linus hatte uns genauer zugehört als die anderen der Truppe. Als sein Chef begann, mir die Maßnahmen aufzuzählen, die er ergriffen hatte, drehte Linus sich auf seiner Bank um und leistete uns Gesellschaft. Linus spielte eine Schlüsselrolle bei der Reise des großen Bosses ins Exil.

»Leider wohnt Balbinus im Circus Maximus Bezirk ...«, begann Petro.

»Jupiter! Der untersteht der Sechsten Kohorte. Gibt's da irgendwelche Streitigkeiten? Heißt das, du und deine Männer könnt sein Haus nicht überwachen?«

»Respektlosigkeit gegenüber den örtlichen Ordnungskräften ...« Petro grinste leicht. Ich begriff, daß ihn ein bißchen Respektlosigkeit vor den Schlappschwänzen der Sechsten nicht schreckte. »Wir mußten es also als gemeinsame Operation durchziehen. Die Sechste eskortiert ihn hierher.«

Ich grinste zurück. »Unterstützt von Beobachtern deiner eigenen Kohorte?«

»*Begleitet*«, korrigierte Petro pedantisch. Zu sehen, wie sich das gestaltete, würde eine Freude sein!

»Und du vertraust natürlich darauf, daß sie die Aufgabe ordentlich ausführen?«

»Na, aber sicher doch!« spottete Linus halblaut.

Linus sah jung aus für seine dreißig Jahre und hatte sich für seine Rolle eines Seemanns in mehr Tuniken als üblich gehüllt. Dazu trug er abgetragene, verknautschte Stiefel, einen von seiner Mutter gestrickten Schlapphut und ein Seemannsmesser. Die Arme, die aus den kurzen Tunikaärmeln herausragten, waren von kindlicher Rundlichkeit, obwohl keiner von Petros Männern übergewichtig war. Offener Blick und ein Kinn so eckig wie ein Spaten. Ich hatte ihn zwar nie zuvor gesehen, erkannte aber, daß er lebhaft und aufgeschlossen war. Ein Rekrut nach Petros Geschmack.

»Die Sechste bringt den großen Zampano also hierher, und dann wird er dir übergeben?« sagte ich lächelnd zu Linus. »Was verlangt dieser Sklaventreiber, wie weit mußt du mitfahren?«

»Bis zum Ziel«, antwortete Petro für ihn.

Ich warf Linus einen mitfühlenden Blick zu, aber der zuckte nur die Schultern. »So komme ich wenigstens mal raus«, meinte er. »Wenn wir sicher gelandet sind, fahre ich zurück. Zumindest verlangt der verehrte Petronius nicht, daß ich auch auf der Rückfahrt als Seemann arbeite.«

»Wie nett von ihm! Wohin fährt der Unterweltkönig denn?«

»Nach Heraclea, auf der Halbinsel Taurica.«

Ich stieß einen Pfiff aus. »Hat *er* sich das ausgesucht?«

»Jemand hat einen sehr nachdrücklichen Vorschlag gemacht«, kam Petros trockene Antwort. »Jemand, der das Recht hat, ihn den Löwen in der Arena zum Fraß vorzuwerfen, falls er sich nicht danach richtet.« Der Kaiser.

»Dann hat dieser Jemand einen Sinn für Humor. Selbst Ovid mußte nur nach Moesien.«

Die Welt war kleiner geworden, seit Kaiser obszöne Dichter an die einsamen Küsten des Euxinischen Meeres schickten, um ihre Hexameter zu lüften, während andere unliebsame Bürger nach Gallien segeln und dort als reiche Weinhändler sterben durften. Heute reicht das Imperium weit über Gallien hinaus. Chersoneus Taurica, noch weiter die Küste des Euxinus hinunter als Ovids düsteres Rattenloch, hatte als Müllkippe für Verbrecher eindeutige Vorteile: Obwohl es sich technisch gesehen nicht um eine römische Provinz handelte, unterhielten wir Handelsposten entlang der gesamten Küste. Balbinus würde also unter Beobachtung stehen – was er ganz genau wußte. Ein schrecklicher Ort für ein Exil. Wenn ihn die Braunbären nicht verspeisten, würde er vor Kälte oder Langeweile sterben, und das Geld, das er mit rausschmuggeln konnte, würde ihm nichts nützen, denn dort gab es keinen Luxus, für den er es hätte ausgeben können.

»Für dich wird das auch kein Zuckerschlecken«, sagte ich zu Linus. »Vor den Saturnalien bist du keinesfalls zurück.«

Das nahm er ruhig hin. »Jemand muß dafür sorgen, daß Balbinus nicht schon in Tarentum vom Schiff verschwindet.« Richtig. Oder in Antium, oder Puteoli, oder Paestum, Buxentum oder Rhegium, oder in Sizilien oder einem der vielen Küstenorte in Griechenland, auf den Inseln und in Kleinasien, die alle den Weg unseres Verbrechers ins Exil säumten. Die meisten dieser Städte verband nur eine verschwommene Loyalität mit Rom. Manche wurden von römischen Beamten verwaltet, die nur einen ruhigen Posten gesucht hatten. Viele waren selbst für Beamte, die sich gerne wichtig machten, zu abgelegen. Petronius Longus machte sich zu Recht Sorgen um die Durchführung der Strafe. Doch Linus schien seine Verantwortung mit Gelassenheit zu tragen. »Das ist meine große Chance, was von der Welt zu sehen. Mir machte es nichts aus, in einer einigermaßen annehmbaren Stadt in Bithynien oder an der thrakischen Küste zu überwintern.« Petros Spitzel hatte also bereits einen Blick auf die Karte geworfen.

»Wird deine Unterkunft bezahlt, Linus?«

»Solange es sich im Rahmen hält«, warf Petronius streng ein, damit auch ja nicht der Eindruck entstand, Linus würde auf Staatskosten eine Vergnügungsreise unternehmen.

»Hauptsache, ich krieg ein bißchen Ruhe!« sagte Linus. Offenbar war da eine Frau im Spiel.

Tja, wir standen wohl alle etwas unter dem Pantoffcl. Wobei die meisten von uns allerdings darauf verzichtet hätten, vier oder fünf Monate zur schlimmsten Zeit des Jahres jenseits des Hellespont zu verbringen, nur um dem heimischen Gezeter und Genörgel zu entgehen. Linus beherrschte offenbar noch nicht die Kunst, für halbe Tage in den Thermen zu verschwinden (vorzugsweise solchen, von denen nicht bekannt ist, daß man sie frequentiert).

Martinus erschien am Eingang. Er machte Petronius ein kaum sichtbares Zeichen.

»Sie kommen! Verdrück dich, Linus.«

Mit einem Grinsen, das ich immer noch vor Augen habe, glitt Linus von der Bank. Voller Vorfreude auf sein Abenteuer war er aus der Schenke verschwunden und wieder auf seinem Boot, bevor wir anderen uns noch richtig aufgerappelt hatten.

Wir hatten unseren Wein bezahlt und verließen schweigend die Schenke. Der Wirt schloß die Tür hinter uns. Wir hörten, wie er einen schweren Riegel vorschob.

Draußen hatte die Dunkelheit eine andere Färbung angenommen. Der Wind hatte aufgefrischt. Als wir uns wieder am Kai einfanden, schüttelte Fusculus einen Krampf aus seinem Bein, während wir anderen unsere Schwerter zurechtrückten und sie von den Umhängen befreiten. Nervös lauschten wir auf das Geräusch, das wir über dem Knarren der Taue und Bohlen und dem Plätschern der Wellen an den Pollern, Pontons und Schiffsrümpfen wirklich hören wollten.

Wir konnten eine Bewegung auf der Straße zum Hafen ausmachen, allerdings nur schwach. Martinus mußte sich für diese Mission extra die Ohren geputzt haben, wenn er noch vor uns etwas gehört hatte.

Bald wurden die Geräusche lauter und als Hufgetrappel erkennbar, dann war auch irgendwo in ihrer Mitte das Rollen von Rädern zu hören. Gleich darauf kam unter lautem Klappern der Hufeisen ihrer Pferde und Maultiere eine kleine Kavalkade in Sicht. Den Mittelpunkt bildete eine außerordentlich prachtvolle Karosse, wie sie sehr reiche Männer für bequeme Sommerreisen zu ihren entlegenen Landgütern benutzen – groß genug, daß der Fahrgast in ihnen essen und schreiben kann oder auch schlafen, wenn es ihm gelingt, das Gerüttel durch die Schlaglöcher zu vergessen. Balbinus hatte auf dieser Fahrt vermutlich kein Nickerchen gehalten.

Zwei Freigelassene, die wohl beschlossen hatten oder überredet worden waren, daß sie ihren Herrn unmöglich verlassen konnten, sprangen herunter und luden ein bescheidenes Gepäck ab. Balbinus hatte alle seine Sklaven verloren. Das war Teil seiner Enteignung. Was die Freigelassenen jetzt taten, war ihre Sache. Bald würden sie mehr Bürgerrechte besitzen als er – obwohl sie möglicherweise meinten, dem Herrn, der sie einst freigelassen hatte, die Treue halten zu müssen. Ob sie es so betrachteten, hing davon ab, wie oft er sie während ihrer Sklavenzeit einfach so zum Spaß getreten hatte.

Noch blieb der große Boss in seiner Kutsche. Es war ein schweres, vierrädriges Gefährt, glänzend schwarz lackiert und mit Silber beschlagen, gezogen von zwei lebhaften Mulis mit bronzenen Trensen und mit Millefiori-Emailarbeit verziertem Zaumzeug. Der Kutscher machte sich einen Spaß daraus, seine dreischwänzige Peitsche knallen zu lassen; die Mulis nahmen es gelassen hin, einige von uns dagegen zuckten unwillkürlich zusammen, als er das Ding plötzlich über unsere Köpfe sausen ließ. Wir waren nervös – warteten immer noch auf den großen Augenblick. Dunklc Vorhänge vor den Fenstern der Kutsche verbargen den Fahrgast.

Petronius trat vor und begrüßte die Offiziere der Sechsten, die den Mann von Rom hierher eskortiert hatten. Ich blieb dicht neben ihm. Er stellte mir Arica und Tibullinus vor, die er kannte. Tibullinus schien das Kommando zu haben. Er war ein massiger, ungepflegter Zenturio, der mir nicht sonderlich gefiel. Bei ihnen befand sich Porcius, einer von Petros jungen Rekruten, der der Sechsten formell als Beobachter zugeteilt worden war. Er verkrümelte sich ziemlich rasch.

Während wir die Formalitäten erledigten, näherten sich zwei weitere Pferde. Ihre Reiter stiegen ab, schlossen sich uns an und nickten Petro offen zu.

»Was soll das?« rief Tibullinus in ärgerlichem Ton, den er zu kaschieren versuchte. »Eine Überwachung? Der Sechsten?«

»Fern sei es mir, die akribische Sechste zu verleumden!« versicherte Petro. Wenn er es darauf anlegte, konnte er ganz schön verschlagen sein. »Nur zwei meiner Jungs, die ich gebeten hatte, uns behilflich zu sein, wenn sie eine andere Sache erledigt haben. Sieht so aus, als hätten sie euch eben erst eingeholt . . .«

Jedem war klar, daß seine beiden Jungs die Sechste und ihren Quasi-Gefangenen die ganze Fahrt lang begleitet hatten – und daß dieser kleine Begleitschutz den Männern der Sechsten nicht aufgefallen war. Sie hätten es merken sollen. Das Ganze hätte ja auch ein Überfall sein können. Wir beließen es dabei, bevor die Sache zu heiß wurde.

Jetzt stand etwas anderes bevor.

Einen Augenblick lang herrschte unnatürliche Reglosigkeit, dann reckten sich alle und wurden wachsam. Die Tür der Kutsche öffnete sich quietschend. Balbinus stieg aus.

V

Es ist immer das gleiche: Man steht einem mörderischen Schwerverbrecher Auge in Auge gegenüber, und er sieht aus wie Haarbandverkäufer.

Balbinus war etwas über fünf Fuß groß – wirklich kein großer Mann. Er reichte mir kaum an die Nasenspitze und schien nicht zu bemerken, daß ihn die meisten der anwesenden Soldaten um fast einen Fuß überragten. Er hatte einen ovalen Kopf, ein ausdrucksloses Gesicht, unstete Augen, die ängstlich und beinahe verwirrt schauten. Sein Auftreten war ruhig, nicht bedrohlicher als das eines Marienkäfers.

Über seine hochgezogenen Schultern waren eine adrette weiße Tunika und ein grauer Umhang drapiert. Der Umhang war außergewöhnlich ordentlich an seiner linken Schulter mit einer runden, granatbesetzten Goldbrosche befestigt. Seine Haut hatte eine gesunde Farbe. Sie schimmerte durch den dünnen Flaum auf seiner fast kahlen Schädeldecke; das noch vollere Haar über seinen Ohren war mit einer diskreten, aber intensiv duftenden Pomade behandelt worden. Er trug Reisestiefel aus grauem Leder. Sein Siegelring war aus Gold, eine beflügelte weibliche Person, die im griechischen Stil einen mit vier Pferden bespannten Streitwagen lenkte. Dazu zwei weitere Schmuckringe, einer mit Saphiren und Opalen besetzt, der andere aus Blattgold geschnitten und mit Filigranarbeit verziert. Außerdem den breiten, schlichten Goldreif der Equites. Er war nicht bewaffnet.

Daß Tibullinus, Arica und einige andere von der Sechsten vortraten, ihm die Hand schüttelten und sich von ihm verabschiedeten, stieß mich ab. Petro ging es genauso. Man wünschte ihm eine gute Reise. Wir konnten das Ritual nicht mit ansehen, schauten weg und schnaubten entrüstet. Wir wollten uns nicht in das Gespräch hineinziehen, uns nichts davon aufnötigen lassen. Dies war die Willfährigkeit, aus der Korruption entsteht.

»Wie kannst du so was tun?« fuhr Martinus Arica an; Arica hatte Balbinus sogar auf den Rücken geklopft, als ob er seinen zur Armee eingezogenen Vetter verabschiedete. Martinus sagte immer, was er dachte.

»Höflichkeit schadet doch nicht.« Die Sechste hatte Balbinus überwacht, seit er vor Gericht gestellt worden war. Persönliche Kontakte hatten sich daher nicht vermeiden lassen.

Die Männer der Sechsten zogen sich nun zurück, da sie uns ihre Last übergeben hatten. So wie Petronius Longus sie beim Händeschütteln mit dem Verbrecher beobachtet hatte, tat er nicht länger so, als handele es sich hier um eine gemeinsame Mission. Seine übliche umgängliche Art war verflogen; ich hatte ihn noch nie so ernst gesehen. Der restliche Höhepunkt des Schauspiels gehörte ihm und der Vierten. Nachdem sich die Sechste formell verabschiedet hatte, verschwand sie rasch von der Bildfläche.

Ich sagte nichts, hatte aber das Gefühl, daß Petros Nacht des Triumphes gerade einen schweren Dämpfer bekommen hatte.

Die Freigelassenen hatten das Gepäck aufs Schiff gebracht. Sie blieben an Bord. Wir sahen, wie die Matrosen ihre Plätze an den Haltetauen einnahmen. Der Kapitän stand unruhig oben am Rallreep, wollte jetzt, wo Wind aufgekommen war und es hell wurde, endlich die Segel setzen. Keiner von uns machte

Anstalten, nach Linus zu schauen. Es war besser, seine Anwesenheit an Bord zu vergessen.

Das Gefährt war ein geräumiges Handelsschiff mit dem Namen *Aphrodite*. Balbinus würde es sehr bequem haben; es gab eine Kabine für den Kapitän und bevorzugte Passagiere, eine über dem Heck hängende Latrine, sogar eine Kombüse, in der die Mahlzeiten zubereitet werden konnten. Die *Aphrodite* war anderthalbmal so groß wie das Schiff, mit dem Helena und ich aus Syrien zurückgesegelt waren. Sie mußte stabil gebaut sein, um eine derart weite Reise so spät im Jahr bewältigen zu können.

Jetzt stand der Verbrecher zögernd da; er schien nicht recht zu wissen, was von ihm erwartet wurde. »Soll ich an Bord gehen?«

Seine Zweifel wurden rasch zerstreut. Petronius Longus baute sich vor ihm auf, flankiert von Martinus und mir. Die übrigen Mitglieder der Truppe bildeten einen engen Kreis um uns.

»Nur noch ein paar Formalitäten.« Jetzt, wo sich Balbinus unter Aufsicht der Vierten Kohorte befand, würde es kein Händeschütteln und freundliches Verabschieden geben. »Darauf habe ich lange gewartet, Balbinus«, sagte Petro.

»Sie haben zweifellos Ihre Pflicht getan, Hauptmann.« Ein Vorwurf lag in seiner Stimme. Er wirkte immer noch wie ein Verkäufer für Tunikalitzen – einer, der zu seinem Erstaunen gerade erfahren hat, daß sein bestickter ägyptischer Schnickschnack in einer piekfeinen Wäscherei zehn Togen purpurrot verfärbt hatte. »Ich habe die Verbrechen, die man mir zur Last legt, nicht begangen.«

»Das sagen sie alle«, beschwerte sich Petronius und schaute in den Himmel. »Oh, ihr Götter! Wie ich diese Heuchelei hasse! Ein aufrechter Bösewicht widersetzt sich der Verurteilung nicht. Er zuckt mit den Schultern und nimmt es hin, daß man ihn erwischt hat. Aber ihr selbstgerechten Typen müßt alle immer rumjammern, daß ihr gar nicht versteht, wieso man euch derart verkennen kann. Ihr seid davon überzeugt, daß es in einer zivilisierten Gesellschaft nur darum geht, Männer wie euch in Ruhe ihren Geschäften nachgehen zu lassen, ohne von diensteifrigen Blödmännern wie uns gestört zu werden. Blödmännern, die keine Ahnung haben.« Petronius biß so fest die Zähne zusammen, daß ich meinte, sie knirschen zu hören. »Nur, daß ich sehr wohl eine Ahnung habe!« knurrte er. »Ich verstehe durchaus, worum es euch geht.«

Dieser Ausbruch zeigte keine Wirkung. Balbinus' Augen, deren Farbe total unauffällig war, wanderten zu mir. Er schien zu merken, daß ich ein Außenseiter war, und hoffte auf Mitgefühl. »Du hast deine Chance gehabt«, sagte ich, bevor er anfangen konnte zu jammern. »Ein Geschworenengericht, in der Ruhe der Basilika. Sechs Anwälte. Geschworene, die deinem Rang entsprechen und sich deine Taten angehört haben, ohne sich davon krank machen zu lassen. Ein Richter, der selbst bei der Urteilsverkündung höflich blieb. Während draußen die Händler an ihren Ständen weiterhin von deinen Diebesbanden bestohlen und fast mittellose alte Frauen um ihr letztes Erspartes gebracht wurden; Männer, die es wagten, sich gegen deine Taschendiebe zu wehren, brachen blutend in der Gosse zusammen; Sklavinnen wurden von ihren wütenden Herrinnen in die Prostitution verkauft, nachdem deine Straßenräuber ihnen das Einkaufsgeld abgeknöpft hatten . . .« Petronius bewegte sich leicht. Ich verstummte.

»Gibt es noch irgendwas, das du mir über deine

Geschäfte erzählen möchtest?« Petros Frage war rein formell; eine vergebliche Hoffnung.

»Ich bin unschuldig«, wiederholte Balbinus feierlich.

Petros Sarkasmus fiel sanfter aus, als ich erwartet hatte: »Oh, einen Moment lang dachte ich doch tatsächlich, du würdest mich überraschen und etwas zugeben.«

Seine Männer waren nervös, wollten Vergeltung, wollten etwas tun, das ihnen ein gutes Gefühl gab.

Petronius streckte die Hand aus, mit der Handfläche nach oben. »Du kannst das, was du an dir trägst, behalten. Ich brauche nur deinen Ritterring.«

Mit automatischem Gehorsam zog der große Boss der Unterwelt das Zeichen seiner verlorenen Ritterwürde ab, hatte Mühe, es über den ersten Fingerknöchel zu bekommen. Wieder schaute er verwirrt. »Kann ich eine Quittung haben?«

»Nicht nötig.« Petro hielt den schmalen Goldreif zwischen Finger und Daumen, als würde er ihn anekeln. Vorsichtig plazierte er den Ring aufrecht auf einem Poller und hob den Fuß. Stollensohlen, mit Eisen beschlagen und durch den langen Gebrauch Petros Fuß nachgeformt, traten mit Wucht zu. Weil ich oft genug in betrunkenem Zustand über die gewaltigen Quadratlatschen meines alten Zeltkameraden gestolpert war, wußte ich, daß sie durchaus Respekt verdienten.

Petro zerstampfte den Ring zu einem nutzlosen Stückchen Metall. Mit höhnischem Grinsen gab er ihn zurück. Der Staat würde auf dieses Gold verzichten.

»Das macht dir wohl Spaß«, meinte Fusculus mit gespielter Mißbilligung. Mit seinem Sinn für Ironie schien er der Sensible der Truppe zu sein.

»Ich freue mich, daß ich diesen Drecksack nie wieder sehen muß.«

»Nimm ihm seine Rechte!« Das war Martinus, immer ein Freund des Dramas und so sensibel wie ein toter Wassermolch.

Petronius Longus verschränkte die Arme. Auch wenn er die Sache genoß, klang er doch müde: »Tiberius Balbinus Pius, du bist wegen schwerster Verbrechen verurteilt worden. Die römischen Gesetze billigen dir eine Gnadenfrist zu. Das ist das einzige dir verbliebene Privileg. Du bist kein Bürger mehr. Die Ritterwürde und die damit verbundenen Ehren sind dir genommen. Deine Besitztümer fallen an das Schatzamt und deine Ankläger. Deine Frau, Kinder und Erben haben kein Anrecht mehr darauf. Du wirst das Imperium verlassen und nie zurückkehren. Wenn du je den Fuß auf römisches Territorium setzt, wirst du mit dem Tode bestraft.«

»Ich bin unschuldig!« jammerte Balbinus.

»Du bist Abschaum!« brüllte Petronius. »Mach, daß du an Bord kommst, bevor ich mich vergesse!«

Balbinus funkelte ihn rachsüchtig an und marschierte das Fallreep hinauf.

VI

Ein paar Stunden später fanden Petro und ich uns wieder am Kai ein. In einer anderen Schenke, die ein klein wenig freundlicher war als die erste Spelunke, hatten wir ein paar Stunden schnarchend auf der Bank verbracht. Während wir uns dem Schlaf hingaben, hatte sich die Szene draußen vollständig verändert. Es war Tag. Die Kais waren voller Menschen. Nach der langen, nervenaufreibenden Nacht war das Gewimmel ein regelrechter Schock.

Auf unserer Suche nach der *Providentia*, die mich von Syrien heimgebracht hatte, konnten wir jetzt das riesige, von Menschenhand geschaffene Hafenbecken voll überblicken. Das war Portus. Die spektakuläre neue Hafenanlage, die das alte, versandete Becken im zwei Meilen entfernten Ostia ersetzte, ging auf Claudius zurück. Heute konnten nur noch flache Barken den alten Hafen anfahren. Der Bau von Portus hatte mehrere Jahrzehnte gedauert, nachdem Claudius den ersten Wellenbrecher versenkt hatte – ein gewaltiges Schiff, das Caligula einst zum Transport eines Obelisken benutzt hatte. Das war sozusagen der Grundstein für eine zweihundert Fuß lange Mole, die das Hafenbecken vor Unwettern schützte und den dreistöckigen Leuchtturm trug, der mit seinem permanenten Leuchtfeuer an der Hafeneinfahrt verkündete, daß sich hier das Zentrum der Weltschiffahrt befand: ein riesiges Areal geschützter Ankerplätze, an denen der gesamte Handel des Imperiums festmachte, ganz erpicht darauf, die Hafengebühr auszuspucken. Auch ich hatte meine Gebühr bezahlt, wie es sich für einen guten Bürger gehört, dessen Schwager Zollbeamter ist und gern unbequeme Fragen stellt. Jetzt wollte ich meine Waren abholen.

Der Krach war unbeschreiblich. Arbeiter aus Ostia strömten auf der durch Handelsgärtnereien und Blumengärten führenden Straße herein oder kamen per Boot durch den Claudius-Kanal (der dringend erweitert und ausgebaggert werden müßte): Schreiber, Zollinspektoren, Schiffseigner und Warenbesitzer, die sich mit Passagieren und Trägern auf den Molen drängten. Wir waren unausgeschlafen, und das Gelände war uns fremd. Irgendwie beraubte uns dieses ganze Durcheinander unserer Autorität. Petronius und ich waren erschöpft und fluchten genau wie all die anderen Fremden.

»Tut mir leid, daß ich dich da reinziehe«, meinte ich bedauernd. Doch Petro ließ sich nicht so schnell kleinkriegen. Wir hatten schon schlimmere Sachen gemeinsam durchgestanden. Balbinus hatte eine trübe Stimmung bei uns ausgelöst; wir waren froh, ihn nun vergessen zu können. Für meinen Vater, der als Auktionator tätig war, warfen wir uns wie Helden ins Getümmel. Der Mann nervte mich zwar ohne Ende, hatte uns aber zumindest die Möglichkeit verschafft, noch ein bißchen hier am Meer zu bleiben.

Mein Vater hatte die Angewohnheit, mir nichts als Ärger einzubrocken. Seit dem Tag – ich steckte noch in der Kindertunika –, als er von zu Hause durchgebrannt war, widerte mich so ziemlich alles an, was er tat. Ich hielt mich nach Möglichkeit von ihm fern, aber er schaffte es immer wieder, sich in mein Leben einzuschleichen, egal, wie sehr ich mich dagegen wehrte.

Er war gescheit gewesen und hatte mich nicht gebeten, ihm zu helfen und bei meiner Syrienreise auch an seinen Geldbeutel zu denken. Als er von unserem exotischen Reiseziel erfuhr, hatte er statt dessen Helena beauftragt. Helena Justina, meine Freundin, die als Tochter eines Senators aufgewachsen war, hielt Papa für einen liebenswürdigen Schlawiner. Sie meinte, ich sei zu streng mit ihm, wollte, daß wir alle gute Freunde waren. Das gab Papa die Möglichkeit, sie zu allerlei krummen Dingern zu verleiten, vorzugsweise hinter meinem Rücken.

Obwohl er behauptete, mittellos zu sein (eine mitleiderregende, aber völlig unzutreffende Klage), war es meinem Vater gelungen, Helena unterzujubeln, sie möge mich doch bitte nach Tyrus schleppen – und ihr einen Wechsel über zweihunderttausend Sesterzen zu geben. Sie hatte freie Hand, diese exorbitante Summe auszugeben. Er schien ihrem Geschmack zu vertrauen. In den dreißig Jahren meines Lebens hatte er mir mit seinem Privatvermögen nie solche Freiheiten gestattet.

Natürlich hatten wir ebenfalls investiert. Zu einem der reichsten Märkte des Imperiums zu reisen und nicht billig von den Karawanen einzukaufen, wäre doch sinnlos. Hauptsächlich von Helenas Geld, plus meine mageren Ersparnisse, hatten wir so viele Ballen Seide eingekauft, daß wir unsere beiden Familien komplett wie parthische Tanzmädchen einkleiden konnten und immer noch genug verkaufen konnten. Helenas Exmann hatte Pfeffer importiert, also hielten wir uns da zurück, es blieben aber immer noch – verpackt in aufreizend duftende Fässer – genügend andere Gewürze zum Heimbringen übrig. Außerdem hatten wir Weihrauch und andere Duftstoffe gekauft. Ich hatte noch ein paar Extradinge auf den Märkten erstanden, wenn Helena gerade nicht hinsah. Und schließlich, als ich schon meinte, wir könnten endlich nach Hause fahren, hatte Helena Justina mich überredet, noch Glaswaren für Papa zu kaufen.

Das Handeln hatte sie mir überlassen, obwohl sie selbst in einer Weise mit ihrem tragbaren Abakus umging, daß den Händlern der Schweiß ausbrach. Sie suchte die Waren aus. Helena hatte ein gutes Auge dafür. Mein Gegrummel mal beiseite, Glas *war* eine begehrenswerte Handelsware. Mein Vater wußte, was er tat. Wir kauften Schalen und Flaschen, Krüge und

Becher in zartem Rosa, metallischem Grün, schwefligem Blau; Vasen, um deren schlanke Hälse sich Schlangen aus geschmolzenem Glas ringelten; winzige Parfümflakons in der Form kleiner Tauben; Krüge mit geschwungener Tülle und kunstvollen Mustern. Dazu Kameenglas, das fast so teuer war wie Weihrauch. Ja, sogar aufsehenerregende Glasurnen.

All dieses Glas war eine große Belastung. Wir waren heimwärts geschlichen – in ständiger Sorge um Papas zerbrechliche Wasserkrüge und Fingerschalen. Soweit ich wußte, war alles noch heil, als wir auf der *Providentia* in Portus einliefen. Jetzt mußte ich es nur noch den Fluß hinauf nach Rom befördern. Wenn ich Helenas privater Halbgott bleiben wollte, mußte ich dafür sorgen, daß ich nicht mit den Bündeln ausrutschte.

Unsere eigenen Pakete waren bereits mit Maultieren nach Ostia gebracht worden. Ich hatte eine Passage auf einer Tiberbarke gebucht, die heute ablegen sollte. Jetzt war ich nervös wegen Papas verdammtem Glas. Ich hatte keine Lust, für den Rest meines Lebens als der Sohn verspottet zu werden, der den Gegenwert von zweihunderttausend Silberstücken zerdeppert hatte. Die Sache mußte richtig angepackt werden.

Petronius zeigte ein gewisses Mitgefühl; er war ein treuer Freund. Aber ihm fehlte das brennende Interesse, das ich hatte, und das konnte ich ihm nicht vorwerfen. Ich fand es schon schwer genug, mich derart für den Gewinn eines anderen Mannes zu interessieren. Nur Helenas Stolz auf die Durchführung ihres Auftrages hielt mich bei der Stange.

Es fiel uns schwer, ein Transportmittel zu finden. Wir wollten das Glas durch den Kanal zum alten Hafen befördern. Irgendein Idiot (ich) hatte das für den besten Weg gehalten. Aber niemand war bereit, *uns* ein Boot zu vermieten. Nach zwei Stunden fruchtloser Versuche ließ mich Petro auf der Mole zurück, meinte, ich solle weiter nach einem Boot Ausschau halten, während er sich an die Hafenbeamten wenden und ganz nebenbei seine offizielle Position erwähnen würde, in der Hoffnung, uns so verläßliche Ruderer zu beschaffen.

Er blieb so lange weg, daß ich annahm, er sei ohne mich frühstücken gegangen. Wenn ich Glück hatte, brachte er mir vielleicht ein zerdrücktes Brötchen mit einer schlappen Käsescheibe und einer Viertelolive mit. Aber so wie ich ihn kannte, würde der Schuft pfeifend zurückkommen und gar nichts sagen. Na prima. Die Kisten mit dem Glas waren aus der *Providentia* ausgeladen worden und standen am Kai, also mußte ich bleiben.

Ich hatte die Schnauze voll. Ich versuchte mich auf einen Poller zu setzen, aber die Dinger sind nicht zum Ausruhen menschlicher Hinterteile konstruiert. Während die Möwen spöttisch kreischten, verfluchte ich meinen Vater bis zum Hades und zurück und ließ sogar Petronius nicht ungeschoren. Ich verschwendete hier nur meine Zeit, dabei lag noch ein voller Tag in Rom vor mir. Petros Kapriole mit dem Verbrecher hatte Helena und mich unserer so sehnsuchtsvoll erwarteten ersten gemeinsamen Nacht im eigenen Bett beraubt. Papa, die Füße bequem auf ein Lampentischchen gelegt, hatte mir mitgeteilt, er sei »ein bißchen zu beschäftigt«, um nach Ostia zu fahren. Also blieb es mir überlassen, seine Waren, die mir schon genug Ärger gemacht hatten, abzuholen. So wie ich ihn kannte, würde er außerdem Helena die ihr zustehende Provision verweigern. Vorausgesetzt, das dumme Mädel hatte überhaupt daran gedacht, mit ihm eine Provision auszumachen.

Ich war drauf und dran, das ganze Glas mit Fußtritten in das Hafenbecken zu befördern, als sich die Parzen meiner erbarmten. Zwei Männer in einem robusten Boot winkten mir zu und fragten, ob sie meine Waren befördern sollten. Ich war begeistert, aber nach sechs Jahren als Privatermittler behandelte ich das Angebot natürlich mit Vorsicht.

Höflich und kühl stellte ich ihnen ein paar Fragen. Zum Glück gaben sie die richtigen Antworten: Sie waren Mitglieder der Ruderergilde und Besitzer eines eigenen Bootes. Sie sahen wie zwei Jungs aus, die ihr Geschäft verstanden. Ihre Namen, auf deren Nennung ich bestand, waren Gaius und Phlosis. Wir einigten uns auf einen Preis, und sie luden die kostbaren Kisten mit all der Vorsicht ein, die ich verlangte. Es waren eine Menge Kisten. Als sie fertig waren, teilten sie mir entschuldigend mit, daß das Boot mich leider nicht mehr mitnehmen konnte. Es schien ziemlich tief im Wasser zu liegen.

Wenn ich die Barke noch erwischen wollte, wurde die Zeit jetzt knapp. Gaius und Phlosis schienen so besorgt, ich könne annehmen, sie wollten meine Güter stehlen, daß ich widerstrebend einwilligte, sie ohne mich nach Ostia rudern zu lassen, während ich einen der Mietkarren nahm. Wir würden uns bei der Barke treffen; sie schlugen vor, daß ich sie erst dann bezahlen sollte. Dieser Beweis ihrer Aufrichtigkeit machte den Handel perfekt.

Müde und zufrieden, weil ich das Ganze ohne Petros Hilfe, der in solchen Dingen sehr hochnäsig sein konnte, hingekriegt hatte, war ich bereit, allem einigermaßen vernünftig Klingenden zuzustimmen. Ich winkte ihnen hinterher.

Ich stand noch auf dem Kai und hielt nach meinem Freund Ausschau, da bemerkte ich ein weiteres

Ruderboot. In ihm saß Petro, der irgendwo Fusculus aufgegabelt haben mußte. Ich winkte ihm ungeduldig zu. Jetzt würde ich der zweiten Bootsmannschaft erklären müssen, warum ihre Dienste nicht mehr benötigt wurden – und wie ich die Regeln der Rudergilde kannte, würden sie vermutlich ein Ausfallhonorar verlangen.

Während ich nervös herumzappelte, fingen Petronius' beiden Ruderer plötzlich an zu brüllen. Dann fiel auch Petro ein. Seine Bootsmänner ruderten mit aller Kraft auf Gaius und Phlosis zu. Die nahmen Tempo auf. Plötzlich sprangen zu meiner Verblüffung meine beiden hilfsbereiten Jungs über Bord, schwammen in aller Eile zu einem etwas entfernt liegenden Anlegeplatz und verschwanden den Kai hinunter.

Die Erkenntnis, einem Schwindel aufgesessen zu sein, traf mich wie eine Karrenladung nasser Sand.

Im nächsten Augenblick schrie ich auf vor Sorge um Papas Glasladung. Zum Glück lag der innere Hafen geschützt, so daß kaum Wellengang herrschte, außerdem manövrierten gerade keine größeren Schiffe. Das verlassene Ruderboot hatte heftig geschaukelt, als Gaius und Phlosis über das Dollbord sprangen, aber es war nicht gekentert. Petronius setzte von seinem eigenen Boot über und hielt dann die beiden Boote zusammen, damit auch Fusculus hinüberklettern konnte. Petronius konnte wahrhaft rudern; mit langsamen Schlägen brachte er mein kostbares Gut wieder zu mir, während seine eigenen Bootsleute in höchster Geschwindigkeit zum Ufer stürmten. Immer noch brüllend, sprangen sie aus dem Boot und rannten Gaius und Phlosis nach.

Die beiden Diebe waren mir egal; mich kümmerte nur Papas Schatz. Petronius warf mir ein Tau zu, während Fusculus den Kopf schüttelte ob meines knappen

Davonkommens. »Denen bist du ja schön auf den Leim gegangen! Ein hübsches Beispiel ihrer Kunst«, informierte er mich wissend.

»Ach ja?«

»Sie stehlen ein Boot, paddeln dann an den Kais entlang und suchen nach einem Dummkopf, der gerade erst im Hafen angekommen ist und Waren zu befördern hat. Zum Glück erkannten unsere beiden aufrechten Jungs das Boot. Es gehört einem Freund von ihnen, also wußten sie, daß deine Helden es geklaut haben mußten.«

Die trübseligen Einzelheiten wollte ich gar nicht hören, half ihm aber trotzdem an Land. »Du bist wohl Experte für solch üble Tricks, was, Fusculus?«

»Fusculus studiert die Unterwelt sehr eifrig«, meinte Petro grinsend. Dankenswerterweise war er ein zu guter Freund, um mich offen für meinen Mißgriff zu verspotten.

»Balbinus hatte eine Bande, die an den Kais am Emporium auf diesen Kniff spezialisiert war«, sagte Fusculus. »Du würdest staunen, Falco, wie leicht sich müde Reisende übers Ohr hauen lassen.«

»Das erstaunt mich nicht im geringsten«, grummelte ich.

Die zwei Ruderer, die das Beinahe-Unglück abgewendet hatten, kamen zurück. Sie hatten meine beiden Gauner nicht erwischt. Wir luden die Hälfte des Glases aus dem ersten Boot aus und packten es schwitzend und fluchend in das zweite Boot um, damit das Gewicht gleichmäßig verteilt war und wir auch selbst noch Platz fanden. Petronius, Fusculus und ich begleiteten die kostbare Fracht bis zur Barke in Ostia. Erst nachdem alle Kisten umgeladen waren, hatte ich das Gefühl, mich entspannen zu können.

Erschöpft von unseren Abenteuern, lagen wir im

herbstlichen Sonnenschein an Deck, während die Barke durch die Untiefen manövrierte und langsam den schlammigen Tiber nach Rom hinaufschwamm.

VII

Helena Justina hatte mich nicht heimkommen hören. Sie war dabei, meine Kletterrose neu zu befestigen, ein langes dürres Gewächs, das auf dem schmalen Balkon vor meiner Wohnung im sechsten Stock um Wasser und Nahrung kämpfte. Einen Augenblick lang konnte ich Helena beobachten, während sie mich noch nicht bemerkt hatte.

Helena war groß, von aufrechter Haltung, dunkelhaarig und ernst. In fünf Tagen würde sie ihren fünfundzwanzigsten Geburtstag feiern. Als ich sie kennenlernte, hatte das Eheleben in größtem Luxus, aber mit einem unsensiblen jungen Senator sie bitter und schweigsam werden lassen. Sie war gerade von ihm geschieden worden und hatte keinen Zweifel aufkommen lassen, daß jeder, der ihr in die Quere kam, mit Fußtritten rechnen durfte. Fragen Sie mich nicht, wie ich dieses Problem umschiffte – aber das Schreiben meiner Memoiren versprach lustig zu werden.

Erstaunlicherweise hatten die zwei Jahre, in denen sie mit mir Skandale und Schmutz überlebt hatte, die harte Schale weicher werden lassen. Vielleicht lag es daran, daß sie geliebt wurde. Während sie jetzt fast träumerisch innehielt, um einen Dorn aus ihrem Finger zu saugen, strahlte sie eine seltsame Stille aus. Sie wirkte ganz weit weg, sich ihrer eigenen Gedanken aber völlig unbewußt.

Ich hatte mich weder bewegt noch ein Geräusch gemacht, doch sie drehte sich rasch um. »Marcus!«

Wir umarmten uns. Ich vergrub meinen Kopf an ihrem weichen Hals, stöhnte vor Dankbarkeit über die Freude, die mein Anblick auf ihrem ebenmäßigen, lieben Gesicht ausgelöst hatte.

Trotzdem beunruhigte es mich. Ich würde eine Glocke an unserer Eingangstür anbringen müssen, damit kein anderer sich so anschleichen konnte. Das Mietshaus, in dem wir wohnten, war ein ziemlich übles Gemäuer.

Vielleicht sollte ich etwas Besseres für uns suchen.

Helena wirkte müde. Wir waren beide noch erschöpft von unserer Heimreise aus dem Orient. Beim Hereinkommen hatte ich gesehen, daß sie meinen Ausflug nach Ostia dazu benutzt hatte, auszupacken und aufzuräumen. Meine Mutter oder eine meiner Schwestern waren womöglich gekommen, um ihr zu helfen, machten aber zuviel Wirbel und waren vermutlich nach einer höflich servierten Tasse Zimttee und ein paar Geschichten über unsere Reise verabschiedet worden. Helena machte niemals Wirbel. Sie ordnete gern alles auf bestimmte Weise – um dann nicht mehr daran zu denken.

Ich zog sie zu der wackeligen Bank, die noch schiefer war, als ich sie in Erinnerung hatte. Leise fluchend bückte ich mich, schob ein Stückchen eines zerbrochenen Dachziegels darunter – was bedeutete, daß wir vermutlich irgendwo ein neues Loch im Dach hatten – und brachte die Bank wieder einigermaßen ins

Gleichgewicht. Dann setzten wir uns schweigend und schauten hinüber zum Fluß.

»Was für eine Aussicht!«

Sie lächelte. »Du kommst gern heim, Marcus.«

»Zu dir zu kommen, ist das Beste daran.«

Wie gewöhnlich übersah Helena meinen lüsternen Blick – wie immer merkte ich allerdings, daß sie ihn begrüßte. »Alles gutgegangen in Ostia?«

»Mehr oder weniger. Wir sind vor etwa einer Stunde nach Rom zurückgekommen. Papa hat sich schließlich doch ein Fünkchen Interesse abgerungen. Nachdem ich die Knochenarbeit erledigt hatte, tauchte er auf und übernahm am Emporium das Kommando.« Zum Glück wohnte mein Vater am Flußufer unterhalb des Aventin, nur ein paar Schritte von den Kais entfernt. »Er hat das Glas, also sieh zu, daß er dir die Provision zahlt.«

Helena schien über meinen Rat zu lächeln. »Hat Petronius alles erledigen können? Und wirst du mir jetzt erzählen, worum es bei dem ganzen Theater ging?«

»Er hat einen Verurteilten ins Exil geschickt.«

»Einen echten Verbrecher?« fragte sie und hob die Augenbrauen, als sie die Schärfe in meinem Ton hörte.

»Den schlimmsten.« Petronius Longus wäre entsetzt gewesen, wenn er gehört hätte, wie offen ich mit ihr darüber sprach; er erzählte seiner Frau nie von seiner Arbeit. Helena und ich hatten immer über alles gesprochen; für mich war die Sache mit dem großen Boss nicht erledigt, bevor Helena nicht die ganze Geschichte kannte. »Balbinus Pius. Wir haben ihn an Bord seines Schiffes gebracht, und einer von Petros Männern fährt als Matrose verkleidet mit. Wir wollen sicher sein, daß er nicht vorzeitig an Land geht. Übrigens, ich habe Petro und Silvia zum Essen eingeladen, sobald wir uns hier wieder eingerichtet haben. Alles in Ordnung soweit?« Ich machte mir nicht die Mühe, mich nach dem kahlen Raum hinter mir umzuschauen: ein kleiner Tisch, drei Schemel, Borde mit ein paar irdenen Krügen, Töpfen und Bechern, eine fast unbrauchbare steinerne Kochstelle.

»Oh ja.«

In den letzten Monaten hatte sich meine Schwester Maia von Zeit zu Zeit tapfer die sechs Treppen hinaufgequält, um nachzuschauen, ob niemand eingebrochen war und ob Smaractus, mein schweinischer Hauswirt, nicht wie üblich in meiner Abwesenheit Untermieter in meine Bude gestopft hatte und so doppelt Miete kassieren konnte. Maia hatte auch die Pflanzen auf dem Balkon gegossen und die Kräuter beschnitten, aber mit der Rose wollte sie nichts zu tun haben. Sie war der Ansicht, ich hätte sie nur gepflanzt, damit ich beim Verführen von Mädchen kein Geld für Blumen ausgeben müßte. Meine Schwestern sind von Natur aus unfair.

Ich griff nach Helenas Finger und entfernte den Dorn durch geschickten Druck mit meinem Daumennagel. Dabei streichelte ich die zwei Monate alte Narbe auf ihrem Unterarm, die von dem Skorpionstich in der syrischen Wüste herrührte.

»Ich werde Ärger bekommen wegen deiner Kriegsverletzung.« Sowohl meine Mutter als auch Helenas vornehme Eltern würden mir vorwerfen, daß ich sie in eine so gefährliche Gegend verschleppt und fürs Leben verunstaltet zurückgebracht hätte ... Und da war noch etwas, das unsere beiden Mütter in höchste Alarmbereitschaft versetzen würde. Eben heimgekehrt nach einem Sommer in der Fremde, wollte ich dieses Thema nur ungern anschneiden. Aber ich holte tief

Luft und wappnete mich. »Vielleicht steht mir noch Schlimmeres bevor.«

Helena reagierte nicht; das hatte ich nun von meiner rätselhaften Tour.

»Ich glaube, da ist etwas, worüber wir reden müssen.«

Diesmal verstand sie die Andeutung. Sie sah mich mißtrauisch an. »Was ist los, Marcus?«

Bevor ich es verhindern konnte, hörte ich mich sagen: »Ich habe den leisen Verdacht, daß ich bald Vater werde.« Worauf ich meinen Blick auf den Ianiculum richtete und abwartete, ob sie es bestätigen oder abstreiten würde.

Helena schwieg einen Augenblick, dann fragte sie leise: »Wie kommst du darauf?« Ihre Stimme klang ein wenig heiser.

»Beobachtungen.« Ich versuchte, unbekümmert zu klingen. »Beweise und Wahrscheinlichkeiten abzugleichen, ist schließlich mein Beruf.«

»Tja, du mußt es ja wissen!« Helena klang wie ein ärgerlicher Hausherr, dessen Verwalter gerade einen Lieblingssklaven beschuldigt, den Weinkeller geplündert zu haben. »Und wie soll das deiner Meinung nach passiert sein?«

»So wie allgemein üblich!« erwiderte ich gereizt. Wir konnten es nur uns selbst vorwerfen. Das klassische Versagen der Empfängnisverhütung – was nicht am Alaunwachs lag, sondern daran, daß die Beteiligten es gar nicht erst benutzt hatten.

»Oh«, sagte sie.

»Allerdings! Ich denke da an ein gewisses Vorkommnis in Palmyra . . .«

»Zeitpunkt und Ort sind mir keineswegs entfallen.«

Wie befürchtet, klang sie alles andere als erfreut. Vielleicht war jetzt nicht der richtige Moment, die Skorpionnarbe zu streicheln; ich zog die Hand zurück und verschränkte die Arme. Wieder schaute ich über den Tiber zum Ianiculum, wo ich mich manchmal in meinen Träumen als Villenbesitzer sah, falls die Parzen jemals vergessen sollten, daß ich derjenige war, den sie bevorzugt mit Hammerschlägen traktierten. Meine Aussichten, jemals Besitzer einer geräumigen Villa zu werden, waren in der Tat äußerst gering.

»Ich weiß, daß du an deine gesellschaftliche Stellung denken mußt«, meinte ich, steifer als beabsichtigt. »An den Ruf deiner Familie und natürlich deinen eigenen.« Wieder reagierte sie nicht. Was mich schnoddriger werden ließ: »Ich bitte dich nicht, zu mir zu stehen.«

»Was ich natürlich tun werde!« beharrte Helena ziemlich bitter.

»Leg dich lieber nicht fest«, warnte ich. »Wenn du Zeit gehabt hast, darüber nachzudenken, wirst du es vielleicht bereuen.«

Wir waren nicht verheiratet. Sie stand zwei Ränge über mir. Wir würden niemals heiraten, es sei denn, ich könnte den Kaiser überreden, mich in den Ritterstand zu erheben – was er mir schon einmal verweigert hatte. Einer der Cäsaren hatte mein Gesuch abgelehnt, obwohl der Palast mir einiges schuldig war und mein Vater mir das nötige Geld geliehen hatte. Das Darlehen meines Vaters anzunehmen, war erniedrigend genug gewesen; ich fand, der Palast war mir jetzt noch mehr schuldig.

Aber der Palast war unwichtig. Ich steckte in der Klemme. Plebejer hatten nicht mit den weiblichen Angehörigen von Senatoren zu schlafen. Ich war kein Sklave, sonst wäre ich schon lange tot. Es gab keinen Ehemann, der sich in seiner Ehre verletzt fühlen konnte, aber Helenas Vater hatte das Recht, unsere Tat wie Ehebruch zu betrachten. Wenn ich mich, was die uralten Traditionen unserer *sehr* traditionsbewußten Stadt betraf, nicht sehr täuschte, gab ihm das das Recht, mich hinzurichten. Zum Glück war Camillus Verus ein besonnener Mann.

»Und was empfindest *du* dabei, Marcus?«

Glücklicherweise hatte mich mein Leben als Ermittler gelehrt, meine Gefühle für mich zu behalten.

Helena füllte mein Schweigen, wandte sich sarkastisch an den Himmel: »Marcus ist ein Mann. Er will einen Erben, aber er will keinen Skandal.«

»So in etwa«, sagte ich lächelnd, als würden wir beide nur scherzen. Sie wußte, daß ich ihr auswich. Wieder ernst geworden, änderte ich die Richtung: »Ich muß nicht die Schwangerschaft und die Gefahren der Geburt auf mich nehmen.« Ganz zu schweigen von dem extremen öffentlichen Interesse. »Was ich denke, ist zweitrangig.«

»Hach! Das wär ja was ganz Neues ... Vielleicht ist gar nichts passiert«, meinte Helena.

»Sieht mir aber sehr danach aus.« Helena war schon einmal schwanger gewesen und hatte eine Fehlgeburt gehabt, bevor sie es mir überhaupt gesagt hatte. Seit damals hatte ich mir geschworen, nie wieder außen vor zu bleiben. Es war nicht leicht gewesen, die Sache im Auge zu behalten, glauben Sie mir. Helena gehörte zu der Art Mädchen, die aus der Haut fahren, wenn sie sich unter Beobachtung fühlen. »Na gut, die Zeit wird zeigen, ob ich recht habe.«

»Und es bleibt noch viel Zeit«, murmelte sie. Zeit wofür? fragte ich mich.

Das Kind würde natürlich illegitim sein. Es würde den Rang seiner Mutter haben – absolut wertlos, wenn dazu nicht auch ein väterlicher Stammbaum gehörte. Freigelassene Sklaven hatten größere Chancen.

Damit konnten wir fertigwerden, falls es je dazu kam. Was unsere Beziehung, so oder so, vermutlich zerbrechen lassen würde, fände lange vor der Geburt des armen Wesens statt.

»Ich will dich nicht verlieren«, erklärte ich abrupt.

»Das wirst du auch nicht.«

»Schau, ich finde es nur fair, wenn ich dich frage, was du tun wirst.«

Helena runzelte die Brauen. »Marcus, warum kannst du nicht wie andere Männer sein und den Kopf in den Sand stecken?« Vielleicht machte sie nur Spaß, aber sie klang ernst. Ich kannte diesen Gesichtsausdruck; sie war nicht bereit, darüber nachzudenken. Sie hatte nicht vor, darüber zu reden.

»Laß mich wenigstens das sagen, was ich sagen muß.« Ich versuchte, den Mann im Haus zu spielen, wofür ich normalerweise nur ausgelacht wurde. »Ich kenne dich. Du wartest, bis ich zum Forum gehe, damit du dir ungestört Sorgen machen kannst. Wenn du dich dann zu etwas entschlossen hast, wirst du es ganz allein durchführen wollen. Und ich muß dir hinterherrennen wie ein Bauernjunge, der auf dem Markt vergessen wird, wenn die Karren nach Hause fahren.«

»Du wirst mich schnell einholen«, erwiderte sie mit einem schwachen Lächeln. »Ich kenne dich auch.«

Ich wußte nur wenig von dem, was sie damals allein durchgemacht hatte. Es war besser, nicht daran zu denken.

Rechtlich gesehen, beraubte ich mit jedem Tag, den ich sie bei mir behielt, ihren vornehmen Vater. Sobald das Ergebnis unserer Unachtsamkeit sichtbar wurde, würde man Helena streng ermahnen, ihr Leben in Ordnung zu bringen. Die einfachste Lösung für ihre Familie wäre eine rasch arrangierte Hochzeit mit einem Senator, der entweder zu dämlich war, etwas zu merken, oder langsam dahinsiechte. »Helena, ich will nur, daß du mir versprichst, mich, wenn Entscheidungen zu treffen sind, in diese einzubeziehen.«

Plötzlich lachte sie, ein angespanntes, atemloses, trockenes Lachen. »Ich denke, wir haben uns bereits in Palmyra entschieden, Marcus Didius!«

Ihre Förmlichkeit schmerzte wie ein Seziermesser. Dann, als ich gerade dachte, ich hätte sie endgültig verloren, schloß sie mich in die Arme. »Ich liebe dich sehr«, stieß sie hervor – und küßte mich völlig überraschend.

Darauf gab es keine Antwort.

Wenn aber andererseits eine Senatorentochter einem Plebejer sagt, daß sie ihn liebt, ist dieser Mann berechtigt, einen gewissen Stolz zu empfinden. Danach läßt man sich nur allzu leicht von dem Angebot verführen, zum Essen hereinzukommen. Und es gibt eine häusliche Routine von noch weitaus verruchterer Natur, die dem Essen mit einer Senatorentochter folgen kann, so es einem denn gelingt, eine dieser exotischen und hinreißenden Kreaturen aus dem Haus ihres vornehmen Vaters zu locken.

VIII

Einer Frau zu erlauben, mich abzulenken, gehörte für mich zur Routine. Am nächsten Morgen war ich immer noch entschlossen. Viele unfähige Schreiber hatten meine Dienste in Anspruch genommen, um hinter herzlosen Frauen herzujagen, die sie zum Narren hielten; ich war es gewöhnt, daß man mir die sinnlichsten Bestechungen anbot, um mich meinen Auftrag vergessen zu lassen.

Natürlich nahm ich diese Bestechungen nie an. Und natürlich würde Helena Justina mit ihrem aufrechten, moralischen Charakter nie versuchen, mich durch schamlose Mittel zu beeinflussen. Sie war mit mir am Abend zuvor aus dem gleichen Grund ins Bett gegangen, aus dem sie es immer getan hatte: weil sie es wollte. Und am nächsten Tag schaute ich dem Problem genauso ins Auge, weil *ich* es wollte.

Helena wich mir weiterhin aus. Was ihre Gefühle betraf, hatte ich überhaupt keinen Fortschritt gemacht. Doch das war nicht schlimm. Ihre Motive ließen sich nie voraussagen. Das war der Grund, warum ich sie liebte; vorhersehbare Frauen langweilen mich. Ich konnte beharrlich sein. Vielleicht liebte sie mich deswegen.

Falls sie das denn tatsächlich tat. Ein wohliger Schauder bei der Erinnerung an unser gestriges Liebesspiel überzeugte mich – und ich hörte auf, mir Sorgen zu machen.

Ich wusch mir das Gesicht, spülte mir den Mund aus und biß in ein hartes Brötchen. Eins von gestern; für frisches Brot zum Frühstück wohnten wir zu hoch über der Straße. Dazu nahm ich einen Schluck von dem warmen Getränk, das ich für Helena zubereitete. Während sie es schläfrig im Bett zu sich nahm, schlüpfte ich in eine Tunika, die in meiner Abwesenheit als leckeres Mottenfutter gedient haben mußte, und erneuerte meine Bekanntschaft mit einem verknautschten alten Ledergürtel, der aussah, als sei er aus der Ochsenhaut gegerbt worden, die Romulus zum Vermessen Roms benutzt hatte. Ich zerrte einen Kamm durch meine Locken, traf auf eine verfilzte Stelle und beschloß, meine Haarpracht so zu belassen, wie sie war, weil sie gut zu meiner saloppen Kleidung paßte. Dann putzte ich meine Stiefel, schärfte mein Messer, zählte mein Kleingeld – was rasch getan war – und befestigte die Börse an meinem heutigen Gürtel.

Ich küßte Helena, gefolgt von ein wenig Gefummel unter der Bettdecke. Sie nahm es hin und lachte mich an. »Oh, geh los und protz da mit deiner arabischen Sonnenbräune, wo sich die Männer zur Schau stellen ...« Heute würde sie mich leichten Herzens dem Forum, den Thermen und sogar den kaiserlichen Amtsstuben überlassen. Sie wußte, daß ich zu ihr zurückkehren würde, sobald ich von der Stadt genug hatte.

Nach kurzem Kampf mit der Eingangstür, die gern klemmte, humpelte ich die Treppe hinab. Ich hatte mir beim Tritt gegen den Türrahmen die Zehen angeschlagen und fluchte leise: wieder zu Hause. Alles war noch so, wie ich es in Erinnerung hatte.

Ich nahm die vertraute Umgebung des schäbigen Mietshauses in mich auf: Über fünf Stockwerke drangen wütende Stimmen hinter Portieren und Halbtüren an mein Ohr. Zwei Wohnungen pro Stockwerk; zwei oder drei Zimmer pro Wohnung; zweieinhalb Familien pro Unterkunft und etwa fünf bis sechs Personen pro Zimmer. In manchen wohnten weniger Menschen, unterhielten aber kleine Werkstätten, wie der Spiegelpolierer oder der Schneider. Manchmal lebte in einem Zimmer eine alte Frau, die ursprüngliche Mieterin, inzwischen fast vergessen unter den lärmenden Eindringlingen, denen Smaractus Teile ihrer Behausung untervermietet hatte, um ihr »mit der

Miete zu helfen«. Er war ein professioneller Hauswirt. Alles, was er tat, half nur ihm selbst.

Mir fielen ein paar neue Gladiatorenzeichnungen an den abblätternden Wänden auf. Im Treppenhaus roch es nach nassem Hund und dem gekochten Kohl von gestern. Als ich um eine dunkle Ecke bog, konnte ich gerade noch einem Kinderspielzeug ausweichen, einem Tonpferdchen auf Rädern, das mir beim Drauftreten wahrscheinlich den Fuß weggerissen und ein gebrochenes Rückgrat eingebracht hätte. Ich legte das Pferdchen auf einen Vorsprung, neben eine zerbrochene Rassel und eine winzige Sandale, die schon vor meiner Abreise nach Syrien dort gelegen hatte.

Die Treppe endete draußen in einem dunklen Winkel unter zwei Säulen, die einst einen Portikus gebildet hatten. Die restlichen Säulen waren längst umgefallen und verschwunden; man dachte besser nicht daran, was nun mit den anderen Teilen des Gebäudes, die sie früher gestützt hatten, war. Jetzt lag der größte Teil der Front offen und ließ Lenias Wäscherei Platz, sich auszubreiten. Sie hatte das gesamte Erdgeschoß für sich, wozu ihrer Meinung nach ebenfalls das, was als Bürgersteig galt, und die Hälfte der staubigen Brunnenpromenade gehörten. Im Moment waren ihre Angestellten mit der ersten morgendlichen Wäsche beschäftigt, so daß mir warme, feuchte Luft ins Gesicht schlug, als ich die Straße betrat. Mehrere Reihen klatschnasser Togen und Tuniken hingen hübsch in Kopfhöhe, bereit, jedem ins Gesicht zu klatschen, der aufrecht das Haus verließ.

Als guter Nachbar ging ich zu Lenia. Der süßliche Gestank des Urins, der zum Bleichen der Togen verwendet wurde, traf mich wie ein alter Bekannter, den ich zu meiden versuchte. Ich hatte Lenia seit meiner Rückkehr noch nicht gesehen. Als jemand meinen

Namen rief, tauchte sie plötzlich aus dem dampfigen Gebräu auf wie ein unansehnlicher Sandkäfer, der sich seinen Weg überirdisch bahnen muß. Sie hatte beide Arme voll mit zerknautschten Kleidern, die sie an ihren schlaffen Busen preßte, das Kinn ruhte auf dem übelriechenden Haufen. Ihr Haar war immer noch grellrot gefärbt; nach dem kunstvollen Umgang mit Henna, den ich im Orient erlebt hatte, sah es schrecklich aufdringlich aus. Die feuchte Luft ließ ihre lange Tunika an manchen Stellen eng am Körper kleben, was auf einen Mann von Welt wie mich natürlich wenig Wirkung hatte.

Mit dem zärtlichen Ausruf: »Sieh mal einer an! Was ist uns denn da Häßliches mit dem Straßenstaub hereingeweht?« schwankte sie auf mich zu.

»Aphrodite entsteigt dem Waschzuber, niesend von der Holzasche!«

»Falco, du alter Rattenarsch.«

»Was gibt's Neues, Lenia?« fragte ich obenhin.

»Die Geschäfte sind schlecht, und das Wetter ist eine Katastrophe.«

»Das ist doch nichts Neues. Hab ich die Hochzeit verpaßt?«

»Mach mich nicht wütend!« Sie war mit Smaractus verlobt, eine rein geschäftliche Verbindung. (Jeder war hinter dem Geschäft des anderen her.) Lenias Verachtung für meinen Hauswirt überstieg sogar noch die meine, obwohl sie einen heiligen Respekt vor seinem Geld hatte. Ich wußte, daß sie seine Bücher peinlich genau geprüft hatte, bevor sie Smaractus zum Mann ihrer Träume erklärte. Lenias Träume waren praktischer Natur. Sie schien die Sache aber tatsächlich durchziehen zu wollen, denn nach den üblichen Flüchen fügte sie hinzu: »Die Hochzeit ist für die Kalenden des November festgelegt. Du bist eingeladen, wenn du versprichst, mit den Nußwerfern Streit anzufangen und seiner Mutter in den Schoß zu kotzen.« Mir ist ja schon einiges an Scheußlichkeiten untergekommen, aber der Gedanke, mein Vermieter könnte eine Mutter haben, fuhr mir doch schwer in die Knochen. Lenia sah meinen Gesichtsausdruck und lachte rauh. »Wir werden bei dem Fest eine Menge Unterhaltung brauchen. Die Vorbereitungen bringen mich noch um, Falco. Du kannst nicht vielleicht die Eingeweideschau des Opfertiers übernehmen?«

»Dafür brauchst du doch einen Priester.«

Lenia kreischte wütend auf. »Meinst du, diesen schmierigen Drecksäcken trau ich über den Weg? Vergiß nicht, daß ich ihre Unterwäsche wasche. Ich hab schon genug Ärger, ohne daß sie mir die Auspizien vermurksen ... Du bist ein Bürger. Du kannst das machen, wenn du mein Freund bist.«

»Ein Mann hat die Pflicht, für seinen eigenen Haushalt die Götter zu ehren«, sagte ich würdevoll, plötzlich ganz der gutinformierte Fromme.

»Du hast ja nur Schiß.«

»Ich versuch mich rauszureden.«

»Ja, aber wir leben im selben Haus.«

»Niemand hat mir je gesagt, daß dazu auch das Begucken einer Schafsleber gehört! Davon steht nichts im Mietvertrag.«

»Tu's für mich, Falco!«

»Ich bin doch kein verschrobener etruskischer Wetterfrosch.« Ich verlor an Boden. Lenia, die ziemlich abergläubisch war, schaute richtig verschreckt; unsere alte Freundschaft forderte ihren Preis. »Na gut, ich denk drüber nach ... Ich hab dir von Anfang an gesagt, daß du einen großen Fehler machst, Frau.«

»Und ich hab dir gesagt, du sollst dich um deinen eigenen Kram kümmern«, schoß Lenia mit ihrer rauhen Krächzstimme zurück. »Ich hab schon gehört, daß du von deinen Reisen zurück bist – obwohl du dir erst jetzt die Mühe machst, bei mir vorbeizuschauen.«

»Mußte mich erst mal ausschlafen.« Mein anzügliches Grinsen kam noch schneller als ihres.

»Du verkommenes Subjekt! Wo warst du diesmal, und hat's was gebracht?«

»In Arabien. Und natürlich nichts.«

»Das heißt, du willst es mir nicht sagen.«

»Das heißt, ich will Smaractus keinen Grund geben, meine Miete zu erhöhen!« Was mich an etwas erinnerte. »Diese Bruchbude wird allmählich zu unbequem, Lenia. Ich muß was Ordentlicheres finden.«

»Oh, große Mutter!« kreischte Lenia sofort. »Er ist schwanger!«

Bestürzt über ihre Scharfsichtigkeit, wurde ich rot – und verlor damit jede Möglichkeit, meine mißliche Lage zu verschleiern. »Mach dich nicht lächerlich«, log ich so forsch wie möglich. »Ich kann schon auf mich aufpassen.«

»Ich hab dich schon eine Menge Dummheiten machen sehen, Didius Falco.« Das stimmte. Sie kannte mich seit meinen Junggesellentagen. »Aber ich hätte nie gedacht, daß es dich auf so altmodische Weise erwischen würde!«

Jetzt war ich dran, ihr zu sagen, sie solle sich um ihren eigenen Dreck scheren, und sie lachte nur höhnisch.

Ich wechselte das Thema. »Gehört deinem schleimigen Verlobten immer noch dieser runtergekommene Schuppen auf der anderen Straßenseite?«

»Was Smaractus einmal hat, läßt er nicht wieder los.« Abbruchreife Wohnungen zu renovieren, kam ihm ebenfalls nicht in den Sinn. Als Unternehmer war Smaractus so dynamisch wie eine Schnecke. »Welcher Schuppen, Falco?«

»Das Ding im ersten Stock. Wie hat er es genannt? *Elegante und geräumige Separatwohnung zu günstigem Preis; ein absolutes Schnäppchen*. Du weißt, was ich meine?«

»Das Loch, für das er draußen an meiner Hauswand seit vier Jahren wirbt? Sei bloß nicht der Idiot, der auf das Schnäppchen reinfällt, Falco. Der elegante und geräumige rückwärtige Teil hat keinen Boden.«

»Na und? Meine Bude oben im sechsten Stock hat so gut wie kein Dach. Ich bin Entbehrungen gewöhnt. Kann ich mir das Ding mal ansehen?«

»Tu, was du nicht lassen kannst«, meinte Lenia spitz. »Aber du kriegst es nur wie gesehen. Er wird's für dich nicht renovieren. Dazu fehlt ihm das nötige Kleingeld.«

»Klar doch. Er heiratet schließlich!« Ich grinste. »Der olle Smaractus wird wohl momentan seine ganze Zeit damit verbringen, Geldsäcke in sehr tiefen Löchern auf entlegenen Feldern in Latium zu vergraben. Und wenn er klug ist, verliert er hinterher den Lageplan.«

Lenia war offensichtlich kurz davor, mich in die große Kloake zu schubsen und hinter mir den Deckel zuzumachen, aber wir wurden durch eine mehr als abstoßende Botin unterbrochen.

Es war ein schmuddeliges kleines Mädchen von etwa sieben Jahren mit großen Füßen und einer winzigen Nase. Sie hatte einen finsteren Gesichtsausdruck, der mich eigentlich an meinen eigenen erinnerte. Eine meiner Nichten. Ich konnte mich nicht erinnern, welche es war, aber sie gehörte zweifellos zum Didius-Clan. Vermutlich eins der Kinder meiner Schwester Galla. Sie hatten einen absolut nichtsnutzigen Vater, und abgesehen von dem Ältesten, der vernünftigerweise das Haus verlassen hatte, waren sie ein bedauernswerter, ums Überleben kämpfender Haufen. Jemand hatte dem Kind eines dieser Amulette aus Bullenhoden um den Hals gehängt, um es vor Schaden zu bewahren, hatte ihm aber leider nicht beigebracht, seine Krätze in Ruhe zu lassen und sich ab und zu die Nase zu putzen.

»Oh, Juno«, kreischte Lenia. »Bring sie hier weg, Falco. Meine Kunden denken sonst noch, sie würden sich was einfangen.«

»Geh weg«, begrüßte ich meine Nichte heiter.

»Onkel Marcus! Hast du uns was mitgebracht?«

»Nein.« Natürlich hatte ich das, denn die Kinder all meiner Schwestern brauchten dringend einen liebevollen, unkomplizierten Onkel, der ihren Charakter mit lächerlicher Großzügigkeit verdarb. Ich konnte nicht nur die Sauberen und Höflichen verwöhnen, obwohl ich gar nicht vorhatte, mich den restlichen Gören als leichte Beute zu präsentieren. Jeder, der kam und mich nach dem nickenden syrischen Keramikkamel fragte, würde eine Woche darauf warten müssen.

»Ach, Onkel Marcus!« Ich kam mir wie ein Geizhals vor, genau wie sie beabsichtigt hatte.

»Laß das Gejammer. Hör mal, wie heißt du noch?«

»Tertulla«, sagte sie bereitwillig, ohne beleidigt zu sein.

»Was willst du hier, Tertulla?«

»Großvater hat mich geschickt.«

»Beim Hades! Dann hast du mich nicht gefunden.«

»Es ist dringend, Onkel Marcus.«

»Nicht so dringend, wie deinen Ellbogen zu kratzen. Ich bin weg.«

»Er sagte, du würdest mir eine Kupfermünze geben, wenn ich dich finde.«

»Dann hat er sich geirrt.« Da ich stärkere Argumente brauchte, mußte ich mich auf Erpressung verlegen. »Sag, waren gestern nicht die Iden?« Petronius in

Ostia zu helfen, hatte den Vorteil gehabt, daß wir das Fest des Oktober-Pferdes verpaßt hatten – früher ein wilder Jahrmarkt mit Pferderennen, jetzt nur noch ein völliges Durcheinander in den Straßen. Und gleichzeitig das Ende der offiziellen Schulferien. »Hat heute nicht die Schule wieder begonnen? Was läufst du hier überhaupt rum?«

»Ich will nicht hin.«

»Jeder, der die Chance hat, zur Schule zu gehen, sollte dankbar für dieses Privileg sein, Tertulla.« Was für ein unerträglicher Tugendbold. »Laß mich in Ruhe, sonst erzähl ich der Großmutter, daß du geschwänzt hast.«

Meine Mutter zahlte einen Teil des Schulgeldes für Gallas Kinder, was absolute Geldverschwendung war. Mama hätte mehr davon gehabt, wenn sie es beim Wagenrennen verwettet hätte. Und niemand schien bemerkt zu haben, daß hier letztlich *mein* Geld zum Fenster rausgeworfen wurde, weil ich meine Mutter finanziell unterstützte.

»Oh, bitte nicht, Onkel Marcus!«

»Von wegen. Klar sag ich's ihr.«

Meine gute Laune war verflogen. Seit Tertulla meinen Vater erwähnt hatte, ahnte ich, daß mein heutiger Tag nicht wie geplant ablaufen würde. Die Thermen und das Protzen auf dem Forum konnte ich mir wohl abschminken . . .

»Großvater hat Probleme. Dein Freund Petronius hat ihm gesagt, er soll nach dir schicken«, rief meine Nichte. Wenn es um das Überbringen schlechter Nachrichten ging, lag Beharrlichkeit in der Familie.

Petro wußte, was ich für meinen Vater empfand. Wenn Petro meinte, Papa säße so dick in der Tinte, daß selbst ich ihm helfen würde, dann mußten die Schwierigkeiten schon wirklich ernsthaft sein.

IX

Das Emporium ist ein langgestrecktes, abgesichertes Gebäude am Ufer des Tiber. Die Barken, die von Ostia den Fluß hinaufkriechen, erreichen die Stadt mit den Gärten Cäsars zu ihrer Linken und einem Teil des aventinischen Bezirks, unterhalb des Hügels, zu ihrer Rechten. Wenn sie die Stadtgrenze erreichen, sehen sie die Transtiberina und flußaufwärts den Pons Probus, und zur Rechten finden sie das Emporium, einen riesigen überdachten Markt, der den alten Portikus Aemilia mit einschließt. Man kann ihn vom Wasser aus riechen. Selbst ein Blinder würde merken, daß er angekommen ist.

Hier wird alles, was die Provinzen des Imperiums an Trag-, Eß- und Trinkbarem herstellen, an den überfüllten Kais ausgeladen. Die geschickten Schauerleute, für ihre Übellaunigkeit und geschmacklose Freizeitkluft bekannt, knallen die Waren auf Handkarren, werfen sie in Körbe oder schlurfen mit großen Säcken auf den Schultern in die größte Markthalle der Welt. Zynische Verkäufe werden abgeschlossen, und bevor der Importeur überhaupt merkt, daß ihn die ausgefuchstesten Mittelsmänner Europas übers Ohr gehauen haben, wird alles wieder hinausgerollt und zu den Werkstätten, Lagerhäusern, Landgütern oder Privatwohnungen verfrachtet. Die Geldwechsler zeigen den ganzen Tag über ein glückliches Lächeln.

Außer ein paar Gütern wie Korn, Papier und Gewürze, die so kostbar sind oder in solchen Mengen verkauft werden, daß sie eigene Märkte brauchen, kann man im Emporium alles kaufen. Durch seinen Beruf war mein Vater hier wohlbekannt. Er gab sich nicht mehr mit den üblichen Geschäften ab, da sein Interesse jetzt hauptsächlich dem Kunsthandel galt, der in ruhigerer, geschmackvollerer Umgebung stattfindet, wo der Käufer in aller Ruhe übers Ohr gehauen wird und dann dem Auktionator eine um so gigantischere Summe zahlt.

Papa war eine auffallende Figur. Normalerweise hätte ich nur jemanden nach Geminus fragen müssen, und man hätte mir sehr bald gesagt, an welchem der Weinstände er sich gerade herumtrieb. Ich hätte ihn also problemlos finden können – wenn die gestrengen Wachleute der Vierten Kohorte der Vigiles jemanden hineingelassen hätten.

Das Durcheinander war unbeschreiblich. So etwas hatte es noch nie gegeben. Das Emporium lag auf einem Gelände, das Augustus mit einbezogen hatte, als er wegen der wachsenden Bevölkerung die Grenzen Roms ausdehnte. Ich hatte den Fehler gemacht, vom alten Teil aus durch die Porta Lavernalis zu kommen. Hier ging es zwar immer sehr geschäftig zu, heute aber war fast kein Durchkommen. Im Schatten des Aventin hatte ich nahe des Tiber nur Chaos vorgefunden. Ich hatte eine Stunde gebraucht, um mich durch das Gewühl zu zwängen, das die Via Ostia verstopfte. Als ich endlich die Kais erreichte, war mir klar, daß etwas äußerst Merkwürdiges passiert sein mußte. So war ich zwar auf einiges vorbereitet – aber nicht darauf, daß mein vernünftiger Freund Petronius offenbar das Ganze verursacht hatte.

Es war später Vormittag. Die Tore des Emporiums, die bei Nacht aus Sicherheitsgründen verschlossen waren, aber beim ersten Tageslicht weit geöffnet wurden und bis spät am Abend offen blieben, waren jetzt versperrt. Rotgesichtige Mitglieder der Wachmannschaft standen davor Wache, mit dem Rücken zu den

Toren. Sie waren in beträchtlicher Anzahl aufmarschiert; fünfhundert Mann bildeten die Halb-Kohorte, die auf der zum Fluß gelegenen Seite des Aventin patroullierte. Ein Teil war zur Feuerwache abkommandiert und versah, wegen der besonderen Gefährdung in der Dunkelheit, überwiegend nachts seinen Dienst. Damit blieben aber noch genug für die Verbrechensbekämpfung bei Tag übrig. Offenbar hatte Petronius sie alle hier eingesetzt. Die Kette hielt, aber ich war froh, nicht mitmachen zu müssen. Eine riesige, wütende Menge drängte dagegen, verfluchte die Wachen und forderte Petros Kopf. Gelegentlich preschte eine Gruppe vor, und die Wachen mußten sich unterhaken, um sie abzuwehren. Am hinteren Ende des Gebäudes sah ich Porcius von einem Wagen herunter Schilde verteilen.

Petro war nirgends zu sehen. Eine kluge Entscheidung.

Mit gewissem Bangen schob ich mich bis nach vorn durch. »Große Götter, was ist denn hier los? Soll ich etwa glauben, daß Petronius Longus, berühmt für seine Umsicht, plötzlich beschlossen hat, in die Geschichte einzugehen als ›der Mann, der den Handel stoppte‹«?

»Hau ab, Falco!« murmelte Fusculus, der versucht hatte, mit vier oder fünf Geschäftsleuten und einigen Arbeitern zu argumentieren, viele davon Fremde und alle aufs äußerste erregt.

»Petro hat nach mir geschickt.« Es war einen Versuch wert.

»Petro ist nicht hier, verdammt noch mal!« zischte Fusculus bitter durch zusammengebissene Zähne, während er einen wütenden gallischen Weinhändler zurückschob, indem er einfach das Bein hob und den Fuß nachdrücklich auf die Gürtelschnalle des Mannes setzte. Die Vierte Kohorte war ein wenig weltgewandter als die anderen, aber niemand legte sich zweimal mit ihr an. »Petro sitzt in der Scheiße. Ein Prätorianer hat ihn zum Palast geschleppt, damit er das Durcheinander hier erklärt.«

»Dann kann ich ja wieder ins Bett gehen!«

»Tu das, Falco . . .«

Die Vigiles hatten alle Hände voll zu tun. Bei so vielen Leuten, die noch dazu so gereizt waren, wollte ich ihnen nur ungern helfen. Zum Glück ließen sie sich auch nicht dazu herab, mich zu bitten. Außerdem bot sich mir in diesem Moment ein Ausweg; ein nicht zu verkennendes Nebelhorn brüllte meinen Namen, und ich wurde beim Umdrehen von meinem Papa begrüßt. Er schloß mich zärtlich in die Arme. Das war keineswegs eine normale Begrüßung, sondern nur Schau wegen der vielen Fremden um uns herum. Verärgert riß ich mich los.

»Marcus! Laß uns aus diesem Gebrodel verschwinden – wir haben was zu besprechen!«

Ich hatte nichts mit meinem Vater zu besprechen. Und wie üblich wurde mir bei seiner Ankündigung sofort mulmig.

Er zerrte mich in eine mehr oder weniger ruhige Ecke hinter den alten Kornspeichern des Galba. Und natürlich handelte es sich bei dieser ruhigen Ecke um eine Schenke. Nach dem anstrengenden Gedrängel auf der Straße hatte ich nichts dagegen einzuwenden, hätte es allerdings vorgezogen, wenn er, da er mich ja herzitiert hatte, auch die Zeche übernommen hätte. Doch irgendwie landete die Kachel mit den Kreidestrichen vor meiner Nase.

»Oh, vielen Dank, Marcus. Auf deine Gesundheit!«

Mein Vater war ein stämmiger Mann um die sechzig mit ergrauenden unordentlichen Locken und einem angeblich liebenswerten Zwinkern in seinen unzuverlässigen dunkelbraunen Augen. Er war unter dem Namen Geminus bekannt, obwohl er eigentlich Favonius hieß. Die Namensänderung hatte keinen Grund, und das war typisch. Nicht allzu groß, hatte er immer noch eine gebieterische Persönlichkeit; Leute, die mich ärgern wollten, behaupteten, wir sähen uns ähnlich. In Wahrheit war er schwerer und verschlagener. Um seinen Bauch schlang sich ein Geldgürtel von unübersehbarem Gewicht. Seine dunkelblaue Tunika war jetzt verschlissen genug zum Möbelschleppen in seinem Lagerhaus, aber die Bork, in der immer noch Silberfäden glitzerten, sprach für den Stil, den er sich bei gesellschaftlichen Anlässen leisten konnte. Frauen mochten sein Grinsen. Er mochte das meiste an Frauen. Als ich noch Kind war, hatte er sich mit einer Rothaarigen aus dem Staub gemacht, danach hatten er und ich kaum je noch ein gesittetes Wort miteinander gewechselt.

»Dein verrückter Kumpel hat einen hübschen Schlamassel angerichtet!« Meine Freunde zu kritisieren, hielt er nach wie vor für seine väterliche Pflicht.

»Er wird seine Gründe gehabt haben«, erwiderte ich kühl. Ich überlegte, welche um alles in der Welt das wohl gewesen sein mochten. »Das kann einfach keine Strafe dafür sein, daß einer der Standbesitzer seine Miete nicht gezahlt hat.«

Ich muß zugeben: Mir war der Gedanke gekommen, daß Petro vielleicht vor Stolz über die Festnahme von Balbinus zum machtgierigen Irren geworden sein könnte. Beim ersten Anzeichen von Erfolg sich gottgleich zu fühlen, ist schon immer ein Charakterzug der Römer gewesen. Doch in Petros Fall schien das eher unwahrscheinlich. Dazu war er viel zu vernünftig und gesetzt.

»Tertulla sagt, du hättest mit ihm gesprochen«, stichelte ich.

»Ach, hast du Tertulla gesehen? Um das Würmchen muß sich mal jemand kümmern. Du bist ihr Onkel. Kannst du nicht was unternehmen?«

»Du bist ihr Großvater! Warum ich?« Mir kam schon wieder die Galle hoch. Meinem Vater, der bereits eine Generation im Stich gelassen hatte, Pflichtgefühl beizubringen, war hoffnungslos. »Oh, Jupiter! Ich rede mal mit Galla darüber . . . Also, was ist hier los, Papa?«

»Eine Katastrophe.« Für meinen Vater ging nichts über ein bißchen Elend und Leid.

»Ja, das sehe ich auch. Kannst du dich vielleicht deutlicher ausdrücken? Hat diese Katastrophe mit einer größeren Niederlage der Legionen in einem prestigeträchtigen ausländischen Krieg zu tun – oder nur mit der zerstörten Lupinenernte in zwei Dörfern in Samnium?«

»Du bist wirklich ein kalter Fisch! Es geht um folgendes: Eine Diebesbande ist letzte Nacht eingebrochen und hat das halbe Emporium ausgeräumt.« Papa lehnte sich auf seinem Schemel zurück, um zu sehen, wie das bei mir ankam. Ich bemühte mich um einen angemessen entsetzten Gesichtsausdruck, war aber immer noch mit meiner eigenen gelungenen Rhetorik beschäftigt. Er schaute mich finster an. »Hör mir zu, du verschlafener Mistkerl! Die Diebe wußten offenbar ganz genau, was sie wollten – ausschließlich Luxusgüter. Sie müssen wochenlang auf der Lauer gelegen haben, bis sie sicher waren, daß die Beute auserlesen sein würde. Dann sind sie rein wie der Blitz, haben sich das Entsprechende geschnappt, sind wieder raus und verschwunden, bevor irgendwas bemerkt wurde.«

»Petronius hat also das Gebäude verschlossen, solange er seine Ermittlungen durchführt?«

»Das nehme ich an. Aber du kennst ihn ja; er hat es nicht gesagt. Hat nur ernst geschaut und alles abgesperrt.«

»Und was *hat* er gesagt?«

»Standbesitzer und Kaimeister würden einer nach dem anderen eingelassen und sollten zusammen mit Martinus . . .«

»Noch so ein ganz Taktvoller!« Martinus, sehr von sich eingenommen, reagierte besonders mürrisch, wenn er es mit der Öffentlichkeit zu tun hatte.

». . . eine Liste der fehlenden Gegenstände aufstellen«, beendete Papa seinen Satz beharrlich.

»Das klingt sinnvoll«, meinte ich. »Die Idioten werden doch wohl kapieren, daß sie bessere Aussichten haben, ihre Sachen wiederzukriegen, wenn Petronius weiß, wonach er suchen muß?«

»Zu subtil«, erwiderte Papa mit seinem berühmten Strahleblick, der schon Schankmädchen von hier bis zur Porta Flaminia flachgelegt hatte. Ich reagierte nur gereizt darauf.

»Zu durchdacht!« Petronius hatte mein Mitgefühl. Wahrscheinlich war er aus Ostia zurückgekommen und hatte gehofft, nach seinem Balbinus-Coup nun ein bißchen Ruhe zu haben . . . nur um in der gleichen Nacht wieder aus dem Bett gezerrt und mit einem der schlimmsten Diebstähle konfrontiert zu werden, an die ich mich erinnern konnte, und das noch dazu in dem wichtigsten Gebäude seines Reviers. Statt sich auf seinen Lorbeeren auszuruhen und von den Leuten als Held gefeiert zu werden, würde er jetzt monatelang mit Volldampf arbeiten müssen. Und am Ende vermutlich nichts vorzeigen können: Es klang mir sehr danach, als wäre der Diebstahl von langer Hand vorbereitet gewesen.

Nur eines nagte immer noch an mir. »Mal rein interessehalber, Papa – warum hat Petronius gesagt, du sollest mich holen lassen?«

Mein Vater setzte seine verläßliche Miene auf – immer ein schlechtes Zeichen. »Ach . . . er meinte, du könntest mir helfen, mein Glas zurückzubekommen.«

Das ließ er so feinfühlig einfließen, wie ein Fischhändler eine Meeräsche filettiert.

»Die haben dein Glas gestohlen?« Ich konnte es nicht glauben. »Das Glas, das Helena für dich gekauft hat? Das ich auf dem Rückweg von Syrien die ganze Zeit mit Argusaugen bewacht habe?« Ich flippte aus. »Papa, als ich es bei dir ablieferte, hast du gesagt, du würdest die ganze Ladung sofort zu den Saepta bringen!« In den Saepta Julia, oben beim Marsfeld, wo die Juweliere und Antiquitätenhändler untergebracht waren, hatte auch Papa sein Büro und sein Lager. Die Saepta waren sehr gut bewacht.

»Hör auf, rumzubrüllen.«

»Ich denk nicht dran! Wie konntest du nur so verdammt unvorsichtig sein?«

Ich wußte genau, warum. Mit einem Karren bis zu den Saepta hochzuzuckeln, hätte ihn ein bis zwei Stunden gekostet. Da er aber nur zwei Minuten vom Emporium entfernt wohnte, war er statt dessen nach Hause gegangen, hatte die Füße hochgelegt und das Glas, das wir mit soviel Mühen nach Hause gebracht hatten, für die Nacht sich selbst überlassen.

Papa schaute über die Schulter und senkte die Stimme. »Das Emporium hätte sicher genug sein sollen. Es war ja nur vorübergehend.«

»Und jetzt ist es vorübergehend abhanden gekommen!« Irgendwas war faul. Mein Vulkanausbruch stoppte abrupt. »Hast du nicht gerade gesagt, der Einbruch sei geplant gewesen? Die Diebe hätten genau gewußt, was sie wollten? Wie konnte irgend jemand wissen, daß da ein Schatz an syrischem Tafelgeschirr zu holen war, zufällig an diesem Abend eingetroffen und nur für eine Nacht eingelagert?«

Papa sah verletzt aus. »Die müssen zufällig darüber gestolpert sein.«

»Erzähl doch nicht solchen Stuß!«

»Kein Grund, gleich ausfallend zu werden.«

Ich tat noch etwas Schlimmeres – ich machte ihm meinen Standpunkt klar. »Jetzt hör mal zu, Papa. Damit eins von vornherein klar ist: Dieser Verlust ist deine Sache. Ich will nichts davon hören, daß du Helena ihre Provision verweigerst, weil du die Waren nie bekommen hast . . .«

»Halt die Klappe!« schnauzte Papa. »Ich werde das Mädchen nie betrügen, und das weißt du ganz genau.« Was vermutlich stimmte. Er hatte einen schrecklichen Respekt vor ihrem Rang und die wilde Hoffnung, sie würde ihn eines Tages zum Großvater von Senatoren machen. Jetzt war nicht der Moment, ihm zu sagen, daß die Aussichten dafür um fünfzig Prozent gestiegen wären. Ja, in diesem Moment begann ich sogar zu hoffen, daß es ein Mädchen würde. »Sieh mal, mein Sohn, ich kann mit Verlusten umgehen. Wenn das Glas tatsächlich weg ist, muß ich mich damit abfinden und weiterlächeln. Aber nachdem du gestern abend abgezwitschert bist, habe ich in die Kisten gesehen. Es waren wunderschöne Sachen dabei . . .«

»Helena hat eben Geschmack.«

»Das kannst du laut sagen. Und ich will verdammt sein, wenn ich die Sachen kampflos aufgebe. Ich möchte, daß du sie für mich wiederfindest.«

Das hatte ich mir schon gedacht. Und meine Antwort hatte ich ebenfalls parat: »Ich muß Geld verdienen. Ich brauche ein Honorar. Und Spesen.«

»Ach, darüber werden wir uns schon einigen«, murmelte Papa obenhin. Er wußte, Helena würde sich derart aufregen, wenn sie davon erfuhr, daß ich letztlich wohl ohne Bezahlung arbeiten würde. Er wußte ebenfalls, daß das Aufspüren gestohlener Kunstwerke zu meinen Spezialitäten gehörte und er daher den besten Mann angeheuert hatte. Auch andere würden meine Dienste in Anspruch nehmen wollen. Papa hatte mich als erster erwischt, bevor einer der anderen, die heute Verluste erlitten hatten – und mich vielleicht sogar bezahlen würden –, meine Zeit beanspruchen konnten.

Ich trank meinen Wein aus und schob ihm mit großer Geste die Rechnung zu. Wenn er mir Spesen bezahlte, konnte er gleich damit anfangen. »Dann geh ich jetzt.«

»Fängst du sofort an?« Papa hatte den Anstand, beeindruckt auszusehen. »Weißt du, wo du nachschauen mußt?«

»Allerdings.« Tja, zumindest kann ich gut lügen.

In Wahrheit hatte ich momentan nur *einen* Plan. Petronius Longus war von der kaiserlichen Garde zum Palast geschleppt worden. Er war in ernsthaften Schwierigkeiten. Nachdem er so oft an meiner Art zu arbeiten herumkritisiert hatte, wollte ich nun zusehen, wie er sich wand. Ich wollte mitkriegen, wie er den Kaiser davon zu überzeugen versuchte, daß er wußte, was er tat.

Außerdem war Petro mein bester Freund. Es bestand die Gefahr, daß er für seine heutigen Anordnungen gefeuert wurde. Wenn möglich, wollte ich ihm helfen, sich da rauszuwinden.

X

Ich marschierte den Clivius Victoriae hinauf zum alten Tiberiuspalast, wo die Verwaltungshengste immer noch ihre Büros hatten.

Petronius Longus saß auf einer Bank in einem der Korridore. Die lange Warterei setzte ihm offensichtlich zu. Er war blaß und saß vornübergebeugt, hatte die Beine gespreizt und starrte auf seine Handflächen. Ich sah ihn bei meinem Anblick zusammenzucken. Er versuchte, sich gelassen zu geben. Ich haute ihm auf die Schulter und ließ mich neben ihn plumpsen.

»Lucius Petronius – der Mann, der Rom zum Stillstand gebracht hat.«

»Mach dich nicht über mich lustig, Falco!«

»Nur nicht nervös werden. Ich bin hier, um dir Rückendeckung zu geben.«

»Ich schaff's schon.«

»Ja, dich in die Klemme zu bringen.«

»Ich brauch kein Kindermädchen.«

»Nein, du brauchst einen Freund bei Hofe.« Er wußte, daß ich recht hatte.

»Du warst also dort, Falco? Wie steht's jetzt?«

»Fusculus hält die Menge in Schach. Porcius verteilt Schutzschilde. Martinus habe ich nicht gesehen. Papa hat mir kurz erzählt, was letzte Nacht passiert ist.«

»Er behauptet, ihm wurde sein Glas geklaut.« Petro kannte meine Vater gut genug, um ihm einen Betrug zuzutrauen. Die Beleidigung des Familiennamens störte mich nicht weiter. Er hatte noch nie hoch im Kurs gestanden, ganz besonders nicht, was Papa betraf. »Das waren ganz gewiefte Diebe, Falco. Die

Sache stinkt. Geminus hat sein Glas verloren; wir wissen, wie wertvoll das war. Calpurnius hat eine Riesenladung Porphyr eingebüßt, die auch erst gestern geliefert wurde. Bei einem anderen haben sie Elfenbein mitgehen lassen.« Ich fragte mich, was denn wohl so Besonderes an den gestrigen Lieferungen war. »Martinus ist dabei, nähere Einzelheiten zu erfragen, aber daß die Verluste gewaltig sind, wissen wir jetzt schon.«

»Ich dachte, das Emporium sei bei Nacht bewacht?«

Tief aus Petros Kehle stieg ein Knurren. »Alle zusammengeschlagen und wie tote Sardinen aufgereiht, gefesselt und geknebelt.«

»Ordentlich. Zu ordentlich?« fragte ich nachdenklich. »Ein Insiderjob vielleicht?«

»Möglich.« Daran hatte Petro offensichtlich auch schon gedacht. »Ich knöpfe mir die Wachen vor. Wenn ich endlich dazu komme.«

»Falls!« Mein Grinsen erinnerte ihn daran, daß seine Stellung auf dem Spiel stand. »Das könnte deine große Chance sein, dem Kaiser zu begegnen.«

»Ich bin ihm schon begegnet!« meinte Petro knapp. »Zusammen mit dir, Falco! Bei jenem berühmten Anlaß, als er dir für dein Schweigen ein Vermögen bot, du aber lieber den Moralischen gespielt und das Geld abgelehnt hast.«

»Stimmt.« Daß ich das Vermögen nicht angenommen hatte, wußte ich noch, daß Petro zugesehen hatte, wie ich mich zum Narren machte, war mir komplett entfallen. Ich hatte den Fehler gemacht, eine Verschwörung aufzudecken, die zu nahe bei der kaiserlichen Familie angesiedelt war; von dem dringenden Bedürfnis getrieben, seinen Sohn Domitian zu schützen, hatte Vespasian mir überstürzt den sozialen Aufstieg angeboten; inzwischen bereute er das vermutlich. Da ich sein Angebot hochmütig abgelehnt hatte, war es sowieso sinnlos gewesen. »Niemand erkauft mein Schweigen.«

»Hah!« Petronius wußte, daß ich dabei der einzige Verlierer gewesen war.

Plötzlich glitt ein Kammerherr hinter einem Vorhang hervor und nickte Petro zu.

Worauf ich ebenfalls aufstand. »Ich gehöre zu ihm.« Der Palastangestellte hatte mich erkannt. Falls er mich für ein Ärgernis hielt, war er zu gut geschult, sich das anmerken zu lassen.

»Didius Falco«, begrüßte er mich zuvorkommend. Den zwei Prätorianern rechts und links neben der Tür war nicht anzusehen, ob sie zugehört hatten, doch sie würden mich nun durchlassen, ohne meine Arme zu einem Herkulesknoten zu verschlingen. Mir lag nichts daran, vom Kampf zerzaust vor ein Mitglied der kaiserlichen Familie zu treten. Denn auch, wenn wir uns im falschen Teil des Palastes befanden, würden wir gleich einer solchen Person vorgeführt werden – daher die Prätorianer.

Petronius war sofort auf den Vorhang zugeschossen. Bevor er etwas einwenden konnte, drängte ich mich an ihm vorbei und betrat den Audienzsaal. Er grapschte nach dem Vorhang und folgte mir eilends.

Petronius hatte sicher mit einem Büro gerechnet, vielleicht voller Leute, aber alle mit einem Status, den er ohne weiteres ignorieren konnte. Ich hörte ihn etwas murmeln, dann verstummte er. Es war ein lichter Raum voller Schreiber. Aber da war noch einer, ein ganz besonderer Mann in diesem Raum. Petro schnappte nach Luft. Trotz meiner Warnung hatte er nicht ernsthaft damit gerechnet, dem Kaiser gegenüberzustehen.

Vespasian lag auf einem Lesediwan und war mit einer Notiztafel beschäftigt. Sein schroffes Gesicht war unverkennbar; er hatte für die neuen Münzen offensichtlich kein schmeichelhaftes Porträt gefordert.

Im Raum gab es nichts Protziges. Der Diwan stand an einer Seitenwand wie für gelegentliche Besucher aufgestellt. Das Ganze machte den Eindruck, als sei der Herr des Imperiums mal eben vorbeigekommen und hätte es sich im Arbeitszimmer eines anderen bequem gemacht.

In der Mitte des Raumes stand ein großer Tisch voller Schriftrollen ud gestapelter Wachstafeln. Dort saßen die Sekretäre mit ihren Stilii. Sie schrieben sehr schnell, ohne gehetzt zu wirken. Ein junger Sklave mit klugen Augen, aber nicht besonders gutaussehend, stand schweigend neben dem Kaiser, ein Tuch über dem Arm. Vespasian goß sich selbst ein – einen halben Becher, nur zum Benetzen der Lippen. Er stellte ihn auf einem bronzenen Piedestal ab, um uns ansehen zu können.

Der Kaiser war ein großer, umgänglicher, kompetenter Mann. Ein Organisator mit dem direkten, offenen Blick eines Schmiedes und einer bäuerlichen Arroganz, die mich an meinen Großvater erinnerte. Er wußte, an was er glaubte. Er sagte, was er dachte. Die Leute taten, was er sagte. Heute taten sie es, weil sie es mußten, aber sie waren schon gesprungen, wenn Vespasian bellte, lange bevor er Kaiser wurde.

Er hatte alle zivilen Magistratsposten und die höchsten militärischen Ränge innegehabt. Jeder Posten seiner Laufbahn durch den *cursus honorem* hatte er aufgrund eigener Verdienste und den Vorurteilen der Oberschicht zum Trotz errungen. Nun hatte er den höchsten aller Posten inne. Die Oberschicht war immer noch gegen ihn, aber das konnte ihm jetzt egal sein.

Er trug Purpur; das war sein Recht. Dazu weder Lorbeerkranz noch Juwelen. Sein schönster Schmuck war seine angeborene Intelligenz. Die jetzt auf uns gerichtet war. Ein unangenehmes Erlebnis.

»Falco! Was machen Sie hier, und wer ist Ihr großer Leibwächter da?«

Ich trat vor. »Eigentlich bin ich mehr zu seinem Schutz dabei, Majestät.« Petronius, verärgert über meine Witzelei, folgte mir; ich schob ihn vor. »Das ist mein Freund Lucius Petronius Longus, den Sie sprechen wollten: der Ermittlungsbeamte des aventinischen Sektors der Vierten Kohorte der Vigiles. Er ist einer der besten – aber er ist auch der Glückliche, der heute das Emporium geschlossen hat.«

Vespasian Augustus sah Petronius durchdringend an. Petronius schaute selbstbewußt zurück, senkte den Blick dann aber lieber doch zu Boden. Der war aus Marmor; ein geschmackvolles Muster in Schwarz und Weiß. Das Mosaik war von einem erstklassigen Fliesenleger ausgeführt worden.

»Das war ganz schön gewagt!« bemerkte der Kaiser. Petronius sah auf und grinste leicht. Er würde es schaffen. Ich verschränkte die Arme und strahlte ihn wie ein stolzer Trainer an, der seinen besten Gladiator vorführt.

»Ich entschuldige mich für die Unannehmlichkeiten, Majestät.« Wenn Petronius sprach, klang das immer gut. Er besaß eine angenehme Stimme und eine ruhige Art. Er wirkte vertrauenswürdig. Das erklärte seinen Erfolg bei den behördlichen Wahlkomitees und bei Frauen.

»Entschuldigungen reichen womöglich nicht aus«, erwiderte Vespasian. Im Gegensatz zu Wahlkomitees und Frauen erkannte er einen Schlawiner sofort. »Woher kennen Sie Falco?«

»Wir haben gemeinsam bei der Zweiten Augusta gedient, Majestät.« Unsere Legion hatte einst unter

Vespasians Kommando gestanden. Wir nahmen beide eine etwas keckere Haltung ein.

»Ach ja?« Später war die Zweite in Verruf geraten. Betrübt ließen wir das Thema fallen. »Jetzt arbeiten Sie aber auf unterschiedlichen Gebieten.«

»Wir sind beide um Recht und Ordnung bemüht, Majestät.« Ein bißchen zu fromm, dachte ich. Doch Petro konnte vielleicht damit durchkommen, da Vespasian ihn nicht allzu gut kannte. »Und genau das habe ich heute nach dem Diebstahl im Emporium getan.« Petronius kam immer gern im Galopp zur Sache. Erst durch freundliches Geplauder einen ersten Eindruck zu hinterlassen, war seiner schlichten Natur so fremd, daß er das Gespräch vorantrieb.

»Sie wollten den Schaden einschätzen, bevor die Leute überall herumtrampelten.« Vespasian konnte Informationen rasch zusammenfassen; er formulierte die Erklärung, als sei es das Offensichtliche. Ich sah Petro leicht erröten. Ihm wurde klar, daß er zu schnell vorgeprescht war. Bei unserer Position in diesem Gespräch das Tempo zu bestimmen, war mehr als unhöflich. Unhöflich zu einem Kaiser zu sein, ist der erste Schritt dazu, seinen Hintern von einem Löwen beschnüffeln zu lassen. »Warum«, fragte der Kaiser kühl, »konnten Sie es nicht den Händlern überlassen, Ihnen die Verluste zu gegebener Zeit mitzuteilen? Sie darüber zu informieren, liegt in deren eigenem Interesse. Die Kaufleute wollen die gestohlenen Waren doch zurückbekommen. Warum also einen Aufstand provozieren?«

Petronius schaute alarmiert. Er hatte die Dinge auf seine Weise angepackt. So würde es funktionieren, daher hatte er sich keine Gedanken über Alternativen gemacht. Alternativen erwiesen sich meist als vertrackt. Schon das bloße Nachdenken darüber war Zeitverschwendung.

»Die Markthalle zu schließen, klingt ungeschickt«, gab er zu. »Aber ich habe vorausgedacht, Majestät. Wir haben es mit einer gut organisierten Bande zu tun, das ist klar. Die hatte bereits alle Sicherheitskräfte des Emporiums zum Narren gehalten.« Er hielt inne. Vespasian gab ihm mit einer Geste zu verstehen, er solle fortfahren. Petro kam in Fahrt: »Mir kam sofort der Gedanke, daß sie nach diesem extrem gut vorbereiteten Überfall nicht aufhören würden. Wir werden sie wiedersehen – entweder im Emporium oder anderswo. Im Moment sind sie mir überlegen. Ich brauche alle Fakten – und ich brauche sie schnell. Heute mußte ich ihre Methoden untersuchen – wie sie zum Beispiel vorab wußten, was es zu holen gab. Das war kein normaler Raubüberfall. Die Beute war außergewöhnlich, und ich sehe für Rom große Probleme voraus.«

Ohne die eigentliche Frage zu beantworten, war es Petronius Longus gelungen, die Situation im Zusammenhang darzustellen. Er hatte sich gut dabei geschlagen. Ich wußte, daß es nur ein Bluff war, aber er wirkte wie ein Mann, der zu planen verstand.

»Sie erwarten eine Wiederholung der heutigen Ereignisse?«

»Ich befürchte, ja, Majestät.«

Der Kaiser beugte sich plötzlich vor. »Hatten Sie *das hier* erwartet?«

Petronius zuckte unter der scharfen Frage nicht zusammen. »Nein, Majestät. Aber ich habe geahnt, daß *irgendwas* passieren würde.«

»Warum?«

»Weil in der Verbrecherwelt ein Machtvakuum entstanden ist.«

»Wieso das? Ach ja, Balbinus Pius, natürlich. Dafür waren Sie verantwortlich.«

Diesmal war Petro verblüfft. Ihm war nicht klar gewesen, daß die Wachstafel, die Vespasian bei unserem Eintritt studiert hatte, Informationen seines Sekretariats enthielt: eine kurze Zusammenfassung der heutigen Ereignisse, Petros beruflicher Werdegang, ein Resümee des Falles Balbinus, sogar höfliche Vorschläge zur Führung dieses Gesprächs.

Ich mischte mich ein: »Petronius Longus ist zu bescheiden, um Sie mit seinen Erfolgen zu unterhalten, Majestät. Er war in der Tat der Offizier, der für Balbinus' Verurteilung gesorgt hat. Er fand die Gelegenheit dazu und hat die Sache durchgeführt. Doch damit nicht genug. Er war so vorausschauend, die Auswirkungen auf Rom zu bedenken.«

Vespasian ließ sich nicht anmerken, ob er mich gehört hatte, obwohl das zweifellos der Fall war. Er hielt den Blick auf Petro gerichtet, der sich problemlos selbst aus der Affäre ziehen konnte. Während meiner Brabbelei hatte er bereits seine Gedanken geordnet: »Mir war klar, Majestät, daß das schiere Ausmaß der Beute politische Auswirkungen haben würde.«

»*Politische* Auswirkungen?« Jetzt hatten wir die volle Aufmerksamkeit des Kaisers. Er selbst hatte ein Machtvakuum genutzt, als er die diversen Bewerber um den Thron aus dem Feld schlug und sich daran machte, die Folgen von Neros absurder Regierung und dem anschließenden Bürgerkrieg zu heilen. Noch mußte er sein Können unter Beweis stellen. Er arbeitete hart, aber die Wohltaten guter Regierungsarbeit sind nicht so schnell erkennbar wie die Verheerung, die eine schlechte auslöst. Die Macht war ihm immer noch nicht sicher.

Trocken bemerkte ich: »Ein Raubüberfall großen Stils läßt Zweifel an der Effektivität der Regierung aufkommen, Majestät.«

»Nein, der läßt eher an der Effektivität der Wache zweifeln!« gab der Kaiser zurück.

Petronius war sichtlich verärgert über mich. »Man wird sicher darüber murren, Majestät. Aber ich sehe diesen Diebstahl als Signal. Er war sehr dreist. Das ist eine offene Kriegserklärung.«

»Wem wird hier der Krieg erklärt?« schnappte der Kaiser. »Ihnen? Mir?«

»Zunächst mal der Wache«, erwiderte Petro langsam. »Und damit indirekt dem Staat. Und anderen Großkriminellen. Deshalb gehe ich davon aus, daß mehr als ein Stadtbezirk betroffen sein wird.«

»Das überschreitet Ihre Kompetenzen!« In dieser Hinsicht hatte Vespasian noch sehr altmodische Ansichten. Sofort verwies er Petro in seine Grenzen: »Das verlangt nach einer koordinierten Strategie.«

»Ja, Majestät«, stimmte Petro demütig zu. »Ich hatte natürlich vor, den Tribun meiner Kohorte und den Stadtpräfekten zu unterrichten.« So ein unverschämter Lügner!

Vespasian dachte darüber nach. »Ich sollte wohl besser mit dem Tribun sprechen. Am besten, ich spreche mit allen.« Er nickte einem diskret im Hintergrund Stehenden zu. Dieser weißgekleidete, schweigsame Beamte war mehr als nur ein Sekretär. Notizen wurden rasch auf eine Wachstafel gekritzelt, aber es waren die Notizen eines Mannes, der Instruktionen entgegennimmt. Er kannte die oberste Regel der Verwaltung: Halte dich bedeckt. »Konferenz. Nach dem Mittagessen. Titus informieren.« Vespasian sprach beiläufig, aber wir hatten beide das Gefühl, mehr in Bewegung gesetzt zu haben, als wir eigentlich wollten. Er wandte sich wieder uns zu. »Damit ist der Aufruhr aber noch nicht zu Ende. Was schlagen Sie vor?«

Da ein Mann, der einen Aufruhr auslöst, selten

daran denkt, wie er ihn wieder beenden kann, hielt ich es für das Beste, selbst Vorschläge zu machen. »Sie könnten die Erregung etwas dämpfen, indem Sie eine Entschädigung ankündigen, Majestät.«

»*Entschädigung?*«

So, jetzt hatte ich den Schwarzen Peter. Ich hatte ein unanständiges Wort benutzt.

XI

»Tausend Dank, Falco!«

Wir saßen wieder auf der Bank im Korridor. Der Kammerherr, der für die Besucher zuständig war, schaute neugierig. Der weißgekleidete Beamte eilte davon. Vespasians Halbsatz über das Mittagessen sagte uns, daß die »paar Minuten«, die wir warten sollten, sich auf ein paar Stunden ausdehnen würden. Petronius war stinksauer. »Wenn du das unter Hilfe verstehst, dann vielen Dank, Falco! Wieso mußtest du auch von Geld sprechen? Das hat den armen alten Trottel so aus der Fassung gebracht, daß er sich erstmal hinlegen muß.«

»Vergiß es«, versicherte ich Petro. »Vespasian ist zwar ein berüchtigter Geizkragen, kippt aber bei der bloßen Erwähnung von Geld nicht gleich um. Wenn ihm unser Vorschlag nicht gefällt, wird er es sagen.«

»*Dein* Vorschlag«, warf Petro ein. Ich reagierte nicht.

Wir schwiegen eine Weile, grübelten über vergangene und gegenwärtige Ereignisse nach. »In was, zum

Hades, hast du mich da reingezogen?« grummelte Petro.

»Später, wenn wir uns eigentlich zum Abendessen setzen wollen, werden wir statt dessen ein Komitee über die Finessen der Verbrechensbekämpfung belehren.«

»Ich will nur zu meinem Fall zurück.«

»Das könnte der vielversprechendste Auftrag deines Lebens sein.«

»Ach, rutsch mir doch den Buckel runter«, knurrte Petro.

Als sich endlich etwas tat, war es tatsächlich Mittag. Zuerst kam der Weißgekleidete zurück und holte uns. Er wollte uns ein bißchen aushorchen. Wir ließen ihn, sorgten aber dafür, daß er sein Mittagessen mit uns teilte.

Er stellte sich als Tiberius Claudius Laeta vor. Offensichtlich ein Freigelassener des Palastes von hohem Status, hatte er einen Raum zur Verfügung, der zweimal so groß war wie meine ganze Wohnung. Dort konnte, wenn Vespasian mal keinen Untergebenen zum Rumschubsen brauchte, der gute Laeta sitzen und in der Nase bohren. Und dorthin brachten ihm noch Untergebenere Tabletts voller Erfrischungen.

»Nett!« sagten wir.

»Es läßt sich ertragen«, erwiderte er. Es gab nur einen Weinbecher, aber Petro hatte rasch noch zwei staubige Ersatzbecher hinter ein paar Kästen für Schriftrollen gefunden. Der Sekretär versuchte, von unserer Initiative beeindruckt zu wirken, als wir, lächelnd wie zwei glückliche neue Kumpel, ihm eingossen. Da der Wein umsonst war, fand selbst Petro ihn genießbar. Laeta prostete uns zu und schien sich über die Gesellschaft zu freuen. Als Obersekretär, der er offensichtlich war, führte er sicher ein einsames Leben. »So! Sie sind also Falco, einer von Anacrites' Männern?«

»Ich bin Falco«, erwiderte ich geduldig. »Und ich bin niemandes Mann.«

»Entschuldigen Sie. Ich dachte, Sie arbeiten für das Büro, über das wir nicht sprechen.«

»Ich habe für den Kaiser gearbeitet. Ich fand die Bezahlung unrealistisch und gedenke, keine weiteren Aufträge anzunehmen.«

»Aha!« Dem guten Laeta gelang es, das mit einer gewissen Diskretion hervorzubringen und gleichzeitig anzudeuten, daß das Büro, für das *er* arbeitete, plante, den Oberspion an den Rand eines aktiven Vulkans zu stellen und ihm einen kräftigen Schubs zu geben. »Vielleicht würden Sie es lohnender finden, für uns zu arbeiten.«

»Vielleicht«, sagte ich ziemlich friedlich. Wenn es Anacrites schadete, würde ich mich auf alles einlassen.

Claudius Laeta sah mich nachdenklich an und wandte sich dann Petronius zu. Petro hatte gleichmütig einen Teller kalter Artischockenherzen verputzt. Da die Aufmerksamkeit nun auf ihn gerichtet war, machte ich mich über Laetas Sardellen her. »Und Sie sind Petronius Longus von der Aventinischen Wache?« Petro nickte, immer noch kauend. »Erklären Sie mir die Rolle der Vigiles. Ich verwechsle sie ständig mit den städtischen Kohorten . . .«

»Das passiert leicht«, bestätigte Petronius höflich. Gesättigt lehnte er sich auf seinem Schemel zurück und hielt Laeta seinen Vortrag für neue Rekruten: »Recht und Ordnung in dieser Stadt funktionieren so: Ganz oben steht die Prätorianergarde; die Kohorten Eins bis Neun unter dem Kommando des Prätorianerpräfekten; kaserniert im Prätorianerlager. Voll bewaffnet. Pflichten: erstens, den Kaiser zu schützen; zweitens, bei zeremoniellen Anlässen zu protzen. Sie sind eine handverlesene Elite und grauenvoll eingebildet. Als nächstes und ihnen angeschlossen kommen die Kohorten Zehn bis Zwölf, auch die Städtischen genannt. Ihr Kommandeur ist der Stadtpräfekt – ein Senator –, der praktisch die Stadt verwaltet. Sie sind mit Schwert und Messer ausgerüstet. Inoffiziell haben sie die Aufgabe, den Mob unter Kontrolle zu halten. Offizielle Pflichten: den Frieden erhalten, die Augen offenhalten und den Stadtpräfekten über absolut alles zu informieren.«

»Spionage?« fragte Laeta trocken. »Ich dachte, das wäre Anacrites' Aufgabe?«

»Er spioniert sie aus, während sie uns ausspionieren«, bemerkte ich.

»Und ganz unten«, fuhr Petro fort, »dort, wo die wirkliche Arbeit getan wird, haben Sie die Vigiles unter dem Kommando des Präfekten der Vigiles. Unbewaffnet, aber militärisch geführt. Sieben Kohorten, jede mit einem Tribun, der ein ehemaliger Zenturio ist; jede bestehend aus sieben Zenturien, die zu Fuß Patrouillendienst machen. Rom hat vierzehn Verwaltungsbezirke. Jede Kohorte ist für zwei davon zuständig. Pflichten: alles, für das sich diese eingebildeten Pinkel aus dem Prätorianerlager zu fein sind.«

»Die Aventinische Wache deckt also den Zwölften und Dreizehnten Bezirk ab?«

»Ja. Wir sind die Vierte Kohorte.«

»Und Ihr Tribun ist –«

»Marcus Rubella.« Petro sprach selten von seinem Tribun. Er tat ihn freundlich als Exlegionär ab, der lieber weiterhin seine Soldaten auf dem Exerzierplatz hätte schleifen sollen.

»Ein Ritter?«

»Hat sich mit seinem Entlassungsgeld eingekauft.

Womit er vom Rang her jetzt beinahe Verbrecherkönig sein könnte«, erwiderte Petro im Gedenken an Balbinus Pius trocken.

»Und die Vigiles haben vornehmlich die Aufgabe, als Feuerwehr zu dienen?«

»Das ist *eine* ihrer Aufgaben.« Petro hatte was dagegen, als bloßer Feuerwehrmann angesehen zu werden. »Ja, aber da damit nächtliche Streifengänge verbunden sind und zu der Zeit die meisten Verbrechen begangen werden, ist unsere Zuständigkeit ausgeweitet worden. Wir verfolgen Straßendiebe und Einbrecher, fangen entlaufene Sklaven ein, schauen den Verwaltern von Mietskasernen und Lagerhäusern auf die Finger. Auch die Kontrolle der Thermen kostet viel Zeit. Kleiderdiebstahl ist ein großes Problem.«

»Das heißt, Sie sind eine proletarische Einheit?« Wie jeder Beamte war Laeta von Titeln und Rängen besessen.

»Wir sind Freigelassene und ehrbare Bürger«, zischte Petro, der das gar nicht komisch fand.

»Oh, richtig. Und welche Position haben Sie selbst inne?«

»Ermittlungen«, sagte Petro. »Ich bin der leitende Ermittlungsbeamte für den Dreizehnten Bezirk. Die Patrouillen klappern die Gegend ab, schnüffeln nach Rauch und nehmen Missetäter fest, wenn sie über sie stolpern. Sie erledigen so grundlegende Aufgaben wie das Zusammenstauchen von Leuten, die ihre Kochstellen umkippen lassen. Aber jede Kohorte hat einen Offizier wie mich, der mit einer kleinen, dafür abgestellten Gruppe Hausdurchsuchungen und Verfolgungen vornimmt. Zwei sogar, eine für jeden Bezirk. Wir spüren gestohlene Trinkbecher auf und ermitteln, wer dem Schankmädchen das Brett über den Schädel gezogen hat.«

»Im Auftrag des Tribuns?«

»Nicht nur. Vieles machen wir auch für das Büro des Präfekten. Jeder Fall, der mehr als eine öffentliche Auspeitschung erfordert, wird automatisch an ihn verwiesen. Der Präfekt hat seinen eigenen Stab, außerdem einen Registrator für die diversen Listen der Unerwünschten, und einen Vernehmungsoffizier . . .«

»Der die Folterungen durchführt?«

»Wir finden, daß brutale Gewalt oft genau das Gegenteil bewirkt«, erwiderte Petro; das offizielle Dementi.

Ich lachte bitter. »Erzähl das mal dem Dickkopf, dessen Manneszier gerade in dem kleinen Hinterzimmer zerquetscht wurde.«

Petronius tat, als hätte er mich nicht gehört.

»Na gut . . .«, fuhr Laeta fort. »Erzählen Sie mir, was Ihnen bei dem Überfall auf das Emporium Sorgen macht. Nach Ihrer Theorie steckt eine organisierte und verwegene Bande dahinter, die das Stadtzentrum unsicher macht, oder? Ich würde gern wissen, welche Teile Roms bedroht sind.«

»Wer weiß das schon?« Petronius war klug genug, keine Vorhersagen zu machen. Verbrecher halten sich nicht an so was. »Ich denke, man sollte alle Wachen im Zentrum in Alarmbereitschaft setzen.«

Laeta machte sich eine Notiz. »Und was halten Sie für besonders bedroht?«

»Die haben es auf Handelsgüter abgesehen«, antwortete Petro mit Überzeugung. »Kais und Läden – nicht die allgemeinen Lebensmittelmärkte, denke ich. Das betrifft hauptsächlich den Dreizehnten Bezirk, aber auch den Elften und Zwölften, weil sich dort ein paar spezielle Lagerhäuser befinden. Ich bezweifle, daß die Kornspeicher in Gefahr sind.«

»Wieso?«

»Der Staat versorgt die Armen mit Korn, und die Reichen leben von der Ernte ihrer eigenen Landgüter. Wie soll sich da ein Schwarzmarkt entwickeln? Die Dreckskerle könnten sich die Papierlager auf dem Quirinal vornehmen. Die Saepta Julia sind ebenfalls ein gutes Ziel. Man sollte die Juweliere warnen.« Laeta kritzelte emsig mit.

Unter einem Deckel wartete ein Mandelomelett auf ihn, also teilten wir es durch drei und reichten es rum. Bald war das Tablett leer.

Kurz darauf entschuldigte sich Laeta. Uns wurde gestattet, in seinem luxuriösen Unterschlupf die Füße hochzulegen, bis wir gebraucht wurden.

»Das ist ja ein schöner Schlamassel, Falco!« Petro setzte probehalber die Flasche an, aber wir hatten sie bereits leergetrunken. »Ich will nicht, daß ein Haufen Amateure in meinem Revier herumtrampelt.«

»Mach dir bloß nicht ins Hemd. Schließlich warst du es, der sich ja unbedingt als Meister der Verbrechensbekämpfung aufspielen mußte.«

»Herkules Victor! Woher sollte ich denn wissen, daß ein flüchtiger Gedanke hier gleich zur Staatsaktion erhoben wird, Sekretäre wie Kaninchen hin und her schießen und noch am gleichen Tag eine Riesenkonferenz über Schwerverbrechen einberufen wird?«

Ich grinste ihn freundlich an. »Tja, da hast du wenigstens was Nützliches gelernt. Nämlich, deine Gedanken für dich zu behalten.«

Nach einigem Wühlen zwischen den Schriftrollenkästen entdeckte ich ein schmales Alabastrum mit Rotwein, das Laeta bei einer früheren Gelegenheit bereits entstöpselt und halb ausgetrunken hatte. Wir entstöpselten es erneut und schenkten uns ein. Dann verstaute ich es wieder genau dort, wo ich es gefunden hatte, damit Laeta nicht meinte, wir hätten in seinen persönlichen Sachen rumgewühlt.

Danach dösten wir abwechselnd.

Unser Instinkt sagte uns, wann wir wieder aufzuwachen hatten. Das hatten wir gelernt, als wir damals Wache schoben und darauf warteten, daß schnurrbärtige Britonen aus den Büschen sprangen. Sie waren nie gesprungen. Aber der Instinkt hatte sich als nützlich erwiesen und uns vor schlechtgelaunten Zenturionen gewarnt, die es gar nicht komisch fanden, wenn die Pflastertreter von der Infanterie während der Wache an der Brustwehr lehnten und darüber diskutierten, ob die Grünen zu Hause wohl in dieser Saison die besten Wagenrennen fahren würden. Jedenfalls, als Claudius Laeta zurückgewieselt kam, um uns abzuholen, lehnten wir nirgends und dösten auch nicht, sondern hatten uns Gesicht und Hände in einem Becken gewaschen, das ein Lakai für Laeta hereingebracht hatte, uns dann wie ein paar feine Pinkel auf dem Weg zu einem Festmahl die Haare gekämmt und saßen da wie Männer, auf die man sich verlassen konnte.

»Ah, da sind Sie ja . . .« Laeta sah sich nervös im Raum um, als hätte er mit Vandalismus gerechnet. »Der Alte ist rüber in seine Privaträume gegangen. Wir müssen die paar Schritte zum Goldenen Haus laufen.«

Ich lächelte. »Lucius Petronius und mir ist ein kleiner Spaziergang an der frischen Luft durchaus willkommen.«

Laeta sah schon wieder besorgt aus – als wüßte er gern, was wir wohl angestellt hatten, um Frischluft zu brauchen.

Nero hatte sein Goldenes Haus auf der anderen Seite des Zentrums von Rom erbaut. Durch einen Garten, der das gesamte Forumstal einnahm, hatte er den alten Cäsarenpalast mit einem neuen Komplex verbunden, den Meister architektonischer und dekorativer Erfindungskunst für ihn gebaut hatten. Unsere Konferenz würde in diesem neuen Teil stattfinden. Ich war schon früher dort gewesen. Er machte mich immer noch sprachlos.

Um hinzukommen, mußten wir vom Palatin hinabsteigen, den kühlen, bewachten Kryptoportikus durchqueren, über das östliche Ende des Forums gehen, vorbei am Haus der Vestalinnen und dem Meta Sudans, dem »schwitzenden Brunnen«, und dann um das Schlammloch herum, das bis vor kurzem der Große See gewesen war, der die von Nero in der Senke zwischen Palatin und Esquilin angelegten Gärten beherrscht hatte. Der See war jetzt eine gigantische Baugrube, dort sollte das von Vespasian versprochene Amphitheater entstehen. Dahinter, am Abhang des Oppius, stand immer noch Neros phantastischer Palast. Die neue Flavierdynastie, die einen zurückhaltenden, aber guten Geschmack hatte, fand ihn zu protzig, doch er war zu exquisit, um ihn für teures Geld abreißen zu lassen. Einen neuen Palast zu bauen, solange Rom in Trümmern lag, wäre eine schlimmere Extravaganz als die Neros gewesen. Also wohnten Vespasian und seine Söhne hier. Zumindest konnten sie ihrem verrückten Vorgänger die Schuld daran geben.

Claudius Laeta führte uns durch ein Labyrinth von marmorverkleideten Vorhöfen und hohen, reichverzierten Korridoren. Ich glaube, wir befanden uns im Ostflügel; im westlichen schienen die Privatgemächer zu liegen. Die Prätorianerwachen ließen Laeta mit einem Nicken passieren, und er hatte keine Schwierigkeiten, seinen Weg zu finden. Für einen Fremden war das Goldene Haus absichtlich verwirrend. Räume und Durchgänge folgten einander in offenbar zufälliger Anordnung. Das Auge wurde von Gold und feinstem schimmernden Marmor geblendet; der Kopf schwirrte einem von all den Biegungen und Windungen; die Musik der Springbrunnen und Kaskaden attackierte ständig. Petronius stolperte in mich hinein, als er mit offenem Mund zu der minuziös ausgeführten Deckenmalerei hinaufstarrte, während Laeta uns vorwärtsdrängte. Schließlich bogen wir noch einmal nach links, erblickten eine mit einer Apsis versehene Halle, schossen an einem weiteren Raum vorbei und betraten endlich das berühmte, sagenhafte achteckige Speisezimmer.

Zu Neros Zeiten hatten hier Orgien stattgefunden; typisch, daß wir kamen, als sich die Zeiten geändert hatten und nur eine Konferenz zur Verbrechensbekämpfung zu erwarten war.

Der Raum war voller Licht. Nach Süden zu hatte man eine atemberaubende Aussicht, von der wir nichts haben würden. Es gab eine dramatische Kaskade (abgestellt). Mit Vorhängen versehene Durchgänge führten in Seitenzimmer, in denen einst die wüstesten Ausschweifungen stattgefunden hatten (jetzt leer). Über unseren Köpfen hatte sich die legendäre drehbare Elfenbeindecke befunden, aus der Geschenke auf die glücklichen Speisenden herabgeregnet waren (abgebaut; keine Geschenke für uns).

Vespasian und sein älterer Sohn Titus saßen bereits auf Thronsesseln. Die Thronsessel würden Petronius gefallen. Er hatte es sehr mit solchen Förmlichkeiten. Titus, eine jüngere Ausgabe seines Vaters, wenn auch ein bißchen rundlicher, nickte mir freundlich zu; ich zeigte ihm höflich die Zähne. Ruhige Staatsbeamte überreichten den beiden letzte Informationen.

Die anderen Geladenen trafen zur gleichen Zeit ein wie wir. Man hatte sowohl den Stadtpräfekten, der meinte, die Stadt zu verwalten, als auch den Präfekten der Vigiles, der die eigentliche Arbeit tat, von ihrem Mittagessen weggeholt. Beide hatten einen Schwarm niederer Beamter mitgebracht, die in die Seitenzimmer verfrachtet wurden. Als Sprecher (da man sich nicht mit praktischem Wissen belasten wollte) hatten die Präfekten alle sieben Tribunen der Vigileskohorten mitgebracht, einschließlich Rubella, dem Kommandeur der Vierten Kohorte, dem Petro eigentlich jedes Problem zu melden hatte, bevor die Öffentlichkeit davon erfuhr. Rubella hatte eine Tüte Sonnenblumenkerne mitgebracht, die er verstohlen mampfte. Petros Verachtung zum Trotz fand ich, daß er erfreulich menschlich wirkte.

Ebenfalls anwesend, obwohl in den Aufzeichnungen nicht namentlich vermerkt, war Anacrites, der Oberspion.

»Falco!« Sein Blick flackerte nervös, als er sah, daß ich noch lebte und tief in dieses überraschende Unternehmen verwickelt war. Er fragte mich nicht, wie mir das östliche Fiasko gefallen hatte. Wenn ich soweit war, würde ich Vespasian persönlich davon berichten und mich in meinen Kommentaren nicht durch irgendwelche Loyalität an den Mann gebunden fühlen, der mich dorthingeschickt hatte.

»Entschuldigen Sie mich«, sagte ich kalt. »Ich habe hier einen Bericht vorzutragen . . .«

Claudius Laeta mußte das mitbekommen haben, denn er winkte Petro und mich zu sich; er saß direkt neben dem Kaiser. Auf Vespasians Anweisung leitete er die Sitzung. Was dabei gesagt wurde, ist natürlich vertraulich. Das Protokoll umfaßte eine halbe, eng beschriebene Schriftrolle. Ganz im Vertrauen, natürlich, ging es dabei um folgendes:

Die regulären Beamten kamen gleich zur Sache. Ab und zu wurden sie von Tribunen aufgehalten, die ihre persönlichen Theorien darlegten, die nichts mit dem Thema zu tun hatten und zum Teil unverständlich waren (unprotokolliert). Ein- oder zweimal warf einer der Präfekten eine banale Bemerkung ein (vom Sekretär im Protokoll mit Anführungszeichen versehen). Petronius Longus legte in klarer und verständlicher Form seine Ansicht dar, daß nach der Verbannung von Balbinus ein neuer Verbrecherkönig die Initiative ergriffen hatte. (Das, fast wörtlich, füllte den größten Teil des Protokolls.) Petronius war im Laufe des Morgens von einem Mann, der sich aus Schwierigkeiten herausredet, zu einem Anwärter für den Lorbeerkranz geworden. Er machte sich gut. Petronius verfügte über genau die richtige Skepsis.

Ich meinerseits wurde von Vespasian als sein Experte für das Leben auf der Straße konsultiert; es gelang mir, ein paar Ideen einzubringen, die recht sinnvoll klangen, obwohl ich schon jetzt wußte, daß ich später Schwierigkeiten haben würde, Helena Justina den genauen Inhalt wiederzugeben.

Anacrites wurde plötzlich von Titus gefragt, was seine professionellen Spione bemerkt hatten. Er hatte nur Geschwafel zu bieten. Seine Mannschaft war unbrauchbar, bekam fast nichts von dem mit, was tatsächlich in Rom vorging. Der Stadtpräfekt mischte sich hämisch ein und behauptete, *seine* Spione hätten ihm besorgniserregende Anzeichen von Unruhe gemeldet. Gebeten, sich deutlicher auszudrücken, verhaspelte er sich bald.

Wir mußten zwei Stunden debattieren, bis der Kaiser zufrieden war. Das Problem – so denn eines bestand – sollte mit Verve angegangen werden (ohne daß zusätzliche Männer eingezogen wurden). Der

Präfekt der Vigiles sollte eine Sonderermittlung leiten und dem Stadtpräfekten berichten, der wiederum Titus Cäsar Bericht erstattete. Petronius Longus, der Rubella unterstellt war, der dem Präfekten der Vigiles unterstellt war, würde den Raubzug im Emporium aufklären und dann eine Einschätzung abgeben, ob es sich um ein einmaliges Unternehmen oder eine größere, weitergehendere Bedrohung handelte. Er hatte das Recht, alle Kohortentribunen auf mögliche Gefahren in einem bestimmten Bezirk hinzweisen, und alle hatten die Pflicht, ihn zu unterstützen.

Anacrites wurde keine Aufgabe zugeteilt, doch als Höflichkeitsgeste flocht Titus ein, man ginge davon aus, daß seine Geheimagenten »wachsam bleiben« würden. Wir alle kannten diese Phrase. Im Klartext hieß das: Seine Leute sollten uns nicht in die Quere kommen.

Als einmalige, außergewöhnliche Maßnahme (das wurde von Vespasian mehrfach betont) würden die Händler, denen letzte Nacht im Emporium Waren gestohlen worden waren, eine Entschädigung bekommen. Aber nur, wenn ihr Name auf der offiziellen Liste stand. Martinus hatte diese Liste für Petronius mitgebracht, ein Lakai überreichte sie. Vespasian, der seine Pappenheimer kannte, wies sofort einen Schreiber an, die Liste für ihn zu kopieren.

Ich wurde als außerplanmäßiger Offizier zur Zusammenarbeit mit Petronius eingeteilt. Wie immer bei solchen Konferenzen, hatte ich hinterher keine Ahnung, was ich nun eigentlich tun sollte.

XII

»So, Marcus, du wolltest einen ruhigen Spaziergang auf dem Forum machen«, sinnierte Helena und reichte eine Platte mit Käsehäppchen an Silvia weiter. »Und bis du nach Hause kamst, war eine Verbrechensepidemie ausgebrochen, hast du einen kaiserlichen Auftrag an Land gezogen, und ihr beiden Herzchen seid zu Sonderermittlern ernannt worden?«

»Schlägt jeden Radiescheneinkauf«, bemerkte ich, doch da wir Gäste erwarteten, hatte ich auch das getan. Ein Hausherr muß eben vielseitig sein.

»Wird nett sein für die beiden, zusammenzuarbeiten«, meinte Arria Silvia. Petros Frau war klein und hübsch. Einst hatte ich gedacht, dieses strahlende, zierliche Mädchen mit Bändern im Haar sei genau das, was ich wollte – bis Petro sich Silvia geschnappt hatte. Sie hatte die Angewohnheit, Gemeinplätze von sich zu geben; vermutlich fand er das beruhigend. Die beiden waren seit sieben Jahren verheiratet, hatten drei Kinder, die ihre Zuneigung (oder was es sonst sein mochte) festigten, und die Verbindung schien Bestand zu haben. Daher hatte ich beschlossen, meine Reaktion auf Silvia zu ignorieren. Diese Frau brachte mich nämlich zur Weißglut.

Helena schien mit ihr auszukommen, obwohl der Freundschaft die Wärme fehlte, die beispielsweise Helena und meine Schwester Maia verband.

»Hoffentlich werdet ihr euch nicht streiten«, sagte Helena mit einem leisen Lächeln zu mir. Eine ganz Pfiffige, die Meine! Egal, ob er nun begriffen hatte oder nicht, Petronius blieb stumm und ging auf den Balkon, wo er seine jüngste Tochter hochhob, damit sie in einen meiner Blumentöpfe pinkeln konnte. Das würde zwar die Blumenzwiebeln umbringen, aber ich sagte nichts. Er war ein kompetenter, unkomplizierter Vater. Eine Lektion für uns alle.

Die anderen beiden Mädchen saßen auf meinem Schoß und spielten mit den Sachen, die wir ihnen mitgebracht hatten. Uns ging es rundherum gut, wir waren satt und genossen noch den köstlichen Wein, den Petronius aus seinem gutbestückten Weinkeller beigesteuert hatte. Petro und Silvia hatten den frühen Abend mit uns verbracht und über unseren syrischen Reisebericht gelacht. Freunde hören so gern von den Strapazen, die einem grausiges Klima, betrügerische Geldwechsler und giftige Spinnentiere zugefügt haben. Erspart ihnen die eigene Urlaubsreise.

Es gab so viel über den Skorpion, der Helena gestochen hatte, und andere drastische Ereignisse zu erzählen, daß wir jenes Thema umschifft hatten, das Silvia brennend interessiert hätte: unseren bevorstehenden Familienzuwachs.

Ich will nicht behaupten, daß Helena und ich es genossen hätten, nicht darüber zu reden. Dazu war das Thema zu ernst; wir konnten noch nicht darüber lachen. Aber wir waren uns so nahe, daß mir Helenas Gesichtsausdruck nicht entging, als Silvia fröhlich über ihre Brut plapperte. Silvia wollte wohl andeuten, es sei allmählich Zeit für Helena, neidische Gefühle in dieser Richtung zu entwickeln. Schließlich fing ich Helenas Blick auf und zwinkerte ihr zu. Silvia erwischte mich dabei. Sie warf Petronius einen gespielt schockierten Blick zu, meinte, ich hätte amouröse Absichten. Petro tat wie immer so, als hätte er keine Ahnung, was hier lief.

Das Zwinkern blieb; ein Augenblick der Stille zwischen Helena und mir.

Die Frauen entwickelten ein größeres Interesse an unserer neuen Aufgabe, als es Petro und mir lieb war. Silvia hatte gemerkt, daß Helena Justina an einen freieren Meinungsaustausch gewöhnt war, als ihn Petronius ihr zugestand. Sie genoß es und pflückte die Einzelheiten genauso hartnäckig auseinander, wie sie vorher ihre Hühnerflügel in pfeffriger Weinsoße auseinandergezerrt hatte.

Petronius und ich waren seit langer Zeit Verbündete. Während Silvia spekulierte, redeten wir leise miteinander.

»Ich möchte, daß du nachher mit mir über die Straße kommst, Petro. Smaractus hat da eine Wohnung zu vermieten. Es ist zwar ein Loch, aber besser als dieses hier, wenn man es ein bißchen renoviert.«

»*Ein bißchen renoviert?*« Petro kniff die Augen zusammen, als hätte er mich gerade erwischt, wie ich Weinkrüge vom Tresen einer Caupona verschwinden ließ. »Wird Smaractus die Renovierung bezahlen?«

»Nein, aber ich habe fest vor, was anderes für uns zu finden; und wenn ich die Bruchbude selbst instandsetzen muß.«

»Davon weiß ich ja noch gar nichts!« sagte Helena und nahm mir eine von Petros Töchtern ab. Die andere rutschte von meinem Knie, um auf dem Balkon zu spielen. »Sollte ich nicht diejenige sein, die das Objekt anschaut?«

»Und warum kannst du keinen anderen Vermieter finden?« warf Silvia ein.

Ich grinste Helena zu. »Derjenige, der die Mietsache inspizieren wollte, ist der freundliche Gefährte, der mir helfen wird, die neuen Fenster und Fußböden einzubauen.«

»Vergiß es!« rief Petro entsetzt.

»Du bist ein guter Zimmermann.«

Helena lachte. »Und er *war* ein guter Freund!«

»Ich werde alle Hände voll zu tun haben mit der Aktion gegen die Emporium-Diebe«, sagte Petronius bestimmt. Manchmal half er mir bei meinen verrückten Plänen, aber manchmal wollte er einfach nichts davon hören. Ich ließ das Thema fallen. Er war zu dickköpfig, um seine Meinung zu ändern.

»Und warum hat unser entzückendes Nest hier nach so langer Zeit plötzlich seinen Charme verloren?« fragte Helena mit der Miene einer Furie, die schon mal zur Probe die Peitsche schwingt.

»Ich werde langsam alt. Meine Beine können die Treppen nicht ausstehen.« Mein geliebtes Wesen schenkte mir ein zuckersüßes Lächeln, ich spielte offenbar mit dem Feuer.

»Versuch es mal mit drei Kindern am Hals!« Silvias Bemerkung kam der Sache gefährlich nahe; mir graute schon mit vor dem Aufstieg, besonders für Helena in den langen Monaten bis zur Geburt unserer Krabbe. Ich hörte schon förmlich hilfreiche Verwandte vorschlagen, sie solle sich eine bequemere Wohnung suchen und dabei hoffen, das wäre der erste Schritt, mich endgültig zu verlassen.

Inzwischen hatte Helena vermutlich auch begriffen, warum ich ein besseres Quartier für uns wollte. Sie lehnte sich auf ihrem Schemel zurück, wiegte Tadia in den Armen und starrte mich bedeutungsvoll an. Eine Herausforderung: Ich sollte Petro und Silvia erzählen, in welcher Situation wir uns befanden. Ich erwiderte ihr Starren, blieb aber stumm.

»Na, sieht Helena nicht süß aus mit dem Baby?« meinte Silvia vorwurfsvoll; sie war offenbar vollkommen ahnungslos. Ich hatte es Petro gegenüber geleugnet, er hatte die Information wohl an sie weitergegeben. Mit leisen Schuldgefühlen ihm gegenüber genoß ich Helenas Anblick. Sie trug Blau, dazu geschmackvolle Armreifen, die ihren vernarbten Arm bedeckten, und silberne Ohrringe, für die ich in Palmyra ein Vermögen ausgegeben hatte, weil ich wußte, daß es ihr Spaß machte, mit mir die Welt zu bereisen.

Sie sah gut aus. Gesund, ruhig und selbstsicher. Während sie das Kind festhielt – das sich auf den Boden schmeißen wolle, um auszuprobieren, ob das wehtat –, schickten mir Helenas schöne braune Augen einen weiteren herausfordernden Blick zu.

Ich blieb stumm. Nie hatte ich Silvia merken lassen, wie sehr sie mir auf den Keks ging. Und Helena sollte nicht merken, daß ihre Aufforderungen mich ganz zittrig machten. »Als ich Helena das erste Mal sah, hatte sie auch ein Kind auf dem Arm.«

»Daran kann ich mich gar nicht erinnern.«

»Die Tochter des britischen Prokurators.«

»Ach, Tante Camillas Älteste!« Jetzt fiel es ihr wieder ein; die Röte, die ihr ins Gesicht schoß, ließ keinen Zweifel. »Flavia.«

»Flavia!« bestätigte ich grinsend. Sie hatte offenbar das Bild wieder vor Augen: eine höfliche Familie, gebildete Leute, die nach dem Essen darüber plauderten, ob es morgen regnen würde. In diese Szene war ich hineingeplatzt, gerade in der Provinz angekommen, voller Standesdünkel und bereit, jedem die Knochen zu brechen, der mir mit irgendwelchem albernen Geplapper kam.

»Und was hat *er* gemacht?« kicherte Silvia.

»Finster geschaut«, erwiderte Helena geduldig. »Er sah aus, als hätte ihm gerade ein Titan auf den Fuß getreten und den großen Zeh zerquetscht. Ich wohnte bei netten Leuten, die sehr freundlich zu mir waren, und dann tauchte dieser Held hier auf, bereit, wie Milo von Kroton mit einem Faustschlag den nächsten

Baum zu spalten. Er war erschöpft, unglücklich und wütend wegen seines Auftrags . . .«

»Klingt wie immer.«

»Aber er hat's trotzdem geschafft, grob zu mir zu sein.«

»Der Flegel!«

»Auf eine Art, die in mir den Wunsch entstehen ließ . . .«

»Mit mir ins Bett zu gehen?« schlug ich vor.

»Es dir heimzuzahlen!« rief Helena, die Erinnerung machte sie immer noch wütend.

Als ich sie in Britannien traf, hatte sie mich völlig umgeworfen: Ich hatte sie für eingebildet, streng, humorlos, hartherzig und unberührbar gehalten; dann verliebte ich mich derart in sie, daß ich mein Glück kaum fassen konnte, als sie mit mir ins Bett ging.

»Und worauf warst du aus, Falco?« Silvia hoffte insgeheim auf eine lüsterne Antwort.

Ich wollte Helena als Partnerin fürs Leben. Das war zu schockierend, um es einem so zimperlichen kleinen Stück wie Silvia gegenüber zu erwähnen. Ich griff nach der Obstschale und biß grimmig in einen Pfirsich.

»Wir warten immer noch darauf, zu hören, welche Aufgabe ihr zwei für den Kaiser übernommen habt!« Silvia vom Thema abzulenken, war denkbar einfach. Wenn man eine Bemerkung überhörte, kam sie prompt mit etwas anderem. Was nicht hieß, daß einem das neue Thema besser gefiel.

Ich sah Petro leicht die Stirn runzeln. Wir wollten erst mal abwarten. Noch hatten wir unsere Positionen nicht geklärt, und wir brauchten keine Frauen, die uns dabei halfen.

»Wer von euch wird denn die Führung übernehmen?« fragte Helena neugierig. Ihr fielen stets die unangenehmsten Fragen ein.

»Ich«, sagte Petro.

»Entschuldige mal!« Das hatte ich unter vier Augen mit ihm besprechen wollen, aber jetzt saßen wir in der Falle. »Ich arbeite unabhängig. Ich nehme von niemandem Befehle an.«

»Ich leite diese Ermittlung«, knurrte Petro. »Du wirst mit mir zusammenarbeiten müssen.«

»Mein Auftrag kommt direkt von Vespasian. Er läßt mir immer freie Hand.«

»Nicht in meinem Bezirk.«

»Ich hatte keine Ahnung, daß es da zu Konflikten kommen könnte.«

»Dann hast du nicht nachgedacht!« murmelte Helena.

»Es gibt keinen Konflikt«, sagte Petronius ruhig.

»Nein, nein. Ist alles sonnenklar. Du hast vor, die Arbeit einzuteilen, Befehle zu geben und die Gruppe anzuführen. Dann bleibt mir nur noch, das Büro auszufegen.«

Plötzlich grinste er. »Klingt gut – und ich nehme an, du kannst das.«

»Klar kann ich mit einem Besen umgehen«, nickte ich, ohne jedoch nachzugeben.

»Wir kriegen das schon hin«, meinte Petronius vage.

»Oh, wir können zusammenarbeiten. Wir sind doch schon so lange Freunde.« Das war natürlich genau der Grund, warum unmöglich einer von uns der Anführer sein konnte. Helena hatte das sofort kapiert.

»Sicher«, bestätigte Petro mit einem dünnen Lächeln.

Nichts war geregelt, aber wir beließen es dabei, wollten keine Auseinandersetzung.

XIII

Die Brunnenpromenade verströmte an diesem ruhigen Oktoberabend ihren üblichen heruntergekommenen, stichigen Charme. Ein dünner schwarzer Rauchschleier von Herdfeuern und Lampenruß schwebte träge fünf Fuß über der Straße und lauerte auf Passanten in sauberen Togen und Tuniken. Der beißende Geruch vermischte sich mit den Schwefeldämpfen aus der Wäscherei und dem Gestank ranzigen Bratfettes. Der Bäcker Cassius hatte am Nachmittag Kalbspasteten zubereitet – und offenbar zuviel Wacholder reingetan. Weiter oben hatten Nachbarn Bettzeug über die Balkone gehängt oder lüfteten ihre fetten Hintern auf der Brüstung, während sie Familienmitglieder in der Wohnung beschimpften. Irgendein Idiot hämmerte wie wild. Ein müdes junges Mädchen schleppte sich an uns vorbei und konnte unter der Last der langen Blumengirlanden kaum laufen, die sie den ganzen Tag über für Festgelage in dekadenten, wohlbetuchten Häusern geflochten hatte.

Ein dürrer, schmuddeliger Hund saß vor Lenias Wäscherei und wartete auf einen weichherzigen Menschen, dem er nach Hause folgen konnte.

»Sieh nicht hin«, befahl ich Helena. Ich nahm ihre Hand, als wir die staubige Straße überquerten, um uns von Cassius den Schlüssel für die leerstehende Wohnung geben zu lassen.

Cassius war ein freundlicher Kumpan, obwohl er sich nie dazu herabgelassen hatte, die Verbindung zwischen Helena Justina und mir wahrzunehmen. Er verkaufte ihr Brot zu einem mehr oder weniger annehmbaren Preis; mit steckte er gelegentlich ein altes

Brötchen zu, während wir miteinander tratschten. Aber selbst wenn Helena, die edle Hand fest in der meinen, mit mir im Laden erschien, behandelte Cassius uns nicht als Paar. Er betrachtete unsere Verbindung offenbar als unschicklich; tja, da war er nicht der einzige. Ich hielt sie ja selbst für unpassend – was mich allerdings nicht abhielt.

»Ho, Falco!«

»Hast du den Schlüssel für oben?«

»Welcher Blödmann will den denn?«

»Na ja, ich dachte, ich schau's mir mal . . .«

»Hah!« unterbrach Cassius, als hätte ich zu behaupten gewagt, einer seiner Vollkornkringel sei verschimmelt.

Wir ließen uns nicht beirren. Also machte er sich auf die Suche nach dem Schlüssel, der, wie er sich dunkel erinnerte, irgendwo hinter Stapeln von Säcken in seinem Mehllager sein mußte. Während wir warteten, daß er den Nagel fand, an den er ihn gehängt hatte, wühlte ich nach interessanten Krümeln in seinen Brotkörben und grinste Helena zu.

»Es stimmt, weißt du. Du schienst dich damals richtig wohl zu fühlen mit Aelia Camillas kleiner Tochter. Ein Naturtalent!«

»Flavia war nicht mein Kind«, erwiderte Helena kalt.

Cassius kam zurück, bewaffnet mit einem Schlüssel, so groß wie eine Ratsche für einen Flaschenzug. Da er neugierig war, ließ er ihn nicht los und stieg mit uns die verfallenen Steinstufen neben seinem Laden hinauf. Nicht alle waren vollkommen weggebröckelt; wenn man sich nahe der Hauswand hielt, konnte einem nicht allzuviel passieren. Mit beiden Händen versuchte Cassius, den Schlüssel in dem rostigen Schloß zu drehen. Doch es ging nicht. Dann entdeckten wir, daß man die Tür an der anderen Seite wegstemmen und sich durch die Spinnweben, die als Türangeln gedient hatten, hindurchzwängen konnte.

Drinnen war es sehr dunkel. Cassius stapfte mutig zum Fenster und klappte einen der Fensterläden auf; er fiel ihm aus der Hand. Cassius fluchte, als das schwere Holzding Splitter in seinen Fingern zurückließ, ihm das Bein aufschürfte und zu Boden krachte.

»Ehrlich gesagt«, entschied Helena sofort, »scheint mir das Ganze ein bißchen zu elegant für uns!«

Es kam überhaupt nicht in Frage. Tief deprimiert bestand ich darauf, mir alles anzusehen.

»Wer wohnt hier drüber, Cassius?«

»Niemand. Die anderen Wohnungen sind noch schlimmer als diese. Trotzdem habe ich heute nachmittag eine alte Stadtstreicherin hier rumschnüffeln sehen.«

Noch schlimmer! Das Letzte, was wir brauchten, waren Obdachlose und Bettler als Nachbarn. Wo ich doch gerade versuchte, ehrbar zu werden.

Ganze Stücke Putz hatten sich von den Wandverstrebungen gelöst, die gefährlich schief wirkten. Der Fußboden senkte sich jedesmal um mehrere Fingerbreit, wenn wir vorsichtig auf eines der Dielenbretter traten. Die Trägerbalken schienen zu fehlen. Da diese Träger das ganze Gebäude zusammenhielten, war damit nicht zu spaßen. Sämtliche Zimmertüren fehlten. Ebenso, wie Lenia mich schon gewarnt hatte, der Fußboden in den hinteren Zimmern.

»Was ist denn das da unten?«

»Mein Holzvorrat«, sagte Cassius. Genau. Wir konnten durch seine Decke hindurch die Holzkloben sehen. Was bedeutete, daß jeder, der darüber wohnte, hörte, wie Cassius seinen Ofen vor Sonnenaufgang rumpelnd mit frischem Holz bestückte.

Das Ding war eine Ruine. Wir würden Smaractus

nicht um einen Mietvertrag bitten. Cassius verlor das Interesse und widmete sich seinem Bein, das inzwischen stark blutete. »Ist das dein Hund da draußen, Falco?«

»Natürlich nicht. Schmeiß ihm einen Stein nach.«

»Es ist eine Hündin.«

»Trotzdem gehört sie nicht mir – und daran wird sich auch nichts ändern!«

Helena und ich blieben noch, waren zu enttäuscht, um uns von der Stelle zu rühren. Sie sah mich an. Sie wußte genau, warum ich mich nach Wohungen umschaute, aber bevor sie nicht zugab, daß sie schwanger war, konnte sie mit mir nicht darüber diskutieren. So hatte ich endlich mal die Oberhand.

»Tut mir leid«, sagte ich.

»Wieso? Ist doch nichts passiert.«

»Ich hatte gehofft, diese Bruchbude wäre schon so lange auf dem Markt, daß Smaractus sie mir für ein Lächeln überläßt.«

»Ach, er wäre sicher begeistert, einen Mieter zu finden!« Helena lachte. »Können wir die Wohnung reparieren? Du bist doch so praktisch veranlagt, Marcus.«

»Jupiter! Hier sind größere Umbaumaßnahmen angesagt. Das übersteigt meine Fähigkeiten.«

»Ich dachte, du liebst Herausforderungen?«

»Vielen Dank für das Vertrauen! Das ganze Haus müßte abgerissen werden. Ich weiß nicht, wie Cassius das aushält. Er setzt hier jeden Tag sein Leben aufs Spiel.« Wie so viele andere Römer.

»Zumindest hätten wir immer frisches Brot«, sinnierte Helena. »Wir könnten einfach durch den Fußboden greifen, ohne aus dem Bett zu müssen . . .«

»Nein, wir können nicht über einer Bäckerei wohnen. Abgesehen von der Feuergefahr . . .«

»Der Ofen steht auf der Straße.«

»Und dazu die Mühle, mit dem ständigen Gerumpel der Mühlsteine und dem Schreien des verdammten Esels! Mach dir nichts vor, Süße. Denk bloß an den Geruch. Brot geht ja noch, aber wenn Cassius damit fertig ist, benutzt er die Öfen, um für die ganze Straße Pasteten aus Fleischresten in ekliger Soße zu backen. Ich hätte daran denken sollen.«

Helena war zum Fenster hinübergegangen. Sie stand auf Zehenspitzen, lehnte sich hinaus und wechselte das Thema. »Mir gefällt dieser Ärger zwischen dir und Petronius nicht.«

»Es gibt keinen Ärger.«

»Wird es aber.«

»Ich kenne Petro schon so lange.«

»Und es ist lange her, seit ihr zusammengearbeitet habt. Das war damals bei der Armee, und ihr bekamt beide Befehle von einem anderen.«

»Ich kann gehorchen. Mach ich doch bei dir dauernd.«

Sie schnaubte nur. Ich trat zu ihr ans Fenster, lenkte sie ab mit einem Schubsen, das sie aus dem Gleichgewicht bringen sollte. Um nicht umzufallen, legte sie den Arm um mich und ließ ihn entspannt dort, während wir beide rausschauten.

Diese Seite der Brunnenpromenade lag etwas weiter hügelabwärts als unsere, so daß wir jetzt fast in Augenhöhe mit der vertrauten Reihe kleiner Läden auf der anderen Straßenseite waren: der Schreibwarenhändler, der Friseur, der Beerdigungsunternehmer, lauter Verschläge in einer düsteren Kolonnade. Darüber erhoben sich fünf Stockwerke gleich aussehender Wohnungen – so stellt sich ein überbezahlter Architekt einen durchdachten Entwurf vor. Die wenigsten Architekten lassen sich allerdings so weit herab, in den von ihnen entworfenen Mietskasernen zu wohnen.

»Ist das unser Wohnblock?«

»Nein, der daneben.«

»Da scheint was frei zu sein, Marcus. Kannst du lesen, was da steht?«

»Ich glaube, das ist für einen der Läden im Parterre.«

Helenas scharfe Augen hatten das Gekritzel an der Mauer entdeckt, das man im allgemeinen übersieht. Ich ging mit ihr nach unten und über die Straße, um es genauer zu studieren. Das Kreidegekrakel galt einer Werkstatt. Es kündigte »gut geschnittene Räumlichkeiten für Kunsthandwerker mit dazugehöriger Wohnung« an, war aber nur eine feuchte Bude mit einer unmöglichen Leiter zu einem scheußlichen Hängeboden. Daran schlossen sich zwei kleine Wohnräume an, die aber nur für fünf Jahre zu mieten waren. Wer wußte, wie viele Kinder ich bis dahin versehentlich gezeugt hatte und wieviel Platz ich brauchen würde, sie alle unterzubringen?

Fröstelnd ließ ich mich von Helena wieder auf die Brunnenpromenade hinausziehen. Die schmuddelige Hündin hatte uns wiedergefunden und betrachtete mich hoffnungsvoll. Sie mußte gemerkt haben, wer von uns das weiche Herz hatte.

Da der Friseur keine Kundschaft hatte, ließen wir uns niedergeschlagen auf seine beiden Stühle plumpsen. Er grummelte kurz, verschwand dann aber nach drinnen, um sich hinzulegen, was sowieso seine Lieblingsbeschäftigung war.

»Du weißt, daß wir überall wohnen können«, sagte Helena ruhig. »Ich habe Geld . . .«

»Nein. Die Miete bezahle ich.«

Als Senatorentochter besaß sie zwar viel weniger als ihre beiden Brüder, aber wenn sie sich mit einem im Rang zu ihr Passenden verbunden hätte, war da immer noch die gewaltige Mitgift, die seit ihrer verpatzten ersten Ehe herumlag, plus diverser Legate weiblicher Verwandter, die das Besondere an ihr erkannt hatten. Nie hatte ich mir gestattet, die exakte Höhe ihres Vermögens herauszufinden. Das wollte ich mir nicht antun. Und ich wollte auch niemals ein ausgehaltener Mann sein.

»Wonach suchen wir dann also?« Jetzt war sie taktvoll. Enthielt sich jeden Kommentars über meinen aufbrausenden Stolz. Was mich natürlich noch mehr aufbrausen ließ.

»Das ist doch wohl klar. Etwas, wo wir vor Einbrüchen sicher sind. Wo die Perversen, die mir Aufträge geben, dich nicht belästigen können und wir mehr Platz haben.«

»Platz für eine Wiege und genug Schemel für all deine Schwestern, wenn sie kommen und sich gurrend den Inhalt derselben ansehen wollen?« fragte Helena trocken. Sie wußte, wie sie mich weichkriegen konnte.

»Mehr Sitzgelegenheiten wären nicht schlecht.« Ich lächelte. »Ich hab gern Gesellschaft.«

»Du bringst mich gern auf die Palme.«

»Ich mag dich in jeder Stimmung.« Ich ließ meinen Finger über ihre Kehle gleiten und kitzelte sie ein wenig unter der Borte ihres Gewandes. Sie senkte plötzlich das Kinn und klemmte meinen Finger ein. Ich dachte daran, sie an mich zu ziehen und zu küssen, war aber zu deprimiert. Wer der Öffentlichkeit etwas zum Zuschauen geben will, muß selbstsicher sein.

Den Kopf immer noch gesenkt, schaute Helena zur anderen Straßenseite. Ich merkte, wie ihre Aufmerksamkeit wanderte. Mit einem Blick zum Himmel warnte ich die Götter: »Achtung, ihr Penner da oben im Olymp. Jemand hatte gerade eine gute Idee!«

Dann fragte Helena in dem neugierigen Ton, der schon so oft zu Schwierigkeiten geführt hatte: »Wer wohnt eigentlich über dem Laden des Korbflechters?«

Der Korbflechter hatte den übernächsten Laden nach Cassius, dem Bäcker. Er teilte sich die Vorderfront mit einem Kornverkäufer – auch ein eher ruhiges Geschäft ohne große Geruchsbelästigung. Darüber erhob sich ein typisches Mietshaus, ähnlich dem unseren und mit den gleichen überarbeiteten, unterbezahlten Bewohnern. Da hing zwar nirgends ein Schild »Zu vermieten«, aber die Fensterläden der Wohnung im ersten Stock waren geschlossen und waren es meines Wissens nach immer gewesen. Ich hatte nie jemanden hineingehen sehen.

»Gut beobachtet!« murmelte ich nachdenklich.

Genau hier, gegenüber von Lenias Wäscherei, hatten wir möglicherweise unser neues Heim gefunden.

XIV

Der Korbflechter, ein drahtiger Mann in lohfarbener Tunika, den ich vom Sehen kannte, sagte uns, daß die Wohnung im ersten Stock zu seinem Laden gehörte. Er hatte sie nie benutzt, weil er nur vorübergehend in der Brunnenpromenade kampierte. Er lebte in der Campania bei seiner Familie und wollte auf dem Land bleiben, sowie er rechtzeitig daran dachte, nicht mehr jeden Montag in die Stadt zu fahren. Die Räume über dem Laden waren tatsächlich unbewohnbar, vollgestopft mit Schutt und Abfall. Smaractus war zu faul, sie auszuräumen. Statt dessen hatte der Drecksack sich auf eine niedrigere Miete eingelassen. Das paßte dem Korbflechter gut. Jetzt paßte es mir.

Helena und ich schauten vorsichtig hinein. Es war sehr dunkel. Doch nach dem Leben im sechsten Stock würde das bei jeder tiefer gelegenen Wohnung so sein. Kein Balkon; keine Aussicht; natürlich kein Garten; keine Kochgelegenheit. Wasser aus einem Brunnen in der nächsten Straße. Eine öffentliche Latrine am Ende unserer Straße. Bäder und Tempel auf dem Aventin. Straßenmärkte rundherum. Mein Büro in Rufentfernung auf der anderen Straßenseite. Die Wohnung hatte drei Zimmer – eines mehr als die alte – und ein paar kleine Abstellkammern.

»Platz für die Töpfe!« rief Helena. »Ich bin begeistert!«

»Platz für die Wiege!« Ich grinste.

Meinem Vermieter Smaractus ging ich normalerweise aus dem Weg. Ich fuhr schon aus der Haut, wenn ich an den Schmierlappen nur dachte. Eigentlich hatte ich das Ganze in aller Ruhe mit Lenia besprechen wollen, erwischte aber dummerweise den Moment, als ihr unsäglicher Verlobter gerade mit einer Weinflasche vorbeischaute.

Mit ihm zu trinken, lehnte ich ab. Wenn's einen Schluck umsonst gibt, sage ich gewöhnlich nicht nein, aber ich bin ein zivilisierter Mensch. Ich trinke nicht mit reulosen Mördern, korrupten Steuereintreibern, Vergewaltigern – und mit Smaractus.

Zum Glück wußte ich, daß ich ihn nervös machte. Es hatte Zeiten gegeben, in denen er sich nur mit zwei Gladiatoren aus seinem Gymnasium in die Brunnenpromenade traute; seit Lenia ihn vor wütenden Mietern beschützte, ließ er seine Muskelmänner zu Hause. Das war auch gut so; die armen Jungs, Asiacus und Rodan, waren so unterernährt, daß sie mit ihrer Kraft haushalten mußten. Die beiden unterbelichteten Herzchen waren an einem Tag, an dem sie es mit mir zu tun gehabt hatten, für einen Kampf in der Arena nicht mehr zu gebrauchen. Für Smaractus war ich ein schwieriger Kandidat. Ich war schlank und durchtrainiert, und ich haßte ihn aus tiefstem Herzen. Als ich über die Schwelle trat, hörte ich seine Stimme und konnte daher rechtzeitig das aufsetzen, was Helena meinen »Milo-von-Kroton-Blick« nannte.

»Falco wird bei unserer Hochzeit die Opferschau abhalten!« säuselte Lenia; als willige junge Braut war sie äußerst ungeeignet. Er war sicher erst ein paar Minuten da, aber sie hatte dem Wein schon ordentlich zugesprochen. Wer wollte ihr das verdenken?

»Nimm dich in acht!« warnte ich ihn. Wenn ich dieses Amt übernahm, war das ein zweischneidiges Vergnügen, soviel war ihm klar. Ein schlechtes Omen konnte sein Glück zerstören. Ein *richtig* schlechtes Omen, und Lenia könnte einen Rückzieher machen, bevor er ihr den Ring übergestreift hatte und so in den Besitz all der wohlgefüllten Geldkassetten gekommen war. Seiner Mutter in den Schoß zu kotzen, wie Lenia vorgeschlagen hatte, war nichts im Vergleich mit dem Spaß, den ich mit einem willfährigen Hammel haben würde.

»Er ist nett und billig«, fügte Lenia hinzu, als würde das erklären, wieso sie auf mich verfallen war. Außerdem stand ich auf ihrer Seite, auch wenn wir das nicht erwähnten. »Der kleine Hund hat dich also gefunden, Falco. Wir nennen ihn Nux.«

»Ich nehme keine Streuner auf.«

»Ach nein? Seit wann denn das?«

Smaractus grummelte, mir fehle die Erfahrung als Priester, und ich gab zurück, daß ich genug wüßte, um bei *seiner* Hochzeit dieses Amt zu übernehmen. Lenia schob mir einen Weinbecher in die Hand. Ich schob ihn zurück.

Nachdem wir diese Formalitäten erledigt hatten, konnten wir dazu übergehen, uns gegenseitig übers Ohr zu hauen.

Natürlich würde Smaractus uns was abknöpfen wollen, sowie er erfuhr, daß wir die Untermieter des Korbflechters waren. Blieb nur, es ihm nicht zu sagen. Aber seit er mit Lenia verlobt war, trieb er sich dauernd hier rum; er würde uns beim Rein- und Rausgehen entdecken. Da half nur Vorsicht – oder Erpressung. Also beschimpfte ich ihn erstmal wegen der baufälligen Räume über Cassius' Bäckerei. »Jemand wird den Ädilen melden, daß das Haus eine Gefahr für Passanten ist, und du wirst den Befehl bekommen, es abzureißen, bevor es auf die Straße stürzt!« Smaractus würde alles tun, um das zu vermeiden, weil das Gesetz ihn zwingen würde, das Haus durch ein gleiches oder besseres zu ersetzen. (Der Gedanke, nachher durch höhere Mieten mehr Geld einzustreichen, war zu hoch für sein verschimmeltes Hirn.)

»Wer würde denn so'n Ärger machen?« höhnte er. Ich lächelte zuvorkommend, während Lenia ihm auf den Fuß trat, damit er kapierte, worauf ich hinauswollte. Er würde eine Woche lang humpeln.

»Hab ich dich nicht mit dem Kerl gesehen, der die schiefen Körbe verkauft?« wandte sich Lenia mir zu. Man konnte sich auf der Brunnenpromenade keinen Pickel ausdrücken, ohne daß einem mindestens drei Leute sagten, man solle die Pfoten davon lassen.

»Ich werde ihm helfen, die Zimmer über seinem Laden auszuräumen.«

»Wieso das?« fragte Smaractus mißtrauisch.

»Weil ich ein freundlicher Mensch bin.«

Ich wartete, bis er fast vor Neugier platzte, und erzählte ihm dann, was ich gerade mit dem Korbflechter ausgemacht hatte: Ich würde die Wohung ausräumen und dafür mietfrei dort wohnen. Nach unserem Einzug würde ich am Wochenende seinen Laden im Auge behalten, was dem Flechter mehr Freiheit gab, sich seiner Familie zu widmen.

Smaractus war sprachlos. Das Wort »mietfrei« existiert nicht im Vokabular eines Hausbesitzers. Ich erklärte ihm, was es bedeutete. Worauf er mit Worten reagierte, die meine langgehegte Vermutung bestätigten: Er war von entlaufenen Tiremesklaven in einem illegalen Schlachthaus großgezogen worden.

»Freut mich, daß du einverstanden bist«, sagte ich. Dann ging ich, während er sich fast an seinem Wein verschluckte.

XV

Am nächsten Morgen fand ich mich bei der Aventinischen Wache ein. Das Hauptquartier des Tribuns der Vierten Kohorte befand sich im Zwölften Bezirk der Piscina Publica, die die meisten Leute angenehm fanden. Neben dem Hauptquartier lag ein Wachlokal für die Patrouillen, wo auch die Ausrüstung zur Feuerbekämpfung verstaut war. In ihrem zweiten Revier, dem Dreizehnten Bezirk, gab es noch ein weiteres Wachlokal, in das sich Petronius nach Möglichkeit verzog. Hier war auch das Büro seiner Ermittlungsmannschaft untergebracht. Es verfügte über eine Zelle für jene Römer, die die Patrouillen auf frischer Tat ertappt hatten, und für solche, die lieber gleich ein Geständnis ablegten, dazu kam noch ein Raum für intensivere Verhöre. Der war zwar klein, aber an den Wänden hingen interessante Metallgerätschaften. Und es war Platz genug, ordentlich mit dem Stiefel ausholen zu können.

Fusculus half vor dem Büro einer alten Frau beim Aufsetzen einer Petition. Im Portikus stand eine Bank für Leute aus der Nachbarschaft, die Beschwerden vorbringen wollten. Der diensthabende Schreiber, ein schlaksiger Junge, der nie viel sagte, beugte sich vor und pulte Dreck aus seiner Sandale, während Fusculus der Alten sehr geduldig durch die Prozedur half. »Ich kann das nicht für Sie schreiben. Nur Sie kennen die Fakten. Am Anfang sollte stehen: *An Lucius Petronius Longus, Leitender Ermittlungsbeamter des Dreizehnten Bezirks* . . . Keine Sorge. Das notiert der Beamte automatisch. *Von* . . . Dann sagen Sie, wer Sie sind, und erzählen uns, was genau passiert ist. *An den Iden des Oktober*, oder wann immer es war . . .«

»Gestern.«

Mit einem Fußtritt brachte Fusculus den Schreiber in Aktion. *»Am Tag nach den Iden stahl man mir . . .«*

»Eine Bettdecke.« Die Frau hatte schnell begriffen; das tun Frauen immer, wenn sie erst einen gutaussehenden jungen Kerl rumgekriegt haben, für sie die Arbeit zu tun. »Von Dieben, die sie mir vom Balkon runtergerissen haben. An der Muschelgasse, um die Ecke von der Via Armilustrum.«

»Wert der Decke?« konnte Fusculus mit Mühe einwerfen.

»Ein Denarius!« Vermutlich eine Schätzung.

»Seit wann besaßen Sie die Decke?« fragte Fusculus mißtrauisch. »Woraus war das kostbare Stück denn gemacht?«

»Aus Wolle! Wunderbarster, feinster Wolle. Ich hatte sie zwanzig Jahre lang.«

»Schreib: *Wert ein Dupondius!* Dann das Übliche: *Daher beantrage ich, daß Sie Anweisungen geben, den Vorfall zu untersuchen* . . .«

Während der Diensthabende zu schreiben begann, forderte Fusculus mich mit einem Nicken zum Eintreten auf. Er war ein rundlicher, fröhlicher Kerl, etwa fünfunddreißig Jahre alt und an die hundertachtzig Pfund schwer. Um seinen kahlen Schädel stand ein dunkler Haarkranz, und seine Augen waren fast schwarz. Trotz seiner Fülle wirkte er extrem fit.

»Wenn du Petro suchst, der kommt erst später. War mit der Nachtpatrouille unterwegs«, verkündete Fusculus. »Er ist davon überzeugt, daß bald der nächste gigantische Überfall passiert. Martinus hat Dienst. Aber der ist zurück zum Emporium, um noch ein paar Sachen zu überprüfen.«

»Ich kann warten.« Fusculus grinste leicht. Die meisten gaben sich nicht gern mit Martinus ab. »Was läuft denn so, Fusculus?«

»Ziemlich ruhig. Die Tagpatrouille untersucht einen möglichen Diebstahl im Cerestempel. In der Asiniusbibliothek waren Kratzer am Werk und . . .«

»Kratzer?«

»Kratzen das Gold von den Statuen ab. Bei der Aqua Marcia soll ein Gerber angeblich die Luft verpesten. Normalerweise kommen ja Beschwerden über Gift im Wasser . . . Egal, jedenfalls können wir ihn für die Verbreitung von Gestank drankriegen und seine Werkstatt in die Transtiberina verlegen, aber jemand muß hin und die Luft prüfen, während er arbeitet. Eine Prügelei an der Porta Trigemina – ist wahrscheinlich vorbei, bis die Jungs den Clivus Publicus runter sind. Drei respektable Bürger haben unabhängig voneinander einen Wolf am Lunatempel gesehen.«

»Wahrscheinlich eine große Katze«, meinte ich.

»Gewöhnlich stellt sich so was als kleines, furchtsames Kätzchen raus!« grinste Fusculus. »Entlaufene Bären und Panther melden wir gleich an die städtischen Kohorten weiter – die Mistkerle sind wenigstens bewaffnet. Und wir lassen sie auch die ›zahmen‹ Krokodile von Senatorensöhnen einfangen, die aus den Regenwassertanks ausgebüxt sind. Aber einen ›Wolf‹ schauen wir uns schon selbst an. Für den Fall, daß er heroische Zwillinge säugt, weißt du.«

»Klar, das wollt ihr euch dann doch nicht entgehen lassen!«

»Genau! Dann haben wir da noch ein totes Pferd auf dem Rindermarkt, das abtransportiert werden muß. Und in der Zelle warten ein paar entlaufene Sklaven darauf, von ihren Besitzern abgeholt zu werden. Außerdem muß ich noch zwei nachlässige Hausherren verhören. Sie wurden letzte Nacht von der Feuerwache verhaftet, weil in ihren Wohungen offenes Feuer oder Rauchentwicklung festgestellt wurde. Der eine wird mit einer Verwarnung davonkommen, aber der andere wurde schon mal festgenommen, also muß er beweisen, daß es ein Versehen war, oder er wird ausgepeitscht.«

»Wer macht das?«

»Sergius«, sagte Fusculus hämisch. Ich kannte Sergius. Er genoß seine Arbeit. »Dann haben wir noch einen dritten Möchtegern-Brandstifter in der Zelle, der auf jeden Fall überstellt wird.«

»Überstellt?«

»An den Präfekten. Ein dussliger Juwelier, der in seinen Kolonnaden ständig unbewachte Lampen im Wind schaukeln läßt.«

»Und was bekommt der?«

»Eine schwere Geldstrafe. Ich bring ihn rüber zum Hauptquartier. Vielleicht kommst du besser mit. Rubella wollte dich sprechen.« Rubella war der Tribun der Vierten.

Ich grinste. »Soll ich mich geehrt fühlen?«

»Was meinst du wohl?« Fusculus zwinkerte mir zu. Während er seinen Knüppel, den Brandstifter und ein paar Aufzeichnungen über dessen Vergehen einsammelte, redete er weiter. Offenbar war er einer von den Gründlichen und dozierte gern. »Abgesehen von all dem läuft noch die übliche Arbeit – was heißt, daß wir sie liegenlassen müssen, weil es Dringlicheres gibt. Wir haben eine Ermittlung gegen eine Geheimsekte laufen, die wir wegen der neuen Aufgabe *wieder* verschieben müssen, genau wie unser Langzeit-Feuerschutzprogramm für die Kornspeicher, unsere Kampagne gegen Togendiebstahl in den Thermen und die Fortführung der Liste unerwünschter Personen.«

»Was denn für unerwünschte?« Ich wollte wissen, welche Art von Entarteten eine formelle staatliche Registrierung erforderten.

Fusculus schien ein bißchen verlegen. »Ach, du weißt schon, wir müssen den Ädilen bei der Registrierung helfen. Kneipen und Bordelle.«

»Irgendwie glaube ich nicht so ganz, daß du Kneipen und Bordelle gemeint hast, Fusculus!«

»Mathematiker und Astrologen«, gestand er. Ich sah ihn etwas verblüfft an. »Jeder, der zum Okkulten oder zur Magie tendiert, wird zur fragwürdigen Person erklärt. Vor allem Philosophen.«

»Oh, die sind natürlich absolut staatsgefährdend!«

»So sagt man. Ich behaupte nicht, daß wir an das glauben, Falco, aber wir wollen vorbereitet sein, falls der Kaiser eine Reinigung anordnet. Unter Nero waren es die Christen. Das hat in letzter Zeit nachgelassen, jetzt können wir uns wieder auf die Schauspieler konzentrieren.«

»Abscheuliche Entartete!« Ich verschwieg, daß ich gerade drei Monate mit einem Wandertheater verbracht hatte. »Wer noch?«

»Griechische Ladenbesitzer.«

»Das ist ja mal ganz was Neues. Was haben die denn ausgefressen?«

»Sie halten ihre Buden Tag und Nacht offen. Die örtlichen Ladenbesitzer finden das ungerecht. Das kann Ärger geben, also führen wir Listen, um die Schuldigen rasch einzusperren, wenn die Prügeleien losgehen und der Dung fliegt.«

Daß er die gleichen Listen über die örtlichen Kaufleute führte, die sich beschwert hatten, konnte ich mir nicht so recht vorstellen.

»Für alle aufrechten Bürger ist es bestimmt eine Beruhigung, daß ihr so wachsam seid!« Ich spürte, daß das noch nicht alles war, und Sarkasmus machte sich breit. »Gibt es sonst noch welche, die die öffentliche Ordnung so gefährden, daß ihr sie beobachtet und ihre Namen auf geheimen Listen verzeichnet?«

»Privatermittler«, gestand Fusculus bedrückt.

XVI

Rubella mampfte immer noch Sonnenblumenkerne.

Er sah aus wie fünfzig. Mußte er auch sein, wenn er die volle Dienstzeit in der Legion hinter sich hatte. Er war oberster Zenturio gewesen; dazu gehören Beharrlichkeit und eine reine Weste. Einst hatte er gesellschaftlich mit mir auf einer Stufe gestanden. Zwanzig Jahre Altersunterschied hatten das geändert: ständige Beförderungen in der Armee, ehrenvolle Entlassung und genügend Geld für den Einkauf in den Ritterstand. Jetzt hatte er das Kommando über tausend Mann; von schlechter Qualität allerdings – die Vigiles bestanden hauptsächlich aus ehemaligen Sklaven –, aber wenn es ihm weiterhin gelang, größere Katastrophen zu umschiffen, konnte er in die Stadtkohorten aufsteigen und vielleicht sogar bis zu den Prätorianern. Rubella war ein gemachter Mann – wenn er auch sein ganzes Leben dafür gebraucht hatte.

Er war groß und kräftig; ruhig; nicht vom Leben ausgelaugt. Sein graues Haar trug er immer noch militärisch kurz, was ihn hart wirken ließ. Er war stark genug, durch bloßes Dagegenlehnen einen Ochsen beiseite zu schieben. Dieses Wissen beruhigte ihn. Rubella hatte sein Tempo gefunden. Er strahlte Gelassenheit aus.

Fusculus stellte mich vor. Rubella unterbrach kurzfristig sein Mampfen. »Danke, daß Sie gekommen sind. Neuzugänge führe ich immer gern selbst ein. Willkommen bei unserer Einheit, Falco.«

Diese Begrüßung war irreführend. Genau wie Petro wollte er mich nicht in seiner Truppe haben. Er wirkte ganz freundlich, aber das war nur Fassade. Ich war ein Außenseiter. Uneingeladen. Würde wahrscheinlich interne Querelen aufdecken.

Andere Beamte hätten mich jetzt nach meiner Arbeit für den Kaiser gefragt. Rubella mußte davon gehört haben. Er hätte alles voreingenommen auseinandernehmen und versuchen können, mich runterzumachen. Aber er verlor kein Wort darüber – eine noch viel schlimmere Beleidigung.

»Sie sind ein alter Kamerad von Petronius.«

»Wir kennen uns seit zehn Jahren.«

»Gleiche Legion?«

»Zweite Augusta. Britannien.«

»Ein guter Mann«, sagte Rubella. »Absolut vertrauenswürdig . . .« Er wirkte geistesabwesend. »Ich habe mit Petro über unser Vorgehen den Verbrechern gegenüber gesprochen. Er schlug vor, ich solle Sie beauftragen, die Vergangenheit zu beleuchten.«

Die subtile Art, in der Rubella das Kommando übernommen hatte, war mir nicht entgangen. Petro und ich würden also nicht die einzigen sein, die sich um die Beute stritten. Rubella wollte mitmischen. Und jeden Moment war zu erwarten, daß auch noch der Präfekt der Vigiles dazukam. Den Vernehmungsoffizier der Vierten Kohorte – Petros unmittelbaren Vorgesetzten – durfte man ebenfalls nicht vergessen. Und zweifellos hielt sich jeder einzelne Zenturio der sieben Kohorten für den Spitzenmann auf dem Aventin. Wenn ich Arbeit wollte, mußte ich mich ganz schön anstrengen.

»Vergangenheit?« wiederholte ich, ohne mir etwas anmerken zu lassen. Wenn mich ein Klient dafür bezahlte, Geburtsurkunden oder Testamente durchzusehen, tat ich das, aber es zählte nicht gerade zu meinen Lieblingsbeschäftigungen.

»Sie haben Fähigkeiten, die wir nutzen sollten.« Die

Herablassung war nicht zu überhören. Ich hatte viele Fähigkeiten zu bieten. Als Privatermittler braucht man Hartnäckigkeit, Beharrlichkeit, Intelligenz, Intuition und strapazierfähige Füße. »Aufmerksamkeit für die Details«, entschied Rubella.

»Oje. Ich fühle mich wie ein unscheinbares Schankmädchen, das mit dem Spruch angemacht wird: *Ich mag dich, du bist anders als die anderen Mädchen* . . .«

Rubella starrte mich an. Offenbar hatte er soviel Humor wie eine Kellerassel. Außerdem ließ er sich nicht gern unterbrechen. »Petro ist da anderer Meinung, aber ich denke, wir sollten Sie zu Nonnius schicken.«

»Dem Plappermaul, das für Balbinus gearbeitet hat? Dem Schutzgeldeintreiber, dessen Aussage den König der Unterwelt in die Wüste geschickt hat?«

»Wir haben Grund zum Eingreifen. Der Mann hilft uns beim Auspüren von Balbinus' Besitztümern . . .«

»Oh, ich bin begeistert!« Ich war wütend und zeigte das auch. »Während auf der Straße die Post abgeht, darf ich da rumsitzen und mit dem Abakus den Rechnungsprüfer spielen!«

»Nein. Einen Rechnungsprüfer haben wir bereits.« Ihm entging offenbar, daß ich kurz vorm Explodieren war. »Ein Priester vom Tempel des Saturn vertritt die Interessen des Staates.«

Von mir aus konnte er bei dieser Untersuchung auch das Establishment vertreten, wenn mir beschieden war, endlos Gewinn- und Verlustlisten durchzuackern. »Ich kann Nützlicheres beitragen, als ein paar zweifelhafte Zahlen in einer Bilanz aufzuspüren!«

»Das hoffe ich auch! Sie wurden uns zugeteilt wegen Ihres Rufes, Falco. Diesen Mythos wollen Sie doch sicher aufrechterhalten.« Jetzt lächelte Rubella. Er konnte sich das leisten. Schließlich hatte er nichts anderes zu tun, als hier auf seinem Thron zu hocken und ununterbrochen Sonnenblumenkerne zu mampfen, während seine Untergebenen im Staub krochen. Er wußte, daß er mich geärgert hatte, und genoß das offen. »Spüre ich da ein gewisses Problem mit Vorgesetzten? Ich wette, daß Sie während Ihrer Armeezeit Ihren Zenturio gehaßt haben!«

»Der mich bestimmt auch nicht sonderlich leiden konnte.« Ich begriff, was er mit dieser Stichelei bezweckte, und riß mich zusammen. Er wollte mich wohl zum Palast zurückschicken und behaupten, ich verhielte mich unkooperativ. Doch wenn er glaubte, er könnte mich loswerden, bevor wir überhaupt angefangen hatten, dann war er im Irrtum.

Rubella gab nach. Nach einer winzigen Pause wiederholte er: »Vergangenheit, ja. Wenn wir davon ausgehen, daß die Diebe, die das Emporium ausgeraubt haben, in das Loch gefallen sind, das nach Balbinus' Verbannung entstanden ist, sollten wir vielleicht nachsehen, was vor dem Loch war.«

Das klang vernünftig. Mein Hirn kam in die Gänge, und ich sagte rasch: »Wer immer das Emporium ausgeräumt hat, lag bereits auf der Lauer und wartete nur auf das Zeichen zum Angriff. Balbinus ist erst in der Nacht zuvor auf das Schiff gegangen. Jemand konnte es kaum erwarten, den Beginn eines neuen Regimes zu verkünden.«

»Dieser Jemand war sehr effektiv«, bemerkte Rubella. Er wirkte zurückhaltend, wie ein Koch, der hofft, daß der Pudding sich umrührt, wenn er nur in den Topf starrt.

»Er wußte, wie er vorgehen mußte«, stimmte ich zu. »Vielleicht ist es jemand aus Balbinus' Truppe – vielleicht sogar Nonnius höchstpersönlich.«

»Ein interessanter Gedanke«, murmelte Rubella, den das offenbar überhaupt nicht interessierte.

Plötzlich hatte ich nichts mehr dagegen, Nonnius auf die Finger zu sehen. Ich sagte, ich würde ihm sofort einen Besuch abstatten; Fusculus bot an, mit mir zu kommen und das Vorstellen zu übernehmen.

An der Tür blieb ich stehen. Rubella war damit beschäftigt, eine neue Tüte Sonnenblumenkerne zu öffnen. »Eine Frage noch, Tribun. Wieviel darf ich Nonnius sagen?«

Er schaute mich geradezu verträumt an. »Was immer Sie wollen.«

»Der Mann war Kronzeuge. Bedeutet das nicht, daß er mit äußerster Höflichkeit zu behandeln ist?«

»Das ist ein abgebrühter Verbrecher«, erwiderte Rubella. »Er weiß, was die Stunde geschlagen hat. Balbinus ist in der Verbannung. Nonnius ist für den Staat jetzt nicht mehr von Nutzen; es sei denn, er bringt uns weitere Beweise. Wenn er Ihnen hilft, könnten Sie beschließen, ihn mit Respekt zu behandeln. Wenn nicht, treten Sie ihm ruhig auf die Füße.«

»Gut.« Darin war ich Meister. Ich konnte auch respektvoll sein, wenn es die Situation tatsächlich erforderte. Ich hatte noch eine Frage. Sie betraf ein anderes schwieriges Gebiet. »Weiß Petronius, daß ich mehr Spielraum bekommen habe, als er wollte?«

»Sie können es ihm sagen, wenn Sie ihn sehen«, meinte Marcus Rubella wie ein Mann, der wirklich nicht begriff, daß er gerade einer sehr alten Freundschaft den Garaus gemacht hatte. Als ich die Tür schloß, lächelte er immer noch freundlich.

Er mochte einer jener undurchschaubaren Typen sein, die so tun, als würden sie keinen Finger krumm machen, und die gleichzeitig doch alles genau im Blick haben, auf zwischenmenschliche Beziehungen mit

Wärme reagieren und ihre Pflicht der Öffentlichkeit gegenüber sehr ernst nehmen. Er mochte loyal, vertrauenswürdig und intelligent sein.

Andererseits könnte er aber auch genau so sein, wie er wirkte, nämlich: ein faules, gedankenloses Schwein, das es weit gebracht hat.

XVII

Nonnius wohnte im Zwölften Bezirk – zwei Straßen entfernt von Helena Justinas Vater. Was beweist, daß man sich mit Geld ehrbare Nachbarn kaufen kann – oder ein Haus neben einem Verbrecher. Es war genauso wie die Gegend, in der ich wohnte. Die Kriminellen an der Porta Capena waren nur reicher und raffinierter als die in der Brunnenpromenade.

Der Senator war Millionär; das mußte er sein. Mehr war als Qualifikation für seinen Beruf nicht erforderlich. Wer braucht schon so außergewöhnliche Talente wie Urteilsvermögen oder gar Ehrgefühl, um dreimal im Monat in einer Versammlung abzustimmen? Aber eine Million zu besitzen hilft, hab ich mir sagen lassen, und die Familie Camillus führte ein angenehmes Leben. Helenas Mutter trug ihre Jaspiskette sogar, wenn sie zu ihrer Maniküre ging.

Nonnius Albius war der oberste Schutzgeldeintreiber für einen Verbrecherboss gewesen. Die notwendigen Qualifikationen für *seinen* Beruf waren simpel: Beharrlichkeit und Brutalität. Diese Eigenschaften über dreißig Jahre zur Verfügung zu stellen, hatte ihm das Recht eingetragen, genau wie ein Senator an der Porta Capena zu wohnen, und seine eigene Villa zu besitzen – wobei die Häuser der Senatoren meist mit Hypotheken belastet waren. Sein Haus, das bescheiden wirkte, es aber nicht war, hatte einen unscheinbaren Portikus, um ja keine Aufmerksamkeit zu erregen. Hier mußten die Besucher warten, nachdem ein knurriger Pförtner durch ein abschreckend wirkendes Eisengitter gelinst hatte und dann mit der Nachricht von ihrer Ankunft im Inneren des Hauses verschwand.

»Das ist ja, als würde man einen Konsul besuchen!« staunte ich.

Fusculus verzog das Gesicht. »Nur, daß Nonnius' Leibwächter besser erzogen und höflicher sind als die Liktoren eines Konsuls.«

Hier standen die gleichen Töpfe mit gut gepflegten Lorbeerbüschen wie vor dem Haus von Helenas Vater. Den Lieferanten von Ziersträuchern an der Porta Capena interessierte es offensichtlich nicht, wer seine Kunden waren.

»Was hältst du von Rubella?« wollte Fusculus wissen, während wir immer noch in dem unscheinbaren Portikus rumstanden und darauf warteten, vom Pförtner eingelassen zu werden. »Seltsamer Typ, was?«

»Er hat einen heimlichen Kummer.«

»Ach? Und welchen, Falco?«

»Woher soll ich das wissen? Ist doch geheim.«

Petros Jungs hatten gegen zu viele blöde Holzköpfe ermittelt. Keiner von ihnen merkte, wenn man ihn auf den Arm nahm. »Und ich dachte, du hättest was entdeckt.«

»Nein«, erklärte ich freundlich. »Ich bin nur ganz geil darauf, wild über Leute zu spekulieren, die ich gerade erst kennengelernt habe.«

Fusculus warf mir einen nervösen Blick zu.

Nonnius war, wie alle Welt wußte, ein sterbender Mann. Wir sahen selbst, daß dem so war, denn als wir zu ihm geführt wurden, lag er auf einem Lesediwan – ohne zu lesen – und aß langsam eine Schüssel auserlesene, lila Pflaumen leer. Diese handgepflückten Früchte, aus denen öliger, bernsteinfarbener Saft troff, schicken tiefbetroffene Freunde Kranken zum Trost. Vielleicht soll der Gedanke, daß Freunde ganze Börsen voller Silber für einen ausgeben, von den Schmerzen ablenken.

Die Schüssel, in der sie lagen, war auch nicht von schlechten Eltern: eine große Bronzeangelegenheit, der hübsche Fuß aus drei miteinander verbundenen Delphinen geformt und als Henkel Seepferdchen. Für einen Kranken war sie viel zu schwer, deshalb wurde sie von einem niedlichen, achtjährigen mauretanischen Sklavenjungen in einer sehr kurzen, mit Goldfransen besetzten Tunika ohne Oberteil gehalten. Die Brustwarzen des Jungen waren vergoldet und seine Augen mit Kajal vergrößert wie die eines Gottes auf einem ägyptischen Skarabäus. Meine Mutter hätte ihn noch nicht mal zum Rübenschrubben angestellt.

Nonnius hatte ein hageres Gesicht mit aristokratischer Adlernase, große Ohren und einen sehnigen Hals. Er hätte für die Statue eines republikanischen Redners Modell stehen können. Seine Gesichtszüge waren das, was man nach alter römischer Manier »charaktervoll« nannte: verkniffene Lippen und alle Anzeichen von Übellaunigkeit, falls sein Essen nicht pünktlich auf den Tisch kam.

Er war an die sechzig und fast kahl. Obwohl es ihm so schlecht ging, hatte er sich rasieren lassen; um es ihm erträglicher zu machen, hatte sein Barbier einen stark duftenden Balsam aufgetragen. Nonnius' Tunika war in schlichtem Weiß gehalten und makellos sauber.

Er trug keinen Schmuck, dafür aber offenbar seine Lieblingsstiefel. Sie sahen so aus, als hätten sie sich schon liebevoll in die Nieren mehrerer hundert säumiger Zahler gebohrt und würden immer noch jeden Tag gewienert, für den Fall, daß sie noch mal zutreten durften. Alles an diesem Mann deutete darauf hin, daß er auch uns, falls wir ihn ärgerten, mit Freuden in die Nieren treten würde.

Fusculus stellte mich vor. Wir hatten uns eine Geschichte zurechtgelegt: »Didius Falco ist Sonderbevollmächtigter und beauftragt worden, mit dem staatlichen Rechnungsprüfer zusammenzuarbeiten.«

Niemand glaubte das, aber es spielte keine Rolle.

»Ich bedaure, Sie so leidend zu sehen«, sagte ich mitleidig. »Ich werde wohl ein paar Zahlen durchgehen müssen, will aber alles so kurz wie möglich halten. Ich möchte Sie nicht ermüden . . .«

»Machen Sie Witze?« Nonnius' Stimme klang kultiviert, doch wenn man genauer hinhörte, schwang eine rauhere Sprache deutlich mit. Nonnius war am Ufer des Tiber groß geworden. Ihn als kultiviert zu bezeichnen, war genau so widersinnig wie ein Schlachter, der beim Zerhacken von Ochsenrippen über Heraklits Theorie vom ständigen Wandel der Dinge sinnierte. Ich kannte mal so einen; große Rosinen im Hirn, aber stets darauf bedacht, einem zuviel Fett unterzujubeln.

»Mir wurde gesagt, Sie müßten sich schonen . . .«

»Balbinus' Bücher zu filzen, scheint mir neuen Lebensmut gegeben zu haben!« Das konnte das letzte Aufbäumen eines Todkranken sein. Ich versuchte mir klar zu werden, ob der Drecksack wirklich krank war. Nonnius bemerkte das, also hustete er mitleiderregend. Das exotische Sklavenkind eilte sofort an seine Seite, um ihm die Stirn zu kühlen. Der Knirps konnte offenbar mehr, als mit seinen Fransen zu wedeln.

»Hilft Ihnen der Mann vom Schatzamt?« fragte ich.

»Nicht sonderlich.« Das war typisch für diese Kerle. »Wollen Sie ihn sehen!« fragte Nonnius gleichmütig. »Ich hab ihn in einen Extraraum gesetzt, damit er in aller Ruhe mit den Kügelchen seines Abakus spielen kann.«

»Nein, danke. Auf welche Summe sind Sie denn bisher gekommen?« fragte ich unerwartet.

Doch er hatte die Antwort parat: »Zwei Millionen, aber das ist noch nicht alles.«

Ich pfiff leise durch die Zähne. »Ein Haufen Asche!« Nonnius machte ein zufriedenes Gesicht, sagte aber nichts. »Sehr hübsch für Sie«, half ich nach.

»Wenn ich es in die Finger kriege. Balbinus hat versucht, es ganz oben im Schrank einzuschließen, wo niemand drankommt.«

»Doch nicht etwa der alte Trick mit dem ›Geschenk für den Bruder meiner Frau‹?«

Er warf mir einen anerkennenden Blick zu. »Den kannte ich noch nicht! Nein, ›Mitgift für den Mann meiner Tochter‹.«

Ich schüttelte den Kopf. »Damit hatte ich schon mal zu tun. Ich hab einen Juristen befragt; in so einem Fall sieht's böse aus: Sie können nicht an die Kohle ran. Solange die Ehe hält, ist das Geld für die Familie verloren. Der Rechtsanspruch auf das Geld ist mit dem auf das Mädchen verbunden. Der Ehemann besitzt beides und ist dem Schwiegervater laut Gesetz nichts schuldig.«

»Vielleicht lassen sie sich scheiden!« schnaubte der Exschutzgeldeintreiber in einem Ton, der andeutete, daß es durchaus Mittel und Wege gebe, der Scheidung nachzuhelfen. Einmal ein Schläger, immer ein Schläger.

»Wenn die Mitgift groß genug war, wird die Liebe siegen«, warnte ich. »Genug Bares in der Hand pflegt Ehemänner romantisch zu stimmen.«

»Dann muß ich dem Mädchen eben erklären, daß ihr Mann 'ne hohle Nuß ist.«

»Oh, das wird sie inzwischen schon bemerkt haben!« warf Fusculus ein. Sein Seitenblick versprach mir, er werde mich später über diesen Punkt aufklären.

Ich sah Nonnius' Blick von mir zu Fusculus wandern, um rauszufinden, wie wir zueinander standen. Keiner der Vigiles trug Uniform. Die Patrouillen waren mit roten Togen ausgestattet, damit sie bei Feuer besser zum nächsten Brunnen durchkamen, aber Petros Männer waren ähnlich gekleidet wie er, in dunklen Farben mit nur einer Peitsche oder einem Knüppel als Zeichen ihres Amtes, dazu Stiefel, die schwer genug waren, als zusätzliche Waffe zu dienen. Sie und ich waren nicht zu unterscheiden. Ich trug meine normale Arbeitskleidung: eine Tunika in der Farbe von Pilzsoße, einen braunen Gürtel und Stiefel, die sich auskannten.

Der Raum war voll von solchen Stiefeln. Genug, um eine Bande aufsässiger Fischhändler in fünf Minuten zur Räson zu bringen. Nur der Sklavenjunge mit seinen bestickten persischen Pantoffeln paßte nicht ganz dazu.

»Was machen Sie beruflich?« wollte Nonnius wissen, jetzt offensichtlich mißtrauisch.

»Ich bin Privatermittler. Mit Sonderaufträgen des Kaisers.«

»Das stinkt!«

»Nicht so sehr wie organisiertes Verbrechen!«

Zu meiner Freude sah ich, daß ihm nichts daran lag, sich mit mir zu messen. Sein Ton wurde verdrießlich. »Wenn Sie aufhören könnten, mich zu beleidigen: Ich hab genug damit zu tun, meinem Anteil aus der Balbinus-Sache nachzujagen.«

»Bleiben Sie am Ball!« riet ich ihm.

Er lachte kurz auf. »Ich nehme an, Ihre ›Sonderbevollmächtigung‹ schließt Hilfe für mich nicht mit ein.«

Ich wollte das in Angriff nehmen, was Rubella als Vergangenheit bezeichnet hatte; die mit der großen Auswirkung auf die Zukunft. »Meine Interessen gehen in eine andere Richtung.«

»Was wollen Sie dann von mir?«

»Informationen.«

»Natürlich. Sie sind ja Schnüffler! Was zahlen Sie?« fragte er unverfroren.

»Einem gekauften Plappermaul wie Ihnen gar nichts!«

»Was wollen Sie also wissen, Falco?« Nonnius ignorierte die Beleidigung, um mich zu verblüffen.

Das Spielchen beherrschte ich auch. »Ob Sie der Drahtzieher beim Überfall auf das Emporium waren.«

Er ließ sich nicht aus der Ruhe bringen. »Ich habe davon gehört«, sagte er leise. Das galt für die meisten Römer, also konnte ich ihn nicht wegen unzulässigen Insiderwissens drankriegen. Zumindest jetzt noch nicht. Allmählich bekam ich das Gefühl, daß ich – sollte er tatsächlich damit zu tun haben – ihn nur gar zu gern der Justiz übergeben würde. Ich spürte deutlich, daß er mehr wußte, als er zugab. Aber Gauner lieben es, einem dieses Gefühl zu vermitteln.

»Irgend jemand konnte es kaum erwarten, daß Balbinus die Stadt verließ«, sagte ich. »Er drängte sich auf die Innenseite der Rennbahn – und will, daß alle Welt weiß, wer hier den Siegerwagen lenkt.«

»Sieht so aus«, stimmte er zu, wie ein geselliger Freund, der mich bei Laune halten will.

»Waren Sie das?«

»Ich bin ein kranker Mann.«

»Wie schon gesagt«, meinte ich lächelnd, »es tut mir sehr leid, das zu hören, Nonnius Albius ... Ich war lange fort. Dadurch habe ich Ihren berühmten Auftritt vor Gericht verpaßt, also lassen Sie uns ein paar Dinge durchgehen.«

Er schaute mißmutig. »Ich habe gesagt, was zu sagen war, und damit Schluß.«

»Oh ja, ich hörte, daß Sie ein ordentlicher Redner sind . . .«

In diesem Moment riß Fusculus, der bisher amüsiert zugehört hatte, plötzlich der Geduldsfaden, und er fuhr Nonnius an: »Reiß dich zusammen, du Dreckskerl! Jeder weiß, daß du gesungen hast. Also sag dem Mann, was er wissen will!«

»Und wenn nicht?« höhnte der Patient mit einem häßlichen Funkeln in den Augen, das zahllose Schuldner in Angst und Schrecken versetzt haben mußte. »Ich sterbe. Du kannst mir keine Furcht einjagen.«

»Sterben müssen wir alle«, erwiderte Fusculus philosophisch. »Manche von uns versuchen nur, nicht vorher an den Füßen im Bankettsaal aufgehängt zu werden, während Sergius seine Peitsche schwingt.«

Nonnius war unbeeindruckt. Er hatte vermutlich weit qualvollere und scheußlichere Foltermethoden erdacht und angewendet, als wir zwei Unschuldslämmer uns vorstellen konnten.

»Vergiß es, Bubi! Mit so was macht man höchstens Schuljungen angst, die Austern aus den Fässern klauen.« Plötzlich musterte er Fusculus genauer. »Dich kenn ich doch!«

»Ich hatte mit dem Balbinus-Fall zu tun.«

»Ja, stimmt, einer von den tapferen Esparto-Jungs von der Vierten Kohorte!« Das war das traditionelle Schimpfwort für die Patrouillen, wegen der Espartograsmatten, mit denen sie die Flammen erstickten. Als Bezeichnung für Petros Männer, die Feuerwehraufgaben für unter ihrer Würde hielten, war die doppelt gemein. (Um so schlimmer, da die Espartomatten sowieso als völlig nutzlos galten.)

Ich mischte mich ein, bevor die Sache aus dem Ruder lief. »Erzählen Sie mir, wie Balbinus' Imperium funktionierte.«

»Mit Vergnügen, junger Mann!« Nonnius hatte wohl beschlossen, mich als den Vernünftigen von uns beiden zu betrachten, um Fusculus eins auszuwischen. Der hatte sich inzwischen zurückgelehnt, bereit, sich wieder zu beruhigen. »Was wollen Sie wissen, Falco?«

»Ich weiß, daß Balbinus der ungekrönte König der Diebe und Beutelschneider war. Er ließ sie für sich arbeiten und hatte an jeder Straßenecke Ablieferstellen, wo die Beute weiterverarbeitet wurde. Ganz zu schweigen von den Bordellen und illegalen Spielhöllen . . .«

»Der wußte, wie man so was aufziehen muß«, räumte Nonnius ein, sichtlich stolz, daran beteiligt gewesen zu sein.

»Mit Ihrer Hilfe.« Er schien es als Kompliment aufzufassen. Ich schluckte meinen Abscheu runter. »Ein paar Nummern größer, als Stolen von Wäscheleinen zu klauen.«

»Balbinus hätte das Zeug für diesen Fischzug im Emporium gehabt«, stimmte Nonnius zu. »Wenn er noch in Rom wäre!«

»Aber leider ist er auf Reisen . . . Wer könnte also sein Talent geerbt haben? Wir gehen davon aus, daß Sie sich zurückgezogen haben, um ein untadeliges Leben zu führen.« Auch diese Lüge nahm Nonnius unwidersprochen hin. »Gab es noch andere schwere Jungs der Truppe, die jetzt ins Rampenlicht wollen?«

»Ihr Kumpel müßte das wissen«, höhnte Nonnius verächtlich. »Er hat ja mitgeholfen, dem Unternehmen ein Ende zu machen.«

Fusculus bestätigte das mit seiner üblichen Freundlichkeit, diesmal ohne aus der Haut zu fahren. »Sie haben alle irgendwelche albernen Spitznamen«, sagte er leise zu mir, bevor er eine seiner beliebten Listen runterratterte: »Der Müller war der grausamste; er übernahm das Töten. Je brutaler, desto besser. Klein-Ikarus dachte, er könne die anderen überflügeln; komisch, weil er ein völlig hoffnungsloser Fall ist. Das gleiche gilt für Julius Cäsar. Er war einer dieser Irren, die sich für einen Kaiser halten. Lorbeerkränze würden auf seiner Schmalztolle schnell verfaulen. Die anderen, von denen ich weiß, wurden Verdigris und die Fliege genannt.«

Wir schauten Nonnius an; der zuckte die Schultern und tat desinteressiert. »Schlaues Kerlchen.«

»Und wo sind die jetzt alle?«

»Aufs Land gezogen, als der Prozeß losging.«

»Ruhige Ferien in Latium? Und du denkst, das stimmt?« fragte ich Fusculus.

Er nickte. »Die hüten Ziegen.«

Petro hatte sie bestimmt so gut wie möglich überwacht. »Das waren demnach die Zenturionen, Nonnius, die sich jetzt aufs ländliche Altenteil zurückgezogen haben wie Legionärsveteranen . . . Wer waren die größten Rivalen eurer dreckigen Bande?«

»Wir duldeten keine Rivalen!«

Das konnte ich mir vorstellen.

Es hatte keinen Sinn, ihn weiter zu bedrängen. Solche Überlegungen konnten warten, bis wir ihn verlassen hatten. Ich spürte, daß Nonnius mein Interesse an Rivalen hämisch genoß – obwohl Balbinus Pius sich bestimmt mächtig angestrengt hatte, Konkurrenten aus seinem Gebiet zu verdrängen, mußte es sie gegeben haben. Nonnius' perverse Freude am Unruhestiften zu befriedigen, fand ich unnötig.

»Wir bleiben in Verbindung.« Ich versuchte, möglichst bedrohlich zu klingen.

»Warten Sie nicht zu lange«, feixte Nonnius. »Ich bin ein kranker Mann.«

»Wenn die Vierte dich will, finden wir dich auch noch im Hades«, erklärte Fusculus mit einem Lachen. Eine hübsche Drohung, die düsterer klang, als es sein sanftes, freundliches Auftreten vermuten ließ. Petronius wählte sich seine Männer gut aus.

Dann gingen wir, ohne uns die Mühe zu machen, den Rechnungsprüfer vom Tempel des Saturn aufzusuchen.

XVIII

Als wir zum Wachlokal zurückkamen, hatte Petronius gerade seinen Dienst angetreten. Gleichzeitig war die Schicht seines Stellvertreters Martinus zu Ende, daher war Petro guter Laune. In unserer Abwesenheit hatte die Tagpatrouille zwei des Diebstahls in einer Pension Verdächtige eingeliefert, dazu einen Mann, dessen freilaufender Hund eine Frau und ein Kind gebissen hatte (der angebliche »Wolf« vom Lunatempel). Petro befahl Fusculus, die Verhöre zu leiten.

»Was, ich soll die *alle* verhören, Chef?«

»Sogar den Hund.«

Fusculus und ich grinsten uns an. Das war die Strafe dafür, daß er sich mit mir verbündet hatte. Petronius wollte mich an einer sehr kurzen Leine führen – einer, an der er persönlich ziehen konnte.

»Und du kannst gleich mit dem Grinsen aufhören«, fuhr er mich an. »Ich war bei Rubella. Ich weiß, daß du hübsche kleine Eskapaden vorhast, mit denen ich nicht einverstanden bin.«

Mit unschuldigem Blick versicherte ich ihm, wie freundlich mein Gespräch mit seinem Tribun war und daß er mir freie Hand gegeben hatte, Nonnius zu verhören.

»Drecksack«, schnaubte Petro, wenn auch ziemlich automatisch. »Den Schutzgeldeintreiber kannst du gerne haben. Aber ich warne dich, das ist eine Schlange in einem Komposthaufen. Paß auf, wo du deine Harke hinschiebst.« Er entspannte sich. »Was hältst du von Rubella?«

Die Einschätzung des Tribuns schien die Hauptbeschäftigung der Kohorte zu sein. Das ist so in jeder Hierarchie. Alle debattieren ständig, ob ihr Vorgesetzter nur ein unfähiger Trottel ist, der einen dreifachen Lageplan braucht, bevor er sich auch nur den Hintern abwischen kann – oder ob er wirklich gefährlich und am Ende gar korrupt ist.

»Ein Blender«, sagte ich. »Könnte gefährlicher sein, als er aussieht. Scharfer Blick. Kam mir vor, als würde ich von einem beschissenen Wahrsager ausgehorcht. Rubella kaute ein paar magische Sonnenblumenkerne, dann spuckte er aus, daß ich als Legionär meinen Zenturio nicht mochte.«

Petro tat beeindruckt. »Das hat er aber gut erkannt!« Wir lachten beide. Unser Zenturio bei der Zweiten Augusta war damals ein brutaler Kerl namens Stollicus; Petro und ich hatten uns ständig mit ihm in der Wolle. Stollicus hielt uns für zwei ungewaschene, unzuverlässige Aufwiegler, die absichtlich seine Chancen auf Beförderung vermasselten, indem sie die Zenturie in Mißkredit brachten. *Wir* behaupteten, er hätte ungerechte Beurteilungen in unsere Personalbögen geschrieben. Statt abzuwarten, ob man uns deswegen zwanzig Jahre lang die Beförderung zum Zenturio verweigern würde, erschlichen wir uns eine Entlassung aus gesundheitlichen Gründen und überließen ihn seinem Schicksal. Später hatte ich gehört, daß er die Bevölkerung von Nicopolis schikanierte. Interessanterweise war er immer noch Zenturio. Vielleicht war es uns ja wirklich gelungen, ihm die Karriere zu vermasseln. Ein angenehmer Gedanke.

»Dein ehrenwerter Tribun klang, als hätte er vor, unseren Zenturio ausfindig zu machen und ihn zu fragen.«

»Er macht gern erpresserische Andeutungen, die wie ein Witz klingen, aber nicht unbedingt einer sind«, spottete Petro.

»Tja, dann«, frotzelte ich. »Zumindest wird er keine Schwierigkeiten haben, Stollicus aufzuspüren. Er muß ihn ja schon mal gefunden haben, um sich nach dir zu erkundigen!«

Bei dem Gedanken an unsere Militärzeit wurden wir einen Moment lang ganz still und waren wieder Verbündete. Vielleicht fragten wir uns jetzt, da wir erwachsener waren, ob es nicht geschickter gewesen wäre, den Vorgesetzten zu besänftigen und so zu unserem Recht zu kommen.

Vielleicht auch nicht. Petronius und ich waren derselben Überzeugung: Nur Schleimer bekommen eine gerechte Personalbeurteilung. Aufrechte Leute diskutieren nicht lange rum. Die wirklich Anständigen wissen, daß das Leben ungerecht ist.

Petro wechselte das Thema und fragte: »Hast du bei Nonnius irgendwas erreicht?«

»Nein. Er schwört, daß er mit der Sache im Emporium nichts zu tun hat.«

»Hah! Deswegen«, erklärte Petro beinahe sanft, »hab ich mir den Besuch bei ihm gespart.«

»In Ordnung. Ich dachte, ich wäre euch zugeteilt worden, um freiwillig die peinlichen Aufgaben zu übernehmen, und könnte gleich damit anfangen.«

»*Io!* Du wirst uns noch unentbehrlich werden.«

»Oh ja. Am Ende wirst du einen festangestellten Privatermittler für deine Truppe beantragen ... Welchem verlogenen Exgangster sollen wir als nächstes auf die Füße steigen?«

Petro schaute nachdenklich. »Ich hatte Martinus aufgetragen, die anderen Großkaliber in die Zange zu nehmen. Sie streiten natürlich jede Beteiligung ab. Unsere einzige Hoffnung ist, daß einer von ihnen aus reiner Bosheit den Schuldigen verrät. Aber damit wird Martinus schon fertig. Warum sollen wir uns verrückt machen? Das einzige Problem ist: Er ist extrem langsam. Martinus hält nur ein äußerst gemäßigtes Tempo für angebracht. Drei Gangsterbosse zu befragen, wo sie an einem bestimmten Dienstagabend waren, wird ihn an die fünf Wochen kosten. Doch wenn man ihn in Ruhe läßt, wird er uns zu gegebener Zeit schon mitteilen, ob irgendwas stinkt.«

»Vertraust du ihm?«

»Er hat eine ganz passable Nase – wenn sein Vorgesetzter ihn kundig führt!«

»Und was sollen wir zwei Blitzjungs tun, während er sehr vorsichtig die Gauner beschnüffelt? Ermittlungen bei den Rennen anstellen?«

»Kommt darauf an ...« Petro schaute regelrecht verschmitzt. »Machst du lieber Büroarbeit, oder bist du bereit, einen Geheimauftrag zu übernehmen, der deine Gesundheit und deinen Ruf zerstören könnte?«

»Oh, lieber Büroarbeit!« log ich. Wenn ich gewußt

hätte, welchen Geheimauftrag er meinte, wäre es mir damit vielleicht sogar ernst gewesen.

»Wie schade. Ich dachte, wir könnten mal mein Tantchen besuchen.« Ein uralter Euphemismus. Petronius Longus meinte nicht seine Tante Sedina mit dem breiten Hintern und dem Blumenstand.

»Ein Bordell?«

»Nicht irgendeines.«

»Ooh! Ein *spezielles* Bordell!«

»Ein Mann muß auf Qualität achten, Marcus Didius! Du brauchst nicht mitzukommen . . .«

»Stimmt, du bist ja schon groß.«

»Helena hat vielleicht was dagegen . . .«

Ich grinste freundlich. »Sie würde wahrscheinlich mitkommen wollen. Als ich das erste Mal mit Helena geschlafen habe, waren wir vorher im Bordell.«

Petronius schnaubte mißbilligend. »Ich wußte gar nicht, daß Helena Justina so eine Art Mädchen ist!« Er dachte, ich wolle andeuten, sie sei einst eine dieser gelangweilten Senatorentöchter gewesen, die sich in Freudenhäusern ein wenig Abwechslung verschaffen.

»Wir kamen nur da durch . . .« Ihn zum Narren zu halten, war ziemlich leicht. »Ach, hör doch auf. Helena hätte Vestalin werden können, wenn sie nicht in mir ihren Herzallerliebsten gefunden hätte.« Ich schüttelte den Kopf. Er zuckte zusammen. Mit dem Rest der Geschichte wollte ihn ihn nicht belasten. »Wo ist also dieser Tempel der Lust, in den du mich locken willst? Eine dieser Lasterhöhlen in der Suburra, wo die Praktiken uralt und die Huren Mumien sind? Die Hütten außerhalb der Stadt, wo entlaufene Sklaven müde Reisende für ein paar Münzen erquicken? Oder eins von den lausigen Kabuffs in der absolut plebejischen Patrizierstraße?«

»Viel näher. Beim Circus.«

»Oh, Jupiter! Man kann sich doch schon was wegholen, wenn man an diese dreckigen Löcher nur denkt.«

»Dann schalt dein Hirn aus. Du gehst oft genug daran vorbei, ohne nachzudenken ... Wir hatten einen schweren Morgen hinter uns. Ich finde, wir haben uns einen Nachmittag exotischer Unterhaltung mit der exquisiten Lalage verdient!«

»Aber erst lade ich dich zum Essen ein«, bot ich ihm prompt an. Petro nahm an, weil er genau wie ich der Meinung war, daß wir vorher unbedingt Stärkung brauchten.

XIX

Wir waren jetzt im Elften Bezirk. Der lag außerhalb von Petros Gebiet, aber er meinte, es wäre nicht nötig, einen Höflichkeitsbesuch bei der Sechsten Kohorte abzustatten, die hier das Sagen hatte. Da es schließlich nicht um meine Karriere im öffentlichen Dienst ging, überließ ich ihm die Entscheidung. Ich wußte, daß er die Sechste nicht mochte. Ja, er genoß es regelrecht, sich unter dem Vorwand unserer Sondervollmacht hier heimlich einzuschleichen.

Die meisten Prostituierten beim Circus Maximus sind Bordsteinschwalben und Freiluftakrobatinnen. Sie hängen während und nach dem Rennen hier rum und haben es auf die Männer abgesehen, deren Appetit auf Erregendes durch Zusammenstöße beim Wagenrennen angeheizt wurde. (Oder auf Männer, denen das Geld locker sitzt, aber die zum Rennen gemeldeten Gäule nicht passen.) Einige Damen spielen rechtschaffene Bürgersfrauen und trippeln vor Tempeln auf und ab, doch es läuft aufs gleiche hinaus: gegen eine Mauer gelehnt, mit der Aussicht, beklaut zu werden, sich was wegzuholen und ein schlechtes Gewissen zu haben.

Das als »Platons Akademie« bekannte Bordell bot gewisse Vorteile. Beim »Platons« konnte man die Sache wenigstens in der Horizontale erledigen, solange man nicht unbedingt Wert auf saubere Laken legte. Diebstahl und Krankheit waren auch hier ein Risiko. Das Gewissen blieb Privatsache.

Petronius und ich sondierten erst mal das Terrain. Ich will nicht sagen, daß wir nervös waren, aber das »Platons« hatte selbst für römische Verhältnisse einen recht deftigen Ruf. Wir wollten auf Nummer Sicher gehen. Wir schlenderten zum Circus, warfen den glutäugigen Mädchen, die uns aus den Kolonnaden obszöne Angebote nachriefen, finstere Blicke zu und wagten uns in das Labyrinth kleiner Gassen hinter dem Hippodrom. Dann bezogen wir an einem Imbißstand gegenüber vom »Platons« Position. Nachdem wir den Marmortresen mit zwei Bechern vom schlechtesten Wein, der mir seit Jahren in Rom untergekommen war, dekoriert hatten, bestellte ich mir auf Verdacht einen Teller kalte Erbsen. Petro wollte Hirn; bei Aufregung bekommt er immer absonderliche Gelüste.

Die Erbsen schmeckten nach nichts. Das Hirn sah auch nicht so aus, als hätte es viel zu bieten, selbst wenn man bedenkt, daß Kälber keine Enzyklopädien verfassen. Wie es auch schmecken mochte, irgendwas veranlaßte Petro zu der düsteren Äußerung: »Es geht das Gerücht, daß Vespasian den Straßenverkauf warmer Speisen verbieten will.«

»Tja, damit wäre eins der größten Probleme des Lebens gelöst: hungrig bleiben oder die Scheißeritis kriegen.«

»Die Latrinenpächter machen sich fast ins Hemd vor Sorgen.«

»Wieso ins Hemd? Die haben doch immer freien Eintritt.«

Unser Geplauder sollte den Standbesitzer ablenken, während wir unser Ziel in Augenschein nahmen.

Offiziell schien das »Platons«, einem fast vollständig verblichenen Schild über dem Eingang zufolge, die »Laube der Venus« zu heißen. Die zwei traurig blickenden, pausbäckigen Knaben im Amorkostüm, die sich zu beiden Seiten des Schildes auf Girlanden wiegten, sollten den göttlichen Eindruck wohl verstärken. Um Touristen, denen man das Etablissement unter dem volkstümlichen Namen empfohlen hatte, nicht zu verwirren, stand er in Augenhöhe in großen Lettern, direkt neben einem steinernen Priapus mit einer erschreckenden Erektion – für diejenigen, die entweder nicht lesen konnten oder es zum langwierigen Entziffern von Buchstaben zu eilig hatten. Auf der anderen Seite des Eingangs war zu lesen: *Hier werden alle Männerträume wahr*, dazu eine sehr eindeutige Zeichnung, die klarmachte, daß damit weder eine anständige Frau noch eine unerwartete Erbschaft oder ein friedliches Leben gemeint waren. Für alle, außer den absolut Kurzsichtigen, konnte es keinen Zweifel geben, welches Gewerbe in dem heruntergekommenen Gebäude ausgeübt wurde.

Eine schwere Eichentür wurde durch zwei Stangen offengehalten. Sie hing zu schief in den Angeln, um sich noch schließen zu lassen. Also blieb sie wohl Tag und Nacht offen.

Dieses beeindruckende Portal war nur wenige Fuß

von uns entfernt, schräg gegenüber auf der anderen Straßenseite. Fasziniert beobachteten wir den Strom von Soldaten, Matrosen auf Landurlaub, Sklaven, Freigelassenen und kleinen Geschäftsleuten, der ständig ein- und ausging. Einige der Matrosen meinten, vor der Tür noch ordentlich krakeelen zu müssen. Ab und zu hatte jemand, der wie ein Olivenölverkäufer oder Unterverwalter eines Kornhändlers aussah, den Anstand, verstohlen zu tun und erst im letzten Moment hineinzuschlüpfen. Die meisten Männer spazierten geradewegs hinein und klimperten mit ihren Münzen. Während wir aßen, kamen ein oder zwei, die wir schon beim Reingehen gesehen hatten, wieder heraus und gingen ihrer Wege, als hätten sie drinnen nur mal kurz ihre alte Mutter begrüßt. Offenbar wurden die Geschäfte im »Platons« effizient und schnell abgewickelt.

»Ich nehme an, es gibt einen Unterschied«, bemerkte Petro philosophisch, »zwischen Männern, die kommen, weil's verboten ist, und denen, die kommen, weil's erlaubt ist.«

»Versteh ich nicht.«

»Die eine Sorte zahlt, weil sie sich am Unerlaubten aufgeilt. Aber so läuft das im »Platons« nicht. Da gehst du rein, um dir mal kurz eine Nutte zu kaufen, bevor du das Huhn fürs Abendessen besorgst und deine kaputten Schuhe beim Schuster abgibst.«

»Einkaufsbummel!« Ich kicherte albern. »Glaubst du, die Puffmutter läßt dich vorher die Mädchen betasten, ob sie auch reif sind?«

Er stieß mir den Ellbogen in die Rippe. »Wir führen uns auf wie Rekruten, die sich fragen, was wohl im *canabae* vor dem Isca-Fort abgeht. Erinnerst du dich?«

Mir war nicht ganz klar, ob mein alter Kamerad Lucius Petronius den Vergleich sinnvoll fand oder einfach albern war. »Ich glaube, ich weiß, was im *canabae* abging«, erklärte ich würdevoll. »Ich erklär's dir irgendwann mal, wenn du viel Zeit zum Zuhören hast.« Diesmal trat ich rasch zur Seite und konnte seinem Ellbogen ausweichen, bevor ich blaue Flecken bekam.

Wir standen so dicht am Eingang zum Bordell, daß wir die Verhandlungen mitbekamen. Glupschäugige Fremde waren sofort auszumachen. Genau wie die römischen Goldfinken, Männer mit zuviel Sesterzen im Beutel, von geschickten Schleppern auf dem Forum wie Blumen gepflückt; sie waren hierhergelockt worden, um übertölpelt, geschröpft und womöglich erpreßt zu werden. Ansonsten ließ sich unmöglich sagen, in welchen verknautschten Tuniken normale Kunden steckten, die beim Brettspiel das Glücksspielverbot umgehen wollten, und wer ein kleiner Gauner aus der Unterwelt war, der hier auf Neuigkeiten über lohnenswerte Einbruchsobjekte hoffte.

Frauen waren kaum zu sehen.

»Zu beschäftigt?« spekulierte ich.

»Ihre Verträge sehen keine längeren Spaziergänge im Freien vor.« Petro hielt die Nutten im »Platons« für Sklavinnen.

Inzwischen hatten wir unser Mahl beendet. Wir bezahlten und gaben nur ein mageres Trinkgeld. Der Standbesitzer hatte nichts anderes erwartet, spuckte uns aber trotzdem verächtlich nach. Petro sagte über die Schulter: »Mach das noch mal, und du bist deine Lizenz los.« Der Mann knurrte irgendwas, das wir nicht ganz verstanden.

Beim Überqueren der Straße warfen wir uns einen Blick zu. Wir waren zwar in offiziellem Auftrag unterwegs, kamen uns aber doch wie Verschwörer vor.

»Wenn meine Mutter davon erfährt, geb ich dir die Schuld.«

»Falco, wegen deiner Mutter brauchst du dir keine Sorgen machen, ich wüßte da jemand viel . . .«

Damit irrte er sich, aber den Eingang durch einen Streit zu blockieren, war nicht angesagt. Also gingen wir hinein.

Ein aufgedonnertes Geschöpf in roter Toga, dem gesetzlich vorgeschriebenen Erkennungszeichen ihres Gewerbes, nahm das Geld entgegen und traf die Vereinbarungen. Daß die Toga zinnoberrot war, sie wie eine Mohnblume leuchten ließ, war ebenso wenig notwendig wie sie innerhalb des Bordells zu tragen; diese Dame machte sich über das Gesetz lustig, indem sie es übergenau erfüllte. Keines der anderen Mädchen trug eine Toga; genaugenommen waren sie nur spärlich bekleidet – so sie denn überhaupt Kleider besaßen. Die Türhüterin wurde von einem schlappen Kerl überwacht, den sie zu Recht ignorierte. Der Knabe hätte noch nicht mal ein Federgewicht rausschmeißen können, ganz zu schweigen von einem entschlossenen Randalierer. Doch von einem Schlaffi beschützt zu werden, schien sie nicht weiter zu stören. Sie sah aus wie ein Mädchen, das selbst kräftig zulangen konnte.

»Hallo, Jungs. Euch hab ich hier noch nie gesehen. Ich heiße Macra und werde dafür sorgen, daß sich all eure Wünsche erfüllen.« Genau die Verkaufstaktik, die ich nicht leiden kann.

»Er heißt Falco, und ich bin Petronius. Wir sind von den Vigiles«, verkündete Petro sofort. Ich hatte mich schon gefragt, wie er diesen Aspekt einbringen würde.

»Wir freuen uns immer, unsere treusorgenden Wächter begrüßen zu dürfen . . .« Offensichtlich hatte man sie wegen ihrer guten Manieren für diesen Posten ausgewählt, ihr Ton klang allerdings spöttisch. Ihre

Augen verengten sich ein wenig, als sie einzuschätzen versuchte, was wir erwarteten. Daß wir zu keiner Patrouille gehörten, hatte sie gleich erkannt. Und genausowenig zur Sechsten Kohorte, den Zuständigen für diesen Bezirk, die sie mit Sicherheit gut kannte. Also beschloß sie: *zum Büro des Präfekten*, allenfalls noch zum *Stab der Tribunen*, was für sie gleichbedeutend war mit *Unruhestifter*. Da sie zweifellos eine tatkräftige junge Dame war, entschied sie sich für *rausfinden, was die wollen, und ihnen gleichzeitig Honig ums Maul schmieren*. »Wir führen ein anständiges Haus mit ansprechenden und sauberen jungen Mädchen. Ich hätte da vielleicht etwas Ausgefallenes für Sie«, bot sie an. »Wir bemühen uns stets um unsere Gesetzeshüter.« Ihr Blick schoß zu dem Schlaffi hinüber. Selbst wir sahen, daß sie Verstärkung haben wollte, aber er reagierte nicht.

»Etwas Ausgefallenes«, wiederholte Petronius nachdenklich.

Macra nahm an, er wolle auf ihr Angebot eingehen, und wurde freundlicher. »Da Sie sich zum ersten Mal hier unterhalten lassen, geht das aufs Haus. Darf ich Ihnen Itia vorschlagen? Sie ist ein liebliches Geschöpf, frei geboren und arbeitet normalerweise nur auf Voranmeldung. Einer nach dem anderen, ist Ihnen das recht? Für beide zusammen müßten wir leider einen kleinen Obolus erheben.«

»Frei geboren?« fragte Petro. »Dann können Sie mir sicher sagen, bei welchen Ädilen sie registriert ist und wie ihre Registrierungsnummer lautet.« Jede Freigeborene, die sich nicht um ihren Ruf scherte, konnte als Prostituierte arbeiten, wenn sie ihren Beruf formell angab und sich damit dem Gesetz gegen Ehebruch entzog.

Sowie sie Petros Einstellung begriffen hatte, versetzte Macra dem verschlafenen Rausschmeißer einen

Tritt, worauf der sich endlich bequemte, Interesse zu zeigen. Er stand auf.

»Setz dich«, sagte Petro freundlich. Der Mann ließ sich wieder auf seinen Schemel plumpsen.

Macra holte tief Luft. »Wenn du schreist, knall ich dir eine«, erklärte Petro, immer noch in freundlichem Ton. »Ich kann Krach nicht ertragen. Wir wollen zu Lalage.«

Macra ließ das mit dem Schreien. »Lalage ist momentan leider beschäftigt.« Das war die Routineantwort. Die Puffmutter ist nie zu sprechen.

»Immer mit der Ruhe. Wir sind nicht hier, um eine offene Rechnung einzutreiben.«

»Sehr komisch. Werden Sie erwartet?« Wechsel der Taktik.

»Sie führt ein Bordell«, erwiderte Petro. »Ihr ganzes Leben muß daraus bestehen, Fragen von den Ordnungskräften zu erwarten! Soll ich dir's etwa schriftlich geben? Hör auf, uns hinzuhalten. Das hat keinen Zweck.«

»Ich werde mich erkundigen«, informierte ihn das Mädchen großspurig. »Wenn Sie bitte hier warten würden.«

»Nein. Du führst uns zu ihr«, korrigierte Petronius. »Schwing die Hufe.« Sie tat so, als würde sie den Ausdruck nicht kennen. »*Los, Macra!*«

Mit einem unüberhörbaren Fluch führte uns das Mädchen, übertrieben verführerisch mit den Hüften wackelnd, hinein. Kunstvoll zerzauste schwarze Locken wischten über ihre nackten Schultern. Sie wirkte schmierig, war nicht sehr hübsch, hatte aber einen gewissen Stil.

Wir kamen an einer Reihe schwach erleuchteter Kabuffs vorbei. Primitiv gemalte Obszönitäten über den Eingängen versuchten, erotische Kunst darzustellen. Das Stöhnen und Grunzen dahinter war alles andere als kultiviert. Ein Kunde wusch sich an einem Wasserkrug, also schien wenigstens für ein Minimum an Hygiene gesorgt. An einer Wand gab es Kleiderhaken und ein Hinweisschild zur Latrine.

Ein kleiner Sklavenjunge sauste mit einem Tablett voller Weinkrüge an uns vorbei in einen Raum, der an den Schankraum einer Taverne erinnerte, wo Männer um niedrige Tische hockten und spielten oder finstere Pläne ausheckten. Petro warf einen halbherzigen Gesetzeshüterblick hinein, aber die Tür schwang hinter dem Sklavenjungen zu, und er gab auf. Vielleicht war es ja auch nur das wöchentliche Treffen der Gilde der Hühnerfutterlieferanten.

Wir stiegen eine schmale Treppe hinauf zu einem Korridor, von dem Türen zu größeren Zimmern für betuchtere Gäste führten. Ein Tamburin wurde geschlagen, und es roch angebrannt. Inzwischen war uns klar, daß Platons Akademie viel weiträumiger war, als sie von außen wirkte. Zudem versorgte sie einen recht unterschiedlichen Kundenkreis. Es gab wohl noch andere Eingänge und Ausgänge.

Der Geruch verbrannter Lorbeerblätter machte dem nach imitiertem Weihrauch Platz. Ich hustete leicht, und Petronius verzog das Gesicht. Dann führte uns Macra durch einen großen Bankettsaal. Der Boden war abgesenkt; Jupiter mochte wissen, was hier für Orgien stattfanden. Welke Blütenblätter lagen noch zerdrückt auf den Stufen. Eine lebensgroße Statue zweier ineinander verschlungener Figuren schien über mehr als zwei Paar Fortpflanzungsorgane zu verfügen, obwohl uns später klar wurde, daß herabbaumelnde Girlandenreste und die Tatsache, daß eine steinerne Ziege ebenfalls an dem Gerangel teilnahm, uns verwirrt haben mußten.

Der Korridor wurde immer dunkler. Aus einem Zimmer, das anscheinend am Ende des Gebäudes lag, kam der Klang einer überraschend professionell gespielten Flöte. Macra klopfte, verdeckte dann aber die halb geöffnete Tür mit ihrer Hüfte, so daß wir nicht an ihr vorbeisehen konnten. Nach einer eilig gemurmelten Entschuldigung erklärte sie, wer wir waren. Eine Frauenstimme fluchte leise und sagte dann: »Ich entschuldige mich für diese Unterbrechung. Kümmere dich bitte um ihn, Macra.«

Verärgertes Geraschel war zu hören. Die halbnackte junge Flötistin schob sich an Macra vorbei und verschwand. Ihr folgte ein Magistrat, den wir, ob wir wollten oder nicht, einfach erkennen mußten.

Er ließ sich nicht dazu herab, uns zu begrüßen. Petronius salutierte ironisch, und ich drückte mich an die Wand, um nur ja nicht die Purpurstreifen Seiner Hochwohlgeborenen zu beschmutzen, als er an mir vorbeirauschte. Der *Valde Interest Patricius* (ein VIP, wie er im Buche stand) übersah unsere Höflichkeiten. Vielleicht, weil seine Ergebenheit gegenüber seiner kultivierten, einflußreichen, etwas älteren (aber immens reichen) Ehefrau allgemein bekannt war.

Macra warf uns einen verächtlichen Blick zu, stieß die Tür ganz auf und gab den Weg in den vom Tageslicht erhellten und nach Veilchen und Honigwein duftenden Raum frei. Dann rauschte sie hinter dem Magistrat her. Wir traten ein und begrüßten Lalage.

Ihr Gesicht war das einer ehemals schönen Frau, so dick bemalt, daß man kaum die darunter verborgenen, immer noch feinen Züge erkennen konnte. Sie trug ein gelbes Seidengewand, das sie angelegentlich zurechtzupfte, um einen geölten und parfümierten Körper zu bedecken, der zwei aufrechte Bürger schwer schlucken ließ. Ihr Kopfschmuck bestand aus orientalischen Perlen, für die eine Kaiserin glatt ihr Leben gegeben hätte. Um den Hals trug sie eine Kette aus Saphiren und Amethysten. An ihren Armen klimperten Reifen aus griechischem Goldfiligran. Ihre Augen waren wuterfüllt. Sie hieß uns nicht in ihrem Etablissement willkommen und bot uns auch nichts von dem starken Honigwein an.

Die berüchtigte Lalage hatte eine kleine Narbe an ihrem entzückenden linken Ohr, die nostalgische Erinnerungen wachrief. Sie gab vor, eine elegante orientalische Kurtisane zu sein, aber ich wußte genau, woher dieses kostbare Hühnchen stammte. Ich kannte sie von früher.

XX

»Wird es lange dauern?« Ihre Stimme hatte den Charme in Essig klappernder Kiesel, die eine verbrannte Pfanne säubern. »Wir erwarten Gäste.«

»Lykier vielleicht?« fragte Petronius.

»Sie haben Nerven.« Noch immer war sie mit dem Faltenwurf ihres Kleides beschäftigt und daran viel mehr interessiert als an uns. »Ich hoffe, es ist was Wichtiges«, zischte sie und sah plötzlich auf. »Zum Glück waren wir fertig, sonst hätte ich Sie dafür umgebracht, daß Sie diesen Kunden unterbrechen. Er ist mein bester.«

»Und wird persönlich bedient«, meinte Petro.

»Er weiß eben, wo er das Beste findet!« höhnte

Lalage. Ich merkte, daß sie uns genauestens musterte: Petronius, stämmig, zäh und feindselig; ich, weniger groß, aber genauso zäh und noch geringschätziger als er.

»Hat seine Liktoren wohl zu Hause gelassen, was?« fragte ich herausfordernd. Ich meinte die vom Staat bezahlten Leibwächter hoher Beamter; sie hatten ihren Herrn überallhin zu begleiten und ihm die Rutenbündel, in denen eine Axt steckte, als Zeichen seiner Macht voranzutragen. Oder, wie Petro zu sagen pflegte, als Zeichen dafür, was für ein Riesenesel er war.

»Wir kümmern uns um die Liktoren.«

»Hätt ich mir denken können! Liktoren wissen meist sehr gut, wohin mit ihren Ruten«, sagte ich.

»Ein Mann sollte immer seine Liktoren dabeihaben, Marcus Didius«, rügte Petro mich ernst.

»Oh, das stimmt, Lucius Petronius«, korrigierte ich mich förmlich. »Wer die Liktoren zu Hause läßt, macht seine Ehefrau mißtrauisch.«

»Und er ist ein Magistrat, also muß er ein kluger Kopf sein! Er wird wissen, wie er den alten Besen, den er zu Hause im Atrium sitzen hat, hinters Licht führen kann. Außerdem halten die Liktoren bestimmt den Mund über seine Ausflüge, solange auch sie auf ihre Kosten kommen . . .«

»Ersparen Sie mir die Komödie!« unterbrach Lalage. Sie schwang ihre nackten Füße zur Seite und setzte sich auf den Rand des Diwans, eine überladene Angelegenheit voller Bronzeschnörkel und vollgepackt mit Kissen, die man gern als »feminin« bezeichnet. Mir fielen auf der Stelle verschiedene Frauen ein, die Lalage aus dem Fenster schubsen und ihren mit Fransen und Troddeln versehenen rosa Plunder hinterherwerfen würden – nicht so sehr aus moralischen Gründen, sondern aus Abscheu vor ihrem Geschmack.

Unter Funkeln und Klirren ihres Geschmeides verschränkte sie die Arme und wartete ab.

Petronius und ich hatten absichtlich an entgegengesetzten Ecken des Zimmers Position bezogen, so daß sie den Kopf drehen mußte, um den anzusehen, der gerade sprach. Weniger abgebrühten Gesprächspartnern gegenüber war das eine alarmierende Taktik. Lalage hatte vermutlich genügend Erfahrung darin, mit zwei Männern gleichzeitig zu verhandeln. Trotzdem hielten wir uns an diese Routine, und sie ließ uns unseren Spaß.

»Wir müssen Ihnen ein paar Fragen stellen«, begann Petro.

»Noch mehr Fragen? Ich dachte, die verdammte Geschichte mit den Lykiern sei inzwischen geklärt.« Sie nahm an, wir seien wegen des ermordeten Touristen gekommen, dessen Tod das Verfahren gegen Balbinus begründet hatte.

»Es geht nicht um die Lykier.«

»Dann kann ich Ihnen leider nicht helfen.«

»Das werden Sie aber leider müssen. Oder sind Sie scharf auf eine Razzia?« fragte Petronius. »Wir finden bestimmt in den Kabuffs da unten ein paar entführte Minderjährige bei der Arbeit. Oder Freigeborene ohne Lizenz. Sind Sie sich ganz sicher, daß Sie die Hygienevorschriften streng einhalten? Werden hier im Haus Mahlzeiten serviert? Und wenn ja, haben Sie eine Lizenz dafür? Wer sind die zwielichtigen Gestalten, die Falco und ich da unten gesehen haben?«

Petronius neigte dazu, sich strikt an seine Zuständigkeiten zu halten, aber hier waren vielleicht schärfere Waffen vonnöten. »Wie wär's mit einem Skandal?« flötete ich. »Bedeutender Magistrat entlarvt; empörte Ehefrau reicht Scheidung ein; schockierte Regierungsbeamte sagen, so was hätten sie seit Caligulas Exzessen nicht mehr gesehen. Das wär dem ›Tagesanzeiger‹ bestimmt ein paar Schlagzeilen wert!«

»Gut fürs Geschäft.« Lalage zuckte die Schultern. Dummerweise hatte sie recht. So eine Geschichte würde ihre vornehmen Kunden für eine Weile verscheuchen, ansonsten aber einen Ansturm auslösen. Lalage wandte sich Petro zu. »Außerdem arbeiten Sie im Dreizehnten Bezirk. Hier ist der Elfte; für den sind Sie nicht zuständig. In meinem Haus gibt es keine Razzia«, versicherte sie ihm gelassen. »Die ›Laube der Venus‹ hat ausgezeichnete Beziehungen zu den Jungs aus unserem Bezirk.«

»Das kann ich mir denken«, knurrte Petro.

»Sie passen sehr gut auf uns auf.«

»Ich bin nicht wie die Sechste Kohorte. Ich laß mir nichts zustecken, und ich bin auch nicht auf eine halbe Stunde mit einem zweifelhaften Flittchen auf einem Ihrer flohverseuchten Laken aus!«

»Oh, natürlich nicht. Sie sind ein Held, und Ihre Kohorte ist die einzig ehrliche! Etwas Ausgefalleneres vielleicht?« säuselte Lalage affektiert. »Hat der ehrenwerte Herr besondere Wünsche?«

»Halt die Klappe, Lalage!«

»Juno! Sollte ich etwa auf das einzige Mitglied der Vigiles gestoßen sein, das unbestechlich ist?«

Petro ging nicht darauf ein. Wir untersuchten hier keine Schmiergeldaffäre. Wollte sich jemand dieses Problems annehmen, wären dazu mehr als zwei Beamte nötig, und die sollten besser skythische Kettenpanzer tragen. »Hören Sie mir endlich zu! Ich bin nicht auf 'ne kostenlose Nummer aus, und Sie laufen Gefahr, daß Ihr Bordell geschlossen wird und Sie wieder auf dem Straßenstrich landen.«

»Ich bin *nie* auf den Strich gegangen!« entfuhr es der Puffmutter voll echten Entsetzens.

Ich mischte mich ein. »Wir meinen es ernst«, warnte ich sie. »Wenn Sie nicht mit uns zusammenarbeiten, könnte es böse für Sie ausgehen!«

»Hübsche Rede. Und was hab ich davon?«

»Seien Sie klug. Mein Kollege fährt leicht aus der Haut.«

Sie richtete ihren strahlenden Blick auf mich. Ihr Verhalten änderte sich. Sie hatte fünfzehn Jahre praktischer Erfahrung hinter sich, und ich merkte, wie mir der Atem stockte. »Und was ist mit Ihnen?« murmelte sie.

»Er hat eine sehr ehrbare Freundin«, warf Petronius hastig ein.

»Ah, verstehe. Warum ein Schwein halten und selbst grunzen?« Ihr Blick ließ mich nicht los. Ich hielt ihm zwar stand, aber der Druck war enorm; außerdem konnte ich Petro nicht mehr sehen. Das war der Nachteil an unserer Taktik mit den verschiedenen Ecken – einer von uns war verletzlich. Lalage wußte Verletzlichkeit in Erregung umzumünzen. Immer noch schenkte sie mir dieses vielversprechende Lächeln, und ich konnte nicht umhin, ihr Spiel zu bewundern. Einst war sie eine richtige Schönheit gewesen. Jetzt war sie zwar angestoßen, aber immer noch attraktiv. Abgegriffene Pracht hat ihren eigenen Reiz. Jungfräulichkeit ist ein fades Gut.

Das Blickduell war jedoch nur von kurzer Dauer. »Sie scheinen ein Mann mit Geschmack zu sein«, sagte sie.

»Ich wärme mich lieber am eigenen Herd.« Ich tat gern mehr als das, und was meinem Geschmack entsprach, wurde nicht stundenweise verkauft. Mein Mädchen konnte man nicht kaufen.

Lalage ließ das Thema fallen, wenn auch nicht ohne spöttische Bemerkung. »Vielen Dank, daß es wenigstens wie eine Entschuldigung klingt.«

»Aventinische Etikette.«

Ihr Blick wurde schärfer, aber ich tat, als hätte ich nichts Besonderes gesagt. Sie wußte immer noch nicht, was ich da andeutete; sie hatte zu viele Männer gesehen, um sich an mich zu erinnern. Ich merkte, wie sie das Interesse verlor – was mir das starke Gefühl gab, etwas unerledigt gelassen zu haben.

Unerwartet wandte sie sich wieder Petro zu. »Ich hab nicht den ganzen Tag Zeit! Was wollen Sie also?«

Sie spielte mit unserer Taktik: gönnte dem einen eine Pause, um ihn dann unvermittelt zu überrumpeln. Petro gelang es, sich nicht verblüffen zu lassen. Sein Kinn ruckte hoch, aber er verwandelte es in eine selbstsichere Geste, strich sich das Haar zurück wie ein Lebemann, der sich von so was wie einer Frau nicht aus der Ruhe bringen läßt. »Mit Ihnen über den Raubzug im Emporium sprechen.«

»Oh, der war nicht von Pappe!« Sie rollte die Augen, die immer noch sehr schön waren: weit auseinanderliegend, groß, dunkel wie ein Winterabend und voller Verheißung. Mir persönlich waren Augen lieber, die subtiler wirkten. Aber Lalage hatte unzweifelhaft schöne Augen.

Auch Petronius waren sie nicht entgangen, obwohl das nur ein enger Freund wahrnehmen konnte. »Ja, man redet überall davon – aber keiner will mir flüstern, wer die schmutzige Tat begangen hat.«

»Und was denken Sie, wer es war?« fragte Lalage, als wolle sie ihm schmeicheln.

»Zum Denken hab ich keine Zeit. Ich brauche Namen.«

Sie versuchte, das unschuldige kleine Frauchen zu spielen. »Aber wie kommen Sie denn darauf, daß ich etwas über die Diebe wissen könnte?«

Petro verlor allmählich die Geduld. »Sie meinen,

außer der Tatsache, daß Ihr Gastraum unten voller Leute ist, die hinter Beerdigungszügen herschleichen und die Trauernden bestehlen, Dieben, die an Türen klopfen und das Scheucht-den-Pförtner-Spiel spielen, Fassadenkletterer, Kellerratten und dazu den kleinen Dreckskerl, der den Leuten eine Fliegenattrappe ins Gesicht baumeln läßt und ihnen die Börse aufschneidet, während sie das Viech wegscheuchen?«

Ich war beeindruckt. Wir hatten nur einen kurzen Blick in den Raum werfen können. Petro mußte scharfe Augen haben. Er kannte sich offensichtlich aus.

Und ich kannte ihn. Ich hatte die Zeichen erkannt: Er fühlte sich unwohl hier und wollte Lalage rüber in sein Wachlokal schaffen. Wäre sie ein wohlerzogenes Schulmädchen gewesen, das noch nie mit einem Gesetzeshüter gesprochen hatte, dann hätte er vielleicht eine Chance gehabt. Aber ihm mußte klar sein, wie sehr er sich zum Narren machen würde, wenn er einen glitzernden, safrangelben Schmetterling in Handschellen abführte, der ihn von hier bis zum Aventin lautstark beschimpfte. Die Festnahme einer Puffmutter läuft niemals diskret ab.

»Reden Sie schon wieder von Razzien?« Lalage lachte. Sie spürte, daß sie wieder Oberwasser bekam.

»So dumm ist er nicht«, versicherte ich. »Bis wir die Espartos hier haben, ist der ganze Laden geräumt. Macra hat bestimmt alle sofort gewarnt, nachdem sie Ihren Magistrat zu Ende massiert hat.«

»Ich hoffe, sie war gründlich«, grinste die Puffmutter schamlos. »Ein Mann in seiner Position ist es nicht gewöhnt, gehetzt zu werden.«

Ich fand, es war an der Zeit, den Mann aus dem Amt zu jagen. Rom würde nie gesäubert werden, wenn die Verbrecher, die Petronius vor Gericht brachte, einfach nur dem Richter zugrinsen mußten, den sie nach ihrem üblichen Mittwochnachmittagsgerangel beim Waschen ihrer Manneszier am Wasserkrug getroffen hatten. Die »Platon«-Gemeinde verfügte über bemerkenswerte Reichweite. Und das war nur ein Aspekt unseres heutigen Besuchs, den eine Aura der Doppelmoral umgab. Schmiergelder schienen alles glitschig zu machen.

Lalages Ablenkungsmanöver ging daneben. Petronius Longus war eindeutig nicht erheitert. »Wer ist jetzt Ihr Boss?« knurrte er sie an. »Wer führt den Laden, seit Nonnius in den höchsten Tönen gesungen und Balbinus Segel gesetzt hat?«

»Was soll die Frage?«

»Tja, es geht mir nicht darum, wer laut Mietvertrag die Inneneinrichtung übernehmen darf. Wer ist der starke Mann hinter Ihnen, Lalage?«

»Ich hab's nicht gern von hinten.«

»Hören Sie auf mit den Anzüglichkeiten! Unter wessen Schutz steht das ›Platon‹? Wir haben vor Gericht bewiesen, daß Balbinus am Gewinn beteiligt war. Also, wer kriegt jetzt die Flocken?«

»Niemand. Wozu auch? Ich schmeiß den Laden allein.«

Wie wir bereits vermutet hatten. Petronius verzog zweifelnd die Mundwinkel. »Wehe, das stimmt nicht.«

»Was soll ich mit einem Mann?« höhnte Lalage. »Ich hatte das alte System schon lange dick. Balbinus verlangte einen exorbitanten Anteil, und dann mußte ich Nonnius dauernd Geschenke machen, damit er die Einrichtung heil ließ – alles für angeblichen Schutz, von dem wir nie was gesehen haben. Wenn's Ärger gab, mußten wir selbst damit fertig werden. Was passiert ist, nachdem der Lykier ins Gras gebissen hat, war typisch. Wir haben versucht, die Sache selbst in Ordnung zu bringen. Ich hatte die ganze Arbeit, und

Balbinus hat nur abgesahnt. Das ist vorbei. Ich bin jetzt nur noch an Geschäften interessiert, bei denen die Männer *mich* bezahlen!«

»Jemand wird versuchen, seine Position zu übernehmen«, beharrte Petronius.

»Soll er doch!«

»Wenn es nicht schon passiert ist, werden Sie den Druck bald zu spüren bekommen. Sowie das geschieht, will ich es wissen.«

»Tut mir leid«, erwiderte sie eisig. »Sie sitzen im gleichen Boot wie all meine Kunden: Sie kriegen das, wofür Sie bezahlen – mehr nicht!«

»Da werden wir uns bestimmt handelseinig«, meinte Petronius in seinem üblichen gelassenen Ton. »Für die wirklich große Lieferung bin ich bereit, was auszuspucken.«

Ihr Busen wogte und ließ das Geschmeide aufglitzern. Die Wirkung war nicht so beängstigend wie der Augentrick, aber absolut professionell. »Wieviel?«

»So viel es wert ist. Aber ich nehm keinen Talmi und keine Fälschungen.«

»Nicht gerade bescheiden.« Das war nur noch Geplänkel. Sie hatten die Kernfrage erreicht; die Bedingungen waren geklärt und mehr oder weniger von beiden Seiten akzeptiert. Ob Lalage tatsächlich mit Informationen rüberkommen würde, war eine andere Sache.

»Bringen Sie mir die Namen, die ich brauche, und Sie werden es nicht bereuen. Sie finden mich im Wachlokal im Dreizehnten Bezirk«, verkündete Petro höflich.

»Ach, hauen Sie ab«, fauchte sie mich an, als sei ihre Geduld mit ihm am Ende. »Und nehmen Sie diesen Holzklotz mit!«

Wir gingen. Im letzten Moment drehte ich mich

um und fügte meinerseits eine Artigkeit hinzu. Mit einem breiten Lächeln für die berühmte Hure sagte ich: »Es freut mich, daß Ihr Ohr so gut geheilt ist!«

Während sie und Petronius über meine Worte nachdachten, packte ich ihn am Ellbogen, und wir verdrückten uns hastig.

XXI

Wir entkamen unversehrt, obwohl ich persönlich sofort das nächste anständige Badehaus aufgesucht hätte.

»Was sollte das mit dem Ohr, Falco?«

Ich grinste und schaute geheimnisvoll.

Das Haus schien leerer als bei unserer Ankunft. Schlechte Nachrichten verbreiten sich schnell.

Macra stand wieder am Eingang. Sie wirkte nervös, aber als sie sah, daß wir in Frieden gingen, entspannte sie sich. Im Vorübergehen hörte ich ein Baby schreien. Macra bemerkte meine Überraschung. »So was kommt vor, Falco!«

»Ich dachte, in Häusern wie diesem wäre das besser geregelt.« In manchen Bordellen war es *so* gut geregelt, daß ihre Erfahrung sie zu reinsten Abtreibungszentren für die Nachbarschaft machte.

»Ein Baby wegzumachen, verstößt gegen das Gesetz, nicht wahr, Hauptmann?« gluckste Macra. Petronius machte ein strenges Gesicht. Wir wußten alle, daß keiner sich je die Mühe machen würde, eine Prostituierte deswegen vor Gericht zu bringen. Das ungeborene Leben ist geschützt, wenn eine Erbschaft dranhängt; Ungeborene mit schamlosen Müttern haben wenig Rechte.

»Wollen Sie mal unser Kinderzimmer sehen?« bot das Mädchen Petro an. In der harmlosen Frage war das Angebot eines vorpubertären Leckerbissens unüberhörbar. Petro winkte schweigend ab, und Macra kicherte. »Sie in Versuchung zu führen, ist aber wirklich schwer! Vielleicht muß ich Sie mal in Ihrem Wachlokal besuchen!«

»Vielleicht zeige ich Ihnen die Zelle!« grummelte Petro verärgert. Ein Fehler.

»Dann komm ich ganz bestimmt!« kreischte Macra. »Wir haben einen Kunden von den Vigiles, der bei ›Verhören‹ *erstaunliche* Dinge mit Ketten macht.«

Petronius hatte endgültig genug. Mit großer Förmlichkeit zog er seine Notiztafel heraus. »Und wer wäre das?«

»Sie werden's nicht glauben«, feixte sie, »aber mir ist doch tatsächlich just in diesem Moment der Name entfallen . . .«

»Du kleine Lügnerin«, meinte Petronius nicht unfreundlich. Er steckte die Tafel weg. Wir traten auf die Straße. Ihr fröhliches Gelächter hallte uns nach.

»Das ist also ein Bordell!« sagte Petro, und wir knufften uns gegenseitig, grinsten über diesen alten Witz.

Wir hatten ein wenig getrödelt, da wir nichts Bestimmtes vorhatten. Wir hätten nicht lachen sollen. Am Eingang eines Bordells zu lachen, kann schlimme Folgen haben. Tun Sie das nie, ohne vorher sorgfältig in beide Richtungen zu sehen.

Jemand, den wir kannten, kam auf uns zu. Petro

und ich konnten nichts mehr tun. Es war zu spät, um sich diskret zu verdrücken; und *viel* zu spät für eine Unschuldsmiene.

Durch die enge Gasse näherte sich laut heulend ein kleines Mädchen mit großen Füßen und dreckigem Gesicht. Sie war sieben Jahre alt und trug eine Tunika, die ihr schon seit Monaten zu klein war, dazu ein billiges Glasperlenarmband, das ihr ein netter Onkel aus dem Ausland mitgebracht hatte, und ein extravagantes Amulett zum Schutz gegen den bösen Blick. Der böse Blick hatte sie trotzdem getroffen; das Kind wurde von einer kleinen, grimmigen alten Dame mit verkniffenem Mund vorwärtsgezerrt, der man die moralische Entrüstung schon ansah, noch bevor sie uns entdeckte. Und natürlich entdeckte sie uns in just dem Augenblick, als wir wie zwei müßige Faulenzer aus »Platons Akademie« geschlendert kamen.

Die Kleine steckte tief in der Tinte, weil sie die Schule geschwänzt hatte. Sie war entzückt, jemanden zu sehen, den sie mit in den Hades ziehen konnte. Wir waren genau die Ablenkung, die sie brauchte.

»Da ist Onkel Marcus!« Augenblicklich hörte sie auf zu heulen.

Ihre Gefängniswärterin blieb abrupt stehen. In unserer Jugend waren Petro und ich recht umtriebig gewesen, doch das wußte niemand in Rom. Wir hatten es im Ausland erledigt.

Jetzt war es aus mit der Tarnung. Meine Nichte Tertulla starrte uns an. Den Unterricht zu schwänzen, für den ihre Großmutter so mühsam das Geld zusammenkratzte, konnte sich mit unserer Schande nicht messen, das wußte sie. Wir wußten es ebenfalls.

»Petronius Longus!« rief die alte Dame voller Erstaunen, zu entsetzt, mich überhaupt zu erwähnen. Petro war als guter Ehemann und Vater bekannt, also würde man mir die Schuld in die Schuhe schieben.

»Guten Tag«, murmelte Petro zurückhaltend und tat so, als könnte sein mit Mühe unterdrücktes Kichern nur etwas mit einer soeben gehörten, *äußerst* komischen, aber absolut tugendsamen Geschichte über einen Aspekt der Lokalpolitik zu tun haben. Geistesgegenwärtig ließ er sich dann rasch darüber aus, daß wir die Damen leider nicht in eine sicherere Gegend begleiten konnten, weil er gerade von einem dringenden Problem in seinem Wachlokal erfahren hätte.

In diesem Moment kam ein aufgelöstes Wesen, in dem ich meine Schwester Galla erkannte, die Gasse hinuntergerannt und rief: »Oh, du hast das kleine Miststück also gefunden!« Galla verbrachte die Hälfte ihres Lebens in völliger Unkenntnis dessen, was ihre Kinder gerade anstellten, und den Rest in schuldbewußter Hysterie, nachdem irgendein Dummkopf es ihr erzählt hatte.

»Ich hab noch viel mehr gefunden!« kam die knappe Antwort, und zwei vor Verachtung sprühende Augen richteten sich endlich auf mich.

Es gab kein Entkommen.

»Hallo, Mutter«, sagte ich.

XXII

Aua!

XXIII

Als ich meine Wohnung betrat, sah ich jemanden an der Balkontür stehen. Ihr dunkles Haar glänzte im Sonnenlicht hinter ihr; sie war sofort hereingekommen, als sie meine Schritte hörte.

Sie war voller Anmut und Heiterkeit. Sie trug ein einfaches blaues Kleid, an das sie eine spätsommerliche Rosenknospe gesteckt hatte. Falls sie Parfüm benutzt hatte, war es so diskret, daß nur der Glückliche, der ihren Hals küssen durfte, es bemerken würde. Ein silberner Ring an ihrer linken Hand zeigte ihre Verbundenheit mit eben diesem Glücklichen, wer immer er war. *Sie* war all das, was eine Frau sein sollte.

Ich nickte ihr höflich zu.

»Man wird sich überschlagen, dir zu erzählen«, sagte ich, »daß Petronius und ich heute nachmittag eine Stunde in einem Bordell am Circus Maximus verbracht haben. Es ist dafür berühmt, die Vigiles mit abscheulichen Dienstleistungen zu bestechen. Man hat uns dabei beobachtet, wie wir Arm in Arm grinsend das Bordell verließen.«

»Ich weiß«, sagte sie.

»Das hatte ich befürchtet.«

»Zu Recht!«

Die zarten Glieder eines ihrer Armbänder rutschten über ihr schlankes Handgelenk, als sie die Schriftrolle, in der sie offenbar gelesen hatte, hochhob. Ihre Füße waren nackt. Sie, die auf Schwanendaunen unter den Marmorkolonnaden im Haus eines reichen Mannes hätte sitzen sollen, hatte in der warmen Sonne auf dem Balkon gelesen, hoch über dem Dreck des Aventin, wo sie mit mir lebte.

Ich wählte einen kühlen und formellen Ton. »Die Leute reagieren manchmal übertrieben. Ich war dabei, als Petro nach Hause kam und vor verschlossener Tür stand. Eine Nachbarin streckte den Kopf aus dem Fenster und brüllte: *›Sie hat die Kinder zu ihrer Mutter gebracht und dein Abendessen der Katze nachgeworfen.‹* Ich mußte ihm helfen, das Schloß aufzubrechen. Er liebt die Katze; er bestand darauf, reinzugehen und nach ihr zu schauen.«

Sie lächelte. »Jeder Held braucht eine tragische Schwäche.« Zufällig wußte ich, daß sie sich nichts aus Katzen machte. Und ich hatte den Verdacht, daß es mit Helden nicht anders war.

Ich hielt es für das Beste, Haltung zu wahren. »Trotz seines Flehens sah ich mich nicht in der Lage, ihn zu begleiten, um Arria Silvia den Fängen ihrer Mutter zu entreißen.«

»Hast du ihn etwa sich selbst überlassen?«

»Ihm geht es gut. Er hat ja seine Katze . . .« Irgendwie wurde mir der Hals eng. »Ich wollte mich vergewissern, ob du noch da bist.«

»Ich bin hier.«

»Da bin ich froh.«

Es war früher Nachmittag. Ich hatte mich fürchterlich beeilt, war aber doch schnell in ein Badehaus gegangen. Jetzt war ich sauber. Jeder Fingerbreit an mir war geölt und geschabt, doch ich kam mir immer noch schmutzig vor.

»Hast du dir Sorgen gemacht?« fragte ich.

Ihre dunklen Augen waren mit einer Ruhe auf mich gerichtet, mit der mein Herz nicht mithalten konnte. »Klar mach ich mir Sorgen, wenn ich höre, daß du im Bordell bist«, sagte sie mit leiser Stimme.

»Ich mach mir schon Sorgen, wenn ich überhaupt reingehe.« Aus irgendeinem Grund fühlte ich mich plötzlich wieder sauber. Ich lächelte sie an.

»Du mußt deine Arbeit tun, Marcus.« Eine leise Ahnung resignierten Amüsements lag in Helena Justinas Blick. Mir kam es so vor, als wäre das Absicht. Während sie auf mich wartete, hatte sie ihre Entscheidung getroffen: Entweder konnten wir uns streiten, und sie würde sich mieser fühlen als zuvor, oder sie konnte sich so verhalten, wie sie es jetzt tat. »Und, wie fandest du das Bordell?« fragte sie rasch.

»Ein übles Loch. Es gab keinen Affen. Eine Senatorentochter würde ich noch nicht mal in die Nähe bringen.«

»Der Affe in dem Bordell, in dem wir damals waren, war ein Schimpanse«, erinnerte sie mich. Ihr Ton war ernst, aber der Ernst war ein Witz.

Manchmal stritten wir uns. Manchmal, wenn sie mich unbedingt zur Vernunft bringen wollte, konnte ich sie regelrecht in Rage versetzen. Bei anderen Gelegenheiten war die Klugheit, mit der sie mich behandelte, geradezu atemberaubend. Ihr Vertrauen in mich war wie ein Brett, auf dem ich einen tiefen Graben sicher überqueren konnte.

Ihre Mundwinkel zuckten ganz schwach. Wenn ich wollte, hätte ich sie mit einem einzigen Blick zum Lächeln bringen können.

Ich durchquerte das Zimmer, stand dicht vor ihr

und umschlang ihre Taille. Eine leichte Röte stieg ihr in die Wangen, passend zu der Rosenknospe an ihrem Kleid. Wie ich vermutet hatte, war der Duft ihres Parfüms nur für denjenigen bestimmt, der ihr nahe genug kommen durfte. Dieses Privileg hatten nicht viele genossen. Ich atmete tief ein. Ein leiser Zimtgeruch wehte mich an, kein beliebiges Parfüm, sondern eins, das ich besonders mochte. Frisch, erst vor kurzem aufgetragen.

Ich genoß es, sie eine Weile zu betrachten. Sie genoß es, mich sanft in alten Erinnerungen und neuen Erwartungen versinken zu sehen. Ohne es zu wollen, hatte ich die Hand sinken lassen und spürte, wie sie ihre Finger mit den meinen verflocht. Ich hob unsere Hände und drückte die ihre gegen meine Brust.

Stille herrschte im Zimmer. Selbst der Straßenlärm unter dem Balkon schien weit weg.

Helena beugte sich vor und streifte meine Lippen mit einem Kuß. Dann gingen wir – ohne Flötenmusik, Weihrauchduft oder klebrig süßen Wein, ohne über einen Preis verhandeln zu müssen, ja, ohne ein einziges Wort – ins Bett.

XXIV

Bevor ich allmählich wieder zu mir gekommen war, hatte meine Schwester Galla es meiner Schwester Junia erzählt, die sofort zu Allia gerannt war, die – da sie es nicht an Victorina weitertratschen konnte, weil die tot war – es Maia erzählt hatte. Maia und Allia konnten sich normalerweise nicht ausstehen, aber hier handelte es sich um einen Notfall; Allia war fast die letzte in der Reihe und brannte förmlich darauf, jemandem meine neueste Untat mitzuteilen. Maia, die als einzige von meinen Schwestern Verstand hatte, entschied zunächst, uns mit unseren Sorgen allein zu lassen. Doch da sie Helenas Freundin war, machte sie sich zu unserer Wohnung auf, um sicherzugehen, daß keiner von uns deswegen das Weite gesucht hatte. Wäre rasches Handeln erforderlich gewesen, hätte Maia den weinend Zurückgebliebenen getröstet und sich dann sofort auf die Suche nach dem Ausreißer gemacht.

Während sie noch unterwegs zu uns war, setzte ich mich auf.

»Ich danke dir.«

»Wofür?«

»Für das süße Geschenk deiner Liebe.«

»Ach das!« Helena lächelte. Ich mußte die Augen schließen, sonst hätte ich sie nicht vor Einbruch der Nacht aus dem Bett gelassen.

Dann fragte sie mich über unsere Stippvisite in »Platons Akademie« aus. Diesmal wollte sie Antworten. Ich rollte mich auf den Rücken und verschränkte die Arme unter dem Kopf. Sie lag mit dem Kopf an meiner Brust, während ich ihr meine Eindrücke schilderte und ihr zum Schluß eröffnete, daß ich Lalage von früher kannte.

Helena lachte über die Geschichte. »Hast du es ihr gesagt?«

»Nein! Aber ich hab ein paar beunruhigende Andeutungen gemacht.«

Helena war mehr an dem Ergebnis unserer offiziellen Nachforschungen interessiert: »Hast du ihr geglaubt, als sie behauptete, sie würde nicht zulassen, daß ein anderer ihr Etablissement beschützt?«

»Ja. Lalage als kompetent zu bezeichnen, wäre eine Untertreibung! Sie kann ein Bordell führen und mit Leichtigkeit jeden, der sich einzumischen versucht, fertigmachen.«

»Also hat sie euch vielleicht mehr erzählt, als du denkst«, meinte Helena.

»Was denn zum Beispiel?«

»Vielleicht will *sie* dort weitermachen, wo Balbinus aufgehört hat.«

»Tja, wir sind uns einig, daß sie ihr Imperium selbst regieren will. Meinst du, es könnte darüber hinausgehen?«

»Warum nicht?«

»Lalage als Chefin der Unterwelt?« Ein alarmierender Gedanke.

»Denk mal darüber nach«, sagte Helena.

Ich schwieg, aber sie wußte, daß ich ihre Vorschläge immer ernst nahm. Grummelnd dachte ich nun über diesen nach, allerdings sehr widerwillig. Wenn wir annahmen, daß Nonnius Albius in die Fußstapfen seines früheren Chefs getreten war, würde sich alles viel leichter beweisen und in Ordnung bringen lassen. Sowie wir aber jemanden Neuen bedenken mußten, ganz zu schweigen von Frauen, wurde die Sache unangenehm komplex.

Helena wollte wissen, ob ich auch zugehört hatte, richtete sich auf und beugte sich über mich. Dann sah ich, wie sich ihr Gesichtsausdruck veränderte. Mit einem plötzlichen Stöhnen glitt sie aus dem Bett und verließ mich. Sie stolperte ins Nebenzimmer, und ich hörte, wie sie sich übergab.

Ich folgte ihr, wartete, bis das Schlimmste vorüber war, legte den Arm um sie und wischte ihr das Gesicht ab. Unsere Blicke trafen sich. Ich sah sie wie ein Mann an, der vernünftiger ist, als sie es verdiente.

»Sag ja nichts!« befahl sie mit immer noch bleichen Lippen.

»Ich denk nicht dran.«

»Vom Abendessen kann es nicht kommen, weil wir noch gar nicht gegessen haben.«

»War wohl auch besser so, wie's aussieht.«

»Sieht aus, als hättest du recht gehabt«, gab sie in neutralem Ton zu.

In dem Moment ertönte Maias Stimme von der Tür her: »Na, dann herzlichen Glückwunsch! Es ist noch geheim, oder?«

»Solange du es niemandem erzählst«, gab ich zurück und unterdrückte einen Fluch.

»Oh, verlaß dich auf mich!« Maia lächelte verschlagen.

Sie trat ein – eine propere, lockenköpfige Frau in ihrem besten Umhang und den hübschesten Sandalen, um den Ärger, den ich mal wieder verursacht hatte, so recht zu genießen. »Leg sie flach aufs Bett«, befahl sie mir. »Tja, da hast du's!« zwitscherte sie hilfreich, zu Helena gewandt. »Diesmal hat's dich erwischt!«

»Oh, tausend Dank, Maia!« knurrte ich, während Helena mühsam hochkam und ich mich ans Putzen machte.

Helena stöhnte. »Sag mir, wie lange das dauert, Maia.«

»Dein Leben lang«, fauchte Maia. Sie hatte vier Kinder, fünf, wenn man ihren Mann mitrechnete, der mehr Betreuung brauchte als der Rest. »Die Hälfte der Zeit liegst du erschöpft in den Kissen und wünschst dir während der anderen Zeit, du könntest dich hinlegen. Soweit ich weiß, geht das nie vorbei. Wenn ich tot bin, komm ich zurück und sag dir, ob es dann besser wird.«

»Genau, was ich befürchtet habe«, erwiderte Helena. »Erst die Schmerzen, und dann wird dir das ganze Leben aus der Hand genommen . . .«

Sie schienen Witze zu machen, aber eine gewisse Schärfe war unüberhörbar. Helena und meine jüngste Schwester waren sehr gute Freundinnen; wenn sie sich unterhielten, besonders über Männer, schwang immer eine kaum verhohlene Kritik mit. Ich fühlte mich dann ausgeschlossen. Ausgeschlossen und an allem schuld.

»Wir können ein Kindermädchen einstellen«, bot ich an. »Helena, Liebste, wenn du dich dadurch besser fühlst, vergesse ich sogar meine Prinzipien und lasse dich bezahlen.«

Dieses mitfühlende Angebot entspannte die Situation keineswegs. Ich beschloß, das Weite zu suchen. Als Grund schob ich vor, den Mülleimer ausleeren zu wollen, nahm ihn und trabte pfeifend nach unten, während die beiden Damen grummelnd zurückblieben. Sollten sie doch. Ich würde in der Nähe bleiben und den Rest des Abends in der neuen Wohnung auf der anderen Seite der Brunnenpromenade verbringen. Ein zweites Heim, in das man entfliehen konnte, wurde mehr und mehr zur guten Idee.

Ich war durcheinander. Mit dem endgültigen Beweis konfrontiert, daß ich tatsächlich Vater werden würde, brauchte ich Zeit zum Nachdenken. Allein.

Ich hatte einen guten Augenblick gewählt. Der Korbflechter begrüßte mich mit der Nachricht, daß sein Bekannter, der Karren vermietete, gleich einen für mich vorbeibringen würde, so wie wir es bereits vereinbart hatten. Der Karren konnte wegen des tagsüber geltenden Fahrverbots nur abends hergefahren werden, und weil ich ihn ein paar Tage behalten wollte, während ich die Wohnung ausräumte, waren Vorbereitungen notwendig. Ich wollte den Karren als vorübergehende Müllkippe benutzen. Dafür mußten wir ihn auf Böcke stellen und die Räder abmontieren, weil er sonst bestimmt geklaut würde. Das war kein einfaches Unterfangen. Danach mußten wir die Räder in die Werkstatt des Flechters rollen und noch dazu zusammenketten. In der kurzen Zeit, die der Flechter, der Karrenbesitzer und ich im Laden mit dem Sichern der Räder verbrachten, hatte irgendein Spaßvogel einen halben wurmzerfressenen Bettrahmen und einen kaputten Schrank auf meinen Müllkarren geladen.

Wir zerrten das Zeug runter und ein paar Schritte weiter vor einen unbenutzten Laden auf der anderen Straßenseite, damit die Ädilen weder uns (noch jemand, den wir kannten) die Gebühren für die Straßenreinigung aufbrummen konnten. Zum Glück kam Maia gerade herunter, also bat ich sie, mir ihren Ältesten zu schicken, damit er für ein oder zwei Kupfermünzen als Wachposten dienen konnte.

»Du bekommst ihn morgen«, versprach Maia. »Du kannst Marius haben, wenn er aus der Schule kommt, aber wenn du schon vorher eine Wache brauchst, mußt du dir einen von Gallas oder Allias schrecklicher Brut krallen.«

»Marius kann ruhig ein paar Stunden versäumen.«

»Kommt nicht in Frage. Marius geht *gern* zur Schule!« Maias Kinder waren erstaunlich gut erzogen. Da mir nicht daran gelegen war, die Welt mit noch mehr Vandalen und Faulenzern zu bevölkern, munterte mich das richtig auf. Vielleicht konnte allen gegenteiligen Beispielen zum Trotz, die mir alltäglich in Rom begegneten, Elternschaft doch funktionieren. Vielleicht würde auch mir ein lernbegieriges, höfliches kleines Wesen geboren werden, das seiner Familie

Ehre machte. »Leg heute nacht eine Plane drüber. Famia sagt, das macht einen Müllkarren unsichtbar.«

Famia, ihr Ehemann, war ein faules Schwein; klar hatte er erkannt, daß es den Leuten lästig ist, wenn sie erst eine Plane hochheben müssen, bevor sie ihren Müll bei jemand anderem abladen.

Maia umarmte mich plötzlich. In unserer großen Familie war sie als einzige jünger als ich; wir hatten uns immer sehr nahegestanden. »Du wirst einen prachtvollen Vater abgeben!«

Ich betonte, daß noch eine Reihe Unwägbarkeiten vor uns lagen, bevor es tatsächlich so weit war.

Nachdem Maia gegangen war, begann ich Schutt aus der Wohnung im ersten Stock zu schleppen. Der Korbflechter sagte, er hieße Ennianus, und versicherte mir, er würde ja nur zu gern helfen, habe aber einen schlimmen Rücken, von dem nur wenige Leute wüßten. Ich antwortete, da könne er ja froh sein, daß der Korbverkauf so wenig Bücken und Heben erforderte, und er schlurfte davon.

Ich brauchte ihn nicht, rollte meine Tunikaärmel bis zu den Schultern hoch und machte mich an die Arbeit wie ein Mann, der etwas Beunruhigendes zu vergessen sucht. Obwohl es bereits Herbst war, waren die Abende doch noch hell genug für ein oder zwei Stunden Schwerstarbeit. Die ganze Wohnung war vollgestopft mit dreckigem alten Zeug – ich stieß zum Glück weder auf Leichen noch auf andere unerfreuliche Überreste. Es war harte Arbeit, hätte aber viel schlimmer sein können.

Smaractus hatte seinen Gehilfen offenbar erlaubt, hier manchmal ihren Kram abzustellen. Unter verzogenen Gerüstbrettern und zersplitterten Deckenbalken fand ich ein Eimerchen mit ausgezeichneten Nägeln. Einer seiner Deppen hatte eine prima Breitaxt zurückgelassen, die sich gut in meinem Werkzeugsack machen würde. Die Kerle waren unglaublich schlampig. Abdeckplanen waren verschimmelt, weil man sie feucht zusammengelegt hatte. Flaschenzugrollen waren völlig verrostet. In unabgedeckten Kesseln war die Farbe eingetrocknet. Keiner hatte sich die Mühe gemacht, leere Weinflaschen und schmierige Imbißverpackungen mit heimzunehmen, sondern sie lieber unter völlig verhedderte Seile gestopft. Der Inhalt ungeöffneter Säcke war steinhart geworden und ließ sich nicht mehr identifizieren; natürlich hatte nichts ein Schild dran. Smaractus kaufte nie von regulären Baustoffhändlern, sondern bekam überschüssiges Material von Bauunternehmern, die dafür bereits von einem unschuldigen Auftraggeber bezahlt worden waren, der keine Ahnung vom benötigten Material hatte.

Ich räumte das eine Zimmer aus und benutzte es als Lager für noch Verwendbares. Nach zwei Stunden hatte ich eine Menge geschafft und war sehr zufrieden mit mir. Noch einmal ordentlich zupacken, dann war die Wohnung leer, und Helena und ich konnten uns überlegen, was als nächstes zu tun war. Größere Reparaturen waren nicht nötig. Das Streichen der Räume würde bestimmt Spaß machen, wenn ich mich erst einmal dazu durchgerungen hatte. Dank der Bruchbuden, die ich bisher bewohnt hatte, war mein Sinn für Paneele und Fresken nicht sonderlich ausgeprägt; das wäre also mal was ganz Neues. Zunächst aber mußte alles kräftig geschrubbt werden. Mir kam der Gedanke, daß ich, solange ich der Vierten Kohorte zugeteilt war, vielleicht die Feuerwehrmänner überreden könnte, das Wasser herzuschleppen . . .

Als ich die letzte Ladung runtertrug, entdeckte ich, daß man mir eine alte Bank und eine klatschnasse Tagesdecke für meinen Müllkarren gespendet hatte.

Ich zerrte sie runter, warf eine Plane über den Wagenkasten und band sie fest. Dann ging ich ins nächste Badehaus, wusch mir Staub und Schweiß ab und fügte im Geist der Liste der Dinge, die ich beim nächsten Mal mit zur Arbeit bringen würde, Öl und einen Schaber hinzu. Nachdem ich mir den Dreck aus den Haaren gespült hatte, kam noch ein Kamm dazu.

Es war dunkel, als ich in die Brunnenpromenade zurückwanderte. Ich war müde, aber hochzufrieden, wie es einem nach schwerer Arbeit meistens geht. Nach dem entspannenden Bad hielt sich mein Muskelkater in Grenzen. Ich fühlte mich topfit. Um ganz sicherzugehen, trat ich noch mal an meinen Müllkarren und schaute unter die Plane.

Im Halbdunkel hätte ich es fast übersehen. Wäre ich noch beim Schuttabladen gewesen, hätte ich überhaupt nichts bemerkt. Und genauso war es geplant. Typisch Rom: Derjenige, der das Baby hier abgeladen hatte, war ihm mit Sicherheit nicht wohlgesonnen. Der Kleine war niedlich und gluckste vertrauensvoll, aber ein ausgesetztes Baby findet nicht so leicht jemanden, der es haben will – außer es hat das Glück, von einer Frau aufgelesen zu werden, die absichtlich bei den Müllhaufen rumlungert, in der Hoffnung, daß sich jemand eines unerwünschten Neugeborenen entledigen will. In der Brunnenpromenade war niemand so verzweifelt. Der Kleine war eindeutig zum Sterben ausgesetzt worden. Man hatte nicht damit gerechnet, daß ihn jemand finden und mit nach Hause nehmen würde.

Da ich ihn nun mal gefunden hatte, tat ich genau das.

XXV

»So was bringst auch nur du fertig!« stöhnte Helena.

»Dein Glückstag!« sagte ich zu dem Baby. »Hier ist eine nette Dame, die nur darauf wartet, dich zu knuddeln. Hör zu. Sie fliegt auf große braune Augen und ein breites Grinsen . . .«

»So geht das nicht, Marcus.«

»Genau. Ich bin entschlossen, fest zu bleiben. Ich werde nicht zulassen, daß andere Leute Dinge, die sie loswerden wollen, in meinen Müllkarren packen. Schließlich habe ich dafür bezahlt und selbst genug Kram, den ich loswerden muß.«

»Marcus!«

»Na gut, aber was sollte ich tun, nachdem ich ihn da rausgeholt habe? In die Gosse legen und einfach abhauen?«

Helena seufzte. »Natürlich nicht.«

»Er wird sich einen anderen Schlafplatz suchen müssen. Das hier ist nur vorübergehend.« Es klang gefühllos.

Helena machte keine Anstalten, mir das Kind abzunehmen. Der Kleine starrte mich an, als sei ihm klar, daß dies der heikelste Moment seines Lebens sein könnte. Er war schon einige Monate alt; alt genug, um seine Umgebung wahrzunehmen.

Er wirkte gesund. Sein Haar, dunkel und leicht gelockt, war ordentlich geschnitten. Gekleidet war er in eine propere kleine Tunika, weiß, mit Stickerei am Hals. Allerdings trug er sie bereits viel zu lange. Diese Art Kinderkleidung war in Familien üblich, wo Babys regelmäßig gewickelt werden, fast immer von einem Kindermädchen; dieses Baby war seit Tagen nicht sauber gemacht worden. Es war verdreckt und wund. Ich hielt den Kleinen sehr vorsichtig.

»Der arme kleine Kerl braucht ein Bad.«

»Ich hol dir eine große Kumme«, schnaubte Helena. Sie hatte tatsächlich nicht vor, mir zu helfen.

»Zum Glück bist du in ein Haus gekommen, wo die Frauen streng sind, aber die Männer wissen, daß es nicht deine Schuld ist«, sagte ich zu dem Kleinen. Wenn ich sprach, schien er mich kaum wahrzunehmen. Ich kitzelte ihn am Kinn, und er ließ sich herab, mit Armen und Beinen zu strampeln.

Er war ein sehr ruhiges Baby. Irgendwie wirkte er zu fügsam. Ich runzelte die Stirn, und Helena, die mir inzwischen eine Kumme mit warmem Wasser gebracht hatte, beobachtete mich genau, wie sie es immer tat, wenn sie meinte, ich dächte nach. »Glaubst du, er ist mißhandelt worden?«

Ich hatte ihn auf den Tisch gelegt, eine Tunika darunter, und zog ihn aus. Er schreckte vor Berührungen nicht zurück. Insgesamt war er ein rundliches Kind mit einem guten Gewicht. Sein Körper wies weder Striemen noch blaue Flecken auf.

»Er wirkt unverletzt. Aber irgendwas ist seltsam«, sinnierte ich. »Zum einen ist er zu alt. Ungewollte Kinder werden direkt nach der Geburt ausgesetzt. Dieser kleine Kerl muß fast ein Jahr alt sein. Wer behält ein Kind so lange, pflegt es, gewinnt es lieb – und schiebt es dann sorgfältig unter die Plane eines Müllkarrens?«

»Jemand, der weiß, daß es *deiner* ist«, meinte Helena trocken.

»Woher denn? Ich hab den Karren erst heute abend bekommen. Und wenn ich den Kleinen finden *sollte*, warum dann warten, bis ich mit der Arbeit fertig war, die Plane festgezurrt hatte und wahrscheinlich nicht mehr drunterschauen würde? Ich habe ihn nur durch Zufall entdeckt. Er hätte vor Kälte sterben oder von den Ratten angenagt werden können.«

Helena untersuchte eine lose um seinen Hals hängende Kordel aus zusammengedrehtem, buntem Material. »Was hältst du hiervon? Es sind sehr feine Fäden«, sagte sie und faserte sie ein wenig auf. »Einer davon könnte Gold sein.«

»Wahrscheinlich hatte er ein Amulett. Aber wo ist es?«

»Zu wertvoll zum Wegwerfen!« Helena Justina wurde allmählich wütend. »Jemand war fähig, das Baby auszusetzen – aber nicht, bevor man ihm seine Bulla abgenommen hatte.«

»Vielleicht, weil man ihn dadurch hätte identifizieren können?«

Helena schüttelte traurig den Kopf. »In Geschichten passiert so was nie. Der verlorene Sohn hat immer irgendwelchen Schmuck bei sich, sorgfältig eingenäht in einen Saum oder so, und kann Jahre später beweisen, daß er der vermißte Erbe ist.« Sie wurde ein wenig weicher. »Vielleicht kann seine Mutter ihn nicht behalten, hat aber das Amulett als Erinnerung aufgehoben.«

»Ich hoffe, es bricht ihr das Herz! Die Tunika dürfen wir auf keinen Fall wegwerfen«, sagte ich. »Ich gebe sie Lenia zum Waschen und frage sie, ob eine ihrer Wäscherinnen die schon mal gesehen hat. Falls ja, wird sie sich bestimmt an die Stickerei erinnern.«

»Glaubst du, er ist hier aus der Gegend?«

»Wer weiß?«

Jemand würde es wissen. Mit mehr Zeit hätte ich seine Eltern wohl aufspüren können, aber das Müllbaby hatte sich den falschen Moment ausgesucht, bei mir abgeladen zu werden. Der Raubzug im Emporium würde all meine Energie fordern. Außerdem führt das Auffinden von Eltern, die ihre Babys nicht wollen, sowieso zu nichts.

Ich hatte dem Jungen einen Gefallen getan, für den er mir auf lange Sicht vielleicht gar nicht dankbar sein würde. Er war in einem so armen Bezirk gefunden worden, daß wir, die wir hier lebten, uns kaum selbst durchbringen konnten. Auf dem Aventin starb ein Drittel aller Kinder im Säuglingsalter, und viele der Überlebenden hatten wenig Aussicht auf eine glückliche Zukunft. Für ihn gab es kaum Hoffnung, selbst wenn ich jemanden fand, der sich seiner annahm. Wer das sein könnte, war mir schleierhaft. Helena und ich hatten unsere eigenen Sorgen und waren im Moment als Pflegeeltern denkbar ungeeignet. In meiner Familie gab es bereits zu viele Kinder. Obwohl kein Mitglied des Didius-Clans ein ähnliches Schicksal wie dieses Kind erleiden würde, war es ganz undenkbar, noch Platz für eines zu finden, das keinen Anspruch auf uns geltend machen konnte.

Wir konnten den Kleinen natürlich als Sklaven verkaufen. Was ihn allerdings nicht überglücklich machen würde.

Dem Baby schien das Waschen zu gefallen. Offenbar beruhigte es ihn, und als Helena sich so weit herabließ, ein wenig mit ihm zu planschen, schien er zu wissen, daß Glucksen und Mitspielen angebracht waren. »Ein Sklavenkind ist er nicht«, bemerkte ich. »Er war schon mit nichtsnutzigen Müßiggängern zusammen, die im ganzen Zimmer Wasser verspritzen.«

Helena ließ mich den Kleinen aus seiner improvisierten Badewanne heben, hatte aber ein Handtuch zum Abtrocknen parat. Er hatte offenbar beschlossen, daß es jetzt Zeit für ernsthaftere Forderungen war:

vorzugsweise was zu essen. Wir trockneten ihn sorgfältig ab, kitzelten ihn dabei noch hier und da und wickelten ihn in eine Stola, während wir überlegten, wo wir ihn für die Nacht sicher unterbringen konnten. Da aber war er mit seiner Geduld am Ende und begann lauthals zu brüllen.

Leider tauchte ausgerechnet in diesem Moment ein Palastsklave auf und holte mich zu einem dringenden vertraulichen Treffen mit dem ältesten Sohn des Kaisers.

Ich verbiß mir ein Grinsen, küßte Helena zärtlich, entschuldigte mich für den raschen Abgang – und überließ ihr den Rest.

XXVI

Rom war voller Sänften, in denen die Reichen zum Festmahl getragen wurden. Deshalb hallten die Straßen von den rauhen, aufgebrachten Stimmen der Sänftenträger wider, die den schweren Lastkarren nach Einbruch der Dunkelheit nun die Straße streitig machten. Gelegentlich übertönten Flöten- und Harfenklänge den Lärm. Bei den Tempeln und Basiliken um das Forum waren die Strapsmedusen und Nachtschwalben schon im Einsatz. Es schienen mehr als sonst. Oder ich hatte nur Nutten im Kopf.

Ich wurde zum Goldenen Haus geführt. Der Sklave meldete sich am marmorverkleideten Eingang, während die Prätorianer uns mißtrauisch beäugten. Dann ging er mir voraus in den Westflügel, zu den Privatgemächern, die ich noch nie betreten hatte. Als wir die Wachen hinter uns hatten, wurde es ruhiger. Es war, als hätte man ein freundliches, wenn auch äußerst luxuriöses Heim betreten.

Titus war im Garten. Die Fenster der prunkvollen Schlafzimmer führten alle auf das Forumtal hinaus. Einst hatte man von dort auf den Großen See geschaut; jetzt hatte dieser der Baustelle für das Amphitheatrum Flavium Platz gemacht. Ein Stück weiter lag, dekorativ von Außenlichtern erhellt, ein geschützter Innenhof. Er wurde von einer riesigen Porphyrvase beherrscht, enthielt aber auch ein paar ausgesucht schöne Statuen, an denen Nero sich erfreut hatte. Die Bepflanzung war geschmackvoll, das Buschwerk makellos, die Abgeschiedenheit göttlich.

Beim Thronerben und Mitregenten des Kaisers saß eine Frau, die an die vierzig Jahre älter als er sein mochte. Da er ein gutaussehender Mann in den Dreißigern und momentan unverheiratet war, kamen mir sofort die wildesten Gedanken. Seine Mutter konnte es nicht sein; Vespasians Frau war tot. Die Obervestalin würde zwar eine regelmäßige Palastbesucherin sein, aber dieses ältliche Muttchen war nicht wie eine Vestalin gekleidet. Die beiden hatten sich freundlich unterhalten. Als Titus mich durch die Kolonnaden kommen sah, machte er Anstalten, sich zu erheben, als wolle er sich für die Dauer unseres Gesprächs von ihr verabschieden, aber die Frau hob die Hand, um ihn aufzuhalten. Er küßte sie auf die Wange, sie erhob sich und ging. Das konnte nur eines bedeuten.

Ihr Name war Caenis. Sie war eine Freigelassene und Vespasians Geliebte. Soviel ich wußte, mischte sich Caenis nicht in die Politik ein, obwohl jede Frau, die Vespasian vierzig Jahre die Treue gehalten hatte und die Titus respektvoll behandelte, potentiell einen enormen Einfluß haben mußte. Die Freigelassene war ein in den Kulissen wartender Skandal, aber der kühle Blick, den sie mir zuwarf, machte klar, daß ein Skandal keine Chance haben würde.

Als sie an mir vorüberkam, trat ich bescheiden zur Seite. Ihr intelligenter Blick und ihre aufrechte Haltung erinnerten mich an Helena.

»Marcus Didius!« Titus Cäsar begrüßte mich wie einen persönlichen Freund. Er hatte meinen Blick auf die nicht ganz so erlauchte Freundin seines erlauchten Vaters bemerkt. »Ich habe Caenis gerade Ihre Geschichte erzählt. Sie war recht beeindruckt.«

Daß die Geliebte des Kaisers Einzelheiten aus meinem Leben unterhaltsam fand, freute mich. Ich bemerkte allerdings, daß Titus uns einander nicht vorgestellt hatte und mich die Dame daher leider nicht mit einem Beutel voll Gold, einem freundlichen Wort und meinem Herzenswunsch belohnen konnte.

»Geht es Ihnen gut?« fragte Titus, als sei meine Gesundheit von größter Bedeutung für den Lauf der Welt.

Ich bejahte. »Und wie geht es der wundervollen Tochter des hervorragenden Camillus?«

Titus Cäsar hatte Helena in der Vergangenheit mehrfach schöne Augen gemacht. Das war einer der Gründe, warum sie und ich ins Ausland gereist waren – falls ihm aufging, daß seine Affäre mit der Königin von Judäa endgültig dem Untergang geweiht war und er sich in Rom nach einem Ersatz umschaute, wollten wir weg sein. Während Helena einen perfekten Ersatz für die schöne, temperamentvolle und etwas verderbte Königliche abgeben würde, stände ich mit leeren Händen und wenig Hoffnung darauf da, daß Königin Berenike mit mir als *quid pro quo* vorliebnehmen würde.

Also war ich strikt gegen einen Tausch. Ich dankte Titus für die Nachfrage und machte dann eindeutig klar, was Sache war: »Helena Justina ist bei blühender Gesundheit – und erweist mir die unermeßliche Ehre, meinen Erben zu erwarten.«

Falls ihn das unerwartet traf, verbarg er es gut. »Ich gratuliere Ihnen beiden!« Titus Cäsar hatte die Gabe, so zu klingen, als würde er genau das meinen, was er sagte.

»Vielen Dank, Hoheit«, erwiderte ich ein wenig düster.

Eine kurze Pause entstand. Titus blickte versonnen auf die nur verschwommen erkennbaren Hecken. Ich unterdrückte jedes Überlegenheitsgefühl. Dem ältesten Sohn des Kaisers eine überzubraten, war nicht sehr klug. Jeder wußte, daß Titus ein sonniges Gemüt hatte, aber er konnte mich ebensogut auf dem kürzesten Weg in den Hades schicken.

»Das wird eine schwierige Zeit für Sie werden, Falco. Kann ich etwas für Sie tun?«

»Ich glaube nicht, Hoheit. Vor einiger Zeit hatte ich Helena und ihren Eltern das allzu voreilige Versprechen gegeben, mich um meinen sozialen Aufstieg zu bemühen und sie zu heiraten – aber Ihr Bruder sagte mir, daß der Ritterstand rein gehalten werden müsse und ich nicht dafür geeignet sei.«

»Das hat Domitian gesagt?« Titus schien nichts davon zu wissen. Ich nahm es ihm nicht übel. Rom war voll von eifrigen Möchtegernaufsteigern; man konnte nicht erwarten, daß er sie alle im Kopf hatte. Diejenigen im Auge zu behalten, denen seine Familie einen Arschtritt verpaßt hatte, könnte allerdings vernünftig sein.

»Sie werden sich über das Urteil Ihres Bruders gewiß nicht hinwegsetzen wollen, Hoheit.«

»Oh, gewiß nicht«, stimmte Titus zu, obwohl ich seine leichte Verärgerung darüber spürte, daß sein Bruder mich so verletzt hatte. In der Öffentlichkeit verhielt er sich Domitian gegenüber loyal, aber seine Privatmeinung mochte interessant sein. »Sie haben also eine schlimme Zeit durchgemacht. Ich habe gehört, daß man Sie in Staatsangelegenheiten nach Nabatäa geschickt hat, wo Sie auf Schwierigkeiten gestoßen sind.«

»Mit Nabatäa gab es keine Schwierigkeiten«, korrigierte ich ihn. »Nur mit dem Hai, der mich dorthin geschickt hat.«

»Anacrites! Irgendwann würde ich gern Ihre Version der Geschichte hören«, bot mir Titus in freundlichem Ton an. Woraufhin ich mich besorgt fragte, welche Version der Geschichte Anacrites ihm bereits aufgetischt hatte. Ich schwieg. Titus kannte mich lange genug, um zu merken, daß ich wütend war. Manchmal sind Beschwerden wirkungsvoller, wenn man die Leute ins Schwitzen bringt. »Mein Vater hätte gern einen Bericht – wenn Sie das in Erwägung ziehen könnten.« Nichts ist schöner, als einen Prinzen bitten zu hören. »Wir brauchen eine vertrauliche Einschätzung der Situation in der Wüste.«

Ich lächelte und zog ohne ein Wort eine schmale Schriftrolle aus meiner Tunika. Helena, das kluge Mädel, hatte mich nicht nur gezwungen, meine Erkenntnisse aufzuschreiben, sondern auch vorausgeahnt, daß ich heute abend Gelegenheit finden mochte, meine Hausarbeit abzuliefern. Auf diese Weise konnte Anacrites den Verdienst nicht für sich beanspruchen. Er würde nicht mal erfahren, was ich zu sagen hatte.

»Vielen Dank«, sagte Titus freundlich und ließ die Schriftrolle zwischen seinen sauber manikürten Fingern baumeln. »Sie leisten uns stets gute Dienste,

Falco. Mein Vater und ich haben eine hohe Meinung von Ihrer Urteilskraft und Zuverlässigkeit.« In Wirklichkeit konnten sie Ermittler nicht ausstehen und benutzten mich nur, wenn es nicht anders ging. Da mußte was im Busch sein. »Wollen Sie mir von dem Problem erzählen, auf das Sie gestoßen sind?«

Es war eine Aufforderung, Anacrites eins reinzuwürgen. Natürlich mußte ich aus reiner Dämlichkeit wieder so tun, als stände ich über den Dingen. »Das ist nicht wichtig, Cäsar. Ich hab's überlebt.«

»Ich halte es aber für wichtig.« Womit Titus einräumte, daß Spione in fremden, feindlich gesinnten Königreichen rasch abgeurteilt werden. »Sie reisten inkognito, und jemand hat Sie versehentlich bloßgestellt.«

»Absichtlich bloßgestellt«, verbesserte ich sanft.

»Wollen Sie, daß das untersucht wird?«

»Lieber nicht«, meinte ich sarkastisch. »Anacrites zu entlassen, ist zu gefährlich. Eine Degradierung wäre besser: Man könnte ihn zum Beispiel eine umfassende Untersuchung der Bestellmethoden für Klopapier im öffentlichen Dienst leiten lassen.«

Insgeheim hatte Titus meinen Zynismus immer gemocht. Er fuhr sich mit beiden Händen durch das ordentlich gekämmte Haar. »Warum frage ich mich eigentlich bei jedem Gespräch mit Ihnen, ob mir der Ton gefällt, Falco?« Er kannte den Grund. Er war der Sohn des Kaisers und würde eines Tages selbst Kaiser sein. Nur wenige würden es je wieder wagen, ihn in eine anständige Auseinandersetzung zu verwickeln.

»Ich bin ein erstklassiger Debattierer, Cäsar.«

»Und so bescheiden!«

Ich zuckte großmütig mit den Schultern. »Und der einzige Idiot, der das Risiko eingeht, Ihr Mißfallen zu erregen.« Er nahm es hin und lachte.

»Sind Sie für Ihre Arbeit bezahlt worden?« fragte er schnell. Was immer Vespasian und er von mir wollten, mußte außergewöhnlich unerfreulich sein.

»Bitte machen Sie sich darum keine Gedanken. Wenn die Omen für die kleinen Buchhalternasen am Zahlschalter richtig stehen, werde ich mein Standardhonorar einstreichen, Cäsar.«

»Es wird erhöht werden«, bemerkte Titus.

»Das ist äußerst freundlich.« Ich war überzeugt, daß irgendwas Großes auf mich zukam.

Der Freundlichkeiten war damit Genüge getan. Titus gab zu, daß ich nicht ohne Grund spätabends und ohne Protokollant herzitiert worden war. Er meinte, die Angelegenheit sei vertraulich und delikat; darauf wäre ich auch so gekommen. Aber auf das, was er mir dann antrug, war ich nicht vorbereitet. Und als ich es erfahren hatte, wurde mir fast schlecht.

»Was ich Ihnen zu sagen habe, muß ein absolutes Geheimnis bleiben. Niemand – *niemand*, Falco, egal, wie nahe er Ihnen steht – darf davon erfahren.«

Ich nickte. Man akzeptiert solchen Schwachsinn wie ein Lamm. Das ist das Problem mit Geheimnissen. Wie soll man wissen, ob man einverstanden ist, wenn man sie nicht kennt?

»Marcus Rubella«, fuhr Titus in knappem Ton fort, »ist erst vor kurzem in das Tribunat der Vigiles berufen worden.« Stimmt. Vespasians Mann. Die Stadtkohorten mußten als ziemlich loyal gelten, weil selbst unter der Regierung seines Vorgängers und Rivalen Vitellius Vespasians Bruder Sabinus Stadtpräfekt gewesen war. Sabinus, ein beliebter Mann, der in unmöglichen Zeiten den Frieden zu sichern versuchte, hatte sich anhaltenden Respekt verdient. Um das zu verstärken, wurden die Offiziere der zivilen Institutionen in Rom und in den Legionen jetzt ausgetauscht. Der neue Kaiser belohnte und verteilte Posten.

»Ich habe Rubella kurz kennengelernt«, warf ich im Plauderton ein.

»Das weiß ich«, sagte Titus. Ein mieses Gefühl überkam mich.

»Scheint ein interessanter Zeitgenosse zu sein.«

Titus lächelte. »Das muß eine Art umsichtiger Kurzfassung sein – Rubella sagte ungefähr das gleiche über Sie.« Obwohl ich erst am Morgen bei ihm gewesen war, hatte Marcus Rubella, der Tribun von Petros Kohorte, also bereits mit Titus gesprochen. Eine weitere böse Vorahnung machte sich in meinem Magen breit.

»Die Sache ist ziemlich unerfreulich«, erklärte Titus unerbittlich. »Rubella macht sich Sorgen wegen der laxen Moral seiner Männer.«

Natürlich hatte ich es kommen sehen, holte aber doch tief Luft. »Rubella meint, die *Vierte* nimmt Bestechungsgelder an?«

»Überrascht Sie das, Falco?«

»Ich kenne einen von ihnen«, gestand ich.

»Das ist mir bewußt.«

»Ich kenne ihn gut.«

»Und?«

Allein der Gedanke daran, daß Petro verdächtigt wurde, ging mir gegen den Strich. »Völlig ausgeschlossen.« Titus wartete auf nähere Erklärungen. »Der Mann, den ich kenne, mein Freund Lucius Petronius, hat einen untadeligen Charakter. Sie haben ihn gestern auf der Sitzung kennengelernt; Sie müssen sich ein Bild von ihm gemacht haben. Er ist der Mann, der Rom gerade von einem Schwerverbrecher befreit hat. Ohne ihn wäre Balbinus Pius nie vor Gericht gebracht worden.«

»Stimmt. Wenn das nicht wäre«, sagte Titus, »stände er genauso unter Verdacht wie die anderen, und Sie um Hilfe zu bitten, wäre undenkbar. Wir gehen davon aus, daß Rubella sich um Petronius Longus keine Sorgen zu machen braucht. Doch Petronius darf von den Ermittlungen nichts erfahren, bis er eindeutig entlastet ist, und vielleicht auch dann nicht.«

»Das stinkt«, sagte ich. »Sie wollen, daß ich die Vierte ausspioniere . . .«

»Nicht nur sie«, unterbrach mich Titus. »Ihr besonderer Auftrag schließt alle relevanten Bezirke der Stadt mit ein. Was Rubella von seiner eigenen Kohorte berichtet hat, könnte auch auf andere zutreffen – sein Problem ist möglicherweise noch nicht mal das größte. Ich möchte, daß Sie sich jede Kohorte, mit der Sie in Kontakt kommen, genauer ansehen.«

Das klang schon besser. Petro hatte mir bereits das Gefühl vermittelt, daß einige der anderen nicht so wählerisch waren in ihren Gewohnheiten wie seine eigene Mannschaft. Aber wenn ich ihm nicht sagen durfte, woran ich arbeitete, würde es schwierig sein, ihm diese Art von Information zu entlocken. Wenn ich heimlich ermittelte und er es später erfuhr, würde er stinksauer sein. Zu Recht.

»Das könnte meine wertvollste Freundschaft zerstören, Hoheit.«

»Sollte das der Fall sein, entschuldige ich mich schon jetzt. Aber ich vertraue darauf, daß Sie damit fertig werden.« Oh, tausend Dank! »Sie wurden als für diese Sache besonders befähigt ausgewählt. Wir haben sogar ungeduldig auf Ihre Rückkehr aus dem Orient gewartet.«

Ich rang mir ein Grinsen ab. »So haben Sie also rausgefunden, wo ich war!« Hübscher Gedanke: Die Großen wollten mich für etwas anderes – und Anacrites mußte sich dafür rechtfertigen, daß er mich aller Wahrscheinlichkeit nach hatte beseitigen lassen. Wie glücklich mußten sie alle gewesen sein, als ich wieder italienischen Boden betreten hatte. »Die Vierte Kohorte vertraut mir. Wegen meiner Freundschaft mit ihrem Hauptmann.«

»Eben«, beharrte Titus. »Damit haben Sie eine wesentlich bessere Tarnung als jeder andere eingesetzte Spezialagent, der unweigerlich sofort als Rubellas Mann enttarnt werden würde.«

»Sehr günstig!« Das leuchtete mir ein; es machte die Sache nur noch schlimmer. »Und ist diese von Rubella vermutete Korruption eine generelle Angelegenheit, oder hängt sie mit dem Überfall auf das Emporium zusammen?«

»Rubella meint, das könnte sein. Der Raub geschah verdächtig schnell, nachdem der Verbrecher Balbinus die Stadt verlassen hatte.«

»Jupiter! Wenn er recht hätte, wäre das ein Desaster.«

»Rubella ist ein guter Offizier. Sie werden extrem vorsichtig vorgehen müssen, Falco.«

»Trauen Sie Marcus Rubella?« schoß ich plötzlich dazwischen.

»Rubella ist eine bekannte Größe.« Er nahm mein Mißtrauen nachsichtig hin. »Wir trauen ihm ebenso, wie wir Ihnen trauen, Falco.«

Falls das ein Witz sein sollte, dann war es ein schlechter.

»Wenn Sie annehmen . . .«, setzte Titus an, aber ich war so wütend über den Auftrag, daß ich ihn unterbrach.

»Machen Sie keine Versprechungen«, zischte ich und dachte daran, wie sein Bruder Domitian mich abgekanzelt hatte, als ich eine verdiente Belohnung wollte. »Das kenne ich schon. Ich übernehme den Auftrag. Und ich führe ihn so gut aus, wie ich kann.« Besser ich als irgendein dämlicher Idiot vom Geheimdienst. »Was immer Sie von Ermittlern halten mögen, eine Belohnung wäre ein Zeichen des Respekts für meine Zuverlässigkeit, die Sie angeblich so schätzen. Vielleicht denken Sie eines Tages daran, aber auf jeden Fall muß ich Sie um eines bitten, Cäsar: Sollte ich wegen dieses widerwärtigen Auftrages mit einem Messer im Rücken in einer dunklen Gasse enden, hoffe ich, daß Sie wenigstens an meine Familie denken.«

Titus Cäsar neigte zustimmend den Kopf. Er war als Romantiker bekannt und mußte verstanden haben, welches Mitglied meiner Familie ich meinte. Da er tatsächlich ein Romantiker war, hatte er vielleicht eine Vorstellung von ihrem Kummer, falls sie mich je verlieren sollte.

Er war berühmt für seine Höflichkeit, also mußten auch jetzt noch ein paar Artigkeiten ausgetauscht werden. Ich fing damit an: »Bitte richten Sie Ihrem Vater meine Grüße aus, Hoheit.«

»Vielen Dank. Helena Justina müßte doch in Kürze Geburtstag haben«, gab Titus zurück. Er erinnerte mich gern daran, daß er wußte, wann sie Geburtstag hatte. Einmal hatte er sogar versucht, sich trickreich in die Familienfeierlichkeiten einzuschleichen.

»Übermorgen«, sagte ich fest, als hätte ich keinen anderen Gedanken im Kopf.

»Bitte gratulieren Sie ihr von mir.«

Ich zwang mir ein dankbares Lächeln ab.

Natürlich hatte ich ihren Geburtstag nicht vergessen. Inzwischen hatte ich mir sogar das Datum gemerkt. Und es war mir auch endlich mal gelungen, ihr ein wirklich schönes Geschenk zu kaufen. Ich hatte mich bemüht, nicht daran zu denken. Neben den zahlreichen komplizierten Aufgaben, die man mir seit meiner Rückkehr nach Rom übertragen hatte, war das einfach ein Problem zuviel.

Helenas Geschenk war zwischen dem syrischen Glas versteckt gewesen, das meinem Vater beim Überfall auf das Emporium gestohlen worden war.

XXVII

Die Straßen waren ruhiger und dunkel. Der Herbst machte die Nächte kühler. Mir fehlte mein Umhang, aber es waren vor allem Titus' Worte, die mich frösteln ließen.

Ich mußte das Forum überqueren, am Palatin vorbei und den Aventin hochsteigen. Ich schritt gleichmäßig aus, hielt mich von Hauseingängen fern und warf rasche Blicke in die Gassen, an denen ich vorbeikam, hielt mich an Straßen, die ich kannte. Waren sie breit genug, blieb ich in der Mitte. Wenn ich jemanden hörte, dem meine Anwesenheit nicht entgangen sein konnte, bemühte ich mich um einen festen Schritt. Hatte er mich nicht bemerkt, ging ich leise weiter.

Tausend Gedanken schossen mir durch den Kopf. Allein die häuslichen Ereignisse hätten ausgereicht: eine schwangere Freundin, die immer noch nicht wußte, wie sie damit umgehen wollte; ihre Familie; meine Familie. Dann die Stunden, die ich brauchen würde, um die neue Wohung zu renovieren; die Hochzeit meiner Freundin Lenia, bei der ich den Priester spielen sollte; und jetzt noch das Baby, das ich auf meinem Müllkarren gefunden hatte. Die Herkunft des Findelkindes zu ergründen, würde mindestens eine Woche dauern – Zeit, die ich nicht hatte!

Außerdem mußte ich noch einen Ersatz für Helenas Geburtstagsgeschenk finden. Ich war ein bißchen knapp bei Kasse (was mit daran lag, daß ich so viel für das inzwischen gestohlene erste Geschenk ausgegeben hatte). Natürlich gab es dafür eine einfache Lösung, die mir aber nicht paßte: Ich konnte Papa bitten, mir eine geschmackvolle Antiquität aus seinem Lager auszusuchen – eine, die er mir zum Einkaufspreis überlassen würde. Für Helena würde er das vermutlich tun – und für Helena wäre ich auch ohne allzugroßes Gezeter dazu bereit –, aber das Ganze würde schrecklich werden. Allein die Vorstellung, was ich dabei mit Papa durchmachen mußte, ließ mich schaudern.

Und jetzt hatte Titus mich gebeten, Petronius' Vertrauen zu mißbrauchen. Der Gedanke machte mich krank. Außerdem war ich wütend, daß ich die Sache allein durchziehen sollte. Der einzige, der über meinen schmutzigen Auftrag informiert sein würde, war der Tribun Marcus Rubella – nicht gerade der Typ, den ich mir für ein gemütliches kleines Schwätzchen ausgesucht hätte. Doch selbst wenn ich das gewollt hätte, konnte ich nicht so ohne weiteres zu ihm. Wenn ich in das Büro des Tribuns schlüpfte, um mit ihm durchzukauen, was ich herausgefunden hatte, würden sofort alle möglichen Gerüchte die Runde machen.

Zum Glück konnte ich mit Helena reden. Obwohl Titus mir befohlen hatte, mit niemandem darüber zu sprechen, gab es eine Ausnahme. Allen Witzen über ignorante Ehefrauen zum Trotz erwartet ein Römer von seiner häuslichen Partnerin, daß sie seine Kinder austrägt, seinen Speisekammerschlüssel verwahrt, mit seiner Mutter streitet und, wenn nötig, sein Vertrauen hat. Die Tatsache, daß Brutus Porcia nicht in seine Pläne für die Iden des März einweihte, erklärt, warum er mausetot in Philippi endete.

Helena und ich hatten immer unsere Gedanken ausgetauscht. Sie erzählte mir von Gefühlen, derer sie niemand für fähig gehalten hätte. Ich sprach selten von meinen Gefühlen, weil sie die sowieso erriet. Ich sprach über meine Arbeit. Zwischen uns herrschte Offenheit. Weder Titus noch Vespasian konnten daran was ändern.

Auf den Straßen herrschte in dieser Nacht reges Treiben. Wiederholt fielen mir Gruppen zwielichtiger Gestalten auf, die vor den Klapptüren verbarrikadierter Läden rumhingen. Einmal hörte ich über mir das Kratzen von Fassadenkletterern auf ihrem Weg zu nächtlichen Einbrüchen. Eine Frau rief mir etwas zu, bot ihre Dienste an mit einer Stimme, die vor Unaufrichtigkeit troff; nachdem ich schweigend an ihr vorbeigegangen war, entdeckte ich ihren männlichen Komplizen in der nächsten Gasse, wo er darauf wartete, daß sie ihm Kunden zum Zusammenschlagen und Ausrauben ranschleppte. Ein Schatten glitt von einem langsam rollenden Lastkarren, ein Bündel unter dem Arm. Sklaven, die die Sänfte eines reichen Mannes begleiteten, hatten zerrissene Tuniken und blaugeschlagene Augen, weil sie trotz ihrer Knüppel und Laternen überfallen worden waren.

Eine ganz normale Nacht. Rom, wie es leibt und lebt. Nicht schlimmer als gewöhnlich. Irgendwann hörte ich die Schritte einer Patrouille der Vigiles; im Dunkel lachte jemand verächtlich bei dem Klang.

In der Wäscherei brannte noch Licht. Die nuschelnden Stimmen von Lenia und Smaractus stritten sich aufs heftigste – auch hier alles wie immer. Ich griff durch einen der halbgeöffneten Fensterläden, stibitzte mir eine Öllampe, rief gute Nacht und erschreckte die beiden fürchterlich. Sie waren zu betrunken, um viel zu unternehmen. Lenia fluchte, aber ich war schon auf der Treppe, bevor sie mich reinlocken und sich über ihre Hochzeitspläne auslassen konnten. Mir war nicht nach einem langen Gekakel über die Farbe des Opferschafs. Vor allem war mir nicht nach Smaractus. Punktum.

Die Lampe half mir, Hindernissen auszuweichen. Smaractus hätte Licht zur Verfügung stellen sollen, wenn er nicht vorhatte, die Treppe von Spielzeug und Abfall freizuhalten. Während ich die Stufen hinaufstieg, wurde mein nutzloser, Sesterzen grapschender, Dupondien hortender Vermieter zum Ziel meiner gesamten Frustration und Wut. Wäre er in diesem Moment aufgetaucht, hätte ich ihm glatt den Schädel eingeschlagen ...

Aus den Augenwinkeln sah ich eine Bewegung. Ich griff nach meinem Messer, entschied dann aber, daß wohl nur eine Ratte vorbei wollte, und machte mich bereit, ihr einen Fußtritt zu versetzen. Das Rascheln hörte auf; vermutlich der Köter, den Lenia Nux nannte. Das magere Bündel deplazierter Hoffnung winselte einmal kurz, aber ich ging ungerührt weiter.

In der Wohnung angekommen, sah ich, daß Helena Justina zu Bett gegangen war. Beim Licht eines schwach flackernden Lämpchens fand ich das Müllbaby in einem Korb, der aussah, als käme er aus Ennianus' Laden. Helena hatte das Baby gut eingepackt; anscheinend hatte sie den Kleinen auch gefüttert, denn er war friedlich, obwohl er leise vor sich hinwimmerte. Ich hob ihn aus dem Korb und nahm ihn mit auf den Balkon, damit er Rom gute Nacht sagen konnte. Er roch jetzt sauber und ein wenig nach Milch. An meiner Schulter machte er ein kleines Bäuerchen. Ich ließ einen netten, wohldosierten Rülpser folgen, um ihm zu zeigen, wie man so was richtig macht.

Nachdem ich ihn wieder in den Korb gelegt hatte, bemerkte ich eine Schüssel mit kaltem Fisch und Salat, die auf dem Tisch wartete. Ich aß und goß mir dazu einen Becher Wasser ein. Dann blies ich das Licht aus, damit das Baby nicht verbrannte, und tappte in der Dunkelheit in mein Bett.

Helena hatte geschlafen, wurde aber wach, als ich neben sie kroch. Irgendwie merkte sie, wie sehr mich das Gespräch mit Titus aufgewühlt hatte. Sie hielt mich in den Armen, während ich ihr davon erzählte, und beruhigte mich, als ich zu schimpfen begann.

»Warum muß ich immer diese widerlichen Aufträge kriegen?«

»Du bist Privatermittler. Unerfreuliche Informationen zu sammeln, ist dein Beruf.«

»Vielleicht hab ich es satt, verachtet zu werden. Ich bin es leid, wie ein Idiot dazustehen. Vielleicht sollte ich den Beruf wechseln.«

»Und was willst du dann machen?« murmelte Helena in vernünftigem Ton. »Kannst du dir vorstellen, Geldbeutel zu verkaufen oder Enten zu rupfen?«

»Ich hasse Frauen, die vernünftig sind, wenn mir zum Fluchen zumute ist!«

»Das weiß ich. Ich liebe dich, selbst wenn du mich haßt. Schlaf jetzt«, sagte sie und kringelte sich um mich, so daß ich mich nicht mehr im Bett herumwerfen konnte. Ich seufzte und gab nach. Etwa drei Atemzüge später war ich eingeschlafen. In meinen Träumen wußte ich, daß Helena wachlag und sich für mich Sorgen wegen meines Auftrags machte.

Zu diesem Zeitpunkt war das erste Opfer bereits gefoltert, ermordet und seine Leiche weggeschafft worden.

XXVIII

Petros Pfiff von der Straße weckte mich. In der Wohnung war es noch dunkel.

Wir waren so lange befreundet, daß er mich selbst von draußen und sechs Stockwerke tiefer wecken konnte. Ich wußte, daß er es war. Als ich mich zur Balkonbrüstung schleppte und hinunterschaute, stand er unten mit einem Mann von der Patrouille. An der Haltung seines Kopfes sah ich, daß er mich verfluchte, weil ich so lange brauchte. Ich pfiff ebenfalls, er schaute hoch und winkte eilig. Ohne Fragen zu stellen, rannte ich runter und zog mir auf dem Weg meine Tunika an.

»Morgen, Petro. Es ist doch nichts mit der Katze, oder?«

Er knurrte. »Stollicus hatte recht, Falco! Du bist ein nervtötender, unverschämter, verpennter Hund.«

»Stollicus hat nur meinen Charme mißverstanden. Was ist los?«

»Leiche im Forum Boarium. Klingt nach Ärger.«

Ich hielt meine Neugier im Zaum. In der Zeit, die ich zum Runterrennen gebraucht hatte, waren Petro und der Fußsoldat schon ungeduldig ein Stück die Straße hinuntermarschiert. Rasch trabten wir zum Ende der Brunnenpromenade, dann hügelabwärts und holten unterwegs Fusculus ab. Petro mußte auf dem Weg zu mir an seine Tür geklopft haben, denn er wartete schon auf uns und war erstaunlich wach für diese frühe Stunde.

»Morgen, Chef. Wie geht's der Katze?«

»Laß den Quatsch, Fusculus.«

Weder Fusculus noch der Vigile grinste. Petros Männer wußten, wie man einen Vorgesetzten auch ohne das reizen konnte.

Am Ende des Clivus Publicus sahen wir Martinus aus seinem Haus kommen, herbeizitiert von einem anderen Mitglied der Vigiles. »Frag ja nicht nach der Katze«, warnte Fusculus. Martinus hob nur spöttisch eine Augenbraue und schwieg auf eine Art, die Petro noch mehr reizte. Martinus durfte grinsen, weil er auf den Witz hatte verzichten müssen. Petronius, der die längsten Beine von uns hatte, machte Riesenschritte, und wir anderen mußten uns beeilen.

Es wurde gerade hell. Das fahle Licht, die leeren Straßen und unsere hallenden Schritte verstärkten das Gefühl der Eile. Hinter dem Tempel der Ceres umgab uns der graue, feucht vom Fluß aufsteigende Nebel.

»Warum muß so was immer vor dem Frühstück passieren?« grummelte Petro.

»Die laden die Leichen bei Nacht ab, damit die Frühpatrouille sie im Morgengrauen findet«, erklärte Martinus. Natürlich wußte Petronius das, aber Martinus war nun mal ein ganz Pedantischer. Was Petro schrecklich auf den Wecker ging.

Mir kam der Gedanke, ich könnte Petro einen Gefallen damit tun, seinen Stellvertreter als bestechlich hinzustellen und aus der Truppe entfernen zu lassen. Ja, wenn ich nicht so wahrheitsliebend gewesen wäre, hätte ich Petros Truppe komplett durcheinanderbringen können. Ich konnte jeden anschwärzen, der mir nicht gefiel; das Gegenteil würde sich schwer beweisen lassen. Obwohl keiner was von meinem Auftrag ahnte, fühlte ich mich mies.

»Die machen das absichtlich, Petro, um dir den Morgen zu verderben . . . Wissen wir, um wessen Leiche es sich handelt?«

Petronius warf einen Blick auf den Wachmann, der mit zur Brunnenpromenade gekommen war. »Noch nicht.« Er schien mit irgendwas hinter dem Berg zu halten.

»Wer hat sie gefunden?«

»Einer von der Wache der Sechsten. Es war in ihrem Bezirk.« Das erklärte Petros Zurückhaltung. In Gegenwart von Mitgliedern einer anderen Kohorte hielt er lieber den Mund. Aber er konnte sich nicht verkneifen zu murmeln: »Scheint mit dem Überfall aufs Emporium zu tun zu haben.«

Wir hatten den Tatort erreicht – zumindest den Fundort des Opfers. Unsere Schritte wurden langsamer, und weitere Fragen erübrigten sich.

Das Forum Boarium liegt im Elften Bezirk, direkt unterhalb des Kapitols, zwischen dem Fluß und dem Startgatter des Circus Maximus. Es gehört zum Velabrum. Dieses sumpfige Tal, in dem Romulus und Remus angeblich von dem Schäfer gefunden wurden, hat eine lange Geschichte. Schon lange, bevor Romulus herangewachsen war und die Sieben Hügel zum idealen Baugrund erklärte, muß es hier eine Anlegestelle und einen Markt gegeben haben. Der rechteckige Tempel des Portunus markierte den Flußhafen zwischen Pons Aemilius und Pons Sublicus. Der kleine runde Tempel des Herkules Viktor, ein hübsches Marmorteil, stammte aus einer späteren Zeit, als Tempel dekorativ wurden und, laut meinem Großvater, die Moral verkam.

Der Rindermarkt hatte sein eigenes, ziemlich abstoßendes Ambiente. Wegen des Leichenfundes war er noch nicht geöffnet worden, was ihn noch schäbiger erscheinen ließ. Das Gelände war in Pferche unterteilt. Ich kam nicht gern hierher, weil es immer nach dem getrockneten Blut toter Tiere roch. Der abscheuliche Gestank war an diesem Morgen so stark, daß mir fast schlecht wurde.

In der Mitte des Areals stand eine kleine Gruppe von Wachsoldaten, dicht gedrängt um die Leiche am Boden. Etwas weiter entfernt hatten sich zwei Straßenfeger mit offenen Mäulern auf ihre Besen gestützt. Viehhändler, die ihren Geschäften noch nicht nachgehen konnten, standen in Gruppen herum, redeten leise miteinander und wärmten sich die Hände an Bechern mit heißem Würzwein. Die ersten Rinder wurden in einen Pferch am Fluß getrieben. Sie brüllten laut und gequält; vielleicht ahnten sie Schlimmeres als das Schlachten, das sie erwartete.

Wir gingen hinüber zu der Leiche. Die Vigiles zogen sich zurück und beobachteten uns, während wir ihren Fund anschauten. Die zwei, die uns geholt hatten, traten zu ihren Kollegen. Voller Argwohn überließen sie ihre Entdeckung den Offizieren, an deren sogenannte Sachkenntnis sie nicht glaubten. Schweigend inspizierten wir die Leiche. Es war schrecklich.

Wir hatten einen Mann unbestimmten Alters vor uns, vermutlich nicht mehr jung. Er lag auf dem Bauch, Arme und Beine ausgestreckt wie ein Seestern – eindeutig kein Unfall. Man sah sofort, daß er gefoltert worden war. Er war barfuß und trug eine ehemals wohl weiße Tunika. Die Tunika war fast vollständig mit Blut vollgesogen. Außerdem wies sie Brandlöcher auf. Seine Waden waren voller Striemen, die wie Peitschenhiebe aussahen. Blutergüsse und Messerstiche bedeckten die Arme. Hier hatten sich Menschen mit perversem Charakter ausgetobt, und ihr Opfer war nur langsam gestorben.

Oberhalb des Halses war nichts zu sehen. Während der schrecklichen Ereignisse der letzten Nacht hatte man irgendwann seinen Kopf in einen großen Bronzetopf gerammt, in dem er immer noch steckte.

XXIX

Martinus knüpfte sein Halstuch zu einer Schlinge, beugte sich über das Opfer, legte die Schlinge über den einen Arm und zog an der Leiche, bis sich die Schulter verdrehte und der Tote herumrollte. Mit durchdringendem Kreischen scharrte der Metalltopf über den Boden. Das Vorderteil der Tunika war weniger blutig, aber voller Dreck, als hätte man die Leiche mit dem Gesicht nach unten herumgeschleift. Der Topf blieb, wo er war, festgeklemmt mit einem hineingestopften Umhang. Falls der Mann noch nicht tot war, als man ihm den Topf über den Kopf schob, mußte er während der Folter erstickt sein.

Petronius ging hinüber zu den Vigiles. »Wann habt ihr ihn gefunden?«

»Auf unserer letzten Runde.« Ihr Anführer machte

klar, daß sie inzwischen eigentlich dienstfrei hatten. »Genau da, wo er jetzt liegt.«

»Wart ihr schon vorher mal hier?«

»Zu Beginn unserer Schicht, aber da war er noch nicht da. Während der Nacht sind wir nicht mehr hergekommen. Wir machen zwar unsere Runden durch die Tempel, um Landstreicher und Vagabunden aufzuspüren, aber abgesehen davon haben wir im Boarium nicht viel zu tun. Der Geruch nach totem Fleisch hält die Liebespaare ab.«

»Je, je!« meinte Petronius höhnisch zu mir. »Die werden auch immer wählerischer . . .«

Der Fußsoldat warf ihm einen schrägen Blick zu und fuhr dann düster fort: »Hier gibt's nichts zum Klauen und nichts zum Verbrennen. Wenn wir niemand sehen, ziehen wir weiter. Es gibt genügend andere Unruheherde.«

»Das Boarium liegt im Elften Bezirk. Warum habt ihr mich geholt?«

»Wegen des Topfes.«

»Des Topfes?«

»Gestern bekamen alle Kohorten eine Liste: Sachen von diesem Raubzug, nach denen wir Ausschau halten sollten. Sowie wir etwas fänden, sollten wir uns an Sie wenden.« Der Wachmann grinste leicht. Er hatte sehr fleckige Zähne. »Niemand hat erwähnt, daß die Begräbnisurnen voll sein könnten!«

Petro biß die Zähne zusammen. Wenn es um Mord ging, machte er selten Witze. »Sie meinen den Diebstahl im Emporium? War ein solcher Topf auf der Liste?«

Der Mann sah Petro mitleidig an. »Soweit ich mich erinnere, stand da ›etruskische Bronzegefäße: Garnitur bestehend aus Krügen, Schöpfkellen, Spießhaltern und einem zweihenkligen Weingefäß‹!«

»Stimmt!« bestätigte Petronius kurzangebunden. »Gut beobachtet, Jungs.«

Er kam zu uns zurück. Wir hatten schweigend zugehört. Mit leiser Stimme fragte er Martinus: »Stand so was auf der Liste?«

Martinus zuckte die Schultern. »Schon möglich. Ich hab die Liste nur zusammengestellt. Du weißt, wie lang sie war. Ich wußte ja nicht, daß ich sie auch noch auswendig lernen sollte.«

Als er die Mißbilligung seines Chefs spürte, überlegte er es sich anders. »Vielleicht. Könnte gut sein.«

Petro wandte sich an mich. »Du bist der Experte für Antiquitäten, Falco. Ist das hier etruskisch?«

Er hätte besser Papa gefragt. Ich trat an den Kopf der Leiche und sah mir das Ding an. Es war ein großes Gefäß mit weiter Öffnung und zwei Griffen, wie der Wachmann gesagt hatte, jede mit zwei Platten befestigt und mit reliefartigen Satyrköpfen verziert. Hübsch. Vermutlich aus einem Grab gestohlen. Mein Vater wäre hingerissen; meine Mutter hätte es als »zu gut für täglich« bezeichnet.

»Sieht ziemlich alt aus. Eines kann ich mit Sicherheit sagen«, räumte ich ein, »der Topf ist äußerst wertvoll. Ich persönlich würde noch nicht mal meine Lieblingsoma da reinstopfen.«

Petronius sah mich an. »Wer würde so was wegschmeißen, Falco?«

»Jemand, der weiß, was es wert ist. Unseren Freund in diesen Topf zu stopfen, war eine Aussage: Wir haben ihn wegen des Diebstahls getötet – und hier ist ein Gegenstand, der es beweist.«

»Was beweist?« fragte Fusculus.

Petro sagte es ihm: »Daß *wir* jetzt am Ruder sind.«

Martinus überlegte laut: »Und wer ist dann der

Mann, der sich das Ruder hat aus der Hand nehmen lassen? Der Mann in dem Topf?«

Ich stieß mit dem Fuß gegen das hübsche Ding, versuchte, es auf diese Weise loszukriegen. Es ging nicht. Wie ein ungezogenes Kind, angestiftet von einem noch ungezogeneren Bruder, hatte sich diese Leiche total verklemmt. Mein Kopf hatte auch mal in einem Topf gesteckt. Die Erinnerung daran ließ mich immer noch in Panik geraten. Man hatte mich mit kaltem Wasser und Olivenöl befreien müssen. Noch immer hörte ich die beruhigende Stimme meiner Mutter, während sie meine Ohren aus dem Topf befreite – und spürte die kräftige Ohrfeige, die sie mir gleich darauf verpaßt hatte.

Bei einem Toten gab es wenigstens keinen Grund, vorsichtig mit den Ohren umzugehen.

Ich hockte mich hin, packte die beiden Griffe und zerrte das Ding von seinem Kopf. Dann warf ich es weg, und es rollte mit lautem Scheppern über den blutbefleckten Boden. Mein Vater hätte vor Entsetzen aufgeschrien, und der Besitzer würde sich zweifellos über die Dellen beschweren, die das Gefäß abbekommen hatte. Aber ich hatte kein schlechtes Gewissen. Es war dazu benutzt worden, einen Menschen zu foltern. Seine Schönheit war besudelt. Sein Preis war gefallen.

Der Gedanke, die Leiche zu berühren, ließ uns alle zurückzucken. Vorsichtig zog ich den Umhang vom Kopf des toten Mannes.

Abgesehen von einer Verfärbung war das Gesicht unverletzt. Wir erkannten ihn sofort. Wenn er seine Stiefel getragen hätte, statt barfuß zu sein, hätte ich ihn vermutlich schon früher erkannt. Es war Nonnius Albius.

XXX

Petronius übernahm das Kommando in seiner ruhigen, resignierten Art.

»Martinus, du hast die Liste der gestohlenen Gegenstände zusammengestellt. Bring dieses hübsche etruskische Weingefäß zu seinem Besitzer, damit er es identifiziert. Vielleicht solltest du vorher das Blut abwaschen. Ich brauche vernünftige Antworten. Paß auf, daß er nicht hysterisch wird.«

»Da muß ich aber erst aufs Revier und nachschauen, wem sie gehört.« Martinus war ein fauler Hund.

»Ist mir völlig egal, wie du die Sache anpackst« knurrte Petro erbost.

»Was ist, wenn der Mann seinen Topf zurückhaben will?« fragte Fusculus, um Frieden zu stiften.

Petro zuckte die Schultern. »Von mir aus. Ich glaube nicht, daß wir ihn als Beweisstück brauchen. Wenn der Topf Fragen beantworten könnte, würde ich ihn auf einen Schemel stellen und loslegen, aber ich glaube, das Ding wäre ein unwilliger Zeuge . . .«

Er verstummte und tat so, als fiele ihm der Trupp, der sich nun näherte, nicht auf. Fusculus stöhnte leise auf. Ich erkannte Tibullinus, den Zenturio der Sechsten Kohorte, der mir nicht sonderlich gefallen hatte. Er mußte von der Leiche gehört haben. Flankiert von einer kleinen Ehrengarde, kamen er und sein Kumpel Arica mit raschen Schritten näher. Sie blieben stehen, verschränkten die Arme und beobachteten uns herablassend.

Petro zwang sich aufzusehen und nickte Tibullinus kurz zu. »Ihr Revier, aber der hier gehört uns – hängt mit den abschließenden Untersuchungen des Falles Balbinus zusammen. Der Topf stammt aus dem Diebstahl im Emporium, und das Opfer war mein Hauptverdächtiger.«

»Sieht aus wie der arme alte Nonnius«, bemerkte Tibullinus zu Arica. Arica schnalzte theatralisch mit der Zunge. Sie sahen sich jede Wunde gründlich an, pfiffen durch die Zähne; dann grinsten sie. Tibullinus versetzte dem Arm der Leiche einen bösartigen Tritt. Sie hatten eine Gefühllosigkeit, die den Männern der Vierten abging. Während Petros Männer mit dem Geldeintreiber eines Gangsterbosses keine Geduld hatten, solange er lebte, zeigten sie doch einen grimmigen Respekt vor seiner malträtierten Leiche.

Dann hörte ich Martinus zu Arica sagen: »Manche Leute werden trauern, weil sie ihren Zahlmeister verloren haben!« Es war nur eine Stichelei, aber ich war nicht sicher, ob er neidisch oder mißbilligend klang. Arica und Tibullinus schauten einander kaum an. Petro war derjenige, der wütend wirkte und die Bemerkung beiseite wischte. »Vermutlich überlassen Sie mir die Sache nur allzu gerne.« Seine Kollegen machten ihm auf übertriebene Weise Platz. Es mochte Zufall sein, aber Petronius schien ihnen brüsk den Rücken zuzukehren. Mit leiser Stimme gab er Befehle: »Hol dir jemanden zu Hilfe, Fusculus, und bring die Leiche weg. Ich will nicht, daß die ganze Stadt darüber redet. Wenn die Täter damit öffentliche Aufmerksamkeit erregen wollen, muß ich sie enttäuschen. Schafft ihn weg. Nehmt euch ein Brett von einem der Pferche und tragt ihn hinüber ins Wachlokal. Vielleicht kann Scythax ihn sich mal anschauen. Er könnte uns sagen, was genau passiert ist – obwohl es ziemlich offensichtlich ist.« Petro wirkte angespannt. Ich sah, daß die Männer von der Sechsten, nachdem sie wie Generäle auf dem Schlachtfeld herumgestanden hatten, nun wieder abmarschierten. Petro entspannte sich, sowie sie weg waren.

»Wer ist Scythax?« warf ich ein.

»Unser Doktor.« Alle Kohorten der Vigiles verfügten über Ärzte; sie kümmerten sich um die Männer der Patrouillen, deren Arbeit ständig zu Verletzungen führte, und wenn irgendwo ein schlimmes Feuer ausbrach oder Häuser einstürzten, versorgten sie die Opfer vor Ort. »Falco, du und ich, wir sollten zum Haus des Opfers gehen. Und wenn du ins Wachlokal kommst, Martinus, schick einen Trupp Männer los, die sich mit uns bei Nonnius' Haus treffen sollen. Ich muß es durchsuchen und vermutlich später bewachen lassen. Rubella wird zwar nicht erfreut sein, dafür Männer abzustellen, aber . . .«

Der Name Rubella ließ mich verstummen.

Auf dem Weg zur Porta Capena kauften wir uns Brötchen und aßen sie im Gehen. Zum Glück machte der Anblick einer Leiche Petro stets schweigsam. Er schien anzunehmen, daß ich genauso reagierte.

Wir gingen an der Nordseite des Circus entlang und dann unter den Appia- und Marcia-Aquädukten hindurch. Als wir aus ihren Schatten traten, öffneten Ladenbesitzer ihre Buden und schrubbten den Bürgersteig. In dieser Gegend gab es ein paar ruhige Wohnstraßen, dazwischen andere, in denen es viel rauher zuging. Interessanterweise waren hier verschiedene Kohorten der Vigiles zuständig. Der Erste Bezirk, den wir gerade betraten, wurde von der Fünften Kohorte bewacht, doch wir waren nicht weit vom Zwölften Bezirk entfernt, der zum Aventin gehörte und damit zum Bereich der Vierten. Auch die viel üblere Gegend um »Platons Akademie« war nicht weit weg – der Circus-Maximus-Bezirk, der Elfte, der wie das Forum Boarium unter die Zuständigkeit der Sechsten Kohorte fiel.

»Petro, hat die Tatsache, daß drei verschiedene Kohorten für dieses Dreieck zuständig sind, irgendwas mit der hohen Kriminalität zu tun?«

»Schon möglich«, erwiderte er. Ich konnte ihm nicht sagen, daß laut Rubella die Vigiles selbst daran aktiv beteiligt waren.

»Arbeitet ihr eng zusammen?«

»Nicht, wenn es sich vermeiden läßt.«

»Gibt es Gründe dafür?« Ich hoffte, es gab einen.

»Ich hab schon genug zu tun, ohne meine Zeit mit ›interkohortischer Zusammenarbeit‹ zu verschwenden«, schnaubte Petro.

»Täusch ich mich, oder sind die Kohorten verschieden?«

»Stimmt. Die Fünfte ist begriffsstutzig, die Sechste ein übler Haufen und wie du weißt, sind wir von der Vierten verkannte Helden, die effizient ihre Arbeit tun.«

Hoffentlich würde ich beweisen können, daß das die Wahrheit war.

Ich atmete tief durch. »Nehmen Tibullinus und Arica Schmiergelder?«

»Wahrscheinlich«, erwiderte Petro kurzangebunden. Irgendwas an seiner Art ließ mich zögern, weitere Fragen zu stellen.

Als wir uns unserem Ziel näherten, begrüßte mich plötzlich eine vertraute Gestalt.

»Marcus!«

»Quintus! Ich habe schon gehört, daß du aus Germanien zurück bist. Ach, ist das gut! Petro, das ist Camillus Justinus.«

Justinus war Helenas jüngerer Bruder, ein schlanker, knabenhafter Mann von etwas über zwanzig. Heute war er in Zivil – eine makellose weiße Tunika und eine eher nachlässig drapierte Toga. Als ich ihn das letzte Mal gesehen hatte, trug er die Uniform eines Tribuns der Rheinarmee. Ich selbst war in einer Mission Vespasians dort gewesen, der sich Justinus mutig angeschlossen hatte. Ich wußte, daß er zurückbeordert worden war und jetzt wohl die Stadien des Zivillebens der Oberschicht durchlaufen würde, um vermutlich mit fünfundzwanzig im Senat zu enden. Trotzdem mochte ich ihn. Wir umarmten uns wie Brüder, und ich machte Witze über seine Lage.

»Stimmt. Ich bin nach Hause geschickt worden, damit ich ein guter Junge bin und allmählich auf Stimmenfang gehe.«

»Keine Bange, den Senat schaffst du spielend. Du mußt nur jedesmal, wenn du dich unter die Menge mischst, ›Jupiter! Was für ein Gestank!‹ murmeln und gleichzeitig die Zähne mit einem freundlichen Lächeln blecken, falls jemand von der Plebs Lippen lesen kann!«

»Tja, das ist noch ein paar Jahre hin ...«, seufzte Justinus. »Ich wollte sowieso zu dir. Ich glaube, ich hab mich in eine Schauspielerin verliebt.«

Petro und ich sahen einander an und stöhnten.

»Warum muß die Jugend immer die gleichen alten Fehler machen?« fragte ich. Petro schüttelte traurig den Kopf. In unserer Jugend waren wir beide auch mit der einen oder anderen Schauspielerin befreundet gewesen, aber jetzt trugen wir Verantwortung. (Wir waren zu alt, zu zynisch und achteten zu sehr auf unser Geld.)

»Möglicherweise kennst du sie ...«, versuchte es Justinus.

»Sehr wahrscheinlich!« stieß Petronius hervor, als bräuchte ich mir darauf nichts einzubilden. Seit seiner Heirat war er sehr selbstgerecht geworden. Ich hielt das für Maskerade. Er hatte sich nicht wirklich verändert.

»Quintus, bitte mich bloß nicht, dich irgendwelchen Schauspielerinnen vorzustellen! Ich hab schon genug Ärger mit deiner Familie.«

Justinus grinste breit. »Das stimmt – und dir steht noch mehr bevor! Ich habe den Auftrag, dich und Helena an ihrem Geburtstag zu uns zum Essen einzuladen. Das ist morgen«, setzte er unnötigerweise hinzu. Was mich an das Problem mit dem abhanden gekommenen Geburtstagsgeschenk erinnerte, und innerlich fluchen ließ. »Du weißt allerdings noch nicht«, fuhr Helenas Lieblingsbruder fort, »daß noch jemand aus dem Ausland heimgekommen ist. Jemand, der es nicht gut findet, daß seine Schwester mit einem Privatermittler zusammenlebt, und sich gern in aller Ausführlichkeit darüber ausläßt, was er am liebsten mit dir anstellen würde.«

»Aelianus?«

»Genau.« Der andere Bruder, den ich noch nicht kennengelernt hatte, aber schon aus vollem Herzen verabscheute. Seine Ansichten über mich waren eindeutig; er hatte sie in einem bitteren Brief an seine Schwester detailliert geschildert. Was er Helena damit angetan hatte, war unverzeihlich.

»Sieht so aus, als stünde uns ein wunderbarer Abend bevor!« bemerkte ich.

Quintus Camillus Justinus, ein netter Kerl, der im Gegensatz zu seinem Bruder der Meinung war, ich täte seiner Schwester gut, salutierte förmlich. »Du kannst dich natürlich auf meine Unterstützung verlassen, Marcus Didius!«

»Oh, tausend Dank!« erwiderte ich.

Er würde einen guten Politiker abgeben: Das hier war offene Bestechung. Also mußte ich jetzt die Zeit finden, einen Senatorensohn einer Schauspielerin vorzustellen, und dann zusehen, wie er seinen bislang makellosen Ruf in einer skandalösen Liebesaffäre ruinierte. Zweifellos würde hinterher von mir erwartet werden, daß ich den jungen Mann auf Stimmenfang durch die Stadt begleitete.

Petronius und ich wurden vom Pförtner sofort eingelassen, nachdem wir vor Nonnius' Haus Guten Tag gebrüllt hatten. Er schien erleichtert, daß wir kamen und das Kommando übernahmen. Zu unserer Begrüßung kam er mit einem Wandschirm heraus, und sah zu, wie wir die Eingangstür untersuchten, die letzte Nacht so wirkungsvoll aufgebrochen worden war, daß sie buchstäblich verschwunden war. »Sie kamen mit einem Karren, auf dem ein Rammbock stand. Ein zugespitzter Baumstamm in einer Halterung. Sie zogen ihn mit einer Schlinge zurück, ließen los, und er krachte mit voller Wucht durch die Tür.«

Petro und ich zuckten zusammen. Das war ein regelrechter Krieg. Kein Haus in Rom konnte einem solchen Artillerieangriff widerstehen – und nur eine zu allem entschlossene Bande würde es wagen, mit derart illegalen Waffen offen durch die Straßen zu ziehen.

Im Haus war es jetzt ruhig. Nonnius war unverheiratet gewesen, und von Verwandten war nichts bekannt. Ohne ihn würde der Haushalt zum Stillstand kommen.

Wir wanderten ungehindert herum und fanden nur wenige der Sklaven, die bei meinem letzten Besuch hier gewesen waren. Vielleicht waren die anderen weggelaufen, entweder auf der Suche nach Freiheit oder aus schierer Furcht. Denn das Gesetz schrieb vor, daß die Sklaven eines ermordeten Mannes so lange der Folter unterworfen wurden, bis sie den Mörder nannten. Jedem, der ihm Hilfe verweigert hatte, drohten schwere Strafen. War der Mann in seinem eigenen Haus ermordet worden, galten die Sklaven als Hauptverdächtige.

Der Pförtner war sehr hilfsbereit. Er gestand sofort, daß fremde Männer nach Einbruch der Dunkelheit zum Haus gekommen waren, überraschend und gewaltsam die Tür aufgebrochen hatten und an ihm vorbeigerannt waren. Er hatte sich in seinem Kabuff versteckt. Einige Zeit später verschwanden die Männer. Sehr viel später hatte er sich rausgetraut und von den anderen erfahren, daß Nonnius weggeschleppt worden war.

Keiner der anderen Sklaven wollte zugeben, gesehen zu haben, was mit ihrem Herrn passiert war. Schließlich fanden wir den kleinen Negerjungen, der sein Leibdiener gewesen war; das Kind hockte – immer noch starr vor Angst – unter einem Bett. Es mußte alles mitangesehen haben, aber wir bekamen nichts als ein Wimmern aus ihm heraus. Inzwischen war Fusculus mit einigen Männern der Kohorte eingetroffen. Sanft übergab Petronius einem von ihnen den Jungen und befahl, ihn ins Wachlokal zu bringen.

»Leg ihm eine Decke oder so was um!« Voller Verachtung für das Flitterröckchen und die nackte, vergoldete Brust des kleinen Schwarzen verzog Petro die Lippen. »Versuch ihm klarzumachen, daß wir ihn nicht verprügeln.«

»Werden Sie weich, Chef?«

»Der zittert ja wie Espenlaub. Wir gewinnen nichts, wenn er uns tot umkippt. Los jetzt, wir durchsuchen das Haus.«

Die Durchsuchung erbrachte einige Hinweise. Nonnius hatte im Bett gelegen. Die Stiefel lagen noch im Schlafzimmer, so, wie er sie hingeworfen hatte, und über einer Stuhllehne hingen Tuniken. Das Bett stand schräg, als hätte man es gewaltsam verrückt. Die Decke hing halb auf dem Boden. Daraus schlossen wir, daß er im Schlaf oder zumindest im Halbschlaf überrascht und weggeschleppt worden war. Ob er noch lebte oder schon tot war, als man ihn aus dem Haus brachte, war unklar; Petronius entschied allerdings, er müsse noch am Leben gewesen sein. Bettzeug und Fußboden wiesen nur wenige Blutspuren auf – nicht genug für die vielen Wunden, die wir an der Leiche gesehen hatten.

Vermutlich würden wir nur, wenn jemand ein Geständnis ablegte, rausfinden, wohin man ihn gebracht hatte. Vielleicht würden wir es nie erfahren. Was mit ihm in den Stunden nach seiner Entführung geschehen war, konnten wir uns alle lebhaft vorstellen. Die meisten von uns zogen es vor, nicht darüber nachzudenken.

XXXI

Als wir Nonnius' Haus verließen, beging jemand den Fehler, genau in diesem Moment dort aufzutauchen. Wir waren noch in Durchsuchungsstimmung und umringten ihn. Es war ein dürrer Kerl in einer hübschen weißen Tunika und mit einer Ledertasche in der Hand.

»Dürfen wir bitte mal in die Tasche sehen?« Mit ironischem Gesichtsausdruck überreichte der Mann Fusculus die Tasche. Sie war voller Pinzetten, Spachtel und irdener Salbentöpfchen. »Wie heißen Sie?«

»Alexander. Ich bin der Hausarzt.«

Wir entspannten uns, blieben aber sarkastisch. »Tja, er wird Sie jetzt wohl nicht mehr brauchen!«

»Der Patient hat eine tödliche Dosis Prügel bekommen.«

»Tödliche Messerstiche.«

»Exitus.«

»Verstehe«, bemerkte der Doktor und dachte zweifellos an das ihm entgangene Honorar.

Petronius, der bisher noch nicht mit ihm gesprochen hatte, sagte: »Ich respektiere die Beziehung zu Ihrem Patienten, aber Sie werden verstehen, daß meine Ermittlungen sehr ernster Natur sind. Hat Nonnius Ihnen irgendwas anvertraut, das uns verraten könnte, wer das hier getan haben mag?« Seiner vorsichtigen Wortwahl nach hatte Petro bei früheren Gelegenheiten offenbar Schwierigkeiten gehabt, Ärzten Informationen zu entlocken.

»Ich glaube nicht.«

»Gut, dann können Sie gehen.«

»Vielen Dank.«

Irgendwie wirkte der Mann seltsam zurückhaltend. Er schien kaum überrascht, seinen Patienten auf diese entsetzliche Art verloren zu haben. Vielleicht weil er wußte, welchem Beruf Nonnius nachgegangen war. Vielleicht hatte er auch einen anderen Grund.

»Sonderbarer Mann«, meinte ich, als wir gemeinsam zum Wachlokal zurückgingen.

»Er ist Arzt«, versicherte Petro mir ruhig. »Die sind immer sonderbar.«

Wenn ich ihn nicht besser gekannt hätte, wäre mir

auch Petro seltsam zurückhaltend vorgekommen. Wegen meiner Sonderermittlung für Titus wollte ich, daß Petronius sich auf eine Art verhielt, die ich verstand.

Im Wachlokal hatte Porcius, Petros junger Assistent, große Schwierigkeiten mit einer Frau. Zum Glück für ihn war sie ziemlich alt und nicht gerade ansehnlich. Es handelte sich schon wieder um einen Bettdeckendiebstahl; jemand war mit einer Hakenstange unterwegs und suchte sich als Opfer alte Damen aus, die schon zu klapprig waren, einem Dieb hinterherzurennen. Porcius versuchte, einen Bericht für diese hier aufzusetzen; wir merkten, daß sie ihn den ganzen Morgen festhalten würde, wenn wir ihn nicht retteten.

»Wenden Sie sich an den Schreiber«, sagte Petro brüsk.

»Der Schreiber ist ein begriffsstutziger Esel!« Sie schien sich hier auszukennen. »Dieser nette junge Mann kümmert sich um mich.«

Porcius war ein neuer Rekrut. Er war wild entschlossen, so viele Missetäter wie möglich dingfest zu machen, hatte aber keine Ahnung, wie er Leute loswurde, die ihm die Zeit stahlen. Petro war unbeeindruckt. »Dieser nette junge Mann hat wichtigere Dinge zu tun.«

»Wenden Sie sich bitte an den Schreiber«, murmelte Porcius verlegen. Im Wachlokal erwartete uns ein häßlicher Anblick: Ein dicker Felsbrocken lag mitten im Raum, dazu die Reste des zerbrochenen Fensterladens, durch den er letzte Nacht geschleudert worden war, und ein zersplitterter Schemel. Petro seufzte und sagte zu mir: »Wie du siehst, werfen die Nachbarn manchmal Schlimmeres nach uns als verrotteten Kohl.«

»Sie haben aber auch ein paar Kohlstrünke in das Luftloch der Zelle gestopft«, sagte Porcius. »Die Leute scheinen zu denken, wir bekämen zu wenig Grünzeug.«

»Na, dann hör lieber auf, dich rührend um alte Omas zu kümmern, und finde raus, wer die Vigiles haßt!«

»Das ist einfach«, meinte Fusculus grinsend und rollte den Felsbrocken zur Tür. »Uns haßt jeder.«

Er brüllte der Patrouille zu, sie solle mit dem Zählen der Espartomatten im Feuerwehrschuppen aufhören und drinnen den Schutt wegräumen.

Um sich bei Petro wieder lieb Kind zu machen, verkündete Porcius nervös: »Einer der Zenturionen saß genau da, wo der Stein landete, aber zum Glück war er gerade pissen. Das Ding hätte ihn sonst umgebracht.«

Petronius, der bisher nur erbost die Brauen gerunzelt hatte, horchte auf. »Hallo. Das hört sich aber übel an. Fusculus, sorg dafür, daß die ganze Kohorte in erhöhte Alarmbereitschaft versetzt wird. Wir könnten gefährlichen Zeiten entgegengehen.«

Mit immer noch finster gerunzelten Brauen betrat er den kleinen Raum, den er für Verhöre benutzte, doch der war von zwei frisch Inhaftierten besetzt. Einer von ihnen brüllte und tobte rum und erwürgte sich fast mit seinem Halseisen. Der andere schwieg schmollend – ein offenbar gutsituierter Bürger, der gegen die Feuerschutzvorschriften verstoßen hatte und so tat, als sei dies alles ein Alptraum, aus dem ein gewiefter Anwalt ihn befreien würde, vermutlich mit Schadenersatz für Beleidigung und Verleumdung. (Petros gereiztem Gesichtsausdruck nach hatte der Mann recht.) Der kleine schwarze Sklave aus Nonnius' Haus hockte eingeschüchtert neben ihnen auf der Bank.

Petro war außer sich über das Chaos. »Ruhe!« brüllte er den Halbbesoffenen an; völlig überrascht gehorchte der Kerl sofort. »Fusculus, fang mit der Befragung an und sieh zu, ob wir sie gehen lassen können. Behalt sie nur da, wenn sie völlig uneinsichtig sind. Wir brauchen den Platz. Porcius, laß dir von Fusculus erzählen, was wir über den Mord an Nonnius Albius wissen, und dann bringst du den Kleinen irgendwo hin, wo es ruhig ist, und freundest dich mit ihm an. Wenn du mit aufgebrachten Omas fertig wirst, kannst du auch mit verschreckten Knirpsen umgehen. Gewinn sein Vertrauen und hol dann aus ihm raus, was er gesehen hat, als sein Herr angegriffen wurde. Er ist nicht verhaftet, aber wenn er was Nützliches bezeugen kann, will ich, daß er an einen sicheren Ort gebracht wird, nachdem er geredet hat.«

Da wir nirgends in Ruhe reden konnten, verzogen Petro und ich uns zu einer Konferenz in die Imbißbude auf der anderen Straßenseite.

»Was hältst du von dem Ganzen, Falco?«

Ich kaute auf einem gefüllten Weinblatt und versuchte, nicht an dessen Konsistenz und Geschmack zu denken. Dieser Auftrag versprach eine endlose Abfolge lauwarmer, an abgesplitterten Tresen schmuddeliger Lokale im Stehen heruntergeschlungener Mahlzeiten zu werden. Petro kam nicht aus einer Familie, die ihm Butterbrote mit zur Arbeit gab. Als wir noch in der Legion waren, hatte er nie daran gedacht, sich Marschverpflegung in die Tunika zu stecken, aber sehr schnell gelernt, meine zu klauen. Ich spuckte einen unverdaulichen Brocken aus. »Sieht so aus, als hätte Nonnius den Überfall auf das Emporium organisiert – und als hätte jemand anderer ihn öffentlich für diese Anmaßung bestraft.«

Während wir darüber nachdachten, kauten wir ohne rechten Appetit weiter.

»Andererseits . . .«, meinte ich.

Petro stöhnte auf. »Ich kenne dich! Ich hätte wissen müssen, daß dir eine einfache Antwort nicht genügt. Andererseits?«

»Hatte Nonnius vielleicht gar nichts mit dem Überfall zu tun. Irgendein Schwein denkt einfach, es wäre praktisch, ihm die Sache mit dem Emporium anzuhängen und so aus der Schußlinie zu geraten.«

»Bißchen blöde«, hielt Petro dagegen. »Als Lebender war Nonnius ein Verdächtiger. Wenn jetzt dieser andere einen Überfall macht, hat er keine Deckung mehr, und ich weiß mit Sicherheit, daß er es war.«

»Falls du jemals herausfindest, wer ER ist.«

»Es ist doch immer schön, einen Optimisten um sich zu haben.«

»Helena meint, daß Lalage hinter der Sache mit dem Emporium steckt.«

Petronius lachte abschätzig und versank dann in Schweigen. Helena Justinas wilde Ideen hatten die Angewohnheit, sich in den Köpfen anderer so lange hin und zu drehen, bis sie völlig vernünftig klangen. Ich hatte sogar aufgegeben, sie für wild zu halten. Zu oft hatte ich erlebt, daß sie recht hatte.

Petro versuchte, mir mit einem Blick klarzumachen, ich sei ein Vollidiot, weil ich mich Helena anvertraute und auf ihre wilden Spekulationen hereinfiel. Als auch das nichts half, meinte er schließlich: »Angenommen, sie hat recht, Falco. Angenommen, Lalage will wirklich die Leitung übernehmen, warum hätte sie dann Nonnius umgebracht?«

»Sie haßte ihn und hatte noch eine Rechnung mit ihm zu begleichen. Er hat sie zu hart angefaßt, wenn er für Balbinus kassieren kam. Und dann hat er sie mit dem Problem des ermordeten Lykiers allein gelassen. Außerdem, wenn sie ehrgeizig ist, hat Nonnius das vielleicht erraten und Druck auszuüben versucht. Er könnte sie erpreßt und einen Anteil verlangt haben. Da er schon mal vor Gericht ausgepackt hat, war er eine echte Gefahr; er brauchte nur zu sagen, er würde auch sie denunzieren. Sie mußte damit rechnen, daß er Ernst macht.«

»Stimmt.«

Uns war beiden unwohl. Wir hatten nicht genug in der Hand und konnten nur spekulieren. Und obwohl wir beide Meister darin waren, die Fakten einer Situation anzupassen, gab es immer noch das Moment des Unerwarteten, das uns verwirrte. Petro hatte genau wie ich unzählige Male erlebt, daß die Fakten, die er über Monate hinweg mühselig zusammengetragen hatte, sich plötzlich als nebensächlich erwiesen. Die tatsächliche Geschichte konnte allen Theorien widersprechen, die er so sorgfältig zusammengestellt hatte.

»Willst du noch was essen?«

Ich schüttelte den Kopf. »Nein, danke. Ich mußte los, ohne Helena auch nur guten Morgen zu sagen. Wenn sich sonst nichts ergibt, geh ich zum Mittagessen nach Hause. Du nicht?«

»Ja, wahrscheinlich.«

Meine Frage war reinste Ironie gewesen. Petro verschwendete niemals einen Gedanken ans Mittagessen. Er ging zum Abendessen mit seinen Kindern nach Hause und manchmal auch zwischendurch, wenn es etwas zu reparieren gab wie zum Beispiel ein Fenster. Er betätigte sich gern als Zimmermann. Sonst war Petronius Longus der Typ, dessen häusliches Leben am glattesten lief, wenn er einen Teil der Nacht bei seinen Patrouillen und den größten Teil des folgenden Tages im Wachlokal mit der Aufarbeitung der nächtlichen Vorkommnisse verbrachte. Das traf besonders zu, wenn Arria Silvia aus irgendeinem Grund wütend auf ihn war.

Ich grinste. »Dachte, du müßtest deine Katze noch mal füttern.«

Er ging nicht darauf ein.

Fürs Mittagessen war es noch zu früh. Ein kluger Mann kommt nicht mitten am Vormittag nach Hause, als hätte er sonst nichts zu tun. Er rechnet die Zeit für den Kauf von Käse und Oliven und das Tischdecken mit ein und kommt dann atemlos angehetzt, als hätte er sich besonders bemüht, Zeit für seine Familie rauszuschinden.

Wir besprachen, was wir noch tun konnten. Nicht viel, so wie's aussah, außer Routinebefragungen. »Diesen Teil kann ich nicht ausstehen«, nörgelte Petro. »Nur dazusitzen und zu warten, daß die Ratten irgendwas unternehmen.«

»Am Ende werden sie einen Fehler machen.«

»Und wie viele müssen bis dahin noch dran glauben?« Er fühlte sich verantwortlich.

»Wir wissen beide, daß du so schnell zugreifst, wie es irgend geht. Hör zu, Rubella wollte, daß ich Balbinus' Vergangenheit überprüfe, um zu sehen, ob es da irgendwelche Zusammenhänge mit den jetzigen Ereignissen gibt.« Der Name Rubella ließ Petro verächtlich schnaufen, aber nicht mehr als sonst. Er hatte nichts gegen ihn persönlich, konnte einfach Vorgesetzte generell nicht ausstehen.

Das würde sich ändern, wenn er je erfuhr, daß ich in Rubellas Auftrag die Kohorte wegen Korruptionsverdacht bespitzelte.

Ich versuchte es erneut. »Was ist mit Balbinus' Männern?«

Diese Frage beantwortete Petro ganz ruhig. »Soviel ich weiß, sind Klein-Ikarus, der Müller und der Rest der Bande immer noch außerhalb Roms. Halten sich bedeckt. Ich hab einen unserer Spitzel auf sie angesetzt. Den kann ich mir vorknöpfen, aber wenn er sie in der Stadt gesehen hätte, wäre er längst gekommen, um mir die Information zu verkaufen.«

»Als ich bei Nonnius war, hat er ein paar Bemerkungen über Balbinus' Familie fallen lassen, die ich interessant fand.«

Wieder lachte Petro kurz auf. »Seine Frau ist eine ziemliche Hexe. Sie heißt Flaccida.«

»Und die Tochter?«

»Die liebliche Milvia! Ihr einziges Kind. Ist mit Bildung und Kultur überhäuft worden – ein klassischer Fall von Gaunern mit zu viel Geld, die versuchen, durch ihre Kinder was Besseres zu werden.«

»Also aufgewachsen wie eine Vestalin. Und, ist sie auch auf die schiefe Bahn gekommen?« fragte ich trocken. So was hatte ich schon öfter erlebt.

»Offenbar nicht, so seltsam das ist. Milvia ist unschuldig wie eine Rosenknospe – wenn man ihrer Version glaubt. Sie behauptet, nie gewußt zu haben, womit ihr Papa sein Geld verdient. Man hat sie mit einem Ritter verheiratet, der selbst über einiges Geld verfügte – einem gewissen Florius, Sohn eines niedrigen Beamten. Florius hat es nie darauf angelegt, besser zu sein als andere. Die meiste Zeit verbringt er bei den Rennen. Ich glaube nicht, daß er je etwas anderes getan hat.«

»Er ist also an keinen kriminellen Aktivitäten beteiligt?«

»Außer, daß er mehr Geld zum Wetten hat, als gut für ihn ist, nein.«

»Dann hat Balbinus seiner Tochter wohl eine ordentliche Mitgift gegeben.«

»Vermutlich«, sagte Petro. »Balbinus hat sich nie darüber ausgelassen. Auf jeden Fall leben Milvia und Florius auf großem Fuß und haben offenbar wenig miteinander zu tun, außer daß sie gemeinsam das Ehejoch ertragen. Was mich vermuten läßt, daß Geld im Spiel ist, auf das sie ihre Pfoten halten wollen.«

»Faszinierend. Ich könnte mir dieses prächtige Völkchen ja mal anschauen.«

»Das dachte ich mir schon.«

Petronius hätte mich wahrscheinlich begleitet, wenn nicht in diesem Moment ein Bote von Rubella angerannt wäre. Da Nonnius ein Kronzeuge von einiger Bedeutung gewesen war, hatte sein plötzlicher Tod an höherer Stelle Fragen aufgeworfen. Rubella wollte Petronius im Hauptquartier der Kohorte sehen, um einen Bericht vorzubereiten.

Petro knurrte erbittert. »So bleiben Verbrechen unaufgeklärt! Statt Schurken auf den Zahn zu fühlen, muß ich meine Zeit damit verplempern, Rubella beim Lügenerfinden zu helfen. Du solltest einen Zeugen mitnehmen, Falco, wenn du dir den Balbinus-Clan vornehmen willst. Im Moment kann ich keinen meiner Männer entbehren. Warte bis zum Nachmittag, dann finde ich jemanden.«

»Ich brauch kein Kindermädchen.«

»Nimm einen Zeugen mit!« donnerte er. »Bei dieser Bande ist das nötig.«

»Ist Fusculus deshalb mit mir zu Nonnius gegangen?«

»Fusculus ist ein anständiger, gut geschulter Beamter.«

Ausgebildet dafür, mir in die Quere zu kommen, offenbar. In meinem Ärger fand ich den Gedanken an Käse und Oliven plötzlich unwiderstehlich. »Tja, wenn ich sowieso auf einen Anstandswauwau warten muß, kann ich das genauso gut zu Hause machen. Schick mir den Aufpasser in die Brunnenpromenade, ja?«

»Du verweichlichst zusehends!« schnaubte er.

Ich wollte ihm erklären, daß Helena schwanger war, aber es schien mir dann doch zu kurz nach meinem vehementen Abstreiten dieser Tatsache. Von noch mehr Schuldgefühlen niedergedrückt, verließ ich ihn, damit er seinen Tribun besänftigen konnte, während ich zu meinem Mädchen davonschlenderte.

XXXII

Eine kleine, ernsthafte Gestalt begrüßte mich, als ich die Brunnenpromenade erreichte.

»Onkel Marcus! Möge Merkur, der Wegegott, dich stets beschützen!«

Nur Marius, Maias Ältester, verstieg sich zu solchen Förmlichkeiten. Er war ein hübscher, ungeheuer ernsthafter kleiner Junge, acht Jahre alt und vollkommen selbstsicher.

»Hallo, Marius! Ich hatte dich erst nach dem Nachmittagsunterricht erwartet. Kannst du mich besonders gut leiden, oder bist du nur knapp bei Kasse?«

»Ich hab einen Dienstplan für dich ausgearbeitet. Cornelius übernimmt heute nachmittag die Wache, danach Ancus. Das Geld geht an mich, und ich zahle die anderen aus.« Maia hatte all ihre Kinder zu exzellenten Aufsehern erzogen. Mein Müll und ich waren in guten Händen. Aber ihn schien noch etwas anderes zu beschäftigen. »Wir stecken in einer Krise««, verkündete er, als wären er und ich Partner in einem desaströsen Unternehmen. Marius glaubte an die Heiligkeit persönlicher Beziehungen: Ich gehörte zur Familie, also würde ich helfen.

Die beste Hilfe in so einem Fall war: nichts wie weg. »Tja, ich hab schrecklich viel um die Ohren. Offizieller Regierungsauftrag. Aber du kannst mich natürlich immer um Rat fragen.«

»Ich fürchte, ich krieg was aufs Dach«, gestand Marius auf dem Weg zu meinem Haus. »Du wirst wahrscheinlich hören wollen, was geschehen ist.«

»Ehrlich gesagt, Marius, noch ein Problem, und ich breche zusammen.«

»Ich hatte gehofft, ich könnte mich auf dich verlassen«, sagte er düster. Wenn ich ihm nicht eins auf die Nuß geben und mich rasch aus dem Staub machen wollte, saß ich in der Falle.

»Du machst es einem nicht leicht! Hast du schon mal daran gedacht, Gerichtsvollzieher zu werden?«

»Nein, ich will Rhetoriklehrer werden. Ich hab den nötigen Verstand dazu.«

Hätte er nicht die Augen seines Vaters geerbt (allerdings weniger wäßrig), ich hätte mich gefragt, ob wir Marius nicht unter einer Brücke gefunden hatten. Aber vielleicht würde sich dieser junge Trauerkloß eines Tages in den Bankert eines Kesselflickers verlieben und durchbrennen, um Harfenspieler zu werden.

Ich bezweifelte es. In seiner ruhigen Selbstsicherheit hatte Marius die Fallstricke der Exzentrik erkannt und ihnen einfach den Rücken gekehrt. Eigentlich schade. Sein Verstand, auf den er mit Recht so stolz war, hätte was Besseres verdient als einen faden Rhetoriklehrer.

Wir hatten die Wäscherei erreicht. »Ich geh rauf,

Marius. Wenn du mir was erzählen willst, ist jetzt der richtige Moment.«

»Tertulla ist schon wieder verschwunden.«

»Na und? Das passiert doch dauernd. Außerdem hat deine Großmutter da jetzt den Daumen drauf.«

»Stimmt. Aber diesmal wird man mir die Schuld geben.«

»Niemand kann dir was wegen Tertulla anhängen, Marius. Sie ist deine Cousine, nicht deine Schwester, und ihr ist nicht mehr zu helfen. Du kannst nichts dafür.« Ob er wohl wußte, daß er eigentlich Marcus hätte heißen sollen, nach mir? Als sein Vater Famia losgeschickt wurde, um die Geburt eintragen zu lassen, war er unterwegs in verschiedenen Schenken eingekehrt und hatte dann den Zettel, den Maia ihm mitgegeben hatte, nicht mehr richtig lesen können. Das wäre schon schlimm genug gewesen, aber er hatte dieses Glanzstück wiederholt, als er seinen zweiten Sohn als Ancus eintragen ließ statt Aulus. Nach der Geburt ihrer Töchter hatte Maia sich mit ihm zur Registratur geschleppt, um sicherzugehen, daß so was nicht noch mal passierte.

»Ich erzähl dir wohl besser, was passiert ist, Onkel Marcus.« Der Anblick eines Kindes, das mir seine Probleme anvertraute, war zuviel. Darauf schien sich Marius verlassen zu haben, dieser gerissene Bengel.

Ich seufzte. »Du solltest zu Hause beim Essen sitzen.«

»Ich hab Angst, heimzugehen.«

Er wirkte nicht allzu verängstigt, aber so was zu sagen, war nicht seine Art. »Dann komm mit rauf.«

»Tertulla ist nicht weggelaufen. Sie hat zu viel Angst vor Oma. Oma hatte mir aufgetragen, sie zur Schule zu bringen. Das war mehr als lästig. Und dann sollte ich mit ihr zum Mittagessen zu ihrer Mutter gehen...«

»Und ist sie heute morgen zur Schule gegangen?«

»Nein, natürlich nicht!« knurrte Marius ungeduldig, während er hinter mir um die dritte Treppenbiegung hastete. »Kaum, daß wir da waren, ist sie abgehauen, aber sie hatte versprochen, nach dem Unterricht vor der Schule auf uns zu warten.«

»Und was ist passiert?«

»Sie ist nicht gekommen. Ich glaube, ihr ist was passiert. Ich brauch dich, Onkel Marcus. Wir müssen nach ihr suchen.«

»Tertulla ist ein kleines Biest und hat einfach die Zeit vergessen. Sie taucht schon wieder auf.«

Marius schüttelte den Kopf. Er hatte die gleichen Locken wie Papa und ich, schaffte es allerdings, stets ordentlich auszusehen. Ich sollte mir bei Gelegenheit dazu mal Tips von ihm geben lassen. »Schau mal, Onkel, mir ist dieses Problem wichtig, weil ich zu hören bekommen werde, daß ich sie verloren hatte. Wenn du einverstanden bist, sie zu suchen, werde ich dir helfen.«

»Ich bin nicht einverstanden!« erklärte ich munter. Wir hatten die Wohnung erreicht; ich ließ ihn hinein. »Aber ich bin auch nicht damit einverstanden, daß ein zukünftiger Rhetoriklehrer zum Sündenbock für eine von Gallas Brut gemacht wird. So, hier ist Helena . . .«

»Oh, gut!« rief Marius und versuchte gar nicht erst, seine Erleichterung zu verbergen. »Endlich jemand, der weiß, was wir tun sollen!«

Helena kam vom Balkon herein. Sie hatte das Müllbaby auf dem Arm. Ich grinste anerkennend, aber mein Neffe riskierte seinen Hals. Maia schien zu Hause von unserem bevorstehenden Familienzuwachs erzählt zu haben, denn sobald Marius das Baby sah, kreischte er: »Meine Güte, Helena! Hat Onkel Marcus dir schon mal eins zum Üben gebracht?«

Sie fand das nicht komisch.

XXXIII

Ich wartete nicht auf Petros versprochenen Mann für den Besuch bei Balbinus' Verwandten. Meine häuslichen Sorgen waren so drückend, daß es angebracht schien, sofort nach dem Mittagessen wieder zu verschwinden. Ich nahm allerdings einen Zeugen mit.

»Du fehlst mir, Marcus«, hatte Helena sich beschwert.

Das war ein Aspekt unseres Zusammenlebens, der mich immer bedrückt hatte. Da sie aus einer Gesellschaftsschicht stammte, in der die Frauen ihre Tage inmitten von Sklavenheeren und Besucherscharen verbrachten, mußte Helena sich unweigerlich einsam fühlen. Senatorentöchtern war keine andere ehrbare Beschäftigung erlaubt, als gemeinsam Pfefferminztee zu trinken, und obwohl viele es vorzogen, das Ehrbare zu vergessen, und sich Gladiatoren an den Hals warfen, war Helena nicht der Typ dafür. Mit mir in einem Loch im sechsten Stock zu wohnen, mußte beängstigend für sie sein – vor allem, wenn sie beim Aufwachen feststellte, daß ich verschwunden war, ohne eine Nachricht zu hinterlassen. Manche Mädchen hätten sich an ihrer Stelle vielleicht an den Hausmeister rangemacht. Zum Glück hatte Smaractus nie einen eingestellt. Aber wenn ich Helena behalten wollte, mußte ich mir was einfallen lassen.

»Ich vermisse dich auch.« Es klang unecht.

»Ach ja? Und deshalb warst du so gütig, nach Hause zu kommen?«

»Ja, und außerdem muß ich warten, bis man mir einen Zeugen schickt.« Mir kam ein Gedanke. »Du kannst doch genauso gut mitkommen und Protokoll führen wie irgendein Trottel von den Vigiles.« Sie sah mich erstaunt an. »Zieh ein schlichtes Kleid an und keinen Schmuck. Bring einen Stilus mit und unterbrich mich nicht. Protokollanten, die immer ihren Senf dazugeben müssen, kann ich nicht leiden.«

Also kam Helena mit. Auch sie schlug sich nicht gern mit häuslichen Sorgen rum.

Mir war es sehr recht, meine Ermittlungen ohne einen von Petros Aufpassern im Nacken durchzuführen, der mir die Luft zum Atmen nahm und ihm hinterher sofort alles petzte. Und es paßte mir ausgezeichnet, mit meinem Mädel zusammenzusein – eher ein Vergnügen als Arbeit.

Wir schickten Marius nach Hause zu Maia, mit dem Rat, Tertullas Verschwinden zu beichten, und dem Versprechen, von der Brunnenpromenade aus eine Suche zu organisieren, falls das Mädchen bis zum Abend nicht wieder aufgetaucht war. Marius war einverstanden. Er wußte, daß ihm niemand an den Kragen gehen würde, nachdem ich mich der Sache angenommen hatte; die Familie würde lieber warten, bis sie mir an den Kragen konnte. Wir brachten Marius dazu, das Müllbaby für den Nachmittag zu seiner Mutter mitzunehmen. Der Kleine kam viel herum. Helena hatte eine Amme gefunden, die ihn von Zeit zu Zeit stillte; zwischendurch wurde er dann in Mamas Haus mit der klebrigen Polenta gefüttert, die meine Schwestern, mich und zahllose Enkelkinder groß und stark gemacht hatte.

»Deine Mutter stimmt mir zu; irgendwas ist mit dem Baby«, sagte Helena.

»Mit dir wäre auch was, wenn man dich in einem Müllkarren auf dem Aventin ausgesetzt hätte. Übrigens, ich hab heute morgen Justinus getroffen. Er ist in eine Schauspielerin verknallt, aber ich werde versuchen, ihn davon abzubringen. Wir sind zu einem Geburtstagsessen bei deinen Eltern eingeladen. Ich werde die außerordentliche Freude haben, Aelianus vorgestellt zu werden.«

»Oh nein!« rief Helena. »Ich wollte meinen Geburtstag genießen!«

Daß sich die Beziehungen in Patrizierfamilien in nichts von meiner eigenen, gesellschaftlich so viel tieferstehenden Familie unterschieden, befriedigte mich immer wieder.

»Wir werden bestimmt Spaß haben«, versprach ich ihr. »Deine Mutter bei ihrer bemühten Höflichkeit zu beobachten, während dein Vater sich am liebsten in seine Bibliothek verkriechen möchte, dein freundlicher Bruder von mir das Flirten mit leichten Mädchen lernen will und der unfreundliche mir Sauce ins Auge spritzt, das sollte schon für ein paar fröhliche Stunden sorgen.«

»Geh du«, meinte Helena verzagt. »Ich glaube, ich bleibe zu Hause.«

Flaccida, Balbinus' Frau, wohnte in einem prächtigen Schmuckstück städtischer Architektur südlich vom Circus Maximus am Tempel der Ceres. Es war eines der wenigen Wohnhäuser im Elften Bezirk, günstig gelegen für das Verbrecher-Imperium, das sich Balbinus am Tiberufer aufgebaut hatte. Es lag im Schatten des Aventin, aber in einem Viertel, das, genau wie die Rennbahnen, nicht von Petros Kohorte, sondern von der Sechsten kontrolliert wurde.

Zumindest wohnte Flaccida diese Woche noch hier. Eine große Tafel verkündete, das Haus stände zum Verkauf; sofort nach dem Gerichtsurteil konfisziert. Flaccida würde bald ausziehen müssen.

Drinnen hallte jeder Schritt. Die Räume waren so gut wie leer, allerdings nicht aus stilistischen Gründen.

Nur die festen Einbauten zeugten noch von dem üppigen Lebensstil, den Gangsterbosse genießen: endlose Mosaikböden und kunstvolle Wandmalereien, stuckgeschmückte Decken, hübsche muschelförmige Grotten mit gut gepflegten Springbrunnen. Selbst die Vogelbäder waren vergoldet.

»Nett hier!« bemerkte ich, obwohl mir die Säulen zu massiv und die Ausstattung zu überwältigend waren.

»Es war noch hübscher, als es voll war.«

Flaccida war eine kleine, dünne Frau, eine Art Blondine von ungefähr fünfundvierzig Jahren. Aus zwanzig Schritt Entfernung sah sie immer noch hervorragend aus. Aus sechs Fuß waren die Spuren einer bewegten Vergangenheit unübersehbar. Sie trug ein Gewand aus einem so feinen Material, daß das Gewebe sich unter dem Gewicht der edelsteinbesetzten Schließen verzog. Ihr Gesicht und ihr Haar waren ein Triumph kosmetischer Behandlung. Aber ihre Augen waren ruhelos und mißtrauisch. Ihr Mund war eine harte, gerade Linie. Ihre Hände wirkten zu groß für die dünnen Arme. Die Proportionen stimmten nicht. An beiden Handgelenken trug sie Armreifen, die ihren hohen Preis zu laut hinausschrien, und an sämtlichen Fingern steckten teure Ringe.

Natürlich musterte uns Flaccida von Kopf bis Fuß. Ich nahm an, wir bestanden die Musterung: Während Helena etwas Schlichtes gewählt hatte, war ich regelrecht aufgedonnert. So was hilft, wenn man in den Häusern der Reichen vorgelassen werden will. Verbrecher akzeptieren jeden, der ein sauberes Gesicht hat.

Ich trug meine beste weiße Tunika, frisch gewaschen, und sogar eine Toga, in der ich mich wie ein vornehmer Patrizier bewegen konnte. Eine frische Rasur und ein wenig Pomade gaben Status vor, eine faustdicke Lüge. Eine Geldbörse klimperte an meinem

Gürtel, und ich hatte den massiven Obsidianring meines Großonkels übergestreift. Helena folgte mir bescheiden. Auch sie war in Weiß, ein schlichtes Kleid mit geschlossenen Ärmeln und einem einfachen Wollgürtel. Ihre Frisur war so kunstlos wie immer, und sie trug keinen Schmuck, außer einem unbedeutenden Silberring, den sie nie ablegte. Man konnte sie für eine Sklavin halten. Ich versuchte, sie mir als gutgeschulte Freigelassene vorzustellen, die ich von einer Tante geerbt hatte. Helena wirkte völlig gelassen, brauchte für sich keine Erklärung.

Ich zeigte Flaccida ein dünnes Lächeln. »Ich arbeite eng mit Marcus Rubella zusammen, dem Tribun der Vierten Kohorte der Vigiles.«

»Demnach kommen Sie vom Büro des Präfekten?« Flaccidas Stimme hatte einen rauchigen Klang, der von einem vergeudeten Leben an schlecht gelüfteten Orten herrührte.

»Nicht so ganz. Gewöhnlich vertrete ich Höherstehende . . .« Hierbei vage zu bleiben, war einfach. Die Hälfte der Zeit wußte ich selbst nicht, für wen ich arbeitete. »Ich habe Ihnen etwas mitzuteilen, und ich muß Ihnen ein paar Fragen stellen.«

Sie verzog mißmutig den Mund, bedeutete mir aber ungeduldig, Platz zu nehmen. Ihren Bewegungen fehlte die Anmut. Sie ließ sich auf eine Liege fallen, während ich mich auf die gegenüberliegende setzte. Es waren hübsche, versilberte Möbelstücke mit geflügelten Greifen als Armlehnen und geschwungenem Rücken, aber sie wirkten ein wenig zu klein für den Raum. Wir hatten Flaccida in einem mehr oder weniger möblierten Salon vorgefunden, doch im Sitzen bemerkte ich die nackten Vorhangstangen. Verfärbte Stellen an den Wänden zeigten, wo früher Regale mit Ausstellungsstücken gestanden hatten. Dunkle Flekken an der Decke zeugten von einem Kronleuchter, der dort nicht mehr hing.

Helena hatte sich bescheiden ans Ende meiner Liege gesetzt, eine Notiztafel auf den Knien. »Meine Assistentin wird sich ein paar Notizen machen«, informierte ich Flaccida, die darauf mit einer gleichgültigen Geste reagierte. Interessant, daß sie Helenas Anwesenheit so bereitwillig akzeptierte.

»Worum geht es?«

»Unter anderem um Ihren Mann.«

»Mein Mann ist im Ausland.«

»Ja, ich habe ihn vor seiner Abreise kurz kennengelernt. Wie werden Sie jetzt zurechtkommen? Ich habe bemerkt, daß das Haus zum Verkauf steht.«

»Ich werde bei meiner Tochter und meinem Schwiegersohn wohnen.« Ihr Ton war trocken genug, jedes mögliche Mitgefühl zu zerstören. Sie war noch zu jung für diesen Schritt – weder verwitwet noch geschieden. Das Zusammenleben mit der jüngeren Generation würde nicht gutgehen. Irgend etwas an ihrem Benehmen machte klar, daß sie sich noch nicht einmal Mühe geben würde.

»Ihre Tochter muß ein großer Trost für Sie sein«, sagte ich. Noch bevor ich sie kennengelernt hatte, tat mir das Mädchen leid.

»Nun sagen Sie schon, weswegen Sie gekommen sind«, schnappte Flaccida. »Was haben Sie mir mitzuteilen? Ist jemand gestorben?« Ich beobachtete sie genau, während ich ihr von Nonnius Albius erzählte. »Dieser Verräter!« Das sagte sie ziemlich ruhig. Ich fing zufällig Helenas Blick auf und entnahm ihm, daß sie der Ansicht war, Flaccida hätte bereits davon gewußt.

»Vermutlich sind Sie froh, das zu hören?«

»Stimmt.« Sie sprach immer noch ganz flach. »Er hat mein Leben ruiniert.«

Ich beschloß, all die Menschen, deren Leben durch das Verbrecherimperium ihres Mannes ruiniert worden war, gar nicht erst zu erwähnen. »Nonnius wurde ermordet, Flaccida. Wissen Sie etwas darüber?«

»Nur, daß ich dem Täter gerne einen Lorbeerkranz verleihen würde.«

»Er wurde zuerst gefoltert. Es war sehr unerfreulich. Ich könnte Ihnen die Einzelheiten schildern.«

»Ja, tun Sie das.« Sie sprach mit einer aufreizenden Mischung aus Verachtung und Vergnügen. Ich fragte mich, ob Flaccida wohl fähig war, einem Mann ein Weingefäß über den Kopf zu rammen und dann den Rest von ihm verstümmeln zu lassen, während er erstickte. Sie saß sehr still da, musterte mich mit halbgeschlossenen Augen. Man konnte sie sich leicht als Initiatorin eines solchen Schreckens vorstellen.

Diverse bleiche Dienerinnen waren bei der Befragung zugegen. Ein rascher Blick bestätigte, daß die meisten unterernährt waren, mehrere hatten Striemen und Blutergüsse auf den Armen, und bei einer waren die Überbleibsel eines blauen Auges zu sehen. Flaccidas makellose Frisur war mit einem Maß von Gewalt zustande gekommen, die einer Gladiatorenschule würdig war.

»Wußten Sie, welche Art von Geschäften Ihr Mann tätigte?«

»Was ich weiß, ist meine Sache.«

Ich versuchte es weiter. »Haben Sie einen der Männer, mit denen er zusammenarbeitete, in letzter Zeit gesehen? Den Müller? Klein-Ikarus? Julius Cäsar und den Rest der Bande?«

»Nein. Mit denen hatte ich nie etwas zu tun.«

»Stimmt es, daß sie sich alle außerhalb von Rom aufhalten?«

»So wurde mir berichtet. Vertrieben von den Vigiles.«

»Sie können mir also nicht sagen, ob einer von ihnen hinter dem Diebstahl im Emporium steckt?«

»Ach, gab es einen Diebstahl?« säuselte Flaccida, diesmal kaum bemüht, ihr Wissen zu verbergen. Der Überfall war sicher nicht als nationale Heldentat im »Tagesanzeiger« veröffentlicht worden, war aber noch am gleichen Tag in allen Badehäusern Thema gewesen. Flaccida zeigte uns nur die übliche Unschuldsmiene eines gewieften Gauners.

»Ein gewaltiger. Jemand, der ganz hoch hinaus will, muß ihn organisiert haben.« Zum Beispiel Flaccida selbst. Falls sie es war, ließ sie sich jedoch nichts anmerken. Wie würde sie wohl auf eine Rivalin reagieren? »Kennen Sie Lalage?«

»Lalage?«

»Die Besitzerin eines Bordells namens ›Platons Akademie‹.« Helena, die den gebräuchlichen Namen für die »Laube der Venus« noch nicht kannte, unterdrückte ein Kichern. »Eine Geschäftspartnerin Ihres Mannes.«

»Ach ja. Ich glaube, wir sind uns mal begegnet.« Vermutlich waren sie Busenfreundinnen, aber das würde Flaccida bei einer offiziellen Befragung niemals zugeben. Sie würde lügen, selbst wenn es keinen Grund dafür gab. Lügen war für sie eine Selbstverständlichkeit.

»Meinen Sie, Lalage könnte dort weitermachen, wo Ihr Mann aufhören mußte?«

»Woher soll ich das wissen? Da fragen Sie sie besser selbst.«

»Das hab ich schon. Sie kann mindestens so gut lügen wie Sie.« Der Sache allmählich überdrüssig, wechselte ich das Thema: »Noch mal von Anfang an. Nonnius Albius, ehemaliger Partner Ihres Mannes, hat ihn verraten. Man könnte annehmen, daß nun, da Balbinus das Römische Reich verlassen hat, Sie an seiner Stelle Rache an Nonnius genommen haben.«

Dieser Vorwurf, obwohl unbewiesen, hätte genauso auch aus dem Mund eines Anklägers vor Gericht kommen können. Flaccida begann, sich ernstlich zu verteidigen. »Sie haben kein Recht, einer schutzlosen Frau solche Vorwürfte zu machen.« Von Gesetz wegen stimmte das. Eine Frau mußte einen männlichen Vertreter haben, der für sie in der Öffentlichkeit sprach. Die Antwort war gut eingeübt. Von den Frauen, die ich kannte, würden nur wenige diesen Widerspruch erheben. Doch von meinen weiblichen Bekannten mußte sich auch kaum eine hinter dem Gesetz verstecken.

»In Ordnung, ich entschuldige mich.«

»Soll ich die Frage aus dem Protokoll streichen?« unterbrach Helena bescheiden.

»Ich glaube, das spielt keine Rolle, da die Dame sie nicht beantwortet hat.«

Helena lächelte leise über meine Verärgerung. Mit einer Stimme, die aufrichtig klang, aber eigentlich skeptisch war, meinte sie: »Vielleicht hat Flaccida jetzt, wo ihr Mann weg ist, ja einen Vormund, der für sie agiert?«

»Ich habe einen Vormund und einen ganzen Stall voller Anwälte, und falls Sie Geschäftliches wissen wollen«, bellte Flaccida, wobei sie das Wort »Geschäftliches« so klingen ließ, als sei ihre Familie nur mit Kameenschnitzen oder Muschelfischen beschäftigt, »sollten Sie sich an die entsprechende Vorgehensweise halten.«

»Mir einen Termin geben lassen?« Ich grinste, aber mein Ton war bitter. »Eine Liste von Fragen an einen aufgeblasenen Togaträger schicken, der mir erst mal glatte Fünfhundert abknöpft, bevor er sagt, daß Sie keinen Kommentar abgeben können? Eine Verleumdungsklage riskieren, wenn ich dieses Gespräch in der Öffentlichkeit erwähne? Aus der Basilica Julia aufgrund ominöser Vorwürfe ausgeschlossen werden? Entdecken, daß niemand auf dem Forum mit mir reden will? Bei jedem Besuch in den Thermen riskieren, daß meine Kleider verschwinden? Herausfinden, daß die Miete meiner Mutter verdreifacht worden ist, vor die Desertierungskommission der Armee zitiert werden, Eselsdung in meinem Hausflur finden?«

»Sie kennen das wohl schon.« Flaccida lächelte. Offenbar gefiel ihr der Gedanke.

»Oh, ich weiß, wie diese Art Einschüchterungen funktioniert.«

»Zum Glück für Sie haben Sie mir Ihren Namen nicht genannt!«

»Ich heiße Falco.« Ich hätte einen falschen Namen angeben können, wollte mich aber nicht auf das Niveau dieser Leute herablassen. Wenn sie mich demütigen wollten, mußten sie mich erst mal finden. Meine normalen Klienten waren einfacher und schäbiger; bei Großkriminellen war ich nicht sonderlich bekannt.

»Und wer ist Ihre Freundin?« Diese Flaccida war ein mieses Stück. Es war eine Drohung gegen Helena – und keine allzu subtile.

»Niemand, mit der Sie sich anlegen sollten«, antwortete ich kühl.

»Ungewöhnlich, einen Beamten mit einem weiblichen Schreiber zu sehen!«

»Sie ist ein ungewöhnlicher Schreiber.«

»Ich nehme an, Sie schlafen mit ihr?«

»Solange es ihre Handschrift nicht beeinträchtigt...« Ich erhob mich. »Wir werden Sie nicht länger belästigen. Ich mag nur ungern meine Zeit verschwenden.«

»Und ich mag *Sie* nicht«, erklärte mir Flaccida offen. »Belästigen Sie mich nicht wieder!«

Ich sagte zu Helena: »Mach eine Notiz, daß die Frau von Balbinus Pius sich geweigert hat, Routinefragen zu beantworten, und dann die höflichen Erkundigungen eines Zivilermittlers als ›Belästigung‹ bezeichnete.«

»Verschwinden Sie!« kreischte die unechte Blondine.

In manchen Kreisen sind die Frauen furchterregender als die Männer.

XXXIV

»Das hast du ja gründlich versaut!« Helena Justina war stinksauer auf mich. »Führst du deine Befragungen immer so durch?«

»Wieso? Ja, mehr oder weniger.«

»Soll das heißen, manchmal werfen dich die Leute gleich raus?«

»Manchmal lassen sie mich gar nicht erst rein«, gab ich zu. »Aber es kann auch besser laufen.«

»Ach? Wenn sich die Frauen dir an den Hals werfen?«

»Natürlich gewöhnt sich ein gutaussehender Mann wie ich daran, Fragen zu stellen, während er sich gewisser Aufmerksamkeiten erwehren muß.«

»Mach dir doch nichts vor. Sie hat dich regelrecht massakriert!« grummelte Helena.

»Ach, das würde ich nicht sagen. Aber was für eine starrköpfige alte Hexe! Zumindest hat sie uns vorgeführt, wie's bei Gangsterbossen zugeht: Lügen, Drohungen und der Wink mit dem Gesetz.«

Wir standen auf der Straße vor Flaccidas Haus und kabbelten uns. Mir machte das nichts aus. Ein Streit mit Helena munterte mich stets auf. Solange sie das Gefühl hatte, ich sei einen Streit wert, war das Leben nicht vollkommen hoffnungslos.

»Du hast nichts von ihr erfahren, ihr aber alles über deine Ermittlungen erzählt – plus der Tatsache, daß du nichts beweisen kannst! So kommen wir nicht weiter«, fuhr Helena aufgebracht fort. »Wir müssen zu ihrer Tochter, und zwar schnell, bevor die Mutter sie warnen kann. Und diesmal überläßt du mir das Reden!«

Mit Helena als Partner zu arbeiten, war das reinste Vergnügen. Großmütig gab ich nach, und wir machten uns auf den Weg zu dem Mädchen.

Milvia und ihr wettsüchtiger Ehemann Florius lebten nicht weit entfernt. Vielleicht war Balbinus so auf den jungen Ritter aufmerksam geworden, dem er seine Tochter angedreht hatte. Wie dem auch sei, dieses Haus war sogar noch größer und prächtiger als das, aus dem uns Flaccida gerade rausgeworden hatte. Was vermutlich bedeutete, daß wir hier mit einem noch rascheren Rauswurf rechnen mußten.

Der Ehemann war ausgegangen. Die junge Frau empfing uns. Sie war um die zwanzig, dunkelhaarig, klare Züge, sehr hübsch. Keine Ähnlichkeit mit ihren Eltern. Sie trug ein extrem teures dunkelrotes Seidenkleid mit Stickerei aus Silberfäden. Nicht sonderlich praktisch, wenn man Birnen in Honigsoße aß, was sie gerade tat. Irgendwie bezweifelte ich, daß die junge

Milvia sich je Gedanken um Wäscherechnungen gemacht hatte. Ihr Juwelier hatte mehr Geschmack als der ihrer Mutter; sie war mit einer kompletten Schmuckgarnitur aus altem griechischen Gold herausgeputzt, inklusive eines netten kleinen Stirnreifs um ihr dichtgelocktes Haar.

Sie empfing uns allein, so daß ich nicht feststellen konnte, ob die Dienerinnen, die in diesem Haus die Brennschere schwangen, verprügelt wurden, falls sie ein Löckchen falsch plazierten. Milvia wirkte intelligent genug, um ihre Dienerschaft mit Tücke zu steuern. Oder sie zu bestechen.

Das Heft fest in der Hand, schenkte Helena ihr ein Lächeln, das jede Anrichte spiegelblank geputzt hätte. »Entschuldigen Sie, daß wir Sie stören – Sie haben sicher viel zu tun. Das hier ist Didius Falco, der Ermittlungen für ein wichtiges Komitee durchführt. Er wird ruhig dabeisitzen, während wir uns unterhalten, aber Sie brauchen sich seinetwegen keine Gedanken zu machen. Man war der Meinung, Sie würden vielleicht lieber von einer Frau befragt, darum bin ich hier.«

»Ich bin zu jeder Hilfe bereit!« versprach die strahläugige, unschuldige Tochter von Gangstern, als ginge es darum, Spenden für einen neuen Tempel der Juno Matrona zu sammeln.

»Gut, vielleicht sollte ich erst mal prüfen, ob meine Informationen korrekt sind . . . Sie sind Balbia Milvia, Tochter des Balbinus Pius und der Cornella Flaccida, jetzt verheiratet mit Gaius Florius Oppicus?«

»Ja, ja, das bin ich!« Offenbar war es eine Freude für das kleine Strahlauge, daß man so gut über sie Bescheid wußte.

»Natürlich«, sagte Helena freundlich, »sind uns die Schwierigkeiten bekannt, denen Ihre Familie vor kurzem ausgesetzt war. Es war sicher ein Schock für Sie, von den schwerwiegenden Anklagepunkten gegen Ihren Vater zu hören?«

Das hübsche Gesichtchen verdüsterte sich; das süße Mündchen verzog sich schmollend. »Ich glaube es einfach nicht«, protestierte Milvia. »Das sind alles Lügen, die sich böse Feinde meines Vaters ausgedacht haben.«

Helena sprach mit leiser, strenger Stimme. »Und wie, glauben Sie, ist Ihr Vater zu solchen Feinden gekommen?« Milvia erschauerte. »Wir können nichts für unsere Verwandten«, meinte Helena mitfühlend. »Und oft können diejenigen, die ihnen besonders nahestehen, die Wahrheit am schwersten erkennen. Ich spreche aus eigener Erfahrung.« Ein Onkel von Helena hatte Hochverrat begangen, ganz zu schweigen von ihrem geschiedenen Mann, der ein absolutes Ekel und eine Gefahr für die Gesellschaft gewesen war. »Wie ich hörte, hat Ihr Vater dafür gesorgt, daß *Sie* eine perfekte Erziehung bekamen. Ich bin sicher, Ihr Mann denkt das gleiche.«

»Florius und ich stehen uns sehr nahe.«

»Wie schön.« Je weiter sich die Unterhaltung entwickelte, desto froher war ich, nicht derjenige zu sein, der sich diesen ganzen Schmus mit einem erstarrten Lächeln im Gesicht anhören mußte. Ich hielt das Mädchen für eine totale Heuchlerin. Doch solange sie die Rolle durchhielt, würde es schwer sein, das zu beweisen. »Meine Liebe, Sie gereichen Rom eindeutig zur Ehre, und ich bin sicher«, meinte Helena mit heiterem Lächeln, »daß ich mich auf Ihre Hilfe bei unseren Ermittlungen verlassen kann . . .«

»Oh, ich helfe Ihnen gern, wo ich kann«, lispelte die ehrbare Bürgerin und strich sich das kostbare Gewand glatt, das man ihr vom Erlös aus Diebstahl und Erpressung gekauft hatte. »Nur leider weiß ich überhaupt nichts.«

»Sie wissen vielleicht mehr, als Sie glauben!« teilte Helena ihr in bestimmtem Ton mit. »Lassen Sie mich einfach ein paar Fragen stellen, dann werden wir ja sehen.«

»Ja gut, wenn Sie meinen.«

Ich persönlich hätte das kleine Unschuldslamm am liebsten übers Knie gelegt und mit einer kräftigen Tracht Prügel zur Räson gebracht. Helena hielt sich zurück. »Lassen Sie uns zunächst mal über die Mitarbeiter Ihres Vaters sprechen, Milvia. Sie wissen es sicher noch nicht, aber Nonnius Albius, der Partner Ihres Vaters, wurde gerade unter sehr häßlichen Umständen tot aufgefunden.«

»Oh, wie schrecklich!«

»Haben Sie Nonnius seit der Gerichtsverhandlung Ihres Vaters gesehen oder von ihm gehört?«

»Nein, nein!« blubberte unser zartes Pflänzchen.

»Aber Sie kannten ihn?«

»Er war für mich eine Art Onkel, als ich klein war. Ich kann immer noch nicht glauben, daß er angeblich all diese schrecklichen Dinge getan haben soll. Und ich kann nicht fassen, daß er vor Gericht all diese erfundenen Geschichten über Papa erzählt hat. Daran muß seine Krankheit Schuld sein. Als er das getan hat, war mir klar, daß weder Mama noch ich ihn jemals wieder empfangen konnten. Mama haßt ihn.«

»Ja, das hat sie uns gesagt.« Helena ließ es so klingen, als sei sie der Meinung, Flaccida und Nonnius hätten eine heiße Affäre gehabt. Ob Klein-Milvia diese Ironie mitbekam, war fraglich, aber ich genoß die Situation. »Jetzt«, fuhr Helena streng fort, »möchte ich Sie zu ein paar anderen Geschäftspartnern Ihres Vaters befragen. Was können Sie mir über Leute wie Klein-Ikarus sagen – und wen gab es da noch, Falco?«

»Den Müller, Julius Cäsar – kein Verwandter, wurde mir gesagt – und zwei Schläger namens Verdigris und die Fliege.«

»Ich kenne keinen von denen!« Durch Petronius wußte ich, daß Balbinus sein Imperium von zu Hause aus regiert hatte; die erwähnten Verbrecher mußten ständig bei ihm ein und aus gegangen sein. Entweder log Milvia, oder sie war wirklich schwer von Begriff. »Die klingen ja gräßlich.«

»Das sind sie auch«, erwiderte ich knapp.

Mit verwirrtem Blick wandte sich Milvia schutzsuchend an Helena. »Sagen Sie ihm, daß ich nichts mit solchen Leuten zu tun habe.«

»Sie hat nichts mit solchen Leuten zu tun«, erklärte mir Helena trocken. Milvia hatte wenigstens den Anstand, besorgt zu schauen, weil ihr Gegenüber so unbeeindruckt war. Helena Justina war ein höflicher Mensch (wenn sie beschloß, es zu zeigen). Doch unter dem höflichen Äußeren war sie gewitzt und zäh. Normalerweise machte sie mich damit fertig; jemand anderen in ihren Fängen zappeln zu sehen, war eine hübsche Abwechslung. Ich mußte zugeben, daß sie es sehr gut machte – auch wenn die Antworten enttäuschend waren. »Sind Sie je einer eher exotischen Geschäftsfrau namens Lalage begegnet?« fuhr Helena unverdrossen fort.

»Ich glaube nicht. In welchen Geschäften ist sie denn tätig?«

»Sie führt ein Bordell.« Helenas Stimme blieb ganz ruhig.

»Oh nein«, kreischte das schockierte Püppchen. »So jemanden habe ich nie kennengelernt!«

»Ich auch nicht«, meinte Helena mißbilligend. »Aber man sollte sich bewußt sein, daß solche Orte und solche Menschen existieren.«

»Besonders«, warf ich ein, »wenn solche Orte einem die Erziehung bezahlt und die Mitgifttruhe gefüllt haben! Wenn sie leugnet, von Bordelleinnahmen gewußt zu haben, frag Balbina Milvia doch mal, woher ihrer Meinung nach das Geld ihrer Familie stammte?«

Helena warf Milvia einen fragenden Blick zu, und das Mädchen murmelte: »Aus irgendeiner Art Handelsgeschäft, nehme ich an.«

»Sehr gut. Vom Verkauf gestohlener Gegenstände und Prostitution.«

»Bitte, Falco.« Das war Helenas Verhör, also hielt ich die Klappe. »Stammt Ihr Mann auch aus einer Kaufmannsfamilie?« fragte Helena nachdenklich.

»Ich glaube, sein Vater war Steuereinnehmer.«

Beinahe hätte ich laut losgeprustet. Zum ersten Mal kam mir das Eintreiben von Steuern wie ein anständiger Beruf vor.

»Und was macht Florius?« fragte Helena.

»Oh, Florius muß nicht arbeiten.«

»Wie schön für ihn. Womit verbringt er denn seine Zeit, Milvia?«

»Ach, mit diesem und jenem. Was Männer eben so tun. Ich spioniere ihm doch nicht nach!«

»Warum? Interessiert es Sie nicht?« forderte ich sie heraus. »Er könnte sich mit anderen Frauen herumtreiben.«

Sie errötete sittsam. »Ich weiß, daß er das nicht tut. Er ist mit seinen Freunden zusammen.«

»Könnte es sein, daß diese Freunde, mit denen er so dick ist, zufällig Kriminelle sind?«

»Nein.« Wieder sah Milvia Helena flehend an, als erhoffte sie sich Schutz vor meinen ungerechtfertigten Angriffen. »Florius geht in die Bäder und zu den Rennen, und er redet mit Leuten auf dem Forum und schaut sich Kunst in den Portiken an . . .«

»Wie nett!« sagte ich. Das schloß eine Verbrecherkarriere nicht aus. All diese Aktivitäten waren Alltagsroutine in Rom – und alle boten ideale Tarnung für die Organisation eines ausgedehnten Unterweltimperiums.

»Demnach ist Florius ein Mann von Welt«, sinnierte Helena. »Ein Lebemann.« Florius behielt eine reine Weste, während er das Geld seines Vaters ausgab und dazu das, was seine Frau mit ihrer zweifelhaften Verwandtschaft für die Ehrbarkeit bezahlt hatte. Er klang wie der typische Mittelschicht-Parasit.

»Wer ist der Erbe Ihres Vaters?« fragte ich plötzlich.

»Oh, Himmel, ich habe keine Ahnung!« Vielen Dank, Milvia; immer noch der Rolle treu.

In diesem Moment trat eine Sklavin mit einem Tablett ein, auf dem die nachmittägliche Erfrischung für die junge Dame stand, dazu der exquisite Bronzebecher, aus dem sie trinken sollte. Milvia gab ihr die leere Obstschale (eine schwere, vergoldete Angelegenheit mit hübscher, eingravierter Bacchantenszene). Die Dienerin goß ein wenig von dem kräftig aussehenden Rotwein ein, stark gewürzt, wie man an dem Sieb erkennen konnte. Kaltes Wasser wurde aus einem Glaskrug hinzugefügt. Wir wurden eingeladen, mitzuhalten, lehnten aber beide ab. Helena trank nur mit mir; ich trank nie mit anderen Frauen, wenn Helena dabei war. Außerdem mochte ich meinen Wein nicht so verwässert.

»Was für ein wunderschöner Wasserkrug!« rief Helena, die sich selten in fremden Häusern über die Besitztümer ihrer Gastgeber ausließ.

»Gefällt er Ihnen?« Milvia nahm ihn vom Tablett, goß den Inhalt in eine Blumenvase und reichte ihn Helena. »Nehmen Sie ihn als Geschenk an!«

Das Angebot kam so spontan, daß es mir schwerfiel,

es als Bestechung aufzufassen. Die Sklavin wirkte nicht überrascht. Balbina Milvia schien zu jenen Frauen zu gehören, die alle und jeden mit viel zu teuren Geschenken überhäuften. Als einziges Kind von Eltern, die sich in einem engen und heimlichtuerischen Kreis bewegten, einem Kreis, vor dem man das Kind abgeschirmt hatte, fiel es ihr sicher nicht leicht, Bekanntschaften zu schließen. Ihr Mann kümmerte sich wenig um sie. Ihr gemeinsames Gesellschaftsleben war zweifellos äußerst dürftig. Hätten wir ihr glauben können, daß sie wirklich nichts von der Welt ihres Vaters wußte, hätten wir vielleicht Mitleid mit der jungen Frau empfunden.

Selbst mir gelang ein Lächeln, als Helena mir den Krug zeigte. »Sie sind sehr großzügig. Das ist ein schönes Stück. Haben Sie es in Rom gekauft?«

»Ein Freund der Familie hat es meinem Mann geschenkt.«

»Jemand mit ausgezeichnetem Geschmack. Wer war es?« Ich sprach obenhin, als ich Helena den Krug abnahm.

»Ach, irgendein Gönner. Ich weiß seinen Namen nicht.«

»Wird Ihr Mann nicht böse sein, wenn Sie den Krug einfach weggeben?«

»Er schien ihn nicht sonderlich zu mögen. Wir haben ihn noch nicht lange«, erwiderte Milvia.

Etwa zwei Tage, vermutlich. Ich beschloß, sie nicht weiter zu drängen, bevor ich nicht mit Petronius gesprochen hatte, aber früher oder später würde die arglose kleine Milvia uns den Namen des Gönners nennen müssen. Wenn Petro sah, was sie uns da so fröhlich übergeben hatte, würde er ihr Haus vermutlich nach mehr durchsuchen wollen – und zwar nicht, weil er ihren Geschmack für Weingefäße bewunderte.

Was ich da so vorsichtig in der Hand hielt, war ein zarter Wasserkrug in durchscheinendem Weiß, um den sich feine dunkelblaue Spiralen rankten; er hatte einen aus zwei Glassträngen gedrehten Griff und eine leicht eingekniffte Tülle.

»Sehr schön«, wiederholte Helena. »Ich würde sagen, es ist syrisches Glas. Was meinst du, Marcus Didius?«

»Zweifellos.« Ich hätte noch mehr dazu sagen können. Wenn es keine Doublette war, handelte es sich um eines der Stücke, die Helena in Tyrus für meinen Vater gekauft hatte; eines, das beim Überfall auf das Emporium abhanden gekommen war.

Normalerweise hätte ich einem Fremden nicht erlaubt, Helena Justina ein Geschenk zu machen. Hier war es etwas anderes. Als wir gingen, nahmen wir den Krug mit.

XXXV

»Siehst du, so macht man das«, verkündete Helena stolz, als wir den Aventin hinauf zurück zur Brunnenpromenade gingen.

»Ich bin schwer beeindruckt! Hätte ich nur bei der Mutter die gleiche Taktik angewendet – wer weiß, welchen Luxus wir noch für zu Hause abgestaubt hätten!« Ich ließ es so klingen, als fände ich ein Geschenk von Flaccida ekelhaft.

Helena wich einer Reihe Kübel aus, die im Portikus

eines Ladens hingen. »Unsere Entdeckung war ein Zufall, das gebe ich zu. Ich bin ja nicht unvernünftig.«

»Du bist ein Schatz.«

»Aber ich habe mehr rausgekriegt als du.«

»Du hast gar nichts rausgekriegt, Helena! Die Mutter hat sich geweigert, uns zu helfen; die Tochter hat mit den Wimpern geklimpert, versprochen, uns zu helfen, und dann behauptet, sie wüßte von nichts. Unterschiedliche Taktiken; das gleiche nutzlose Ergebnis.«

»Sie schien die Wahrheit zu sagen, Marcus. Sie kann nicht gewußt haben, daß der Wasserkrug gestohlen war.«

»Sie kann nicht gewußt haben, daß man ihn *uns* gestohlen hatte!« korrigierte ich sie. Ich klang wie ein alter, pedantischer Paterfamilias. Helena hüpfte vom Randstein und lachte mich aus.

Ich konnte nicht hüpfen. Ich trug den gestohlenen Krug.

Während Helena zu Maia ging, unser Findelkind holte und sich erkundigte, ob Tertulla wieder aufgetaucht war, brachte ich den Krug ins Wachlokal und führte dort das prächtige Stück vor. Petro nahm das Kunstwerk in seine große Pfoten, während ich Blut und Wasser schwitzte vor Angst, er könne es fallen lassen. »Was ist das?«

»Ein Geschenk von Milvia. Als ich den Krug zum letzten Mal sah, gehörte er Papa.«

»Du hast Milvia verhört? Das war schnell. Ich habe Porcius gerade zu dir rübergeschickt.«

»Ich arbeite eben fix«, sagte ich obenhin, ohne zu erwähnen, daß ich meine eigene Zeugin mitgenommen hatte. »Das Mädchen behauptet, sie und Florius hätten es als ›Geschenk von einem Gönner‹ bekommen.«

»Glaubst du ihr?«

»Mädchen zu glauben, habe ich aufgegeben, als ich vierzehn war.«

Mein alter Freund war nicht der Mann, der irgend etwas übereilte. Er dachte in aller Ruhe darüber nach. »Dieser Glaskrug gehört zu den Sachen, die Geminus gestohlen wurden. Jetzt taucht er bei Milvia und Florius auf, aber wir wissen nicht, wie er dahin gekommen ist.«

»Es ist immer noch möglich, daß die süße kleine Milvia ihn ganz legal gekauft hat«, betonte ich. »Ein unschuldiger Kauf, oder ein echtes Geschenk.«

»Nerv mich nicht, Falco! Aber vielleicht hat sie nur den Krug.«

»Hoffentlich nicht, es gehörte noch ein Satz Becher dazu«, erinnerte ich mich bitter.

Petro fuhr unbeirrt fort, jetzt an seine Männer gewandt: »Ich will nicht zu viel Druck ausüben und damit die Sache verpfuschen, aber ich will sehen, was sie sonst noch haben. Wir werden die Häuser aller wichtigen Kriminellen durchsuchen und zusätzlich das von Milvia und Flaccida. Wir tun so, als wäre das reine Routine nach dem Überfall auf das Emporium. Vermutlich werden wir dabei sowieso auf ein paar interessante Trophäen stoßen, Zeitverschwendung ist es also keinesfalls. Falco wird nicht dabei sein. Milvias Wasserkrug lassen wir vorläufig unerwähnt.«

»Das klingt vernünftig. Die Räuber haben Zeit gehabt, die Beute aufzuteilen, aber das meiste wird sicher weiterverkauft.«

»Falco hat recht«, meinte Petro. »Wir werden gleichzeitig ein paar Läden durchsuchen, die Hehlerware verkaufen.« An Martinus gewandt, fuhr er fort: »Versuch rauszubekommen, ob da noch neue Läden hinzugekommen sind, damit uns keiner entgeht.«

»Wär schön, wenn ihr dabei auch nach einem Gegenstand Ausschau haltet, der nicht auf der Liste steht«, sagte ich düster. »Er ist aus Gold und hat ein Vermögen gekostet, glaubt mir!« Sorgfältig beschrieb ich Helenas Geburtstagsgeschenk, während sie alle aufmerksam zuhörten und sich über meine Extravaganz lustig machten. »Das Ding befand sich unter den Glaswaren, aber Papa kann es Martinus gegenüber nicht erwähnt haben, weil er nicht wußte, daß ich es dort versteckt hatte.«

»Bestechung für eine Geliebte?« fragte Fusculus mit unschuldiger Miene.

»Ein Geburtstagsgeschenk für Helena. Mir bleibt nur noch ein Tag, es zu finden – oder ich muß was Neues kaufen.«

»Warum erklärst du es Helena nicht und hoffst darauf, daß wir das Original bald finden?« schlug Petro vor. »Sonderbarerweise ist das Mädchen immer sehr einsichtsvoll, was dich betrifft.«

»Helena ist nicht das Problem. Ich muß was beischaffen, und zwar war Außergewöhnliches, damit ich nicht zum Gespött ihrer verdammten Familie werde. Ihre Mutter zum Beispiel rechnet fest damit, daß ich Helena enttäusche.«

»Ach, es ist die *Mutter*, die er beeindrucken will!« murmelte Petro boshaft zu Fusculus gewandt.

Fusculus ließ das Kinn zu einer kummervollen Grimasse sacken. »Erklär dem Mann, Chef, daß man die Mutter *niemals* rumkriegt!«

Da ich bei den Durchsuchungen nicht gebraucht wurde, überließ ich Petro und Fusculus ihrem Kopfschütteln über meine mißliche Lage und ging ein paar Dinge erledigen. Der Krug blieb im Wachlokal, was nur gut war, denn sonst wäre er vielleicht noch vor Ende des Tages zu Bruch gegangen.

Ich schlenderte zum Haus meines Vaters, da ich wußte, daß er in den Saepta Julia sein würde. Das war mir nur recht. Ich bat seine Dienerschaft, ihm auszurichten, daß wir einen seiner syrischen Schätze gefunden hatten und ich ein Geschenk für Helena brauchte. Damit würde Papa wissen, daß sie Geburtstag hatte; er würde versuchen, sich bei uns zum Feiern einzuladen, aber da wir zu ihren Eltern mußten, konnten wir dem entgehen. Danach schaute ich bei meiner Mutter vorbei. Auch sie war nicht zu Hause, aber ich sorgte dafür, daß eine neugierige Nachbarin mich sah und Mama so von meinem Besuch erfahren würde. Brillant. Ich hatte die Pflichtbesuche bei beiden Eltern erledigt, ohne tatsächlich mit ihnen sprechen zu müssen.

Zurück zur Brunnenpromenade. Ich winkte Cassius zu und bemerkte, daß jemand plötzlich den Laden gegenüber der Bäckerei angemietet hatte, den Helena und ich uns kurz angesehen hatten, bevor wir unser neues Domizil fanden. Irgendwelcher Krimskrams wurde jetzt dort angeboten, den ich aber nicht näher in Augenschein nahm. Meine neue Wohnung, die ich rasch noch bei Tageslicht inspizierte, sah so aus, als könnten wir was Vernünftiges daraus machen. Vom Müllkarren auf der Straße waren ein paar Sachen verschwunden und nur wenige neu hinzugekommen; das konnte mir nur recht sein. Ich fühlte mich wie ein Jongleur, der die Bälle in Bewegung hält. In meiner Zufriedenheit machte ich den Fehler, mich beim Überqueren der Straße von Lenia entdecken zu lassen.

»Falco! Wir müssen noch die Hochzeit besprechen!«

»Zum Beispiel, wie man dich überreden kann, deinem Bräutigam den Laufpaß zu geben?«

»Du gibst wohl nie auf?«

»Ich will mich nicht in zwei Monaten damit abplacken müssen, Gründe für eine Scheidung zusammenzuklauben, damit du ihm deine Mitgift wieder abnehmen kannst. Beweise gegen Smaractus zu finden, wird schrecklicher sein als alles, was ich je tun mußte.«

»Er ist eben eine schillernde Persönlichkeit«, schmollte Lenia.

»Er ist eine Katastrophe.«

»Er muß nur zur Ruhe kommen.«

»Auf einem Misthaufen«, sagte ich.

Danach durfte ich verschwinden, ohne über Prophezeiungen und ähnliches diskutieren zu müssen.

Frohgemut eilte ich die Treppe hinauf und ließ mir unterwegs nur Zeit, der herrenlosen Hündin Nux zuzurufen, daß sie mir ja nicht folgen soll. Sie war eine zottelige Promenadenmischung mit vielfarbigem Fell und hatte klare, seelenvolle Augen. Etwas an ihren großen pelzigen Pfoten und ihrem intelligenten Gesicht war von fataler Anziehungskraft. Ich lief rasch weiter, um sie zu entmutigen.

Inzwischen war es später Nachmittag, und nach der Siesta und vor dem Gang in die Bäder herrschte überall relative Ruhe. Aus den Wohnungen, an denen ich vorbeikam, tönte weniger Lärm als sonst; weniger schreiende Kinder, weniger genervte Erwachsene. Die Gerüche schienen nicht ganz so aufdringlich. Beinahe hätte ich mir einreden können, daß das Haus zwar schäbig und überfüllt war, der Besitzer aber trotzdem die Chance auf ein normales Leben verdiente . . . Was war los mit mir? In die Hochzeit mit einbezogen zu werden, brachte meine zynische Einstellung ins Wanken. Ich wußte, was es war: Lenia und Smaractus den Priester zu machen, gab mir das Gefühl, für ihr zukünftiges Wohlergehen verantwortlich zu sein.

Fluchend rannte ich, mehrere Stufen auf einmal nehmend, in den vierten und fünften Stock hinauf. Ich wollte die Wäscherei und ihre verrückte Besitzerin so schnell wie möglich hinter mir lassen. Oben verlangsamte ich meinen Schritt. Instinktive Vorsicht ließ mich leise auftreten.

Dafür machte jemand anderer Krach. Als ich den letzten Treppenabsatz erreichte, hörte ich einen Mann ängstlich rufen. Dann schrie Helena: »Nein! Oh nein!«

Ich überquerte den Treppenabsatz mit zwei Sätzen. Die Tür stand offen. Ich schoß hinein, außer Atem vom Treppensteigen, aber bereit für alles.

Die Stimme, die ich gehört hatte, war die von Porcius, Petros jungem Rekruten. Er hielt die eine Hand hoch, versuchte, die Situation zu klären. Was seine Kräfte bei weitem überstieg. Zwei häßliche Schlägertypen, deren gewalttätige Absichten sich nicht übersehen ließen, waren vermutlich kurz vor mir in die Wohnung eingedrungen. Der eine von ihnen, ein höhnischer Riese und regelrechter Muskelprotz, lachte Porcius aus, während der Junge versuchte, ihm mit Vernunft beizukommen. Der andere bedrohte Helena; er hielt unser Müllbaby an seinen dünnen Ärmchen und schwang es vor und zurück wie eine angeklammerte Serviette an einer windigen Wäscheleine.

»Ich bin nicht Falco, und das ist nicht ihr Kind!« versuchte es Porcius tapfer.

Von der Tür her brüllte ich: »Ich bin Falco!«

Der Riese schoß zu mir herum, ein beängstigender Anblick. Ich hatte mein Messer gezogen, mußte es aber fallen lassen. Der kleinere Mann schleuderte etwas in meine Richtung. Ich ließ das Messer fallen, weil ich sein Geschoß auffangen mußte – und das gut: Der Drecksack hatte mit dem Baby nach mir geworfen.

XXXVI

Ich fing es auf und drehte es richtig rum. Das Baby brüllte, war aber offensichtlich noch heil. Trotzdem wollte der Kleine alle wissen lassen, wie wütend er war. Ohne mich durch meinen Blick zu verraten, überlegte ich fieberhaft, wo ich ihn ablegen konnte. Der einzige Ort war der Tisch; an ihn kam ich nicht heran.

Um Zeit zu gewinnen, versuchte ich, die Atmosphäre zu entspannen. »Guten Tag!« begrüßte ich meine unbekannten Besucher. »Sind Sie Melonenverkäufer oder nur Finanzberater, die uns einen günstigen Billigkredit anbieten wollen?« Die beiden Schlägertypen starrten mich an. Witzig zu sein, war momentan meine einzige Waffe; sie wirkten nicht sonderlich beeindruckt. Das Müllbaby hielt inzwischen fest meinen Hals umklammert, brüllte aber nicht mehr. »Sie werden leider gehen müssen«, fuhr ich etwas gepreßt fort. »Mein Arzt hat mir von Fruchtsäure abgeraten, und wir sind ein Haushalt, der aus religiösen Gründen das Schuldenmachen vermeidet.«

»Sie sind Falco!« Das kam von dem Kleineren, dessen Hirn ein wenig langsam zu arbeiten schien. Seine Stimme war rauh, sein Ton arrogant. Sein Freund brauchte nicht zu reden. Der Riese mußte nur dastehen und seine Fingerknöchel knacken lassen, das reichte als erfolgreicher Beitrag zu dieser Unterhaltung.

Es gelang mir, den Griff des Babys zu lockern und ein wenig Luft zu schnappen. »Was wollen Sie?«

»Mit Ihnen reden.« Daß sie mir lieber die Rippen eingetreten hätten, war eindeutig. Der Kleinere spuckte genüßlich in eine Schüssel mit frisch gepellten harten Eiern. Widerliche Kerle. Helena schäumte, und er grinste sie an.

Er war wirklich sehr klein. Kein Zwerg; alles perfekt proportioniert, aber mindestens einen Fuß kleiner als der Durchschnitt. Bei einer Statue wäre sein Problem nicht aufgefallen, doch selbst seine Mutter würde keine Statue dieses Schurken in Auftrag geben. Den breiten Bronzearmreifen an den Oberarmen nach hätte er es sich allerdings durchaus leisten können. Und seine protzigen Siegelringe sahen eher wie Wucherungen statt wie Schmuck aus.

»Wer hat euch geschickt?«

»Das geht Sie nichts an.«

»Ich werd's schon rausfinden.« Mit einem Blick zu Helena meinte ich: »Irgendwas sagt mir, Liebes, daß wir heute jemanden vergrätzt haben!«

»Sie vergrätzen uns!« bemerkte der Kleine.

»Und das werden Sie in Zukunft sein lassen!« knurrte der Riese. Seine Stimme war ein tiefes Rumpeln; die Erinnerung an das Vergnügen, Menschen zu foltern, die seine Worte mißachteten, war unüberhörbar. Ein geschorener Schädel und unreine Haut waren die Abzeichen seiner Brutalität. Massive Schultern sprengten fast das dünne Material seiner abgetragenen Tunika. Beim Sprechen zeigte er gern seine erstaunlich weißen Zähne. Er füllte den Raum fast aus.

»Was sein lassen?« erwiderte ich freundlich. »Welche Gruppe abgewrackter Schmierlappen vertretet ihr hier eigentlich genau?«

Ich sah, wie Helena verzweifelt die Augen schloß und dies für die falsche Vorgehensweise hielt. Sich unterwürfig zu entschuldigen, hätte auch nichts gebracht. Das war mir klar. Die Männer wollten Schrekken verbreiten, und sie würden nicht gehen, bevor wir nicht verängstigt in der Ecke hockten. Sie würden uns mit Freude Schmerz zufügen. Mit der Verantwortung für eine schwangere Frau, einen ungeübten Rekruten und ein Baby mußte ich vor allem dafür sorgen, daß sie sich auf mich konzentrierten.

Sie waren zu zweit und wir zu dritt, aber kräftemäßig waren sie uns überlegen. Ich sah keine Möglichkeit, uns aus der Klemme zu befreien, aber ich mußte es versuchen. Am liebsten hätte ich mir als erstes den Zwerg vorgeknöpft, aber es war nicht genug Platz; mein Aktionsradius war begrenzt.

Ich sagte: »Ich glaube, ihr solltet jetzt gehen.« Dann reichte ich Porcius das Baby und machte mich bereit, als der Große auf mich zukam.

Es war, als würde mich ein Altarstein auf Beinen attackieren. Als hätte ich eine Marmorplatte in die Weichteile bekommen. Er nahm mich in den Schwitzkasten. Sein Griff war unerträglich, und dabei strengte er sich noch nicht mal an.

Wieder brüllte das Baby. Der kleinere Mann wirbelte herum zu Helena. Er packte sie. Porcius brachte das Baby auf dem Balkon in Sicherheit, sprang dann Helenas Angreifer von hinten an und versuchte, ihn von ihr wegzuziehen. Porcius' Gebrüll hätte Hilfe herbeirufen sollen, wenn einer meiner Mitmieter der Typ gewesen wäre, einen Mord in unmittelbarer Nähe zu bemerken. Sie waren alle taub. Wir mußten allein damit fertig werden.

Das Gerangel der anderen lenkte meinen Angreifer etwas ab. Ich drückte meine Ellbogen so weit nach außen, daß ich mit den Händen nach unten greifen konnte. Ich drückte fest zu. Mit beiden Händen. Der Riese verzog das Gesicht zu einer ärgerlichen Grimasse, aber sonst hatte mein Versuch, seine Manneszier zu zerquetschen, keine erkennbare Wirkung. Jetzt ging es mir an den Kragen. Ohne jede Mühe hob er mich hoch. Er hätte mich über den Kopf gehoben, aber das Zimmer war zu niedrig. Mit einer langsamen Drehung machte er sich daran, mich statt dessen gegen die Wand zu schleudern. Aus den Augenwinkeln sah ich, wie Porcius rückwärts taumelte; er hatte den Kleineren von Helena weggezerrt. Beide prallten gegen uns; der Riese änderte seine Meinung, wollte mich nun nicht mehr zur Wanddekoration machen; Porcius und sein Gegner stolperten zurück.

Der Riese hatte seinen Griff nicht gelockert, schwang mich nun in die andere Richtung. Jetzt sollte ich ihm als Waffe dienen; er hatte vor, mich als Rammbock zu benutzen, um Porcius anzugreifen.

Plötzlich griff sich Helena einen Topf brodelnder Brühe von der Herdstelle. Sie kippte ihn über den Kleineren aus. Glühendheiße Flüssigkeit lief ihm über Gesicht und Nacken.

Porcius sah es kommen; er ließ los und sprang gerade noch rechtzeitig zurück. Der Kleine schrie auf vor Schmerz und Entsetzen. Der Riese lockerte seinen Griff. Die Schmerzensschreie seines Freundes schienen ihm ernstlich Sorgen zu machen. Ich wehrte mich gegen ihn, machte alles genau richtig. Es war hoffnungslos – als wolle man erstarrten Beton mit nackten Händen formen.

Porcius rannte zurück, versetzte dem Kleinen ein paar Boxhiebe, dann prügelten Helena und er gemeinsam auf ihn ein, um ihn zu verjagen. Helena versuchte jetzt, ihm den rotglühenden Eisentopf auf den Schädel zu schlagen. Immer noch brüllend, wich er zurück. Irgendwie fand er dabei mein heruntergefallenes Messer. Im nächsten Augenblick duckte er sich und machte bösartige Finten mit dem Messer.

Helena und Porcius wichen zurück zur Balkontür. Selbst mit seinen Verbrennungen und bemüht, kochendheiße Linsen von seinem Tunikakragen zu pulen, war dieser Mann noch gefährlich.

Ich steckte in großen Schwierigkeiten. Jede Bewegung, die ich machte, brachte mich dem Ersticken näher. Ich schob meine Handkante unter das Kinn des Riesen und zwang seinen Kopf so weit wie möglich nach hinten. Sein Gesicht verzog sich zu einer dämonischen Maske, aber er drückte immer weiter zu. Mein anderer Arm war nutzlos; er hatte ihn bös mißhandelt. Allmählich wurde mir schwarz vor Augen.

Vage bekam ich mit, daß jemand die Treppe heraufkam. Helena rief um Hilfe. Ich hörte Fußgetrappel. Plötzlich flog etwas durch die Luft und krallte sich in den Arm des Riesen, der meinen Kopf zu zerquetschen versuchte. Der Mann schrie auf und schüttelte sich wie wild; ich rutschte zu Boden. Mein Retter war Nux, die sich immer noch laut knurrend fest im Arm meines Angreifers verbissen hatte.

Der Raum füllte sich mit kreischenden Frauen. Der kleine Mann ließ das Messer fallen; ich schnappte es mir und kam schwankend auf die Füße. Ohne abzuwarten, stieß ich dem Riesen das Messer seitlich in den Hals. Es war ein schlechter Stoß. Mir blieb keine Zeit, richtig zu zielen, und er war sowieso zu groß, um sich von einer einzigen Stichwunde aufhalten zu lassen. Das Blut spritzte – so was erschreckt immer.

»Du bist tot!« keuchte ich (obwohl ich es bezweifelte). Er fuhr sich über die Wunde wie ein Mann, der lästige Fliegen verscheucht – mit einer Hand, weil Nux immer noch an seinem anderen Arm hing. Je mehr er ihn schüttelte, desto fester verbiß sich das Tier.

Ein Junge schlüpfte durch das Getümmel – mein Neffe Marius. Er sprang auf den Balkon und stieß einen durchdringenden Pfiff aus. »Hier herauf, Soldaten – und beeilt euch!« Offenbar stand unten ein Trupp Vigiles.

Die beiden Männer hatten die Schnauze voll. Ein Zimmer voller zusätzlicher Zeugen – meine Mutter, meine Schwester Maia und Marius – war selbst unseren Besuchern zuviel. Es gab nicht genug Platz, um jemanden ordentlich zu vermöbeln. Und jetzt hatte Marius noch mehr Hilfe herbeigerufen. Die beiden beschlossen, lieber zu türmen, bevor die Vigiles heraufkamen. Mit großer Mühe zerrte der Riese die Hundekiefer auseinander und schleuderte Nux zu Boden.

»Nimm dich in acht, Idiot!« brüllte er mich an. Dann rannten die beiden zur Tür (verfolgt von einem kleinen, wütend kläffenden Hund). Sie drängten sich an Mama und Maia vorbei und stürmten nach unten.

Porcius schnappte den Hund am Nackenfell, zerrte ihn herein und knallte die Tür zu. Nux warf sich dagegen, wollte immer noch den Verbrechern nachjagen. Inzwischen in Tränen aufgelöst, klammerte sich Marius an mich. »Schon gut, schon gut! Sie sind weg, Marius.«

»Wenn sie unten ankommen, werden sie merken, daß da niemand ist.«

Wenn sie unten ankamen, würden sie völlig erschöpft sein. Der eine war blutverschmiert, obwohl seine Wunden nicht tödlich waren. Der andere hatte schwere Verbrennungen. »Glaub mir, die sind weg. Du warst sehr mutig.«

»Sie werden wiederkommen«, bemerkte Mama.

»Heute nicht mehr.«

Trotzdem trafen wir Vorkehrungen, dann räumten

wir Männer auf, während die Frauen aufgeregt durcheinanderschnatterten. Ich dankte dem Rekruten für seine Hilfe. »Du bist ein pfiffiger Kerl, Porcius! Wo hat Petro dich gefunden?«

»Ich bin der Sohn eines Wurstverkäufers.«

»Wolltest du unter den Ganoven aufräumen?«

»Ich wollte weg von sauer eingelegtem Hirn!«

Helena hatte das Baby vom Balkon geholt. Sie gab mir den Kleinen; ich schaukelte ihn beruhigend auf einem Arm, reichte ihn aber bald aus bestimmten Gründen an Mama weiter. Als sein Schreien nachließ, musterte ich Helena besorgt. Sie war bleich, wirkte aber gefaßt, während sie sich das Haar hochstrich und es mit zwei Kämmen wieder über den Ohren feststeckte. Wir würden später miteinander reden, wenn alle anderen weg waren.

Während ich vorsichtig meinen Körper auf bleibende Schäden hin überprüfte, bemerkte ich, daß Mama Helena scharf anschaute. Nichts deutete darauf hin, daß es Helena übel war, aber Mama erstarrte. Manchmal plapperte sie sofort los, wenn sie ein Geheimnis entdeckt hatte; doch wenn ihr das besser in den Kram paßte, konnte sie auch den Mund halten. Ich zwinkerte Helena zu. Mama sagte nichts. Sie wußte nicht, daß wir sie durchschaut hatten.

Helena sah sich in dem verwüsteten Raum um. Als er ihren Blick spürte, sprang der kleine Hund ihr geradewegs auf den Arm und leckte ihr wie ein Wilder das Gesicht. Als Springer hätte er glatt bei den Olympischen Spielen die Krone gewonnen.

»Ich adoptiere keinen Hund«, versuchte ich die beiden zu warnen.

Helena umklammerte immer noch das verrückte Fellbündel. Die kleine Hündin war voller Leben. Klar, jetzt sah sie die Chance, sich in einem gemütlichen

Heim einzunisten. »Natürlich nicht«, sagte Mama und ließ sich auf einen Schemel fallen, um zu verschnaufen. »Aber der Hund scheint dich adoptiert zu haben!«

»Vielleicht könntest du ihm beibringen, deine Kleider im Badehaus zu bewachen«, schlug Porcius vor. »Da wird in letzter Zeit ziemlich viel geklaut. Es kann ganz schön peinlich sein, wenn du nackt rauskommst, und deine Tunika ist weg.«

»Niemand klaut so alte Fetzen wie meine Tuniken!«

Mama und Maia waren dabei, Marius zu trösten. Froh, jemand noch Jüngeren zu haben, auf den er herabschauen konnte, versetzte Porcius ihm einen freundlichen Kinnstüber. »Du bist ganz schön gerissen, Marius! Falls dein Onkel immer noch im Geschäft ist, wenn du groß bist, würdest du einen prima Assistenten abgeben.«

»Ich werde Rhetoriklehrer«, beharrte Marius. »Aber ich bringe meinem Bruder bei, für unseren Onkel zu arbeiten.«

»Ancus?« Ich mußte über die Art lachen, wie mir hier etwas untergeschoben wurde. »Taugt er was?«

»Er ist hoffnungslos«, sagte Marius.

Das Leben ist ein Eierkorb; ich picke mir unweigerlich die Knickeier raus.

Mama und Maia waren im rechten Moment aufgetaucht, aber jetzt, wo ich Zeit hatte, darüber nachzudenken, war mir klar, daß es einen Grund dafür geben mußte. Einen, der mir nicht gefallen würde. »Danke, daß ihr die Festivitäten unterbrochen habt, aber warum seid ihr hier? Sagt bloß nicht, daß Tertulla immer noch verschwunden ist.« Sie nickten düster. Maia erinnerte mich an mein Versprechen, einen Suchtrupp zusammenzustellen, und teilte mir freudestrahlend mit, daß in Kürze der größte Teil meiner

Schwager – eine grausige Bande von Faulenzern und Idioten – hier auftauchen würde, um mich dabei zu unterstützen. Ich stöhnte. »Hör mal, sie rennt dauernd weg. Ich hab im Moment genug um die Ohren. Findest du diesen ganzen Heckmeck um ein ungezogenes Gör gerechtfertigt?«

»Sie ist gerade mal sieben Jahre alt«, wies Maia mich zurecht. Schweigend dachten wir an die brutalen Verbrechen, die an einem Kind verübt werden konnten.

»Da ist was passiert.« Mutter schürzte die Lippen. »Wenn du uns nicht helfen kannst, würdest du uns dann wenigstens sagen, was wir unternehmen sollen?«

»Ich helfe ja!« knurrte ich.

»Oh, du bist zu beschäftigt. Wir wollen dich nicht damit belästigen!«

»Ich habe gesagt, ich helfe euch!«

Porcius machte ein neugieriges Gesicht. »Ist das was für die Vigiles?«

»Ein vermißtes Kind.«

»Davon hatten wir in letzter Zeit eine ganze Menge.«

»Sind sie wieder aufgetaucht?« fragte ich.

»Offenbar ja. Die Eltern kommen völlig aufgelöst zu uns und verlangen Haus-zu-Haus-Befragungen, dann tauchen sie kurze Zeit später verlegen wieder auf und sagen, ihr Liebling sei nur bei Tantchen gewesen oder rumgestromert, um was Aufregendes zu erleben . . .« Damit wäre die Sache vom Tisch gewesen, hätte er nicht hinzugefügt: »Petro meint, das hätte Methode, aber wir haben noch keine Zeit gehabt, uns näher damit zu befassen.«

Ich sagte: »Jeder, der Tertulla entführt, wird sie nach kurzer Zeit freiwillig zurückgeben.«

»Mach keine Witze darüber«, schimpfte Helena und kam damit Maia nur um einen Atemzug zuvor.

Seufzend versprach ich, einen Plan für die Suche aufzustellen. Helena und meine Schwester sollten schon mal eine Beschreibung für die Vigiles verfassen. So konnten wir die Patrouillen in die Suche miteinbeziehen.

Ich hätte mehr Enthusiasmus gezeigt, aber ich versuchte zu verbergen, daß ich Schmerzen hatte und einer Panik nahe war. Mein linker Arm hing immer noch schlaff herunter. Ich befürchtete, daß mir der Riese dauerhaften Schaden zugefügt hatte. Endlich bemerkte Porcius, daß ich nicht ganz bei der Sache war. »Oh, Falco! Du hast ja ordentlich was abgekriegt – irgendwas ist mit deinem Schlüsselbein.«

Ich hob die Augenbraue. Wenigstens die funktionierte noch. »Bist du ein Doktor?«

Porcius sagte: »Verletzungen erkennen war das erste, was wir in der Ausbildung bei den Vigiles gelernt haben.«

Helena war bedrückt, vor allem, weil ihr mein Problem nicht als erster aufgefallen war. Porcius sagte, er würde Scythax holen, den Arzt der Kohorte, damit er sich das mal anschaute. Plötzlich wurde ich wie ein Invalide behandelt. Als Helena ins Schlafzimmer ging, um eine Decke zu holen, die sie mir umlegen konnte, erklärte ich Porcius leise, daß wir den Eindringlingen folgen und rauskriegen sollten, wer sie waren.

Porcius wirkte nicht begeistert, doch dann lächelte er. Er war groß, gut gebaut, und seine Haut schimmerte rosig unter der Bräune. Der Kampf und seine Rolle dabei schienen sein Selbstvertrauen gestärkt zu haben. »Ich glaube, ich weiß, wer die sind«, versicherte er mir. »Ich hab sie zwar noch nie gesehen, aber ich wette, das waren der Müller und Klein-Ikarus.«

Also hatte ich recht gehabt. Ich war jemandem auf

die Zehen getreten – jemand, der das gar nicht schätzte. Das Problem mit Tertulla würde warten müssen. Das hier war wesentlich ernster.

XXXVII

Porcius ging los, um Scythax zu holen und Petronius zu berichten.

Vorher hatten wir noch kurz über die neuesten Entwicklungen gesprochen. »Wenn du recht hast, und ich vertraue deinem Urteil total, Porcius« – er errötete glücklich –, »wissen wir jetzt, daß zwei von Balbinus' Männern wieder in Rom sind. Was wahrscheinlich bedeutet, daß sie alle zurück sind.«

»Das macht sie zu Verdächtigen für den Überfall auf das Emporium«, meinte der junge Rekrut. Ein helles Köpfchen. Gutes Material. Sogar nach einem Kampf sammelte er noch Beweise.

Ich dachte laut nach: »Bei dem Gespräch mit Lalage bin ich mit Petro als Mitglied der Kohorte aufgetreten. Sie hat keinen Grund, mir eine Spezialbehandlung zukommen zu lassen. Abgesehen von Nonnius – der nicht mehr zählt – habe ich nur die Frauen der Balbinus-Familie allein besucht. Die Tatsache, daß man den Müller und Klein-Ikarus geschickt hat, um mich alle zu machen, deutet auf eine Familienangelegenheit hin.« Ich war überzeugt, daß das nur passiert war, weil ich Flaccida und Milvia zu viele Fragen gestellt hatte. Die Geschwindigkeit, mit der sie mich gefunden hatten, war besorgniserregend. Doch das behielt ich für mich. »Vielleicht können wir die anderen Banden vergessen. Petro mag zwar den Kopf der Balbinus-Organisation abgeschlagen haben, aber der Rest ist noch aktiv. Wir müssen rausfinden, wer jetzt den Laden leitet, Porcius.« Der Sicherheit meines Haushaltes zuliebe mußten wir das sehr rasch tun.

»Glaubst du wirklich, daß die Ehefrau oder die Tochter dahinter stecken, Falco?«

»Oder der Schwiegersohn. Den hab ich noch nicht kennengelernt.«

»Oder Lalage«, warf Helena ein. Offenbar wollte sie ihre Theorie nicht aufgeben. »Die kann sich ohne weiteres die Dienste von Müller und Co. gesichert haben.«

Porcius und ich tauschten einen verstohlenen Blick aus. Na klar: Zu akzeptieren, daß sich Balbinus' hirnlose Schlägertypen seine Verbrecherorganisation unter den Nagel gerissen hatten, fiel uns leichter als der Gedanke, daß Frauen jetzt das Sagen hätten. Selbst so Abgebrühte wie Flaccida und Lalage.

Weder Porcius noch ich hatten vor, das vor Helena Justina laut auszusprechen. Sie war aus dem gleichen Holz geschnitzt wie die Kriegerkönigin Tanaquil, wie Cornelia, Volumnia, Livia und andere zähe Matronen, denen gegenüber nie jemand erwähnt hatte, daß sie eigentlich Männern unterlegen seien. Ich persönlich mochte Frauen mit eigenen Ideen. Doch man muß sanft vorgehen, wenn man einem Rekruten beibringen will, wie es auf der Straße zugeht.

»Der Müller und Klein-Ikarus können nicht allzuviel auf dem Kasten haben«, sagte Helena. »Sie waren beängstigend, aber wenn sie sich nach Rom zurückgeschlichen haben, um das Heft in die Hand zu nehmen, sollten sie sich unauffällig verhalten, statt Aufmerksamkeit auf sich zu lenken. Flaccida kam mir gewieft genug vor, das zu erkennen.«

»Genau! Also sind wir wieder bei Lalage als der neuen intelligenten Königin der Unterwelt!« Ich lächelte ihr zu.

Oder bei jemandem, an den wir bisher noch nicht gedacht hatten.

Scythax kam sehr bald. Demnach mußte es Porcius unverletzt bis zum Wachlokal geschafft haben. Ich hatte ihm empfohlen, die Augen offen zu halten, sowie er die Straße betrat. Er mußte seine Geschichte mit einiger Dringlichkeit erzählt haben, denn der Arzt war im Nu bei uns. Porcius begleitete ihn, um ihm das richtige Haus zu zeigen. Petro hatte zwei Männer von der Patrouille als Wachen mitgeschickt. Er hatte die Gefahr erkannt, in der ich war.

Scythax war ein sehr brüsker orientalischer Freigelassener, der offenbar den Verdacht hatte, hier würde nur simuliert. Das war verständlich. Die Fußpatrouillen der Vigiles versuchten dauernd, sich krank zu melden; bei ihrer gefährlichen Arbeit kein Wunder. Scythax erwartete, daß man bei seinem Anblick sofort Aua schrie; für so was wie »Kopfschmerzen«, »Rükkenprobleme« und »alte Knieverletzungen« brachte er wenig Geduld auf. Das kannte er bis zum Erbrechen. Wollte man Scythax' Mitleid erregen, mußte man schon eine offene Wunde oder einen Bruch vorweisen: etwas, das er sehen oder in das er hineinstechen konnte.

Er mußte allerdings zugeben, daß meine Schulter und mein Arm tatsächlich ramponiert waren. Erfreut teilte er mir mit, das Schultergelenk sei nur ausgerenkt. Seine Behandlung würde darin bestehen, es an seinen angestammten Platz zurückzumanipulieren.

Dann ging er ans Werk. »Manipulieren« hatte sich eigentlich recht freundlich angehört. Doch das Manöver erforderte soviel brutale Gewalt, daß sogar der Müller stolz gewesen wäre. Ich hätte es ahnen sollen, als Scythax Helena und Mama anwies, meine Füße festzuhalten, damit ich nicht treten konnte, während Porcius sich mit seinem ganzen Gewicht über meine Brust werfen sollte. Scythax griff sofort zu, stützte sich mit dem Fuß an der Wand ab, lehnte sich zurück und zog.

Es funktionierte. Es tat weh. Es tat scheußlich weh. Selbst Mama mußte sich setzen und sich Luft zufächeln, und Helena brach in Tränen aus.

»Das kostet Sie nichts«, tröstete mich Scythax liebenswürdig.

Meine Mutter und meine Freundin machten Bemerkungen, die ihn zu überraschen schienen.

Zur Entspannung der aufgeheizten Atmosphäre (er hatte meine Schulter ja tatsächlich geheilt) brachte ich japsend hervor: »Haben Sie die Leiche gesehen, die heute morgen von der Patrouille gebracht wurde?«

»Nonnius Albius?«

»Sie kennen ihn?«

Scythax warf mir einen etwas schiefen Blick zu, während er seine Instrumente einpackte. »Ich halte mich auf dem laufenden über die Arbeit der Kohorte.«

»Und was meinen Sie?«

»Genau das gleiche wie Petronius Longus: Der Mann ist gefoltert worden, größtenteils während er noch lebte. Die meisten Wunden wären für sich genommen nicht tödlich gewesen. Jemand hat sie ihm beigebracht, um Schmerz zuzufügen – sieht nach einer Bestrafung aus. Das paßt zu seiner Position als Denunziant, der seinen Boss verraten hat.«

Und es deutete auf die gleiche Liste von Verdächtigen, die eventuell die Geschäfte übernommen haben mochten: die Balbinus-Frauen, die anderen Mitglieder der Organisation und Lalage.

»Er war sehr krank«, sagte ich, als der Doktor schon an der Tür stand. »Konnten Sie erkennen, was ihm gefehlt hat?«

Scythax reagierte seltsam. Ein Ausdruck, der beinahe wie Erheiterung wirkte, huschte über sein Gesicht. Dann sagte er: »Nicht viel.«

»Aber angeblich war er doch todkrank!« rief Helena erstaunt. »Das war der einzige Grund, warum Petronius ihn überreden konnte, vor Gericht auszusagen.«

»Wirklich?« meinte der Freigelassene trocken. »Sein Arzt muß sich geirrt haben.«

»Sein Arzt heißt Alexander.« Ich wurde bereits mißtrauisch. »Ich habe ihn bei Nonnius getroffen. Er kam mir so kompetent vor wie jeder andere Äskulapjünger.«

»Oh, Alexander ist ein hervorragender Arzt«, versicherte mir Scythax ernst.

»Kennen Sie ihn, Scythax?«

Ich war auf Rivalität oder berufliche Solidarität gefaßt, aber nicht auf das, was dann kam: »Er ist mein Bruder.«

Dann lächelte Scythax uns an wie jemand, der viel zu klug ist, um weitere Kommentare abzugeben, und verschwand.

Ich fing den Blick von Petros leicht beeindruckbarem Rekruten auf. Sein Mund stand offen, während ihm, ein wenig langsamer als mir, die Bedeutung der letzten Bemerkung des Kohortenarztes aufging. Freundlich sagte ich: »Laß dir das eine Lehre sein, Porcius. Du arbeitest für einen Mann, der nicht so ist, wie er scheint. Ich spreche von Petronius Longus. Er gilt als milde – doch dahinter verbirgt sich der verschlagenste und ausgebuffteste Ermittler von ganz Rom!«

XXXVIII

Maia war ein Organisationstalent, wie es Generäle lieben. Sie hatte die Männer unserer Familie in Angst und Schrecken versetzt. Ihre Reaktion auf Maias Befehl, sich zwecks Suche nach der kleinen Tertulla in der Brunnenpromenade einzufinden, war reiner Kadavergehorsam; selbst Marius, der zukünftige Gelehrte, hatte seine Grammatikaufgaben im Stich gelassen. Ich war beeindruckt. Meine Schwager kamen alle gleichzeitig – alle bis auf Lollius, den Bootsmann. Er war der Vater des vermißten Kindes. Von diesem Kriecher Interesse zu erwarten, war zuviel verlangt. Selbst Galla, seine Frau, zählte nicht auf Lollius.

Die anderen vier waren schlimm genug. Was für eine Gurkentruppe! Dem Alter meiner Schwestern entsprechend waren da:

Mico. Der arbeitslose, unvermittelbare Stukkateur. Bleichgesichtig und von ermüdender Munterkeit. Er zog seine fünf Kinder allein groß, nachdem seine Frau Victorina gestorben war. Und machte seine Sache schlecht. Jeder fühlte sich verpflichtet zu sagen, daß er es zumindest versuchte. Die Kinder hätten bessere Überlebenschancen gehabt, wenn er nach Sizilien gesegelt und nie zurückgekommen wäre. Aber Mico verteidigte seine Nutzlosigkeit wie ein Löwe. Er würde niemals aufgeben.

Verontius. Allias Schatz. Ein verschlagener, unzuverlässiger Straßenbauer, der nach saurem Hering und ungewaschenen Achselhöhlen stank. Man würde meinen, er hätte den ganzen Tag die Schaufel geschwungen, aber er tat nichts anderes, als Aufträge zusammenzuschnorren. Kein Wunder, daß er schwitzte. So wie er die Regierung betuppte. Ein Blick in Verontius' hinterlistige, schuldbewußte Augen reichte aus, sämtliche Schlaglöcher auf der Via Appia zu erklären.

Gaius Baebius. Ein furchtbarer Langweiler. Ein schwerfälliger Zollbeamter, der meinte, alles zu wissen. Er wußte gar nichts, vor allem nichts über die Verschönerung des eigenen Heims, ein Thema, über das er sich stundenlang auslassen konnte. Gaius Baebius hatte Ajax mitgebracht, seinen und Junias verwöhnten, unkontrollierbaren Wachhund. Offenbar war irgendein Schlaukopf auf die Idee gekommen, daß Ajax an einem von Tertullas Schuhen schnüffeln und sie so aufspüren könnte. Gaius und Ajax produzierten ein Chaos aus Pfoten und unordentlichem schwarzen Fell; wir mußten Nux ins Schlafzimmer sperren, um sie vor Ajax' (dessen Bissigkeit bereits legendär war) Attacken zu retten.

Famia. Maias Liebling war der Beste des ganzen Haufens, obwohl ich zugeben muß, daß Famia ein schlitzäugiger, rotnasiger Säufer war, der Maia regelmäßig betrogen hätte, wenn er die nötige Energie dazu hätte aufbringen können. Während sie die Kinder großzog, vertrödelte er sein Leben als Pferdedoktor in den Rennställen. Er arbeitete für die Grünen. Meine Sympathie galt den Blauen. Unsere Beziehung konnte und würde nie florieren.

Alles wuselte lärmend durcheinander. Einige meiner Schwager sahen so aus, als hofften sie, wir würden die Idee mit der Suche aufgeben und uns gemütlich mit einer Amphore niederlassen. Helena belehrte sie rasch eines Besseren. Dann mußten wir die unvermeidlichen Witze wegen des Müllbabys über uns ergehen lassen. Die meisten hielten den Kleinen offenbar für ein Resultat meiner Junggesellentage. Damit fertig zu werden, war meine Aufgabe. Ein Gutes hatten die Schwager. Da sie mit meinen Schwestern verheiratet waren, hatten sie alle gelernt, daß sie gegen den Sarkasmus der Familie Didius nicht ankamen.

Da niemand zu Hause war, der sich um seine Kinder kümmern konnte (außer seiner alten Mutter, die heute abend zum Würfelspielen in die Caupona beim Tempel der Isis gegangen war), hatte Mico seine drei Jüngsten mitgebracht. Diese unerfreulichen Gören wollten unterhalten werden, dauernd was zu trinken haben und mußten vor Gaius' und Junias Hund beschützt werden.

»Er mag Kinder!« protestierte Gaius Baebius, als Ajax an dem dünnen, an seinem Halsband befestigten Strick zerrte, um Micos Familie auf etwas zu reduzieren, das er unter Gaius' selbstgebauter, mit Pilastern versehener Frühstücksterrasse verbuddeln konnte. Dann wurde Ajax der Schuh hingehalten, damit er seine Aufgabe als Spürhund erfüllen konnte. Er schüttelte den Schuh nur, hielt ihn offenbar für eine tote Ratte. Gaius Baebius meckerte rum, schaute verlegen und gab allen anderen die Schuld.

Helena übernahm das Kommando, unterstützt von Marius. Sie teilten jedem Schwager ein Suchgebiet zu und befahlen ihnen, Ladenbesitzer und Anwohner zu befragen, ob jemand Tertulla im Laufe des Tages gesehen hatte; dann teilten sie meine diversen Neffen als Boten ein, falls etwas herauskam.

»Kommst du, Falco?«

»Marcus muß zu Hause bleiben.« Helena erklärte ihnen, daß ich heute schwer verwundet worden war. Ich weiß, wie man im Notfall matt gucken muß; ich hatte sieben Jahre Armee hinter mir. Die Bande polterte ohne mich die Treppe hinunter. Gaius nahm seinen Wachhund mit. Micos Kinder klammerten sich an ihren Vater und verschwanden mit ihm. Ruhe kehrte ein. Helena löffelte dem Müllbaby Brei in den Mund. Das versprach eine langwierige, schlabberige Sache zu werden. Ich zog mich ins Schlafzimmer zurück, um mich ein wenig hinzulegen. Ich wollte über die interessante Information nachdenken, daß der Arzt Nonnius Albius, was seinen bevorstehenden Tod anging, belogen hatte. Und daß dieser gleiche Arzt zufällig einen Bruder hatte, der im öffentlichen Dienst tätig war – an der Seite von Petronius.

Kaum hatte ich mich ausgestreckt und meinen schmerzenden Arm bequem gebettet, sprang Nux aufs Fußende und rollte sich zusammen, als wäre es ganz selbstverständlich für sie, auf dem Bett ihres Herrn zu schlafen.

»Hör auf, mir die Füße zu wärmen. Ich bin nicht dein Herr!«

Nux öffnete ein Auge, streckte die lange rosige Zunge raus und wedelte begeistert.

XXXIX

Die Schwager ließen sich Zeit. Sie hatten sich vermutlich hinter der nächsten Ecke getroffen und waren erst mal einen trinken gegangen.

Das gab mir Zeit, in meine neue Wohnung rüberzugehen und mit dem Aufräumen weiterzumachen. Mein verletzter Arm behinderte mich zwar bei der Arbeit, aber Helena war mitgekommen und half. Selbst mit zwei auf der Treppe herumlungernden Wächtern hatte ich keinesfalls vor, sie allein zu lassen. Jetzt nicht mehr, wo die bösartige Balbinus-Truppe meine Adresse kannte.

Nux trottete vergnügt hinter uns her. Ich schloß sie aus, aber wir konnten sie an der Türritze schnüffeln hören, während sie auf mein Wiederauftauchen wartete.

»Sie betet dich an!« meinte Helena lachend.

»Das wird ihr auch nichts nützen.«

»Der hartherzige Held! Aber«, sagte sie lächelnd, »bei mir hast du dich auch mal so geziert.«

»Quatsch. Ich war derjenige, der sabbernd vor der Tür stand und dich anflehte, mich reinzulassen.«

»Ich hatte Angst, was passieren würde, wenn ich es tat.«

»Genau wie ich, mein Schatz!«

Ich grinste sie an. Noch immer klopfte mein Herz wie wild, wenn ich daran dachte, wohin uns unsere Beziehung noch bringen mochte.

Um den letzten Müll runterzutragen, mußten wir die Tür öffnen, und sofort wischte der Hund rein. Ich mußte ihn mitnehmen, weil ich ihn nicht mit dem Müllbaby allein lassen wollte. Die beiden würden mich noch fertigmachen.

Während wir arbeiteten, besprach ich mit Helena meine Theorie, daß Nonnius von Petronius hinters Licht geführt worden war.

»War das illegal, Marcus?«

»Glaub ich nicht.«

»Eine Falle?«

»Wenn Nonnius seinem Arzt glaubt, ist er selbst schuld.«

»Und wenn er es herausgefunden hätte? Früher oder später hätte er doch merken müssen, daß diese angeblich tödliche Krankheit nicht zum Tode führt und die Diagnose falsch war.«

»Er konnte sich nicht beschweren. Wäre er am Leben geblieben, hätte er für seine Aussage seinen Anteil an Balbinus' Vermögen kassiert.«

»Ein cleverer Mann, dein Freund Petronius.«

»Die Stillen sind die schlimmsten«, sagte ich.

Während wir noch in der neuen Wohnung waren, kam Petro vorbei und wollte den Schaden, den der Müller und Ikarus mir zugefügt hatten, in Augenschein nehmen. Anfangs war er sehr besorgt, aber nachdem er mich eingehend gemustert hatte, hellte sich sein Gesicht auf. »Dann sind wir dich also für eine Weile los, Falco? Wie lange wird die Genesung dauern?«

»Vergiß es! Hier, bring lieber dieses Zeug für mich zum Müllkarren runter.« Er gehorchte, während ich es genoß, ihn rumzukommandieren. »Was deine Ermittlung braucht, ist Hirnschmalz; mit meinem Kopf ist alles in Ordnung.«

Er verzog skeptisch das Gesicht, als hätte er so seine Zweifel, also knuffte ich ihn mit dem intakten Arm kräftig in die Seite, um ihm zu zeigen, daß ich durchaus noch handlungsfähig war; dann machte ich ein paar Witze darüber, wie er Nonnius hereingelegt hatte. Er lächelte nur auf seine aufreizende Art.

»Ist Silvia wieder zu Hause?« rief Helena uns nach.

»Aber ja.«

Ihre Frage schien ihn zu überraschen. Ich konnte mir gut vorstellen, wie er sich rausgeredet und Silvia von seiner Unschuld überzeugt hatte. Petronius hatte jahrelange Übung darin, seine wütende Frau zu besänftigen.

Als er für die nächste Ladung raufkam, wechselte Petro das Thema. »Hat sich Porcius bei der Prügelei bewährt?«

»Hervorragend. Hat was auf dem Kasten, würde ich sagen.«

»Noch ein bißchen unerfahren.« Petro sagte selten etwas Gutes über seine Männer, bevor er sie nicht durch und durch getestet hatte. Obwohl er Positives über den Jungen hören wollte, lag Zweifel in seiner Stimme.

»Er schien von der Gerissenheit seines Vorgesetzten beeindruckt!«

Wieder tat Petronius so, als wüßte er nicht, was ich meinte. Er sah sich in der Wohnung um, die jetzt fast leergeräumt war. »Die hier ist besser als deine andere Bruchbude, Falco, aber sie ist furchtbar verdreckt. Helena kann hier nicht leben.«

»Sie muß nur ordentlich geschrubbt werden«, meinte Helena loyal.

Ich versetzte Petro einen Rippenstoß. »Als Freund könntest du doch anbieten, daß deine Patrouille beim Wasserraufholen hilft.«

Petro lachte spöttisch und laut. »Wenn du willst, daß dir die verdammten Feuerwehrleute einen Gefallen tun, mußt du sie schon selbst fragen!«

Er hatte die Sachen gefunden, die ich vor Smaractus' Arbeitern gerettet hatte, und machte sich begeistert darüber her. Sofort begann er, Nägel und brauchbare Holzstücke auszusortieren. Bei allem, was man für Zimmermannsarbeiten verwenden konnte, war er ein schlimmerer Aasgeier als ich.

»Nimm ruhig alles, was du brauchst!« schnaubte ich und schnappte mir rasch eine Metallzange, bevor er die auch noch abschleppte.

»Danke, Falco!«

»Petro, hat Porcius dir von Marcus' verschwundener Nichte erzählt?« unterbrach Helena unser Herumgewühle auf dem Boden. »Wir müssen damit rechnen, daß sie entführt worden ist. Stimmt es, daß so was öfter passiert?«

»Wir hatten eine Reihe von Fällen. Ich war der Meinung, da müsse was dran sein, weil sie alle aus reichen Familien stammten.« Petro grinste. »Bei allem Respekt vor dem Didius-Clan, dieser Fall kann nichts damit zu tun haben!«

»Papa hat Kohle«, bemerkte ich knapp.

»Dein Vater ist nicht gerade für seine Loyalität der Familie gegenüber bekannt. Ich kann mir nicht vorstellen, daß es einem Erpresser gelingt, Geminus auszunehmen. Sag doch selbst. Glaubst du, er würde für eines der Monster deiner Schwestern Lösegeld ausspucken?«

»Vielleicht.« Oder vielleicht auch nicht.

»Die meisten der anderen abhandengekommenen Gören waren niedliche kleine Geschöpfe. Um die zurückzukriegen, hätten alle Eltern sofort bezahlt. Dazu kam noch eines, das aus einer sehr vornehmen Familie stammt, und von dem es später hieß, das Kindermädchen hätte es nur zu einer Freundin mitgenommen.«

»Glaubst du das?«

»Nein.«

»Hat man dir gestattet, das Kindermädchen zu verhören?«

»Natürlich nicht. Wir hätten ja was herausbekommen können!«

»Und jedes dieser Kinder ist wieder aufgetaucht?«

»Sieht so aus.«

»Irgendwelche Spuren, die wir verfolgen könnten?«

»Nur, daß sich alle Fälle südlich vom Circus ereigneten. Ich hab das überprüft, aber bei keiner der anderen Kohorten ist was Ähnliches vorgekommen. Deshalb habe ich die Theorie entwickelt, daß jemand, der normalerweise auf dem Aventin herumhängt und dort nicht weiter auffällt, der Entführer sein könnte. Die Eltern verweigerten mir die Zusammenarbeit, also konnte ich nichts weiter machen, als die Sache auf sich beruhen zu lassen. Ich hab so schon genug zu tun.«

Nachdenklich murmelte Helena: »Wärst du bereit, mir die Namen der Eltern zu geben?«

»Du hast doch nicht vor, zu ihnen zu gehen!« Petro wartete auf eine Bestätigung, bekam aber keine. »Wirst du das erlauben, Falco?« Seine Haltung gegenüber Frauen war so konservativ wie meine liberal war. Das Seltsame war nur, daß er mit seinem Paternalismus immer viel besser gefahren war als ich – zumindest, bis Helena kam. Damit konnte Petro nicht konkurrieren.

Ich grinste. »Also, ich würde nicht so weit gehen, sie Verdächtige befragen zu lassen.« Was die Tatsache außer acht ließ, daß ich sie am gleichen Nachmittag als Assistentin mitgenommen hatte. Ein gefährliches Glitzern zeigte sich in Helenas sanften Augen. »Aber es ist doch nichts Schlimmes daran, sie ehrbare Opfer besuchen zu lassen.«

»Oh, vielen Dank!« murmelte Helena. Definitiv keine Konservative.

»Es verstößt gegen die Vorschriften«, maulte Petronius.

Er wurde weich. Helena Justina hatte uns gegenüber einen großen Vorteil: Sie konnte hochnäsigen Familien auf gleichem Fuß begegnen; gesellschaftlich stand sie vermutlich sowieso über den meisten. Wir konnten erkennen, was in ihrem Kopf vorging, aber sie erklärte es uns trotzdem auf ihre höfliche Art: »Ich kann ja sagen, ich hätte mir ihre Adressen erbeten, weil wir wegen unseres eigenen vermißten Kindes verzweifelt wären. Wenn sie meinen, ich käme als Privatperson, verraten sie mir vielleicht mehr, als sie den Vigiles sagen wollten.«

Petro gab seinen Widerstand auf. »Willst du die besorgte Mutter spielen?«

Helena sah ihn an. »Gute Übung, Petro. Ich werde bald genug Grund für echte Hysterie haben.«

Er warf mir einen Blick zu. Ich zuckte die Schultern. »Ja, es stimmt. Ich hätte es dir schon noch erzählt.«

»Ach, wirklich? Und dabei hast du doch gerade behauptet, das genaue Gegenteil wäre der Fall!« Er tat so, als wolle er beleidigt abziehen, nahm aber im letzten Moment das Müllbaby hoch, das wie ein Pharao auf einem Sack alter Lumpen gethront hatte. Petro, der hingebungsvolle Vater dreier Kinder, lehnte sich gegen den Türrahmen und gab mit seiner Erfahrung an. Das Baby, tolerant wie immer, nahm es hin, daß große zähe Männer auch schwachsinniges Gebrabbel von sich geben. »Hallo, du kleiner Scheißer, was machst du denn bei diesen beiden Exzentrikern?«

Ich wollte gerade erklären, daß ich, wenn ich mich nicht mit Wildgewordenen herumschlagen müßte, die Eltern des Babys suchen würde, da erschien Martinus in der Brunnenpromenade. Von unserem Eingang im ersten Stock sahen wir ihn, bevor er uns entdeckte. Zunächst wollte Petronius nach drinnen verschwinden, um ihm aus dem Weg zu gehen. Auf der anderen Straßenseite begann Martinus, hastig auf Lenia einzureden. Den Lahmarsch Martinus in Eile zu sehen, brachte Petro von seinem Vorhaben ab.

Er trat auf die Stufen hinaus und pfiff. Nux bellte ihn lautstark an. Lenia beschimpfte ihn quer über die Straße. Köpfe schossen aus den Fenstern. Passanten blieben abrupt stehen. Käufer kamen neugierig aus den Geschäften. Das war die Vierte Kohorte in diskreter, wirkungsvoller Bestform; bald würde der ganze Aventin wissen, was los war. Jede Chance, das Problem durch einen gewissen Überraschungseffekt zu lösen, war dahin, bevor wir überhaupt erfahren hatten, was das Problem war.

Martinus wandte sich uns zu. Aufgeregt verkündete Petros Stellvertreter seine Botschaft. Es hatte wieder einen Raubüberfall gegeben – am hellichten Tage. Diesmal waren die Juweliere in den Saepta Julia ausgeplündert worden. Der Umfang der Beute, die Schnelligkeit des Angriffs und die Gründlichkeit des Vorgehens hatten große Ähnlichkeit mit dem Überfall auf das Emporium. Die Siebte Kohorte hatte das Kommando, aber man erwartete, daß sich Petronius der Sache annahm.

Petro war schon fast auf der Straße, bevor er fluchte, weil ihm einfiel, daß er das Müllbaby noch in den Armen hielt. Er rannte, mit seinen langen Spinnenbeinen drei Stufen auf einmal nehmend, die Treppe wieder hinauf, schob mir das Kind in den Arm und stürmte davon. Ich reichte das Kind an Helena weiter, befahl Nux, bei ihnen zu bleiben und sie zu bewachen, und sauste hinter Petronius her.

Ich hatte zwar zum Rennen die falschen Stiefel an, wollte mir aber die Sache keinesfalls entgehen lassen.

XL

In den Saepta ging es nicht so aufgeregt zu wie neulich im Emporium. Goldschmiede und Juweliere sind viel zurückhaltender und verschlossener als Kaufleute. Sie äußerten sich nur ungern zu ihrem Warenbestand, selbst nachdem er ihnen geklaut worden war. Keiner wollte zugeben, besonders nicht vor den anderen, was er genau besessen hatte, ganz zu schweigen von dem, was ihm abhanden gekommen war. Sie standen im Erdgeschoß herum, die Empore wirkte düster und verlassen.

Als erstes erinnerte Petronius sie daran, daß Vespasians Zusage, die Kaufleute vom Emporium zu entschädigen, eine einmalige Maßnahme gewesen sei. Die Goldschmiede seien rechtzeitig gewarnt worden, verkündete er. Wenn sie versäumt hätten, ihre Geschäfte trotz der amtlichen Aufforderung zu erhöhter Wachsamkeit zu schützen, müßten sie für ihre Verluste selbst aufkommen.

Das wurde aufgenommen wie ein Gladiatorenstreik bei einem Fünftagefest. Um überhöhte Forderungen zu vermeiden, machte Martinus sofort die Runde bei den Juwelieren und stellte eine weitere Liste auf. Vielleicht würde der Kaiser sich ja doch zu einer symbolischen Entschädigung bereit erklären. Wahrscheinlicher war allerdings, daß er dem Präfekten der Vigiles einen strengen Verweis erteilen würde, weil es diesem nicht gelungen war, einen weiteren Raubüberfall zu verhindern. Der Präfekt würde es am Tribun der Siebten Kohorte auslassen, die für die Saepta verantwortlich war, und an Marcus Rubella, Tribun der Vierten, der die Sonderermittlungen leitete und die Bande fangen sollte. Rubella würde Petronius fertigmachen wie ein Sack nasser Zement, der aus großer Höhe herabstürzt.

Ich machte mir ein Bild vom Ausmaß des Raubzuges. Er war phänomenal. Mehr brauchte ich nicht zu wissen. Alles weitere war Routine: endlose Details notieren und unwillige Zeugen befragen, deren Aussagen sich wahrscheinlich als nutzlos erweisen würden. Als ich meinen Vater entdeckte, zerrte ich ihn in sein Büro. »Den Leuten geht's schon elend genug! Laß uns lieber verschwinden!«

Papa war diesmal verschont geblieben. Die Räuber waren durch das Gebäude gestürmt und hatten Edelsteine und kostbare Schmuckstücke eingesackt. Sie hatten ganz genau gewußt, was sie wollten. Möbel und elegante Lampen hatten sie nicht interessiert. Papa schmollte.

»Nicht die Bohne Geschmack!«

»Sei doch dankbar, du Halunke.«

»Ich hätte es aber lieber, wenn meine Sachen gefragt sind.«

»Jeder Liebhaber nachgemachter Marmortische mit fehlendem Fuß kann sehen, daß er bei dir am besten bedient wird! Jeder Sammler, der zwanzig identische Statuetten einer Muse auf dem Helicon will – eine oder zwei davon mit angeschlagener Nase – wird sofort zu dir gerannt kommen ... Hast du meine Nachricht erhalten?«

»Irgendein unverständliches Gequassel meines Verwalters.«

Papas Verwalter war absolut kompetent, wie ich zufällig wußte. Papas Dienstboten waren, genau wie seine Waren, von besserer Qualität, als man beim ersten Hinsehen meinen sollte. Ich wiederholte geduldig: »Wir haben einen deiner Glaskrüge gefunden.«

»Ach?« Er konnte sich kaum aufraffen, Interesse zu zeigen. Ich wußte, warum. Lieber hätte er die Entschädigung des Kaisers kassiert, bar auf die Kralle, als die Schätze zu besitzen und zu verkaufen, die wir unter so vielen Mühen nach Hause gebracht hatten. Er machte mich fuchsteufelswild.

»Du bist wirklich das Letzte, Papa! Und was ist mit dem Geschenk für Helena?«

»Wirklich ein herrliches Stück, das du da für sie besorgt hattest.«

»Soll das heißen, du hast es gefunden?« Ich war außer mir.

»Ich hab mir am ersten Abend die Kisten mit dem Glas genau angeschaut. Ich dachte, das hätte ich dir gesagt.«

»Warum hast du es dann nicht rausgenommen und für mich aufgehoben?«

»Woher sollte ich wissen, daß es ein Geschenk für Helena war?«

»Es war in eine meiner alten Tuniken eingewickelt. Spätestens daran hättest du es erkennen müssen.«

»Ich dachte, du hättest da eine Bestechung für irgendein hübsches Lärvchen versteckt.«

»Ach, Himmel noch mal! Ich hure nicht mehr in der Gegend herum.«

»Jupiter, das ist ja was ganz Neues!«

»Beurteile mich gefälligst nicht nach deinem eigenen schlechten Benehmen!« Ich war so wütend auf ihn, daß ich es nicht ertragen konnte, dazubleiben und mit ihm um einen Ersatz zu feilschen, obwohl ich bis zum nächsten Morgen unbedingt ein Geschenk brauchte. Mit einem kurzen Fluch – unserem üblichen Abschied – fegte ich Papas Angebot für einen Becher Wein beiseite und stürmte nach Hause.

Als ich die Brunnenpromenade erreichte, war es dunkel. Ich schluckte meinen Ärger runter und konzentrierte mich darauf, Augen und Ohren offenzuhalten. Ein entflohenes Huhn rannte mir voller Panik über die Füße und ließ mich zusammenzucken. Vor der Bäckerei, dem Korbladen und ein oder zwei anderen Geschäften flackerten die üblichen schwachen Lämpchen wie völlig übermüdete Glühwürmchen. Nur das Beerdigungsunternehmen war hell erleuchtet; offenbar meinte der Besitzer, den Trauernden durch volle Festbeleuchtung Trost zu bieten. In einem dunklen Eingang standen zwei sich fest umklammernde Gestalten; schwer zu sagen, ob es ein Liebespaar in voller Aktion war oder ein Straßenräuber, der sein Opfer strangulierte. Der Tradition dieser Gegend entsprechend, forschte ich nicht weiter nach. Ich hatte einmal einem Jungen geholfen, der von einem Fuhrmann vergewaltigt wurde; dafür klaute mir der Junge die Geldbörse, während sein Angreifer mir ein blaues Auge verpaßte. Keine abgekartete Sache; nur der typisch aventinische Dank für übermäßige Freundlichkeit.

Ich ging auf der Straßenseite, auf der die Wäscherei lag und es normalerweise ruhiger war. So kam ich an dem Laden neben dem Friseur vorbei, der vor kurzem noch leergestanden hatte. Die neuen Mieter hatten sich mit dem Einzug beeilt. Eine schwach flackernde Laterne, geschützt von einer dreckigen Hornscheibe, hing an einer Markisenstütze. In ihrem Lichtschein erkannte ich Mengen faszinierender Gegenstände, die zum Verkauf angeboten wurden. In dünner Kreideschrift stand über dem Eingang: »Der Trödelladen – Schnäppchen zuhauf und Geschenke für jeden Anlaß.«

Das war meine letzte Chance, ein Geburtstagsgeschenk für das Mädchen zu erstehen, das ich anbetete. Besser noch, ich konnte es wahrscheinlich sogar günstig bekommen. Ich hatte nichts zu verlieren, also rappelte ich an dem Kessel am Eingang und trat ein.

XLI

Wer Trödel mochte, war hier absolut richtig. Sobald ich mich durch die halbgeschlossene Falttür gezwängt hatte, begriff ich, daß dies eine Schatzhöhle war, in der man ganze Tage verbringen konnte. Alles wirkte wie zufällig zusammengetragen. Die vielen Stapel von Bildern und Tellern erweckten den Eindruck, der Besitzer hätte längst den Überblick verloren – was natürlich die quälende Hoffnung entstehen ließ, unter all dem Plunder auf irgendwelche Schätze zu stoßen, die sich für eine Kupfermünze erstehen und zum zwanzigfachen Preis an einen kundigen Händler weiterverkaufen ließen. Mein Vater nannte solche Läden immer Müllkippen; seine Verachtung machte sie mir um so sympathischer.

Beim Licht einiger winziger Öllämpchen versuchte ich, einen Überblick zu bekommen. Staub erfüllte die Luft. Da war ein Geruch, den ich von den Hausratsverkäufen kannte, die mein Vater organisierte, wenn jemand gestorben war; dieses etwas Muffige alter Sachen, die lange nicht gelüftet worden sind. Der Raum war sehr eng und warm. Von hinten kamen gedämpfte, nicht unbedingt häuslich klingende Geräusche.

Ich schob ein Bündel aufgehängter Ledergürtel beiseite, manche mit außerordentlichen Schließen. Dann trat ich fast auf ein einzelnes Wagenrad. Sandalen und Stiefel hingen wie Zwiebeln an Schnüren aufgereiht. Sie wölbten sich an den Wänden wie Muschelkolonien zwischen Kolonnen von Töpfen und Sieben. Zu meinen Füßen standen schwankende Stapel von Schüsseln und Schalen. Um an den dämmrig erleuchteten Tresen zu kommen, der sich unter Bergen alter Kleider, Vorhänge und Bettüberwürfe bog, mußte man sich einen Pfad durch das Geschirr bahnen; am Ladentisch lehnten riesige Körbe mit Eisen- und Haushaltswaren und ließen einen kaum herankommen. Kleine Ständer quollen über von Glasperlenketten. In offenen Schatullen häuften sich glitzernde Ringe. Es gab Bronzeflakons, geschwärzte Metallbecher, die sich beim Säubern durchaus als Silber herausstellen konnten, und einen erstaunlichen Kandelaber, der fast bis an die Decke reichte.

Ich fragte mich, wo der Besitzer die Sachen wohl herbekam. Für den Fall der Fälle hielt ich Ausschau nach syrischem Glas.

Plötzlich erschien hinten im Laden eine Gestalt und ließ mich zusammenzucken. Der Mann sah nervös und mißtrauisch aus, als sei ich in einen Laden eingedrungen, der bereits für die Nacht geschlossen war. Um weniger bedrohlich zu wirken, schob ich mit einer nonchalanten Geste den Daumen unter den Gürtel . . .

»Guten Abend. Das ist ja eine tolle Sammlung! Ich wette, Sie wissen gar nicht, was Sie hier alles haben.« Das war als Kompliment gemeint; er faßte es offenbar als Beleidigung auf.

Der Mann war dürr und wirkte schäbig. Leute wie ihn hatte ich schon in vielen Buden mit Trödelkram gesehen. Wovon die lebten, war mir ein Rätsel. Sie schienen sich nie von irgendwas aus ihrem Durcheinander trennen zu wollen, und wenn man etwas zum Kauf anbot, war ihnen das auch nicht recht.

Dieser Mann hier hatte strähniges Haar, das ihm über die Ohren hing, die Schädeldecke darüber war dafür kahl. Seine Haut wirkte wie alte Käserinde von der Art, über die selbst Spatzen den Schnabel rümpfen, wenn man sie irgendwann hinter dem Schrank findet und ihnen hinwirft. Er sah unbedeutend aus. Ich versuchte mir einzureden, daß sich hinter dem schäbigen Äußeren Energie und Intelligenz ballten. Es gelang mir nicht.

»Was dagegen, wenn ich mich mal umschaue?«

Er gestattete es gnädig, wirkte aber dabei so glücklich, als hätte ich mich gerade als Vertreter des Ädilen zu erkennen gegeben, der seine Lizenz überprüfen will. »Suchen Sie etwas Bestimmtes?« zwang er sich zu fragen. Er hatte eindeutig die Trübseligkeit eines Mannes, dessen Papiere überprüft werden – und der wußte, daß er nicht die richtigen Schmiergelder bezahlt hatte.

»Das weiß ich erst, wenn ich es sehe.«

Ich wollte ein wenig herumstöbern; er wollte nur, daß ich ging. Unter seinem mißtrauischen Blick wurden die Dinge, die zunächst anziehend gewirkt hatten, rasch uninteressant. Kaum nahm ich etwas in die Hand, fielen mir sofort angestoßene Stellen und Beulen auf, und es war mir peinlich, den Gegenstand gleich wieder hinzustellen. Der Mann verstand nichts vom Verkauf. Selbst wenn er meinte, ich sei nur vorbeigekommen, um was zu klauen, hätte er mich unauffälliger beobachten können. Man hätte glauben können, ich wäre mit einer Hakenstange oder einem großen Beutel gekommen.

Eine Zeitlang wühlte ich in einem Korb mit Griffen, Haken und Scharnieren herum. Schließlich richtete ich mich auf. »Verkaufen Sie auch echten Schmuck?«

»Momentan habe ich nicht sehr viel auf Lager.« Soll heißen, wenn er solcher Stücke habhaft wurde, verhökerte er sie sofort an einen Juwelier, der sie besser präsentieren und mehr dafür verlangen konnte. »Mein

Partner sammelt Edelmetalle, und wir haben einen guten Handwerker, der Ihnen daraus macht, was immer Sie wollen. Sie können uns etwas in Auftrag geben.«

»Aus Gold?«

»Ja, selbstverständlich.«

»Mit Reinheitsgarantie?«

»All unsere Arbeiten bekommen ein Zertifikat.«

Jeder, der Metall »sammelt«, kann vermutlich auch Papiere fälschen, aber es klang wie ein vernünftiges Angebot. Das machte mich um so mißtrauischer. Es war eine hervorragende Gelegenheit für sie, sich das Material, das ich lieferte, unter den Nagel zu reißen, oder mir für eine völlig kunstlose Arbeit viel Geld abzuknöpfen.

»Wie heißen Sie?«

»Castus.«

»Vielleicht kommen wir ja ins Geschäft, Castus.« Die üblichen Juweliere konnte ich nicht ausstehen. Mir mißfielen die Preise und die hochnäsige Art, mit der sie mich behandelten. Ich hätte wirklich gern einer kleineren Firma eine Chance gegeben. Aber Helena war etwas Besonderes. Ich fühlte mich wie eine Laus, als ich versprach, mir die Sache zu überlegen und später wiederzukommen. Dann verließ ich den Laden. Der arme Castus ahnte offenbar, daß er mit mir nur seine Zeit verschwendet hatte.

Bei meiner Heimkehr lag Helena im Bett. Ich wußte, daß schwangere Frauen eine Menge Ruhe brauchen. Als ich das erwähnte, schnaubte Helena nur, ich sei ein unzuverlässiger Herumtreiber, für den es sich nicht aufzubleiben lohne.

Das Müllbaby, das bei meinem Hereinkommen aufgewacht war, auf dem Arm, setzte ich mich auf den Bettrand. Der Kleine sah mich mit seinem ruhigen, vertrauensvollen Blick an. Ich hatte seinetwegen ein schlechtes Gewissen. Dauernd vergaß ich ihn. Auch meine Nichte Tertulla vergaß ich ständig. Es war schon verrückt; auf dem Aventin schien ein regelrechter Kindertausch stattzufinden. Manche Kinder wurden ausgesetzt, andere geklaut. Ich versuchte, einen Zusammenhang herzustellen, aber mir wollte nichts dazu einfallen.

Ich schubste Nux vom Bett runter; eng an den Boden gedrückt kroch sie näher, und da sie sich nicht an mich rantraute, solange ich den strengen Herrn rauskehrte, leckte sie statt dessen den Fuß des Babys.

»Ein gutes Zeichen«, meinte Helena lächelnd.

»Sie mag Kinder!« Wir kicherten beide, als uns einfiel, daß Gaius Baebius genau das gleiche von seinem unmöglichen Hund Ajax behauptet hatte.

Helena erzählte mir, daß die männliche Verwandtschaft bei ihrer Suche nach der kleinen Tertulla nichts erreicht hatte (was mich nicht überraschte). Das letzte Mal war sie offenbar gesehen worden, kurz nachdem Marius sie verlassen hatte, nur zwei Straßen von der Brunnenpromenade entfernt. Gaius Baebius hatte angeboten, morgen weiterzusuchen. Er und Junia hatten keine Kinder, aber er besaß ein gutes Herz. Das machte ihn allerdings auch nicht liebenswerter.

Ich seufzte. Während ich überlegte, was ich tun konnte, streckte ich mich neben Helena auf der Bettdecke aus. Ich hielt immer noch das Baby im Arm. Und prompt kam auch der verdammte Hund Pfote für Pfote vorsichtig auf das Bett gekrochen. Es war kaum Platz genug für uns alle. Wenn das so weiterging, brauchten wir bald ein größeres Bett.

Die Sache mit Tertulla würde wohl warten müssen. Sie war am frühen Vormittag verschwunden, und inzwischen war es bereits Nacht. Ich wußte, was das bedeutete. Die Gefahr, in der sie sich befinden mochte, war mir durchaus bewußt. Bestimmt fürchtete sie sich, war womöglich sogar verletzt. Oder tot. Aber ohne einen Anhaltspunkt konnte ich kaum etwas unternehmen.

Ich war ihr Onkel. Ja, sogar der nominelle Haushaltungsvorstand der Familie meiner Schwester, da Papa uns ja schon vor Jahren hatte sitzenlassen und der Vater des Kindes ein absoluter Nichtsnutz war, den selbst Galla so oft wie möglich rauswarf. Es war meine Aufgabe, das Kind zu finden. Oh, ihr Götter, wie ich diese Art von Verantwortung haßte.

»Laß es mich versuchen«, drängte Helena und kuschelte sich an mich. »Ich rede mit den Eltern der anderen angeblich vermißten Kinder. Marcus, du kannst nicht alles machen.«

Ich wandte den Kopf und sah sie traurig an. »Du bist wunderschön!«

»Wieso sagst du das jetzt?« Sofort war sie mißtrauisch. »Was ist passiert?«

Müde schloß ich die Augen. Am besten, ich gestand es ihr. »Nichts kann ich richtig machen. Da kaufe ich dir einmal ein ganz tolles Geschenk – und dann wird es mir geklaut.«

»Oh nein! Ach, mein Liebster.«

»Es war wunderschön. Wahrscheinlich finde ich nie was Besseres.« Ich war richtig deprimiert. »Ich hab versucht, es zu ersetzen, aber ich kann nichts finden, was mir so gut gefällt.«

»Ach, Marcus ... Das spielt keine Rolle. Komm unter die Decke.«

»Ich wollte dir das nicht erzählen müssen.«

»Du kannst doch nichts dafür.«

»Meine Aufgabe ist es, die Mistkerle zu fangen. Ich dachte, ich würde das Geschenk zurückbekommen.«

»Das wirst du auch«, sagte sie. Ihr Vertrauen in mich war rührend, aber auch beängstigend. Helena legte die Arme um mich. Sofort wurde ich schläfrig. Das war nicht gut. Mir gingen zu viele Sorgen durch den Kopf. Wenn ich eindöste, würde ich Alpträume haben. Genauso gut konnte ich wach bleiben und mir damit jede Chance nehmen, irgendwas rauszukriegen, weil ich morgen vollkommen erschöpft sein würde.

Und morgen stand mir ein schwieriger Tag bevor. »Was sollen wir deiner Mutter sagen, Helena Justina, wenn sie fragt, was du von mir zum Geburtstag bekommen hast?«

»Ich werde einfach mysteriös lächeln und sagen, es sei ein Geheimnis.«

Helenas Mutter würde das als obszönen Hinweis auf das Kind auffassen, das wir erwarteten. Sobald sie davon erfuhr. »Und was, wenn ich das fragen darf, werden wir deiner Mutter über den Familienzuwachs erzählen?«

»Mach dir keine Sorgen.«

»Ich mache mir aber Sorgen. Ich hab schon zuviel in den Sand gesetzt. Wenigstens diese Sache möchte ich mit Anstand und Takt über die Bühne bringen.«

»Ich werde ihr sagen, *das* sei mein Geburtstagsgeschenk.« Genau wie ich befürchtet hatte: *»Er hat mich geschwängert. Was willst du mehr?«*

Was für eine wunderbare Familie. Ein hoffnungsloser Ermittler, ein Mädchen, mit dem er nicht zusammenleben sollte, ein Findelkind und ein Hund, den ich nicht haben wollte. Und wir vier versuchten irgendwie, die Hälfte aller Verschwörungen in Rom aufzudecken.

Am nächsten Morgen war ein weiteres Verbrechen geschehen. Während der Nacht war Alexander, der

Arzt, der Nonnius erzählt hatte, er würde sterben, in seiner Praxis von der Wache tot aufgefunden worden. Alles war kurz und klein geschlagen worden, und er lag inmitten verstreuter Instrumente und verschütteter Arzneien. Man hatte ihm die Kehle mit einem seiner eigenen Skalpelle durchgeschnitten. Zuvor waren jedoch diverse abscheuliche Experimente mit ihm durchgeführt worden. Sein Bruder Scythax, der Arzt der Vierten Kohorte, war zufällig mit der Nachtpatrouille unterwegs, die die Leiche fand.

XLII

Helenas Geburtstag. Mein armes tapferes Mädchen verbrachte ihn damit, meine verschwundene Nichte zu finden. Sie machte sich daran, alle Familien auf dem Aventin zu befragen, die Kinder als vermißt gemeldet hatten. Gaius Baebius war aufgetaucht, als ich gerade das Haus verlassen wollte, also holte ich rasch einen kräftigen Strick vom Müllkarren, band Ajax an eine Säule im Portikus der Wäscherei und bat Gaius, Helena zu begleiten. Das würde ihr den nötigen Schutz geben, zu dem ich aus Zeitgründen nicht in der Lage war, und ihn aus Schwierigkeiten raushalten.

Lenia keifte irgendwas Wütendes über den Hund.

»Hör auf, Lenia. Wenn ich dir den Wahrsager machen soll, bist du mir den einen oder anderen Gefallen schuldig.«

»Treib's nicht zu weit, Falco! Du scheinst das als Vorwand zu nehmen, um dich wie ein totaler Tyrann aufzuführen.«

»Unterschätz die Lügen nicht, die ich mir einfallen lassen muß.«

»Wenn du das so empfindest, such ich mir jemand anderen.«

»Nichts dagegen.«

Sie würde keinen anderen finden, das wußten wir beide. Jeder Ladenbesitzer an der Brunnenpromenade hatte sich schon schlappgelacht bei dem Gedanken, mich unter dem Opferschleier leiden zu sehen.

Gute Götter. Daran hatte ich ja noch gar nicht gedacht: Ich mußte mir für den Hochzeitstag noch einen passenden Kopfschmuck besorgen.

»Gaius Baebius, du siehst aus wie ein pflichtbewußter Mann. Besitzt du einen Priesterschleier?«

»Selbstverständlich«, meinte mein Schwager hochmütig. Das hätte ich mir denken können. Der alte Frömmler. Wieso hatte Junia ihn nur geheiratet? (Antwort: Wegen seines Zöllnergehalts. Fragen Sie mich aber nicht, wieso ein friedfertiger Klotz wie Gaius je eine so boshafte Bohnenstange wie sie hatte heiraten können.) »Ich hoffe, demnächst in das Augurenkollegium aufgenommen zu werden, Marcus Didius.«

Auch noch die Staatsreligion. Verschon mich, Gaius! »Hervorragend! Und danke, daß du mir deinen Kopflappen leihst«, rief ich und verschwand so schnell wie möglich in die entgegengesetzte Richtung. Ich sah gerade noch seinen verwirrten Blick; Helena würde es ihm erklären. Wie ich Gaius Baebius kannte, würde ihn die Leihgabe seines Kopfschleiers zu der Annahme verleiten, er sei zu Lenias Hochzeit eingeladen. Um so besser. Junia und er würden garantiert den Hund mitbringen; Ajax war ihr Kindersatz und wurde wie ein Familienmitglied behandelt. Vielleicht konnte man Ajax darauf trainieren, den Bräutigam zu beißen. Vielleicht würden die Götter, wenn sie mir sehr wohlgesonnen waren, mir die Zeit geben, Ajax selbst zu trainieren.

Auf dem Weg zum Wachlokal malte ich mir in leuchtenden Farben aus, wie sich am Hochzeitstag kräftige Hundezähne in das heiligste Gut meines Vermieters verbissen.

Ich wußte schon, wie sich mein Tag gestalten würde. Fusculus war am frühen Morgen zu mir gekommen und hatte von dem Mord an dem Arzt berichtet. Er sagte, Petro sei die halbe Nacht aufgeblieben, um den Diebstählen in der Saepta nachzugehen. Als er von Alexanders Ermordung erfuhr, hatte er aufgegeben und war nach Hause gegangen, um wenigstens noch ein paar Stunden zu schlafen. Geplant war, daß wir uns alle am späten Vormittag trafen und mit einer ausgeruhten, frischen Mannschaft dieses neue Desaster in Angriff nahmen.

Dadurch hatte ich ein paar Stunden für mich. Zeit für ernsthafte Vorbereitungen. Ich ging ins Gymnasium und wollte mich durch ein wenig Ringen und Fechten fit machen. Bei all dem, was sich momentan in Rom abspielte, schien mir das eine gute Idee.

Ich hatte meine Schulter vergessen. Was mich prompt dazu brachte, das Gymnasium zu verlassen und in den Massageraum zu gehen.

»Du bist total schlaff«, nörgelte Glaucus, der Besitzer, der als mein persönlicher Trainer fungierte, wenn ich ihn an mich ranließ.

»Dann bring mich in Form.«

»In einer *halben Stunde*, Falco?«

»Mehr Zeit hab ich nicht.«

»Du bist langsam, du bist schwach und völlig benebelt. Es wird Monate dauern, dich wieder aufzubauen. Ich hoffe, du hast in nächster Zeit nichts Gefährliches vor.«

»Nur eine Bande bösartiger Mörder zu stellen. Und paß auf, Mann! Ich hab mir gestern die Schulter ausgerenkt.«

»Jupiter, Juno und Minerva! Ich nehme an«, stöhnte Glaucus sarkastisch, »daß man dir auch ein paar kräftige Schläge auf den Schädel versetzt hat, was?«

Ich liebe es, mich bedrohlichen Situationen mit derart freundlichen Ermutigungen zu nähern.

Petronius Longus war schlechter Laune. »Was zum Hades ist mit diesen Dreckskerlen los? Können sie uns nicht Zeit lassen, uns erst mal in einen Fall zu verrennen, bevor sie wie von Flöhen gepiesackte Kaninchen wieder losrennen? Früher konnte man wenigstens damit rechnen, am ersten Fall völlig zu verzweifeln, bevor irgendein Trottel einem den nächsten an den Kopf warf . . .«

Er machte sich nur Luft. Ich verstand, warum.

Scythax saß im Vernehmungszimmer. Der arme Mann stand so unter Schock, daß er wie betrunken wirkte. Alle paar Minuten kam er heraus, murmelte Unzusammenhängendes oder stellte die gleichen Fragen wie schon dreimal zuvor. »Was wollen sie damit erreichen? Warum mußten sie ihn foltern? Warum, warum?«

»Aus Rache, Scythax. Porcius, mach dich nützlich. Geh rein und bleib bei ihm.«

»Sprich mit ihm«, riet Fusculus mit leiser Stimme. »Und wenn er über seinen Bruder reden will, nick einfach und hör ihm zu.«

Nachdem der nervöse Rekrut gehorsam den gramgebeugten Mann wieder ins Nebenzimmer geführt hatte, bedeckte Petro kurz das Gesicht mit den Händen. »Ich kann ihn nicht nach Hause schicken. Oh, Götter des Olymp, Falco! Was für ein Schlamassel. Er hat mit seinem Bruder zusammengewohnt. Er wird verrückt, wenn er in das Haus kommt. Außerdem könnten diese Schweine auch Scythax auflauern.«

»Die Patrouille konnte ihn nicht zurückhalten«, erklärte mir Fusculus. »Die Tür stand einen Spalt offen. Als Scythax sah, was los war, schoß er wie der Blitz hinein, brüllte und war bald selbst blutbedeckt. Sie konnten ihn kaum von Alexander losreißen und hierherschaffen. Er versucht immer wieder, in die Praxis zurückzulaufen.«

Alle waren bleich. Es gab genug zu tun, aber sie saßen völlig starr im Wachlokal, hilflos. Gewalt sahen sie täglich; gräßlich zugerichtete Todesopfer viel zu oft. Doch das hier war zu nahe gewesen. Es betraf einen der ihren. Das hier – obwohl niemand es bisher angesprochen hatte – war durch ihre eigene Arbeit verursacht worden. Es bestand die vage Möglichkeit, daß Alexander von einem wahnsinnigen Patienten angegriffen worden war, doch im stillen waren wir alle überzeugt, daß sein Tod mit seiner falschen Diagnose für Nonnius Albius zusammenhing.

Wir verbrachten den Tag damit, zu begreifen, was geschehen war. Zuerst sagten wir, es hätte keinen Zweck, sich die Praxis anzusehen – zumindest müßten wir nicht alle hingehen. Wir gingen alle. Es schien eine Geste des Respekts und der Achtung zu sein. Wir mußten uns zwingen, das anzusehen, was der Mann erlitten hatte. Petronius legte es sich als verdiente Strafe auf. Einige der anderen wollten so einen Teil ihrer Schuld abtragen. Ich ging mit, weil ich aus

Erfahrung wußte, daß wenn man es nicht tut, man nie aufhört, sich zu fragen, ob man Hinweise gefunden hätte, wenn man dagewesen wäre. Und Hinweise brauchten wir dringend. Die Mannschaft war so erschüttert, daß Spuren leicht übersehen oder falsch interpretiert werden konnten.

Der junge Porcius war der einzige, der sich übergeben mußte. Der Anblick des Tatorts brachte ihn völlig aus der Fassung; es blieb uns nichts anderes übrig, als ihn wieder zu Scythax ins Wachlokal zu schicken. Am Ende des Tages war der Junge ein zittriges Wrack, aber wir waren zu sehr mit anderem beschäftigt. Er hatte zwar unser Mitgefühl, doch keiner konnte sich um ihn kümmern.

»Dem Chef hat es das Herz gebrochen«, murmelte Martinus. Selbst er hatte seine Großspurigkeit verloren.

»So niedergeschlagen hab ich ihn noch nie gesehen«, stimmte Fusculus trübselig zu.

Ich war Petros Freund. Alle schienen mir von seinem bedrückten Zustand erzählen zu wollen. Es war kaum zu ertragen. Ich brauchte niemanden, der es mir unter die Nase rieb. Er war in üblerer Laune, als ich ihn je erlebt hatte – außer ein einziges Mal, während des Boudicca-Aufstandes in Britannien. Jetzt war er älter. Er kannte viel mehr Schimpfworte und schmerzhafte Möglichkeiten, seine Wut an allen auszulassen, die ihm zu nahe kamen.

Ich hätte ihn auf einen Becher Wein in die nächste Schenke gezerrt, aber in seiner momentanen Verfassung hätte er den Wein nur runtergeschüttet, bis er umfiel oder sich selbst umbrachte.

Am Nachmittag waren wir von den Vernehmungen völlig erschöpft. Einige unschuldige Familienväter waren ins Büro des Präfekten gestürmt, um sich zu beschweren, weil sie herumgeschubst und angebrüllt worden waren. Niemand hatte etwas Verdächtiges gehört oder gesehen, weder abends noch tagsüber. Niemand wußte irgendwas. Niemand wollte etwas wissen. Alle ahnten, daß hier brutale Gangster am Werk gewesen waren. Alle waren starr vor Angst.

Wir waren überzeugt davon, daß Alexander und Nonnius von den gleichen Leuten ermordet worden waren. Selbst diese einfache Tatsache war schwer zu beweisen. Alles sprach dagegen. Das eine Opfer war entführt, das andere zu Hause umgebracht worden. Der eine war ein stadtbekannter Denunziant, der andere diskret und verschwiegen. Zwei völlig unterschiedliche Methoden waren angewandt worden. Die Botschaft schien diesmal längst nicht so schrill. Außer der Tatsache, daß beide Morde bei Nacht geschehen waren – wie die meisten Verbrechen in Rom –, hatten sie nur die Gewalt gemeinsam. Instinkt und Erfahrung sagten uns jedoch, daß es richtig war, die beiden Morde miteinander in Verbindung zu bringen. Aber es ergab alles einen Sinn, wenn man davon ausging, daß Nonnius als Racheakt für seinen Betrug an Balbinus ermordet worden war und Alexander hatte sterben müssen, weil jemand herausgefunden hatte, daß Nonnius nur wegen der ärztliche Diagnose »übergelaufen« war.

Als wir die Ermittlungen für den heutigen Tag beendeten, öffneten bereits die Thermen. Der Geruch von Holzrauch in der feuchten Oktoberluft hatte etwas herbstlich Trübsinniges und verstärkte unsere melancholische Stimmung. Wir waren nicht weitergekommen. Die kommende Nacht würden wir damit verbringen, auf weitere Todesfälle zu warten. Uns ging allmählich die Luft aus. Die Verbrecher hatten eindeutig die besseren Karten.

Mit grimmigem Gesicht ordnete Petronius den Abtransport der Leiche an – diesmal zu einem Leichenbestatter, nicht ins Wachlokal, wo man sich immer noch um den vor Schmerz halb wahnsinnigen Bruder des Toten kümmerte. Dann sorgte er dafür, daß ein paar Männer der Patrouille die Praxis säuberten und aufräumten. Fusculus bot an, das zu überwachen. Er schien nicht zu wissen, was er sonst mit sich anfangen sollte. Petro dankte ihm und schickte den Rest nach Hause.

Ich begleitete Petronius auf dem Heimweg. Unterwegs sagte er fast nichts. Ich brachte ihn bis zu seiner Haustür. Seine Frau machte auf. Sie warf einen Blick auf sein verzerrtes Gesicht, dann ruckte ihr Kinn hoch, aber sie enthielt sich jeden Kommentars. Vielleicht wollte sie mir auch nur verstohlen zunicken. Arria Silvia schimpfte gern und mit Inbrunst, aber sobald sie sah, daß Petro völlig fertig war, nahm sie ihn schützend unter ihre Fittiche. So auch jetzt; ich wurde nicht mehr gebraucht. Als sich die Tür schloß und ich allein auf der Straße stand, fühlte ich mich einen Moment lang ganz verloren.

Es war ein schrecklicher Tag gewesen. Ich hatte Roms Bauch gesehen, den verfilzten Dreck unter dem Fell des raubgierigen Wolfes gerochen. Das war nichts Neues, aber es zwang mich, dem Mangel an Hoffnung ins Auge zu sehen, der mit Verbrechen einhergeht. Das war das wahre Gesicht von Cäsars Marmorstadt: Keine korinthischen Acantusblätter und perfekt vergoldeten Inschriften, sondern ein stiller Mann, den man an seinem Arbeitsplatz, in seinem Heim, das er mit seinem Bruder teilte, grausam ermordet hatte; brutale Rache an einem ehemaligen Sklaven, der einen angesehenen Beruf erlernt und mit einem einzigen Unterstützungsakt für das Gesetz Freiheit und

Aufnahme in den Bürgerstand zurückgezahlt hatte. Kein noch so aufwendiges Prunkbauprogramm würde je die rohe Gewalt vertreiben, die den größten Teil der Menschheit lenkt. Das war die wahre Stadt: Gier, Korruption und Gewalt.

Es war dämmrig, als ich zur Brunnenpromenade zurückkehrte. Das Herz war mir schwer. Und für mich war der Tag noch längst nicht zu Ende. Ich mußte immer noch ein Lächeln aufsetzen und mich in eine Toga werfen – und dann zum Essen zur Familie meiner Freundin gehen.

XLIII

Sobald wir am Pförtner vorbei waren, der mich stets als hausierenden Lupinenverkäufer und potentiellen Dieb des Tafelsilbers betrachtet hatte, wurde es ein unvergeßliches Ereignis. Die Gastgeber waren so rücksichtsvoll, daß die Gäste keine Hemmungen hatten, sich schlecht zu benehmen. Helenas Geburtstag, während des Konsulats von wem auch immer, legte den Grundstein für viele glückliche Jahre heftigen Familiengezänks. Nur daß dieses eine Mal meine Familie nichts damit zu tun hatte.

Als einfacher Privatbürger waren meine Manieren die besten, die an diesem Abend zur Schau gestellt wurden. Als ich Helena aus dem von mir widerstrebend gemieteten Tragestuhl hineinbegleitet hatte, drehte ich mich um und sah, daß ihre Mutter direkt hinter mir stand, bereit, mich beiseite zu schubsen, um das Geburtstagskind zu umarmen. Ich küßte die Wange der Matrone (glatt, geölt und parfümiert) mit ernster Förmlichkeit. Sie war eine großgewachsene Frau und hatte mit meinem Angriff nicht gerechnet, also verlangte dieses Manöver einige Geschicklichkeit. Sie war noch überraschter als ich.

»Grüße und Dank, Julia Justa. Heute vor fünfundzwanzig Jahren haben Sie der Welt eine große Kostbarkeit geschenkt!« Ich mochte zwar nicht der ideale Schwiegersohn sein, aber ich wußte, wie man ein hübsches Specksteindöschen in die ausgestreckte Hand einer Dame drückt.

»Vielen Dank, Marcus Didius. Das hast du aber hübsch gesagt.« Julia Justa war eine sehr damenhafte Heuchlerin. Dann erstarrte ihr Gesicht. »Warum«, fragte Helenas Mutter eisig, »trägt meine Tochter ein Kind auf dem Arm?« Helena hatte das Müllbaby mitgebracht.

»Oh, das hat Marcus auf seinem Müllkarren gefunden!« rief Helena munter. »Aber ich trage noch ein Kind, von dem du sicher hören möchtest.«

Das war keinesfalls der Takt und Anstand, der mir vorgeschwebt hatte. Andererseits konnte mir niemand die Schuld dafür in die Schuhe schieben.

Ich hatte mit der Vierten Kohorte gewettet, daß am Ende des Abends die Frauen in Tränen aufgelöst sein würden und die Männer ein paar Zähne verloren hätten. (Oder umgekehrt.) Noch bevor wir die Schwelle überschritten hatten, gab es schon Positionsgerangel im weiblichen Sektor. Helenas Mutter trug blattgrüne Seide und eine bestickte Stola; Helena trug nicht nur Seide, sondern ein phantastisches Gewand aus Palmyra mit eingewebten Mustern in Purpur, Braun,

Dunkelrot und Weiß. Helenas Mutter hatte eine teure goldene Schmuckgarnitur angelegt, verziert mit Schnörkeln und Tropfen und einer Reihe farblich passender Smaragde. Helena einen Arm voller Reifen und eine Kette aus riesigen indischen Perlen. Helenas Mutter hatte ein edles Zimtparfum aufgetragen, eines, das auch Helena oft benutzte; Helena hatte sich für den heutigen Abend mit ein paar kräftigen Tropfen einer kostbaren Essenz betupft, die Weihrauch enthielt. Außerdem zeigte sie das anmutige Verhalten einer Tochter, die gewonnen hat.

Wir Männer waren in Weiß. Wir begannen in Togen, die wir aber bald ablegten. Helenas Vater trug seine stolze, mit leichter Vorsicht gemischte Miene zur Schau. Ihr Bruder Aelianus tat sich mit einer finsteren Miene und einem spanischen Gürtel hervor. Ich war so herausgeputzt worden, daß ich mich wie die ganze Schuhmachergilde auf ihrem Innungsfest fühlte.

Justinus glänzte durch Abwesenheit. Jeder wußte, daß er wahrscheinlich beim Pompejustheater rumhing. »Er wird es bestimmt nicht vergessen«, versicherte seine Mutter, als sie uns hineinführte. Vielleicht doch. (Die Schauspielerin war vielleicht außergewöhnlich hübsch und würde womöglich ausgerechnet an diesem Abend Notiz von ihm nehmen.) Helena und ich schluckten, dann beteten wir für ihn.

Während die Frauen davoneilten, um dringende Neuigkeiten auszutauschen, bat mich der Senator zu einem Becher Wein vor dem Essen (mit Honig versetzter Mulsum, absolut traditionell: verklebt einem den Magen, macht aber nicht besoffen). Camillus Verus war scharfsinnig und intelligent, dabei zurückhaltend. Er tat, was nötig war, und verschwendete keine Energie auf den Rest. Ich mochte ihn. Daß er es fertigbrachte, mich zu tolerieren, war mir wichtig.

Zumindest wußte er, wie stark meine Gefühle für Helena waren.

Aus meiner Perspektive betrachtet, gehörte die Familie Camillus einwandfrei zu den Patriziern, obwohl sie unter ihren Vorfahren weder einen Konsul noch einen General aufweisen konnte. Sie war reich – wobei es sich allerdings um Landbesitz handelte und mein Vater vermutlich mehr bewegliche Güter besaß. Ihr Haus war geräumig und stand für sich, eine Stadtvilla mit fließend Wasser und Kanalisation, aber etwas verwohnter Inneneinrichtung. In Ermangelung teurer Kunstwerke griffen sie für die häusliche Gemütlichkeit auf altmodische Dinge zurück. Heute plätscherten die Springbrunnen im Innenhof fröhlich vor sich hin, aber als der Senator mich seinem ältesten Sohn vorstellte, hätte wir mehr als das zur Kühlung gebraucht.

Aelianus war zwei Jahre jünger als Helena und zwei Jahre älter als Justinus. Er sah seinem Vater sehr ähnlich – borstiges Haar und etwas krumme Schultern. Stämmiger und schwerknochiger als Helena und Justinus, sah er daher weniger gut aus. Sein arrogantes Benehmen war typisch für einen Patrizier. Zum Glück hatte ich nie erwartet, die Anerkennung eines Senatorensohnes zu finden. Mir war es recht; das ersparte mir die Anstrengung, ihn mögen zu müssen.

»Sie sind also der Mann, der die Karriere meines Bruders gefördert hat!« rief Aelianus.

Fast ein Jahrzehnt älter als er und zehnmal so erfahren, ließ ich mich nicht provozieren. »Quintus ist warmherzig und intelligent. Die Leute mögen ihn, und er ist an allem interessiert – natürlich hat so ein Mann keine Chancen im öffentlichen Leben! Im Gegensatz zu Ihnen, wie ich annehme.« Gut gemacht, Falco; eine Beleidigung, aber hübsch verpackt.

Tatsächlich hatte der junge Justinus alle Chancen.

Aber warum sollte ich Ärger heraufbeschwören? Nahe Verwandte finden immer genug Grund zum Neid.

»Haben Sie auch sein Interesse am Theater geweckt?« höhnte sein Bruder.

Diesmal antwortete der Senator: »Er sucht sich seine Hobbys selbst aus – so wie ihr alle.« Das mußte eine väterliche Anspielung sein; ich lehnte mich zurück und überlegte, welchen zweifelhaften Vergnügungen der hochnäsige Aelianus wohl frönte. Sollte er mir irgendwelche Schwierigkeiten machen, würde es sich lohnen, das herauszufinden.

»Man kann nur hoffen, daß dieses Hobby meines Bruders nicht von Dauer ist – genau wie das meiner Schwester!«

Justinus hatte während seiner Militärzeit so viel Ruhm eingeheimst, daß ein Skandal ihn in den Augen der Öffentlichkeit nur noch interessanter machen würde. Aelianus' eigene Militärzeit dagegen war völlig ereignislos verlaufen, und seine einjährige unbezahlte Tätigkeit als Adjutant des Gouverneurs von Baetica hatte seinem Namen auch keinen Glanz verliehen. Andererseits war beides nicht sein Fehler gewesen. Auch mir war das Glück geschickt aus dem Weg gegangen, also sagte ich freundlich: »Seien Sie nicht neidisch. Ihr Bruder war nur zur richtigen Zeit in der richtigen Provinz.«

»Und natürlich kannte er Sie!«

Wieder dieser unfreundliche, höhnische Ton. In seiner Naivität meinte Aelianus offenbar, mich damit auf die Palme bringen zu können. Statt dessen sagte sein Vater milde: »Das war in der Tat ein glücklicher Zufall. Als Marcus auf eine seiner besonders schwierigen Missionen geschickt wurde, war dein Bruder in der Lage, sich ihm anzuschließen.«

»Hast du dem zugestimmt?« fragte Aelianus anklagend. »Ich habe gehört, daß die Sache, in die sich Justinus da in Germanien eingelassen hat, verdammt gefährlich war.«

»Ich habe erst im nachhinein davon erfahren«, erwiderte Camillus wahrheitsgemäß.

Der junge Mann platzte fast vor würdevoller Entrüstung. »Da sind ein paar Dinge, die wir klarstellen sollten.« Der Senator und ich sahen uns an, ließen ihn aber gewähren. Er brauchte offenbar seinen Rabatz. Das war einfacher, als mit ihm zu argumentieren. »Dieser Mann ist ein gewöhnlicher Spitzel.« Ich bemerkte, daß er sich noch nicht einmal dazu durchringen konnte, meinen formellen Namen zu benutzen. »Die Situation mit meiner Schwester schadet unserer Familie.« Womit er meinte, sie könnte sich schädlich auf seine eigene Karriere auswirken.

Der Senator schaute verärgert. Was auch immer er davon hielt, daß seine wohlerzogene, aus guter Familie stammende Tochter mit einem ungeschliffenen Plebejer wie mir durchgebrannt war, nach außen machte er gute Miene dazu. »Falco ist ein kaiserlicher Agent. Er besitzt das Vertrauen des Kaisers.«

»Aber Vespasian kann Spitzel nicht ausstehen.«

Ich lachte. »Außer, wenn er sie braucht.«

Der jüngere Camillus plusterte sich immer noch auf. »Von einer öffentlichen Anerkennung der Rolle des ›kaiserlichen Agenten‹ ist mir nichts bekannt. Sie ist weder mit einem offiziellen Titel noch mit einem Gehalt verbunden. Und soviel ich weiß, war zwar mal die Rede von einer beträchtlichen Belohnung, aber weiter ist die Sache nie gediehen!«

Ich zwang mich, nicht darauf zu reagieren. Ich hatte Helena versprochen, mich auf keine Unterhaltung einzulassen, bei der ich am Ende ihren Bruder zusammenschlug.

Camillus senior war die Sache offensichtlich peinlich. »Falcos Arbeit unterliegt naturgemäß der Geheimhaltung. Beleidige unseren Gast nicht.« Tapfer versuchte er, das Thema zu wechseln: »Du scheinst gut in Form zu sein, Marcus. Reisen bekommt dir.«

»Sie sollten mich mal in meinen Pumphosen und dem bestickten Hut aus Palmyra sehen ...« Ich seufzte. Geplauder über Orientalisches würde das Problem umschiffen, es aber nicht lösen. »Ihr Sohn hat schon recht, Senator. Mir *wurde* sozialer Aufstieg versprochen, und er *ist* mir verweigert worden.«

Camillus mußte durch Helena davon erfahren haben. Als Mitglied des Senats schien er sich persönlich verantwortlich zu fühlen. Er kratzte sich an der Nase, und das Licht blitzte in seinem bescheidenen Granatsiegelring. »Das war ein Mißverständnis, Marcus. Es läßt sich klären.«

»Nein, Domitian Cäsar hat eine sehr klare Entscheidung getroffen, und als ich die Sache letzte Woche mit Titus besprach, war er nicht in der Lage, das zu ändern.«

»Titus hat's mir erzählt«, erwiderte der Senator. »Entscheidungen neigen dazu, unumstößlich zu werden, wenn sie mit der Verweigerung wohlverdienten Lohns zu tun haben!« Sein Sinn für Humor war immer erfrischend trocken. »Tja, sag mir, wie ich dir helfen kann ... Wie ich höre, arbeitest du momentan bei dieser Sonderkommission?« Da sah man mal wieder, wie geheim die Nachuntersuchung zum Fall Balbinus wirklich war.

»Ja, ich bin ihr zugeteilt worden.«

Camillus bemerkte meine düstere Stimmung. »Es gefällt dir nicht?«

»Gemischte Gefühle; unklare Loyalitäten.« Das Gespräch hatte sich verändert. Der Senator und ich unterhielten uns jetzt auf einer Ebene, die Aelianus ausschloß. Ich kam noch mal auf etwas zurück, das Camillus gesagt hatte: »Ich frage mich, wieviel von unserem persönlichen Geplauder Titus Cäsar weitergegeben hat, Senator? Ist er da einem Gespräch, das ich mit Ihnen führen wollte, zuvorgekommen?«

Camillus bedeutete mir mit einem Lächeln und einem Wedeln der Hand, er sei nicht böse darüber, von jemand anderem als mir erfahren zu haben, daß er Großvater werden würde. »Mir war klar, daß Titus voreilig war.«

»Das tut mir leid. Sie wissen ja, wie so was läuft.«

»Du mußtest die Gelegenheit ergreifen«, stimmte er zu. Allein schon um Helenas willen hätte er gewollt, daß ich es versuchte. Unsere Beziehung würde nicht darunter leiden. »Freust du dich?« fragte er. Ich antwortete mit einem Grinsen. Dann hörten wir beide auf, so begeistert zu schauen, und dachten als pflichtbewußte Männer an die Gefahren für Helena.

»Ich bin immer noch der Meinung, daß sich etwas für dich arrangieren läßt, Marcus.« Vespasian hatte, wie jeder gute Römer, seinen privaten Freundeskreis, der ihn beriet; der Senator war einer davon, hatte dem Kaiser früher nähergestanden, wurde aber immer noch konsultiert. Er konnte sich für mich einsetzen – wenn ich einverstanden war. Der Senator kannte meine Gefühle in diesem Punkt. »Wirst du mich mit dem alten Mann sprechen lassen?«

»Besser nicht.« Ich lächelte. Selbst bei seinem persönlichen Interesse war dieses Angebot sehr großzügig. Aber ich konnte es nicht annehmen. Ich mußte mich selbst durchsetzen. »Meine neue Aufgabe ist sehr komplex. Warten wir das Resultat ab, bevor ich den Kaiser daran erinnere, daß er mir noch was schuldig ist!«

»Vielleicht sollten Sie besser meine Schwester in Ruhe lassen«, mischte sich Aelianus in die Unterhaltung ein, obwohl er nicht recht wußte, um was es ging.

»Ich werde mir Ihren Rat merken«, sagte ich freundlich. Plötzlich war ich zu wütend, um weiter seine Sticheleien hinzunehmen. »Es tut mir leid, Sie in Sorge zu sehen. Aus dem Ausland nach Hause zu kommen und herauszufinden, daß die ehrbare Familie, die Sie zurückgelassen hatten, nun durch einen Skandal besudelt ist, muß sicher schwierig sein.« Er machte den Mund auf. Mit erhobener Hand gebot ich ihm Einhalt. »Der Skandal, den ich meine, hat nichts mit Ihrer Schwester zu tun. Ich meine den traurigen Schlamassel, der mich überhaupt erst mit den Camilli in Kontakt gebracht hat, als verschiedene Ihrer noblen Verwandten – jetzt zum Glück tot – in einen Umsturzversuch von unglaublicher Dämlichkeit verwickelt waren! Bevor Sie sich für ein öffentliches Amt bewerben, Camillus Aelianus, sollten Sie Ihren Vater bitten, Sie zu informieren, wieviel der Kaiser vertuschen ließ.«

Der Mund des nicht so noblen Aelianus stand immer noch offen. Offenbar war ihm nicht klar gewesen, daß ich von der Beinahe-Entehrung seiner Familie wußte.

»Verzeihen Sie«, entschuldigte ich mich bei seinem Vater, da ich normalerweise diese Episode nicht erwähnte.

»Haben Sie die Vertuschung organisiert?« Aelianus hatte sich wieder gefangen. Jetzt nahm er an, Helena Justina sei das Unterpfand für mein Schweigen.

»Meine Aufgabe ist es, Dinge ans Tageslicht zu bringen. Trotzdem bin ich froh, daß wir Gelegenheit hatten, uns auszusprechen ... Philosophische Einsichten kommen Männern traditionellerweise während des Trinkens bei einem Symposium.« Zur Entspannung der Atmosphäre hob ich meinen Becher.

Aelianus blickte mich noch immer finster an. »Was machen Sie genau, Falco?« Manchmal fragte ich mich das auch.

»Nett, daß Sie diesmal fragen, bevor Sie mich verdammen! Ich tue, was getan werden muß – und wozu sonst niemand fähig oder bereit ist.«

»Bringen Sie Leute um?« Er besaß keinerlei Feingefühl.

»Im allgemeinen nicht. Es ist zu mühsam, hinterher meinen Frieden mit den Göttern zu machen.«

Ich vermied es, den Senator anzusehen. Er saß sehr still da. Der letzte Mann, den ich wissentlich getötet hatte, war ein Verbrecher gewesen, der Helena auf der Türschwelle ihres Elternhauses angriff. Camillus hatte mich dabei gesehen. Aber es gab andere Tote, die in direktem Zusammenhang damit standen und über die der Senator und ich niemals sprachen.

»Ein berückender Gedanke«, höhnte Aelianus. »Ein hartnäckiger, einsamer Wolf, der ohne Lob und Bezahlung das Schlechte in der Welt bekämpft!«

»Pure Blödheit«, stimmte ich ihm kurzangebunden zu.

»Warum tun Sie es dann?«

»Oh, um Verdienste zu erwerben.«

»Aus Charakterstärke?« Die der Familie eigene Ironie war auch an Aelianus nicht ganz spurlos vorbeigegangen.

»Sie haben mich erwischt. Ich habe eine Schwäche für moralische Handlungen.«

»Und so kommt man auch leicht an Frauen ran?«

»An die allerbesten . . . Beißen Sie lieber die Zähne zusammen. Ich weiß, daß ich eine gute gefunden habe, und ich werde sie nicht wieder loslassen. Meine Beziehung zu Ihrer Schwester ist eine dauerhafte. Und

Sie werden im nächsten Frühjahr Onkel des Sohnes oder der Tochter eines Spitzels werden!«

Aelianus spuckte immer noch Gift und Galle, als Julia Justa und Helena zu uns zurückgesegelt kamen.

XLIV

Der Gang ins Eßzimmer bot mir die Gelegenheit, die Stimmung durch angemessenes Lobpreisen der neuen Wandmalerei zu heben (düsteres Zeug, schwarze Posamente und Ansichten in dunklem Rot und Gold). Sie schienen von jemand überredet worden zu sein, dessen Traum es war, orientalische Grabstätten auszumalen.

Die Frau des Senators erklärte kühl, wir würden jetzt essen, ohne Justinus. Das Gespräch mit Helena über unser Baby hatte sie offenbar nicht aufgewühlt; sie schien darauf vorbereitet gewesen zu sein. So sehr, daß sie sich unseres Findelkindes angenommen hatte, als wolle sie schon mal üben, mit einem Kind zu spielen, auf das sie lieber verzichtet hätte. Ihre einzige Sorge war nun, die Feier ohne Peinlichkeiten zu überstehen. Die noble Julia litt wie eine Frau, die ihr Bestes gibt, obwohl alle um sie herum entschlossen scheinen, ihr den sorgfältig geplanten Tag durcheinanderzubringen.

Sie hatte ein feines Gefühl für Anstand und Schicklichkeit. Wohlerzogen trat ich vor und führte sie sanft zu ihrer Speiseliege. Daraufhin bestand Julia Justa höflich darauf, daß ich daneben Platz nahm. Ich gab mir den Anschein eines Gastes, der ein sehr enger Freund der Familie ist. Das tat ich vor allem, um Aelianus zu ärgern. Er sollte denken, er sei – in seinem eigenen Heim und vor allen Sklaven und Freigelassenen der Familie – durch den unpassenden Liebhaber seiner Schwester ersetzt worden, der sich offen die Rolle des respektierten Schwiegersohns anmaßte. Es gelang mir, diese falsche Ehrwürdigkeit aufrechtzuerhalten, bis ich Helenas Blick auffing. Als sie mir zuzwinkerte, war es vorbei damit.

Speis und Trank helfen immer. Außerdem war es Helenas Geburtstag, und wir alle liebten sie. (Selbst ihrem stoffeligen Bruder mußte an ihr so viel gelegen sein wie an seinem skandalfreien Ruf.)

Das Essen war vermutlich besser als alles, was normalerweise in diesem an Bargeld so knappen Haushalt auf den Tisch kam. Besonders apart fand ich die Hummerklößchen des ersten Ganges, die zusammen mit kolymbiadischen Oliven und unterschiedlich gewürzten Schweinefleischstückchen serviert wurden. Helena und ich konnten einige Reiseerlebnisse mit fremdländischen Speisen zum besten geben und damit den im wahrsten Sinne theatralischen Aspekt unserer Syrienreise umgehen. Der Mittelpunkt des Hauptganges war ein ganzes Jungwildschwein in Nußsauce, ein Gericht, das, wie ich offen zugab, nicht allzu häufig auf meinem häuslichen Speisezettel stand.

»Bei uns auch nicht«, gestand der Senator und goß mir von einem Wein nach, den ich »samtig« nannte.

»Wollten Sie nicht eigentlich ›weich‹ sagen?« Aelianus versuchte immer noch, bissige Bemerkungen zu machen, obwohl er sich inzwischen die Tunika mit Indigoerbsen bekleckert hatte. Ich hatte ihn bereits darauf hingewiesen und ihm den Tip gegeben, daß sich weltgewandte Esser vor in Oktopustinte angerichteten Leckerbissen in acht nehmen.

»Nein, ich meine warm und äußerst kultiviert, mit einem zynisch gefährlichen Unterton, der einige von uns heute abend noch die Treppe hinunterfallen lassen könnte.«

»Sind Sie ein Weinkenner, Falco?«

»Nein, aber ich trinke mit einem. Ich kenne die Sprüche«, sagte ich, um ihn vor Angebereien zu warnen. »Mein Freund Petronius Longus kann überzeugend unterscheiden zwischen einem Falerner höherer, mittlerer und tieferer Lagen. Ich kann das nicht, obwohl ich mich gern von ihm zu Weinproben einladen lasse, mit denen er meinen Geschmack zu schulen versucht ... Er träumt davon, ein paar Flaschen Vinum Oppianum aufzutreiben.«

Aelianus war angesäuselt genug, um sein Unwissen einzugestehen. »Was ist das?«

»Ein legendärer Jahrgang, natürlich benannt nach dem Konsul Oppianus, dem Mann, der Gaius Gracchus ermordet hat.«

»Meine Güte, dann muß er ja beinahe zweihundert Jahre alt sein!« rief der Senator. »Wenn Ihr Freund den findet, würde ich ihn gern mal probieren!«

»Das könnte gut sein. Laut Petronius war es ein so gutes Jahr, daß große Vorräte gehortet wurden und gelegentlich auftauchen.«

»Ist er denn noch trinkbar?« fragte Helena.

»Wahrscheinlich nicht. Ein Weinfan wie Petro würde das Zeug trotzdem schlucken und schon vom Anblick des Siegels besoffen werden.«

»Weinfans schlucken nicht«, korrigierte sie mich lachend. »Sie atmen ihn ein, lassen ihn über die Zunge rollen, schließen die Augen und wetteifern dann mit blumigen Beschreibungen ...«

Der Senator lachte, genoß unser Wortgefecht. »Versuch mal diesen, Marcus. Es ist ein Guaraner, der in nur sehr geringen Mengen auf der Anhöhe der Baia wächst, wo die Luft salzig sein muß, die Erde schweflig und die Trauben unter den ermutigenden Schreien der Mädchen wachsen, die bei den Heilquellen von den Gigolos verführt werden.«

»Also wirklich, Decimus!« protestierte Julia Justa, hielt aber ihren Becher zum Nachfüllen hin. Graziös nahm sie den Wein von ihrem Mann entgegen und wandte ihre Aufmerksamkeit dann wieder dem Müllbaby zu, dessen ruhiges Verhalten in der Öffentlichkeit sie für den Kleinen eingenommen hatte. Sie schüttelte seine Rassel, ein Tonschwein mit Steinchen drin, das Helena an einem Marktstand gekauft hatte.

»Wie kannst du nur, Mama!« Aelianus schüttelte sich. »Das Kind könnte von überall herstammen.«

Vor Wut mußte ich die Nase in den Weinbecher stecken. Zum Glück war der Guaraner würzig und vollmundig, ein tröstlicher Wein.

»Seine Kleider waren von bester Qualität. Wir glauben, daß der Kleine aus guter Familie stammt«, gab Helena kalt zurück. »Nicht, daß das wichtig wäre; der Junge wurde ausgesetzt, und man muß etwas für ihn tun.« Ihre Mutter, die Helena lange genug kannte, überhörte geschickt die Andeutung, daß dieses Etwas von den Camilli getan werden sollte.

»Wenn er aus so gutem Hause stammt«, beharrte Aelianus, »hätte die Familie, der er gestohlen wurde, schon längst die Öffentlichkeit informiert.«

»Das bezweifle ich!« sagte seine Mutter scharf. Sie schüttelte die Rassel, erst neben dem Kopf des Kleinen und dann vor seinem Gesicht. Wir sahen, wie er darauf mit wedelnden Händchen reagierte. Helenas Mutter war eine intelligente Frau. Sie hatte etwas entdeckt, das selbst mir entgangen war. Das Baby reagierte nicht, bis die Rassel tatsächlich in sein Blickfeld kam. Dann erklärte uns Julia Justa kurz und bündig: »Seine Familie könnte ihn bewußt ausgesetzt haben. Dieses Baby ist taub!«

Ich ließ den Kopf sinken und bedeckte die Augen. Wenn der Kleine von Geburt an taub war, würde er auch stumm sein. Er war verdammt. Die Leute würden ihn als Idioten abschreiben. Es gab keine Chance, ein anständiges Heim für ihn zu finden.

»Jupiter, Falco!« säuselte Aelianus. »Was werden Sie denn jetzt machen?«

»Oh, hör auf mit deinen Sticheleien!« Seine Mutter wandte sich auf ihrer Liege wieder dem Tisch zu. »Marcus wird eine passende Lösung finden. Das tut er immer.« Es war schwer zu sagen, ob sie ihren Sohn zurechtwies oder sich über mich lustig machte.

Ich prostete der Dame zu und sah aus den Augenwinkeln, wie Helena über das traurige Schicksal des Kindes nachdachte. Wir waren kurz davor, ihm selbst ein Heim zu geben.

Lautes Getöse rettete mich. Der nutzlose Pförtner hatte einen Betrunkenen ins Haus gelassen. Einen großen, gutaussehenden jungen Mann, der ins Eßzimmer stolperte und unterwegs gegen einen Beistelltisch krachte: Quintus Camillus Justinus war schließlich doch noch aufgetaucht.

Im Lampenlicht blinzelnd, beugte er sich herab und wollte seine Mutter küssen; kein guter Einfall. Dann kitzelte er Helena an der Fußsohle, worauf sie wild um sich trat. Sie versetzte Aelianus einen häßlichen Tritt gegen das Ohr, als der sich aufrichtete, um etwas Beleidigendes zu sagen. Mit der extremen Sorgfalt des alles andere als Nüchternen baute Justinus zwei Päckchen vor seiner Schwester auf, machte dann plötzlich einen Satz nach vorn und küßte auch sie. Helena schubste ihn weg.

Ohne sich der eisigen Atmosphäre bewußt zu sein, kam Justinus schwankend wie ein Seiltänzer wieder hoch, stolperte dann an den Liegen entlang und ließ sich auf die leere neben mir fallen. Ich spannte die Rückenmuskeln an, als er mir auf die Schulter klopfte. »Marcus! Na, hast du das Fest bisher gut überstanden?« Ihm war nicht mehr zu helfen.

Ich machte beruhigende Geräusche, während Helena mir heftig bedeutete, ich solle ihm etwas zu essen geben. Da ich es war, den er vollkotzen würde, hatte ich ein Interesse daran, seine Nahrungsaufnahme zu begrenzen.

»Entschuldigt, ich bin ein bißchen beschwipst. Ich war in den Saepta auf der Suche nach einem Geschenk.«

Mein Herz sackte noch tiefer. »Wo in den Saepta?« Ich hatte bereits eine Ahnung, warum der junge Justinus heute abend so spät kam und so betrunken war.

»Ach, du weißt schon, Falco! Ich wanderte herum, dann sah ich einen Namen, der mir bekannt vorkam, und wir kamen ins Gespräch ... Ein wunderbarer Auktionator«, erklärte Justinus seinem Bruder. Aelianus grinste; der Sohn, dessen Sünden noch unentdeckt waren, sah zu, wie der verderbte lärmend versank. Ich verdaute die unheilverkündende Nachricht, daß mein nicht so wundervoller Papa den Goldjungen abgefüllt hatte.

Helena unterbrach mit aufgesetzter Fröhlichkeit: »Wir haben dich vermißt! Ist das mein Geschenk?«

»Das kleinere«, meinte Justinus, um eine deutliche Aussprache bemüht. »Eine Kleinigkeit von deinem dir treu ergebenen Bruder.«

»Tausend Dank.«

»Das größere, schwerere Teil schickt dir mit besten Wünschen mein wunderbarer Freund Didius Geminus.«

»Ist das«, höhnte Aelianus, »der Mann, der dir so viel Wein eingeflößt hat?«

»Mein Vater«, schnappte ich. Julia Justa erstarrte. Lahm fuhr ich fort: »Didius Geminus hat seine Kunden gern in geschwächtem Zustand. Ich rate Ihnen, Aelianus, nicht mit einem Auktionator zu trinken. Wie Sie sehen, sollte Ihr Bruder sich dringend hinlegen – und nur die Götter wissen, wieviel er ausgegeben hat!«

»Hielt sich in annehmbaren Grenzen«, blubberte Justinus fröhlich. Wenigstens hatte er meinen Rat angenommen und sich hingelegt. Leider in den Nachtisch.

Wir ließen ihn, wo er war. Es schien das beste.

Helena versuchte, fröhlich auszusehen, während sie das Geschenk ihres Bruders auspackte. Es war ein wunderschöner Spiegel, im keltischen Stil mit verschlungenen und verschnörkelten Blättergirlanden verziert. Um den Zustand ihres jüngeren Bruders zu vergessen, betrachtete sie ausführlich ihr Gesicht darin.

»Und dein Vater hat Helena ebenfalls ein Geschenk geschickt, Marcus!« Der Gedanke, daß die Didius-Familie wußte, wie man Möchtegernverwandte bestach, hatte Julia Justa mächtig aufgemuntert. Gehorsam wickelte Helena es aus.

»Mein Vater hält viel von Helena«, sagte ich schwach.

Das war nicht zu übersehen. Papa hatte ihr einen äußerst eleganten (und bestimmt sündhaft teuren) Schmuckkasten geschickt. Nicht zu groß – nichts

Protziges –, aber ein wunderschönes Exemplar aus Zedernholz. Die Ecken wiesen kunstvolle Bronzebeschläge auf, das Ganze stand auf kleinen Füßchen, hatte einen hübschen Riegel und ein perfektes Schloß mit geschwungener Umrahmung.

»Ach, der Liebe!« Ach, der Dreckskerl. Er hatte meine eigene Zwangslage völlig ignoriert. Nicht mal ein Wort der Entschuldigung.

Der Augenblick für einen Trinkspruch schien gekommen. Wein wurde von den Sklaven eingeschenkt, die sich die Hälse verrenkten, um die Geschenke der jungen Dame zu bestaunen. Diverse Haarnadeldöschen und Pinzettenpäckchen wurden ihr von alten Sklavinnen in die Hand gedrückt, die einst ihre Ammen gewesen waren. »Alles Gute zum Geburtstag!« rief Helenas Vater, der bei all seiner zur Schau gestellten Unschuld genau wußte, wie man gute Stimmungen ausnutzte.

Helena hatte den Schlüssel des Kästchens an einem Wollfaden entdeckt. Sogar der Schlüssel war entzückend, eine winzige Angelegenheit mit gezacktem Bart, eingelassen in einen Fingerring. »Da liegt eine Nachricht für dich drin, Marcus.« Sie warf mir einen Fetzen von einer wiederverwendeten Schriftrolle zu. Ich wollte nicht mit Papa kommunizieren; ich tat so, als würde ich einen Blick drauf werfen, und verbrannte den Wisch dann an der nächsten Lampe.

Helena betrachtete und betastete entzückt das Innere des Kästchens. Am liebsten wäre ich unauffällig verschwunden, unter dem Vorwand, die Latrine aufsuchen zu müssen. Meine guten Manieren gewannen die Oberhand; ich biß statt dessen in ein Stück Kuchen. Honig tropfte mir über das Kinn.

Ich sah, wie sich Helenas Gesichtsausdruck veränderte. Es mußte noch mehr da sein; das erstaunliche

Kästchen hatte einen Inhalt. Mein Herz klopfte wütend. Vorsichtig hob sie den Gegenstand heraus, und ich erkannte sofort, was es war. Gold blitzte auf. Reflexionen huschten wie Schmetterlinge über ihre Haut. »Oh!« rief Helena erstaunt. Dann hielt sie etwas von atemberaubender Schönheit hoch.

Um den Tisch wurde es still.

Langsam, als hätte sie Angst, etwas kaputt zu machen, legte Helena ihr Geschenk auf den Tisch. Immer noch glitzerten hundert winzige Goldplättchen im Licht. Helena drehte sich zu mir um. Alle anderen starrten auf das Geschenk. Das brauchte ich nicht. Meine Aufmerksamkeit galt Helena.

Es war eine Krone. Eine sehr alte Krone. Aus Griechenland. Sie hatte einst den Sieger eines klassischen Wettkampfs gekrönt, in einer Zeit, als Athleten noch die perfekte Harmonie zwischen Körper und Geist anstrebten. Sie bestand auf feinsten Blättchen und Eicheln, aufgehängt an so dünnem Golddraht, daß sie beim leisesten Lufthauch erzitterten. Auf den glitzernden Zweigen, aus denen die Krone geformt war, hockten bis ins kleinste Detail perfekt geformte Insekten, und eine kleine goldene Biene bildete den Verschluß.

Helenas Mutter versuchte, sich zusammenzunehmen. »Oh, Helena Justina, ich bin nicht sicher, ob du das annehmen kannst . . .« Die Stimme versagte ihr. »Marcus, du hast einen außerordentlich großzügigen Vater.«

Das war eindeutig eine Zurechtweisung: Das Geschenk war zu kostbar. Die aus dem niederen Volk stammenden Didii hatten sich unmöglich benommen. Für einen Verwandten eines inoffiziellen Schwiegersohns war so eine Gabe maßlos übertrieben.

Ich lächelte Helena liebevoll an. Ihre sanften dunklen Augen standen voller Tränen. Sie wußte Bescheid.

Mit dem kleinen Finger berührte sie eine schimmernde Zikade, die sich unter einem Eichenblatt versteckte, streichelte sie so sanft wie die Wange eines Neugeborenen. »Papa hat seine Momente«, sagte ich leise zu ihr. »Er hat Stil und Geschmack und kann, wie deine Mutter sagte, außerordentlich großzügig sein. Und auch bedacht. Er hat sich offenbar große Mühe gegeben, genau das richtige Kästchen zu finden.«

»Die Krone ist hinreißend«, sagte sie.

»Du bist ein hinreißendes Mädchen.«

»Sie kann sie auf gar keinen Fall annehmen«, beharrte ihre Mutter, jetzt in festerem Ton. Ich hob die Augenbraue. »Na, kannst du, oder kannst du nicht, Herzchen?«

Helena Justina lächelte mir zu. Sie beachtete ihre Familie nicht, aber plötzlich hatten alle verstanden.

Der kostbare Augenblick der Zärtlichkeit zerplatzte wie eine Seifenblase. Quintus hatte sich aufgerichtet, das Gesicht mit Honig und Zimt verschmiert. »Marcus, ich soll dir was ausrichten. Dein Vater sagt, es tut ihm leid, daß er dich so ins Schwitzen gebracht hat. Er mußte erst die Krone von dem Mann zurückholen, an den er sie verkauft hatte.«

Der Mistbock! Justinus plapperte weiter, während ich die Zähne zusammenbiß. »Das wird dich nichts kosten – Geminus hat dem Idioten erzählt, er müsse sie zurückhaben, weil sie auf einer Liste der Vigiles als gestohlen gemeldet ist . . .«

Tausend Dank, Papa!

Helena kicherte. Einigen ihrer Verwandten mochte das seltsam vorkommen. In ernstem Ton sagte sie zu mir: »Ich frage mich – aus rein kommerziellem Interessen –, ob dein Vater diesem erwähnten Idioten genauso viel abgeknöpft hat, wie du vorher einem anderen Verkäufer hinlegen mußtest?«

»Wahrscheinlich nicht. Der zwielichtige Damaszener, für dessen komfortable Pensionierung ich gesorgt habe, konnte sehen, daß ich aus Liebe kaufte.«

Ich stand auf und hob meinen Weinbecher, um einen formellen Trinkspruch auszubringen. »Der Damaszener behauptet, diese Krone habe einst als Preis bei den Namäischen Spielen gedient. Ein Preis, den nur die Beste verdient, mein Liebling.«

Ihre noble Familie hatte den Anstand, ziemlich spontan Zustimmendes zu murmeln. Wir tranken auf Helena Justina mit dem recht ansehnlichen Guaraner, den ihr Vater zur Feier des Tages spendiert hatte. »Helena Justina, Tochter des Camillus Verus und Herzensfreude des Didius Falco, ich trinke auf deinen Geburtstag!«

»Herzlichen Glückwunsch, Helena«, rief Julia Justa. Und da sie ihre Tochter, deren Speiseliege zu weit von ihr entfernt stand, nicht erreichen konnte, vergoß die noble Matrone ein gerührtes Tränchen, drehte sich dann auf ihrem parfümierten Ellbogen um und küßte mich.

XLV

Es war ein unvergeßlicher Abend, aber sobald wir in unsere Wohnung zurückgekehrt waren, mußte ich mich wieder der schnöden und verderbten Welt zuwenden.

Während wir uns vergnügt hatten, waren die beiden

Patrouillen der Vierten Kohorte auf dem gefährlichen Aventin Streife gegangen, in der bangen Erwartung, auf weitere Schrecken zu stoßen. Petronius würde sie zumindest einen Teil der Zeit begleiten. Sein Stellvertreter Martinus hatte sich bestimmt bereit erklärt, einen anderen Teil der Nachtwache zu übernehmen. Fusculus würde auch dasein. Einer von ihnen würde wohl Porcius, den Rekruten, unter die Fittiche nehmen. Sergius, ihr Mann fürs Grobe, würde mitgehen, um mit seiner Peitsche unvorsichtige Familienväter das Fürchten zu lehren – und hoffen, einen Mörder in die Finger zu kriegen. Falls sie jemals den Mörder von Scythax' Bruder finden sollten, war damit zu rechnen, daß er spurlos verschwand. Die Vierte war in der Stimmung für einen äußerst kurzen Prozeß. Vielleicht blieb ich deshalb zu Hause im Bett, statt mich ihnen anzuschließen, als ich merkte, daß ich nicht schlafen konnte.

Schließlich bemerkte Helena meine Ruhelosigkeit.

»Still, du weckst das Baby auf.«

»Wohl kaum, Liebste.«

»Dann eben den Hund.«

Der Hund, der mal wieder meine Füße plattdrückte, schob sich herum, um dem Nachdruck zu verleihen. »Paß bloß auf, Fellknäuel! Eine falsche Bewegung, und ich verarbeite dich zu Stiefelfutter.«

Helena kuschelte sich enger an mich und lag schweigend da. Ich kannte sie so gut, daß ich regelrecht hörte, wie es in ihrem Kopf arbeitete; so gut, daß ich wußte, woran sie dachte. »Deine Mutter hat recht. Wenn wir erst die Zeit dazu haben, werden wir schon ein Zuhause für das Baby finden.«

Das schien sie nicht sonderlich zu überzeugen.

Ich versuchte es noch mal. »Mach dir keine Sorgen. Das Baby ist hier in Sicherheit. Laß uns lieber überlegen, was wir wegen Tertulla unternehmen können. Wie ist es heute mit Gaius Baebius gelaufen? Mit wie vielen Eltern hast du reden können? Hat es irgendwas gebracht?«

»Nicht viel.« Mit leiser Stimme berichtete Helena von ihren Abenteuern. »Auf der Liste, die Petronius mir gegeben hat, waren fünf Familien aufgeführt. In vier Häusern ist es mir gelungen, mit jemandem zu sprechen. Nur in eines wollte man mich erst gar nicht reinlassen; die taten ungeheuer vornehm.«

»Warum wohnen sie dann auf dem Aventin?«

»Die müssen seit Ewigkeiten hier wohnen und schon auf Romulus herabgeschaut haben.«

»Tja, wenn irgend jemand an die rankommen kann, dann doch wohl du! Was war mit den anderen?«

»Mit einer Mutter habe ich persönlich gesprochen. Sie hat mich allein empfangen. Offenbar wollte sie nicht, daß jemand zuhört. Aber dann hat sie mich nur wütend angezischt, es hätte sich doch längst alles aufgeklärt. Es täte ihr zwar leid, daß wir Probleme hätten, aber sie könne mir nicht helfen und wolle nichts damit zu tun haben.«

»War sie veränstigt?«

»Sehr, würde ich sagen.«

»Das paßt. Entführer drohen ihren Opfern gern, sie kämen zurück, falls die sich an die Obrigkeit wenden. Hast du das Kind gesehen?«

»Nein, natürlich nicht! In zwei anderen Häusern kam ich über ein aus Sklaven bestehendes Empfangskomitee nicht hinaus – höflich, aber distanziert und nicht eben hilfsbereit. Im vierten Haus weigerte sich die Mutter, mich zu empfangen, aber ich traf zufällig das Kindermädchen. Als ich vom Verwalter hinausgeführt wurde, wollte sie gerade mit dem Kind spazieren gehen.«

»Wie alt ist das Kind?«

»Ein dreijähriger Junge. Ich folgte dem Kindermädchen und verwickelte sie in ein Gespräch, während wir die Straße entlanggingen. Sie war entsetzt, von einem weiteren Fall zu hören, und ich nutzte ihr Mitgefühl aus. Sie gab zu, daß der Junge entführt worden war – deshalb wird sie jetzt ständig von Sklaven begleitet. Was bedeutete, sie hingen uns im Nacken, und ich konnte nur kurz mit ihr sprechen. Ihre Geschichte war sehr hilfreich und bestätigt Petros Theorie. Das Kind wurde geraubt, als sie ihm den Rücken zukehrte, um eine Kleinigkeit einzukaufen. Sekunden später drehte sie sich um, und der kleine Tiberius war verschwunden. Das ganze Haus war die Nacht über in heller Aufregung; die Vigiles wurden informiert, das wissen wir. Außerdem hat der Vater die Straßen von seinen Sklaven durchkämmen lassen. Am nächsten Tag wurde dann alles plötzlich abgeblasen. Das Kindermädchen hat den Grund dafür nie erfahren. Die Eltern des Kindes waren in sich gekehrt und wortkarg. Alle standen unter großer Anspannung, aber es wurde nicht weitergesucht. Sie glaubt, den Bankier der Familie im Haus gesehen zu haben.«

»Das ist ja interessant.« Und ein Glück für uns; der Vater hätte die Zahlung ebensogut auf dem Forum arrangieren können, und wir hätten nichts davon erfahren. »Ein sehr nützliches Detail. Wie wurde der kleine Tiberius zurückgebracht?«

»Der Vater ging mit dem Bankier weg und kam mit dem Kind auf dem Arm nach Hause zurück. Der Dienerschaft wurde gesagt, jemand hätte ihn zufällig gefunden. Danach wurde ihnen befohlen, mit niemandem darüber zu sprechen. Mehr konnte ich nicht aus ihr rauskriegen.«

»Das reicht auch schon. War das Kind in der Lage, zu erzählen, was passiert ist?«

»Er kam mir wie ein dickliches, nicht sehr helles Kerlchen vor. Ich nehme an, daß er reden kann, aber man wird uns nie an ihn ranlassen, besonders jetzt nicht. Er wird schwer bewacht, und die Eskorte war nicht sonderlich begeistert über meine Unterhaltung mit dem Kindermädchen. Ich war froh, überhaupt so viel zu erfahren – und Gaius Baebius war zum Glück so vernünftig, sich zurückzuhalten.«

»Dieser Wackelpudding!«

»Er meint es gut, Marcus. Er macht sich schreckliche Sorgen um Tertulla und ist sehr wütend, daß ihr eigener Vater es nicht für nötig hält, mit auf die Suche zu gehen.«

»Das erste Mal, daß einer meiner Schwager einen anderen noch mehr verabscheut als ich! Na gut, Gaius Baebius ist zwar unfähig, sich eine vernünftige Ehefrau oder einen Wachhund auszusuchen, aber er hat ein Herz aus Gold. Jeder, der sich über Lollius beschwert, verdient einen Lorbeerkranz. Wird er dir morgen wieder helfen? Willst du dir das fünfte Haus noch mal vornehmen?«

»Gaius ist zum Schichtdienst in Ostia eingeteilt. Ja, ich versuche es noch mal bei der letzten Familie.«

»Aber nicht allein.«

»Hatte ich auch nicht vor. Das sind die Hochnäsigen. Diesmal nehme ich Mutters Sänfte und eine Abteilung von Vaters Sklaven mit. Wollen mal sehen, wie sie reagieren, wenn ich mich als Frau aus gutem Hause vorstelle.«

Helena hatte vollkommen ernst gesprochen, ganz vertieft in ihre Aufgabe. Im Vertrauen auf ihre Vernunft und ihren guten Geschmack konnte ich mir eine frivole Bemerkung erlauben. »Setz doch deine goldene Krone auf!«

Sie lachte glucksend. Dann machte sich Helena

Justina daran, mir auf eine Weise für ihren antiken Schatz aus Damaskus zu danken, die mich von den meisten meiner Sorgen befreite und mich schließlich Ruhe und Schlaf finden ließ.

Wenn wir noch eine Bestätigung dafür gebraucht hätten, daß eine Entführerbande am Werk war, so kam sie früh am nächsten Morgen. Wir saßen noch beim Frühstück. Leichte, schnelle Schritte kamen die Treppe herauf, und ich wollte gerade zum Brotmesser greifen, falls der Müller und Klein-Ikarus wieder auftauchen sollten – da stand Justinus in der Tür.

Wir entspannten uns.

»Quintus! Grüß dich, du trinkfreudiger Halunke!«

»Da ist ein schrecklicher Fehler passiert, Falco!«

»Mit meinem Vater zu trinken, ist immer ein Fehler. Beruhige dich, dein Beutel ist gut genug gefüllt; du kommst schon drüber weg.«

Er machte ein betretenes Gesicht. »Ich finde, ich hab dafür schon genug auf die Mütze gekriegt.«

»Das kann ich mir denken.«

»Es hat ein Mißverständnis gegeben, eines, das dich betrifft.«

»Mal wieder?«

»Nein, hör zu«, blubberte er aufgeregt. »Wir schulden dir eine Entschuldigung.«

»Ich bin ganz Ohr, Quintus.«

Dann erzählte er uns, daß während des gestrigen Abendessens ein seltsamer Bote im Hause Camillus vorgesprochen hatte. Er brachte ein Schreiben, das der Sekretär des Senators entgegennahm und las. Da ein Familienfest im Gange war, hatte sich der Sekretär der Sache selbst angenommen. In dem Schreiben wurde Geld für die Rückgabe eines Kindes verlangt; der Name des Kindes war dem Sekretär fremd. Verärgert hatte er den Boten weggeschickt, und erst, als die Geschichte an diesem Morgen erwähnt wurde, begriff Camillus Verus, worum es ging. Zum Glück hatten wir bei unserem Besuch von Tertulla gesprochen.

»Jupiter! Wenigstens können wir jetzt Galla sagen, daß die Kleine vermutlich am Leben ist. Aber welche Frechheit! Jemand hat versucht, deinen Vater unter Druck zu setzen, Helena Justina, um für meine Nichte Lösegeld zu bekommen!« Als ob unsere Beziehung nicht schon genügend Peinlichkeiten beinhaltete.

Natürlich waren keinerlei Hinweise sichergestellt worden. Die Lösegeldforderung hatte man dem zwielichtigen Boten wieder in die Hand gedrückt; es gab keine anständige Beschreibung des Mannes. Und niemand hatte gesehen, in welche Richtung er sich davongemacht hatte. Vielleicht wären sie so vernünftig, sich an Helena Justina oder mich zu wenden. Vielleicht würden sie die Geduld verlieren und Tertulla einfach zurückschicken.

Vielleicht.

XLVI

Im Wachlokal des Dreizehnten Bezirks war die Stimmung genauso gedrückt wie meine. Es war eine ruhige Nacht auf dem Aventin gewesen. Zumindest eine völlig normale. Abgesehen von achtzehn Hausbränden, Brandstiftung in einem Kornlager, einer Flut von Einbrüchen, diversen Prügeleien auf dem Armilustriumfest, drei aus dem Tiber gezogenen Selbstmördern und zwei weiteren wütenden Frauen, deren zum Lüften aufgehängte Bettüberwürfe von den Balkonbrüstungen gestohlen worden waren, hatte nichts den Frieden gestört.

Ich erzählte Petro, was wir über die Entführungen herausbekommen hatten, und er sagte mir, wohin ich mich damit scheren könne.

»So kannst du mich nicht abwimmeln. Tertulla ist ein offizieller Fall, Petro. Galla verlangt eine Untersuchung.«

»Sie steht auf unserem Tagesplan.«

»Zum Hades mit dem Plan. Hier sind gründliche Nachforschungen nötig.«

»Nenn mir einen Namen oder die Adresse eines Verdächtigen, und ich schicke meine Männer hin.«

»Es muß jemand mit guten Informationen sein. Jemand, der genug weiß, um das rotznäsige Balg meiner gräßlichen Schwester mit der vornehmen Familie meiner Freundin in Verbindung zu bringen.« Ohne allerdings zu wissen, daß die illustren Camilli ziemlich knapp bei Kasse waren.

»Davon hätten sie in jedem Friseurladen und in jeder Bäckerei hören können.«

»Bist du sicher? Dann ist die Straße besser informiert als der Sekretär von Helenas Vater. Der hat den Boten weggeschickt.«

»Ich nehme an, du hast dafür gesorgt, daß er ihm das nächste Mal ein Fußeisen anlegt und ihn uns übergibt.«

»Sie ist erst sieben Jahre alt. Sie sollte Priorität haben.«

»Meine Prioritäten werden von Rubella festgelegt. Meine Priorität ist es, die Banden zu zerschlagen.«

Sein Stirnrunzeln sagte mir etwas anderes. Petro

war selbst Vater von drei Mädchen. Er kannte all die Zweifel und Ängste, wenn ein kleines Mädchen verschwindet. Er beruhigte sich, meinte, Helena hätte das mit der Befragung der anderen Familien hervorragend gemacht, und bemerkte, daß ich sie nicht verdient hätte. Durch ihre Hilfe und jetzt auch noch den Versuch, ihren Vater da reinzuziehen, wüßten wir wenigstens, was lief.

»Das ist kein Trost für meine Schwester, und das weißt du auch!«

Petro versprach, sich darum zu kümmern, sobald er Zeit hätte. Wie die Dinge lagen, würde er niemals Zeit haben. Das wußten wir beide.

Es hatte keine weiteren Überfälle gegeben und keine Morde. Wenigstens etwas; allerdings bedeutete es auch, daß wir keine neuen Spuren hatten. Petronius und seine Mannschaft konnten sich nur der ermüdenden, deprimierenden Aufgabe widmen, bisherige Beweise noch einmal durchzugehen. Alle Einzelheiten erneut durchzukauen. Zu versuchen, aus nutzlosen Fakten ein Körnchen Bedeutsamkeit herauszupressen.

»Wo ist der kleine Negerjunge?« wollte Petro plötzlich wissen. »Nonnius' Sklave.«

»Bei Porcius.«

»Und wo ist Porcius?«

Porcius wurde geholt. Nervös betrat er das Verhörzimmer. Er kannte Petro als den ruhigsten Mann auf dem Aventin, aber er spürte, daß die Atmosphäre aufgeladen war wie vor einem schweren Sturm.

»Ich dachte, ich hätte dir gesagt, du sollst dich mit dem Sklavenjungen unseres toten Singvogels anfreunden.«

»Ja, Chef, das mache ich auch.«

»Und?«

»Er ist sehr verängstigt, Chef.«

»Und wenn er sich alle halbe Stunde in die Hose macht, das ist mir völlig wurscht! Wisch ihn trocken und setz ihn unter Druck. Ich will wissen, was er gesehen hat.«

»Er redet eine Menge wirres Zeug, Chef.«

»Wir können einen Dolmetscher besorgen, falls es mit seinem Latein hapert . . .«

»Es ist nicht sein Latein . . .«

»Hör auf mit der Korinthenkackerei, Porcius. Wir sind hier in Rom. Wir können vertrauenswürdige Dolmetscher für jede Sprache der Welt finden.«

»Chef, er ist einfach total verängstigt.« Wie ich auch, hätte Porcius hinzufügen können.

»Also bringt er's nicht? Das kann ich mir nicht vorstellen. Er muß doch aus seinem Versteck unter dem Bett wenigstens ein paar Füße gesehen haben. Hat er gehört, ob etwas gesagt wurde? Weiß er vielleicht, wie viele Entführer ins Haus kamen? Haben die irgendwelche Fremdsprachen gesprochen?«

Porcius blinzelte ein bißchen, riß sich aber zusammen. Er schien ein gewisses Verantwortungsgefühl für den kleinen Sklaven entwickelt zu haben, den man in seine Obhut gegeben hatte. Jetzt versuchte er, sich gegen Petro zu wehren – keine gute Idee. »Chef, ich arbeite ja daran. Ich habe einen Plan, wie ich ihm was Vernünftiges entlocken kann. An dem Abend, als es passierte, war er sogar sehr mutig; der Schock muß erst hinterher gekommen sein. Er hat seinen Herrn geliebt, war ihm treu ergeben. Bisher habe ich nur rausgefunden, daß der Junge den Männern nachrannte, als sie Nonnius verschleppten . . .«

Als ich das hörte, zuckte ich zusammen. Petronius Longus sprang auf. So unter Streß, wie er war, pickte er sich den letzten Satz heraus und begann zu schäumen. »Was war das? Ich hab wohl nicht richtig gehört!«

Porcius erkannte seinen Fehler und zog den Kopf ein.

Petronius hatte ein Ventil für seine Frustration gebraucht. Der wohlmeinende Rekrut kam ihm da gerade recht. Petro war außer sich. »Wie lange weißt du das schon, Porcius? Willst du vorzeitig entlassen werden? In Rom wimmelt es von toten Männern und ausgeraubten Gebäuden, und du führst dich auf wie ein Zirkuspferd mit deiner ›Arbeit‹ an dem einzigen Zeugen! Schreib dir eins hinter die Ohren: Wenn du bei der Ermittlungseinheit dieser Kohorte dienen willst, bist du Teil eines Teams, eines Teams, das von mir geleitet wird. Du vergräbst dich nicht in privaten Plänen, sondern erstattest über jede Einzelheit – relevant oder irrelevant – deinen Kollegen und mir Bericht!«

»Dir wird gleich was platzen«, murmelte ich.

»Halt die Klappe, Falco!« Die Unterbrechung hatte ihn etwas abgekühlt. Trotzdem hieb er mit der Hand gegen die Wand. Das mußte weh getan haben. »Steh nicht da wie ein begossener Pudel, Porcius. Ich will genau hören, was der Sklave dir erzählt hat – jedes Detail –, und zwar ein bißchen plötzlich. Danach werde ich dich an deinen Schnürsenkeln kopfüber am Pons Probus aufhängen, und zwar so tief, daß du bei einlaufender Flut langsam ertrinkst!«

Er war immer noch so wütend, daß er etwas Energischeres tun mußte. Entweder würde er Porcius eine knallen oder das Mobiliar zertrümmern. Er schnappte sich einen Schemel und schleuderte ihn in hohem Bogen gegen die Tür.

Niemand sagte ein Wort. Das ganze Wachlokal wurde mucksmäuschenstill. Das übliche Geschimpfe der Diebstahlsopfer, die eine sofortige Untersuchung verlangten, und das Gezeter der letzte Nacht Verhafteten brachen abrupt ab. Die Gefangenen dachten, einer von ihnen sei beim Verhör quer durch die Zelle geschleudert worden. Sie befürchteten, der nächste zu sein.

Porcius hatte die Augen geschlossen. Wenn hier einer zusammengeschlagen werden würde, dann er, so viel war ihm klar.

Fusculus und Martinus, die hart im Nehmen waren, erschienen neugierig im Türrahmen. Ich bemerkte freundlich: »Bei all den Sitzmöbeln, die hier zu Bruch gehen, weil eure Nachbarn euch mit Felsbrocken bewerfen, und dem Zeug, das du noch selbst zertrümmerst, muß die Büromöbelrechnung der Vierten dieser Tage ja astronomische Höhen erreichen.« Petronius, knallrot im Gesicht und beschämt über seinen Ausbruch, bemühte sich, wieder ruhig zu werden.

Zu seiner Ehre muß gesagt werden, daß Porcius nicht zusammenklappte. Er war weiß wie Schnee. Auch seine Knöchel wurden kalkweiß, als er die Hände am Tunikasaum zu Fäusten ballte. Er war gerade von einem Mann zusammengeschissen und angegriffen worden, der berühmt dafür war, nie aus der Haut zu fahren. Ihm war klar, daß Fusculus und Martinus hinter ihm so taten, als würden sie ihm dafür bewundernde Blicke zuwerfen.

Er atmete tief durch. »Der Sklavenjunge sah, wie Nonnius in ein Haus gezerrt wurde.«

Mein alter Freund hielt sich nur mühsam zurück. »Erzähl mir davon«, preßte er hervor.

»Der Junge weiß nicht, wessen Haus es war. Er war ein Haussklave. Normalerweise kam er kaum raus.«

»Aber wir haben ihn am nächsten Morgen im Haus seines Herrn gefunden. Wenn er den Entführern gefolgt ist, wie ist er dann wieder nach Hause gekommen?«

»Er sagt, er sei stundenlang herumgeirrt und hätte dann zufällig zurückgefunden. Als wir eintrafen, war er gerade erst heimgekommen. Die Eingangstür war zertrümmert, und so konnte er sich ungesehen reinschleichen.«

»Verstehe. Jetzt zurück zu dem Moment, als es passiert ist. Er hat die Entführung mit angesehen. Was genau hat er beobachtet?«

»Er schlief in einem Nebenraum und rannte raus, als er den Krach hörte. Dann sah er, wie Nonnius von mehreren Männern aus seinem Schlafzimmer gezerrt wurde. Da war Nonnius schon mit einem Schal oder so was geknebelt. Sie brachten ihn in aller Eile raus, marschierten mit ihm durch die Straßen und schubsten ihn dann in dieses andere Haus. Der Junge versteckte sich draußen. Irgendwann sah er, wie eine Leiche an den Füßen aus dem Haus gezogen wurde. Da ist er in Panik geraten. Er ahnte, daß es sein Herr war. Er war so verängstigt, daß er wegrannte.«

»Der Junge hat also nicht gesehen, wie die Leiche ins Forum Boarium gebracht wurde?«

»Er sagt nein«, verkündete Porcius.

»Glaubst du ihm?«

»Ich schätze, wenn er gewußt hätte, wo sie die Leiche hinbringen, hätten wir ihn weinend neben ihr gefunden statt zu Hause unter dem Bett.«

Petronius Longus verschränkte die Arme. Er legte den Kopf zurück und starrte hinauf zu den schmutzigen Dachbalken des Wachlokals. Porcius gelang es, stumm zu bleiben, während sein Chef nachdachte. Martinus, Fusculus und ich sahen uns an.

Petronius senkte den Kopf und funkelte den niedergeschlagenen Rekruten an.

»Das hast du also rausgekriegt, während du versucht hast, den Zeugen zu weiteren Aussagen zu ›verlocken‹. Jetzt werden wir dir alle helfen, die Dinge in Ordnung zu bringen, Porcius. Sag uns – wie sah dein Plan genau aus?«

»Ich dachte«, stotterte Porcius kläglich, »ich könnte den Sklavenjungen dazu bringen, das Haus zu identifizieren, in dem Nonnius umgebracht wurde. Um ihn nicht durch den Anblick vieler Straßen zu verwirrren, wollte ich ihn in einen geschlossenen Tragestuhl setzen und zu den wahrscheinlichsten Lokalitäten bringen – ihm die Häuser bestimmter Verdächtiger zeigen.«

»Verstehe.«

Während Petronius noch den unglücklichen jungen Mann anfunkelte, riskierte Fusculus, sich einzumischen: »Also, wie geht's jetzt weiter, Chef?«

»Das ist doch klar«, schnappte Petro. »Wir setzen den Jungen in einen Tragestuhl und zeigen ihm die Häuser von Verdächtigen! Unser junger Kollege mag zwar verantwortungslos sein, aber seine Idee hat durchaus was für sich. Wo ist der Junge, Porcius?«

»Ich hole ihn . . .«

»Nein. Fusculus wird ihn holen. Du sagst Fusculus, wo er hin muß.« Dieses Mißtrauen Porcius gegenüber erschien hart. Petronius verließ den Raum, bevor jemand versuchen konnte, zu vermitteln.

Porcius appellierte an mein Mitgefühl: »Ich dachte, es sei eine gute Idee!«

Ich klopfte ihm auf die Schulter. »Mach dir keine Sorgen. Aber nimm dich bei diesem Fall in acht, Porcius. Vergiß deine Ideen.«

Fusculus schlenderte davon; dann blieb er stehen und winkte Porcius zu sich, der ihm rasch nacheilte. Martinus blieb und grinste mich an.

»Wird er kündigen?« fragte ich und deutete mit dem Kopf auf den verschwindenden Rekruten.

»Wer weiß? Netter Kerl«, meinte Martinus. »Schickt

seinen ganzen Verdienst nach Hause zu seiner Mutter, macht nicht mit Frauen rum, ist auch nicht hinter Kerlen her, hat keine Stinkefüße, erzählt keine dreckigen Witze und erscheint rechtzeitig zum Dienst. Absolut mustergültig, der Knabe.«

»Kein Wunder«, sagte ich und tat so, als hätte ich endlich kapiert. »Der hätte doch nie zu dieser Kohorte gepaßt.«

Das sollte ein Witz sein, aber Petros Wutausbruch hatte ein schlechtes Gefühl hinterlassen. Jetzt standen alle unter Druck. Der Gedanke, jemand aus der Vierten könnte durchdrehen, schmeckte mir gar nicht. Hoffentlich keiner von Petronius' Männern – und vor allem Petro selbst nicht.

Nonnius' Sklavenjunge bekam die Häuser einiger Gangsterbosse vorgeführt, damit konnte man sie zumindest als Rivalen im Kampf um das Balbinus-Imperium ausschließen; er erkannte keines davon. Er bekam »Platons Akademie« gezeigt; immer noch nichts. Dann wurde er gebeten, sich die hübschen Villen von Flaccida und Milvia anzusehen. Als erstes kam Milvias Haus, und er war sich nicht sicher. Doch das von Flaccida erkannte er auf Anhieb wieder.

Er war acht Jahre alt, stand immer noch unter Schock und brachte vor Angst nichts Vernünftiges heraus. Seine Aussage vor Gericht zu verwenden, war ausgeschlossen, selbst wenn das Gesetz es erlaubt hätte. Nach der geltenden Regelung konnten wir ihn nur zitieren, wenn er seine Aussage unter der Folter gemacht hätte. Petro entschied sich dagegen. Ein Blick auf Sergius und seine glühenden Zangen, und dieses zarte Vögelchen hätte vollends den Verstand verloren.

Außerdem war die Geschichte des Jungen nicht stichhaltig genug. Ein Verteidiger hätte sie glatt in der

Luft zerfetzt. Nonnius war nicht von Flaccida entführt worden, sondern von Männern, die wir bisher nicht identifizieren konnten. Der Sklavenjunge konnte uns keine Beschreibungen geben. Petronius war nicht in der Lage, jemanden zu verhaften. Obwohl wir nicht *beweisen* konnten, daß Flaccida daran beteiligt war, wußten wir zumindest eins: Nonnius Albius war in ihrem Haus ermordet worden. Was die Arbeit an diesem Fall endlich leichter machte.

»Und was hast du jetzt vor?« fragte ich Petro, als wir zum Wachlokal zurückgingen. »Willst du Flaccida verhören?«

»Das hast du doch bereits getan, Falco.«

»Ich habe sie nicht ins Schwitzen bringen können. Und wir hatten auch noch nichts in der Hand, was Nonnius' Ende betraf. Ich konnte sie nicht mit einem Zeugen erschrecken.«

»Das kann ich auch nicht.« Petronius war Realist.

»Also läßt du ihre Büste auf dem Sockel?«

Er blieb an einer Straßenecke stehen und kratzte sich am Hals. Mit der Hand fuhr er am Kragenrand der Tunika entlang, als würde der ihn einengen. Doch ihn irritierte etwas anderes. Petro konnte es auf den Tod nicht leiden, Verbrecher ungeschoren davonkommen zu lassen.

»Die Büste kann ruhig stehen bleiben – aber ich werde sie mit ein paar Steinen bewerfen. Wir müssen uns Flaccida vorknöpfen, allerdings indirekt. Vergiß Nonnius. Für den kriege ich Flaccida schon eines Tages dran. Genau wie für Alexander, wenn du mich auch jetzt noch nicht fragen darfst, wie.« Er hatte offensichtlich einen Entschluß gefaßt. »Bei den Mordfällen haben wir einen Fortschritt gemacht. Jetzt müssen wir uns wieder den Diebstählen im Emporium und den Saepta zuwenden, Falco. Wollen doch mal sehen, ob wir dem hübschen syrischen Glas deines Vaters nicht auf die Spur kommen können.«

Da ich ihn gut genug kannte, wußte ich, was er vorhatte. »Du meinst, unser Ausflug ins Bordell ist inzwischen vergessen, und du kannst mich in ein neues Abenteuer reinziehen.«

»Genau. Kämm dir die Haare, Falco. Du und ich werden den Nachmittag damit verbringen, wie dekadente Müßiggänger mit der lieblichen kleinen Milvia zu plaudern!«

XLVII

Milvia war zu Hause. Was meinen vorherigen Eindruck bestätigte: Ihr Leben war einsam. Offenbar ging sie nur selten aus. Diesmal hatte ihr Zuhausebleiben dem glücklichen Mädchen unsere illustre Gesellschaft beschert.

»Ich werde zu alt für so was«, witzelte ich, während wir warteten, daß ihr die glückliche Botschaft überbracht wurde. Zweifellos wollte sie daraufhin rasch ihr hübschestes Kleidchen überziehen.

»Du hast nur vergessen, wie es geht. Mach mir einfach alles nach.«

Wir setzten uns aufrecht und versuchten, wie ehrbare Bürger auszusehen, als Milvia hereintrippelte.

Sie schien hocherfreut, uns zu sehen. Als sie reingerauscht kam, von gefälteten weißen Stolen und flatternden Bändern umweht, fiel mir wieder auf, was für ein hübsches Mädchen sie war. Dieser Besuch war auf jeden Fall erfreulicher als ein Schlagabtausch mit ihrer Mutter, der harten Nuß. Natürlich hatten wir nicht allzuviel Vertrauen zu Milvia; in unserer Jugend hatten eine Menge kulleräugiger, aufrichtig schauender Mädchen Petronius und mir schöne Augen gemacht und uns dann kalt abserviert.

Als wir sie erneut nach dem Glaskrug befragten, erzählte sie uns dieselbe Geschichte: ein Geschenk, das jemand Florius gemacht hatte. Petronius verlangte, ihre Geschirrschränke zu sehen. »Aber die haben Sie doch schon durchsucht!« rief Milvia verwundert.

»Ich möchte noch mal einen Blick darauf werfen.« Petronius konnte so streng klingen, als inspiziere er ein ungenehmigtes Rohr an einem Aquädukt und mache gleichzeitig einer Frau ein subtiles Kompliment für ihr Aussehen. Was für ein Schleimer.

Milvia war besorgt. Das war gut. Sie würde sich bei ihrer Mutter beschweren; da Flaccida nicht dabei gewesen war, würde sie das Ganze sehr beunruhigend finden. Sie würde sich fragen, warum man nur Milvia noch einmal verhört hatte und welche gefährlichen Hinweise ihr entschlüpft sein mochten.

»Falco wird sich diesmal mit mir zusammen umsehen.«

»Ach ja, Sie sind der Nette.« Milvia erinnerte sich offenbar an mich. Petronius grinste breit und knuffte mich auf dem Weg zur Küche ordentlich in die Seite.

Fast eine Stunde lang betrachteten wir endlose Mengen teuren Geschirrs auf Borden, in Schränken, ausgestellt auf Buffets oder ordentlich in Nischen verstaut. Rote Töpferwaren und Bleiglasur, Glas und vergoldetes Metall. Alles vollständige Geschirre, und jeweils mindestens für fünfzig Personen oder so. Wie armselig waren im Vergleich dazu unsere paar Schüsseln auf ihren wackligen Borden in der Brunnenpromenade – kaum genug für ein ruhiges, aus einem Gang bestehendes Abendessen für zwei Personen, vor allen Dingen, wenn sie ein Findelkind und einen hungrigen, neuerworbenen Köter füttern müssen.

Unter den Gläsern war nichts, was ich wiedererkannte. Da das Haus bereits von der Vierten Kohorte durchsucht worden war, erwartete ich keine Überraschungen. Ich schüttelte mehrfach den Kopf, aber Petro schien es nicht eilig zu haben. Er lächelte Milvia an, die uns selbst herumgeführt hatte. »Lassen Sie uns in den Salon zurückkehren und noch ein paar Einzelheiten klären . . .«

Wir trabten zurück und setzten uns. Es war ein geschmackvoller Raum, in Weiß, Grün und Blau gehalten, aber ich habe was gegen diese ägyptischen Sommerhausmöbel, die so zierlich wirken, daß die Beine bei der kleinsten Bewegung zu zerbrechen drohen. Ihre kecke junge Besitzerin war ebenfalls nicht mein Fall. Früher hatte ich mal was übrig für Mädchen, die ständig lächeln und einen bewundernd anschauen, aber darüber war ich längst hinaus. Ich kam mir in dieser Atmosphäre ziemlich verlassen vor.

Petro hatte seinen sturen Blick. Milvia war unzuverlässig, aber genau die Art strahlendes Püppchen, mit denen Petro gern über das Wetter plauderte. Die ganze Situation versetzte mich zehn Jahre zurück. Schon damals hatte ich nicht gewußt, wie ich ihn aus der Bude eines Fleischers zerren sollte, wenn die blonde Verkäuferin erst einmal kokett ihre Zöpfe zurückgeworfen hatte. Wenn er in dieser Stimmung war, brachte ihn jede Erinnerung an andere Pflichten nur dazu, noch länger zu bleiben. Ich hatte bereits in einem etwas an den Haaren herbeigezogenen Satz über Terrinen seine Frau in die Unterhaltung eingeflochten. Alle weiteren Erwähnungen dieser Art würden mich nur als absolut prüde hinstellen.

Das hätte mir nichts ausgemacht, aber als Ermittler war ich derjenige, der sich dauernd gegen den Ruf wehren mußte, ein Schürzenjäger zu sein.

»Hübscher Raum!« Petronius schaute sich lächelnd um. Er war sehr entspannt, sprach in freundlichem, beruhigendem Ton, und Milvia lächelte zurück.

»Passen Sie auf«, murmelte ich. »Wenn Sie Interesse zeigen, wird er Ihnen als nächstes mittelmäßige Fresken verkaufen.«

Milvia kicherte. »Sie wirken überhaupt nicht wie Gesetzeshüter.«

»Ist das wahr?«

Petronius warf mir einen höhnischen Blick zu und machte sich an die Arbeit. »Also. Lassen Sie uns noch mal rekapitulieren. Den Krug, den Sie Didius Falco gaben . . .«

»Eigentlich habe ich ihn seiner charmanten Partnerin gegeben. Ist der Glaskrug der Grund für all diese Untersuchungen?«

»Charmante Partnerin, Falco?«

»Helena«, gestand ich. Was ihm augenblicklich das höhnische Lächeln aus dem Gesicht wischte.

»Schließlich hatte ich mit ihr am meisten geredet«, fuhr Milvia fort.

»Ach, wirklich?«

»Wir haben alle so unsere Methoden«, erklärte ich ihm.

»Der Krug«, wandte sich Petro erneut an Milvia, diesmal mit weitaus finstererem Blick.

»Den hat mein Mann mitgebracht.«

»Also Florius. Und Florius hatte ihn von wem?«

»Von jemandem, den er kennt.«

»Ein geheimnisvoller Gönner. Haben Sie ihn gefragt, wer es war?«

»Warum sollte ich? Er hat sich nicht weiter geäußert.«

»Behält Florius vieles für sich?«

»Nicht, daß ich wüßte.«

»Sprechen Sie und Ihr Mann über seine täglichen Geschäfte?«

»Nein, nicht viel.« Milvia senkte den Blick, sie war sich bewußt, wie die Antwort interpretiert werden konnte.

»Wie traurig«, meinte Petronius Longus ernst.

»Sei nicht so gehässig«, sagte ich.

»Das war doch nicht gehässig gemeint.«

»Zwischen uns ist alles in Ordnung!« rief Milvia abwehrend.

»Aber Sie stehen sich nicht nahe«, entschied Petro und schien erfreut darüber zu sein.

»Wir sind sehr gute Freunde.«

»Und ein anderer Freund von Florius macht ihm teure Geschenke.«

Eine kurze Pause entstand.

Milvia schaute zwischen Petronius und mir hin und her. »Sie sind doch echte Gesetzeshüter.«

»Wenn Sie ehrlich mit uns sind, braucht Sie das nicht zu beunruhigen. War es eine Frau?« fragte ich. Jetzt gab es keinen Grund mehr, sanft mit ihr umzugehen. Falls ihre Ehe ihr wichtig war, konnte es sein, daß wir sie gerade mit ein paar suggestiven Bemerkungen zerstört hatten. Selbst wenn Florius keusch wie der Morgentau war, hatten wir womöglich ihre Beziehung ruiniert. Mißtrauen ist für jede Verbindung von Übel.

»Könnte es sein, daß Ihr Mann Geschenke von einer Frau annimmt?« drängte ich Milvia erneut.

»Ich kann es mir nicht vorstellen.«

»Aber könnte es trotzdem sein?«

»Das war nicht der Eindruck, den er mir vermittelt hat. Denken Sie dabei an eine bestimmte Frau?« gab Milvia spitz zurück.

»Nein. Aber Sie werden Florius sicher fragen.« Das kam von Petronius.

»Ich denke«, sagte Milvia bestimmter, als ich erwartet hatte, »wenn Sie das wissen wollen, sollten Sie Florius selbst fragen.«

Petronius lächelte leise. »Das werde ich tun.«

Aber Florius war nicht zu Hause.

Petronius war jetzt in hartnäckiger Stimmung. Nichts würde ihn aufhalten, bevor er den Krug nicht zurückverfolgt hatte von dem Moment, da ich ihn Papa im Emporium übergeben hatte, bis zu dem Zeitpunkt, da er in dieses Haus gekommen war. Als wir Milvia verließen, sagte er mir, er würde am Abend zurückkehren, um Florius persönlich in die Mangel zu nehmen. Natürlich erklärte ich mich sofort bereit, ihn zu begleiten, aber er meinte, das sei nicht nötig. Florius wurde von seinen Bewachern offenbar als Weichkeks eingestuft; ein Zeuge war überflüssig.

»Ha! Spiel doch nicht den Unschuldigen – ich weiß, was das bedeutet, du Gigolo!«

Petronius schlug ungerührt vor, ich solle mich, statt meine Zeit mit schmutzigen Bemerkungen zu verschwenden, lieber auf die Suche nach meiner Nichte machen.

Ich ging zu den Bädern beim Tempel des Castor, wo ich ein paar Stunden sinnvollen Trainings mit Glaucus absolvierte. Meine Schulter war immer noch empfindlich, also widmete ich mich dem Rest meines Körpers. Ich wollte in Form sein. Ich hatte das Gefühl, daß wir die Schraube unserer Untersuchungen um einiges angezogen hatten. Auch Petronius schien dieser Meinung zu sein, doch wenn seine Vorstellung von Sich-in-Form-bringen ein romantisches Intermezzo war, konnte er sich meinethalben gern mit Milvia vergnügen.

Wir waren beide wachsam und angespannt, wie man es ist, wenn gleich was passieren wird. Doch weder Petro noch ich waren in irgendeiner Weise auf das vorbereitet, was als nächstes geschehen sollte.

XLVIII

Als ich die Wohnung erreichte, fand ich Besucher vor, die unter Garantie alles, was mir Bad und Training eingebracht hatten, zunichte machen würden. Ich war eingetreten, bevor ich sie bemerkt hatte, sonst hätte ich auf der Stelle kehrtgemacht und mich leise verdrückt. Zu spät: Helena redete in gedämpftem Ton mit meinem Schwager Gaius Baebius. Gaius hatte meine Schwester Junia mitgebracht. Mir fiel sofort auf, daß sie Ajax zu Hause gelassen hatten. Da wußte ich, daß was im Busch war. Ich vermutete schlimme Neuigkeiten über Tertulla, aber über sie hatte Gaius Baebius nichts Neues zu berichten; seine Botschaft stellte sich als viel schlimmer heraus.

Sie hatten auf mich gewartet. Zum Glück hatten Petronius und ich nicht beschlossen, zusammen in die Bäder zu gehen und danach in einer Weinschenke zu versacken. (Aus irgendeinem unerfindlichen Grund hatte Petro noch nicht mal was trinken wollen.)

In der Wohnung herrschte eine angespannte Atmosphäre. Junia hatte das Müllbaby auf ihren knochigen Knien; Helena erzählte ihr seine Geschichte, eine höfliche Art, die Zeit zu füllen. Gaius Baebius, der steif aufgerichtet mit überheblichem Gesichtsausdruck da saß, trug eine Toga. All seiner Förmlichkeit zum Trotz hatte es selbst dieser steife Klotz bisher noch nie für nötig gehalten, sich für einen Besuch in der Brunnenpromenade in Schale zu werfen.

»Gaius! Wieso hast du dich wie ein Paket verpackt? Und warum bist du überhaupt hier? Ich hörte, du hättest in Ostia zu tun.«

Mir kam der beunruhigende Gedanke, daß Gaius und Junia vielleicht das Müllbaby adoptieren wollten. Es war nichts so Einfaches, aber das aus ihm rauszuquetschen, kostete einige Anstrengung.

»Ich war heute morgen in Ostia«, sagte Gaius. Das erklärte nichts. Doch irgendwie gelang es ihm, dem Routinetrip zur Arbeit einen bedeutsamen Beiklang zu geben.

Ich seufzte und gab es auf. Gaius Baebius zu einer Fünfminutengeschichte zu überreden, dauerte normalerweise drei Tage.

Ich hängte meinen Umhang an einen Haken, ließ mich auf den Boden fallen (da alle Schemel besetzt waren), schnappte mir das Baby von Junia und begann mit ihm und Nux zu spielen.

»Marcus!« sagte Helena in leicht warnendem Ton.

»Was ist los?« Sofort hörte ich auf, mit dem Baby Hoppereiter zu spielen, doch Nux kapierte nicht gleich und jagte mich weiter wie einen wilden Eber. Der Hündin mußte erst noch häusliche Etikette beigebracht werden. Vielleicht war es besser, sie ganz loszuwerden. (Vielleicht konnte man Gaius und Junia überreden, *sie* zu adoptieren.)

»Gaius Baebius muß einen Staatsbeamten aufsuchen, Marcus. Er wollte dich fragen, ob du ihn begleitest.«

»Tja, eigentlich wollte ich dich erst mal fragen, ob du mir seinen Namen nennen kannst«, wandte Gaius ein, während ich das verrückte Hundevieh abwehrte.

»Wessen Name?«

»Den des Tribuns der Vierten Kohorte der Vigiles.«

»Marcus Rubella. Er ist ein Trauerkloß. Halt dich bloß von ihm fern.«

»Das geht nicht. Der Zoll muß etwas melden.«

»In formeller Kleidung? Was ist los, Gaius? Ist es was Heikles?«

Das mußte es wohl sein, sonst hätten diese Arbeitstiere vom Zoll keinen höheren Beamten vor Ende seiner Schicht nach Rom zurückgeschickt. Und Gaius Baebius war offensichtlich verstört über seinen Auftrag.

Ich stand auf, strich mir die Tunika glatt und gab Junia das Baby zurück. Helena rutschte schweigend ein bißchen weiter auf der Bank, damit ich mich neben Gaius hocken konnte. Der dicke Wackelpudding saß auf einem Schemel, also niedriger als ich. Dadurch war er mir mehr ausgeliefert. Gaius wußte das. Er machte ein unbehagliches Gesicht.

Ich klopfte ihm aufs Knie und redete ihm mit freundlich gesenkter Stimme gut zu. »Also, was ist los, Gaius?«

»Es ist vertraulich.«

»Du kannst es mir ruhig erzählen. Vielleicht weiß ich ja sowieso schon Bescheid. Geht's um Bestechung?«

Er schaute mich erstaunt an. »Nein, nichts dergleichen.«

»Einer der Inspektoren hat eine grauenhafte Entdeckung gemacht«, mischte sich Junia ein.

Meine Schwester Junia war ein ungeduldiges, hochnäsiges Geschöpf. Sie hatte ein schmales Gesicht, eine dürre Gestalt und einen dazu passenden faden Charakter. Ihr schwarzes Haar trug sie in dünnen Zöpfen um den Kopf aufgesteckt, mit steifen, fingerlangen Ringellocken vor den Ohren und zu beiden Seiten ihres Halses. Das war alles einer Statue der Cleopatra nachempfunden – der reinste Witz, glauben Sie mir.

Das Leben hatte Junia enttäuscht, und sie war fest davon überzeugt, daß es keinesfalls ihr Fehler sein konnte. Doch angefangen von ihren grausigen Kochkünsten bis hin zu ihrer gereizten, übelnehmerischen Art lag das meiste sehr wohl an ihr selbst.

Sie behandelte ihren Mann – zumindest in der Öffentlichkeit – immer so, als ständen höhere Zollbeamte auf einer Stufe mit den Taten des Herkules, seien allerdings besser bezahlt. Aber seine Umständlichkeit mußte sie zur Raserei bringen. Jetzt schnaubte sie und übernahm das Wort: »Ein Inspektor, der ausstehende Hafengebühren eintreiben sollte, hat in ein Boot geschaut und einen toten Mann gefunden. Die Leiche war in schlimmer Verfassung, hatte aber eine Erkennungsmarke bei sich. Gaius Baebius wurde ausgewählt, sie nach Rom zurückzubringen.« Das klang so, als sei der vertrauenswürdige Gaius auf geflügelten Sandalen hierhergeflogen, den Goldhelm auf dem Kopf.

Mein Herz machte einen unangenehmen Satz. »Zeig sie Marcus, Gaius«, drängte Helena, als hätte sie die Marke bereits gesehen. Was er da vorsichtig aus einem Lappen auswickelte, war eine schlichte Knochenscheibe. Gaius hielt sie mir auf dem Lappen hin, wollte sie offenbar nicht berühren. Die Scheibe sah sauber aus. Ich nahm sie zwischen die Fingerspitzen. Ein Nerv in meinem Handgelenk zuckte unwillkürlich.

Die Scheibe hatte oben ein rundes Loch, durch das zwei verschlungene Lederschnüre führten. Eine davon war zerrissen. Die andere war noch festgeknotet. Auf einer Seite der Scheibe waren die Buchstaben COH IV zu sehen. Sie standen sehr sauber in der Mitte, mit einem Zwischenraum, der klarmachte, daß die letzten beiden Buchstaben die Zahl Vier bedeuteten. Am Rand entlang war in kleineren Buchstaben das Wort ROMA zu lesen, wieder gefolgt von einem Abstand, dann PRAEF VIG. Ich drehte die Scheibe um. Auf der Rückseite war weniger ordentlich ein Männername eingeritzt. Ein Name, den ich kannte.

Mein Gesicht zeigte keine Regung. »Wo ist die Leiche, Gaius?«

Gaius mußte den düsteren Ton in meiner Stimme bemerkt haben. »Sie bringen sie von Ostia hierher.« Er räusperte sich. »Es war nicht leicht, einen Fuhrmann zu finden.«

Ich schüttelte den Kopf. Ich konnte mir ausrechnen, wie viele Tage die Leiche im Hafen gelegen haben mußte. Die häßlichen Einzelheiten wollte ich gar nicht wissen.

Die Zöllner bildeten sich sicher was darauf ein, die Schrift auf der Scheibe richtig gedeutet und entschieden zu haben, sie so bald wie möglich an höherer Stelle vorzulegen. Der gesamte Zoll hielt sich nämlich für blitzgescheit. Trotzdem war es meinem Schwager, auch schon bevor ich kam bestimmt nicht wohl in seiner Haut. Beamte halten zusammen. Ein Schlag gegen einen Arm des öffentlichen Dienstes versetzt sie alle in Bestürzung. Gaius, der sich zwar mit Wonne auf jede Krise stürzte, hier aber die Auswirkungen ahnte, murmelte: »Ist es schlimm, Falco?«

»Es könnte nicht schlimmer sein.«

»Was ist passiert?« wollte Junia wissen.

Ich beachtete sie nicht. »Ist der Mann ertränkt worden, Gaius?«

»Nein. Sie haben ihn nur in den Kiel eines alten Kahns geworfen, der schon seit Monaten im Schlamm festsitzt. Einer unserer Jungs hat Fußspuren im Schlick entdeckt und dachte, er wäre auf Schmuggler gestoßen. Er hat sich furchtbar erschreckt. Statt der erwarteten Schmuggelware fand er die Leiche. Diejenigen, die ihn in den Kahn geworfen haben, dachten sicher, niemand würde sich je die Mühe machen, da rauszuwaten und nachzusehen.«

»Du meinst, der Kahn war ein sichereres Versteck als das Meer, das die Leiche vielleicht an Land gespült hätte?«

»Sieht so aus, als wäre der Mann erwürgt worden, aber es ist schwer zu beurteilen. Niemand wollte die Leiche anfassen. Doch das mußten wir natürlich«, fügte Gaius hastig hinzu. »Nachdem sie nun mal entdeckt war, konnten wir sie ja nicht dort liegen lassen.« Wie schön, daß der Zoll so um öffentliche Ordnung und Sauberkeit bemüht war.

»Hing die Knochenscheibe an der Leiche?«

Etwas an Gaius' Verhalten ließ mich wünschen, ich hätte die Frage nicht gestellt. Er errötete leicht. Auch Zöllner haben ihre großen Augenblicke. Widerspenstigen Importeuren Geld abzuknöpfen, bringt ihnen oft Ärger ein, der aber meist über Gebrüll und wüste Beschimpfungen nicht hinausgeht. Mit einem unterdrückten Schaudern gestand er das Schlimmste ein: »Wir sahen die Lederbänder. Sie hatten dem armen Kerl die Marke offensichtlich in den Mund gestopft. Es sah so aus, als hätten sie ihn gezwungen, sie zu schlucken, während sie ihn umbrachten.« Ich schnappte nach Luft. Vor meinem inneren Auge sah ich ein jungenhaftes, fröhliches Gesicht mit blitzenden Augen und einem begeisterten Grinsen. Gaius fragte: » Wird jemand vermißt?«

»Keiner, von dem die Kohorte wußte.«

»Es ist also einer von ihnen?«

»Ja«, erwiderte ich knapp und stand auf. »Ich kannte ihn flüchtig. Die Sache ist sehr wichtig, Gaius – für die Kohorte und für Rom. Ich begleite dich zu Rubella.«

Sorgfältig wickelte ich den Lappen wieder um den wichtigen Inhalt. Gaius streckte die Hand danach aus, doch meine Finger hatte sich bereits über dem Bündel geschlossen.

Wir fanden Marcus Rubella im Hauptquartier der Kohorte, was mich überraschte. Um diese Tageszeit dachten die meisten Menschen bereits an Entspannung und Abendessen. Im Geist hatte ich Rubella als jemanden eingestuft, der sich an feste Dienstzeiten hielt und zum frühestmöglichen Zeitpunkt verschwand. Ich hatte mir vorgestellt, daß er seinen Schreibern kurz zunickte und sich, bewaffnet mit Ölflasche und Schabeisen, davonmachte, sowie in den Thermen das erste Holz in die Öfen geworfen wurde. Ich dachte, er würde die Arbeit hinter sich lassen und sich ganz dem Essen und der Entspannung widmen.

Aber er saß allein im Büro, brütete dumpf vor sich hin und starrte auf die Dokumente vor sich. Auf unser Eintreten reagierte er kaum. Als ich ihm sagte, es hätte Ärger gegeben, öffnete er einen Fensterladen, wie um Licht auf das Problem zu werfen. Für einen kurzen Augenblick wirkte er wie ein Mann, der sich den Dingen tatsächlich stellte.

Gaius Baebius wiederholte seine Geschichte, angetrieben von mir, wenn er sich zu sehr verzettelte. Rubella blieb gelassen. Er schlug auch nicht vor, etwas zu unternehmen, bemerkte nur, daß er der Familie ein Beileidsschreiben schicken würde. Vielleicht wollte er erst mal über alles nachgrübeln – oder er ließ den Dingen einfach ihren Lauf, ohne sich groß einzumischen.

»Haben Sie eine Ahnung, wo Petronius Longus steckt, Falco?«

Ich hatte mehr als eine Ahnung, zog es aber vor, das für mich zu behalten. »Er wollte noch eine Befragung durchführen. Ich weiß, wo ich ihn finden kann.«

»Gut.« Das war wieder der Sonnenblumenkernesser, neutral und distanziert. »Dann überlasse ich es Ihnen, ihn zu informieren.« Vielen Dank, Tribun!

Wir verabschiedeten uns. Draußen gelang es mir mit einiger Mühe, meinen Schwager loszuwerden, der sich einem am liebsten dann an die Fersen heftete, wenn er nicht erwünscht war. Durch die dunkler werdenden Straßen wanderte ich grübelnd vom Zwölften Bezirk, wo die Vierte ihr Hauptquartier hatte, den Hügel hinunter zum Circus. Ich hörte die Möwen über den Kaianlagen am Tiber kreischen. Sie mußten ständig dort sein, aber heute fielen sie mir besonders unangenehm auf. Es war nicht der Zeitpunkt, ans Meer erinnert zu werden.

Um mich herum schien es von Leuten zu wimmeln, die gutgelaunt zum Festmahl eilten. Häßliche Frauen mit Pferdegesichtern kreischten. Ungehaltene Männer beschimpften ihre Sklaven und trieben sie zur Eile an. Alle Ladenbesitzer schauten feindselig und mißgünstig. Alle Vorübergehenden wirkten wie potentielle Diebe.

Ein duckmäuserischer Pförtner ließ mich in Milvias elegantes Haus ein. Es hieß, Florius sei immer noch nicht zurückgekehrt. Niemand schien beunruhigt darüber, obwohl ehrbare Familienväter normalerweise am Abend nach Hause kamen. Falls er zum Essen eingeladen war, hätte er wenigstens seine Tunika wechseln müssen – und manche Ehefrau würde erwarten, mitgenommen zu werden. Es wußte auch niemand genau, wann mit seiner Rückkehr zu rechnen war. Das schien normal zu sein. Müde fragte ich, ob heute abend ein Offizier der Vigiles hiergewesen sei, worauf man mir sagte, er habe sich zu einem Gespräch mit Milvia zurückgezogen.

Wie ich befürchtet hatte. Ein weiterer ehrbarer Familienvater, der wider den Stachel löckte. Petronius Longus konnte sich wie ein richter Salonlöwe aufführen.

Wieder wurde ich in den Salon mit den dünnbeinigen ägyptischen Möbeln geführt. Außer mir war niemand dort. Das Haus wirkte so ruhig, als täte sich nicht viel. Während der ganzen Zeit, die ich dort war, tauchte Milvia, die junge Herrin des Hauses, nicht auf.

Ich wartete. Nach ein paar Minuten kam Petronius herein. Er trug die grüne Tunika, die ich zum letzten Mal an ihm gesehen hatte, als Silvia und er zum Essen bei uns waren. Er hatte gebadet und sich umgezogen, sich aber nicht mit irgendwelchen wohlriechenden Düften gesalbt. Ich mochte mich getäuscht haben; hier war kaum der lässige Verführer am Werk. Er sah völlig normal aus – ruhig, gelassen, ein Mann, der die Situation im Griff hatte. Mein plötzliches Auftauchen hatte ihn vorgewarnt. Wir waren so gute Freunde, daß er sofort mehr erriet als ich beim Anblick von Gaius Baebius.

Aber ich würde es ihm trotzdem erzählen müssen.

»Was ist los, Falco?« fragte Petro mit gepreßter, ein wenig hoher Stimme.

»Es wird dir nicht gefallen.«

»Kann es denn noch schlimmer kommen?«

»Sehr viel schlimmer. Sag mal, tragen alle Mitglieder der Vigiles Erkennungsmarken?«

Er sah mich verwundert an und zog dann aus dem Beutel an seinem Gürtel eine kleine Knochenscheibe, genau wie die aus Ostia. Er reichte sie mir. Auf der einen Seite stand wieder COH IV, am Rand entlang ROMA und PRAEF VIG. Auf der Rückseite hatte Petro in seiner ordentlichen, gründlichen Art seine drei Namen eingeritzt.

»Du trägst sie nicht um den Hals?«

»Manche tun es. Ich mag keine Bänder um den Hals – man kann damit zu leicht erwürgt werden.« Wie recht er hatte.

Ich gab ihm seine Marke zurück. Dann zog ich die andere aus der Tasche und hielt sie ihm schweigend hin. Inzwischen war er schon darauf vorbereitet. Sein Gesicht war voller Melancholie. Er drehte die Scheibe um und las den eingeritzten Namen: Linus.

Petronius saß auf einer der zierlichen Liegen, beugte sich vor, Knie gespreizt, die Hände, in denen er die Knochenscheibe hielt, dazwischen. Ich erzählte ihm, was passiert war und zu welchen Schlüssen die Zollbeamten gekommen waren. Dann ging ich hinüber zur Falttür und starrte hinaus in den Garten, während Petro die Fakten zu verarbeiten suchte.

»Das ist alles mein Fehler.«

Ich wußte, daß er das sagen würde. Es war niemandes Fehler, aber die Schuld auf sich zu nehmen, war für Petro die einzige Möglichkeit, seinen Schmerz zu bewältigen.

»Du weißt, daß das nicht stimmt.«

»Wie kann ich die Burschen kriegen, Falco?«

»Ich weiß es nicht. Wir können noch nicht mal richtig loslegen; erst müssen die ganzen Formalitäten erledigt werden. Rubella wird einen Beileidsbrief an die Verwandten schicken, aber du weißt ja, wie der klingen wird.« Wir hatten beide schon erlebt, wie offizielle Stellen Familien über Todesfälle informieren.

»Oh, ihr Götter! Das geht nicht.« Petronius richtete sich auf. »Ich muß selbst hingehen. Muß es seiner Frau sagen.«

»Ich komme mit«, sagte ich. Zwar hatte ich Linus kaum gekannt, ihn nur einmal gesehen, aber selbst dieser kurze Augenblick hatte mich berührt. Ich war in die Sache verwickelt.

Petro bewegte sich nicht. Er kämpfte immer noch mit sich. »Ich versuche, mir nicht auszumalen, was das bedeutet.«

Er sprach den Namen aus, der auf der Marke stand, die er so sanft umschlossen hielt: LINUS. Linus, der junge, eifrige Geheimagent, den Petro auf das Schiff eingeschleust hatte, das den verurteilten Verbrecher Balbinus ins Exil bringen sollte.

Linus' Tod in Ostia deutete stark darauf hin, daß Balbinus Pius nie abgereist war. Das Schiff mußte an der Hafeneinfahrt Passagiere abgesetzt haben. Und da, oder sehr kurz danach, war Petros Agent ermordet worden.

IL

Normalerweise mochte ich Witwen. Sie sind welterfahrene Frauen, oft ohne Beschützer und meist abenteuerlustig. Diese hier war anders. Sie ahnte noch nicht, daß sie Witwe war.

Ihr Name war Rufina. Mit einem leicht affektierten Lächeln ließ sie uns ein und bot uns Wein an, den wir ablehnten.

»Seien Sie gegrüßt, Chef!«

Rufina sah aus wie fünfunddreißig, auf jeden Fall älter als Linus. Sie hatte sich herausgeputzt, obwohl ihr Schmuck hauptsächlich aus farbigen, auf Draht aufgezogenen Glasperlen bestand. Sie war sehr schlank und nicht so hübsch, wie sie zu sein vorgab. Ihr Verhalten war so aufdringlich und anbiedernd, daß es kaum zu ertragen war.

»Das wird auch Zeit, muß ich schon sagen. Ich hatte gehofft, Sie würden irgendwann vorbeischauen. Er ist berühmt für seine Gewissenhaftigkeit«, meinte sie kichernd zu mir. Mir wurde fast schlecht. Sie schlug die Beine übereinander, ließ Knöchel und Zehen unter dem Saum des Kleides vorschauen. »Bringen Sie mir Nachricht von meinem Mann?« Es war unerträglich. Es gelang ihr, die Erwähnung ihres Ehemannes noch anzüglicher klingen zu lassen als ihre Bemerkung darüber, daß Petro sie während Linus' Abwesenheit besucht hatte.

Petronius schloß kurz die Augen. »Ja.«

Ich sah mich um. Linus und Rufina wohnten in einer nach hinten gelegenen Wohnung im dritten Stock, die offenbar nur zwei Zimmer hatte. Sie hatten sich nicht die Mühe gemacht, die Wohnung zu renovieren; sie wies die üblichen, schlampig verputzten Wände auf, halbherzig von einem Maler mit roten Ornamenten verziert, der nur zwei Muster beherrschte und nur eines davon richtig. Erleichtert sah ich, daß nichts auf Kinder hindeutete.

Möbel gab es nur wenige. In einer Ecke stand ein Webrahmen. Rufina war Heimarbeiterin, obwohl der Zustand ihrer Weberei – unordentliche Wollstränge in einem Korb auf dem Boden und überall verstreute Webstuhlgewichte – auf eine eher lethargische Haltung zu ihrer Arbeit hindeutete. Von einer Nische in der Wand aus beherrschten die beiden Hausgötter, die Laren und Penaten, den Raum. Die tanzenden Figuren waren aus Bronze mit sehr dunkler Patina, schwerer und überladener, als es dem sonstigen Lebensstil ihrer Besitzer entsprach.

»Daß Sie mir Linus für Monate wegnehmen, ist nicht sehr nett von Ihnen, wissen Sie.«

Petronius sagte nichts.

Zweifel flackerte über Rufinas Gesicht. »Was wollen Sie mir sagen, Hauptmann?« Sie war die Frau eines Vigile, mußte sich während ihres gesamten Ehelebens vor einem solchen offiziellen Besuch gefürchtet haben.

Als Petronius ihr sagte, was passiert war, schrie sie so laut, daß wir draußen im Flur die Türen anderer Wohnungen aufgehen hörten. Zuerst tat sie, als könne sie es nicht glauben, und stieß dann, unter quälenden Schluchzern und wilden Ausrufen, all die Schmähungen hervor, die Petro befürchtet hatte.

»Sie hätten ihn nie dazu bringen dürfen!«

»Linus hat sich freiwillig gemeldet.«

Rufina heulte auf. »Er hatte Angst vor Ihnen!«

Wahrscheinlich hatte er mehr Angst vor seinem Ehegespons. Ich konnte mich vage erinnern, daß Linus angedeutet hatte, er wolle Italien verlassen, um ein wenig Frieden zu finden. Für mein Gefühl hätte es schlimmer sein können. Aber in Beziehungen können selbst Kleinigkeiten sich bald zu unüberwindbaren Hindernissen auftürmen. »Er suchte das Abenteuer«, sagte Petronius geduldig zu Linus' Frau. Ich sah ihm an, wie sehr ihn Rufinas Hysterie erschütterte. »Er wollte gerne reisen.« Nicht, daß es ihm gelungen war.

»Oh, Linus, Linus! Oh, mein Liebling! Was soll ich nur tun?«

»Die Kohorte wird Ihnen jede nur mögliche Unterstützung zukommen lassen. Der Tribun wird Ihnen einen Brief schreiben . . .«

»Bekomme ich eine Entschädigung?«

Das war schon besser. Es kam wie ein Schuß heraus. Damit konnte Petro umgehen. »Ich denke, Sie werden eine bescheidene Summe erhalten, genug für eine kleine Rente. Linus war ein guter Offizier, der im Dienste des Staates gestorben ist . . .«

»Klein!«

»Natürlich kann nichts ihn ersetzen.«

»Klein, sagen Sie! Er hat was Besseres verdient. *Ich* als seine einzige Stütze bei seinem grausamen Beruf habe was Besseres verdient!«

»Wir haben alle etwas Besseres verdient, als Linus zu verlieren.«

Wir erreichten nur wenig, und sobald es der Anstand erlaubte, standen wir auf, um uns zu verabschieden. In dem Moment fiel es Rufina ein, uns noch mehr in Verlegenheit zu bringen: »Wo ist er jetzt?«

»Noch nicht in Rom«, gab Petronius kurzangebunden zurück. Er war sehr blaß geworden. »Sie sollten ihn sich nicht ansehen. Rufina, ich bitte Sie, tun Sie es nicht!«

»Er ist mein Mann! Ich will ihn ein letztes Mal in

meinen Armen halten. Ich will wissen, was sie ihm angetan haben . . .«

Petronius Longus hob die Stimme und wurde so barsch, daß sie verstummte. »Behalten Sie Linus so im Gedächtnis, wie er war! Was sie nach Rom zurückbringen, ist eine sechs Tage alte Leiche, die im Freien gelegen hat. Das ist nicht er, Rufina. Das ist nicht Ihr Mann; das ist nicht der Freund und Kamerad, der unter mir gedient hat.«

»Woher soll ich dann wissen, daß es wirklich Linus ist? Vielleicht ist es ja eine Verwechslung.»

Schwach warf ich ein: »Petronius Longus wird sicherstellen, daß es keine Verwechslung gegeben hat. Beunruhigen Sie sich nicht damit. Er wird tun, was getan werden muß; Sie können sich auf ihn verlassen.«

In dem Moment brach die Witwe zusammen. Mit einem kleinen pathetischen Gurgeln fiel sie Petro schluchzend in die Arme. Sie war größer als die Mädchen, die er sonst gern tröstete, älter und in ihrer Art viel härter. Aber er zuckte nicht zusammen und hielt sie in seinen kräftigen Armen, während sie sich ausweinte. Es gelang mir, eine Nachbarin zu finden, die sich um sie kümmern würde, und wir schlichen uns davon.

Als der Fuhrmann die Leiche zur Porta Ostiensis brachte, warteten Petro und ich dort schon auf ihn. Die Zöllner hatten einen Beerdigungsunternehmer aufgetrieben, der einen geschlossenen Sarg auf Lager hatte; Linus kam nach Hause wie ein General, der auf einem auswärtigen Feldzug gestorben ist. Aber bevor wir ihn den Männern übergaben, die das Begräbnis arrangieren würden und mit uns zum Tor gekommen waren, wickelte sich mein Freund Lucius Petronius ein Tuch um das Gesicht und bestand darauf, daß der

Sargdeckel angehoben wurde, damit er seinen Mann formell identifizieren konnte.

Wie Petronius schon Rufina gewarnt hatte, wies die Leiche nach sechs Tagen in Sonne und salziger Luft wenig Ähnlichkeit mit dem klugen, fröhlichen, furchtlosen Freiwilligen auf. Sie steckte noch in der Seemannsverkleidung, die wir wiedererkannten. Sie hatte die richtige Größe. Auch der Körperbau stimmte. Zusammen mit der Erkennungsmarke überzeugte uns das alles davon, daß wir Linus vor uns hatten.

Balbinus war ein dummes Risiko eingegangen. Er mußte es so eilig gehabt haben, wieder an Land zu kommen, daß er nicht abwarten konnte, bis die *Aphrodite* die flachen Küstengewässer verlassen hatte und in tieferes Wasser gesegelt war, wo eine Leiche sicher über Bord gestoßen werden konnte und nicht wieder auftauchte. Deshalb hatte er Linus mit zurück an Land gebracht. Irgend jemand – vielleicht die Freigelassenen, die mit ihm an Bord gegangen waren – mußte ihm geholfen haben. Dann hatten Balbinus oder die anderen Linus umgebracht und seine Leiche auf eine nachlässige, unglaublich arrogante Art einfach liegengelassen.

Ich blieb bei Petronius, bis er sich wieder gefaßt hatte, und kümmerte mich dann um das Umladen des Sarges. Als der grummelnde Fuhrmann mit seinem Gefährt wieder in Richtung Ostia verschwunden war und die Offiziere vom Begräbnisverein der Vigiles den Sarg weggetragen hatten, kehrten auch wir beide der Porta Ostiensis den Rücken. Noch immer hatten wir den Verwesungsgeruch in der Nase. Schweigend gingen wir zum Flußufer hinunter.

Inzwischen war es dunkel. Zur Linken lagen die verschachtelten Gebäude der Kornspeicher und des Emporiums, zur Rechten der Pons Probus, von schwachen Lampen erhellt. Gelegentlich überquerte jemand die Brücke. Wir hörten das Schwappen des Tiber, ab und zu unterbrochen von einem Aufspritzen, das von einem Fisch oder einer Ratte stammen mochte. Auf der anderen Seite des Wassers klapperten plötzlich Eselshufe laut hörbar durch eine Straße der Transtiberina. Eine Brise ließ uns das Kinn tiefer im Kragen unseres Umhangs vergraben, obwohl die Luft feuchtwarm war; es war wohl eher die Erschütterung, die uns frösteln ließ.

Der Abend ließ sich nicht so ohne weiteres beenden. Schon jetzt hatte ich eine böse Vorahnung, wie er sich für mich entwickeln würde.

»Willst du was trinken gehen?«

Petronius würdigte mich noch nicht mal einer Antwort.

In dem Moment hätte ich gehen sollen.

Wir starrten noch eine Weile über den Fluß. Dann versuchte ich es erneut. »Es gibt nichts, was du tun kannst, und es ist nicht deine Schuld.«

Dieses Mal raffte er sich wenigstens zu einer Antwort auf. »Ich gehe zurück zum Wachlokal.«

»Du bist noch nicht so weit.« Ich kannte ihn besser als er sich selbst. Doch so was wollen die Leute nie hören.

»Ich muß meinen Männern sagen, daß Linus tot ist. Ich will, daß sie es von mir erfahren.«

»Zu spät«, sagte ich. »Das wird sich längst rumgesprochen haben. Wir waren länger unterwegs, als du denkst. Du hast dein Zeitgefühl verloren. Auf dem Aventin weiß es inzwischen jeder. Die ganze Kohorte weiß Bescheid.« Einer von seinen Leuten mußte es sogar schon gewußt haben, bevor wir es erfuhren. Eine Tatsache, der sich Lucius Petronius offenbar immer noch nicht stellen wollte.

»Das hier hat nichts mit dir zu tun, Falco. Es betrifft nur meine Männer und mich.«

Die Katastrophe kam unausweichlich näher. Er wollte unbedingt einen Streit vom Zaun brechen. Je heftiger, desto besser. Es hätte jeden treffen können, aber als sein bester Freund war ich bei ihm geblieben und bekam nun seine volle Wut ab.

»Du bist noch nicht so weit«, wiederholte ich. »Es gibt ein paar Dinge, die du vorher sorgfältig überlegen solltest.«

»Ich weiß, was getan werden muß.«

»Das glaub ich dir einfach nicht.«

Irgendwo in der Ferne erklang eine Trompete. Ein vertrauter Klang nach den Jahren in der Legion, aber wir waren zu beschäftigt, um darauf zu reagieren. Im Prätorianerlager hatte die Wache gewechselt. Ich hätte nicht sagen können, in welchem Teil der Nacht wir uns befanden. Normalerweise wußte ich das immer, selbst wenn ich aus tiefem Schlaf erwachte. Heute wirkten die Dunkelheit und die Geräusche der Stadt anders als sonst. Der Gang der Ereignisse war unnatürlich geworden. Gefühle hatten alles verschwimmen lassen. Die Morgendämmerung mochte Stunden oder auch nur Minuten entfernt sein.

Ich merkte, daß Petronius mir jetzt größere Aufmerksamkeit schenkte. Geduldig begann ich zu erklären. Mir war klar, daß ich unsere Freundschaft aufs Spiel setzte.

»Die Sache hat unangenehm genug angefangen, aber jetzt ist sie regelrecht schmutzig. Du mußt diese Tatsache akzeptieren, bevor du etwas unternimmst, oder alles wird falsch laufen, Petro. Da sind zwei Dinge . . .«

»Was für Dinge?« brach es aus ihm raus.

»Linus' Tod wirft zwei üble Probleme auf.« Für

mich waren sie sonnenklar. Für ihn blieben sie unsichtbar.

»Falco, mein Herz ist voller Trauer, ich habe Dringendes zu erledigen, und du willst mich hier mit irgendwelchem belanglosen Zeug aufhalten.«

»Hör doch mal zu! Erstens ist da diese ganze finstere Geschichte mit Balbinus Pius. Du kannst natürlich warten, bis die Sache von allein hochkocht, aber wir dürfen uns nichts vormachen. Linus mußte sterben, um nicht berichten zu können, daß Balbinus schon von Bord der *Aphrodite* gegangen ist, als wir noch am Hafen standen und ihm nachwinkten. Das ist von enormer Bedeutung: Der Mann ist immer noch hier. Er ist nie abgereist. Balbinus ist in Rom. Vermutlich hat er die Überfälle auf das Emporium und die Saepta Julia organisiert. Er hat Nonnius umgebracht. Er hat Alexander umgebracht. Natürlich hat er auch Linus umgebracht. Jupiter allein weiß, was er als nächstes vorhat.«

Petronius würde sich damit auseinandersetzen, aber nicht jetzt. Er rutschte herum. Ich legte ihm die Hand auf den Arm. Seine Haut fühlte sich heiß an, als würde sein Blut kochen. Doch seine Stimme war kalt. »Was noch?«

»Balbinus wußte, wen er töten mußte. Jemand hat Linus verraten.«

Sofort erwiderte er: »Das kann nicht sein.«

»Es ist aber passiert.«

»Niemand wußte davon.«

»Denk doch bloß daran, wie er gestorben ist! Seine Erkennungsmarke wurde ihm zwischen die Zähne gerammt. Irgendein Dreckskerl wollte klarmachen, daß Linus' wahre Identität entdeckt worden ist. Linus muß das gewußt haben. Er ist in dem Wissen gestorben, verraten worden zu sein. Dieser Tatsache mußt du dich stellen, schon um seinetwillen, Petro!«

Haßerfüllt wirbelte Petro zu mir herum. »Glaubst du, ich hätte ihn dem ausgesetzt? Wir haben es mit Macht und Geld in ihrer gefährlichsten Form zu tun. Wenn ich ihn auf das Schiff hätte bringen können, ohne daß er selbst davon wußte – ich hätte es getan! Wie kannst du behaupten, ich hätte nicht an das Risiko gedacht? Glaubst du, ich würde einen ungeschützten Agenten auf diese Reise schicken, ohne sicherzustellen, daß niemand in Rom davon weiß?«

»Deine Männer wußten alle Bescheid.«

»Meine Männer?« Er schäumte. »Meine eigene Mannschaft, Falco! Ich rede nicht von der Kohorte; ich meine nicht die dämlichen Patrouillen! Die einzigen, die wußten, daß ich Balbinus einen Spion mitschicken würde, waren die Männer meiner von mir persönlich handverlesenen Ermittlungsmannschaft.«

Das aussprechen zu müssen, war mir zuwider, aber ich mußte es tun: »Tut mir leid. Einer deiner handverlesenen Jungs ist auf die schiefe Bahn geraten. Einer von ihnen hat sich kaufen lassen.«

Er explodierte nicht sofort. Trotzdem wußte ich, daß meine Argumente auf taube Ohren stießen. Ich konnte nur ruhig weiterreden, so, als führten wir ein ganz normales Gespräch: »Natürlich sind sie was Besonderes. Und natürlich tut das weh. Ich kann verstehen, wenn du sagst, du hättest die Möglichkeit erwogen, sie gründlich überprüft und Beweise gefunden, die sie alle von jedem Verdacht freisprechen. Aber ein junger Mann, der das nicht verdient hat, ist tot. Jemand hat ihn an Balbinus verraten. Es erstaunt mich, Lucius Petronius, daß du vor dem Offensichtlichen die Augen verschließt.«

Es nützte nichts. Selbst unsere jahrelange Freundschaft konnte diesem Druck nicht standhalten. Ich hörte die Veränderung in seiner Stimme; in grauenhaftem Ton fauchte er mich an: »Du weißt etwas. Was willst du mir sagen?«

»Die Kohorten sind bestechlich.«

»Na und? Das ist doch nichts Neues«, schnauzte Petro verächtlich.

»Gut. Was ich jetzt sage, ist absolut vertraulich: Ich habe einen Sonderauftrag.«

»Noch einen?«

»Genau. Überall in Rom wird gleichzeitig ermittelt. Ich habe den Geheimbefehl, diejenigen unter den Vigiles zu finden und dingfest zu machen, die Schmiergelder annehmen . . .«

Petronius war entsetzt. »Du spionierst die Vierte aus!«

»Ach, hör doch auf! Ich spioniere alles aus, was sich bewegt. Nicht nur die Vierte. Ich hatte gehofft, sie aus der Sache raushalten zu können.«

»Aber nicht nach dem, was du mir jetzt erzählst.« In dem Moment wußte ich, daß ich ihn tatsächlich verloren hatte. »Ich hätte es wissen sollen: Privatschnüffler und Gesetzeshüter passen einfach nicht zusammen. Deine Motive sind viel zu schmierig. Geh mir aus den Augen, Falco.« Das war ernst gemeint. Ich wußte es.

»Red doch nicht solchen Quatsch.«

»Sprich nicht mit mir! Trag deine widerlichen Verdächtigungen woanders hin. Balbinus gehört mir; er hat schon immer mir gehört. Ich kriege ihn. Ich brauche deine Hilfe nicht. Ich will dich nicht mehr im Wachlokal sehen – ich will dich nirgends in meinem Revier sehen!«

Es gab nichts mehr zu sagen. Ich ließ ihn allein und ging nach Hause. Der Kaiser mochte denken, er hätte mich mit einer geheimen Ermittlung betraut, aber

Petronius Longus war die eigentliche Macht auf dem Aventin. Und er hatte mir den Fall gerade aus der Hand genommen und mich rausgeworfen.

L

Es blieb nicht mehr viel Zeit. Sowie Linus' Leiche gefunden worden war, hatten wir unseren einzigen Vorteil verloren: daß Balbinus sich bedeckt halten mußte. Jetzt hatte er viel weniger zu verlieren. Obwohl er sich weiterhin verstecken mußte, konnte er viel freier agieren. Ihm drohte die Hinrichtung, wenn wir ihn erwischten, aber er war so voller Arroganz, daß er vermutlich dachte, er könne der Festnahme entkommen. Er hatte vor, Rom von einem extravaganten Versteck aus zu regieren.

Eines würde er mit Sicherheit fortsetzen: seinen Rachefeldzug gegen diejenigen, die ihn vor Gericht gebracht hatten. Daran gab es keinen Zweifel. Petronius Longus war in größter Gefahr. Balbinus haßte ihn wegen der Gerichtsverhandlung, und er würde wissen, daß Petronius nach ihm suchte. Den Verbrecherkönig wieder einzufangen, war jetzt Petros einziger Gedanke. Das zu verhindern, mußte das Hauptanliegen seines Feindes sein. Und vor allen Dingen deswegen hatte ich das Gefühl, daß die Zeit knapp wurde.

Ich hatte Helena erzählen müssen, daß ich Persona non grata bei den Vigiles war. Ihr wäre sowieso bald aufgefallen, daß ich zu Hause rumhing, statt zur nächsten Krise zu rennen. Ich mußte ihr auch erklären, weshalb.

»Oh, Marcus, wie schrecklich. Ich hatte so gefürchtet, daß das passieren würde ... Wird Petronius seinen Männern sagen, daß du wegen Korruption ermittelst?«

»Seiner eigenen Mannschaft ganz bestimmt.«

»Das bedeutet...« Helena hielt inne. »Derjenige, der Linus verraten hat, wird von deinem Auftrag erfahren.«

»Mach dir keine Sorgen.«

»Dann bist du genauso in Gefahr wie Petro.«

»Liebste, diese Ermittlung war von Anfang an gefährlich.«

»Machst du trotzdem weiter?«

»Ja.«

»Wie denn, wenn Petro sich weigert, mit dir zusammenzuarbeiten?«

»Er wird sich schon wieder einkriegen.«

Da sie merkte, daß ich nicht mehr über den Streit reden wollte, schwieg sie. Das mochte ich an Helena: Sie wußte, wann sie besser den Mund hielt. Außerdem hatte sie ihre eigene Art. Wenn sie sich streiten wollte, griff sie auf nichtige Kleinigkeiten zurück. So konnten die wirklich wichtigen Dinge vernünftiger abgehandelt werden.

Beim Frühstück wirkte sie ziemlich ruhig. Vielleicht war das mein Fehler. Selbst ein warmes Honiggetränk konnte mich nicht besänftigen; ich hatte kaum geschlafen und fühlte mich wie durch die Abwasserkanäle geschleift. Mir fiel auf, daß Helena weder aß noch trank. Das verdüsterte meine Laune noch mehr. Sie war schwanger, und ich beachtete es nicht. Je tapferer sei ihre Misere ertrug, desto mißmutiger machten mich meine Schuldgefühle.

»Wird dir immer noch schlecht?« Sie zuckte nur die Schultern. Ich war als zu beschäftigt abgestempelt worden, um auf dem neuesten Stand gehalten zu werden. Gute Götter, ich wollte diesen ganzen Ärger hinter mir haben, damit ich mich endlich wieder meinem eigenen Leben widmen konnte. »Hör zu, wenn ich gesellig und besorgt sein möchte, dann könntest du wenigstens versuchen, mir dabei zu helfen.«

»Ist schon gut. Du bist ein Mann. Sei einfach du selbst.«

»Das bin ich doch. Aber ich kann auch ungehobelt, stumpf und gleichgültig sein, wenn dir das lieber ist.«

»Ich werde schon nicht die Geduld verlieren, bevor du es gelernt hast.« Sie lächelte. Plötzlich war sie wieder liebreizend.

Ich weigerte mich, darauf einzugehen. »Keine Bange. Ich lerne schnell.«

Helena hielt sich zurück, nahm offenbar Rücksicht auf meine Gereiztheit nach dem Bruch mit meinem besten Freund. Das machte mich nur noch wütender, aber sie schnitt ein anderes Thema an: »Ich hatte noch gar keine Gelegenheit, es dir zu erzählen, Marcus. Als ich gestern nach Hause kam, fand ich eine weitere Botschaft über Tertulla in einem Beutel an unsere Tür geheftet. Und das hier ...« Sie griff hinauf auf das Bord und nahm einen goldenen Gegenstand herunter. Ich erkannte die übergroße Bulla, die meine Schwester Galla ihrer Tochter um den Hals gehängt hatte, das Amulett, das Tertulla vor dem bösen Blick schützen sollte. Seine Kraft war reichlich überschätzt worden. Jetzt hatte irgendein Idiot mir das nutzlose Ding geschickt.

»Damit wollen sie uns also klarmachen, daß die Sache echt ist. Was soll ich denn rausrücken?« Selbst für meine Ohren klang ich noch schroff.

»Tausend Sesterzen.«

»Weißt du zufällig, wieviel sie von deinem Vater verlangt haben?«

Helena sah mich entschuldigend an. »Zehntausend.«

»Ist schon recht. Wenn sie auf hundert runtergehen, könnte ich es mir überlegen.«

»Du bist wirklich ein Herzchen, Marcus.«

»Laß nur. Ich denke, sie haben inzwischen begriffen, daß sie sich diesmal das falsche Kind geschnappt haben. Da ist kein Geld zu holen, aber sie wollen das Gesicht nicht verlieren.«

»Wenn sie einmal den Preis reduziert haben, könnten sie allmählich weich werden«, stimmte Helena zu. »Sie kommen mir wie Amateure vor. Leute, die wissen, was sie tun, würden den Druck erhöhen und immer mehr Geld verlangen.«

»Ich will die Situation nicht verniedlichen, aber wir sollten auch nicht in Panik geraten. Enthielt die Botschaft irgendwelche Anweisungen?«

»Nein, nur die Höhe des Lösegeldes.« Sie wollte mich so wenig mit der Sache belasten, daß sie mir noch nicht mal den Brief zeigte. Zum Glück konnte ich mich darauf verlassen, daß Helena mir alles Wichtige erzählen würde. Ihr die Sache überlassen zu können, war eine Erleichterung. Selbst in meiner üblen Stimmung gelang es mir, Dankbarkeit zu empfinden.

»Wir hören garantiert wieder von denen. Liebste, meinst du, du könntest dich um den nächsten Kontaktversuch kümmern, falls ich zu beschäftigt bin?«

»Heißt das, ich soll zu Hause bleiben?« meinte Helena zweifelnd.

»Warum? Hattest du vor, dir den sechzehn Schriftrollen langen Vortrag eines epischen Gedichtes anzuhören?«

»Natürlich nicht. Ich wollte es nur noch mal in dem Haus versuchen, wo angeblich ein Kind entführt worden ist.«

»Kein Glück gehabt gestern?«

»Mir wurde gesagt, die Frau des Hauses sei nicht da.«

»Stimmte das, oder war es eine Ausrede?«

»Schwer zu sagen. Da sie höflich waren, schloß ich daraus, ich könnte es noch mal versuchen, und will es auch tun.« Sie machte ein nachdenkliches Gesicht. »Als ich das Amulett hier an der Tür fand, Marcus, mußte ich an das Müllbaby denken. Erinnerst du dich, der Kleine hatte eine zerrissene Schnur um den Hals. Vielleicht wurde er auch entführt. Diese Leute, mit denen ich noch nicht sprechen konnte, sollen angeblich ein Baby verloren haben. Das Kindermädchen hat es gemeldet. Vielleicht hören sie mir zu, wenn ich ihnen sagen kann, daß der Kleine gefunden worden ist.«

Plötzlich verspürte ich großes Bedauern darüber, daß sie und ich nicht zusammenarbeiteten. Ich griff nach ihren Händen. »Würde es dir helfen, wenn ich mitkäme?«

»Ich glaube nicht.« Helena lächelte mich an. »Mit allem Respekt, Marcus, aber in dem fraglichen Haus würden sie einen Privatermittler sofort rausschmeißen. Ich versuche, in die heimatliche Bastion eines äußerst wichtigen Magistrats einzudringen.«

Mir kam ein Gedanke. »Wie heißt er?«

Helena sagte es mir. Meine Anwälte haben mir geraten, den Namen nicht zu nennen; ich möchte keine Verleumdungsklage an den Hals kriegen. Außerdem stehen Männer wie er oft genug im Rampenlicht.

Ich lachte rauh. »Tja, wenn du damit was anfangen

kannst – ich hab diese hervorragende Persönlichkeit das letzte Mal gesehen, als er sich von einer erstklassigen Nutte am Schwänzchen kitzeln ließ.«

Sie sah besorgt aus, dann vielleicht gekränkt. Nicht zuletzt dafür, daß sie so hochanständig war, liebte ich Helena Justina zärtlich. Die Idee, einen Mann zu erpressen, der zum Zeichen seiner Vornehmheit die Purpurtoga tragen durfte, würde ihr niemals kommen.

»Welches Bordell war es denn, Marcus?«

»Ich versichere dir, daß ich nur in einem einzigen gewesen bin – ›Platons Akademie‹.«

»Das ist interessant«, sagte Helena. Sie versuchte, es bedeutsam klingen zu lassen.

Ich kannte das Spiel. Schließlich war ich weitaus länger als sie im Geschäft. Ich ließ sie weiter träumen.

LI

»Platons Akademie« hatte mich auf einen Gedanken gebracht.

Da es mir widerstrebte, auf mich allein gestellt zu arbeiten, wenn es zu vermeiden war, ging ich zuerst zum Wachlokal im Dreizehnten Bezirk, um zu sehen, ob Petro immer noch schmollte. Weder er noch seine Leute waren da. Als ich reingehen wollte, traten mir zwei Feuerwehrmänner entgegen. Sie schienen nichts von meinem Geheimauftrag zu wissen, aber jemand hatte ihnen befohlen, mich nicht einzulassen. Ich setzte ein unbeeindrucktes Gesicht auf, muß aber zugeben, daß mich ihre Bestimmtheit erschütterte.

Später wurde mir klar, daß Petronius und seine Männer wahrscheinlich bei Linus' Begräbnis waren. Die Feuerwehrmänner hatte es sicher seltsam gefunden, daß ich nicht auch dabei war.

Wäre es zwischen Petro und mit nicht zum Streit gekommen, hätte ich Linus selbstverständlich die letzte Ehre erwiesen. Es erschien mir besser, Ärger zu vermeiden, also gedachte ich des Toten im stillen. Er war noch jung gewesen und mir sehr aufrecht vorgekommen. Er hatte ein besseres Schicksal verdient.

Ich ging hinunter zum Circus, dann durch die engen Gassen zu »Platons Akademie« und brachte es mit mehr Geschicklichkeit als im Wachlokal fertig, eingelassen zu werden. Ein erfahrener Ermittler läßt sich nicht so leicht aus der Bahn werfen. Es gelang mir sogar, zu Lalage geführt zu werden.

Es war immer noch früh am Morgen und offenbar nicht allzuviel zu tun. Im Bordell herrschte lethargische Stimmung. Nur ein paar Kunden aus dem Viertel, die sich auf dem Weg zur Arbeit eine kleine Aufmunterung gönnten und von denen die meisten bei meiner Ankunft schon wieder gingen. Die Flure waren leer; es hätte eine Pension sein können, wenn man von einigen Haufen verwelkter Girlanden und ordentlich zusammengestellter Amphoren absah, die auf ihren Abtransport warteten. Überall wurde gewischt und geputzt, aber leise. Die Nachtschicht brauchte offenbar ihren Schlaf.

Auch Lalage schien sich zwischen zwei Kunden eine Pause zu gönnen. Da eine Prostituierte auf dem Rücken arbeitet – na ja, zumindest meistens –, bestand Lalages Vorstellung von Entspannung nicht darin, sich mit einer Ekloge von Vergil auf einen Lesediwan zurückzuziehen. Sie stand vielmehr auf einer Leiter und füllte Öl in einen großen Kronleuchter.

»Ich weiß«, grinste ich. »Man kann sich bei den Sklaven auf gar nichts verlassen.«

»Hier im Hause haben Sklaven andere Pflichten, wie Sie sich denken können.« Sie schwankte leicht, verlor fast das Gleichgewicht, als sie sich mit der Kanne zur letzten Lampe vorbeugte. Die Wirkung war von einer gewissen Erotik, wenn auch vermutlich unbeabsichtigt. Ich trat näher und machte mich bereit, ihr meine stützende Hand auf den Po zu legen, hielt meine hilfreiche Pfote aber bescheiden zurück, als sie sich wieder fing. »Sie sind Falco, nicht wahr?«

»Endlich berühmt.«

»Berüchtigt«, erwiderte sie. Irgendwas an ihrem Verhalten sagte mir, daß es die Art von Berüchtigtsein war, auf die ich gern verzichten konnte.

»In den falschen Kreisen? Ich hatte Besuch vom Müller und Klein-Ikarus. Kennen Sie dieses reizende Paar?«

»Widerliche Kerle. Bei mir haben sie Hausverbot.«

»Das überrascht mich nicht. Ich habe Ihre vornehmen Kunden gesehen . . .« Sie reagierte nicht. Wollte man Lalage aus der Ruhe bringen, mußte man schon schwerere Geschütze auffahren. »Meine beiden Besucher wollten mir drohen. Offenbar ist mein Name in rauheren Kreisen erwähnt worden, als mir lieb ist.« Ich wollte ihr ein Zeichen entlocken, daß sie mit der Balbinus-Bande Kontakt hatte; ihre Reaktion war vollkommen negativ.

Ich bot ihr meinen Arm, als sie mit der tropfenden Ölkanne von der Leiter steigen wollte. Sie streifte mich mit ihrem festen, warmen, von einer einzigen

Lage feingewebten Stoffes umhüllten Körper. »Und was will der berüchtigte Marcus Didius von mir?«

»Marcus? Das ist aber sehr vertraulich! Ich kann mich nicht erinnern, daß wir uns geduzt haben, als ich mit Petronius hier war. Hat jemand Gutinformiertes Ihnen meinen Vornamen genannt, oder sind Sie und ich vielleicht alte Bekannte?«

Lalage schenkte mir einen tiefen Blick aus ihren wundervollen Augen. »Wohl kaum!«

»Ich bin am Boden zerstört! Übrigens können Sie sich das Wimpernklimpern schenken. Sie haben zwar hübsche Augen, aber für mich ist es noch zu früh am Morgen – oder nicht früh genug. Für ein bißchen Morgengymnastik lasse ich gern das Frühstück sausen, aber dann mit einer Frau, die ich die ganze Nacht in den Armen gehalten habe.«

»Ich lasse es in die Kundenkartei eintragen.«

»Ich bin kein Kunde.«

»Wollen Sie Bedingungen aushandeln?«

»Tut mir leid, das kann ich mir nicht leisten. Ich spare für den Besuch der Philosophenschule.«

»Nicht nötig. So, wie Sie brabbeln, brauchen Sie nicht auch noch Geld für Unterrichtstunden auszugeben.«

Sie war mir immer noch unangenehm nahe. Ich widerstand mannhaft. Wir kämpften Auge in Auge; sie mußte meine Furcht davor, von ihr in die Mangel genommen zu werden, förmlich riechen. Meine Nackenhaare sträubten sich wie Dachshaarborsten. Es fiel mir nicht leicht, den harten Mann rauszukehren, wo alles in mir danach schrie, meine heiligsten Güter vor ihrem Angriff in Sicherheit zu bringen – einem Angriff, der nicht erfolgte. Für eine Puffmutter war Lalage erstaunlich feinfühlig.

»Ich will über einen Waffenstillstand verhandeln«,

krächzte ich. Sie reagierte mit einem Glucksen, bedeutete mir aber, mit ihr auf einer Liege Platz zu nehmen. Etwas freier durchatmend, hockte ich mich an das entfernte Ende. Lalage legte den Kopf zurück und betrachtete mich. Sie hatte einen langen, glatten Hals und trug heute kaum Schmuck. Ihre Wimpern hoben und senkten sich mit der Kraft und der fließenden Anmut von Tiremerudern.

Ich seufzte leicht. »Hören Sie auf, sich wie Thais aufzuführen. Sie heißen Rillia Gratiana. Ihre Eltern besaßen ein Schreibwarengeschäft am Fischmarkt.«

Sie stritt es nicht ab, ermutigte mich aber auch nicht. An alte Erinnerungen zu appellieren, würde mir nicht weiterhelfen. »Ich führe dieses Bordell, Falco. Und zwar gut. Ich sag den Mädchen, was sie zu tun haben, ich habe die Kunden im Griff, ich sorge für die entsprechende Unterhaltung; ich führe die Bücher und kümmere mich um die notwendigen Lizenzen; ich bezahle die Miete und die Kaufmannsrechnungen; wenn es sein muß, wisch ich auch die Treppen und stech die Eiterbeulen des Pförtners auf. Das ist mein Leben.«

»Und die Vergangenheit ist unwichtig?«

»Aber nein. Meinen Eltern verdanke ich all meine Kenntnisse über die Stadt und meinen Geschäftssinn.«

»Sehen Sie sie noch oft?«

»Sie sind schon vor Jahren gestorben.«

»Wollen Sie wissen, woher ich so viel über Sie weiß?«

»Bemühen Sie sich nicht. Sie sind ein Privatschnüffler. Selbst wenn Sie mir mit irgendeiner tränenseligen Geschichte kommen, würde es mich nicht beeindrucken.«

»Ich dachte, ein Bordell sei ein Ort, wo Männer die Wahrheit über sich erzählen?«

»Männer sagen nie die Wahrheit, Falco.«

»Ah ja, stimmt, wir wissen nicht, was Wahrheit ist ... Kann ich dann wenigstens an Ihr Mitgefühl appellieren?«

»Nein«, sagte sie. Also hatte es auch keinen Zweck, sie zu erinnern, wie sie zu der Narbe an ihrem Ohr gekommen war. Sie hatte sie offenbar vergessen, doch ich verspürte bei ihrem Anblick ein warmes Gefühl der Nostalgie.

Wir waren beide Profis. Aus unterschiedlichen Gründen schwammen wir beide hoch auf den Wogen der Kommunikation – was in meinem Fall Reden bedeutete, in ihrem eher körperliche Interaktion. Die Vorgeplänkel unserer Unterhaltung waren abgeschlossen. Im gegenseitigen Einverständnis gaben wir auf und entspannten uns.

Ich war der Meinung, keiner von uns hätte dabei an Boden verloren, aber dann begann Lalage nervös mit dem Verschluß ihres Armbandes zu spielen. Vielleicht wurde sie schwach. (Vielleicht hatte das Ding aber auch nur ein kaputtes Schloß.) »Also, was wollen Sie?« fragte sie erneut.

»Mit Ihnen ein Wort unter Freunden reden.«

»Ach ja?«

»Sie machen mich ganz verrückt mit dem Ding. Nehmen Sie's ab, dann reparier ich's Ihnen.« Überrascht gab sie ihr Gefummel an dem Armband auf und warf es mir in den Schoß. Es war ein prächtiges Stück: feiner, zu Schnecken gewundener Golddraht, zwischen dem Smaragde befestigt waren, aber leider durch die übliche billige Schließe ruiniert. »Haben Sie eine Pinzette?«

Sie reichte mir eine ganze Garnitur, sechs oder sieben kleine kosmetische Instrumente an einem Ring. »Juweliere sind so dämlich.« Ich bearbeitete ein verbogenes Stück Golddraht, das neu geformt werden mußte. »Sie arbeiten stundenlang an den feineren Teilen und pfuschen dann beim Verschluß. So, das sollte halten. Wenn Sie das Ding mögen, sollten Sie eine neue Schließe dranmachen lassen.« Ich griff nach ihrem Arm. Nachdem ich das Armband um ihr parfümiertes Handgelenk gelegt hatte, hielt ich es fest, freundlich, aber bestimmt. Sie machte keine Anstalten, sich loszureißen; Prostituierte versuchen stets, Verletzungen zu vermeiden. Ich sah ihr voll ins Gesicht. »Balbinus ist in Rom.«

Ihre hübschen Augen wurden schmal. Es ließ sich unmöglich sagen, ob sie das zum ersten Mal hörte oder mir nur diesen Eindruck vermitteln wollte. Ihr Mund verzog sich. »Eine schlechte Nachricht.«

»Für alle. Ist jemand von den Vigiles hier gewesen?«

»Nicht, seitdem Sie und Ihr langer Freund hier waren.« Solange es um Fakten ging, hatte ich das Gefühl, ihr glauben zu können. Das konnte natürlich auch ein Trick sein.

»Verstehen Sie, was das bedeutet?«

»Nicht so ganz. Balbinus ist verurteilt. Was kann er schon groß anstellen, Falco?«

»Eine ganze Menge, würde ich sagen. Die Vierte Kohorte hat sich fast überschlagen, um rauszufinden, wer seine Position zu übernehmen versucht – dabei war da niemand. Alles, was in letzter Zeit passiert ist, könnte von ihm gesteuert sein.«

»Zum Beispiel?«

»Der Überfall auf das Emporium und auf die Saepta. Die Morde. Davon haben Sie doch sicher gehört?«

»Morde? Wer ist denn ermordet worden?« murmelte sie absichtlich provozierend.

»Stellen Sie sich doch nicht blöd.«

Äußerlich war ihr nichts anzumerken; sie spielte weiterhin die höfliche Kurtisane. Aber sie sagte, ohne die Tonlage zu verändern: »Wenn Sie schon nicht dafür zahlen wollen, daß Sie mich mißhandeln, dann lassen Sie wenigstens mein Handgelenk los!«

Ich warf ihr einen Blick zu, öffnete dann abrupt die Hand und spreizte die Finger. Sie wartete einen kurzen Moment, bevor sie den Arm zurückzog.

»Ich möchte mit Ihnen über Balbinus reden«, sagte ich.

»Und ich nicht.«

Ich musterte sie aufmerksam, sah hinter ihr elegantes Äußeres, die kunstvoll aufgetragene Schminke auf Augenlidern und Wimpern, die Verlockung ihres lasziven Körpers. Um die melancholischen, ruhigen brauen Augen hatten sich kleine Fältchen und dunkle Schatten gebildet. »Sie sind müde. Und das Bordell ist heute morgen sehr ruhig. Was ist los, Lalage? Müssen Sie nachts Überstunden machen? Warum? Nimmt jemand Sie aus? Kann es sein, daß die ›Laube der Venus‹ weniger Gewinn abwirft, weil Sie schon wieder ein Direktorengehalt zahlen müssen?«

»Sie brauchen ein kaltes Bad, Falco.«

»Sie verblüffen mich. Ich dachte, Sie genießen Ihre Unabhängigkeit, Gnädigste. Und ich muß zugeben, ich habe Sie dafür bewundert. Ich kann mir einfach nicht vorstellen, daß Balbinus einfach auftaucht, einen Anteil will und Sie freiwillig zahlen.«

»Aber kein Gedanke! Ich würde ihm noch nicht mal ein halbes As geben, und wenn er noch so dringend aufs Klo müßte. Balbinus kann mich nicht mehr unter Druck setzen. Er ist verbannt worden. Falls er in Rom ist, muß er sich verstecken, sonst ist er dran.«

»Zur Hinrichtung«, stimmte ich zu und schob sofort

einen Angriff nach. »Sie verstecken ihn also nicht hier im Haus?«

Sie lachte.

Ich beschloß, ihre Version zu akzeptieren. Ich hatte ihr geglaubt, als sie davon sprach, das Bordell ohne Beschützer zu führen. »Sie sollten die Sache aber trotzdem nicht auf die leichte Schulter nehmen«, warnte ich. »Irgend jemand hilft ihm. Wenn Sie es nicht sind, dann fallen Sie unter die andere Kategorie.«

»Und die wäre, Falco?«

»Seine Feinde.«

Eine Pause entstand. Lalage war schon immer intelligent gewesen, Klassenbeste in der Schule; zufällig wußte ich das. Schließlich raunte sie: »Damit spielen Sie wieder auf die Morde an.«

»Nonnius Albius«, bestätigte ich. Von seinem Ende mußte sie bereits wissen. »Und der Arzt, der Nonnius überzeugt hat, daß er dem Tode nahe ist und ihn so dazu gebracht hat, Balbinus zu verraten. Das war übrigens eine Fehldiagnose. Die Vigiles haben ihn reingelegt.«

Ich hatte gehofft, ihr durch diesen Schock etwas Enthüllendes zu entlocken, statt dessen verblüffte mich Lalage. Wieder lachte sie, wenn auch etwas bitter. »Nicht ganz«, sagte sie. Entzückt über mein Erstaunen, reckte sie sich genüßlich wie ein Panther; das kam ganz automatisch, war nicht verführerisch gemeint, aber ich mußte mich schwer beherrschen. Sie lächelte verschlagen. »Es wär ein Trick gewesen, wenn Nonnius nichts davon gewußt hätte.«

»Was meinen Sie damit?«

»Nonnius wußte von Anfang an, daß die Vierte Kohorte den Arzt geschickt hatte, um ihn zu belügen.«

Zum Glück redete Petronius Longus nicht mehr mit mir, damit würde es mir erspart bleiben, ihm diese deprimierende Neuigkeit beizubringen.

LII

»Das ist doch Schnee von gestern«, meinte Lalage wegwerfend. »Wen interessiert das schon, jetzt, wo Nonnius tot ist? Wen kümmert's?«

»Balbinus!« gab ich kurzangebunden zurück. »Und Sie sollte es auch kümmern.«

»Ich wüßte nicht, warum.«

»Das werden Sie schon, wenn eines Nachts eine Bande von Mördern hier reinstürmt und Sie an den Haaren rauszerrt.«

»Dann trage ich eben für ein paar Tage eine Perücke . . .« Schnoddrigkeit war nicht ihr Stil. Sie kannte ihre Grenzen und hielt nicht durch. »Das hier ist ein Bordell. Ich dachte, das wäre Ihnen aufgefallen! Mit Randalierern werden wir allemal fertig.«

»Jupiter, ich hab Ihre Sicherheitsvorkehrungen doch gesehen! Macra, die nur mit Geldzählen beschäftigt ist, und dieser verpennte Schluffi, der sich schon in die Hose macht, wenn man nur die Stimme hebt? Nonnius hatte eine gepanzerte Tür. Seine Mörder sind mit der Artillerie gekommen; es war der reinste Militäreinsatz.«

»Tja, vielen Dank für die Warnung. Jetzt weiß ich, worauf wir uns einstellen müssen.« Sie war unbeeindruckt, streckte das Bein und ließ ihre Sandale wippen. Das zierliche Ding hatte eine dünne Sohle, aber festeres Oberleder, war aus einem einzigen Stück Leder gefertigt und mit einer Menge Schnüre verschlossen. Kein Laufschuh, aber das brauchte sie nicht zu beunruhigen. Was mich beunruhigte, war der ausgesprochen hübsche Fuß, an dem die Sandale baumelte.

Ihr blasiertes Getue erhitzte mich noch mehr, aber auf andere Art. »Was ist los mit Ihnen, Lalage? Balbinus hat auf seinem Rachefeldzug schon mindestens zwei der Menschen ermorden lassen, die ihn vor Gericht gebracht haben. Ich war damals im Ausland, aber soviel ich gehört habe, war Nonnius nicht der einzige alte Kumpel, der die Anklage unterstützt hat. Auch Sie haben ausgesagt.«

»Ich wurde unter Druck gesetzt.«

»Von Petronius Longus.«

»So hieß der Dreckskerl.«

»Vielleicht bin ich beschränkt, aber für mich stehen Sie damit als Nächste auf Balbinus' Abschußliste, Lalage.«

»Sie *sind* beschränkt.« Sie wußte genau, was sie sagte, als sie hinterhältig hinzufügte: »Ich denke, da ist noch jemand vor mir dran.« Sie meinte Petronius. Ich hoffte, sie hatte meinen Schreck nicht bemerkt.

»Der ist schon groß, und Schurken aus dem Weg zu gehen, ist sein Beruf. Er kann auf sich selbst aufpassen. Sie dagegen sind nach wie vor in Gefahr.«

»Damit werde ich schon fertig.«

»Die älteste Lüge der Welt, Lalage! Die Geschichte ist gespickt mit den Leichen von Dummköpfen, die vorher gesungen haben: ›Ich bin anders. Mir passiert nichts!‹ Oder haben Sie ihn etwa gekauft?« Dieser Gedanke machte mich wütend. »Einer der Vigiles ist ebenfalls ermordet worden. Sind Sie dafür verantwortlich? Haben Sie Linus verraten?«

»Hab nie von ihm gehört«, sagte sie. Sie war ruhig. Ich wollte ihr glauben.

»Haben Sie Balbinus in letzter Zeit gesehen?«

»Nein.«

»Er muß ein Versteck haben. Hat er Sie gebeten, ihn unterkriechen zu lassen?«

»Kommen Sie schon wieder damit! Machen Sie sich doch nicht lächerlich, Falco.«

»Was ist mit seinen Männern? Klein-Ikarus und der Müller? Kommen die öfter hierher?«

»Ich hab Ihnen doch schon gesagt, daß die Hausverbot haben. Allesamt.«

»Und keiner von der alten Bande hat sich mit Ihnen in Verbindung gesetzt? Was ist mit Balbinus selbst?«

»Nein.« Es klang wie eine Lüge. Ich merkte, daß sie meine Gedanken las. »Balbinus ist ein Hai.« Ihre Stimme war hart geworden. »Glauben Sie mir, Falco, er weiß, daß er in mir eine Ebenbürtige gefunden hat. Ich bin stärker als er, und wenn er in Rom überleben will, läßt er mich besser in Ruhe. Was – ein Verbannter, der heimlich zurückgekommen ist? Was für ein Idiot. Er hat doch keine Chance.« Sie redete zuviel. Das sah Lalage nicht ähnlich. Immer noch hatte sie diesen offenen Blick einer Hure, die lügt. Das Problem mit Huren ist nur, daß sie ständig so schauen, selbst wenn sie die Wahrheit sagen.

»Und was ist mit Nonnius? Woher zum Hades wußten Sie, daß er Alexanders Geschichte durchschaut hat?«

»Ist Alexander der Arzt?«

»War.«

»Ach ja, war! Hat wohl seinen eigenen Zustand falsch diagnostiziert, was? Tja, ich weiß davon, Falco, weil Nonnius und ich die ganze Sache arrangiert haben. Belasten Sie Ihr hübsches Köpfchen nicht mit den Einzelheiten, aber als Petronius seinen Mann mit dieser hahnebüchenen Geschichte zu ihm schickte, hat Nonnius ihm nicht geglaubt. Er war nicht dumm. Er wußte, daß er nicht krank war.«

»Also hat er sich umgehört und rausgefunden, daß der Arzt, der behauptete, Nonnius würde bald sterben, einen Bruder bei der Wache hatte?«

»Der Mann war Geldeintreiber, Falco. Der konnte zwei und zwei zusammenzählen! Er hat mir davon erzählt. Am Anfang hat er nur gelacht, weil das Ganze so albern schien, aber ich wußte, wie wir davon profitieren konnten. Wir wollten Balbinus loswerden. Ich wollte das Bordell allein führen, und Nonnius hatte vor, sich den Rest unter den Nagel zu reißen. Wir haben die Sache zusammen geplant.«

»Nonnius hat Alexander noch einmal zu sich gerufen?«

»Ihm Entsetzen vorzuheucheln, hat ihm viel Spaß gemacht. Und dann hat er Ihren Freund davon überzeugt, daß jetzt der Weg, Rom zu säubern, frei sei.«

»Was ist mit dem toten Lykier?«

»Der wurde hier im Haus umgebracht.«

»Das weiß ich.« Meine Gedanken rasten. Der Lykier war offenbar vorsätzlich ermordet worden. »Das war ein Hinterhalt? Die Ratte, die ihn erstochen hat, wurde absichtlich reingeschickt?«

»Nein, Castus brauchte keine Ermutigung. Er war ein Spitzel von Balbinus. Hing hier rum und berichtete ihm, wie der Laden lief. Ich habe ihm nichts gesagt; ich wußte, wie er reagieren würde, wenn wir einen Streit anzettelten. Das Mädchen war allerdings eingeweiht. Ich wollte nicht, daß sie sich Castus in den Weg stellte, wenn die Sache erst mal ins Rollen gekommen war.«

»Arbeiten die beiden immer noch hier?«

»Nur das Mädchen.«

Lalage erzählte das alles mit großer Gelassenheit. Sie und Nonnius hatten den lykischen Touristen umbringen lassen, damit die Wache ihn »zufällig« fand, und sorgten so für das nötige Beweismaterial, das Lalage »gezwungenermaßen« vor Gericht ausbreiten mußte.

Mir war klar, daß Lalage dies offiziell nie zugeben würde und ihr Privatgeständnis für mich fatale Folgen haben könnte. Die Stimmung war gefährlich geworden. Ich befand mich tief im Inneren des Gebäudes. Niemand wußte, daß ich hier war. Wenn sie beschloß, mich umzubringen wie den Lykier, saß ich in der Falle. Ich versuchte, das Thema zu wechseln. »Und nachdem Balbinus angeblich abgereist ist, hat Nonnius den Überfall auf das Emporium organisiert?«

»Keine Ahnung. Nachdem die Gerichtsverhandlung vorüber war, wollte ich mit diesem Teil der Bande nichts mehr zu tun haben.«

»Wirklich? Ich frage mich, ob Sie und Nonnius die Sache nicht gemeinsam ausgeheckt haben, weil Sie eine Affäre hatten?«

Sie lachte amüsiert auf. »Nur ein Mann kann auf die Idee kommen, Frauen würden aus Liebe Geschäfte machen.«

»Sie mochten Nonnius nicht?«

»Nein.« Lalage machte sich nicht die Mühe, etwas Beleidigendes hinzuzufügen.

»Neulich sagten Sie, daß Sie ihn gehaßt haben – und jetzt behaupten Sie, für die Gerichtsverhandlung mit ihm zusammengearbeitet zu haben.«

»Na und? Ich verabscheute ihn, aber benutzen konnte ich ihn trotzdem.«

»Sie haben eine Menge Lügen erzählt. Warum rücken Sie jetzt plötzlich mit der Wahrheit über Nonnius raus?«

»Weil er tot ist. Als ich das erfuhr, war mir klar, daß Balbinus zurückgekommen ist. Ihnen hätte das auch klar sein müssen«, stichelte sie.

»Wir dachten, Flaccida hätte Nonnius ermordet.«

»Oh, sie hat bestimmt dabei die Hand im Spiel gehabt. Es geht das Gerücht, daß es in ihrem Haus geschehen ist. Man sagt, sie hätte es genossen, hätte ihm sogar selbst den Topf über den Kopf gerammt.«

»Eine einfallsreiche Hexe!« Meine Lippen verzogen sich. »Versteckt sich Balbinus in Flaccidas Haus?«

»Das bezweifle ich. Er ist nicht dumm. Dort werden die Vigiles doch als erstes nachschauen.« Womit sie eindeutig meinte, die Vigiles wären dumm oder zumindest leicht durchschaubar.

»Tja, dann kann ich mich nur bei Ihnen bedanken. Schön, daß Sie so kooperativ waren.«

»Wenn Sie nicht gemerkt hätten, daß Balbinus wieder in Rom ist, hätte ich es Ihnen selbst erzählt.«

Was sie allerdings nicht getan hatte.

Ich stand auf. Einen Moment lang erwartete ich, sie würde mich zurückhalten. Ich war auf einen Angriff gefaßt, und diesmal keinen der erotischen Art.

»Fürchten Sie sich vor etwas, Falco?« Sie kannte sich mit Männern aus. Das war ihr Beruf.

»Nein, aber Sie sollten es tun. Balbinus ist zurück. Sie haben zu seiner Verurteilung beigetragen. Er wird sich rächen wollen.«

»Ach, ich glaube nicht, daß ich mir Sorgen machen muß!« Lalage schien sich absolut sicher. Wieso? Sie erhob sich, offenbar bereit, mich ziehen zu lassen, und nannte mir zum Abschied in verächtlichem Ton noch einen möglichen Grund für ihre Sorglosigkeit: »Balbinus wird sich in Rom nicht lange halten.« Das Lächeln, das sie mir schenkte, war das süßlichste ihres umfassenden Repertoires – und so gefährlich wie ein

Akonittrank. »Balbinus wird nicht am Leben bleiben, stimmt's? Nicht jetzt, wo Sie nach ihm suchen!«

Ich sagte, es bestände kein Grund, sarkastisch zu werden, verabschiedete mich respektvoll von der Dame und verschwand eilends.

Nonnius hatte gehofft, das Verbrecher-Imperium übernehmen zu können, aber Nonnius war tot. Wer sollte wohl nach Lalages Vorstellung die Herrschaft übernehmen, wenn Balbinus erst endgültig abserviert war? Wen sähe sie wohl gern an der Spitze?

Sie war kompetent und ehrgeizig. Und Lalage war, wie ich von früher wußte, ein kluges und äußerst gewitztes Mädchen.

LIII

Petronius würde mich nicht mit Mandelkuchen willkommen heißen, wenn ich mit meinen neuesten Informationen zu ihm käme. Zu hören, daß Nonnius seinen Trick durchschaut hatte, würde ihn nur wieder explodieren lassen. Warum sollte ich ihm damit zusetzen? Er wußte, daß Balbinus zurück war; in welche Gefahr ihn das brachte, konnte er sich selbst ausmalen. Was ich herausbekommen hatte, waren nur ein paar unerfreuliche Hintergrundinformationen zu dem Gerichtsverfahren. Lalage hatte angedeutet, daß sie Balbinus auf mysteriöse Weise in der Hand hatte, aber das konnte ein Bluff sein. Wenn nicht, war es immer noch zu vage, um viel zu nützen.

Trotzdem hatte ich das Gefühl, die Situation besser im Griff zu haben. Das Wichtigste war jetzt, Balbinus Pius zu finden. Ich beschloß, meinen Hals zu riskieren und mir Flaccida vorzuknöpfen. Zu spät: Als ich das Haus am anderen Ende des Circus erreichte, waren die Vigiles bereits da. Ich mußte länger im Bordell geblieben sein, als ich bemerkt hatte. (Nicht der erste Mann, dem das passierte.) Linus' Beerdigung war vorüber. Petronius war offenbar, ohne viel Zeit auf die rituelle Säuberung zu verschwenden, schnurstracks gekommen, um Balbinus' Haus zu durchsuchen.

Flaccida stand bleich und stocksteif auf der Straße, umgeben von den wenigen Sklaven, die ihr noch geblieben waren. Keiner war verhaftet worden, aber Mitglieder der Patrouille waren strategisch so plaziert, daß neugierige Passanten (von denen es viele gab) von ihr ferngehalten werden konnten. Trotzdem mußte es Flaccida gelungen sein, ihre Tochter zu benachrichtigen, denn ich war kaum da, als Milvia nervös und aufgelöst angerannt kam. Sie wurde sofort durch den Bewachungskordon zu ihrer Mutter geführt. Ihr Haus war als nächstes dran.

Aber Balbinus würden sie weder hier noch dort finden. Petronius wußte das offenbar auch, denn ich sah ihn mit verschränkten Armen im Portikus lehnen. Als er herüberschaute und mich entdeckte, sorgte ich dafür, daß ich in genauso entspannter Haltung auf einem Mäuerchen hockte und am Daumen kaute. Ich hörte ihn den Befehl geben, die Straße von Schaulustigen zu räumen, also verschwand ich lieber gleich.

Die Situation konnte sich ohne weiteres zuspitzen und noch persönlicher werden. Die Suche nach Balbinus schien schon jetzt zu einem grimmigen Wettlauf zwischen Petro und mir geworden zu sein. Das konnte ein Vorteil sein, wenn es uns beiden die Sinne schärfte.

Aber es konnte genausogut unsere Hoffnung, den Verbrecher dingfest zu mache, ein für allemal zunichte machen.

Ich stattete Marcus Rubella einen Besuch ab.

»Die Sache ist eskaliert. Petronius hat mir das Wachlokal verboten und weigert sich, mit mir zu reden.«

»Man hat mich schon gewarnt, daß es Schwierigkeiten geben könnte, wenn man Sie beide zusammenspannt.« Das klang, als käme es von unserem alten Zenturio Stollicus.

»Blödsinn!« schnappte ich gereizt.

Rubella goß gerade Wasser in sein Tintenfaß und rührte mit einem Stöckchen darin herum – der übliche sinnlose Versuch, eine vernünftige Mischung hinzukriegen. Er besaß eine schicke Schreibtischgarnitur: Tintenfaß, Stilushalter, Sandschälchen, Anspitzmesser und Siegelwachslampe, alle aus Silber. Es sah wie ein Geschenk aus. Vielleicht hatte jemand ihn gern. Ich war es nicht.

»Wollen Sie von den Ermittlungen abgezogen werden, Falco?« Er wußte, daß mich die Sache mitgenommen hatte. »Sind Sie bereit, Titus zu sagen, daß Sie aufgeben?« Was für ein tückischer Mann. Mitfühlende Menschenführung gehörte nicht zu seinem Repertoire.

»Das kann ich mir nicht leisten. Ich brauche sein Wohlwollen. Ich wollte mit Ihnen sprechen, weil ich hoffte, Sie könnten in der Sache vermitteln.«

Rubella sah mich an, als sei ich eine Küchenschabe, die über seinen Lieblingsschemel krabbelte. »Vermitteln?«

»Tut mir leid. Hab ich aus Versehen einen seltenen etruskischen Dialekt gesprochen? Versuchen Sie es mal mit ›schlichten‹.«

»Sie bitten mich, Petronius Longus zu besänftigen?«

»Sozusagen.«

»Schlagen Sie sich das aus dem Kopf, Falco.«

»Weil es nichts nützt?«

»Weil ich zu sehr am Leben hänge.«

»Sie wollen es also nicht versuchen.«

»Er ist *Ihr* alter Zeltkamerad.«

»Leider ist er gerade nicht nostalgisch gestimmt. Tja, dann bin ich wohl auf mich gestellt.« Genau das hatte ich gewollt, aber nicht so. Ich erzählte Rubella, was ich von Lalage erfahren hatte; er dankte mir auf seine trockene Art dafür, daß ich es ihm überließ, Petro mitzuteilen, wie Nonnius Albius ihn hereingelegt hatte. »Da Petronius meine wertvollen Talente nicht nutzen will, Rubella, bin ich in der Lage, Anweisungen von Ihnen entgegenzunehmen.«

»Das hört man gern. Gut, wollen mal sehen, worauf kann ich Sie denn ansetzen? Petronius hat den Auftrag, Balbinus zu finden.«

»Ich könnte dabei helfen.«

»Nein. Ich will nicht, daß sich Ihre Wege kreuzen, bevor Ihr Streit beigelegt ist.«

»Ich geh ihm aus dem Weg.«

»Ja.« Rubella schenkte mir sein träges, unaufrichtiges Lächeln. »Das wird das beste sein.« Womit er meinte, er würde schon dafür sorgen. »Wie gesagt, Petronius ist hinter dem flüchtigen Verbrecher her. Was ich Ihnen gern übertragen möchte, ist die Suche nach den gestohlenen Gegenständen aus den Saepta und dem Emporium.« Bevor ich gegen diese untergeordnete Rolle protestieren konnte, fügte er glattzüngig hinzu: »Die Überfälle zu bearbeiten, könnte eine weitere Möglichkeit sein, Balbinus auf die Spur zu kommen. Außerdem haben Sie Verbindungen zur Kunstwelt. Sie scheinen mir bestens geeignet für diese Aufgabe – viel besser als irgend jemand von meiner Mannschaft.«

Nur allzu empfänglich für solche Schmeicheleien, hörte ich mich zustimmen. »Bekomme ich Hilfskräfte zur Verfügung gestellt?«

Rubella fuhr sich mit der Hand über das kurzgeschorene Haar; es mußte sich anfühlen, als würde er über Bimsstein streichen. »Ich glaube nicht, daß Sie vorläufig welche brauchen werden. Kommen Sie sofort zu mir, wenn Sie auf was gestoßen sind, und ich gebe Ihnen Männer.«

Den Spruch kannte ich. Es bedeutete, daß ich allein nach der Beute suchen mußte. Wenn ich sie fand, würde ich mich dem Riesen, der sie gehortet hatte, als einsamer Held entgegenstellen, ihn bescheiden bitten, die Sachen rauszurücken und zu erklären, wie er daran gekommen war ... Ich nahm mir vor, weitere Trainingsstunden im Gymnasium einzuschieben.

Als ich gehen wollte, hob der Tribun das Kinn höher als gewöhnlich. »Darf ich annehmen, daß Sie sich nach wie vor der Aufgabe widmen, korrupte Offiziere aufzuspüren?«

»Aber gewiß. Ich halte ständig die Augen offen.«

»Interessant. Und Sie sollen mir darüber Bericht erstatten, soviel ich weiß.«

»Worauf wollen Sie hinaus?«

»Linus' Tod hat uns alle sehr getroffen. Ich war bei seiner Beerdigung; mir fiel auf, daß Sie nicht da waren ...« Ich ging nicht darauf ein. »Ich hatte darauf gewartet«, sagte Rubella mit einem anzüglichen, höhnischen Grinsen, »daß Sie mich von dem Maulwurf, den es in der Ermittlungsmannschaft der Vierten Kohorte geben muß, informieren.«

Es gelang mir, mit ruhiger Stimme zu antworten, obwohl ich wahrscheinlich rot geworden war. »Ich dachte, diesen Verdacht hätten Sie schon die ganze Zeit gehabt. Und das sei der Grund gewesen, weshalb Titus mich darauf angesetzt hat!« Wir funkelten uns an. Keiner gewann die Oberhand. Je eher ich meine Arbeit für Marcus Rubella beendete, desto glücklicher würde ich sein. »Petronius Longus wird den Verräter, der Linus auf dem Gewissen hat, melden, sobald wir ihn ausgemacht haben.«

»Sie haben ihm gesagt, daß er einen Verräter unter seinen Leuten hat?«

Selbst als Petros bester Freund konnte ich nicht so tun, als wäre er sich dessen bewußt gewesen. »Es schien mir das beste, ihn zu warnen, also sprach ich die Sache gestern abend an, bevor wir uns trennten.«

»Und das war vermutlich der Grund für Ihren Streit?« Das ging nur uns beide etwas an. Rubella bedachte mich mit einem finsteren Blick. »Ich habe ebenfalls mit ihm geredet.« Erleichterung durchströmte mich. Petro hatte sich der Sache gestellt. Er hatte sogar mit seinem Tribun reinen Tisch gemacht. Ich fragte mich, ob Petro aus eigenen Stücken um das Gespräch gebeten hatte, oder ob Rubella – der trotz seiner mürrischen Art unbestreitbar helle war – erkannt hatte, daß da etwas schiefgelaufen war, und auf einer Besprechung bestanden hatte. »Schon irgendeine Idee?« versuchte es Rubella.

Ich hatte nicht vor, ihn in meine Gedanken einzuweihen. »Ich halte mich zurück. Petronius Longus will das intern klären.« Das wußte ich, auch ohne Kontakt mit ihm zu haben.

»Ich habe seinem Vorgehen zugestimmt. Er wird alles überprüfen, was mit dem schiefgegangenen Versuch, Balbinus ins Exil zu schicken, zu tun hat. Dann wird er seine Leute einzeln befragen.« Einen Moment lang hatte ich das seltsame Gefühl, daß alles, was Petro und ich zu Rubella sagten, dem anderen zu Ohren kam. Es war, als würden wir uns durch eine Mittelsperson unterhalten, um das Gesicht zu wahren. Vielleicht verstand der verdammte Tribun seine Männer ja doch. Vielleicht konnte er vermitteln.

»Halten Sie mich auf dem laufenden«, schloß er, als wolle er das bestätigen.

Dann wünschte mir der Heuchler Glück (hoffte natürlich, ich würde auf die Schnauze fallen), und ich machte mich auf, meine Fähigkeiten in der Welt gestohlener Luxusgüter zu erproben.

Rubella hatte mir eine Liste der gestohlenen Gegenstände gegeben. Ich warf einen raschen Blick auf die endlose Aufzählung sechs Fuß hoher etruskischer Terrakottaständer und Schalen, alter rotfiguriger Vasen aus Athen, Gold und Juwelen, Porphyr und Elfenbein. Dann, um zwei Fliegen mit einer Klappe zu schlagen, konzentrierte ich mich auf das Stück, das ich kannte: Papas Glaskrug.

In dieses ganze Epos war ein Mann verwickelt, den sich bisher noch niemand vorgeknöpft hatte. Also schlang ich mir den Umhang fester um die Schulter und beschloß, mit Florius zu sprechen.

Doch erst mal mußte ich ihn finden.

LIV

Mein Schwager Famia, Maias Herzallerliebster, war stolz darauf, ein Mann mit Verbindungen zu sein. Alles Quatsch. Famias Verbindungen bestanden aus einbeinigen Jockeys und versoffenen Salbenverkäufern. Er war Tierarzt und arbeitete für die Grünen. Daß sie ausgerechnet ihn als Pferdedoktor eingestellt hatten, mochte ein Grund für ihr mieses Abschneiden bei den Rennen sein.

Famia nahm ebenfalls gern einen zur Brust. Er hatte ein rotes Gesicht und vorquellende Augen. Maia fütterte ihn gut und versuchte, für ordentliche Kleidung zu sorgen, aber das war harte Arbeit. Er bevorzugte lange, schlammfarbene Tuniken, über denen er eine dreckige Lederschürze und einen Gürtel trug, an dem seltsame, teilweise von ihm selbst ersonnene Instrumente baumelten. Ich hatte ihn nie auch nur eines davon bei einem kranken Tier einsetzen sehen.

Ich fand ihn auf einer Tonne bei den Ställen sitzen und mit ein paar Besuchern plaudern. Ein lahmes Pferd wartete geduldig. Es schien zu wissen, daß es keine Chance hatte, noch diese Woche von Famia behandelt zu werden. Hinter ihm an der Wand hing eine beeindruckende Sammlung von Pferdegeschirren, Schmiedehämmern, Zangen und Hufeisen.

»Schau, schau, der liebe Falco! Wie ich höre, hast du mit deiner vornehmen Tussi Mist gebaut?«

»Falls das ein Hinweis auf meine bevorstehende Vaterschaft sein soll . . .«

»Sei doch nicht blöd. Helena wird's bestimmt wegmachen lassen.«

»Ach ja? Ich bin gern auf dem laufenden, Famia. Danke, daß du's mir gesagt hast!«

»Na ja, Maia hat mir die Geschichte wenigstens so erzählt.« Sobald er merkte, daß er eine draufkriegen könnte, ging Famia schniefend auf Abstand. Er konnte einfach nicht glauben, daß eine Senatorentochter das Kind eines Privatschnüfflers austragen würde. Ich hatte längst aufgegeben, einen Pfad durch das dunkle Gestrüpp seiner gesellschaftlichen Vorurteile zu hacken. Er war kein vernünftiges Gespräch wert.

Der Drecksack hatte mich allerdings beunruhigt. Das ließ sich nicht leugnen.

Daß Famia Florius persönlich kannte, war nicht anzunehmen, aber da Florius ein Wettbesessener war, würde Famia jemand wissen, der ihn kannte. Ihm diese Information zu entlocken, bereitete mir für den Rest des Tages Bauchgrimmen. Er genoß es, auf stur zu schalten.

Fast der ganze Nachmittag ging dabei drauf. Die lange Folge unerfreulicher Gestalten, die ich auf Famias Anraten aufsuchen sollte, endete schließlich mit einem hochnäsigen Exwagenlenker, der einen Reitstall am Marsfeld leitete. Sein Büro war voller Silberkronen, die er bei den Rennen gewonnen hatte, doch irgendwie fehlte der Geruch nach Geld, den ich mit pensionierten Siegern assoziierte, die es meist zu Millionären gebracht hatten. Famia hatte düstere Andeutungen über einen Skandal gemacht, sich dann aber natürlich nicht näher dazu geäußert. Vielleicht hatte der Mann beim Kauf der Sklaven, die er als Fahrer verwendete, die Steuer nicht bezahlt und war erwischt worden. Viele hoffnungsvolle, frischgebackene Geschäftsleute meinen, Finanzvorschriften gälten für sie nicht. Ihnen mit heftigen Geldstrafen auf die Sprünge zu helfen, wirkt Wunder für die Einnahmen des Schatzamtes. Florius war unter anderem deshalb so schwer zu fassen, weil er mit den Weißen sympathisierte. »Die *Weißen*?« fragte ich ungläubig. Kein Wunder, daß er sich bedeckt hielt. Niemand in Rom hat was für die Weißen übrig. Sogar die Roten sind beliebter. Ein Mann, der die Weißen unterstützte, tat wahrscheinlich gut daran, unsichtbar zu bleiben.

Der Exwagenlenker meinte, er werde Florius vielleicht später sehen. Natürlich behandelte er mich voller Mißtrauen. Die Leute kommen nie auf die Idee, daß ein Ermittler jemanden aus gutem Grund suchen könnte, um ihn zum Beispiel von einer unerwarteten Erbschaft zu unterrichten. Mein Auftauchen konnte nur Ärger bedeuten. Wahrscheinlich würde man Florius warnen und ihm raten, mir aus dem Weg zu gehen. Entschlossen, ihn eines Besseren zu belehren, tat ich so, als würde ich mitspielen, und sagte, ich käme in einer Stunde zurück. Dann versteckte ich mich in einer Weinschenke, um die weiteren Entwicklungen abzuwarten. Zumindest bekam ich so etwas zu trinken.

Der Rennstallsnob verließ umgehend in seinen Umhang gehüllt den Ort. Ich kippte meinen Wein runter und folgte ihm. Er traf sich mit Florius am Pantheon des Agrippa, offenbar ihr üblicher Treffpunkt. Ich blieb ein Stück zurück, aber keiner von beiden war besonders wachsam. Die Hand als Schutz gegen den goldenen Glanz der Kuppel über die Augen gelegt, beobachtete ich die beiden, doch sie schauten kein einziges Mal in meine Richtung. Sie redeten kurz miteinander, ohne sonderlich erregt zu wirken, dann schlenderte der Wagenlenker wieder davon. Florius blieb unter dem Säulenwald von Agrippas Eingangsportikus sitzen. Er schien mit Zahlen auf einer Notiztafel beschäftigt zu sein. Ich überquerte den offenen Platz vor dem Tempel und gesellte mich zu ihm.

Florius war in übler Verfassung. Er war ein formloser Fettkloß, viel zu dick und dazu noch ungepflegt. Seine sackartige Tunika war mit eingetrockneter Sauce bekleckert. Sie war unordentlich über den Gürtel gezogen, an dem eine dicke Lederbörse hing, die vor Alter schwarz glänzte und schon ganz steif war. Seine Stiefel waren ehemals hübsche, kniehohe Dinger, aber die schwierige Lederschnürung war schlammbespritzt und mußte dringend gefettet werden. Seine Füße waren durch Hühneraugen entstellt, die dicken Zehennägel kurz abgehackt, vermutlich mit einem Fleischmesser. Das braune Haar sah aus, als sei es büschelweise von verschiedenen Friseuren an unterschiedlichen Tagen geschnitten worden. Er trug seinen Ritterring, dazu einen Siegelring aus Blutstein und zwei weitere schwere Goldringe. Als schmückend konnten sie kaum bezeichnet werden, da seine Fingernägel bis auf die Haut abgeknabbert waren. Seine Hände sahen aus, als müßten sie dringend gewaschen werden.

Dieses schmutzstarrende Bündel beantwortete meinen Gruß ohne die geringste Beunruhigung. Er steckte seine Notizen, offenbar irgendwelche Tabellen, weg. (Ich reckte den Hals, hoffte auf eine Liste gestohlener Gegenstände, aber dem war leider nicht so.) Für seine Leidenschaft reichte sein Gehirnschmalz wohl; bei meinem Näherkommen hatte ich ihn so rasch mit dem Stilus kritzeln sehen, daß die Wachstafel innerhalb von Minuten voll mit seinen schiefen kleinen Zahlen war. Ich beschloß, ihn nicht nach den Rennen zu fragen. Er war eindeutig einer dieser Rennbesessenen, die einen zu Tode langweilen.

Ein böiger Wind hatte scharfe Regenschauer über das Marsfeld getrieben, also schlug ich ihm vor, uns unterzustellen. Er rappelte sich mühsam hoch, und wir gingen durch den Vorraum, vorbei an den Statuen von Augustus und Agrippa, in den Tempel. Obwohl ich das Pantheon selten betrat, hatte es immer eine beruhigende Wirkung auf mich. Die Götter schauten friedlich aus ihren Nischen herab, während Wolken über die kreisrunde Öffnung in der Kuppel zogen.

»Herrliches Gebäude«, bemerkte ich. Ich beruhigte meine Verhöropfer gern durch ein bißchen oberflächliches Geplauder – ein paar Nettigkeiten über steinerne Schönheit –, bevor ich ihnen befahl zu reden, oder ich würde ihnen die Leber rausreißen. »Man sagt, dies sei das erste Monument, das von innen nach außen geplant wurde statt umgekehrt. Finden Sie nicht, daß die Proportionen perfekt sind? Die Höhe der Kuppel entspricht genau ihrem Durchmesser.« Florius ging nicht darauf ein. Das überraschte mich nicht. Das Pantheon hätte vier Beine und einen übellaunigen, pockennarbigen kappadokischen Reiter gebraucht, um Florius auch nur ein Fünkchen Interesse zu entlocken. »Tja! Sie sind verdammt schwer zu finden, muß ich sagen!« Er warf mir einen nervösen Blick zu. »Ihr Freund scheint Sie zu beschützen. Sind Sie von unwillkommenen Besuchern belästigt worden?«

Florius räusperte sich. »Was wollen Sie?« Er hatte eine dieser hellen, munteren Stimmen, die immer unzuverlässig klingen.

»Ich bin Didius Falco. Ein Sonderermittler und mit dem Fall Ihres Schwiegervaters betraut.«

Gepeinigt entfuhr es ihm: »Oh, nein!«

»Tut mir leid. Beunruhigt Sie das?«

»Ich will nichts damit zu tun haben.«

Ich wagte mich weiter vor. »Das kann ich Ihnen nachfühlen. Als Sie entdeckten, in welche Familie Sie da eingeheiratet haben, müssen Sie sich wie in der Falle vorgekommen sein.« Er schwieg, widersprach aber nicht. »Ich bin zu Ihnen gekommen, weil mir klar geworden ist, daß Sie anders sind.«

»Ich weiß nichts von dem, was mein Schwiegervater tut.«

»Haben Sie ihn gesehen?« fragte ich freundlich.

»Oh, bitte, ziehen Sie mich da nicht rein!« flehte er.

»Sie haben ihn also gesehen? Wie lange ist das her?«

»Fünf oder sechs Tage.« Interessant. Vor einer Woche hatten wir den Boss der Bosse in Ostia an Bord der *Aphrodite* gebracht. Florius hatte ganz spontan geantwortet, beschloß dann aber offensichtlich, Balbinus ans Messer zu liefern. »Eigentlich soll ich das niemandem sagen.«

»Natürlich nicht. Es ist nicht richtig von ihm, Sie so unter Druck zu setzen.«

»Ach, ich wünschte, er würde einfach verschwinden.«

»Das wird hoffentlich bald der Fall sein. Wir arbeiten unermüdlich daran.«

»Ah ja?« Florius schien verwirrt. »Da muß ich was mißverstanden haben. Ich dachte, Sie sagten, Sie seien Spezialermittler. Aber Sie gehören zu den Vigiles?«

»Könnte es sein, daß Sie der Ansicht sind, die Vigiles würden der Sache nicht energisch genug nachgehen?«

»Mein Schwiegervater sagt, die tun, was er will«, erwiderte er kategorisch.

Das war eine schlechte Nachricht für Rom. Genau das, was ich untersuchen sollte. Rubella würde begeistert sein. Vorsichtig griff ich das Thema auf: »Hören Sie. Die Sache muß unter uns bleiben.« Er schien dankbar für mein Vertrauen. Ein einfaches Gemüt. »Die Vigiles werden zur Zeit selbst überprüft. Natürlich kann ich Ihnen keine näheren Einzelheiten nennen, aber ich bin unter anderem auch mit dieser Untersuchung betraut ... Vielleicht können Sie mir helfen.«

»Das bezweifle ich!« Der dicke Bubi wollte nur den Kopf in den Sand stecken.

»Ich nehme nicht an, daß Balbinus Namen genannt hat?«

»Nein.«

»Hat er irgendwas über seine Flucht vom Schiff gesagt?«

»Das Schiff, mit dem er Rom verlassen sollte? Nein.«

»Können Sie mir sagen, was er von Ihnen wollte?«

»Er wollte nur wissen, wie es Milvia geht. Er hängt sehr an ihr. Ich sollte ihr sagen, daß er wieder zu Hause ist, aber das habe ich abgelehnt.«

»Wenn er so an ihr hängt, warum ist er dann nicht selbst zu ihr gegangen?«

»Er fürchtete, daß unser Haus beobachtet wird.«

»Weiß Milvia, daß er in Rom ist?«

»Nein. Ich will nicht, daß sie es erfährt. Sie ist meine Frau, und ich will sie aus all dem raushalten. Er versteht das nicht.«

»Natürlich nicht, Florius. Er ist sein Leben lang Verbrecher gewesen. Seine Frau ist genauso schlimm. Sie wollten für Milvia einen ehrbaren Platz in der Gesellschaft, aber das bedeutet nicht, daß sie ihren eigenen Lebensstil falsch finden.«

»Na ja, der hat sie schließlich auch reich genug gemacht!« schnappte Florius.

»Wohl wahr. Wissen Sie, wo ich Balbinus finden kann?«

»Nein. Er tauchte einfach eines Tages auf. Früher war ich viel im Portikus Octavia; da hat er mich gefunden. Deswegen komme ich jetzt hierher, um ihm aus dem Weg zu gehen.«

»Ich bin froh, daß Sie so reagieren.« Ihn ein bißchen unter Druck zu setzen, konnte nicht schaden. »Sehr vernünftig, Florius. Ich nehme an, Ihnen ist klar, daß es unangenehm werden kann. Es gibt Leute, die immer noch behaupten, Sie arbeiteten als eine Art Partner mit Balbinus zusammen.«

»Blödsinn!« Er ballte die Fäuste. Ich hatte Mitleid mit ihm. Unschuld kann schwer zu beweisen sein. »Ich habe schon vor dem Prozeß all ihre Fragen beantwortet. Man hat mir versichert, ich bekäme keinerlei Schwierigkeiten.«

»Gewiß ... Um noch mal auf Balbinus zurückzukommen, haben Sie vereinbart, wie Sie mit ihm in Kontakt treten können?«

»Nein«, fauchte Florius gereizt. »Ich will keinen Kontakt mit ihm; ich will, daß er aus meinem Leben verschwindet! Ich hab ihm gesagt, er soll mich in Ruhe lassen.«

»Schon gut. Beruhigen Sie sich. Ich will Sie was anderes fragen. Hat Balbinus Ihnen den Wasserkrug gegeben, um den jetzt so viel Trara gemacht wird?«

»Ja.«

»Dann hat er also was für Sie übrig?«

»Nein, er hält mich für den letzten Dreck. Es war ein Geschenk für Milvia.«

»Haben Sie ihr das gesagt?«

»Nein. Ich hab das verdammte Ding mit heimgenommen und nichts weiter dazu gesagt. Sie braucht nicht zu wissen, daß ihr Vater zurück ist. Ich will nicht, daß er ihr Geschenke macht, die er mit seinen verbrecherischen Machenschaften bezahlt hat.«

»Verzeihen Sie mir, aber Sie und Milvia scheinen eine seltsame Beziehung zu haben. Ich war verschiedentlich bei Ihnen, habe Sie aber nie zu Hause angetroffen. Sie hassen die Familie Ihrer Frau und kümmern sich kaum um Milvia, bleiben aber trotzdem mit ihr verheiratet. Tun Sie das aus rein finanziellen Gründen? Ich dachte, Sie hätten eigenes Geld?«

»Hab ich auch.«

»Sind Ihre Wettschulden denn so hoch?«

»Natürlich nicht. Ich war sehr erfolgreich.« Wenn

das stimmte, mochte er zwar ein Anhänger der Weißen sein, setzte aber eindeutig nicht auf sie – höchstens darauf, daß sie verloren. Aber dafür würde ihm niemand anständige Quoten bieten. »Ich werde mir demnächst einen eigenen Rennstall kaufen.«

Ich stieß einen neidischen Pfiff aus. »Und was ist mit Milvia?«

Er zuckte die Schultern. Völliges Desinteresse. Erstaunlich.

Ich bedachte ihn mit einem strengen Blick. »Hören Sie auf meinen Rat, junger Mann!« Er war etwa in meinem Alter, aber ich war ihm an Erfahrung meilenweit voraus. »Lassen Sie sich entweder scheiden, oder kümmern Sie sich mehr um Ihre Frau. Denken Sie wie ein Geschäftsmann. Ein Rennstallbesitzer muß die Leute beeindrucken, die auf seine Pferde setzen sollen. Sie können es sich nicht leisten, daß Ihr Name auch nur durch den Hauch eines Skandals beschmutzt wird. Man wird Sie sonst nur auslachen.«

Ohne daran zu denken, daß alle von seinem als Erpresser und Mörder verurteilten Schwiegervater wußten, fiel Florius sofort auf diese häusliche Bedrohung rein. »Milvia würde nie . . .«

»Sie ist eine Frau; natürlich würde sie. Sie ist hübsch und sehr einsam. Milvia wartet doch nur darauf, daß irgendein gutaussehender Knabe hereinmarschiert und sie anlächelt. Dann haben Sie den Ärger.«

»Was wollen Sie damit sagen?« Das hätte bedrohlich klingen können, wenn er nicht wie eine auf einer Sandbank gestrandete Muschel gewirkt hätte. Entschuldigen Sie; Muscheln führen im Vergleich zu Florius ein munteres Leben voller Aufregung.

»Das war nur hypothetisch gemeint.« Mir ging die Geduld aus. »Lassen Sie uns bei Ihrem Schwiegervater bleiben. Sie müssen doch sehr interessiert daran sein, daß die Gesetzeshüter seiner habhaft werden. Und Sie könnten mir helfen. Mir geht es um das Glas. Der Krug war gestohlen . . .« Florius stöhnte. Er durchlebte einen Alptraum. Alles, was er über die Familie Balbinus hörte – einschließlich meiner Ratschläge wegen seiner Frau –, versetzte ihn noch mehr in Angst und Schrecken. »Balbinus hat nicht zufällig irgendeine Geschichte erfunden, wie er an den Krug gekommen ist?«

»Das brauchte er nicht«, sagte Florius. Er klang überrascht. »Ich war dabei.«

»Wieso das?«

»Er bestand darauf, meiner Frau ein Geschenk zu schicken. Ich mußte mit ihm gehen, damit er ihr was kaufen konnte.«

Einen feindseligen Zeugen zu einem Hehler mitzunehmen, kam mir für einen Verbrecherkönig äußerst unvorsichtig vor. Ich war verblüfft. »Balbinus hat das Geschenk gekauft? Wo denn?«

»In den Saepta Julia.«

Es regnete immer noch, aber die Saepta liegen ganz in der Nähe des Pantheon. Ich zerrte Florius über die Straße und in das überdachte Einkaufszentrum. Dann ließ ich mir von ihm den Laden zeigen, wo Balbinus den Krug gekauft hatte. Kaum hatten wir ihn erreicht, kam der eifrige Besitzer herausgeschossen, um uns zu begrüßen, sichtlich in der Hoffnung, sein Kunde sei zu weiteren Einkäufen zurückgekehrt. Als ich in sein Blickfeld trat, kühlte die Atmosphäre merklich ab.

Ich sagte Florius, er könne gehen. Seine Ansichten über das Leben waren schon trübe genug. Ich wollte ihn nicht noch mehr deprimieren. Und ich wollte keinen Fremden dabei haben, wenn ich dem schleimigen, gewissenlosen Verkäufer des Glases meine Meinung sagte. All unsere Bemühungen, den syrischen Wasserkrug zurückzuverfolgen, waren Zeitverschwendung gewesen. Er hatte nichts mit dem Fall Balbinus zu tun. Das »gestohlene« Glas war nie gestohlen worden. Ich war nur einem schäbigen, gemeinen Entschädigungsbetrug auf die Spur gekommen – einem, in den ich dazu noch selbst verwickelt war.

»Hallo, Marcus«, strahlte mich der Händler an, mit der gleichen Unverfrorenheit wie immer.

In finsterstem Ton erwiderte ich: »Hallo, Papa.«

»Diese Krone war ja ein herrliches Stück. Ich kann ein Vermögen dafür kriegen, wenn du verkaufen willst. Ich hatte einen Kunden, der interessiert war . . .«

»Der sie bereits gekauft hatte, willst du doch wohl sagen?«

»Ich hab ihm erzählt, Alexander der Große hätte sie einst getragen.«

»Komisch, genau die gleiche absurde Geschichte wollte mir schon der Kerl aufbinden, von dem ich sie gekauft habe. Ihr seid doch alle gleich. Obwohl bestimmt nicht alle ihre Söhne beklauen und sich auf offenen Betrug einlassen!«

»Sei doch nicht so unhöflich.«

»Mach mich nicht wütend. Du Mistkerl, du wirst einiges erklären müssen.«

Allerdings wollte ich jetzt, wo ich wußte, daß das »gestohlene« Glas nur ein weiteres Beispiel für die Schiebereien meines Vaters war, gar nicht mehr darüber wissen. »Ach, Marcus, reg dich ab . . .«

»Hör auf, dich einzuschleimen. Beschreib mir lieber den Mann, der mit diesem schlaffen Salatblatt hier war, das ich eben weggeschickt habe – den Mann, der den Wasserkrug gekauft hat.«

»Das war Balbinus Pius«, erwiderte Papa.

»Du kennst den Schurken?«

»Jeder kennt ihn.«

»Weißt du, daß man ihn verbannt hat?«

»Ich hörte davon.«

»Und warum hast du dann nicht gemeldet, daß du ihn gesehen hast?«

»Er hat was gekauft; so was laß ich mir doch nicht entgehen. Ich wußte, daß ihm früher oder später jemand auf die Spur kommen würde. Wahrscheinlich dieser große, sauertöpfische Freund von dir ... Komm rein, laß uns was trinken«, lud mich mein Vater fröhlich ein.

Ich machte auf dem Absatz kehrt und stapfte wütend davon.

LV

Nach wie vor wütend und gereizt, trottete ich nach Hause. Zum einen klangen mir noch immer Papas wortgewaltige Proteste im Ohr – großspurige Behauptungen, er habe nichts Böses im Sinn gehabt (ach, die alte Geschichte!), und pompöses Geblubber, er würde illegale Entschädigungen niemals annehmen ... Von einem so verkommenen Subjekt abzustammen, ging mir gegen den Strich.

Doch damit hörte mein Unbehagen nicht auf. Vielleicht wurde ich allmählich nervös. Das Wissen, daß Balbinus hier war und es sich offensichtlich gutgehen ließ, trotz aller Bemühungen der Gesetzeshüter, deprimierte mich zutiefst. Was hatte das alles für einen

Sinn, wenn Verbrecher tun und lassen konnten, was sie wollten, und sich so unverhohlen über Verurteilungen hinwegsetzen konnten?

Die Stadt wirkte unfreundlich. Ein Karren schlingerte um eine Ecke und scheuchte die Passanten und Tauben, die friedlich an einem Brunnen getrunken hatten, nach allen Seiten davon; der Fahrer mußte die Sperrstunde mißachtet haben, denn es war gerade erst dämmrig geworden, und er konnte es unmöglich von einem der Stadttore bis hierher geschafft haben, ohne das Gesetz zu brechen. Die Leute drängten und schoben rücksichtsloser denn je alle aus dem Weg. Überall wieselten freilaufende Hunde herum und bleckten die Zähne. Finstere Gestalten schichen durch die Portiken, einige mit Säcken über den Schultern, andere mit Knüppeln und Stangen bewehrt, die als Waffen dienen mochten oder als Haken, um von Fensterbrüstungen und Balkonen Wäsche zu klauen. Gruppen ungeschlachter Sklaven standen tratschend im Weg, ohne den freien Bürgern, die an ihnen vorbei wollten, einen Blick zu schenken.

Ein unachtsames Mädchen kam lachend aus einer Toreinfahrt, stieß schmerzhaft mit mir zusammen und ließ mich hastig nach meiner Börse greifen, für den Fall, daß dies ein Diebstahlsversuch war. Ich brüllte sie an. Sie hob drohend die Faust. Ein Mann auf einem Esel drückte mich mit seinen Sattelkörben voller Unkraut gegen eine Säule, von der Bündel glotzäugiger Terrakottagöttinnen in Trauben herabhingen. Ein Bettler setzte lange genug mit dem Blasen seiner schrillen Doppelpfeife aus, um schadenfroh zu kichern, als mir der tönerne kleine Rock einer rot und weiß bemalten Minerva voll gegen die Nase knallte. Zumindest hatte mich das plötzliche Zurückdrängen davor bewahrt, den Inhalt eines Nachttopfes auf den

Kopf zu kriegen, der gerade in diesem Moment aus einer der dunklen Wohnungen über uns auf die Straße ausgeleert wurde.

In Rom herrschte der Irrsinn.

Als ich die Brunnenpromenade erreichte, kam mir der vertraute Geruch nach fauligem Plattfisch, Abwasser, Rauch, Hühnerdreck und schalen Amphoren geradezu zivilisiert vor. In der Bäckerei zündete Cassius gerade eine Lampe an, schneuzte sorgsam den Docht und ordnete die Kettenglieder, an der sie hing. Ich begrüßte ihn und ging dann weiter zu Ennianus, dem Korbflechter, der den Laden unter unserer neuen Wohnung hatte. Er hatte dafür gesorgt, daß der Müllkarren abgeholt wurde. Ich lieh mir einen Besen von ihm aus und fegte ein paar Überreste den Rinnstein hinauf vor ein Haus, dessen Bewohner nie mit uns sprachen.

Während ich noch mit Ennianus plauderte, sah ich Lenia vor der Wäscherei Tuniken von einer Leine abnehmen. Rasch kehrte ich ihr den Rücken zu, um nicht wieder in eine langweilige Diskussion über die jetzt nur noch zehn Tage entfernte Hochzeit verwickelt zu werden. Sie schien mich nicht gesehen zu haben; ihre Augen waren nie sehr gut gewesen. Entweder das, oder sie hatte endlich alle Hoffnung auf mein Mitgefühl aufgegeben. Ich war zu ausgelaugt, um Sympathie für Menschen aufzubringen, die es hätten besser wissen sollen, statt sich Ärger aufzuladen. Davon gab es auch so schon genug in Rom.

Aber es sollte noch schlimmer kommen. Als Ennianus mir grinsend mitteilte, die Gefahr sei vorüber, und ich könne mich wieder umdrehen, sah ich zwei Männer am Friseurladen vorbeigehen. Sie kamen mir bekannt vor, obwohl ich nicht recht wußte, woher.

»Wer sind die beiden, Ennianus?«

»Die hab ich hier noch nie gesehen.«

Ich spürte, daß ich mit ihnen noch ein Hühnchen zu rupfen hatte. Also brach ich mein Geplauder mit dem Korbflechter ab und folgte ihnen verstohlen.

Während ich unauffällig hinter ihnen herschlich, versuchte ich, möglichst viel über sie rauszukriegen. Die beiden hatten nichts in der Hand, wirkten von hinten eigentlich völlig normal, waren etwa gleich groß und ähnlich gebaut. Sie trugen braune, ärmellose Tuniken, gegürtet mit einem alten Strick oder so was, dazu einfache Stiefel und weder Hut noch Umhang. Offenbar verbrachten sie ihre Zeit überwiegend im Freien.

Die Männer machten große Schritte, waren aber nicht in Eile. Es waren keine Müßiggänger, die sich einen netten Abend in der Stadt machen wollten. Sie hatten ein festes Ziel, schienen sich aber verlaufen zu haben. Sie führten mich über die Kuppe des Aventin, merkten dann aber, daß sie hier nicht weiterkamen und den Hügel hinab mußten. Die beiden kannten sich in Rom nicht aus – oder zumindest nicht hier auf dem Aventin.

Schließlich erreichten sie den Clivus Publicus. Sie gingen weiter hügelabwärts am Tempel der Ceres vorbei und mußten sich, als sie das Tal beim Circus Maximus erreichten, an einem Straßenstand etwas zu trinken kaufen, um den Besitzer nach dem Weg zu fragen. Daraufhin gingen sie Richtung Circus und dann an ihm entlang; sie hätten auf dem Hügel die andere Richtung einschlagen sollen, zu den Zwillingsaquädukten und der Porta Capena.

Wir befanden uns in einer Gegend, um die meine Gedanken in den letzten paar Tagen ständig gekreist hatten: der Teil des Elften Bezirks, der an den Circus grenzte. Am einen Ende lag das Forum Boarium, wo wir umgeben vom Gestank nach toten Tieren die Leiche von Nonnius Albins gefunden hatten. Entlang des Circustales verlief das schmale Stück Land, auf dem die luxuriösen Villen von Flaccida und Milvia standen. Am anderen Ende verbarg sich »Platons Akademie« in einem Gewirr schmuddeliger, anrüchiger Gäßchen.

Als wir so weit gekommen waren, wunderte es mich nicht mehr, daß meine beiden auf dem Weg ins Bordell sein sollten. Inzwischen war ich auch sicher, daß sie Schurken waren. Ich konnte es beweisen: Mir war eingefallen, woher ich sie kannte. Aus Rom jedenfalls nicht. Ihre Namen – zumindest die, unter denen sie arbeiteten – waren Gaius und Phlosis. Die beiden angeblichen Bootsbesitzer aus Ostia, die mir das Glas meines Vaters zu klauen versucht hatten, bevor ich es nach Rom brachte und Papa die noch größere Gaunerei begehen konnte, es sich selbst zu stehlen.

Ich sah sie das Bordell betreten und das Mädchen an der Tür begrüßen, als seien sie alte Bekannte. Sie mochten Kunden sein, zu Besuch in Rom, denen »Platons Akademie« von einem Freund empfohlen worden war. Das war mein erster Eindruck, bis mir aufging, daß das Mädchen sie ohne den üblichen Obolus eingelassen hatte.

Lalage hatte zweifellos Kunden, die monatlich bei ihr abrechneten. Männer, die derart bevorzugt wurden, würden allerdings keine zwielichtigen Hafenarbeiter sein, sondern vertrauenswürdige Menschen wie der *Valde Interest Patricius*, der VIP, der immer mit seinen Liktoren im Schlepptau kam. Gaius und Phlosis waren aus einem ganz anderen Grund hier. Und aus der freundlichen Haltung der Empfangsdame zu schließen zählte das unfähige Paar, auch wenn es sich auf dem Aventin verlaufen hatte, hier unten in »Platons Akademie« zu den regelmäßigen Besuchern.

Ich überlegte, ob ich ihnen folgen sollte. Eigentlich war ich heute abend nicht in der richtigen Verfassung für weitere Abenteuer. Ich war müde. Es war eine hektische Woche gewesen, voll schlimmer Ereignisse, und ich spürte, daß meine Konzentration nachließ. Außerdem war »Platons Akademie« das reinste Labyrinth; niemand wußte, daß ich heute abend hierhergekommen war, und wenn ich reinging, war ungewiß, was ich drin vorfinden würde.

Die Situation war viel zu gefährlich. Und so ließ ich diesmal die Vernunft siegen.

LVI

Ich brauchte Hilfe. Ich brauchte jemanden, der sich wehren konnte, falls es Ärger gab, jemand, der eine Überwachung vernünftig durchführen konnte. Sollte sich meine Ahnung als korrekt erweisen, dann war ich hier über etwas Größeres gestolpert. Es konnte äußerst riskant werden. Die Situation schrie nach den Vigiles. Normalerweise hätte ich damit zu Petronius Longus gehen müssen. Doch das war ja leider unmöglich.

Ich konnte mich an Rubella wenden. Stolz – Stolz und die Tatsache, daß ich, falls ich mich irrte, nur zwei jämmerlichen Möchtegerndieben dabei zuschaute, wie sie sich im Bordell amüsierten – brachte mich dazu, die Sache inoffiziell weiterzuverfolgen.

Es gab ein paar praktische Probleme. Ich brauchte einen Partner. Ich wollte das Bordell rund um die Uhr bewachen lassen, außerdem, falls nötig, einige der Besucher beschatten. Ob ich wohl das Risiko eingehen konnte, einen meiner Neffen einzusetzen? Nein, das ging nicht, denn solange Tertulla verschwunden war, wurden alle jungen Didii in Gruppen zur Schule gebracht und von ängstlichen Müttern überwacht. Es gab keine Möglichkeit, einen von ihnen abzuzweigen, ohne einen Riesenkrach zu riskieren. Außerdem wußte ich selbst, daß diese Arbeit zu gefährlich war.

Immer noch verzweifelt, sah ich der Tatsache ins Auge, daß, wenn Petronius mir seine Hilfe verweigerte, ich eben einen seiner Männer brauchte. Mit etwas Glück würde der, den ich mir aussuchte, nicht gerade derjenige sein, der Linus verraten hatte.

Der Zufall wollte es, daß ich auf dem Rückweg zum Aventin Fusculus traf. Er wäre die Idealbesetzung für diese Aufgabe gewesen. Fusculus war fasziniert von der Welt der Kleinkriminellen und ein Experte auf diesem Gebiet. Ihm wären sofort alle möglichen Gründe eingefallen, weshalb zwei Frachtdiebe aus Ostia plötzlich in Rom auftauchten. Er selbst hatte mir die Idee eingegeben, daß Gaius und Phlosis ausgesprochen wichtig sein mochten: Ich erinnerte mich, daß er nach der Sache mit dem gestohlenen Boot in Portus erzählt hatte, Balbinus Pius hätte in Rom eine ganze Bande von Hafendieben, die für ihn arbeiteten. Vielleicht gehörten diese zwei ja dazu. Vielleicht waren sie wegen Balbinus hier. Vielleicht bedeutete ihr Besuch, daß das Bordell jetzt als Hauptquartier für sein Imperium diente. Es konnte der gute alte Trick mit der Tarnfirma sein.

Als ich neben ihm auftauchte, grummelte Fusculus: »Verschwinde, Falco!«

Vermutlich hatte Petronius es nicht fertiggebracht, auch nur einem seiner Männer zu gestehen, daß sich unter ihnen ein Verräter befand. Er mußte das faule Ei selbst finden. Also konnte ich das nicht anführen, um meine Arbeit für ihren Tribun zu rechtfertigen. »Immer mit der Ruhe. Petro hat euch also gesagt, ich sei ein Spitzel der Obrigkeit. Ich hätte hinter euch herspioniert und so seine Freundschaft mißbraucht, und ihr einfachen Gemüter findet das natürlich alle schrecklich.«

»Ich will nichts mit dir zu tun haben, Falco.«

»Eins verstehe ich nicht, Fusculus: Wenn ihr alle unschuldig seid, wie kommt es dann, daß ihr jeden, der sich gegen Korruption wehrt, als euren Feind betrachtet?«

»Du bist eine Giftschlange.«

»Falsch. Du meinst doch nur, daß du zu deinem Chef hältst, auch wenn er sich noch so dämlich aufführt, um deine Beförderung nicht aufs Spiel zu setzen. Ihr solltet lieber schon mal sammeln und Lucius Petronius einen neuen Verstand kaufen.«

Fusculus sagte noch mal, ich solle verschwinden, und diesmal tat ich es.

Ich war sauer. Niemand wird gern gehaßt.

Zum Glück gab es einen, an den ich mich wenden konnte, ohne eine Abfuhr zu riskieren. Jemand, der für meine Zwecke über ausreichend Erfahrung verfügte. Jemand, der ebenfalls gehaßt wurde.

Ich wußte, wo er wohnte: auf der anderen Seite des Hügels, beim Clivus Publicus. Die Parzen kamen heute nacht auf ihre Kosten. Mit müden Füßen schlurfte ich den ganzen Weg zurück und hatte Glück. Er war noch nicht zur Nachtschicht aufgebrochen. Wie ich mir gedacht hatte: Petro übernahm immer die erste Schicht, in der mehr los war, und überließ die spätere, ruhigere seinem Stellvertreter Martinus.

Es war spät. Ich kam sofort zur Sache. Ich hatte gehofft, ihn nicht in alles einweihen zu müssen, begriff aber bald, daß es am besten war, offen mit ihm zu reden: »Wie läuft die Jagd nach Balbinus? Nicht gut. Natürlich nicht; der Mann ist viel zu gerissen. Aber ich glaube, ich bin da auf was gestoßen. Ich würde damit zu Petronius gehen, aber weil der auf dem hohen Roß sitzt, muß ich die Beschattung allein durchziehen. Wenn ich erst mal beweisen kann, daß Balbinus sein Imperium von ›Platons Akademie‹ weiterführt, wird Petro vielleicht mitmachen wollen. Vielleicht laß ich ihn aber nicht. Vielleicht heimse ich selbst den ganzen Ruhm ein – zusammen mit demjenigen, der mich unterstützt hat . . .«

Wie erwartet, biß Martinus an. Er war überglücklich, um Hilfe gebeten zu werden. Ich wußte, warum: Er hielt es für seine große Chance, Petro zu übertrumpfen.

Ich erzählte ihm, was ich beim Bordell beobachtet hatte und worauf wir stoßen könnten, wenn wir es überwachten. »Weiß Rubella davon, Falco?«

»Mir ist nicht gestattet . . .«

»Hör doch auf! Ich weiß, was das heißt.«

Ich überlegte einen Moment. »Er weiß es nicht, aber wir werden es ihm sagen müssen. Du kannst dich nicht einfach von deiner Truppe absondern.«

»Laß mich mit Rubella reden«, schlug Martinus vor. »Wenn er einverstanden ist, kann er die Sache in Ordnung bringen. Er kann sagen, er würde mich zu einer anderen Kohorte versetzen. Das würde den Chef nicht im geringsten überraschen. Es ist mehr oder weniger üblich, daß in dem Moment, wo man mit einem großen Fall völlig überlastet ist, der beste Mann abgezogen wird, um in einem anderen Bezirk einen läppischen Broschendiebstahl in einem dreckigen Badehaus aufzuklären.«

Ich zweifelte nicht daran, daß die Abkommandierung leicht zu bewerkstelligen war. Streiten ließ sich allerdings darüber, ob Martinus der »beste Mann« der Vierten Kohorte war. Doch es spielte keine Rolle. Dieser großspurige, selbstzufriedene Klotz war genau richtig für meine Zwecke. Martinus würde genüßlich den ganzen Tag in einer Imbißbude sitzen und darauf warten, daß nicht viel passierte. Solange ich in einer anderen Imbißbude am entgegengesetzten Ende der Gasse sitzen konnte, war es mir egal, wen er anödete.

Als ich schließlich zum zweiten Mal in dieser Nacht zurückkam, lag die Brunnenpromenade in tiefer Dunkelheit. Keiner verschwendete Lampenöl darauf, Straßenräubern und Einbrechern ihr dreckiges Handwerk zu erleichtern. Ich machte mich auf alles gefaßt und trottete leise in der Mitte der Straße entlang. Als ich an der Bäckerei vorbeikam, meinte ich, über mir einen Fensterladen knarren zu hören. Ich schaute hoch, konnte aber nichts entdecken. Die Wohnung über der Bäckerei, die, in der der halbe Fußboden fehlte, war sicherlich nicht vermietet worden, und die Stockwerke darüber waren vermutlich noch verfallener. Bei der Wäscherei angekommen, schaute ich mich sicherheitshalber noch mal um, aber nichts bewegte sich.

Auf den endlosen Stufen zu meiner Wohnung hätte ich mich zuversichtlicher fühlen sollen. Ich befand mich jetzt auf meinem eigenen Territorium. Aber gerade das kann von tödlicher Gefahr sein. Man entspannt sich, nimmt an, daß die Probleme des nächtlichen Roms hinter einem liegen. Man kennt sich zu gut aus, um wirklich wachsam zu bleiben. Die Ohren achten nicht mehr auf unnatürliche Geräusche. Und so kann man leicht von jemandem überfallen werden, der auf halber Treppe im Dunklen lauert.

Aber niemand griff mich an. Wenn da jemand lauerte, bekam ich es nicht mit. Ich erreichte meine Wohnungstür, öffnete sie leise und schlüpfte hinein.

Auch hier brannte kein Licht, aber ich spürte die vertraute Gegenwart meiner Möbel und Besitztümer. Ich konnte Helena atmen hören. Sonst nichts. Nichts Bedrohliches. In diesen zwei Räumen waren alle in Sicherheit. Sie hatten den Tag ohne meinen Schutz überstanden, und jetzt war ich zu Hause.

Leise sagte ich: »Ich bin's.«

Der Hund wedelte, blieb aber unter dem Tisch liegen. Das Baby sagte nichts, weil es mich natürlich nicht gehört hatte. Helena wurde halb wach, als ich zu ihr ins Bett kroch, und kuschelte sich warm und verschlafen in meine Arme. Heute würden wir nicht mehr reden. Ich streichelte ihr Haar, bis sie wieder einschlief, und war bald danach ebenfalls eingeschlafen.

Draußen würden die Patrouillen auf der Suche nach Bränden und Plünderern durch die Straßen marschieren. Irgendwo hielt auch Petronius Wache, lauschte in die scharfe Oktoberluft hinaus, vernahm das endlose Geraschel und Gehusche nächtlicher Bösewichte, aber nie den Schritt des Mannes, den er suchte. Im ruhelosen Herzschlag der Stadt krochen Diebe über Fenstersimse und Balkone, schmiedeten Verschwörer finstere Pläne, tranken und fluchten dienstfreie Verbrecher, grapschten und fummelten Lüstlinge, hielten Räuber Frachtkarren an und raubten Villen aus, während gefesselte Pförtner blutend im Flur lagen und die verängstigten Besitzer sich unter ihren Betten versteckten.

Und irgendwo lag Balbinus Pius aller Wahrscheinlichkeit nach in friedlichem Schlummer.

LVII

Ein Tag mochte reichen. Auf jeden Fall dafür, mich zum Idioten zu machen. Wenn wir das Bordell den ganzen Tag beobachteten, ohne kriminelle Aktivitäten festzustellen, konnte ich einpacken. Falls ich dann noch länger schmollend rumhängen wollte, um mich an Gaius und Phlosis für die Sache in Ostia zu rächen, bliebe das mir überlassen. Martinus würde mich auf jeden Fall verfluchen, davonstürmen und der gesamten Kohorte erzählen, was für unfähige, nervtötende Holzköpfe Privatermittler sind und wie man ihn verschaukelt hatte.

Sollten aber genügend bekannte Mitglieder der verschiedenen Balbinus-Banden ein und aus gehen und so eine Verbindung zu seiner Organisation gerechtfertigt erscheinen lassen, wäre ich fein raus. Kein Held, aber berechtigt, im Badehaus ein wenig anzugeben. Zur Abwechslung mal was Nettes.

Martinus und ich begannen im Morgengrauen. Zunächst hockten wir uns wie entlaufene Sklaven in einen Hauseingang. Später machte nebenan ein trauriges Thermopolium auf, nachdem eine klapprige Alte erst endlos mit einem abgenagten Besen und einem Eimer Dreckwasser den Boden gewischt hatte. Wir beobachteten ihre nutzlosen Versuche, den Tresen zu polieren, dann fummelte sie an den drei Borden mit Bechern und Krügen herum, leerte ein paar geschwärzte Töpfe in die in den Tresen eingelassenen Gefäße und lehnte einige Amphoren kreuz und quer an die Wand.

Wir schlenderten hinein und sagten, wir wären auf der Pirsch – auf der Suche nach günstigen, natürlich illegalen »Gelegenheiten«. Sie wirkte weder überrascht noch schockiert. Martinus verhandelte kurz mit ihr, Münzen klimperten in ihre Schürzentasche, und wir wurden aufgefordert, drinnen auf hohen Hockern Platz zu nehmen. So würde es aussehen, als pickten wir an ein paar Oliven herum, während wir »Platons Akademie« beobachteten. Wir bestellten etwas in kalter dunkler Sauce. Ich ließ das meiste stehen.

Am Anfang tat sich nicht viel. Trotz meiner guten Vorsätze blieb ich in der gleichen Kneipe wie mein Assistent (und ignorierte die Tatsache, daß er anzunehmen schien, ich würde *ihm* assistieren). Die einzige andere Imbißbude in der näheren Umgebung war die, in der Petro und ich uns vor unserem ersten Besuch bei Lalage gestärkt und als Gesetzeshüter zu erkennen gegeben hatten. Heute wollte ich als gewöhnlicher Missetäter durchgehen.

Auch Martinus würde nicht weiter auffallen. Er mochte um die vierzig sein, also älter als Petronius, der Chef, den er so gern beiseite schubsen wollte. Soviel ich wußte, war er unverheiratet, und obwohl er viel über Frauen redete, waren seine Affären bloße Zufälle in einem geordneten Leben. Er hatte glattes, sauber geschnittenes braunes Haar, starken Bartwuchs und eine dunkle Warze auf der Wange. Er schien zu langweilig, um Aufsehen zu erregen.

Im Laufe des Vormittags wurde es etwas lebhafter – Männer aus der Nachbarschaft, die »Platons Akademie« ihren üblichen Besuch abstatteten. Es schien so lange her, seit ich darüber mit Petro gewitzelt hatte, doch als ich mir die Mühe machte, nachzurechnen (ich brauchte Beschäftigung), stellte ich fest, daß es erst vor fünf Tagen gewesen war. In diesen fünf Tagen war Rom von einer Stadt, in der man besser die Augen aufhielt, zu einem Ort völliger Gesetzlosigkeit verkommen.

»Es geht los!« Martinus hatte Verdächtige entdeckt. Aus dem Bordell traten drei Männer: ein dünner in einer himmelblauen Tunika mit intelligentem Gesicht und einer Schriftrolle, die von seinem Gürtel herabbaumelte, dazu zwei Kumpane, einer plump, der andere pockennarbig und beide unauffällig. Wir hatten sie am Morgen nicht hineingehen sehen; sie mußten demnach im »Platons« übernachtet haben.

»Kennst du die?« fragte ich leise.

»Der in Blau ist ein Cicero.« Ich hob die Augenbraue. »Ein Schwätzer, Falco. Er lenkt die Aufmerksamkeit der Gäste in Weinschenken auf sich, bringt sie mit seinen Geschichten und Witzen zum Lachen, während die anderen zwei sie ausrauben.«

Martinus zog eine Notiztafel und einen Stilus heraus und begann, sich in großen lateinischen Buchstaben Notizen zu machen. Im Verlauf des Tages wurden die Buchstaben immer kleiner, weil sich die Tafel füllte. Um uns unauffälliger zu machen, kramte er später Damesteine heraus, Glaskugeln in Rot und Schwarz, die er in einem Lederbeutel am Gürtel trug. Das Spielbrett malten wir mit Sauce auf den Marmortresen. Damit es echt wirkte, mußten wir richtig spielen, was noch schlimmer war. Ich hasse Dame. Martinus war ein intelligenter Spieler, der das Spiel genoß. Ja, er war so eifrig bei der Sache, daß es eine Beleidigung gewesen wäre, nur so zu tun, also mußte ich richtig spielen und versuchen, mich seinem Standard anzupassen.

»Du solltest mehr üben, Falco. Das ist ein Spiel, das Können verlangt. Man kann es mit Ermittlungsarbeit vergleichen.« Martinus war einer von diesen hochtrabenden Spielbrettphilosophen. »Du brauchst geistige Beweglichkeit, einen starken Willen, Wendigkeit, Konzentration . . .«

»Und kleine Glaskugeln«, bemerkte ich.

Der Morgen verlief ohne größere Zwischenfälle. Allerdings sahen wir einen humpelnden Mann, der wohl zu der Bande gehörte, die auf »verwundeter Soldat« machte, und einen anderen, den Martinus mal verhaftet hatte, weil er mit einer Hakenstange Weinbecher aus Imbißbuden klaute. Der Mann schien sich nicht für den »Öligen Krug«, unser Versteck, zu interessieren. Als sich gegen Mittag eine ganze Parade offenbar normaler Kunden ins Bordell drängte, ließ mein Begleiter, der mir gerade meinen letzten wichtigen Stein nehmen wollte, seine Hand in der Luft verharren. »Falco! Da kommen zwei echte Unterwelterzieher!«

Auf diese zwei Schläger brauchte er mich nicht extra hinzuweisen. Der Müller und Klein-Ikarus verließen »Platons Akademie« zu einem Mittagsspaziergang. »Die kenne ich. Das sind die beiden, die mir eine etwas rauhe Massage verpassen wollten. Sie müssen da wohnen.«

»Daß wir zwei von Balbinus' alter Truppe hier gesehen haben, ist Grund genug für eine Razzia, Falco.«

»Meinst du wirklich? Wir müssen sicher sein, daß wir ihren Boss erwischen.«

»Wenn er drin ist.«

»Wenn er nicht die ganze Zeit drin ist, kommt er sicher hin und wieder zu Besuch.« Bevor wir etwas Übereiltes unternahmen, wollte ich mindestens noch einen Abend und eine Nacht abwarten und beobachten. Martinus machte keine Anstalten zu widersprechen. Er war nicht dumm – ganz im Gegenteil. Der Kerl war ein überlegener Damespieler.

Am Nachmittag fielen uns noch drei weitere dubiose Gestalten auf, die das Haus verließen. Alles andere als ehrbare Bürger. Ein Geschniegelter mit durchlöcherten Sandalen und einem Niellogürtel, ein

Muskelprotz mit gebrochener Nase, der Steinchen vor sich her kickte, und ein Dürrer, der sich am Kopf kratzte, als würde ihn eine ganze Herde kleiner Logiergäste nerven. Allein vom Zusehen juckte es mich sofort überall.

»Was hältst du davon, wenn wir uns mal die Beine vertreten?« fragte ich. Martinus schob sofort die Glaskugeln in den Lederbeutel, und wir folgten dem Trio. Wir mußten beide gehen. Allein kann man keine drei Männer beschatten.

Für einen guterzogenen Jungen vom Aventin war es ein wahrer Augenöffner. Zuerst drängten sich zwei von ihnen in eine vollgestopfte Imbißbude, taten so, als wollten sie nur rasch einen Teller gefüllter Weinblätter essen, und filzten dabei die Taschen der Kundschaft mit einer Geschicklichkeit, die mich sprachlos machte. Als jemand zu früh nach dem Geldbeutel griff, merkte, daß er weg war und die beiden ins Visier nahm, schlängelten sie sich davon wie die Aale. Der dritte Mann lehnte am Türrahmen, als hätte er nichts damit zu tun; er schickte den Beklauten im Galopp in die falsche Richtung, während sich unsere drei Früchtchen in die entgegengesetzte davonmachten. Wir sahen sie die geklauten Börsen nicht ausleeren, fanden aber die leeren Geldbeutel kurz darauf in einem Karren.

Wir teilten uns, verfolgten die drei auf verschiedenen Straßenseiten. Sie gingen jetzt Richtung Forum. Dort war um diese Zeit viel los, alle Tempelstufen voller Geldwechsler und Händler und um die Rostra herum dichtes Gedränge. Beim Haus der Vestalinnen blieb der Dürre mit den hyperaktiven Läusen kurz stehen, versetzte einem Betrunkenen einen Fußtritt und raubte ihn aus. Das Geräusch, mit dem sein Stiefel die Rippen brach, war das Symbol aller Bösartigkeit der Typen, die für Balbinus arbeiteten.

Die Männer schoben sich durch das Gewühle der Fischweiber und Brotverkäufer, »probierten« nach Lust und Laune Brötchen, Würste und Obst, ohne dafür zu bezahlen. Der eine hatte den Bogen besonders gut raus, lehnte sich weit über die Verkaufstische und schnappte Geld oder Waren. Schließlich ertrugen wir es nicht mehr, zuzusehen, ohne sie verhaften zu können. Eine Festnahme hätte womöglich Alarm im Bordell ausgelöst; wir mußten uns zurückhalten. Sie schlenderten jetzt in Richtung Basilica Aemilia, dem größten Einkaufszentrum von Rom, in dem sich fliegende Händler und wohlgefüllte Stände drängten; genug, um unseren fleißigen Jungs ein lukratives Stündchen zu bescheren.

Wütend gingen Martinus und ich zum Forum zurück. Im Schatten des Tempels des Divus Julius gönnten wir uns eine Verschnaufpause und überdachten, was wir bisher erreicht hatten.

»Die drei sind ganz schön scharfe Burschen. Was du da entdeckt hast, trägt eindeutig Balbinus' Zeichen«, bemerkte Martinus. Er wirkte deprimiert.

»Was ist los? Meinst du, wir verschwenden unsere Zeit, wenn wir uns die Bande holen?«

»Diebe wird man nie los, Falco. Wenn wir die drei in eine Zelle sperren, kommen sofort die nächsten und klauen den Gästen die Geldbörsen, während die ihr Essen verputzen.«

»Warum hast du dir diesen Beruf ausgesucht, wenn du so denkst?«

»Tja, warum!« Er seufzte bitter. Ich sagte nichts. Ich wußte, daß diese trüben Stimmungen zum Leben der Vigiles gehörten. Dazu kannte ich Petro lange genug.

Manchmal brachten der Druck und die Gefahr, das schiere Gewicht der Verzweiflung, einen von ihnen dazu, aufzugeben. Das warf die anderen eine Weile lang noch mehr aus der Bahn. Doch normalerweise stöhnten sie viel, betranken sich sinnlos und machten weiter. Bei ihrer miesen Bezahlung und den schlechten Bedingungen, plus der traditionellen Gleichgültigkeit ihrer Vorgesetzten, wirkten Klagen und Beschwerden nur allzu verständlich.

Martinus beobachtete jetzt die Passanten. Er hatte die Arme vor der Brust verschränkt und streckte den fetten Hintern raus, wie es seine Art war. Seinen großen Augen entging nichts. Mir fiel ein, daß es Martinus gewesen war, der unruhig an der Tür blieb, während wir in Ostia auf Balbinus warteten, und wie rechtzeitig er uns vor der Ankunft der Eskorte gewarnt hatte. Obwohl sein Kopf voller entmutigender Philosophie zu sein schien, hatte er hier auf dem Forum den sturzbesoffenen Landstreicher entdeckt, der sich trotzdem zielstrebig auf zwei hochnäsige Togaträger vor der Basilica Julia zubewegte. Er hatte die herumalbernden Sklaven bemerkt, auch den, der einem anderen ein Tintenfaß stibitzt hatte und es in seinem Ärmel verbarg, offensichtlich um es zu behalten. Er hatte die alte weinende Frau gesehen und das Mädchen, das nicht merkte, daß man ihm nach Hause folgte. Sein Blick fiel schließlich auf eine Gruppe von Jungen, die sich auf den Stufen des Tempels der Dioskuren lümmelten, Jungen, die eindeutig etwas im Schilde führten, auch wenn ihr Leben noch nicht dem Verbrechen geweiht war.

»Natürlich ist es ein guter Beruf«, sinnierte er. »Viel frische Luft und geistige Herausforderung. Zumindest ist es keine Überraschung, wenn du eins über den Schädel kriegst. Vieles ist Routine, aber man bekommt genug Gelegenheit, Eigeninitiative zu zeigen. Man hat wunderbare Kollegen, die einen Tag und Nacht beleidigen. Und dazu die Freude, zu wissen, daß einen alle anderen nur für einen Feuerwehrmann halten und verachten. Ich habe seit fünfzehn Jahren keinen Brand mehr gelöscht.«

»Du hast den größten Teil deiner Karriere mit Ermittlungen verbracht?«

»Man ist wohl der Meinung, ich hätte Talent dafür«, erwiderte er trocken.

Er hatte den zynischen Ton eines Mannes, der weiß, daß alle Vorgesetzten unfähig sind, Menschen zu beurteilen oder zu führen. Das hätte ihn angreifbar machen können. Aber irgendwie hatte ich das Gefühl, daß Martinus zu gelassen war, um sich sein Leben durch Bestechlichkeit zu komplizieren. Viel zu faul dazu, würde Petro sagen.

»Und was sollen wir deiner Meinung nach jetzt tun?« fragte ich. Natürlich hatte ich meine eigenen Vorstellungen. Ich war davon überzeugt, daß das Bordell die neue Zentrale des Balbinus-Imperiums war.

»Wir müssen rauskriegen, ob Balbinus in ›Platons Akademie‹ untergekrochen ist.«

Soweit teilte ich seine Meinung. »Und wenn nicht, wann sie ihn erwarten.«

»Also brauchen wir drinnen einen Mann«, sagte Martinus.

Ich sah ihn beklommen an. »Du meinst, einen von uns?«

»Jupiter, nein! Außer«, grinste er, »du würdest dich gern freiwillig dafür melden.«

»Unter den Umständen melde ich mich lieber freiwillig für einen langen Urlaub bei einem Schweinebauern in Bruttium!«

Martinus schüttelte den Kopf. »Wir brauchen jemanden, der auf sich gestellt arbeitet. Einer, der verkommen genug wirkt, um problemlos akzeptiert zu werden, aber der Bande um Balbinus nicht zur Treue verpflichtet ist.« Er deutete auf einen Taschendieb, der sich in der letzten halben Stunde geduldig durch die Menge gearbeitet hatte. »Den da kenne ich. Für unsere Zwecke genau der Richtige.«

Wir gingen hinüber zu dem unauffälligen Beutelschneider und warteten, bis er sein nächstes Opfer anrempelte. Sofort legte ihm Martinus die Hand auf die Schulter, und der Mann versuchte, genauso blitzschnell davonzurennen. »Leg ihn flach, Falco!«

Ich schlug dem Dieb die Beine weg, und Martinus ließ sich auf ihn fallen. Wir warfen dem Opfer die Börse zu. Der Mann blinzelte erstaunt und schaute uns an, als befürchte er, das alles sei nur die Vorbereitung für einen wirklich üblen Trick. Seufzend winkte Martinus ihn weg.

Wir stellten den Taschendieb auf die Füße und grinsten ihn an.

LVIII

»Hör zu, Claudius . . .«

»Ich heiße Igullius!«

Er war ein Zwerg; meine Börse hätte der niemals gekriegt. Ich hätte dieses häßliche, lächerliche Wesen nie nah genug an mich rangelassen. »Er heißt Igullius. Schreib das auf, Martinus!« Martinus zog seine Notiztafel heraus und schrieb, nachdem der sich zuvor höflich erkundigt hatte, wie man den Namen buchstabiert.

Der Taschendieb hatte ein verschmiertes Gesicht

und fettiges Haar. Er atmete rasch und verängstigt, wir konnten riechen, daß er zum Frühstück hartgekochte Eier gegessen hatte; sein Mittagessen hatte aus einem Knoblaucheintopf bestanden. Viel Knoblauch, der jetzt aus allen Poren seiner ungesunden Haut trat.

Martinus und ich traten einen Schritt zurück. Igullius überlegte offenbar, ob er einen Ausbruch wagen sollte. Wir funkelten ihn finster an. Er blieb, wo er war. Martinus erklärte wie ein freundlicher Onkel, daß wir ihn durchsuchen müßten.

Igullius trug eine Toga aus naturfarbener Wolle, die Martinus ihm mit gespitzten Fingern abnahm, als hätte er Angst, sich was einzufangen. Zu unserer Überraschung war in ihren Falten nichts verborgen. Igullius machte ein selbstzufriedenes Gesicht. Wir besahen ihn uns genauer: abgelatschte Stiefel und eine am Hals ziemlich weit geschnittene Tunika, zusammengehalten von einem enggeschnallten Gürtel, der ihn fast in zwei Teile schnitt.

»Nimm den Gürtel ab«, befahl ich.

»Warum?«

»Damit ich dich verprügeln kann, wenn du dich nicht beeilst.« Ich klang wie ein Wachhauptmann. Manchmal muß man sich auf dieses Niveau herablassen, wenn man was erreichen will.

Mit einem wütenden Blick schnallte Igullius seinen Rippeneinzwänger los. Geldbeutel purzelten mit melodischem Klirren aus seiner Tunika. Eine schlug ihm schmerzhaft gegen die Kniescheibe und ließ sein Bein unwillkürlich zucken. »Oh, schau mal, Falco, es schneit Denari!«

»Hab schon verstanden«, erwiderte Igullius trotzig, während Martinus die Tunika des Taschendiebs lüftete, für den Fall, daß da noch mehr verborgen war.

»Ich nehm nichts«, antwortete Martinus liebenswürdig und gelassen. Igullius schien sich nicht darüber im klaren zu sein, daß dies der Achte Bezirk war, das Forum Romanum, während wir zum Dreizehnten, also zum Aventin gehörten. Hier war die Erste Kohorte zuständig, von der sich typischerweise in der letzten Stunde keiner hatte blicken lassen. Martinus bückte sich und sammelte das Diebesgut ein. »Das Spiel ist aus, Igullius. Stell dich schon mal drauf ein; wir werden dich kreuzigen.«

»Ich hab doch nichts getan.«

Martinus hielt ihm zwei der Börsen vor die Nase. »Darüber müssen wir noch ausführlich reden. Komm, Falco, wir bringen ihn irgendwo hin, wo's ruhig ist.«

»Oh nein!« Blankes Entsetzen packte unseren Gefangenen. »Mit euch geh ich in keine Zelle!« Martinus hatte nie vorgehabt, ihn ins Wachlokal der Vierten zu bringen; abgesehen von der Tatsache, daß wir Petronius nicht mit reinziehen wollten, war es viel zu weit weg. Aber bereits die Andeutung löste eine heftige Reaktion aus. Irgend jemand von den Kohorten mußte einen furchterregenden Ruf haben.

In seiner Angst versuchte Igullius einen plötzlichen Ausfall. Ich packte ihn, drehte ihm die Arme auf den Rücken und hielt ihn fest. Nun mußte Martinus zwar den grausigen Atem ertragen, aber er machte tapfer weiter. »Du stinkst, und du klaust. Nenn mir *einen* guten Grund, warum ich dich mit Samthandschuhen anfassen soll, Igullius!«

Der Taschendieb war lange genug im Geschäft, zu wissen, was von ihm erwartet wurde. »Oh, Jupiter! Gut, was muß ich machen?«

»Mit uns zusammenarbeiten. Aber es wird dir gefallen«, versicherten wir ihm. »Wir geben dir Geld für eine Nutte!« Damit drehten wir den Taschendieb um, packten ihn jeder an einem Arm, hoben ihn über einen Pflastermaler, der neben einem herzzerreißenden Bild bettelnd am Boden saß, und marschierten mit ihm die Via Sacra hinunter.

Als wir die Via Nova überquerten und in den Schatten des Palatin kamen, bemerkte ich Tibullinus, den Zenturio der Sechsten. Wir hatten ihn in Ostia gesehen, und er war aufgetaucht, als wir Nonnius' Leiche fanden. Wir durften nicht zulassen, daß er uns hier sah – dazu war Tibullinus zu sehr in die Sache verstrickt. Ich gab Martinus ein Zeichen. Er kapierte sofort. Aber Tibullinus patrouillierte den Palatin in einem Stil, der gut zu ihm zu passen schien – er lachte und scherzte mit allen, die er kannte. Uns bemerkte er nicht.

Wir nahmen unseren neuen Bekannten mit zum »Öligen Krug«. Diesmal waren wir brüsker mit der Frau. Sie hatte die Wahl – die nächsten zwei Tage entweder bei Freunden zu verbringen oder in einer Zelle. Wieder wirkte die Drohung Wunder. Prompt erinnerte sie sich daran, daß sie eine Schwester hatte, die sich nach ihr sehnte, und floh aus unserem Beobachtungsposten.

Igullius auf seinen Einsatz vorzubereiten, war reichlich ermüdend. Wir benutzten die freundliche Methode und knuffen ihn nur, wenn seine Aufmerksamkeit nachließ. »Das Gebäude da drüben wird die ›Laube der Venus‹ genannt . . .«

»Das ist ›Platons Akademie‹.«

»Warst du schon mal da?«

»Klar.« Wahrscheinlich log er, wollte aber vor uns als Mann von Welt erscheinen.

»Tja, das ›Platons‹ hat vielleicht eine neue Geschäftsführung, aber wir sind nicht am Bordell selbst interessiert. In Rom ist ein Phönix auferstanden. Ein

Mann, der in die Verbannung sollte, ist wieder nach Hause gekommen.« Möglicherweise wußte Igullius Bescheid. Er wurde ganz bleich. »Sein Name ist Balbinus Pius. Einige seiner Männer hängen im ›Platons‹ rum. Vielleicht ist er ebenfalls da. Vielleicht hat er auch nur Zimmer für sie gemietet. Aber wenn er seine Truppen besucht, wollen wir davon wissen. Für dich heißt das folgendes, Igullius: Du gehst da rein, triffst einen Kumpanen oder suchst dir einen neuen, wenn es sein muß; doch egal, wie du es anstellst, du bleibst da ruhig in einer Ecke sitzen und hältst so lange die Klappe, bis du rauskommen und uns Tag und Uhrzeit nennen kannst, zu der Balbinus zu einem Gespräch zur Verfügung steht.«

»Oh, geben Sie mir eine Chance, Falco! Wenn ich das versuche, bin ich tot.«

»Du bist auch tot, wenn du es nicht versuchst.« Martinus lächelte ihn an. Er genoß es, den grausamen Scharfrichter zu spielen.

Ich nahm die Sache wieder in die Hand. »Jetzt beruhige dich, Igullius. Wir wissen, daß du nicht durch und durch schlecht bist, also geben wir dir diese einmalige Chance, es zu beweisen. Du wirst unser Geheimagent. Und zur Entschädigung für deinen Verdienstausfall bekommst du am Ende des Tages einen hübschen Batzen Geld.«

»Wie wär's mit einem kleinen Vorschuß?«

»Du spinnst wohl«, meinte Martinus. »Wir sind Vigiles. Wir müssen eine Abrechnung vorlegen.«

Igullius versuchte es mit einer letzten verzweifelten Ausrede. »Da drinnen wimmelt es von harten Männern. Die entdecken einen Spitzel doch sofort.«

»Du bist ja angeblich schon mal dort gewesen. Da wirst du wohl wissen, wie du dich unauffällig benehmen mußt«, sagte ich mitleidlos. »Das dürfte dir nicht schwerfallen. Jeder, der sich anschleichen und Geldbörsen klauen kann, obwohl er schon auf zwanzig Schritt Entfernung aus dem Maul stinkt, ist fähig, sich gefahrlos unter eine Bande hirnloser Verbrecher zu mischen.«

Damit sein Einstieg überzeugend wirkte, gaben wir ihm das Geld für die Nutte, dann schoben wir ihn zur Tür hinaus.

Der Erfolg ließ nicht lange auf sich warten. Kaum zwei Stunden später war Igullius zurück, kam wie eine erschreckte Katze über die Straße gesaust. Was immer er erfahren haben mochte, es hatte ihn regelrecht in Panik versetzt. Er stürzte in das Thermopolium, warf sich hinter den Tresen und schlug die Hände vors Gesicht.

»Oh, ihr Mistkerle! Zwingt mich nicht, noch mal da reinzugehen.«

»Das kommt darauf an«, bellte Martinus. »Was hast du rausgekriegt?«

»Genau das, was ihr wolltet. Mehr ist nicht drin!«

Um seine Hysterie zu dämpfen, holte ich ihm was zu trinken. Er goß den Wein, von dem ich wußte, daß er abscheulich war, in so großen Schlucken runter, als sei er gerade einem sechstägigen Wüstensturm entronnen. »Reiß dich zusammen. Du bist jetzt in Sicherheit. Wie war denn dein Mädchen?«

»Nicht übel . . .« Leicht abzulenken, der Knabe! Martinus und ich beugten uns über den Tresen und betrachteten ihn. Wie ein Häuflein Elend hockte er zu unseren Füßen. Allmählich beruhigte sich sein Atem.

»Ich glaube, er ist drin! Ganz bestimmt!«

»Läßt sich aber nicht blicken, oder?« fragte Martinus.

»Ich habe ihn nicht gesehen. Ich meine, ich hab

keinen gesehen, der ein so großer Macker sein könnte.«

»Groß? Glaub das bloß nicht«, knurrte ich verächtlich. »Balbinus ist nichts weiter als ein Floh.«

Igullius redete weiter, verhaspelte sich beinahe, so sehr wollte er es hinter sich bringen. »Da drinnen ist die Hölle los. Ich war noch nie in einem Schuppen, wo es derart zuging. Ich hab ein halbes Dutzend Kerle gesehen, und was für welche. Da ist ein großer Raum . . .« Er zitterte, konnte nicht weitersprechen. Das klang nach dem höhlenartigen Gewölbe, in das Petro und ich einen kurzen Blick geworfen hatten. Damals war er voll kleiner Gauner gewesen, aber als ich den zitternden Igullius nach näheren Einzelheiten fragte, beschrieb er eine regelrechte Räuberhöhle, in der die Gangster offen ihren Geschäften nachgingen.

Ich warf Martinus einen Blick zu. »Irgendwas ist anders. Sieht so aus, als hätte Balbinus die Sache übernommen und benutzt das Haus als sein Hauptquartier. Hat jemand Lalage erwähnt, Igullius?« Er schüttelte den Kopf. »Und was ist mit dem Bordellbetrieb? Du sagst ja, du wärst schon mal dort gewesen. Läuft der wie immer?« Diesmal nickte er.

Während ich nachdachte, versuchte Martinus ohne allzu großen Erfolg, unserem Lauscher noch mehr nützliche Fakten zu entlocken. Ich mischte mich nicht ein. Natürlich konnten wir ihn heute nachmittag nicht noch mal ins »Platons« schicken. Das Mädchen an der Tür würde mißtrauisch werden. Martinus entschied, daß Igullius seine Schuldigkeit getan hatte.

»Dann will ich aber mein Geld.«

Martinus sah mich unglücklich an. Eine Belohnung in der Höhe auszuzahlen, wie wir sie versprochen hatten, überstieg offensichtlich seine Befugnisse, und er war sogar zu redlich, Igullius die Geldbörsen zurückzugeben, die er auf dem Forum geklaut hatte (was ich getan hätte, schließlich handelte es sich hier um eine Krise). Also blieb ihm nichts anderes übrig, als Igullius auf einer Notiztafel einen Schuldschein auszustellen. »Geh damit ins Wachlokal – aber erst morgen!« sagte er streng. Das würde ihm ein wenig Zeit verschaffen, bevor Petronius dahinterkam.

Der Taschendieb packte den Schuldschein, rappelte sich hoch und hastete davon.

Ich dachte weiter nach. Es sah aus, als hätte Lalage mich belogen – keine sonderliche Überraschung.

Ich konnte mir nicht vorstellen, daß sie das Verbrecherimperium vom »Platons« aus führte. Lalage war nicht so dumm, das offen zu tun.

Sie arbeitete immer noch für das alte Regime. Nach all ihrem Gerede von Unabhängigkeit fiel es mir schwer zu glauben, daß sie nachgegeben und Balbinus Pius erlaubt haben sollte, sich in ihren Räumen breitzumachen. Daß er sich sogar dort versteckte, schien unfaßbar.

Sie würde das niemals tun. Entweder hatte er sie verschwinden lassen – dann würde der Bordellbetrieb wohl kaum so reibungslos laufen –, oder Lalage verfolgte ihre eigenen Pläne. Dann sah es schlecht aus für Balbinus. Aber uns konnte es helfen.

Während Martinus und ich unsere Bewachung fortsetzten, ließen wir alles Geplauder – und das Damespiel – sein. Das war mir nur recht. Damit hörte auch sein Geschwätz über brettspielende Männer und ihre Fähigkeiten, Schwerverbrecher zur Strecke zu bringen, auf. Um Rom von Balbinus zu befreien, war ein plötzlicher Überfall mit scharfen Waffen nötig, kein intellektuelles Geschwafel.

Der Tag zog sich endlos, und ich schätzte, wir hatten noch eine lange Nacht vor uns. Wir fanden ein bißchen altes Brot zum Knabbern und gönnten uns was zu trinken. Sofort begann es in meinen Innereien gefährlich zu rumpeln.

Gegen Abend wurde die Situation immer angespannter. Irgendwas ging da drüben vor. Männer kamen allein, zu zweit oder zu dritt zum Bordell. Leise wie Fledermäuse erschienen sie auf der Straße. Sie hätten auf dem Weg zu einem Fest ihrer Handwerksgilde sein können. Doch dafür waren sie kaum passend gekleidet. Außerdem mußten sie an der Tür erst mal schwer blechen: »Wenn das keine Sore ist, freß ich 'nen Besen!« Martinus hatte den ersten Sack mit Diebesgut erkannt – ein an den Ecken verknotetes Bettlaken, aus dem das fröhliche Geklimper gestohlener Silbersachen tönte.

Wir wußten beide, was wir da vor uns hatten. Ich hatte es angesprochen, als ich Martinus zum Mitmachen überreden wollte, und hier hatten wir nun den Beweis. Die Vögelchen kamen ins Nest zurück. Die Tagesschicht war zu Ende, und die Jungs brachten die Beute ins Büro. Zahltag: Sie kamen aus allen Ecken des Aventin, vom Tiberufer und dem Forum. Die Taschendiebe und Beutelschneider, die Hochstapler und Trickbetrüger, die Straßenräuber, die leichten Mädchen mit Schlägern als Zuhälter, die miesen Typen, die Betrunkene und Schulkinder ausraubten, die Gangster, die Damen in Sänften überfielen, und die Diebe, die Sklaven verprügelten. In der Hauptsache wurde hier Bargeld abgeliefert. Verkäufliches wurde an Hehler oder Schmelzereien weitergegeben. Ich mußte rasch zu einem Schreibwarenladen laufen und neue Wachstafeln besorgen, weil Martinus mehr Platz brauchte, um alle Verbrecher zu notieren, die er wiedererkannte. Viele waren ihm fremd – zumindest jetzt noch. Die meisten kamen gleich wieder raus – mit deutlich leichterem Gepäck.

Wir mußten uns überlegen, wie wir weiter vorgehen wollten. »Balbinus hat vielleicht einen Buchhalter im ›Platons‹ sitzen. Einen Helfer, der nur die Bücher führt und die Arbeiter auszahlt.«

»Was würdest du tun, Martinus, wenn Nonnius Albius der Kassierer deines Vertrauens gewesen wäre und der dich verraten hätte?«

»Ich würde das Zählen selbst übernehmen.«

»In dem Punkt wärt ihr euch sicher einig. Wenn das so ist, dann ist er da drinnen.«

»Er ist da drinnen, Falco. Zumindest jetzt. Aber ich würde an seiner Stelle nicht zu lange dort bleiben.«

»Du meinst also, wir sollten ihn uns schnappen, bevor er sich aus dem Staub macht?«

»Bist du etwa nicht dafür?«

Natürlich war ich das – aber ich wollte, daß wir da in voller Stärke reinmarschierten. Vor allen Dingen wollte ich Petronius dabei haben. Zum Teil aus alter Loyalität. Aber wenn ich schon mit dem Wissen da reinging, daß die Bude voll bösartiger Männer war, und hoffte, den Schlimmsten von ihnen ruhig mit einem Gläschen und dem Abakus in der Hand dasitzend vorzufinden, dann wollte ich eine Rückendeckung, der ich vertrauen konnte.

»Also schlagen wir zu?« fragte Martinus ungeduldig. Seinem Ton war zu entnehmen, daß er nicht weiter mit mir zusammenarbeiten würde, wenn ich ablehnte. Ich konnte zwar gut ohne sein Damespiel existieren, aber der Gedanke an das Chaos, das er anrichten mochte, wenn er allein weitermachte, beunruhigte mich zutiefst.

»Wenn Rubella uns Verstärkung schickt, schlagen wir zu.«

Trotz seiner hohen Meinung von sich konnte Martinus eine nur von uns beiden durchgeführte Razzia im »Platons« nicht ernsthaft in Erwägung ziehen. Also trabte er los, um sich mit seinem Tribun zu besprechen. Ich blieb da und hielt weiter die Augen offen. Inzwischen ging es so lebhaft zu, daß wir nicht riskieren konnten, beide zur gleichen Zeit zu verschwinden. Zu leicht hätte uns etwas entgehen können.

Eine Zeitlang saß ich gedankenverloren da. Ich hatte mir eine leere Notiztafel geschnappt und zeichnete nach dem, was mir von meinen beiden Besuchen im Gedächtnis geblieben war, einen Lageplan des Bordells. Eines wußte ich zumindest: Das Gebäude war sehr groß. Es erstreckte sich über mindestens drei Stockwerke, jedes davon mit zahllosen Fluren. Wahrscheinlich war es ursprünglich ein einzelnes Haus gewesen, und die Nachbarhäuser zur Linken und Rechten waren, als der Erfolg nach Expansion verlangte, dazugekauft worden. Obwohl es ein Hauptportal gab, war uns aufgefallen, daß einige der Gangster an eine unauffällige Seitentür klopften und eingelassen wurden: ein Familieneingang für Kriminelle. Auf der anderen Seite lag genau so eine Tür, die allerdings viel weniger benutzt wurde. Gelegentlich schlüpften Frauen hinein und hinaus. Einmal kam eine mit zwei kleinen Kindern heraus; offenbar der Privateingang der Nutten. Nicht viele hatten die Freiheit, einfach zu kommen und zu gehen. Ich fragte mich, was sie wohl machen würden, wenn wir das Gebäude stürmten.

Gelegentlich empfingen die Nutten eigene Besucher. Alles Frauen. Ich dachte mir ein paar hübsche Gründe für diese mysteriösen Besuche aus. Wie zum Beispiel den, daß es Damen mit besonderen Talenten waren, die auswärts wohnten und nur gelegentlich verpflichtet wurden. Oder die alte Geschichte, die unter

Halbwüchsigen kursiert – vornehme Damen der Gesellschaft, die gutbetuchte und bevorzugte Kunden im Bordell bedienen. Einige meiner Theorien waren völlig hirnrissig. Dann kamen zwei Frauen, deren Verhalten mich überzeugte. Plötzlich glaubte ich zu wissen, was manchmal hinter dieser privaten Tür vorging.

Sie kamen in einer Sänfte, die sie an der Straßenecke warten ließen. Nachdem sie ausgestiegen waren, sahen sie sich verstohlen in der schmalen Gasse um. Ihre Röcke waren lang und voll, und sie hatten sich die Kapuzen ihrer Umhänge weit ins Gesicht gezogen. Nach kurzem Zögern rissen sie sich zusammen und marschierten Arm in Arm auf die geheimnisvolle Tür zu. Gepflegte Sandalen klapperten über das Pflaster. Eine von ihnen klopfte so laut an die Tür, daß ich es hören konnte. Gleich darauf wurde geöffnet, eine gedämpfte Verhandlung geführt, und die beiden Frauen traten ein.

Natürlich war mir klar, was das bedeutete. Ein Mädchen mit Geld war von einem Liebhaber in Schwierigkeiten gebracht worden. Unterstützt von einer Freundin, war sie ins Bordell gekommen, um ihrem Problem durch eine Abtreibung ein Ende zu machen. Die »Laube der Venus« war mit Sicherheit für so was eingerichtet.

Damit hätte ich leben können. Verzweifelte Menschen haben das Recht, ihr Leben aufs Spiel zu setzen, wenn es keine andere Alternative gibt.

Was mich krank machte, war allerdings die Tatsache, daß ich die beiden Frauen trotz ihrer Vorsicht erkannt hatte. Die eine war klein und stämmig und hatte einen selbstbewußten Gang; die andere war größer und hielt sich sehr gerade. Die erste war meine Schwester Maia. Und die andere war Helena.

LIX

Sie blieben sehr lange drinnen. Alles in mir drängte mich, ihnen nachzurennen, doch ich blieb auf meinem Posten und brütete düster vor mich hin.

Plötzlich waren sie wieder draußen. Die Tür knallte hinter ihnen zu. Sie machten ein paar rasche Schritte und blieben dann in eine hitzige Diskussion verwickelt stehen. Mit großen Schritten lief ich zu ihnen hinüber.

»Oh, ihr Götter! Hängst du immer noch bei den Bordellen rum?« kreischte Maia.

»Ach, du bist hier!« rief Helena. Es klang erleichtert. Ihr Ton war drängend, angespannt, paßte aber wenig zu der Situation, die ich mir ausgemalt hatte.

Ich starrte Helena an, während sie den Umhang fester um sich zog. Das Mädchen, das ich geliebt hatte – nein, das ich liebte. Mit meiner Schwester, der einzigen, die ich bis dato erträglich gefunden hatte. »Ich überwache das Haus.«

Helena kniff ein wenig den Mund zusammen. Mir wurde klar, daß ich sie in den letzten zwei Tagen kaum gesehen hatte. Heute morgen hatte ich das Haus verlassen, bevor sie aufgewacht war. Nur an der schmutzigen Tunika am Haken hinter der Tür hatte sie sehen können, daß ich letzte Nacht überhaupt nach Hause gekommen war.

»Was ich hier tue, ist wichtig, Helena. Das weißt du.«

»Nein, das weiß ich nicht!« Sie stampfte tatsächlich mit dem Fuß auf. »Ich habe dich seit vorgestern weder gesehen noch mit dir gesprochen. Ich wollte mit dir reden . . .«

»Das ist mir klar.« Irgendwas stimmte hier nicht. Auch Helena war das bewußt. Verunsichert sahen wir einander an. Mein Gesicht schien zu Holz geworden zu sein. Ihres war voller Angst und Gereiztheit. Ich krächzte: »Ist alles in Ordnung mit dir?«

»Wir hatten große Angst, aber jetzt ist es besser.«

»Hast du Schmerzen?«

»Du liegst total daneben.«

Maia hatte als erste kapiert. Aufgeweckt und sarkastisch, wie sie war, hatte sie meine geballten Fäuste richtig interpretiert. Sie schlug so heftig die Kapuze zurück, daß ihre schwarzen Locken erbebten. Ihre Augen blitzten. »Juno Matrona! Helena Justina, dieser unmögliche Irre denkt, jemand hätte gerade mit der langen Nadel an dir rumgefummelt!«

»Oh, tausend Dank, Maia.« Die Sache glitt ins Ordinäre ab. »Immer einen flotten Spruch auf den Lippen!«

»Wie konntest du nur, Bruder?«

Mir war übel. »Famia hat so was angedeutet.«

»Ich bring ihn um!« knurrte Maia durch zusammengebissene Zähne. »Und anschließend bring ich dich um, weil du ihm geglaubt hast!« Während Helena noch ganz verdattert dastand, stürmte meine Schwester davon und brüllte über die Schulter zurück: »Ich nehm Galla mit. Die Sänfte laß ich dir da. Tritt meinen Bruder ordentlich in den Hintern, und dann *rede mit ihm*, Helena, um unser aller willen!«

Ich schloß die Augen, während die Welt sich wieder beruhigte.

»Wir haben uns da drüben einen Beobachtungsposten eingerichtet. Kommst du mit rein?«

»Ist das eine Entschuldigung?« Helena war aufgegangen, daß sie das Recht hatte, beleidigt zu sein. In ihren Augen glitzerte es leicht; sie genoß die Macht.

Aus den Augenwinkeln bekam ich mit, wie Maia meine Schwester Galla aus der Sänfte zerrte und mit ihr davonstapfte.

»Was zum Hades macht Galla hier?« brauste ich auf. Dann warnte ich matt: »Du hast mich furchtbar erschreckt. Ich bin nicht in der Verfassung, jetzt auch noch Prügel zu beziehen.« Helena starrte mich an. Sie sah müde und verzagt aus. Vermutlich hatte ich dazu beigetragen. Ich ließ den Kopf hängen, bereit, jeden Trick anzuwenden. »Ich liebe dich, Helena.«

»Dann vertrau mir!« schnappte sie zurück, wurde jedoch gleich darauf weich und hielt mir die Wange zu einem formellen Begrüßungskuß hin; ich gehorchte vorsichtig. Als ich den Kopf zurückzog, veränderte sich ihr Gesicht, sah plötzlich aus, als würde ihr alles zuviel. »Ach, hör auf, so blöd zu sein, und nimm mich in den Arm!« rief sie.

Begnadigung.

»Eigentlich«, sagte sie, nachdem ich sie fest umarmt und nach drinnen geführt hatte, »habe ich versucht, ein Kind zu *retten*.« Ich nahm den Rüffel hin wie ein Mann, ohne zusammenzuzucken. »Die Leute, die Tertulla festhalten, haben gestern eine weitere Botschaft geschickt . . .«

»Gestern?«

»Ich wollte mit dir darüber reden, Marcus, aber du hast mir ja keine Chance gegeben!« Rasch und gleichzeitig wütend auf mich selbst deutete ich eine weitere Entschuldigung an. Mein kriecherisches Gehabe begann sogar mich zu langweilen. Helena brummelte, dann gab sie zu: »Ich beschloß, um des Kindes willen selbst etwas zu unternehmen.«

»Registriere bitte, wie gelassen ich das hinnehme, Helena.«

»Der Kandidat erhält hundert Punkte für seine verständnisvolle Art.« Sie merkte, daß ich vor Besorgnis überkochte.

»Und anstatt die Vigiles zu benachrichtigen, hast du ein paar weibliche Leibwächter mitgenommen und selbst das Lösegeld für das Kind übergeben?«

»Was blieb uns denn anderes übrig?«

»Wenn du Petro die Adresse gegeben hättest, hätte er das Haus stürmen können.«

»Die hätten das Kind doch nur versteckt und behauptet, nichts davon zu wissen. Ich bin kein verängstigter Magistrat – ich wollte sie melden, sowie wir Tertulla zurück hätten.«

Ich bemühte mich, nicht die Stimme zu heben. »Also hast du ihnen das Geld übergeben, und die haben sich natürlich an die Vereinbarung gehalten?« Tertulla hatte ich weit und breit nicht gesehen.

Helena schüttelte verzagt den Kopf. »Nein. Ich habe das Geld behalten. Sie haben mir gesagt, die Kleine sei nicht da.«

»Das ist gelogen. Denen ist aufgegangen, daß du kein schüchternes Mäuschen bist und sie vor Gericht bringen wirst.«

»Das glaube ich nicht. Sie wollten das Geld und waren selbst wütend. Sie sagten, Tertulla müsse ausgebüxt sein, weil sie nirgends zu finden ist. Ich glaube ihnen; sie haben uns sogar suchen lassen . . .«

Ich war entsetzt. »Im Bordell?«

Darauf schwiegen wir beide. Mut war schon immer eine von Helenas hervorstechendsten Eigenschaften, aber ich konnte mir vorstellen, was sie durchgemacht hatte. Da sie alles unversehrt überstanden hatte, nützte es nichts, sich im nachhinein darüber aufzuregen. »Nur die Parzen mögen wissen, wo Tertulla jetzt ist. Bist du wütend auf mich, Marcus?«

»Nein, aber gute Götter, jetzt bin ich dran: Nimm mich bitte in den Arm!«

Die Zeit verging. Auf den Straßen der Stadt wurde es mit Beginn des Abends immer lebhafter. Die Männer waren in den Thermen gewesen. Die geschniegelten und die schäbigen verließen Heim und Arbeitsplatz. In der Gasse vor uns wurde es immer dunkler; hier brannten nie viele Lampen.

Ich würde Helena bald nach Hause schicken müssen. Jetzt, wo wir uns beide wieder beruhigt hatten, genoß ich die kurze Zeit mit ihr. Ich brauchte sie. Mit Helena allein zu sein, erfrischte mich. Selbst in einer angespannten Situation konnte ich offen sein, konnte mit ihr so reden, wie mir der Schnabel gewachsen war, und die Vorsicht aufgeben, die allen anderen gegenüber nötig war. Während der Wache mit Martinus hatte ich meine eigenen Absichten verschweigen und seinen Ehrgeiz anstacheln müssen. Mit Helena bekam ich bald wieder einen klaren Kopf.

»Du hast nicht zufällig einen Mann mit Halbglatze und Unschuldsaugen gesehen, der aussieht, als würde er Stickereien verkaufen, die keinen Tag lang halten?« fragte ich nachdenklich.

»Den Männern bin ich möglichst aus dem Weg gegangen.« Bestimmt hatten viele Männer sie angestarrt.

»Oh, gut! Ein Mädchen, das die Bordelletikette ignoriert.«

»Soll ich noch mal reingehen und versuchen, den Mann zu finden?« fragte sie. Immer zu Abenteuern bereit. Allein bei dem Gedanken brach mir der Angstschweiß aus.

Zum Glück knurrte mein Magen in diesem Moment laut und vernehmlich. Ich gestand, daß ich kaum etwas gegessen hatte. Obwohl sie es als ihre Bürgerpflicht betrachtete, das Bordell nach Balbinus zu durchsuchen, entschied Helena, daß ihre häuslichen Pflichten Vorrang hätten. Sie ging los, um mir etwas zu essen zu kaufen.

Während ich aß, fügte Helena dem Lageplan, den ich gezeichnet hatte, weitere Einzelheiten hinzu. Zwischendrin kam Martinus zurück, aber ich mampfte ohne Gewissensbisse weiter. Er war so lange fortgewesen, daß er sich bestimmt ein ordentliches Abendessen gegönnt hatte, bevor er Rubella aufsuchte. »Also, was wird der Tribun für uns tun?«

»Schlechte Nachrichten, Falco. Rubella interessiert lediglich, daß diese Straße zum Gebiet der Sechsten Kohorte gehört.«

»Er will sie alarmieren? Das ist doch lächerlich. Ich traue der Sechsten nicht.«

»Tja, Rubella will die Sache erst mit dem Präfekten abklären, bevor er eine Razzia anordnet . . .«

»Rubella ist ein Idiot.«

»Er plant, die Sache morgen durchzuziehen.«

»Kein schlechter Plan – wenn es heute nacht wäre.«

Helena hatte die ganze Zeit schweigend neben mir gesessen. »Was ist mit Petronius?« fragte sie jetzt.

»Ach, habt ihr das noch nicht gehört?« Martinus' Augen blitzten fröhlich, also wußte ich, daß es nichts Gutes sein würde. »Er ist von seinem Posten abgezogen worden. Das Wachlokal wurde gestern nacht angegriffen. Die Feuerwehrleute waren alle unterwegs, wegen eines falschen Alarms, aber der Chef war noch da und arbeitete. Jemand hat die Bude mit einem Karren voller Steine und Geröll gerammt – der alte Trick mit dem ›außer Kontrolle geratenen Fahrzeug‹. Die halbe Vorderfront ist eingekracht, aber die Rückseite des Gebäudes hat's ausgehalten, und Petro kam unverletzt davon. Rubella meint, das sei ein Versuch gewesen, den Chef auszuschalten. Er glaubt, daß Balbinus dahinter steckt, also hat er Petro für krank erklärt und aufs Land geschickt.«

»Worüber der bestimmt nicht erfreut war.«

»Er hat seine Kündigung eingereicht.«

»Oh, Jupiter!« Für einen ruhigen Mann konnte mein alter Freund manchmal sehr starrköpfig sein.

Martinus grinste. »Rubella hat die Tafel sofort zerbrochen und sie ihm zurückgegeben.« Der Tribun schien wenigstens ein Fünkchen Verstand zu besitzen. Aber wir würden die Sache im »Platons« ohne unseren besten Mann ausfechten müssen. »Während ich auf dem Aventin war, hab ich mit ein paar der Jungs gesprochen«, meinte Martinus vage.

»Was soll das heißen?«

»Sergius und vier oder fünf von den anderen kommen später vielleicht vorbei.«

»*Vier oder fünf*? Kommt nicht in Frage«, erwiderte ich sofort. »Ohne ausreichende Rückendeckung können wir nicht ins ›Platons‹ rein. Sag ihnen, sie bräuchten sich nicht zu bemühen.«

»Das kannst du ihnen selbst sagen!« gab Martinus zurück. Er klang verdrießlich. Dann klopfte jemand diskret auf den Tresen, und als ich aufschaute, sah ich das lächerlich hübsche Gesicht von Sergius über mir, dem Mann, der so gern die Peitsche schwang. Er hatte ein langes Gesicht, eine gerade Nase, ein festes Kinn und blitzende, ebenmäßige Zähne. Sein Blick war auf Helena gerichtet; sie beschäftigte sich angelegentlich damit, die Olivenkerne auf meinem Teller zu zählen.

Die Dinge entwickelten sich schneller, als es mir lieb war. Sie gerieten außer Kontrolle. Mit einem Gangster wie Balbinus konnte das tödliche Folgen haben.

Hinter Sergius drängten sich weitere Männer der

Vierten. Zumindest brauchte ich mir jetzt, wo ich wußte, daß Petro zum Landurlaub abkommandiert war, keine Gedanken mehr zu machen, daß sie ihm gegenüber treulos handelten. Sie widersetzten sich Rubella; das war in Ordnung.

Was ich jedoch nicht akzeptieren konnte, war eine irrwitzige Übung ohne jeden Befehl, ohne Planung und Rückendeckung und ohne einen vollausgerüsteten Spähtrupp. Ich war entschlossen, Martinus darin nicht nachzugeben. Nur war hier mit gesundem Menschenverstand nichts zu machen. Die Jungs, wie er sie nannte (obwohl sie alle große, kräftige und, abgesehen von Sergius, häßliche Männer waren), hatten sich in den »Öligen Krug« gedrängt wie Schuljungen beim Überfall auf einen Konditorladen. Ich stöhnte und versuchte, mich von Helena zu verabschieden, deshalb entdeckte Sergius als erster, daß sich was tat. Er zischte und blies rasch die Lampe aus.

Jetzt hörte auch ich die Geräusche, die ihn aufmerksam gemacht hatten. Zwei paar Füße marschierten im Gleichschritt, begleitet von dem beunruhigenden Geklirr schwerer Ketten. Sie kamen aus der Richtung des Circus. Die Füße stapften mit fröhlicher Energie in dicksohligen robusten Stiefeln.

Die Männer, deren Füße sie so zielstrebig vorwärts trugen, waren den meisten von uns bekannt. Es waren Tibullinus und Arica, der Zenturio und sein Kumpel von der Sechsten – zwei aufrechte Offiziere, die, wie wir alle glaubten, Schmiergelder annahmen. Wie siegreiche Jäger marschierten sie ins »Platons« hinein, ihre Beute aufgehängt an der Stange über ihren Schultern. Mit Ketten an diese Stange gefesselt, hing ein Mann, den ich wiedererkannte.

»Oh, ihr Götter!« murmelte Martinus. »Ich hab vergessen, ihm zu sagen, daß wir von der Vierten sind. Er ist mit dem verdammten Schuldschein zur Sechsten gegangen.«

Der Gefesselte war Igullius. Er lebte noch – wenn auch nur knapp.

»*Raus hier!*«

Ich hörte meine Stimme, ohne damit gerechnet zu haben. Irgendwie brachte ich es fertig, sie alle aus dem »Öligen Krug« zu treiben, bevor die beiden Männer von der Sechsten wieder aus dem Bordell kamen, um uns zu suchen. Wir schafften es gerade noch rechtzeitig, um eine Ecke zu flitzen, dann hörten wir Getöse, als eine Gruppe aus dem Bordell die Kneipe auf den Kopf stellte, die wir gerade verlassen hatten. Helena war so schlau gewesen, die immer noch warme Schüssel mitzunehmen, aus der ich gegessen hatte.

Tibullinus mußte den Eindruck haben, Martinus und ich hätten uns schon längst aus dem Staub gemacht. Nach kurzer Zeit gaben sie auf und zogen sich ins Bordell zurück.

Doch wir waren immer noch da. Und natürlich hatte Petros Stellvertreter nur einen Gedanken im Kopf: »Die haben Igullius. Falls sie unsere Pläne nicht schon kennen, wird es nicht lange dauern, bis er sie ausspuckt. Wir haben keine Zeit. Balbinus haut bestimmt gleich ab.«

»Helena . . .«

Helena wirbelte herum und knallte mir den Lageplan, den wir gezeichnet hatten, vor die Brust. Ihre Stimme war angespannt. »Entschuldige dich nicht schon wieder. Ich will nicht als letzte Erinnerung an dich ein ›Es tut mir leid!‹ im Ohr behalten. Erklär mir nichts. Ich weiß Bescheid!« schäumte sie. »Ihr habt das Überraschungsmoment verloren; ihr habt keine Unterstützung; keiner weiß, ob der Mann, hinter dem ihr her seid, überhaupt im Bordell ist – aber *ihr geht rein!*«

LX

Ich übernahm das Kommando.

Eilig reichte ich den Lageplan herum und wies sie an, reinzugehen und sich rasch und unauffällig im Gebäude zu verteilen. »Vergeßt die Diebe, vergeßt die Schläger. Vergeßt sogar Tibullinus und Arica. Sagt nichts und legt euch mit niemandem an, außer es muß sein. Rettet Igullius, wenn möglich, aber arbeitet euch vor bis unters Dach, in den rückwärtigen Teil und die entlegensten Räume des Bordells so lange, bis ihr Balbinus Pius gefunden habt.«

»Und was dann?«

»Dann schreit ihr, so laut ihr könnt, nach den anderen.«

Ich bin ein Freund möglichst einfacher Pläne. Wenn etwas schiefging, würden sich zumindest unsere Verluste in Grenzen halten. Wir waren nur zu siebt.

Wir schlüpften einzeln oder zu zweit hinein. Zahlten den Eintritt und zwinkerten der Empfangsdame zu.

»Ich bin Itia und werde dafür sorgen, daß Sie sich bestens unterhalten.«

»Vielen Dank, Itia.«

»Sind Sie allein, oder erwarten Sie heute abend noch Freunde?«

»Nur ein paar.«

»Vielleicht können wir Ihnen dann einen Rabatt einräumen.«

Ich hatte recht. Das Bordell hatte sich seine Eigenständigkeit bewahrt. Aber ich konnte mir nicht vorstellen, daß unser Rabatt die Form von Hilfe annehmen würde.

Ich war als erster reingegangen und bewegte mich schnell, tat aber ganz zwanglos. An den Räumen im Erdgeschoß, den Garderobehaken und den Waschgelegenheiten ging ich vorbei. Die Männerstimmen waren lauter als bei meinen vorherigen Besuchen. Aus dem großen Raum, wo sich die Gangster versammelten, kam das Getöse trinkender und redender Männer. Ich schaute nicht hinein. Dort, unter den vielen Mitgliedern der verschiedenen Gangs, würde er nicht sein.

Die Luft war bereits warm und dunstig von Lampenöl und Kerzenrauch. Weiter hinten schien es ruhiger zu sein. Dann weckte etwas meine Aufmerksamkeit. Ich trat in einen Raum, in dem aber nur ein ganz normales Geschäft abgewickelt wurde. Das Mädchen saß im Sattel. Ich spöttelte: »Freut mich zu sehen, daß du obenauf bist!« und schlug rasch die Tür zu.

Dann erreichte ich die Treppe. Im ersten Stock blieb ich stehen und lauschte. Hinter mir schien alles wie immer. Kein Alarmgeschrei. Martinus und die anderen waren offenbar noch nicht entdeckt worden. Das würde nicht so bleiben.

Immer noch keine Spur von Tibullinus und Arica. Ich öffnete weitere Türen, diesmal vorsichtiger. Entweder fand ich leere Zimmer vor oder eifrige Aktivitäten in Sachen Fleischeslust. Zum Teil auch solche, von denen ich noch nie gehört hatte, aber mir blieb nicht die Zeit, detaillierte Notizen zu machen.

Das Bordell wirkte recht lebhaft, doch nicht in ausgelassener Feststimmung. Niemand hielt mich auf. Niemand wollte wissen, was ich hier tat. Balbinus würde Wachen haben, zum Beispiel den Müller. Ich würde an ihm vorbei müssen, hatte aber auch ihn bisher noch nicht gesehen.

Je länger ich im Haus war, desto stärker hatte ich

das Gefühl, mich dringend aus dem Staub machen zu müssen. Ich war jetzt so weit vorgedrungen, daß ich mich, falls etwas schiefging, niemals würde nach draußen zurückkämpfen können. Oft genug hatte ich als Spion feindliche Lager ausgekundschaftet, aber da hatte ich mich wenigstens irgendwie tarnen können. Hier kannte man mich zu gut. Helena hatte recht gehabt. Wir liefen vermutlich in eine Falle. Meine Haut begann zu kribbeln, als mich das sichere Gefühl überkam, daß jemand auf mich wartete.

Schwacher Weihrauchduft hing in der Luft. Ich glaubte zu wissen, wo ich war. Ich erreichte einen breiteren Flur, von dem meiner Erinnerung nach größere Räume abgingen, die ich aber jetzt nicht näher untersuchte. Musik drang an mein Ohr. Ich sah Licht und hörte Gelächter. Meine Schritte wurden größer. Im letzten Moment versagte mein Gedächtnis, und ich stolperte in den großen Raum mit dem abgesenkten Fußboden, den Petro und ich als den Ort der Orgien ausgemacht hatten. Abrupt blieb ich stehen, von der Gewißheit erfüllt, daß hier gerade etwas absolut Pornographisches stattgefunden hatte oder demnächst stattfinden würde. Im aromatischen Rauch, der von den Kohlebecken aufstieg, traf mich die Atmosphäre wie ein Schlag; niemand, der diesen Raum betrat, würde behaupten wollen, er sei zu ehrbar, um mitzumachen.

Kandelaber umrahmten die erhöhte Sitzgalerie. Girlanden aus Rosen und anderen duftenden Blumen wanden und schlängelten sich überall. Eine kleine Gruppe von Musikanten stimmte ihre Instrumente: eine Handtrommel, Panflöten, Tamburine und eine Doppelflöte. Freundliche Mienen und diagonal geknüpfte, durchsichtige Tücher waren die einzige Bekleidung der Musiker. Dann erschien ein Mann im

Satyrkostüm – mit allem, was dazugehörte: Fellhose, Ziegenhufe und deutlich sichtbares Arbeitsgerät. Sein stark geschminktes, zart lächelndes Gesicht stand im beunruhigenden Gegensatz zu seinen äußerst beachtlichen männlichen Attributen. Mit einer verträumten Geste hieß er mich willkommen. In der Mitte des abgesenkten Bodens vollführten vier bildhübsche Mädchen, keines von ihnen älter als fünfzehn, Aufwärmübungen mit einer trägen Grazie, die keinen Zweifel daran ließ, worauf das Ganze hinauslief. Sie waren unbekleidet, obwohl ihr eigentlicher Auftritt noch nicht begonnen hatte.

Rundherum saßen wartende Männer. Einige tranken Wein, andere schäkerten mit der Bedienung oder pulten sich in den Zähnen.

Mir gegenüber befand sich die Tür zu Lalages Gemächern. Es gab noch eine zweite Tür. Zu beiden Seiten davon steckten lange Fackeln, die einen Geruch von Apfelbaumholz verströmten, in hüfthohen Urnen. Vor der Tür lag eine gestreifte, unregelmäßig geformte Matte, offenbar ein Raubtierfell. Daneben stand ein regelrechter Muskelprotz und schwatzte mit einem Bürschchen, das einen bronzenen Wasserkrug hielt.

Die Musik begann. Ein Schauder lüsterner Erwartung ging durchs Publikum. Automatisch wanderte mein Blick zu den vier Mädchen hinüber. Jetzt hieß es entweder verschwinden oder sich verführen lassen. Ich hatte meine Entscheidung getroffen.

Wie auf der Suche nach einem Sitzplatz, schob ich mich an der Wand entlang. Als ich die Tür mit den Fackeln erreicht hatte, ruhte mein Blick immer noch auf den langsamen und verschlungenen Mustern, die das Mädchenquartett mit seinen schimmernden Körpern wob. Um mich herum starrten Männer mit erhitzten Gesichtern gebannt auf die Szene und hofften inbrünstig, daß bald der Moment käme, wo die akrobatische Damenriege nach einem Freiwilligen aus dem Publikum rief.

Es war mit Sicherheit wesentlich unterhaltsamer, als einem grauhaarigen Ägypter im langen Nachthemd bei seiner Darbietung von »Wo ist denn meine Schlange?« zuzuschauen.

Ich starrte mit dem gleichen Eifer wie die anderen und hoffte unwillkürlich, von dem zuckenden Leibergerangel schockiert zu werden. Den Blick immer noch auf das Geschehen gerichtet, lehnte ich mich gegen die bronzene Schafsbocktürklinke und schob mich rückwärts rasch durch die Tür.

Beim Umdrehen schloß ich sie. Es war eine solide, kunstvoll gearbeitete Tür, die sofort die Musik dämpfte. Wo auch immer ich hier gelandet sein mochte, es war auf jeden Fall stockdunkel. In der Nähe hörte ich ein schlurfendes Geräusch, gefolgt von einem metallischen Gerassel. Konnte das Igullius sein?

Ich öffnete die Tür einen Spaltbreit und griff nach einer der Dioskurenfackeln. Durch den kurzen Lichteinfall wurde ich gewarnt. Ich spürte eine Bewegung, wirbelte herum und schleuderte die Fackel nach rechts. Dann kam von links das laute Klirren einer schweren Kette, von einem Experten geworfen, die sich um mich legte und festgezogen wurde. Meine Fackel war auf einen Mosaikboden gefallen. In ihrem flackernden Lichtschein warf der Zenturio Tibullinus seinem Kumpel Arica quer durch den Raum eine weitere Kette zu, die ihm helfen sollte, mich zu verschnüren.

Mir blieb nur eine Chance. Meine Arme waren durch die Kette fest an meinen Körper gepreßt. Ich warf mich zurück, ruckte an der zweiten Kette, so daß Arica beim Auffangen das Gleichgewicht verlor.

Schmerz durchzuckte meine Arme, und meine Wirbelsäule wurde bös geprellt, als ich zu Boden ging. Arica taumelte gegen mich. Ich hatte beide Beine angewinkelt und trat mit voller Kraft zu, als er auf mich fiel.

Nicht fest genug. Er schrie auf, rappelte sich aber wieder hoch. Der Drecksack mußte eiserne Rippen haben. Was mich anging, so lag ich jetzt auf dem Rükken, gefangen in einem Gewirr aus Kettengliedern, das Tibullinus höhnisch fester zog. Arica machte seinen verletzten Gefühlen mit einem Tritt nach meinem Gesicht Luft. Ich konnte mich gerade noch zur Seite rollen, aber sein großer Stiefel erwischte mich am Ohr und riß mir Hautfetzen und Haare ab. Sie zerrten mich über den Boden zu den Resten der Fackel, doch meine Kleider entzündeten sich nicht. Sie hatten genug Ketten um mich geschlungen, um einen wildgewordenen Elefanten zu bändigen. Während ich mich zur Wehr setzte, brüllte ich den einen oder anderen Namen in der Hoffnung, man würde mir zu Hilfe kommen. Ich hätte es besser wissen sollen. Ich heiße Didius Falco, und Hilfe ist das letzte Geschenk, das die Olympischen Götter mir zuwerfen würden.

Am Ende schienen sie des Herumgezerres müde zu werden. Ich hätte nicht mehr sagen können, wie viele Tritte sie mir versetzt hatten. Sie stellten mich aufrecht und fesselten mich an eine Säule. Tibullinus zog seinen Zenturionenstab aus Rebenholz heraus und beschrieb mit genüßlich in anschaulichen Worten, was er mir damit anzutun gedachte. Ich tat so, als sei ich ein Perverser und könne es gar nicht abwarten. Wenn er mir nahe genug käme, könnte ich ihn wenigstens anspucken.

Doch selbst das wurde mir verwehrt. Sie wußten, daß ich nicht allein gekommen war, versprachen mir für später ein Folterfest und verließen eiligst den Raum. Nicht lange danach flackerte die Fackel noch einmal auf und verlosch.

Ich war verzweifelt, aber es kam noch schlimmer. Wie lange ich mit allmählich taub werdenden Armen in der Dunkelheit stand, kann ich nicht sagen. Genug Zeit für Helena Justina, zum Aventin zurückzulaufen und etwas zu unternehmen. Derjenige, den sie herschicken würde, mußte dann nach mir suchen, und Tibullinus mußte ihn finden und überwältigen. Als sich endlich die Tür öffnete, war die Musik draußen erst immer wilder geworden – zweifellos passend zu dem, was sich zwischen den Mädchen und ihren Kunden abspielte. Dann hatte ich jede Menge Energie darauf verschwendet, zu rufen und zu brüllen, nachdem der Lärm abgeflaut war. Wie pervers ihre Gelüste auch sein mochten, an einem gefesselten Mann hatten sie kein Interesse.

Dann wurde die Tür geöffnet. Tibullinus hielt sich nicht damit auf, eine Fackel hereinzubringen. Er schleuderte seinen Gefangenen kopfüber hinein, versetzte ihm noch ein paar ordentliche Tritte, kettete ihn an, versprach ihm für später das gleiche wie mir und marschierte wieder hinaus.

»Ganz schön schnell«, sagte ich in die heimelige Dunkelheit hinein. »Und tröstlich in seiner erwärmenden Vorhersehbarkeit.«

Mein neuer Gefährte stöhnte. Vielleicht hatte er Schmerzen von den Tritten. Vielleicht war er aber auch nur froh, seine Gefangenschaft mit mir teilen zu dürfen.

Nach ein paar Minuten hatte er sich so weit erholt, daß er losschimpfen konnte. »Das war das letzte Mal.« Seine Stimme war heiser. Er zwang sich, noch etwas auszuruhen. »Das war das letzte Mal, Falco.« Ich legte den Kopf gegen die Säule und seufzte nachdenklich. »Wenn du das nächste Mal in tödlicher Gefahr bist, bleib ich zu Hause und streichle die Katze.«

»Vielen Dank«, sagte ich in bescheidenem, unterwürfigem Ton, der ihn verrückt machen würde. »Ich bin gerührt, daß du mir zur Hilfe kommst – obwohl es nicht viel nützt, wenn du dich dabei genauso zum Bündel schnüren läßt wie ich. Aber trotzdem vielen Dank, Lucius Petronius, mein treuer Freund.«

LXI

Die Zeit verging.

Irgendwas Gefährliches geschah mit meinen Armen. Ich erwähnte es Petro gegenüber. Er war nicht so eng gefesselt wie ich, vermutlich deswegen, weil man ihm erst Ketten angelegt hatte, nachdem man ihn die Treppe hinuntergeworfen, verprügelt und mittels einer großen Vase in süßen Schlummer versetzt hatte. So hatte er nicht wie ich die Gelegenheit gehabt, sich durch wilde Verrenkungen noch fester einzuschnüren. Er drückte mir sein freundliches Mitgefühl aus, gefolgt von der logischen Frage, was er bitteschön dagegen tun könnte.

Und so verging noch mehr Zeit.

»Petro, wo sind deine Männer?«

»Welche Männer? Als Helena Justina aufgehört hat, mich auszuschimpfen, bin ich sofort hierhergerannt.«

»Na prima.«

»Woher hätte ich denn Verstärkung kriegen sollen? Ich bin nicht hier. Ich bin aufs Land geschickt worden.«

»Du bist aber nicht gegangen.«

»Worauf du wetten kannst. Nicht, nachdem ich gehört hatte, daß du diesen Idioten Martinus zu irgendeinem verhängnisvollen Unternehmen überredet hattest.«

»Tja, ich bin froh, daß du hier bist«, sagte ich mit warmer Stimme.

»Geh zum Hades«, befahl er, allerdings in freundschaftlichem Ton.

Nach einer Weile sagte ich: »Ich hab von dem Versuch gehört, dich kaltzumachen.«

»Reinste Dummheit.«

»Balbinus ist nicht dumm. Er weiß, daß du der einzige bist, der ihm Schwierigkeiten machen kann.«

»Du hast recht. Ich hätte mit Ärger rechnen sollen.« Petronius war bereit, darüber zu sprechen. Die Gefahr, in der er sich befand, hatte ihm auf der Seele gelegen, und es gab sonst niemanden, dem er sich hätte anvertrauen können. Seine Frau Silvia wäre vor Angst Amok gelaufen, und Rubella meinte offensichtlich, mit der Anordnung eines vorübergehenden Exils genügend Mitgefühl bewiesen zu haben. »Der falsche Feueralarm war natürlich eine Finte. Jemand wußte, daß ich an dem Abend länger arbeiten würde.«

»Hast du schon eine Ahnung, wer?« fragte ich vorsichtig.

»Jemand aus meiner Mannschaft. Wahrscheinlich der gleiche, der Linus verraten hat.« Mit einer kaum wahrnehmbaren Veränderung seiner Stimme gab er endlich zu, daß es einen Verräter in der Kohorte gab.

»Weiß du, wer es war?« wiederholte ich.

»Ich hab schon seit einiger Zeit einen Verdacht, bin der Sache aber noch nicht nachgegangen.«

Schweigen. Den Namen seines Verdächtigen nannte er mir nicht. Das war in Ordnung. Ich sagte ihm auch nicht, wen ich in Verdacht hatte.

»Also«, meinte ich dann fröhlich. »Warum hast du noch so spät gearbeitet? Berichte geschrieben?«

»Nein. Während du mit Martinus in einer Imbißbude Versteck gespielt hast, mußten andere die Arbeit erledigen. Na ja, was Rubella darunter versteht. Mich hat er mit dem Rechnungsprüfer vom Tempel des Saturn zusammengesperrt – du weißt schon, der Kerl, der mit der Beschlagnahmung von Balbinus' Besitztümern beschäftigt war.«

»Bist du auf was Brauchbares gestoßen?«

»Nichts, außer du möchtest dich darüber kaputtlachen, daß ›Platons Akademie‹ ein Mietobjekt ist, das Balbinus ›gewaschen‹ hat. Dieser Hühnerstall gehört zur Mitgift seiner Tochter. Also ist der schlappschwänzige Florius hier der Hausherr.« Wir lachten.

Vermutlich hatte Florius keine Ahnung. Er wäre nicht der erste ehrbare, selbstgerechte Ritter, zu dessen Reichtümern legendäre Bordelle und getarnte Räuberhöhlen gehörten, ohne daß er davon wußte.

Ich bewegte mich. Es tat unerträglich weh. Ich wollte weg. »Als du herkamst, hast du da Martinus, Sergius und die anderen getroffen?«

»Martinus zerrte gerade einen halbtoten Taschendieb raus – einen Informanten, nehme ich an.«

»Igullius?«

»Wenn du das sagst. Die anderen hab ich nicht entdecken können.« Petro sprach abgehackt. »Und wenn sie auch nur einen Funken Verstand besitzen, haben sie dafür gesorgt, nicht mit mir gesehen zu werden.«

Tibullinus hatte offenbar die Tür nicht richtig geschlossen. Ein Luftzug hatte sie einen Spaltbreit geöffnet. Draußen im großen Raum war es vollkommen still, als sei die Nacht schon vorbei. Das Publikum, die Musikanten und die Mädchen waren nach Hause gegangen. Oder hatten sich wenigstens in privatere Gemächer zurückgezogen.

Wir hatten keine weitere Gesellschaft bekommen. Das konnte heißen, daß die anderen Vigiles nichts Interessantes gefunden hatten; vielleicht hatten sie uns im Stich gelassen. Typisch für Martinus, bemerkte Petro. Ich sagte nichts. Nachdem ich mir die Treulosigkeit seines Stellvertreters zunutze gemacht hatte, bewegte ich mich auf diesem Gebiet mit äußerster Vorsicht.

Bewegen war das falsche Wort. Ich konnte mich kaum rühren. Jeder Versuch war qualvoll. Meine Arme waren so angeschwollen, daß es fraglich schien, ob sie je wieder zu gebrauchen sein würden. Ich probierte verschiedene Stellungen aus, aber es gab nur eine, die etwas Erleichterung versprach. Also stieß ich, um wenigstens meinen verletzten Gefühlen Luft zu machen, einen mächtigen Rülpser aus.

Darauf wisperte ein kleines weibliches Stimmchen von der Tür her: »Onkel Marcus, bist du das?«

Ich hörte, wie Petro tief einatmete. Es gelang mir, meine Hysterie so weit wie möglich zu unterdrücken und wie ein Onkel zu klingen, der die Taschen voll honiggetränkter Datteln hat. »Tertulla! Himmel, ich erkläre dich sofort zu meiner Lieblingsnichte. Hol eine von den großen Fackeln da draußen, Tertulla. Paß auf, daß du dich nicht verbrennst, dann bring sie zu uns rein . . .«

»Ich mag dieses Spiel nicht.«

»Dann komm wenigstens rein und sag uns guten Tag«, meinte Petronius. »Wir haben dir noch gar nicht gesagt, welches Spiel es ist.«

Eine Pause entstand, in der ich meinte, vor Ungeduld zu explodieren, dann öffnete sich die Tür quietschend etwas weiter, und ein verängstigtes kleines Mädchen trippelte herein. Die Kleine trug ein Kleid, das selbst ihre Mutter mißbilligt hätte. Sie war schmutzig und erschöpft, hatte die jämmerliche Haltung eines Kindes, das zwar total verschreckt ist, jedoch trotzdem nicht nach Hause will. Wenn die Bestechung, die wir ihr anboten, beeindruckend genug war – zum Beispiel Schutz vor ihrer wütenden Mutter –, könnte es uns gelingen, Tertulla auf unsere Seite zu ziehen.

LXII

Petronius Longus hatte schon immer ein spezielles Lächeln besessen, das er stets dann einsetzte, wenn er etwas plante, das meine Anwesenheit nicht erforderte. Jetzt erfuhr ich, daß Petronius, wenn er dieses Lächeln geschickt einsetzte und auf seine ruhige, freundliche Art redete, jede unwillige Frau zur sofortigen Kapitulation bringen konnte. Er hatte vermutlich Übung darin. Schließlich war er Vater von drei kleinen Mädchen.

Irgendwie gelang es Petronius, Tertulla zu einem Spiel zu überreden, bei dem sie ihn von den Ketten befreite, in die er verpackt war. Dann machten sich die beiden daran, mich mühsam aus dem Gewirr zu lösen, das mich so viel enger gefesselt hatte.

Er ruckte meine Arme rauf und runter. »Tut das weh?«

»Aua! Ja.«

»Gut«, sagte er. »Dann sind deine Nerven noch nicht vollkommen tot.«

Der große Raum lag verlassen da. Der Blumenschmuck war plattgetreten. Hinter der obszönen Statue der in außergewöhnlichen Stellungen miteinander verschlungenen Gestalten entdeckten wir ein Fenster. Es führte auf ein Dach, das sich zur Straße absenkte. Ich mußte zugeben, daß meine Arme noch nicht belastbar waren; als das Blut zu zirkulieren begann, war der Schmerz unerträglich. Also stieg Petro vorsichtig hinaus, betete, daß die Dachschindeln halten würden, und sprang dann auf die Straße. Tertulla brauchte keine Ermutigung, hinterherzuspringen, wenn dieser wunderbare Mann sie auffangen würde. Ihm bereits vollkommen ergeben, krabbelte sie über das Dach und ließ sich in seine Arme fallen. Ich hatte sie am Kleid zurückhalten müssen, bis Petronius in Position stand.

Wir hatten uns geeinigt, daß es nun an der Zeit war, vernünftig zu handeln. Ich wartete, bis ich Petronius mit meiner Nichte auf dem Arm davonrennen sah. Er würde das Kind in Sicherheit bringen und dann mit Verstärkung zurückkommen – diesmal würde er den pieseligen Rubella endgültig davon überzeugen können, daß wir auf die Empfindlichkeit der Sechsten Kohorte keine Rücksicht zu nehmen brauchten. Auch ich würde, hier allein gelassen, vernünftig sein. Ich würde mich irgendwo verstecken und ruhig abwarten.

Sobald er außer Sichtweite war, ließ ich diesen Gedanken fallen und ging hinüber zu der Tür, die mich in Lalages Gemächer führen würde.

Es war auffallend still. Ich klopfte leise, für den Fall, daß sie gerade mit einer delikaten Aufgabe beschäftigt war, dann trat ich ein.

Sie stand auf der anderen Seite des Zimmers an einem Vorhang. Offenbar war sie allein. Obwohl sie nicht auf mein Klopfen geantwortet hatte, wurde ich mit einem graziösen, höflichen Winken willkommen geheißen. Der Raum duftete stark nach den üblichen Parfums. Lalage trug das Armband, das ich repariert hatte. Ihr Gewand war aus fließender, goldfarbener Seide, so fein, daß es ihre prächtige Fraulichkeit verbarg und gleichzeitig betonte. Hoch aufgerichtet und mit Juwelen geschmückt, war diese wunderbare Gestalt nicht mehr mit dem Mädchen zu vergleichen, das ich einst gekannt hatte. Ich war wütend und zerschlagen, erwärmte mich aber augenblicklich an ihrem gefährlichen Charme.

»Marcus Didius! Warum habe ich nur das Gefühl, daß ich dich hätte erwarten sollen? Willkommen in meiner Laube.«

Ich blieb stehen und sah mich um. Hinter dem Vorhang konnte niemand sein – der war an einer Vorhangstange befestigt und konnte sittsam vor ein Bett in einem Alkoven gezogen werden, der mir bisher entgangen war. Vielleicht war es ihr eigenes Bett. Selbst Nutten müssen mal schlafen. Vielleicht gönnte sich eine Prostituierte ihres Kalibers, wenn sie träumend auf dem Rücken lag, den Luxus des Alleinseins.

Der Vorhang war jetzt zusammengerafft und mit einer troddelbewehrten Kordel an der Wand befestigt. Niemand verbarg sich dahinter, wie schon gesagt.

Warum Lalage dort stehen blieb, war nicht klar. Aber das tat sie, hoch aufgerichtet wie ein Speer, die eine schmale Hand in den Falten des Vorhangs vergraben. Die Hand war so tief im Stoff verborgen, daß ich nicht sehen konnte, ob sie Ringe trug.

Ich verschränkte die Arme. Die Luft war heute nacht mit Gefahren aller Art erfüllt. Meine Augen wanderten über die Möbel, so lange, bis ich zufrieden war. Ich konnte den Boden unter dem Bett in der Nische sehen und auch unter der Liege, auf der sie normalerweise saß. Tische, Schemel, Wandborde, alle sahen völlig unschuldig aus. Keine Fenster. Die Decke war solide verputzt; keine Dachbalken, die als Versteck dienen konnten. Ich suchte die Wände nach Türen ab; es gab keine, zumindest keine sichtbaren. Die rüschenbesetzte, rosenfarbene Bespannung war zu dünn, um einen Flüchtigen zu verbergen.

Lalage lächelte. »Ein echter Profi am Werk.«

»Wir haben alle so unsere Fähigkeiten. Ich weiß die meinen einzusetzen.«

»Arbeiten Sie heute nacht, Falco?«

»Ja.« Heute nacht waren wir Ebenbürtige. Ich erlaubte mir ein bedauerndes Grinsen, das sie mit einem leichten Neigen des Kopfes hinnahm. »Wo ist er?« fragte ich mit leiser Stimme.

»Nicht hier. Er ist geflohen.«

»Sind Sie bereit, mir das näher zu erklären?«

»Muß ich das?« fragte sie schelmisch. »Der große Bösewicht war so mächtig, daß er mich besiegt und beiseite geschoben hat. Balbinus übernahm das Etablissement, und ich mußte hilflos zuschauen.«

Sie brachte mich zum Lachen. »Das glaub ich einfach nicht!«

»Vielen Dank.« Ihre Augen strahlten, obwohl ihr Seufzer müde klang. »Sie haben gute Manieren, Falco.

Außerdem einen begehrenswerten Körper, anziehende Intelligenz und hinreißende Augen.«

»Sie spielen mit mir.«

»Oh, wir haben alle unsere Fähigkeiten.«

»Wo ist er?« Ich blieb hartnäckig.

»Zurück zu dem Loch, in dem er sich versteckt. Wahrscheinlich in Verkleidung. Sein Unterschlupf ist auf dem Aventin. Wo genau, weiß ich nicht. Ich hab versucht, das für Sie rauszufinden.«

»Nicht für mich.«

»Dann eben für mich selbst. Der Plan – oh ja, es gab einen Plan, Falco – war, daß ich so tat, als hätte ich schreckliche Angst vor dem, was er mir für meine Aussage vor Gericht antun würde. Ich ließ ihn das Bordell benutzen, um zu wissen, wo er war.«

»Wenn Sie helfen wollten, warum haben Sie dann nicht sofort die Vigiles benachrichtigt?«

»Hier? Die ach so zuverlässige Sechste?«

»Sie hätten sich mit Petronius in Verbindung setzen können. Er ist unbestechlich. Er hat Ihnen gesagt, daß er die Information kaufen würde, falls nötig.«

»Sie war nicht zu verkaufen.« Ich glaubte ihr. Wenn sich Lalage entschied, jemanden zu verraten, dann nur aus ihren eigenen Motiven. Motiven, die stark genug waren, um den finanziellen Aspekt außer Kraft zu setzen. Verkauf war für sie eine rein körperliche Sache. Mit ihren Feinden würde sie etwas anderes machen.

»Und was ist schiefgelaufen, Lalage?«

»Hauptsächlich Sie.« Das sagte sie so, als täte es ihr leid, mich da hineinzuziehen. »Tibullinus hat ihm heute abend erzählt, daß Sie da draußen sind und das ›Platons‹ überwachen. Balbinus hat mir die Schuld gegeben.«

»Es hatte nichts mit Ihnen zu tun!«

»Spielt das eine Rolle?« Sie schloß kurz die Augen. Ein Abklatsch ihrer alten Verführungsmasche, fast zu flüchtig, um zu zählen. Ich sah eine Frau vor mir, die aus irgendeinem Grund über die Grenzen ihrer sonstigen Stärke hinausgegangen war. Sie sah fast krank aus. »Wie auch immer, Balbinus ist sofort gegangen. Tibullinus und Arica habe ich ebenfalls rausgeworfen – also sind nur noch wir zwei übrig.«

»Machen Sie sich um die keine Sorgen. Tibullinus und Arica – und wenn nötig, die gesamte Sechste Kohorte – haben eine gerichtliche Untersuchung wegen Korruption vor sich.«

»Das glaub ich erst, wenn ich es sehe, Falco. Sie sollten lieber auch schnellstens verschwinden. Noch sind die beiden im Dienst, und ich schätze, daß sie mit der ganzen Kohorte zurückkommen werden.«

»Was ist mit Ihnen?«

»Machen Sie sich um mich keine Gedanken.«

Ich machte mir um etwas ganz anderes Gedanken. Der Vorhang über ihr begann sich aus seiner Verankerung zu lösen. Putz regnete von der Decke auf ihr Haar herab. Doch statt den Stoff loszulassen, griff sie nur um so fester zu.

»Oh, Jupiter, Mädchen . . .«

Mit geöffneten Armen sprang ich vor und drückte Lalage an mein Herz.

Die Vorhangstange krachte herunter. Lalage hatte sie mit ihrem Gewicht aus der Decke gerissen, während sie versuchte, sich aufrecht zu halten. Es gelang mir, die Stange mit der Schulter wegzuschieben. Der Stoff hüllte uns einen Moment lang ein, dann fiel er zu Boden.

Lalage sackte gegen mich. Meine Knie gaben nach, aber ich hielt sie fest. Sie unterdrückte einen Schrei, während ich bestürzt dastand, sie unter den Achseln packe und beinahe selbst geschrien hätte. In ihrem

Rücken steckte ein Dolch, bis ins Heft hineingestoßen. Als ich über ihre Schulter schaute, sah ich überall Blut – es hatte ihr Gewand durchtränkt, eine Pfütze auf dem Boden gebildet und tropfte jetzt auf den Vorhang zu ihren Füßen.

Sie lebte immer noch. Die Götter mochten wissen, wieso. »Ach, Falco . . . tut mir leid. Balbinus natürlich – falls Sie zu schüchtern sind, die Frage zu stellen. Wie wollen Sie mich hinlegen?«

»Tja, auf keinen Fall auf den Rücken. Sie sind die Expertin für außergewöhnliche Stellungen. Was schlagen Sie vor?«

»Ich muß wohl oben liegen . . .«

»Sie genießen das auch noch.«

»Einmal Hure, immer Hure . . .«

»Mir ist durchaus bewußt, daß einige Ihrer besseren Kunden eine Menge dafür zahlen würden.«

Ich war auf ein Knie gesunken und zog sie sachte und vorsichtig mit mir hinunter. Dann blieb mir nur eines übrig. Ich streckte mich auf dem Boden aus, stützte mich mit dem Ellbogen ab und hielt die auf mir liegende Lalage in den Armen. So wurde das Messer nicht durch ihr Gewicht belastet. Mit einem kleinen zufriedenen Lächeln legte sie ihren Kopf wie ein schläfriges Kind auf meine Schulter. »Oh, das ist schön.«

»Ich werde Hilfe holen.«

»Nein, bleiben Sie bei mir, Falco.«

»Ich kann nichts für Sie tun. Das ist doch lächerlich.«

»Nur ein bißchen Geduld. Es wird bald vorbei sein. Typisch Mann!«

»Ich muß wohl müde sein. Nicht gerade in Hochform heute . . .«

Sie lächelte. Ich lächelte unwillkürlich zurück. »Stellen Sie mir Fragen, Falco. Nutzen Sie die Gelegenheit.« Sie hatte recht. Ich sollte versuchen, letzte Informationen zu bekommen, statt dumme Witze zu reißen, während sie sterbend in meinen Armen lag.

»Es spielt keine Rolle mehr.«

»Warum soll ich umsonst sterben? Ich habe Ihnen von Balbinus erzählt. Sagen Sie, wie hieß noch der junge Offizier, nach dem Sie mich gefragt haben?«

»Linus«, antwortete ich gehorsam.

»Linus. Ich kann Ihnen sagen, wie Balbinus von seiner Anwesenheit auf dem Schiff erfahren hat – Tibullinus und Arica.«

»Dann ist ihr Schicksal besiegelt. Hat er Ihnen verraten, von wem sie es gehört haben?«

»Von jemand aus einer anderen Kohorte. Einem Jungen, mit dem sie sich angefreundet hatten . . .« Sie wurde schwächer. Man behauptet immer, die Augen würden glasig werden, aber Lalages Blick war so strahlend, daß es mir das Herz brach. »Ich wollte Sie fragen . . .«

Sie brachte den Satz nicht mehr zu Ende. Ich ahnte, was sie mich hatte fragen wollen. Als ich das Messer rauszog und sie sanft umdrehte, berührte ich die Narbe, die immer noch ihr Ohr verunzierte. Ich legte ihren Körper zurecht, glättete ihr Gewand und bedeckte sie halb mit dem üppigen Vorhang. Obwohl sie auf dem Boden lag, sah sie so stattlich und würdevoll aus wie eine Königin in einem Mausoleum.

Dann rappelte ich mich hoch, stolperte zur Liege hinüber und setzte mich. Einen Moment lang blieb ich in Erinnerungen versunken sitzen; Rillia Gratiana: die ausnehmend hübsche Tochter eines hochnäsigen Schreibwarenhändlers, deren erster Schultag an den Iden des Oktober fünfundzwanzig Jahre her war. Ein Tag, der zu einem örtlichen Skandal geworden war, als ein kleiner Junge aus Furcht, sie könnte ihm sein Schulgeld klauen, seine Zähne in weibliches Fleisch versenkt hatte, lange bevor er sich mit Mädchen auskannte.

Ich wollte es ihr sagen. Ich hatte es ihr seit jenem Tag, als wir sieben Jahre alt waren, sagen wollen: Der Biß in ihr Ohr war ein Versehen gewesen.

Doch dazu war es jetzt zu spät.

LXIII

Der Tumult brach los, als ich die Treppe runterkam. Bis dahin war es ruhig gewesen, so ruhig, daß ich die wilde Hoffnung gehegt hatte, Balbinus könne im Glauben, durch den Mord an Lalage sein Versteck gesichert zu haben, immer noch im Bordell sein.

Es war zu ruhig gewesen. Irgendwann während Petros und meiner langen Gefangenschaft hatte man die Jungs, die mit mir zusammen gekommen waren, geschnappt und eingesperrt. Keiner hatte glauben können, daß wir zu so wenigen eingedrungen waren, also mußte eine ausführliche Suche begonnen haben. Der Himmel mochte wissen, wie vielen wütenden Männern ihr Abendvergnügen durch Tibullinus, Arica oder die Bande von Schurken, die hier Unterschlupf gefunden hatte, verdorben worden war. Die Wut dieser Kunden wurde mißachtet – eine total unangebrachte Arroganz.

Außer sich, weil sie ihr Geld umsonst ausgegeben

hatten, wurden Platons Kunden zu einem trotzigen und widerspenstigen Haufen. Lalage hätte ihnen niemals auf diese unverschämte Art und Weise ihr Gerammel verweigert. Das Versprechen einer Entschädigung brachte sie nur dazu, sich mürrisch an der Tür zu drängen, viele immer noch halbbekleidet, und auf fleischliche Freuden zu hoffen. Nach einer Stunde Feilschen und Schachern mit Macra geschah das Unvermeidliche: Durch einen Prozeß naturgegebener Demokratisierung erklärte sich einer von ihnen zum Anführer. Er stachelte die anderen auf und führte sie zurück ins Bordell zu einer kleinen Sause.

Als erste Tat befreiten sie Sergius und die Jungs. Sergius erklärte, was los war, und machte ihnen (mit einem Zwinkern) klar, daß er aus dienstlichen Gründen den enttäuschten Kunden raten müsse, sofort nach Hause zu gehen. Wie ich vielleicht schon erwähnt habe, war Sergius ein großer, gutaussehender Kerl, der sich besonders durch das Prügeln anderer Leute hervortat. Er brauchte nur daran zu denken, und schon bekamen alle anderen die gleiche Idee. Ein Zwinkern von Sergius genügte, um aus Platons normalerweise friedlichen Kunden plündernde und brandschatzende Gallier zu machen.

Als ich die Treppe herunterkam, tobte die Schlacht bereits auf zwei Stockwerken des Bordells. Wenn ich nach draußen wollte, blieb mir nichts anderes übrig, als erst mal mitzumischen.

Ich wickelte mir den Gürtel um die eine Hand, mit der Schnalle nach oben, und griff mir mit der anderen eine Fackel. Wild um mich dreschend, bahnte ich mir einen Weg durch das unübersichtliche Getümmel. Es war unklar, wer hier gegen wen kämpfte. Ich rannte durch einen Korridor mit schreienden, halbbekleideten Frauen, dann traf mich etwas, von dem ich hoffte, daß es Waschwasser war, voll ins Gesicht; dazu kicherte so hoch wie monoton ein verrückter Mann.

Die Hauptaktivität fand in der großen Halle statt. Es war ein Meer der fliegenden Fäuste und zerzausten Köpfe. Einer der Kerle stürmte sofort auf mich zu. Er hatte eine Wespentaille und so breite Schultern, daß er aussah wie ein Trapez auf Beinen: ein Muskelfreak. Doch es nützte ihm nichts. Ohne auf seine sorgfältig geübte Eröffnung zu warten, versetzte ich ihm einen Tritt unter die Gürtellinie, knallte ihm, als er sich krümmte, den Stumpf meiner Fackel in den Nacken und schubste ihn zurück ins Gewühl. Von der anderen Seite des Raumes schickte Sergius mir ein anerkennendes Grinsen. Ich hatte keine Zeit, zurückzugrinsen, weil jemand mit einem Schemel auf mich losging, die Beine zuerst. Ich schnappte mir eines der Beine und rückte es zur Seite, bevor ich Ellbogen und Knie einsetzte.

Die hier arbeitenden Mädchen hatten sich zusammengetan, einige standen an der Tür des Refektoriums herum. Andere stürmten verwegen vorwärts, spuckten, warfen mit Tabletts und Bechern, kniffen, kratzten und zogen die Männer an den Haaren. Auf wessen Seite sie standen, war unklar – vielleicht auf jeder, die es ihnen erlaubte, endlich mal mit den Männern abzurechnen. Eine riesige, dunkelhäutige Amazone entschied sich für mich und kam mit bebenden Brüsten näher. Zu meiner Erleichterung versandete der Angriff kurz vor dem Ziel, und sie vergrub ihre Zähne in meiner Hand. Ich packte ihre Nase und kniff zu, bis sie losließ.

Zwei der Jungs arbeiteten gut zusammen, schlugen die Schurken mit geübter Routine zu Boden. Andere dagegen hatten mehr zu leiden. Wir waren absolut in der Minderheit. Schon bald gingen uns Energie und Eleganz aus. Aus dem Flur ertönte ein Donnern. Nutten rannten kreischend an der Tür vorbei. Martinus kam rückwärts in den Raum und wehrte mit überkreuzten Besenstielen drei oder vier angreifende Schläger ab. Dahinter erschienen lachend der Müller und Klein-Ikarus, die sich ihre Opfer griffen.

Zähnefletschend stürzte sich Ikarus auf mich. Ich packte einen bewußtlosen Straßendieb an der Tunika und benutzte ihn, um den Kleinen abzublocken. Ikarus hatte ein Messer. Tja, es mag illegal sein, aber ich bin einer jener gesetzestreuen Bürger, die immer damit rechnen, auf einen von der anderen Fraktion zu stoßen. Daher hatte ich auch eins. Funken flogen, als unsere Messer aufeinandertrafen. Ich packte sein freies Handgelenk und rückte es mit aller Kraft gegen meinen Messerarm, um unsere Waffen voneinander zu trennen. Dann schleuderte Martinus einen seiner Angreifer Ikarus ins Knie. Ich entwaffnete ihn und schlug ihn zu Boden. Er trat immer noch um sich, aber mit Smaractus als Vermieter wußte ich, wie man Ungeziefer zertritt.

Sobald Ikarus aufgab und nur noch flehte, sterben zu dürfen, eilte ich meinen Kameraden zu Hilfe. Der Müller schlug rechts und links Männer zu Brei; Sergius war von einem schmierigen Brutalo in die Ecke gedrängt worden, hielt sich aber tapfer. Martinus war zu Boden gegangen; er war blutüberströmt, hieb jedoch immer noch mit seinen Besen um sich. Die meisten Bordellkunden hatte es ebenfalls erwischt. Unsere Niederlage war unausweichlich. Uns stand ein Massaker bevor. In dem Moment entdeckte ich an der Tür den verdutzt schauenden VIP, seine Hochwohlgeboren, Lalages besten Kunden, heiß auf ein paar Stunden exotischer Massage mit der sinnlichen Besitzerin.

Niemand konnte ihm gesagt haben, daß Lalage tot war; das wußte nur ich. Der Magistrat (dessen Namen wir, wie gesagt, lieber verschweigen wollen) schien es nicht recht fassen zu können, daß er mit seinen vergoldeten Stiefelchen die dunklen Vorhöfe des Hades betreten hatte. Wie gewöhnlich folgten ihm seine Liktoren. Sie waren gewiefte Männer, darauf trainiert, Ärger schon aus zwei Straßen Entfernung zu riechen. Sie rafften sofort, was hier vorging.

Martinus murmelte: »Oh, ihr Götter. Tu uns allen einen Gefallen, Falco – bring diesen aufgeblasenen Stiesel hier raus, bevor er kapiert, was passiert!«

Ich brauchte mich nicht zu bemühen. Macra, das kluge Mädchen, führte ihn schon eilends fort. Die Liktoren, die mit offenem Mund auf die fröhliche Anarchie vor sich geglotzt hatten, rannten ihm nach und formten bereits eine schützende Phalanx im Flur. Nun ja, alle außer einem. Er hatte den Müller entdeckt, der gerade einen Tisch über den Kopf hob, um Sergius zu zerquetschen wie ein Kaninchen, das unter das Rad eines Weinkarrens gekommen ist. Mit einem Aufschrei des Entzückens löste er das goldene Band um sein Rutenbündel. Dann zog er die Axt heraus.

Jenen von Ihnen, die das schon immer wissen wollten, sich aber nicht zu fragen trauten, kann ich jetzt enthüllen, daß die Axt im Rutenbündel eines Liktors echt ist – und scharf. Die geschliffene Seite blitzte kurz auf. Dem Liktor blieb nur Zeit, seine Waffe am unteren Ende des Griffes zu packen, aber er wußte, was er zu tun hatte. Er schwang sie – schwang seine Axt in einem weiten, herrlichen Halbkreis wie eine Sichel. Er schwang sie, um den Müller von den Füßen zu fegen . . . Ich sah weg.

Was mit dem Liktor geschah, erfuhr ich nie. Ich schätze, er entkam. Dank wollte er wahrscheinlich keinen; er war ein Mann, der mal so richtig seinen Spaß gehabt hatte.

Doch gleich darauf wurde unsere Lage noch düsterer. Tibullinus und Arica waren mit einer Zenturie zurückgekommen. Die Männer waren ausgeruht und gemein. Sie drängten herein und wollten uns allen den Garaus machen. Für ein paar heikle Minuten sah es so aus, als würden Tibullinus und seine Männer dem Fest ein Ende bereiten. Es gelang mir, über den glitschigen, blutverschmierten Boden zu Sergius zu krabbeln, der dabei war, Fensterläden abzureißen. Die anderen kämpften sich zu uns durch und zerrten Martinus mit. Gegenüber füllten sich die beiden schmalen Türöffnungen mit häßlichen Vigiles. Alle Verbrecher, die sich noch halbwegs bewegen konnten, schleppten sich zur Seite, um Platz zu machen für den Angriff der Helden von der Sechsten Kohorte. Bereit, unser Bestes zu geben, nahmen wir Aufstellung. Die Fensterläden würden uns als Waffen dienen. Vielleicht konnte der eine oder andere von uns auf die Straße hinausklettern. Doch auf der Straße waren noch mehr Soldaten – das konnten wir hören.

Jemand sagte etwas zu Arica. Er gab es an Tibullinus weiter. Im nächsten Moment waren die beiden Türöffnungen leer, genauso wie der Flur davor. Wieder rannten kreischende Mädchen vorbei, diesmal in die andere Richtung, drängelten zum Ausgang. Verdutzt standen wir da, fühlten uns verlassen. Dann stürmten wir ihnen nach.

Draußen war ein Straßenkampf im Gange. Es sah aus wie eine verrückte Übung der Ordnungskräfte. Überall waren Vigiles. Sie kämpften gegeneinander. Plötzlich entdeckte ich Petronius, Fusculus und Porcius in ihrer Mitte. Hier griff nicht die Sechste Kohorte ihre eigenen Kameraden an; hier wurde die

Sechste von der Vierten bedrängt. So was hatte es seit dem Bürgerkrieg nicht mehr gegeben.

Ein in Gewalt geschulter Mann stürzte über die Straße auf mich zu. Er hielt Tibullinus mit einem schmerzhaften, vollkommen illegalen Griff umklammert. Als ich ihm zusammenzuckend Platz machte, brach er dem Zenturio mit entsetzlichem Krachen einen Knochen und ließ einen rammbockartigen Schlag folgen. Tibullinus rührte sich nicht mehr. Sein Angreifer stand auf. Verächtlich reckte er das Kinn, als verabscheue er einen derart schwachen Gegner.

Auf der anderen Seite der Straße klammerte sich Petronius nach Luft ringend an den Türpfosten des »Öligen Krugs«. Er schenkte mir ein schiefes Grinsen. Der Bezwinger von Tibullinus schaute zwischen uns beiden hin und her.

»Nette Arbeit«, sagte ich. Und meinte es ehrlich.

Was immer wir von ihm gehalten hatten – Marcus Rubella hatte soeben vieles wiedergutgemacht.

Das Getümmel ging weiter. Die Patrouillen kämpften jetzt Mann gegen Mann; ich hielt mich raus, blieb in der Nähe des Tribuns und sah zu. Dann entdeckte ich Petro. Er redete mit Porcius.

Der Junge wirkte verwirrt und schüttelte heftig den Kopf. Obwohl kein Wort zu verstehen war, wußte ich, was da geschah: Mein alter Freund hatte diesen Moment der Trauer und der Erschütterung gewählt, um seinen jungen Rekruten einem disziplinarischen Verhör zu unterziehen.

Ich wußte, warum. Petronius war wieder eingefallen, daß Balbinus Pius von der Sechsten Kohorte bewacht wurde, als er unter Hausarrest stand und auf sein Urteil und das ihm gesetzlich zustehende Recht wartete, Rom zu verlassen. Seine Bewacher waren

Tibullinus und Arica gewesen, von denen wir jetzt wußten, daß er sie in der Tasche hatte. Ein Offizier der Vierten war ihnen als Beobachter zugeteilt worden. Der Mann war bei dem Trupp gewesen, der mit Tibullinus und Arica an der Spitze Balbinus nach Ostia begleitet hatte. Wahrscheinlich hatte der Offizier gewußt, daß Linus auf Balbinus' Schiff geschmuggelt worden war. Dieser Beobachter war Porcius gewesen.

Petronius schien ihn schon seit einiger Zeit in Verdacht gehabt zu haben. Das erklärte, warum er den Rekruten so hart angefaßt hatte; und auch, warum Petro unbedingt Fusculus den kleinen schwarzen Sklaven holen ließ, um den Porcius sich gekümmert hatte. Fusculus sollte den Zeugen vor »Unfällen« schützen. Es erklärte, warum Petronius Porcius gegenüber derart heftig aus der Haut gefahren war.

Auch jetzt war er sehr wütend.

Ich sah Martinus und Fusculus beratschlagen, gleichzeitig ließen beide Petronius nicht aus den Augen. Auch sie hatten schließlich kapiert, was los war. Marcus Rubella stand völlig ausdruckslos mit verschränkten Armen neben mir und beobachtete sie alle. Ehemalige Zenturionen sind die abgebrühtesten Männer, die es gibt. Als Martinus und Fusculus grimmig auf Porcius und ihren Chef zumarschierten, drehten Rubella und ich uns um und verließen den Schauplatz.

LXIV

Rom schwelgte tagelang in den Geschichten: Wie unten im Elften Bezirk ein Kampf zwischen den Vigiles ausgebrochen war und es einige Tote und viele Schwerverletzte gegeben hatte. Wie ein gewisser VIP, entsetzt über den Zusammenbruch der Ordnung, seine persönlichen Liktoren ins Prätorianerlager hatte schicken müssen, um die städtischen Kohorten herbeizurufen, die, da sie bis an die Zähne bewaffnet waren, dem Aufruhr rasch ein Ende bereitet hatten. Es hieß, dieser gewisse VIP habe sofort ein Schreiben an den Kaiser aufgesetzt, in dem er die laxe Disziplin der Patrouillen und die Selbstzufriedenheit ihrer Offiziere verurteilte und zudem andeutete, das Ganze sei vielleicht von unerwünschten republikanischen Elementen innerhalb der Vigiles angezettelt worden, um die Aufmerksamkeit von einer finsteren Betrugsaffäre im öffentlichen Dienst abzulenken . . .

Von meinen Kontaktleuten erfuhr ich, daß Vespasian entzückt war, die Ansichten des großen Mannes zu erfahren, obwohl er bereits aufgrund eines schon vorliegenden Berichtes von Marcus Rubella und der offiziellen Antikorruptionseinheit entsprechende Maßnahmen ergriffen hatte.

Deprimiert ob dieser Zurechtweisung, hatte sich der hohe Herr einem neuen Interessengebiet zugewandt. Jetzt widmete er seine Zeit dem Protest gegen Obszönitäten und der Umerziehung von Prostituierten. Das bedeutete natürlich, daß er sich überwinden und die Bordelle persönlich inspizieren mußte. Einige von uns fanden das ausgesprochen komisch.

Die Sechste Kohorte wurde aufgelöst und unter

anderen Offizieren neu formiert. Ihr Tribun und verschiedene Zenturionen hatten ihren Abschied genommen. Petronius Longus war entzückt, weil Martinus jetzt seine gesamten Anstrengungen darauf konzentrierte, auf einen der vakanten Posten der Sechsten befördert zu werden. Martinus war der Meinung, daß seine Talente für entspannte Ermittlungen und dämonisches Damespiel in den prestigeträchtigen Bezirken des Palatin und Circus Maximus genau richtig wären. Als anständiger Vorgesetzter unterstützte Petronius Martinus' Bitte um Bestätigung dieser Talente aufs kräftigste.

Die Vierte Kohorte war für ihr undiszipliniertes Verhalten von Rubella ausdrücklich gerügt worden. Die Männer wurden über Nacht zur Beruhigung und Abkühlung in ihre Wachlokale gesperrt. Was den nützlichen Nebeneffekt hatte, daß Rubella jedes Wachlokal aufsuchen und dort allen die offizielle Version ihres Eindringens in das Gebiet einer anderen Kohorte einbleuen konnte. Zum Glück konnten die meisten Zivilisten die Kohorten sowieso nicht voneinander unterscheiden.

Zu den Toten gehörte auch Porcius, der jüngste Offizier der Vierten. Der Beerdigungsverein würde ihm ein einfaches Begräbnis ausrichten, obwohl sein Tribun der Familie mitteilen mußte, daß sie leider wegen seiner kurzen Dienstzeit und anderer Faktoren kein Anrecht auf eine Entschädigung habe.

Die übrigen Ereignisse der Nacht mäßigten das offizielle Mißbehagen über den Vorfall. In dem »Laube der Venus« genannten Bordell war eine erstaunliche Anzahl von Kriminellen verhaftet worden. Es hieß, daß die Vigiles drei Monate brauchen würden, um alles gestohlene Gut seinen rechtmäßigen Besitzern zurückzugeben. Auch waren so viele entlaufene Sklaven eingefangen worden, daß der Präfekt der Vigiles eine eintägige Zusammenkunft ihrer Besitzer einberief (das heißt, jene Besitzer, die bereit waren, einen mißmutigen Sklaven wieder in ihr Haus aufzunehmen, der der schlechten Gesellschaft im »Platons« ausgesetzt gewesen war). Die Macht einer berüchtigten Verbrecherorganisation war gebrochen worden. Unter den verhafteten Kleinkriminellen befand sich jede Art von Zuhältern, Einbrechern und Trickbetrügern; außerdem gab es Beweise für einen von einigen Prostituierten unterhaltenen Entführer- und Erpresserring.

Den Hauptbeweis für die Erpressungen hatte Helena Justina erbracht. Dabei gab es einen faszinierenden Aspekt, den wir nicht öffentlich machten: Helena hatte ein Geständnis erlangt, daß die Mädchen das Müllbaby gestohlen hatten. Eine der Huren im »Platons« hatte gemerkt, daß der Kleine taub war. Als seine Familie sich weigerte, Lösegeld für ihn zu zahlen, hatte ein ehemaliger Türsteher des Bordells ihn zum Aventin gebracht und dort abgeladen. Von Macra wußten wir, daß dieser Mann all ihre Entführungen erledigte – Castus, der auch den Lykier erstochen hatte, als Lalage und Nonnius ihren Betrug an Balbinus Pius vorbereiteten. Castus arbeitete nicht mehr im Bordell; er war Balbinus' Spitzel gewesen, und Lalage hatte ihn nach dem Prozeß rausgeworfen. Er wurde festgenommen und wartete nun darauf, ausführlich verhört zu werden.

Helena Justina wußte inzwischen, aus welcher Familie das Müllbaby stammte. Die letzten auf ihrer Liste hatten schließlich doch mit ihr gesprochen. Sie hatten geleugnet, je ein Baby gehabt zu haben, und schon gar, daß es vermißt wurde, obwohl ein verängstigtes Kindermädchen das ursprünglich gemeldet hatte. Und wer waren diese vergeßlichen Eltern? Niemand anderer als ein gewisser VIP und seine einflußreiche, extrem wohlhabende Frau. Es ging das Gerücht, daß die Frau inzwischen wieder schwanger war. Helena und ich hatten beschlossen, ihnen den Sohn nicht zurückzugeben. Wir sagten ihnen noch nicht mal, daß er bei uns war.

Die berühmte Besitzerin der »Laube der Venus« war tot aufgefunden worden. Offizielle Stellen waren überzeugt, daß eines der verrufensten Bordelle Roms nun dem Verfall preisgegeben war. (Nicht alle teilten diesen frommen Wunsch.) Der Hausbesitzer hatte auf jeden Fall versprochen, etwas zu unternehmen.

Ich hatte Florius vor »Platons Akademie« getroffen, mit einer langen Liste in der Hand. Der Präfekt der Vigiles hatte ihn informiert, daß dieses Haus zu seinen Besitztümern zählte. Entsetzt erzählte Florius mir, daß er auf einer vollständigen Liste allen zu Milvias Aussteuer gehörenden Grundbesitzes bestanden habe. Offenbar wollte er sich jetzt als anständiger Ritter einen Überblick verschaffen und die Sache ins reine bringen.

Bei all diesen hektischen Reformbemühungen gab es nur einen einzigen Wermutstropfen. Wir hatten das Bordell und alle anderen Orte, die uns die verhafteten Verbrecher genannt hatten, gründlich durchsucht. Nirgends fanden wir eine Spur von Balbinus Pius.

Petronius und die Vierte Kohorte verbrachten ihre ganze Zeit damit, Rom nach ihm abzusuchen. Balbinus hatte sein Imperium verloren. Seine Frau und seine Tochter wurden überwacht. Er hatte kein regelmäßiges Einkommen, aber wir wußten nur zu gut, daß es ihm nie an Geld mangeln würde. Petro durchkämmte alle Gebäude, die in irgendeiner Weise mit seinem Namen in Verbindung gebracht wurden, aber wenn Balbinus nur einen Funken Verstand besaß, würde er sich unter anderem Namen irgendwo einmieten. Er konnte überall sein. Womöglich hatte er Rom inzwischen sogar endgültig verlassen. Alle Häfen und alle Provinzgouverneure waren informiert worden, aber er konnte unbemerkt verschwunden sein und sich wer weiß wohin abgesetzt haben. Lalage hatte mich vor seinen Verkleidungstricks gewarnt.

Die Suche wurde tagelang fortgesetzt. Ich half, wann immer ich mich von dem endlosen Berichteschreiben freimachen konnte. Außerdem verbrachte ich viel Zeit im Gymnasium und versuchte, in Form zu kommen. Zum einen war ich fest davon überzeugt, daß der Boss der Bosse Rom, sein vertrautes Territorium, nie verlassen würde. Wenn wir ihn in die Enge trieben, könnte das äußerst gefährlich werden. Zum anderen brauchte ich all meine Kraft für ein häusliches Ereignis: Am Tag vor den Kalenden des November sollten Helena und ich, Petro, seine Frau, seine Kinder und seine Ermittlungsmannschaft, meine Familie und viele meiner Verwandten auf einer Hochzeit erscheinen.

Sie war eigentlich für die Kalenden geplant, aber im letzten Moment hatte meine Mutter das Kommando über die chaotischen Vorbereitungen an sich gerissen. Ihre erste Tat war, das Hochzeitsdatum zu verschieben. Sie machte Lenia klar, daß eine Heirat am ersten Tag eines Monats Unglück bringt. Lenia brach in Tränen aus und beschloß auf der Stelle, das Fest auf den letzten Oktobertag vorzuverlegen.

Einige von uns fanden für eine Hochzeit mit Smaractus den Unglückstag viel passender.

LXV

Zwei Tage vor den Kalenden trieb mich die Suche nach einem billigen weißen Schaf fast in den Wahnsinn. Es mußte nichts anderes tun, als hübsch stillzuhalten, wenn ich ihm die Kehle durchschnitt und das Fell abzog – eine Aufgabe, der ich als Stadtkind mit Schaudern entgegensah, die ich aber Lenia zuliebe tapfer durchstehen würde. Sie wollte alles, was dazugehörte: Opferung, Weissagungen und den Teil, wo Braut und Bräutigam zusammen auf dem Schaffell sitzen – dem Schaffell, das ich zu liefern hatte. Ich mußte das Häuten sauber hinkriegen, weil alle zuschauen würden, und außerdem mußte ich dafür sorgen, daß das exorbitant teure Hochzeitskleid der Braut kein Blut abbekam.

Die Planungsexperten unter Ihnen werden sich bereits ausgerechnet haben, daß ich am besten zur Vermeidung größerer Katastrophen das Tier einen Tag zuvor aussuchen und kaufen sollte. Einen Auftritt als Hochzeitspriester, der nichts zu opfern hatte, wollte ich nicht riskieren. Nachdem ich es gekauft hatte, mußte ich das Tier irgendwo unterbringen.

Maia überredete Famia, es im Stall der Grünen übernachten zu lassen. Der Hof der Wäscherei hätte einen vernünftigeren Pferch abgegeben, aber inzwischen wurde Lenia bei dem Gedanken an alles, was möglicherweise Unglück bringen konnte, völlig hysterisch. Ich hätte das Wollknäuel auch bei einem meiner Nachbarn abstellen können, fürchtete aber, von dem wunderbaren Geruch nach gegrillter Lammkeule mit Knoblauch und Rosmarin geweckt zu werden.

Ich mußte das Schaf selbst zu den Ställen bringen.

Und am Morgen der Hochzeit mußte ich mit ihm quer durch die ganze Stadt zurück. Ich hatte ihm eine hübsche kleine Leine gebastelt. Und ich kam mir vor wie ein Idiot. Vom Marsfeld bis zur Kuppe des Aventin ist es verdammt weit.

Auf dem Heimweg beschloß ich, bei den Bädern am Tempel des Castor haltzumachen, damit ich später süßduftend in meine sauberen Gewänder schlüpfen konnte. Als freundliche Geste Lenia gegenüber nahm ich das Schaf mit rein und wusch es ebenfalls. Aus irgendeinem Grund war Glaucus völlig entsetzt. Fragen Sie mich nicht, wieso. An dem Morgen war niemand Wichtiges da, und außerdem hatte ich für das Schaf Eintritt bezahlt.

Zu Hause stieß ich auf ein wildes Gewusel junger Frauen, die den Hof der Wäscherei mit Girlanden schmückten, und alter Weiber, die herumsaßen, sich schon mal ordentlich einen genehmigten und über die Verdauungsprobleme anderer Leute quatschten. Die Fassade zur Brunnenpromenade war mit kunstvoll bemalten Laken behängt. Der Eingang wurde fast gänzlich von einer pieksigen Umrahmung aus Zweigen und Blumen versperrt. Die draußen angebrachte Reihe von Fackeln schrie geradezu danach, von Halbwüchsigen geklaut zu werden.

Die ganze Nachbarschaft war wegen dieser lächerlichen Schnapsidee in heller Aufregung. Lenia und Smaractus hatten sich zu Herzen genommen, daß eine richtige Hochzeit nicht unbemerkt bleiben darf. Im Hinterhof der Wäscherei brannten bereits große Feuer, über denen diverse ganze Tiere am Spieß gedreht wurden. Die Brunnenpromenade war voller Lieferanten und Neugieriger. Als vorübergehende Maßnahme würde das unglückliche Paar sogar die leere Wohnung über der Bäckerei benutzen, die ich so rundweg abgelehnt hatte. Dort hatten sie die erstaunlich vielen Hochzeitsgeschenke verstaut, dazu die kleinen Päckchen mit Süßigkeiten, die für die Gäste bestimmt waren (zweifellos als Trostpflaster für das, was sie erleiden mußten), und die Nüsse, die Smaractus während des Fackelzuges in die Menge werfen sollte (als Symbol der Fruchtbarkeit; grausiger Gedanke). Smaractus würde nach der Hochzeit in die Wäscherei ziehen; die Wohnung gegenüber diente für die erste Nacht als symbolisches »Haus des Bräutigams«. Arbeiter hatten den Boden repariert und ein Bett aufgestellt.

Da die Braut keine Verwandten besaß, die sie hätten geleiten können, hatte sie sich die meisten von meinen ausgeborgt. Ich traf meine Mutter und Maia, als sie mit der unblutigen Opfergabe (einem trockenen Stück rituellen Backwerks) und dem Hochzeitskuchen hereinschwankten. Dieses gewaltige Exemplar, das nach gebrannten Mandeln und Wein duftete, hatte Mama gebacken, offenbar in einem Fischkessel von der Größe eines kleinen Hais.

»Finger weg!« Als Mama mir einen Klaps versetzte, weil ich am Kuchen genascht hatte, verschwand ich nach drinnen auf der Suche nach einem ruhigen Platz für das Schaf. »So ist's recht. Hör auf, hier rumzuschleichen und dich unbeliebt zu machen. Geh lieber die Braut begrüßen.«

Ich fand eine Frau, die ich nicht wiedererkannte. Lenia, die normalerweise wie ein Rübensack aussah, trug das traditionelle, grobgewebte Gewand und die orangefarbenen Sandalen, dazu einen dicken, fetten Herkulesknoten im Gürtel unter ihrer Brust. Ihr wirres, hennagefärbtes Haar war von zu allem entschlossenen Freundinnen gezähmt, gescheitelt und mit sechs künstlichen, enggeflochtenen Zöpfen besteckt worden;

gekrönt wurde das Ganze von einer Girlande aus schimmernden Blättern und leuchtenden Blüten, darüber lag der traditionelle flammendrote Schleier. Der Schleier war zurückgeschlagen, damit ihre Freundin Secunda, mit vor Anstrengung gerunzelter Stirn, ihr die Augen schwarz umranden konnte. Dieser dramatischen Eleganz entsprechend trug Lenia einen Ausdruck arroganten Hochmuts, der bestimmt nicht lange anhalten würde.

»Oh verdammt, hier kommt ein schlechtes Omen auf zwei Beinen!« brüllte die makellose Vision.

»Hast du deinen Spinnrocken parat?«

»Hör doch auf, Falco. Maia wollte mir einen besorgen.«

»Was, eine Braut, die keinen eigenen besitzt? Ist Smaractus klar, daß er eine unfähige Hausfrau bekommt?«

»Er weiß, daß er eine brillante Geschäftsfrau bekommt.«

»Da bin ich mir aber nicht so sicher!« Ich grinste sie an. »Ich habe mir erzählen lassen, daß ihr die Hochzeitsnacht in diesem abgewrackten Loch über Cassius' Bäckerei verbringen wollt. Hältst du das für klug? Welches frischgetraute Paar will sich in dieser Nacht denn schon zurückhalten, nur weil der Boden unter dem Bett durchkrachen könnte?«

»Er hat ihn abstützen lassen.«

»Was? Den Boden, das Bett oder . . .«

»Ach, geh und spring in die Jauchegrube, Falco!«

»Jetzt ist es aber genug mit den Beleidigungen. Der Moment ist gekommen, wo du kindliche Dinge ablegen mußt.«

»Na prima. Dann bin ich dich vielleicht für immer los . . .«

Ich zeigte ihr das Schaf, gab ihr einen Gratulationskuß, der sie nach einer Serviette greifen ließ, um sich das Gesicht abzuwischen, und trabte fröhlich nach oben.

Noch blieben ein paar Stunden Zeit. In der Ruhe meiner eigenen Wohnung legte ich mich aufs Bett und gab vor, mich in die entsprechende Stimmung für die Opferhandlung zu versetzen. Helena kam rein und legte sich neben mich. »Hm, das gefällt mir.« Ich nahm sie in den Arm. »Vielleicht sollte ich auch schwanger werden. Dann könnte ich den ganzen Tag mit dir hier rumliegen.«

»Wir könnten unsere Symptome vergleichen. Aber das mit der Übelkeit würde dir nicht gefallen.«

Schweigen senkte sich. Nach einer Weile drehte Helena sich zur Seite, damit sie mich ansehen konnte. Sie nahm mein Gesicht in die Hände, inspizierte die halbverheilten Spuren meiner kürzlichen Prügelei im Bordell. Obwohl sie nichts sagte, schaute sie besorgt. Sie verstand, daß trotz der fröhlichen Fassade meine Stimmung düster war. Immer die erste, die meine Depressionen spürte, kannte sie auch den Grund dafür: Wir hatten Rom von viel Abschaum befreit, aber die Aufgabe blieb unvollendet. Wir hatten Horden von Verbrechern eingebuchtet und der Korruption zumindest in einer Kohorte der Vigiles ein Ende gemacht. Mir war dafür sogar ein ansehnliches Honorar gezahlt worden. Ich hätte mit mir zufrieden sein sollen.

Aber wie konnte ich das? Balbinus war entkommen. Er war gefährlich. Er war immer noch da draußen und schmiedete finstere Pläne. Mit etwas Zeit würde er sein Imperium wieder aufbauen. Er würde sich Petronius vorknöpfen und vielleicht auch mich. Nichts hatte sich geändert.

Und auch Lalages Tod deprimierte mich.

Als Helena mit dem Gedankenlesen fertig war, küßte sie mich sanft und kuschelte sich an mich. Wir lagen eng aneinandergeschmiegt, beide wach. Das vertraute Geräusch ihres friedlichen Atmens beruhigte mich. Ihre Zufriedenheit war ansteckend. Ihre ständige Freude an meiner Gegenwart wirkte Wunder, erfüllte mich mit Erstaunen darüber, daß sie sich für mich entschieden hatte.

»Tut mir leid, Liebste. Ich bin in letzter Zeit viel zu wenig bei dir gewesen.«

»Jetzt bist du hier.«

»Morgen fange ich an, die neue Wohnung zu streichen.«

»Wir müssen sie erst saubermachen.«

»Überlaß das nur mir. Das wird heute nacht erledigt. Ich hab mit den Vigiles geredet.«

»Aber heute ist die Hochzeit! Hast du das vergessen?«

»Genau deshalb ist heute der ideale Tag dafür! Ich sehe darin zwei Vorteile, mein Liebling. Wenn mir die Hochzeit nicht gefällt«, was äußerst wahrscheinlich war, »kann ich rüberlaufen und beim Aufwischen helfen. Wenn aber die Hochzeit so toll wird, daß man keinen Moment davon missen möchte, kann ich mitfeiern und mir die Füße nicht naß machen.«

»Du bist unverbesserlich«, sagte Helena mit einer warmen Mischung aus Bewunderung und Spott.

Wieder lagen wir ruhig nebeneinander. Hier oben, so nahe dem Himmel, fühlte ich mich losgelöst vom Lärm und Druck der Straße. Das würde mir fehlen.

»Haben wir ein Hochzeitsgeschenk für Lenia?«

»Ein hübsches Schneckenbesteck«, sagte Helena. Aus irgendeinem Grund fand ich das totkomisch.

»Du hast es doch hoffentlich nicht bei Papa gekauft?«

»Nein, in dem Trödelladen hier in der Straße. Da gibt es jede Menge solide gearbeiteter Scheußlichkeiten – genau richtig, um eine Braut in Verlegenheit zu bringen.«

Daß ich ihr dort beinahe ein Geburtstagsgeschenk gekauft hätte, behielt ich lieber für mich.

Ein paar Minuten später wurde unser kleines Schäferstündchen von Besuchern gestört. Ich trat als erster aus dem Schlafzimmer; Helena folgte mir langsam. Junia und Gaius Baebius starrten uns mißbilligend an, als hätten sie uns in flagranti ertappt. Zu beteuern, wir hätten uns nur unterhalten, war zwecklos. »Was wollt ihr zwei?« Ich sah keinen Grund für einen Begeisterungsausbruch, nur weil meine Schwester sich herabgelassen hatte, die Treppe raufzusteigen.

»Gaius hat dir seinen Priesterschleier gebracht.«

»Ach ja, danke, Gaius.«

Ohne Aufforderung ließen sich Junia und Gaius auf unseren besten Schemeln nieder. Helena und ich quetschten uns auf die Bank, aneinandergekuschelt wie ein Liebespaar, weil wir wußten, wie peinlich ihnen das war.

»Wie ich höre, bist du schwanger!« verkündete Junia mit der ihr eigenen Schroffheit.

»Das stimmt.«

»War es ein Versehen?«

»Ein glückliches«, erwiderte Helena steif.

Ich warf ihr einen Blick zu. Sie schaute weg. Helena Justina hatte ihren Zustand akzeptiert, erlaubte aber keine Kommentare. Ich wandte mich meiner Schwester zu und sah sie mit schamlosem Grinsen an.

»Was ist mit dem anderen Kleinen?« fragte Junia. Sie errötete leicht. »Den könnt ihr doch wohl nicht auch noch behalten?«

Ich spürte, wie Helenas Hand plötzlich nach der

meinen griff. Gaius Baebius erhob sich und ging zu dem Korb, in dem das Müllbaby lag und vor sich hinsabberte. Er hob es heraus. Ich bemerkte, daß er es mit der Vorsicht eines Mannes hielt, der nicht an Kinder gewöhnt ist, aber dennoch mit festem Griff, und obwohl er ein Fremder war, akzeptierte das Baby ihn. Er ging zu Junia, die noch nicht bereit schien, mit dem eigentlichen Grund ihres Besuches rauszurücken.

»Ihr zwei solltet jetzt endlich heiraten«, informierte sie uns statt dessen.

»Wozu denn?« fragte ich. Mein Vorhaben, Helena zu heiraten, hatte augenblicklich rosenfarbige Flügel bekommen und war davongeflogen.

»Oh, die Ehe ist eine hochanständige Institution«, protestierte Helena neckend. »Ein Ehemann muß für seine Frau sorgen.«

Ich reichte ihr einen Apfel aus der Obstschale. »Ein Ehemann darf seine Frau züchtigen, wenn sie ihm zu wenig Ehrerbietung entgegenbringt.«

Helena versetzte mir einen spielerischen Klaps aufs Kinn. »Beide haben das Recht auf die Gesellschaft des anderen«, gluckste sie. »Von dir habe ich in letzter Zeit nicht allzuviel gesehen!«

Junia schaute immer noch mißbilligend. Ihre Stimme klang angespannt. »Gaius und ich haben über dieses Baby nachgedacht, Marcus.« Aus ihrem Mund klang dieser Satz so, als hätte sie mich erwischt, wie ich hinter dem Rücken unserer Mutter Kuchen naschte. Gaius wandte den Blick nicht von dem tauben Baby ab (das ihn nachdenklich besabberte). Mit mehr Selbstvertrauen wischte er ihm den Sabber ab. Meine Schwester fuhr fort: »Der Junge braucht ein Zuhause. In Anbetracht seiner Schwierigkeiten braucht er ein ganz besonderes. Bei dir und Helena kann er aus einleuchtenden Gründen nicht bleiben.

Natürlich seid ihr gutherzig, aber euer häusliches Leben ist chaotisch, und wenn euer eigenes Baby geboren ist, wird die Konkurrenz um eure Liebe zu groß. Es braucht Menschen, die sich ausschließlich um ihn kümmern.«

Sie war ein Ungeheuer. Sie war arrogant und grob – aber sie hatte recht.

»Gaius und ich sind bereit, ihn zu adoptieren.«

Diesmal konnten Helena und ich uns nicht ansehen. Er war jetzt seit zwei Wochen bei uns. Wir wollten ihn nicht hergeben.

»Was ist mit Ajax?« stammelte ich mit zitternder Stimme.

»Ach, sei doch nicht albern, Bruder! Ajax ist nur ein Hund.« Der arme alte Ajax. Gestern wäre so was noch Blasphemie gewesen. »Außerdem mag Ajax Kinder.«

»Als kleine Zwischenmahlzeit«, murmelte ich, während Helena so tat, als hätte sie nichts gehört.

Junia und Gaius gingen ganz selbstverständlich davon aus, daß wir ihren vernünftigen Vorschlag dankbar annehmen würden. Und das mußten wir wohl auch. Das Kind würde jeden nur denkbaren Vorteil haben. Abgesehen von dem komfortablen Heim, das das Zöllnergehalt meines Schwagers ermöglichte, würden er und meine Schwester – egal, was ich von ihr hielt – dem Baby ihre ganze Liebe schenken. Beide würden sich alle Mühe geben, ihm die Verständigung zu erleichtern.

»Weiß man, wer seine Eltern sind?« Gaius hatte seine Stimme wiedergefunden.

Ich öffnete den Mund, um ihnen die skandalösen Einzelheiten mitzuteilen. »Nein«, sagte Helena rasch. »Wir haben alles versucht, aber nichts herausbekommen.« Ich drückte ihre Hand. Sie hatte recht. Wir konnten es ihnen immer noch sagen, falls es notwendig wurde. Ansonsten war es für das Kind und alle anderen besser, wenn er ohne mögliche Beschuldigungen, ohne die Gefahr falscher Hoffnungen aufwuchs.

»Ihr habt ihn sicher sehr liebgewonnen«, sagte Junia in freundlichem Ton. Sie so weich werden zu sehen, bestürzte mich mehr als alles andere. »Ihr könnt ihn so oft ihr wollt besuchen.«

Helena gelang es, ein hysterisches Kichern zu unterdrücken. »Vielen Dank. Habt ihr schon einen Namen für ihn?«

»Oh ja.« Aus irgendeinem Grund war Junia wieder rot geworden. »Es scheint nur gerecht, wenn man bedenkt, wer ihn gefunden hat – wir werden ihn Marcus nennen.«

»Marcus Baebius Junillus«, bestätigte mein Schwager mit stolzem Blick auf seinen neuen Sohn.

LXVI

Für den Fall, daß mein Auftritt als verschleierter Priester nicht genug Aufsehen erregen sollte, hatte ich beschlossen, zu Lenias Hochzeit meinen Palmyra-Anzug zu tragen. Es gab nicht so viele Gelegenheiten in Rom, zu denen ein anständiger Mann in purpur- und goldfarbenen Seidenhosen, einer über und über mit Blumen und Bändern bestickten Tunika, Stoffpantoffeln mit applizierten Tulpen und einem flachen Flechthut erscheinen konnte. Um das Bild zu vervollständigen, hatte Helena für mich sogar ein zeremonielles Schwert in einer Scheide aus Filigranarbeit herausgekramt, eine Rarität, die wir einer Karawane in Arabien abgekauft hatten.

»Ich wollte einen Auspex«, maulte Lenia. »Nicht König Vologaeses von den verdammten Parthern.«

»In Palmyra ist so was ganz alltäglich, Lenia.«

»Aber nicht in Rom!«

Die Zeremonie begann ein wenig verspätet. Der Bräutigam wurde von seinen schwankenden und grölenden Freunden abgeliefert; entnervt von dem, was auf ihn zukam, hatte er sich so besoffen, daß er nicht mehr stehen konnte. Wie vom Ritual vorgeschrieben, fand ein kurzer, verbaler Austausch zwischen Braut und Bräutigam statt.

»Du Dreckskerl! Das werde ich dir nie verzeihen.«

»Was ist los mit dieser Frau?«

»Du hast mir den ganzen Tag verdorben!«

Dann zog sich Lenia schluchzend in ein Hinterzimmer zurück, und die Gäste machten sich über die Amphoren her (von denen es viele Ständer voll gab). Während seine und meine Mutter versuchten, Smaractus auszunüchtern, kamen wir anderen allmählich in Stimmung. Passanten und Nachbarn merkten, daß es hier etwas umsonst gab, und strömten in die Wäscherei. Mitglieder der Hochzeitsgesellschaft, die die angebotenen Erfrischungen nicht bezahlen mußten, begrüßten sie mit Freudengeschrei und luden sie ein.

Als Petronius kam, ging es schon hoch her. Es war später Nachmittag, und wir hatten noch lange Stunden vor uns. Nachdem er und seine Familie sich über mein dramatisches Gewand genügend schlappgelacht hatten, schlug Helena vor, wir sollten alle in eine anständige Kneipe essen gehen, um uns für die lange Nacht zu stärken. Niemand vermißte uns. Als wir zurückkamen, passierte immer noch nicht viel, also sprang Petronius auf einen Tisch und bat um Ruhe.

»Freunde – Römer...« Aus irgendeinem Grund schien ihm diese Anrede nicht recht zu gefallen, aber er war guter Laune. Zusätzlich zu dem beim Essen genossenen Wein hatte er ein Alabastrum von seinem eigenen mitgebracht. Er und ich hatten ihn bereits probiert. »Die Braut ist anwesend...«

Was nicht ganz stimmte. Lenia hatte immer noch im Hinterzimmer geschluchzt, kam aber, als sie Getöse vernahm, sofort rausgestürzt, weil sie befürchtete, jemand könne ihre Hochzeit sabotieren.

»Der Bräutigam«, verkündete Petro, »übt für die Hochzeitsnacht und hat sich kurz hingelegt!« Alle grölten begeistert, denn sie wußten, daß Smaractus inzwischen bewußtlos in einem Wäschekorb lag; er hatte irgendwo noch mehr Wein gefunden und war jetzt vollkommen hinüber. Weitschweifig fuhr Petro fort: »Ich habe jene unter uns befragt, die juristische Kenntnisse besitzen – meinen Freund Marcus Didius, der wiederholt vor Gericht erscheinen mußte, meinen Kollegen Tiberius Fusculus, der einmal einem Prätor und Richter auf die Füße getreten ist...«

Jemand schrie ungeduldig: »Komm endlich zur Sache!«

»Wir sind uns einig, daß für die Rechtmäßigkeit der Eheschließung der Bräutigam nicht persönlich anwesend sein muß. Er kann seine Einwilligung durch einen Brief oder einen Boten geben. Laßt uns sehen, ob wir jemanden finden, der Smaractus' Einwilligung bezeugen kann!«

Seine Mutter gab sich dazu her. Wütend über seine fortgesetzte Unpäßlichkeit sprang sie auf und rief: »Ich kann es bezeugen! Er ist einverstanden!« Sie war eine grimmige kleine Person, die mir knapp bis an den Ellbogen reichte, rund wie ein Austernfaß, mit einem Gesicht wie ein ausgedrückter Schwamm und blitzenden schwarzen Augen.

»Was ist mit dir?« fragte Petronius Lenia.

Angefeuert durch ihren ersten Erfolg, brüllte die Mutter meines Vermieters in höchsten Tönen: »Ich antworte auch für sie! Lenia ist ebenfalls einverstanden!«

Und das war's dann mit dem Austausch des Ehegelöbnisses. Petro schwankte, fiel vom Tisch und wurde von fröhlich feiernden Fremden sicher aufgefangen. Die Stimmung schlug hohe Wellen, und es war klar, daß noch mit weiteren Verzögerungen zu rechnen war, bevor ich Ordnung herstellen und mit dem Auguralopfer beginnen konnte. Da ich es nicht eilig hatte, ging ich über die Straße, um nachzuschauen, was in meiner neuen Wohnung passierte.

Eine Gruppe Fußsoldaten saß auf dem Fußboden und diskutierte darüber, ob Ratten gefährlicher seien als Frauen. Ich überspielte meine Irritation, gab ein paar philosophische Kommentare ab und bot dann an, ihnen den nächstgelegenen Brunnen zu zeigen. Bereitwillig griffen sie nach ihren Eimern (die Bezahlung, die wir ausgehandelt hatten, war, um es milde auszudrücken, angemessen) und folgten mir zur Straße hinunter. Ich zeigte ihnen den Weg, blieb aber in der Brunnenpromenade. Ich hatte jemanden entdeckt, den ich kannte.

Er stand drüben beim Friseur, ein unverwechselbarer, unappetitlicher Fettsack. Unter dem Arm trug er ein Bündel Schriftrollen und machte sich auf einer davon Notizen. Als ich näher kam, sah ich die gleiche intensive Konzentration in seinem Gesicht und die gleichen kritzeligen kleinen Buchstaben wie damals vor dem Pantheon, als ich ihn bei seinen detaillierten

Notizen über Rennpferde unterbrochen hatte. Es war Florius. Auf der anderen Straßenseite stand Martinus, sein Bewacher, für den Fall, daß sich sein Schwiegervater mit ihm in Verbindung setzen sollte; er hatte sich vor der Bäckerei aufgebaut und tat so, als wüßte er nicht, welchen Brotlaib er kaufen solle. Er sah wie ein Volltrottel aus.

»Der Friseur hat zu, Florius. Wir feiern hier eine Hochzeit. Er hat sich heute morgen völlig damit verausgabt, den Gästen die Haare zu schneiden.«

»Hallo, Falco!«

»Sie erinnern sich an mich.«

»Sie haben mir Ratschläge gegeben.«

»Haben Sie die befolgt?«

Er wurde rot. »Ja. Ich bin nett zu meiner Frau.« Ich enthielt mich jeder Spekulation darüber, wie diese Nettigkeit aussehen mochte. Arme kleine Milvia.

»Bestimmt wird sie Ihre Aufmerksamkeiten beglückt empfangen. Lassen Sie mich Ihnen noch einen Rat geben: Egal, wieviel Ärger es Ihnen auch einbringen mag, lassen Sie nicht zu, daß Ihre Schwiegermutter bei Ihnen wohnt!«

Er öffnete den Mund, sagte aber nichts. Ihm war völlig klar, was ich meinte.

Ich war neugierig. Gleichzeitig hatte ich das Gefühl, die Antwort bereits zu kennen, als ich ihn fragte: »Und was bringt Sie hierher in die Brunnenpromenade?«

Er deutete auf die Schriftrollen unter seinem Arm. »Das gleiche wie neulich, als wir uns vorm Bordell trafen. Ich habe beschlossen, mir allen Grundbesitz anzusehen, den Milvia und ich als Mitgift bekommen haben.«

Ich verschränkte die Arme. Gemeinsam betrachteten wir das Gebäude, das er inspiziert hatte. »Ihnen gehört das ganze Mietshaus bis rauf unters Dach?«

»Ja. Die restlichen Häuser in dieser Straße gehören fast alle einem anderen Mann.« Smaractus. »Die Wohnungen in den oberen Stockwerken sind alle vermietet. Der kleine Laden da unten wurde erst vor kurzem angemietet, aber er ist zu, und auf mein Klopfen meldet sich niemand.«

Er sprach von der Höhle des Entzückens, in der »Geschenke für jede Gelegenheit« aus zweiter Hand angeboten wurden. Der Laden, der kein adäquates Geburtstagsgeschenk für Helena hergegeben hatte, in dem es ihr aber gelungen war, eine Garnitur kunstvoller Eßwerkzeuge für Lenias Hochzeit zu finden. Ich hatte die Schneckenpieker inzwischen gesehen: Sie waren aus Bronze, große, schwere, spitz zulaufende Löffel, vermutlich aus einer guten Werkstatt in Mittelitalien. Ich besaß eine ähnliche Garnitur, wenn auch kunstvoller im Design. Lenias sahen wie Familienerbstücke eines Konsuls aus, obwohl man sie uns außerordentlich billig überlassen hatte. Ich wußte, was das bedeuten konnte.

»Klopfen Sie nicht noch mal.« Bei meinem scharfen Ton schaute Florius erstaunt auf. »Warten Sie hier. Ich hole jemanden.«

Inzwischen hatte sich Maia unter die Hochzeitsgesellschaft gemischt. Ihre Söhne Marius und Ancus und Gallas Sohn Gaius saßen aufgereiht auf einer Bank, bereit, als die drei Begleiter der Braut auf ihrem Weg zum Haus ihres neuen Ehemannes zu fungieren. Marius schaute mürrisch; er wußte vermutlich, daß während des Fackelzugs obszöne Lieder gesungen und deftige Zoten gerissen werden würden: nicht sein Stil. Auch Gaius war mißmutig, was aber wohl eher daran lag, daß Maia auf einer gründlichen Reinigung des kleinen Schmutzfinken bestanden hatte. Ancus, der erst fünf war, saß nur mit seinen abstehenden Ohren da und wollte am liebsten nach Hause gehen.

Ich winkte ihnen zu, dann fand ich Petro. »Werd nüchtern!«

Wortlos und ohne jemandem Bescheid zu sagen, schlüpfte er mit mir hinaus. Wir gingen zum Trödelladen zurück. Mein Herz klopfte laut. Ich wünschte mir, ich hätte weniger getrunken. Florius richtete sich bei Petros Anblick etwas auf; Petro bedachte ihn mit dem höflichen Nicken einer Amtsperson.

Ich erklärte Petro, um was es hier ging. Er hörte wie jemand zu, der nicht ganz bei der Sache ist. Ich erzählte ihm von meinem Besuch im Laden und beschrieb ihm die Waren, die ich gesehen hatte. Sein anfängliches Desinteresse ließ allmählich nach. »Spielst du auf das an, was ich denke, Falco?«

»Tja, Trödelläden gibt es überall, und einige von ihnen mögen sogar legitim erworbene Dinge verkaufen, aber sie sind die ideale Hehlertarnung. Ich bin unter anderem deswegen mißtrauisch, weil ich vor kurzem Gaius und Phlosis, die beiden Bootsdiebe, hier in der Straße gesehen habe. Inzwischen glaube ich, daß sie Beute abgeliefert haben. Und da ist noch was, Petro: Der Mann, der den Trödelladen führte, nannte sich Castus.«

Petronius kapierte schneller, als ich es getan hatte: »Genau wie die Ratte, die den Lykier im »Platons« erstochen hat.« Er war längst nicht mehr so betrunken, wie er wirkte.

»Genau. Dieser Castus war einer von Balbinus' Männern. Lalage hatte ihn rausgeschmissen, aber er ging den Mädchen immer noch bei den Entführungen zur Hand. Meine Nichte Tertulla wurde ganz hier in der Nähe gekidnappt. Und das Baby hab ich auf meinem Müllkarren ein paar Häuser weiter gefunden.«

»Castus war einer der Männer, die wir im Bordell verhaftet haben«, sagte Petro. »Wegen seiner Vergangenheit hält der Präfekt ihn weiter fest. Was erklärt, warum niemand hier ist.« Er verzog den Mund. »Natürlich«, fuhr er nachdenklich fort, »verbringe ich meine Zeit damit, alles zu überprüfen, was irgendwie mit Balbinus in Zusammenhang stehen könnte. Zu der Mitgift bin ich noch nicht gekommen. Ich könnte mich treten.«

»Ich hab dir doch gesagt«, meinte ich leise, »was Lalage rausgekriegt hat: daß Balbinus sich irgendwo auf dem Aventin versteckt.«

Petronius atmete tief durch und spannte seine breiten Schultern an. Dann schüttelte er den Kopf wie ein Athlet, der sich auf ein großes Rennen konzentriert. »Jupiter, ich hätte nüchtern bleiben sollen!« Er gab Martinus ein Zeichen und befahl ihm, Fusculus von der Hochzeit zu holen. In dem Moment kamen meine Helfer vom Brunnen zurück und wurden ebenfalls herbeordert. Sorgfältig setzten sie ihre Eimer ab und nahmen den Laden in Augenschein. Florius wollte wissen, was jetzt geschehen würde. Petro schaute ihn mit ernstem Blick an. »Lassen Sie es mich mal so sagen: Als besorgter Hausbesitzer, dessen Mieter vielleicht verduftet ist, wollen Sie doch bestimmt, daß wir den Laden aufbrechen, oder?«

»Versuchen Sie, nicht allzuviel Schaden anzurichten«, protestierte Florius sofort. Als neuer Hausbesitzer lernte er rasch. Dann wurde er bleich. »Was erwarten Sie, da drinnen zu finden?«

»Diebesgut«, sagte ich. »Gestohlene Waren. Alles, von geraubten Luxusgütern aus den Saepta Julia und geklauten Weinkrügen aus Imbißbuden bis zu all den Bettdecken, die alten Damen in letzter Zeit von ihren Balkonen stibitzt wurden. Und wenn ich recht habe, werden wir wohl auch eine Esse zum Schmelzen von Edelmetallen finden.«

»Und das Glas deines Vaters?« fragte Petro trocken.

»Oh, Lucius Petronius, ehrlich gesagt – ich fürchte nicht!«

»Muß ich hierbleiben?« Florius wurde nervös.

»Gehen Sie lieber heim.« Petronius klopfte ihm freundlich auf die Schulter. »Ich seh es gar nicht gern, wenn die Familie Schwierigkeiten bekommt; am besten halten Sie sich da raus. Eines der Dinge, die ich wiederzufinden hoffe, ist Ihr vermißter Schwiegervater.«

Sofort war Florius ganz Ohr. »Kann ich helfen?« Offensichtlich hatte der Wurm sich gekrümmt. Statt nur ein passives Opfer von Milvias Familie zu sein, war er nun ganz erpicht darauf, Balbinus als Gefangenen zu erleben. Da Balbinus die Hinrichtung drohte, wenn er auf römischem Boden angetroffen wurde, war der sanftmütige Florius auf mehr als eine bloße Verhaftung aus. Das lebhafte Glitzern in seinen Augen verriet, daß er genau wußte, was Wiederergreifung bedeutete.

Wir nahmen den Laden im Sturm. Die Vigiles sind trainiert darauf, sich während eines Feuers den Weg freizuschlagen. Selbst ohne ihr schweres Arbeitsgerät können sie Türen aufbrechen, ohne dabei ins Schwitzen zu kommen. Florius blieb draußen, während Petronius, Martinus, Fusculus und ich der Patrouille folgten. Wir marschierten durch den Laden, ohne uns lange aufzuhalten. Hatte man ihn erst einmal als mögliche Sammelstelle für Diebesgut erkannt, war klar, daß er voller interessanter Gegenstände steckte – womit ich nicht nur potentielle Saturnaliengeschenke meine. Wie vermutet, fanden wir hinter einem Vorhang auch eine kalte Esse und jede Menge verkrusteter Schmelztiegel.

»Ein Schmelztopf – und sie haben sich sogar ein Abbild unseres Kaisers gemacht!« Fusculus hielt eine Gußform für gefälschte Münzen hoch.

Wir durchsuchten den Laden und die anschließenden Wohnräume. Dann ließen wir eine Wache zurück und durchkämmten sämtliche Wohnungen darüber. Wenn niemand auf unser Klopfen antwortete, brachen wir die Tür auf.

Wir störten eine Menge Leute bei Dingen, die sie lieber für sich behalten hätten, fanden aber nirgends eine Spur von Balbinus Pius.

»Na ja. Dann muß ich eben weitersuchen.« Petronius gelang es, unbewegt zu klingen. Aber ich kannte seine wahren Gefühle. Für einen Moment war Hoffnung in ihm aufgekeimt. Die Enttäuschung war jetzt zweimal so bitter wie die vorherige Trübseligkeit. »Ich kriege ihn«, sagte Petro leise.

»Aber ja.« Ich klopfte ihm auf die Schulter. »Das wäre besser. Es besteht immer noch die häßliche Möglichkeit, alter Freund, daß er hofft, dich zu kriegen!«

Wir gingen auf die Straße, sagten Florius, daß sich der Vater seiner Frau immer noch auf freiem Fuß befand, baten ihn, alles Verdächtige zu melden, und schauten ihm nach, als er davonging. Martinus schlenderte weiterhin unauffällig hinterher.

Mich überkam ein düsteres Gefühl, als Florius mit seinen Schriftrollen und seinem Stilus davontrabte. So sorgfältig, wie er die Besitztümer seines Schwiegervaters ausforschte, würde er vielleicht eines Tages auch andere Bereiche des Balbinus-Imperiums erkunden wollen. Ganz eindeutig wollte er seine geschäftlichen Aktivitäten erweitern. Er hatte mir erzählt, daß er einen Rennstall aufmachen wollte, und ich wußte bereits von Famia, welch zweifelhaften Ruf der von Florius gewählte Partner hatte. Warum sich damit begnügen? Seine Frau stammte aus einer berüchtigten Verbrecherfamilie. Florius hatte keinen Grund gesehen, sie zu verlassen, nachdem ihm das klargeworden war. Vielleicht war ich gerade Zeuge eines weiteren Aufstiegs im deprimierenden Kreislauf des Verbrechens.

Tja, aber es würde zumindest ein paar Jahre dauern, bis er sich etabliert hatte.

LXVII

Ich war in Ungnade gefallen. Lenia hatte gefordert, daß nun das Auguralopfer stattfinden sollte, die Zeremonie, die ich hätte durchführen sollen. Niemand konnte mich finden. Keiner wußte, wo ich war. Ohne die Auslegung der Schafsleber weiterzufeiern, wurde natürlich als undenkbar betrachtet. Ehrbare Leute wären schockiert gewesen. Zum Glück hatte sich der unerschütterliche Gaius Baebius meine Abwesenheit zunutze gemacht und war eingesprungen.

»Oh, du warst bestimmt viel besser als ich, Gaius!«

Zumindest hatte ihm der Kopfschleier gepaßt.

»Er hat mir ein paar hübsche Prophezeiungen gemacht«, sagte Lenia hochnäsig.

»Ich wußte gar nicht, daß Gaius Baebius so ein Lügner ist!« flüsterte Helena mir zu. Gaius erklärte mir in seiner trockenen Art, daß er für seine Aufnahme ins priesterliche Augurenkollegium Unterricht im Schafehäuten genommen hatte.

Die Braut hatte es sich jetzt auf dem sauber abgepulten Schaffell bequem gemacht, neben sich die zusammengesunkene Gestalt ihres Ehemannes, den man dazu aus dem Wäschekorb gezerrt hatte. Sie hielt seine Hand, womit sie nicht unbedingt Verbundenheit symbolisieren, sondern ihn eher am Umfallen hindern wollte. Ein Freund von Smaractus bemühte sich, die zehn Zeugen für den Ehevertrag zusammenzukriegen, aber die meisten Gäste versuchten sich vor dieser Pflicht und Ehre mit so fadenscheinigen Ausreden zu drücken wie: sie hätten versehentlich ihr Siegel zu Hause vergessen. Niemand wollte schuld sein, wenn die Ehe schiefging, oder später die Mitgift wiederbeschaffen müssen.

Wir beschlossen, daß wir jetzt genug gelitten hatten und unsere Geschenke haben wollten. Dazu mußte der Bräutigam über die Straße geschickt werden. Es war klar, daß er den Weg nur ein einziges Mal schaffen würde, also kombinierten wir das Ganze mit dem Zug, auf dem er die Fescenninischen Verse singen mußte (eine derbe Litanei, die sich schon im nüchternen Zustand niemand merken kann, von einem angeheiterten Bräutigam ganz zu schweigen). Unterwegs entzündete er die Fackeln für die Brautprozession. Jemand versorgte ihn mit Feuer und Wasser, damit er Lenia in seinem Heim den Regeln entsprechend begrüßen konnte. Smaractus kam so weit zu sich, daß er lauthals brüllte, seinetwegen könne sie zum Hades gehen. Lenia war zum Glück aufs Klo gegangen, sonst hätte die Scheidung noch am gleichen Tag unterzeichnet werden können.

Wir sorgten dafür, daß die Brautprozession kurz ausfiel. Das schien angebracht, weil die Braut inzwischen selbst betrunken und in Tränen aufgelöst war. Da sie keine eigene Mutter hatte, aus deren Armen sie protestierend entrissen werden konnte, klammerte sich Lenia mit plötzlich aufwallender Erkenntnis ihrer Dämlichkeit statt dessen an Mama. Mama befahl ihr, mit dem Quatsch aufzuhören. Mit herzloser Fröhlichkeit schleppten wir Lenia weg und arrangierten den Zug so, wie es sich gehörte. Marius und der kleine Ancus führten die Braut an den Händen, während ihr Gaius behutsam die Weißdornfackel voraustrug. Ihr Schleier war verrutscht, und sie humpelte, weil in ihrem linken Schuh die traditionelle Münze steckte, die sie ihrem Ehemann bringen mußte. »Als hätte ich ihm nicht schon genug gegeben!«

Die inzwischen einsetzende Dunkelheit verlieh dem Ganzen einen gewissen Zauber. Ein zu diesem Zweck angeheuerter Flötenspieler ging vorweg. Nüsse werfend und brüllend rannten wir die eine Seite der Brunnenpromenade hinauf und tanzten dann über die Nüsse stolpernd unbeholfen wieder zurück. Kinder erwachten und wurden ganz aufgeregt. Leute hingen aus den Fenstern und jubelten uns zu. Die Nacht war still, und die Fackeln flackerten hübsch. Die Luft dieses letzten Oktobertages war kühl genug, uns ein wenig zu ernüchtern.

Wir erreichten die Bäckerei. Nachdem ich die schmale Treppe hochgestolpert war, schloß ich mich der ausgelassenen Gruppe von Helfern an, die die Braut die letzten paar Stufen zu ihrem Hochzeitsgemach hinaufzogen. Smaractus erschien im Türrahmen, auf den Beinen gehalten von einem seiner treuen Freunde. Es gelang ihm, sein traditionelles Wasser- und Fackelgefäß zu umklammern, während sich Lenia Öl aufs Kleid kleckerte, als sie versuchte, den Türrahmen in der althergebrachten Weise einzuölen. Petronius und ich nahmen all unsere Kraft zusammen, verschränkten die Hände unter ihrem Hintern und hievten sie hinein.

Smaractus wurde augenblicklich munter. Er sah Lenia, grinste lüstern und grapschte nach ihr. Doch die war ihm ebenbürtig. Sie stieß einen wollüstigen Schrei aus und stürzte sich auf ihn.

Angewidert drehten Petronius und ich uns um und machten, daß wir rauskamen. Die anderen folgten uns. Die Vorstellung, auf traditionelle Weise bezeugen zu müssen, was in dem Ehebett passierte, war einfach zu grausig. Außerdem wartete der restliche Wein drüben in der Wäscherei.

Singende und johlende Hochzeitsgäste verstopften die Straße. Nur äußerste Zielstrebigkeit (und viel Durst) gaben uns die Kraft, uns durchzudrängen. Wir schafften es bis zum girlandengeschmückten Eingang der Wäscherei. Arria Silvia schrie Petro über das Getöse hinweg zu, sie bringe jetzt die Töchter nach Hause ins Bett. Ob er mitkäme, und natürlich sagte er ja, aber noch nicht gleich. Helena, die müde aussah, erklärte, sie ginge nach oben in die Wohnung. Auch ich versprach meiner Liebsten, ihr »sehr bald« zu folgen – was natürlich ebenso gelogen war.

Irgendwas ließ uns zur anderen Straßenseite hinüber schauen. Lenia stand im Eingang zum ersten Stock und fuchtelte wild mit den Armen. Ihr Schleier flatterte wild, und ihr Hochzeitskleid war halb ausgezogen. Die Menge reagierte mit anzüglichem Geschrei. Lenia brüllte etwas und stürzte wieder hinein.

Es war dunkel. Die Luft war rauchig von den Fackeln. Sofort erschien die aufgeregte Braut wieder im Türrahmen ihres Hochzeitsgemachs. Die Menge hatte sich beruhigt, weil die meisten auf der Suche nach etwas zu trinken waren. Lenia entdeckte Petronius und mich. Kreischend schrie sie uns zu: »Hilfe, Hilfe, ihr Mistkerle! Holt die Vigiles! Das Bett ist zusammengebrochen, und die Wohnung steht in Flammen!«

LXVIII

Gäste, die in der Hoffnung auf die Straße geströmt waren, umsonst beköstigt zu werden, hatten es plötzlich eilig, nach Hause zu kommen, weil sie keine Eimerkette bilden wollten. Andere sahen sich außerstande, uns zu helfen, drückten sich aber trotzdem in Hauseingängen herum, damit ihnen ja nichts von dem Spektakel entging.

Inzwischen war ein deutlicher Brandgeruch wahrnehmbar. Mit wildem Aufschrei war Lenia wieder in der Wohnung verschwunden. »Meine Hochzeitsgeschenke! Mein Mann! Helft mir, sie rauszubringen!« Die Geschenke hatten ganz offensichtlich Vorrang.

Ein Gutes hatte das Ganze: Sobald jemand »Feuer« schrie, kam die Gruppe Vigiles aus meiner neuen Wohnung gestürzt. Meine Helfer von der Vierten Kohorte wurden bald von dem exzellenten Petronius entdeckt und in Aktion gesetzt. Sie warfen sich sogleich ins Zeug. Einer rannte rüber ins Wachlokal, um die Gerätschaften zu holen, die anderen wurden in die Wäscherei geschickt, wo es einen Brunnen und genügend Eimer gab. Dann rannten Petro und ich hinüber, um zu sehen, was wir für das so roh unterbrochene Brautpaar tun konnten.

Lenia rannte kopflos im Vorraum herum, die Arme voller Geschenke. Wir schoben sie ziemlich grob nach draußen, weil mit Feuer nicht zu spaßen ist; es konnte schlimmer enden, als ihr klar war. Im zweiten Raum erwartete uns ein mitleiderregender Anblick: Das Hochzeitsbett war samt der prächtigen, purpurfarbenen Decken halbwegs durch den Boden gekracht. Mein Vermieter, noch zerzauster als gewöhnlich, klammerte sich entsetzt an die eine Ecke. Er hatte Angst, auch nur einen Muskel zu bewegen, weil das Bett dadurch vollständig abrutschen und in die Bäckerei stürzen könnte. Dort wütete nämlich das Feuer, das ausgebrochen war, als Smaractus in seiner unkontrollierbaren Leidenschaft für Lenia seine Braut so heftig bearbeitet hatte, daß die Stützen unter dem Boden nachgegeben hatten. Eine Brautfackel war über den eingesunkenen Boden gerollt und durch das Loch auf das knochentrockene Holz des Bäckers gefallen.

»Gute Götter, Smaractus, wer hätte gedacht, daß du ein so feuriger Liebhaber bist!«

»Halt die Klappe und hol mich hier raus!«

Unter uns hörten wir bereits splitterndes Krachen, als die Vigiles versuchten, in die Bäckerei einzudringen. Petro und ich schoben uns auf Smaractus zu, aber die Dielenbretter gaben gefährlich nach. Wir mußten bleiben, wo wir waren, und den leidgeprüften Bräutigam beruhigen, während wir auf Helfer mit geeigneten Gerätschaften warteten. Zuerst schien der Rauch nicht so schlimm, und wir waren nicht ernstlich besorgt. Ein Kissen rutschte langsam über das schräg hängende Bett, segelte hinab ins Feuer und zeigte uns anschaulich, was mit Smaractus passieren konnte. Er quiekte auf. Allmählich wurde er regelrecht geröstet. Petronius brüllte nach Helfern.

Es gab eine Verzögerung. Statt das Feuer sofort zu löschen, ließen sich die Vigiles durch das dramatische Geschluchze einer untröstlichen Braut von ihren Pflichten ablenken. Ich will nicht behaupten, Lenia hätte sie bestochen, aber überwältigt von Gutmütigkeit (oder so was) kamen sie heraufgaloppiert und retteten die kostbaren Hochzeitsgeschenke. Als endlich noch mehr Helfer kamen und mit Wasser und Matten gegen das Feuer in Cassius' Laden vorgingen, brannte er bereits lichterloh. Oben bei uns schrie Smaractus in den höchsten Tönen, als die Matratze, an die er sich klammerte, Feuer fing. In dem Moment begannen Petro und ich uns ernsthafte Sorgen zu machen.

Zum Glück tauchte ein vernünftiger Zenturio auf, der weitere Männer mit Greifhaken, Äxten und Breithacken mitgebracht hatte. Unter uns schuf eine Gruppe Platz im Holzlager, obwohl dessen eine Seite inzwischen in Flammen stand. Bevor das Feuer sie zurückzwang, gelang es ihnen, den Stützbalken unter dem Bett wieder aufzurichten, dazu noch ein paar schnell herangeschleppte Pfähle, die Smaractus bis zu seiner Rettung sichern sollten. Die damit beauftragten Vigiles drängten sich jetzt endlich mit der nötigen Schnelligkeit an Petronius und mir vorbei. Sie schleuderten eine riesige Espartomatte zu ihm hinüber und befahlen Smaractus, sich draufzuwerfen. Gerade noch rechtzeitig gehorchte er. Sie zogen. Wir halfen. Wir hatten ihn in dem Moment aus der Gefahrenzone herausgeschafft, als die Flammen durch den Boden hochschossen und das Bett verschlangen. Mit einem Satz retteten wir uns in den Vorraum und hörten den Boden unter Feuergebrüll und einem gewaltigen Funkenregen endgültig zusammenkrachen.

Die Flammen leckten an den Wänden hinauf. Smaractus war ohnmächtig geworden. Er wurde hochgehoben, als sei er leicht wie ein Blatt, und nach draußen gebracht. Eine Woge aus Feuer und Rauch raste durch das Gebäude. Petro und ich fingen an zu husten. Der Rauch war so dick, daß wir Schwierigkeiten hatten, die Tür zu finden. Als wir keuchend und hustend hinausstolperten, kam ein Vigile mit der Axt in der Hand die Treppe hinaufgestürmt und deutete nach oben.

»Wer lebt in den anderen Wohnungen?«

»Niemand. Die sind in noch schlimmerem Zustand als diese hier.«

»Dann beeilt euch. Nichts wie raus!«

Wir taumelten alle drei die Treppe hinunter, erleichtert, dem Inferno entronnen zu sein.

Eine Pumpengruppe kam angerannt, die Pumpe im Schlepptau. Sie kämpfte sich zur Wäscherei durch, und bald wurden mehr Eimer in schnellerem Tempo weitergereicht. Noch mehr Patrouillen trafen ein. Sobald Petronius wieder bei Atem war, befahl er den Neuankömmlingen, die Menge in Schach zu halten und die Neugierigen zurückzudrängen. Ein Rekrut kam mit einem Eimer auf die Straße und löschte die Hochzeitsfackeln. Auch ohne sie hatten wir inzwischen genug Licht. Eine Balliste erschien an der Straßenecke, blieb aber am Eingang der schmalen Gasse stecken. Smaractus sah sie, geriet in Panik, stakste immer noch halbbetrunken herum und drohte, jeden zu verklagen, der eines seiner Häuser einriß, um eine Feuerschneise zu schaffen. Er führte sich derart auf, daß die Vigiles ihn wegen fehlender Feuerlöscheimer, Einmischung in ihre Pflichten und (nur für alle Fälle) Brandstiftung mit seiner Brautfackel verhafteten.

Das Feuer war jetzt eingedämmt, allerdings unter Schwierigkeiten. Ein Problem war die Außentreppe. Sie war sowieso schon wacklig gewesen, und das Gewicht schwerer Feuerwehrmänner, die mit ihren Eimern rauf- und runterrannten, erwies sich als zuviel. Das bröckelige Mauerwerk gab nach, zum Glück ohne viel Schaden unter den Feuerwehrleuten anzurichten. Petronius stürmte ihnen zu Hilfe und wurde von einem herabfallenden Fensterladen getroffen. Ich zerrte ihn rasch beiseite. Zumindest war er bei Bewußtsein. Zwei Feuerwehrleute kümmerten sich um ihn, fächelten ihm Luft zu und untersuchten ihn auf gebrochene Knochen. Sie kannten sich aus.

Cassius betrachtete niedergeschlagen mit verschränkten Armen den Verlust seiner Räumlichkeiten. Für einen Moment verließ ich Petro und ging zu ihm hinüber.

»Hätte schlimmer sein können. Stell dir vor, du hättest da drinnen gelegen und geschlafen.«

»Nicht, solange Lenia und Smaractus da oben wie die Wilden zugange waren! Aber trotzdem vielen Dank, Falco.« Ich hatte mich umgedreht. »Übrigens«, fragte der Bäcker, »hat jemand in den oberen Stockwerken nachgesehen?«

»Da wohnt doch keiner, oder?«

»Ich hab ein paarmal eine alte Frau raufgehen sehen. Könnte eine neue Mieterin sein – Smaractus vermietet doch alles. Oder eine Stadtstreicherin.«

»Gute Götter. Hast du eine Ahnung, wo sie untergekrochen ist?«

»Wer weiß?« Cassius zuckte die Schultern, zu sehr mit seinen eigenen Problemen beschäftigt.

Ich ging zu dem Zenturio und wollte ihm sagen, daß oben vielleicht noch jemand eingesperrt war. Im gleichen Moment hatte er es selbst bemerkt: Im dritten Stock wurde ein Fensterladen geöffnet, und wir sahen durch den Rauch ein verängstigtes Gesicht.

Als die Treppe zusammengebrochen war, hatten die Vigiles Leitern an die Hauswand gestellt. Ohne ein Wort rannten der Zenturio und ich hinüber, schnappten uns eine davon und beteten, daß sie lang genug war. Wir zerrten sie vorwärts und lehnten sie unter dem richtigen Fenster an die Wand. Sie reichte kaum bis zum Sims. Die Gestalt am Fenster war verschwunden. Wir brüllten, aber es kam keine Antwort.

Der Zenturio fluchte. »Wir müssen eine Brücke über die Straße schlagen.« Ich hatte sie schon mal dabei beobachtet, wie sie Leitern an Seilen hoben und senkten und so einen gefährlichen Überweg schafften. Besser die als ich.

Aber es würde Zeit kosten. Das war unvermeidbar. Der Zenturio hatte sich abgewendet und gab Befehle. Solange er mir den Rücken zukehrte, sprang ich auf die untersten Sprossen der Leiter und begann meinen Aufstieg.

Ich war für dieses Unternehmen völlig unpassend gekleidet. Das dünne Material meines Anzugs aus Palmyra schrumpfte jedesmal, wenn mich ein Funke traf, zu kleinen Brandlöchern zusammen. Den Hut hatte ich aufbehalten, in der vagen Hoffnung, so mein Haar vor den Flammen zu schützen. Unter mir hörte ich ein Aufstöhnen, als die Leute begriffen, was ich vorhatte.

Ich erreichte den Fenstersims und rief hinauf, aber niemand erschien. Vorsichtig kletterte ich höher und konnte einen Arm auf den Sims legen. Nun stand ich nur noch auf Zehenspitzen und wußte, daß ich kaum eine Chance haben würde, wieder runter zu kommen. Ich zog mich hoch, schaffte es halb ins Fenster und spürte, wie sich die Leiter von der Wand wegbewegte. Ich ließ sie umfallen.

Jetzt hing ich an das Fenster geklammert fest. Mir blieb nichts anderes übrig, als ganz hineinzuklettern. Mit gewaltiger Anstrengung schob ich mich weiter und fiel kopfüber hinein. Rasch rappelte ich mich auf und prüfte nervös den Boden unter mir.

»Ist hier jemand?«

Der Raum war voller Rauch. Er war aus den zwei unteren, lichterloh brennenden Stockwerken hochgestiegen und durch die vielen Ritzen und Spalten eingedrungen. Es war unerträglich heiß. Der Boden unter meinen syrischen Pantoffeln verbrannte mir die Fußsohlen, als sei er rotglühend. Jeden Moment konnte um mich herum das Inferno ausbrechen.

Im rückwärtigen Teil der Wohnung war das Feuer bereits durchgedrungen. Der Lärm war erschreckend. Wände und Böden stürzten ein. Flammen schossen brüllend hoch. Licht flackerte wild durch eine offene Tür.

Ich entdeckte eine menschliche Gestalt. Jemand hockte zusammengekrümmt in der Ecke des Zimmers. Natürlich kleiner als ich. Fließende Frauengewänder. Den Kopf gegen den Rauch fest eingewickelt.

Um die Frau zu beruhigen, gab ich mich jovial: »Sie müssen hier raus, Gnädigste!« Ich ging auf sie zu, wollte sie mir über die Schulter werfen, wußte allerdings nicht genau, wohin ich mich danach mit meiner Last wenden sollte.

Da sah ich ein Messer aufblitzen. Es blieb keine Zeit, mit ängstlicher Jungfräulichkeit sanft umzugehen. Mit einem harten Handkantenschlag stieß ich das Messer beiseite. Ein Fuß schoß hervor. Einen Tritt in die Eier befürchtend, schaute ich nach unten. Unter dem Besatz des matronenhaften Rockes ragte ein graulederner Reisestiefel hervor – an einem Fuß so groß wie meinem. Es war ein Stiefel, den ich schon mal irgendwo gesehen hatte – am Kai in Ostia. Dies war Balbinus Pius.

Ich zerrte die Stola beiseite. Eine Hand griff nach meiner Kehle. Ich schlug sie mit dem Unterarm hoch. Er hätte meine Überraschung ausnutzen sollen, aber er fummelte immer noch an seiner Verkleidung herum, unterschätzte die Bedrohung. Wäre Petronius hier hereingestolpert, Balbinus hätte sich sofort auf ihn gestürzt; Petro wäre tot. Ich war weniger in Gefahr. Balbinus hatte sich nicht die Mühe gemacht, mich im Gedächtnis zu behalten.

Aber ich kannte Balbinus. Ich zog mein arabisches Schwert. Die Scheide war reinste Dekoration, die Waffe aber gefährlich scharf. Ich setzte ihm die Spitze gegen die Rippen und stieß das Schwert in seine Brust.

Ich hörte mich knurren: »Die Gnadenfrist ist abgelaufen, Balbinus!« Aber er war bereits tot.

LXIX

Draußen krachte etwas gegen das Fenster. Von gegenüber hörte ich Geschrei. Ich wischte mein Schwert ab, steckte es in die Scheide und taumelte zum Fenstersims. Die Vigiles hatten auf der anderen Seite der Gasse, die zum Glück schmal war, eine Leiter hochgehievt, balancierten sie nun vorsichtig über eine Balkonbrüstung und schoben das andere Ende in meine Richtung. Wenn ich den Mut aufbrachte, konnte ich über die volle Breite der Brunnenpromenade in

Sicherheit kriechen. Viel Zeit zum Nachdenken blieb mir nicht. Das Feuer fraß sich in der Wohnung hinter mir durch. Ich schlüpfte aus meinen Pantoffeln (die ziemlich teuer gewesen waren) und warf sie hinunter, überprüfte dann, ob die Leiter auf meiner Seite fest auflag, und krabbelte los.

Ich schaffte es. Lassen wir es dabei bewenden. Es gibt nur eine Möglichkeit, drei Stockwerke über dem Boden auf einer schwankenden Leiter um sein Leben zu krabbeln, und die ist würdelos. Der Augenblick, in dem Petronius sich über die Balkonbrüstung lehnte und mich packte, war einer der besten meines Lebens.

Wir schauten uns an. Petronius hatte sofort das Blut an meiner Tunika entdeckt, sah aber auch, daß ich keine sichtbaren Wunden aufwies.

»Wo ist das alte Weib, das du retten wolltest?«

»Ich hab ihr mein Schwert reingerammt.« Er fragte nicht, warum. Ich denke, er hatte es bereits erraten. »Es war Balbinus.«

»Das ist das letzte Mal, daß ich mit dir zusammengearbeitet habe. Du hast mir meinen Fall gestohlen!«

»Du hast was gut bei mir«, gab ich zu.

»Sag mir, daß er tot ist. Ich will es hören.«

»Er ist tot«, erwiderte ich und sah es wieder vor mir. Dann mußte ich mich übergeben. Die Vigiles meinten, es läge am Rauch.

Den Arm auf der Schulter des anderen, stolperten Petro und ich hinunter. Unten entdeckten wir Helena, die meine Pantoffeln umklammert hielt. Sie mußte meine Kletterkünste auf der Leiter beobachtet haben. Gut, daß ich das nicht gewußt hatte.

Helena war bleich und zitterte, aber es gelang ihr, fröhlich zu klingen: »Leider hab ich schlechte Nachrichten. In dem Durcheinander hat Lenia den Überblick über ihre Hochzeitsgeschenke verloren, und irgendwelche Schurken haben alles geklaut.«

Tja, so geht's. Rom, wie es leibt und lebt. Das organisierte Verbrechen schläft nie.

Jemand würde eine Eingabe an den Ermittlungshauptmann der Vigiles aufsetzen müssen.

Aufstieg und Fall von Bismarcks Geheimdienstchef

Wolfgang Brenner
Stieber
Roman
398 S. · geb. mit SU · DM 39,80
ISBN 3-8218-0487-4

Stieber ist eine fiktive (Kriminal-) Geschichte, in der die historischen Ereignisse im Frühjahr 1871, der deutsch-französische Krieg, die Reichsgründung und die Niederschlagung der Pariser Kommune, zu einem ebenso dichten wie spannenden Epochengemälde zusammengefügt werden. Im Mittelpunkt steht der geheimnisumwitterte Berliner Spionagechef Wilhelm Stieber, der als Günstling Bismarcks maßgeblich am Sieg der Deutschen beteiligt war. »Eine Einladung an deutsche Soldatenstiefel«, schrieb Bismarck 1870 über Stiebers geheimen Frankreich-Bericht und sorgte dafür, daß der treue und skrupellose preußische Staatsdiener volle Handlungsfreiheit hatte.